GIRARD

É Realizações
Editora

Copyright © 2009 by Éditions Grasset & Fasquelle, 1990
Copyright da edição brasileira © 2021 É Realizações
Pulicado originalmente na França, em 1990, pela Éditions Grasset & Fasquelle, Paris, sob o título *Shakespeare: Les feux de l'envie.*
Outras edições: em 1991, pela Oxford University Press, New York e em 2002, pela St. Augustine's Press, Indiana, sob o título *A Theater of Envy: William Shakespeare.*
Esta edição foi traduzida do original em inglês.

Editor
Edson Manoel de Oliveira Filho

Coordenador da Biblioteca René Girard e revisor técnico
João Cezar de Castro Rocha

Produção editorial e capa
É Realizações Editora

Design gráfico
Alexandre Wollner
Alexandra Viude
Janeiro/Fevereiro 2011

Diagramação e sobrecapa
Maurício Nisi Gonçalves

Preparação de texto
Solange Gonçalves Guerra Martins

Revisão
Edna Adorno

É Realizações Editora, Livraria e Distribuidora Eireli
Rua França Pinto, 498 · São Paulo SP 04016-002
Telefone: (5511) 5572 5363
atendimento@erealizacoes.com.br · www.erealizacoes.com.br

Este livro foi impresso pela Gráfica Mundial em setembro de 2021. Os tipos são da família Rotis Serif Std e Rotis Semi Sans Std. O papel do miolo é o Avena 80 g., e o da capa, Duo Design 300 g., e o da sobrecapa cuché fosco 150 g.

DADOS INTERNACIONAIS DE CATALOGAÇÃO NA PUBLICAÇÃO (CIP) DE ACORDO COM ISBD

G517s

Girard, René
Shakespeare: Teatro da Inveja / René Girard ; coordenado por João Cezar de Castro Rocha ; traduzido por Pedro Sette-Câmara. - 2. ed. - São Paulo : É Realizações, 2021.
616 p. ; 20,5cm x 20,5cm.

Tradução de: A Theater of Envy: William Shakespeare
Inclui bibliografia e índice.
ISBN: 978-65-86217-45-2

1. Literatura. 2. Crítica literária. 3. Shakespeare. I. Rocha, João Cezar de Castro. II. Sette-Câmara, Pedro. III. Título.

2021-2744 CDD 809
CDU 82.09

Elaborado por Vagner Rodolfo da Silva - CRB-8/9410
Índice para catálogo sistemático:
1. Literatura: crítica literária 809
2. Literatura: crítica literária 82.09

GIRARD

Shakespeare: teatro da inveja

René Girard

tradução Pedro Sette-Câmara

introdução à edição brasileira
João Cezar de Castro Rocha

2ª edição

É Realizações
Editora

Esta edição teve o apoio da Fundação Imitatio.

IMITATIO

INTEGRATING THE HUMAN SCIENCES

Imitatio foi concebida como uma força para levar adiante os resultados das interpretações mais pertinentes de René Girard sobre o comportamento humano e a cultura.

Eis nossos objetivos:

Promover a investigação e a fecundidade da Teoria Mimética nas ciências sociais e nas áreas críticas do comportamento humano.

Dar apoio técnico à educação e ao desenvolvimento das gerações futuras
de estudiosos da Teoria Mimética.

Promover a divulgação, a tradução e a publicação de trabalhos fundamentais que dialoguem com a Teoria Mimética.

sumário

nota do tradutor

Pedro Sette-Câmara

Agradecemos à família de Carlos Alberto Nunes e a Lawrence Flores e José Francisco Botelho que tiveram a gentileza de ceder as traduções dos trechos citados por René Girard das peças de Shakespeare.

Com exceção de *Otelo* (Penguim Companhia, São Paulo, 2017), *Hamlet* (Penguim Companhia, São Paulo, 2015), traduzidos por Lawrence Flores e *Júlio César* (Penguim Companhia, São Paulo, 2018), traduzido por José Francisco Botelho, aproveitando que as outras peças foram coligidas em três volumes pela editora Agir, as citações em português remeterão a eles, doravante citados apenas como *Comédias*, *Tragédias* e *Dramas históricos* (Rio de Janeiro, 2008). Como os volumes não trazem a numeração dos versos, foram indicados, ao lado da numeração indicada pela edição usada por Girard (mantida para o leitor que deseje conferir o texto original), os números das páginas em cada livro.

Para os sonetos, contamos com a generosidade de Vasco Graça Moura, cujas traduções dificilmente serão superadas.

introdução à edição brasileira

João Cezar de Castro Rocha

Figurações da mímesis em Shakespeare e Girard

De volta ao ponto de partida

As figurações da mímesis nas obras de William Shakespeare e René Girard compõem a estrutura deste livro. Trata-se do livro mais autobiográfico do autor de *Mentira romântica e verdade romanesca.*[1] A afirmação talvez surpreenda; afinal, Girard publicou longos diálogos nos quais discutiu francamente inúmeras passagens de sua vida, assim como as principais ideias de sua obra.[2] Contudo, se não

[1] René Girard. *Mentira romântica e verdade romanesca.* Tradução de Lilia Ledon da Silva. São Paulo: É Realizações, 2009.

[2] Além de um número considerável de entrevistas isoladas, vale mencionar os livros *Des choses cachées depuis la fondation du monde. Recherches avec Jean-Michel Oughourlian et Guy Lefort.* Paris: Grasset, 1978; *Quand ces choses commenceront ... Entretiens avec Michel Treguer.* Paris: Arléa, 1994; *Um longo argumento do princípio ao fim. Diálogos com João Cezar de Castro Rocha e Pierpaolo Antonello.* Rio de Janeiro: Topbooks, 2000. Este livro também apareceu, com algumas modificações, em italiano, espanhol, polonês, inglês, checo e francês. Na França, em 2004, recebeu o "Prix Aujourd'hui". Recorde-se também *Celui par qui le scandale arrive*: Desclée de Brouwer, 2001. A segunda parte do livro é composta de *Entretiens avec Maria Stella Barberi*, p. 85-193. Por fim, em *La Conversion de l'art* (Paris: Carnets Nord, 2008), o livro é acompanhado por um DVD, *Le Sens de l'histoire*, que reproduz um diálogo com Benoît Chantre.

me equivoco, poucas instâncias serão tão reveladoras de sua inquietação pessoal quanto a seguinte frase, que se encontra na "introdução":

> Quanto a Shakespeare, ele logo percebeu que balançar o desejo mimético como uma bandeira vermelha na frente do público não era o caminho certo para o sucesso (*lição que aparentemente eu mesmo nunca aprendi*). Rapidamente Shakespeare tornou-se sofisticado, insidioso e complexo em seu manejo do desejo, mas permaneceu insistentemente e até obsessivamente mimético.[3]

Ao longo deste livro o leitor atento perceberá aqui e ali instâncias numerosas de alusões e mesmo de afirmações diretas que não deixam de revelar, ainda que pelo avesso, as esperanças e as frustações do autor de *A violência e o sagrado*. A frustação, aliás, é proporcional à esperança. Girard parece ter apostado na centralidade da obra de Shakespeare no cânone da cultura ocidental como a forma mais eficaz de ampliar o debate em torno dos postulados da teoria mimética. Ora, se, especialmente a partir do Iluminismo, o mundo intelectual tornou-se progressivamente cego à possibilidade de formular uma leitura antropológica da Bíblia – ambição última de Girard –, já que o *ethos* dominante tornou-se essencialmente antirreligioso, o mesmo não pode ser dito em relação à obra de Shakespeare, pois, pelo contrário, desde o Romantismo, o autor de *O Mercador de Veneza* tornou-se a moeda literária mais estável do inconstante mercado das letras. Harold Bloom expressou perfeitamente esse ânimo: "Nos últimos dois séculos, Shakespeare tem tido o *status* de uma Bíblia secular. A pesquisa textual sobre suas peças recorda a exegese bíblica no tocante à quantidade e intensidade, enquanto a crítica literária dedicada a Shakespeare rivaliza com a interpretação teológica das Sagradas Escrituras".[4]

[3] René Girard. *Shakespeare: Teatro da inveja*. Tradução de Pedro Sette-Câmara. São Paulo: É Realizações, 2021, p. 35, grifos meus.
[4] Harold Bloom. *Shakespeare. The invention of the human*. New York: Riverhead Books, 1998, p. 716.

A própria economia da recepção da obra de Shakespeare demonstra esse êxito:[5] se, num primeiro momento, alguns críticos e mesmo colegas dramaturgos consideraram a liberdade de sua fabulação um perigoso descaso em relação aos preceitos clássicos,[6] a partir da segunda metade do século XVIII a consagração do autor de *Bem está o que bem acaba* não parou mais de crescer até alcançar o estatuto canônico mencionado por Bloom.[7] Portanto, vale a pena ressaltar a argúcia da estratégia girardiana: demonstrar a onipresença do desejo mimético e da resolução da crise mimética através do mecanismo do bode expiatório na obra de Shakespeare equivaleria a uma promoção incontestável da teoria desenvolvida por René Girard a partir da publicação de *Mentira romântica e verdade romanesca*, seu primeiro livro, publicado em 1961. Além disso, em um livro tão fundamental para o pleno desenvolvimento de sua hipótese como *A violência e o sagrado*,[8] lançado em 1972, o número talvez excessivo de temas tratados e de autores discutidos terminou por dificultar sua recepção, como Girard mesmo reconheceu.[9] Já em *Shakespeare:*

[5] Uma referência fundamental para o estudo da recepção da obra shakespeariana é o indispensável trabalho de Augustus Ralli, em dois volumes, *A History of Shakespearean Criticism*. New York: The Humanities Press, 1959. O primeiro volume cobre o período de 1598 a 1875; o segundo, de 1879 a 1925. O trabalho de Ralli foi originalmente publicado em 1932.

[6] Paradigmático é o caso francês: "De la Roche reproduz a típica visão francesa setecentista. Ele opõe à correção francesa a falta de gosto de Shakespeare (...)". Augustus Ralli. *A History of Shakespearean Criticism*. Vol. I New York: The Humanities Press, 1959, p. 35. Voltaire reconheceu os méritos do dramaturgo inglês, mas a ênfase de sua análise recaiu sobre a necessidade dos preceitos clássicos: "No prefácio à edição de *Oedipe* (1730), Voltaire destaca a França como a primeira nação moderna a reviver as regras justas e necessárias do teatro. Todas as outras nações agora aceitam as três unidades, considerando bárbaros os tempos nos quais grandes gênios, tais como Shakespeare e Lope de Vega, ignoravam-nas". *Idem*, p. 36.

[7] Numa síntese esclarecedora: "Foi sua valorização a partir da segunda metade do século XVIII, na Alemanha na época de Goethe, que fez de Shakespeare o modelo por excelência do talento artístico original. O dramaturgo, que era questionado e censurado segundo os critérios das teorias poéticas consagradas no Classicismo francês, tornou-se a referência mais importante de uma poesia que foge às regras da arte definidas pela tradição e abandona a imitação dos antigos". Pedro Süssekind. *Shakespeare e o gênio original*. Rio de Janeiro: Jorge Zahar Editor, 2008, p. 7.

[8] René Girard. *A violência e o sagrado*. São Paulo: Paz e Terra, 1990. Tradução de Martha Conceição Gambini.

[9] "Quando a hipótese do desejo mimético começou a delinear-se para mim, percebi que sua formulação demandaria uma argumentação extremamente longa, sinuosa e contínua. Para torná-la inteligível, tinha de apresentá-la do modo mais simples possível. Portanto, queria escrever de forma clara para não complicar

Teatro da inveja a concentração na obra de um único autor – e que autor! – deveria provocar um efeito oposto, representando uma porta de entrada muito favorável para a discussão dos princípios da teoria mimética. Na "conclusão", por exemplo, Girard oferece uma interpretação radicalmente original de *A tempestade* e, mais uma vez, o leitor acredita escutar uma confissão feita com palavras alheias (sempre as mais sugestivas por serem confissões *miméticas*):

> Não apenas Próspero, mas tudo e todos em *A tempestade* aludem ao processo criativo de Shakespeare, a começar por Calibã, a principal pedra de tropeço para um verdadeiro entendimento da peça. Nossa devoção a Shakespeare rebela-se contra a verdade demonstrável de que, ao criar esse último monstro, Shakespeare estava pensando em si mesmo e em seu próprio teatro.[10]

Poderíamos aduzir que em *Shakespeare: Teatro da inveja* tudo e todos tratam da teoria mimética de Girard, ou seja, da obra de Shakespeare, vale dizer, da obra de Girard, isto é, da teoria mimética de Shakespeare. Sim: porque o mérito maior deste livro é revelar a presença estruturante do mecanismo do desejo mimético nas peças e na poesia de Shakespeare. A leitura mimética é tão radicalmente girardiana que não pode senão ser intrinsecamente shakespeariana. Nas palavras do autor: "*Interpretação*, no sentido corrente, não é a palavra adequada para o que faço. Meu trabalho é mais básico. Leio pela primeira vez a letra de um texto jamais lido sobre muitos assuntos essenciais para a literatura dramática: desejo, conflito,

mais o que já era difícil. Sentia-me inseguro e resolvi expor as evidências tão diretamente quanto possível, sem digressões. Talvez não tenha observado essa regra de maneira tão estrita em *La violence et le sacré*, no qual há um capítulo sobre Lévi-Strauss, outro sobre Freud, que são de fato menores se comparados à primeira parte do livro. Em *La violence et le sacré* – vejo-o melhor agora – o esforço para apresentar a evidência sobrepujou todos os outros objetivos." René Girard. *Um longo argumento do princípio ao fim. Diálogos com João Cezar de Castro Rocha e Pierpaolo Antonello*. Tradução de Bluma Waddington Vilar. Rio de Janeiro: Topbooks, 2000, p. 180-81.

[10] René Girard. *Shakespeare: Teatro da inveja*. p. 577, grifos meus.

violência, sacrifício".[11] Portanto, a fim de compreender a radicalidade da leitura girardiana, impõe-se uma breve descrição do mecanismo mimético.[12]

Bode expiatório ou vítima?

Com a publicação de *Mensonge romantique et vérité romanesque*, René Girard revelou o mecanismo do desejo mimético na literatura moderna, demonstrando que o desejo, em lugar de autônomo, depende sempre da figura de um mediador; figura esta orientadora da direção do nosso olhar. Em síntese, Girard revelou a instabilidade do "eu" associada à necessidade de recorrer a "outros" na configuração da identidade. Tal característica, além de abalar de forma definitiva os fundamentos autotélicos do sujeito romântico, levou à descoberta de uma zona sombria no processo mimético. Ora, se adoto alguém como meu modelo, passarei a desejar os objetos por ele desejados. Essa circularidade é tanto mais forte quanto menos me dou conta de sua emergência. Com o passar do tempo, o conflito parece inevitável, pois, se desejo a mesma pessoa ou o mesmo objeto que meu modelo, a rivalidade tende a crescer e paulatinamente substituirá o caráter "neutro" geralmente atribuído à imitação. O desejo mimético, pelo contrário, esclarece que muito provavelmente buscarei apropriar-me do objeto desejado por meu modelo. A mediação transforma-se em confronto aberto e a mímesis revela uma pulsão conflituosa cujos desdobramentos foram minuciosamente estudados por Girard e compõem a espinha dorsal de sua teoria.

No passo seguinte, dado em *La Violence et le sacré*, ele estudou a presença potencialmente desagregadora da mímesis nos primórdios da organização social, buscando identificar os mecanismos subjacentes ao processo civilizatório. Segundo

[11] *Idem*, p. 41.

[12] Esbocei uma descrição inicial do processo mimético em "Introdução: A primeira pedra de uma catedral". René Girard. *Mentira romântica e verdade romanesca*. São Paulo: É Realizações, 2009, p. 13-24. Nesta introdução, aproveitarei algumas das formulações aí apresentadas.

Girard, esse processo dependeu da descoberta de um mecanismo controlador da violência desencadeada pelo desejo mimético. Recorde-se, aqui, a derivação apropriativa do comportamento mimético: ao imitar meu modelo, terminarei por desejar os objetos que ele possui e farei o possível para deles me assenhorear. Imagine-se o alcance desse tipo de rivalidade quando transferida para a totalidade de um grupo social; afinal, o desejo mimético é contagioso e pode agravar-se na exata proporção em que um número maior de agentes estiver envolvido no curto-circuito provocado pela rivalidade mimética. Se nenhuma forma de controle da dimensão apropriativa da mímesis for desenvolvida, a própria formação social pode vir a desintegrar-se em meio ao conflito generalizado. Eis o caráter paradoxal do fenômeno: sem a imitação, não se pode criar vínculos comuns, não se pode sequer falar a mesma linguagem; porém, o potencial conflituoso do ato imitativo levará à disputa pela posse de objetos desejados através da mesma imitação que num primeiro momento tornou a coesão social possível. (Aproveito para assinalar que a compreensão da teoria mimética exige a formulação contínua de paradoxos similares. Em alguma medida, a ambiguidade estrutural da obra shakespeariana engendra paradoxos muito próximos aos articulados pelo pensamento de René Girard – essa é outra afinidade eletiva entre o dramaturgo e o teórico.)

No instante em que a crise mimética atinge seu auge, ameaçando dissolver os laços sociais, o mecanismo do bode expiatório, tal como descrito por Girard, oferece uma alternativa ímpar. No auge da violência endógena, um fenômeno ocorre, e, devido ao êxito com que permite controlar os efeitos desagregadores da mímesis, tende a ser repetido até alcançar a regularidade e o formalismo de um rito fundador: a violência, antes indiscriminada, de todos contra todos na disputa fratricida pelo(s) mesmo(s) objeto(s), é dirigida arbitrariamente contra um único membro do grupo. Todos então se voltam contra ele, canalizando a violência que, de geral e inespecífica, portanto anárquica e autodestruidora, adquire uma direção única, por isso mesmo reordenadora do próprio grupo. O bode expiatório é assim sacrificado e, ao final do ritual, a ordem retorna: a violência, de origem mimética, engendra o sagrado, na figura da restauração da ordem social através do assassinato fundador – e esses termos pertencem ao vocabulário girardiano. Como resultado do processo, o bode expiatório passa a ser divinizado, pois seu sacrifício resolveu o conflito, restaurando a ordem e sobretudo colocando à disposição do grupo um mecanismo mediador da violência.

Contudo, para fazer justiça à complexidade do sistema mimético é necessário reconhecer que Girard não vislumbra a história como um processo linear e teleológico, mas como uma espiral, animada por uma matriz comum, mas cujos desdobramentos não podem ser determinados *a priori*. Tal distinção é fundamental, embora seja negligenciada com frequência pelos seus críticos mais apressados. Girard nunca afirmou que o mecanismo do bode expiatório solucionará sempre os conflitos miméticos e que tal resolução assumirá sempre as mesmas formas. Por que não imaginar situações em que grupos sociais se desintegraram precisamente porque não desenvolveram um mecanismo de controle da violência endógena ocasionada pelo desejo mimético? Girard defende que os grupos sociais que organizaram associações cada vez mais complexas descobriram o mecanismo do bode expiatório; contudo, cada grupo o fez a seu modo e sem necessariamente trilhar um caminho único. Posteriormente, esse mecanismo foi aperfeiçodo mediante a criação de ritos e instituições particulares. Em outras palavras, a hipótese do assassinato fundador fornece apenas a matriz geradora e não uma forma determinada, sempre a repetir-se – o equívoco mais comum dos críticos apressados da teoria mimética. Pelo contrário, aquela matriz é experimentada através de uma pluralidade de formas; formas estas naturalmente adaptadas a contextos específicos. De um lado, portanto, Girard propõe a existência de uma matriz universal: o processo civilizatório transforma a violência mimética em organizações sempre mais complexas através da sacralização da vítima. De outro lado, porém, Girard reconhece que as formas de atualização dessa mesma matriz serão necessariamente diversas entre si, pois serão irredutivelmente particulares. Nesse horizonte, Michel Serres pôde considerar Girard um autêntico "Darwin das Ciências Humanas";[13] afinal, sua teoria busca oferecer uma chave interpretativa da origem da organização social, com base na

[13] Michel Serres. *Atlas*. Paris: Julliard, 1994, p. 219-20.

resolução do conflito mimético. Contudo, não se deve esquecer da condição *sine qua non* a governar todo o processo: o bode expiatório somente faculta a resolução do conflito se um complexo mecanismo estiver em ação. É fundamental que o grupo realmente acredite em sua culpa: para o grupo, não se trata de uma *vítima*, arbitrariamente escolhida para canalização da violência endógena, mas de um membro do grupo *objetivamente culpado* e, por isso, um verdadeiro *bode expiatório*. Caso contrário, tratar-se-ia de um simples caso de autoengano deliberado, incapaz de converter a violência mimética em instituições sociais de caráter sagrado, pois, em lugar de um acontecimento ritual, o assassinato fundador, estaríamos diante de um simples linchamento.

Esse último ponto estimulou a proposta de uma ousada leitura antropológica da Bíblia; proposta esta ainda hoje pouco compreendida fora do círculo dos pesquisadores associados à teoria mimética. Tal exegese defende que, à diferença dos mitos, o texto das Sagradas Escrituras toma sempre o lado da *vítima*, recusando-se a vê-la como um *bode expiatório*. Para tanto, "basta" afirmar sua *inocência* essencial, em lugar de repetir o mantra de sua *culpa* aleatória. Aqui se esclarece a força da leitura girardiana:

> Vejo a conclusão do *Conto do inverno* como o primeiro exemplo dessa *conversão criativa* em Shakespeare, uma conversão extraordinária, não só por sua beleza e por sua posteridade na cronologia de seu criador, mas pela formidável tipicidade da estrutura geral, garantida por meios que parecem inteiramente originais de Shakespeare.[14]

Compreenda-se bem a leitura: no final da peça Leontes reconhece seu grave erro: se não tivesse sido motivado por um ciúme obsessivo e infundado, jamais teria acusado sua esposa, Hermíone, de traição. É como se Shakespeare reescrevesse

[14] René Girard. *Shakespeare: Teatro da inveja*, p. 572.

Otelo, colocando-se dessa vez ao lado da *vítima*, revelando assim o caráter arbitrário e injusto do mecanismo do *bode expiatório*. Não é difícil imaginar a alegria intelectual de René Girard ao chegar a essa conclusão. E isso por um motivo que sugere a forma própria de desenvolvimento de sua teoria: trata-se de uma espiral de ideias e conceitos, cuja complexidade crescente remete sempre ao mesmo princípio gerador: "Meu objetivo nesse estudo é mostrar que, quanto mais quintessencialmente 'mimético' for um crítico, mais fiel a Shakespeare será".[15]

Próspero – Shakespeare

Essa circularidade assegura a força da leitura girardiana de *A tempestade*, e devo destacá-la porque ela traz à superfície um dos maiores dilemas enfrentados tanto por Girard quanto pelos pesquisadores dedicados ao desenvolvimento das consequências da teoria mimética.

Na óptica girardiana, Calibã seria, por assim dizer, a metonímia da primeira intuição shakespeariana do desejo mimético. O dramaturgo teria compreendido a estrutura mimética das relações humanas, assim como suas consequências conflituosas. Deslumbrado pela força da revelação, não procurou ocultá-la; pelo contrário, deu livro curso à violência, considerada por muitos excessiva em alguns de seus primeiros esforços, e também abusou da transparência com que armou enredos à roda da mímesis e seus avatares. Na avaliação de Girard: "O desejo mimético não é uma febre passageira para o jovem Shakespeare; é a estrutura mesma das relações humanas não apenas em suas peças, mas também em *O estupro de Lucrécia*, poema publicado em 1594, o ano a que mais comumente se atribui *Os dois cavalheiros de Verona*".[16] No entanto, se o desejo mimético permaneceu a força de gravidade da obra shakespeariana, o dramaturgo teria aprendido a controlar sua órbita, de modo

[15] *Idem*, p. 36.
[16] *Idem*, p. 63.

a realizar o improvável acordo entre expor o conflito mimético, sem no entanto revelar seu rosto, por assim dizer – ou seja, sem alardear a "bandeira vermelha na frente do público". Assim, de um lado, podia oferecer a catarse propiciada pela resolução sacrificial, transformada em solução cênica, numa surpreendente espiral que projeta o presente da performance teatral nos primórdios da cultura humana, pois, se o teatro, em suas origens, nasceu do rito dionisíaco, Shakespeare teria retomado o rito fundador do mecanismo expiatório, transformando o desejo mimético em matriz geradora de enredos engenhosos e situações dramáticas complexas. De outro lado, por exemplo, na cena do julgamento em *O mercador de Veneza* a audiência é literalmente metamorfoseada na antiga multidão que exigia o sacrifício da vítima; no caso dessa peça, do judeu Shylock. Sem que os espectadores necessariamente compreendam, eles estão reencenando o assassinato fundador; por isso, o fracasso do usurário cria uma corrente de solidariedade que atravessa a plateia, como o assassinato fundador eletrizava as primeiras comunidades. Nesse contexto, a originalidade da leitura de Girard adquire pleno vigor: "O Próspero que ensina Calibã a falar é o próprio Shakespeare transformando em poemas e peças a inspiração poética ainda não verbal que deve a Calibã. O monstro representa um modo literário que Shakespeare viria a desaprovar, mas sem deixar de reconhecer o papel crucial que desempenhou em sua carreira".[17] Vale dizer, em *A tempestade*, Calibã alude à primeira fase da obra do dramaturgo, na qual o entendimento do desejo mimético ainda não estava suficientemente desenvolvido – o pulo do gato, como vimos, supõe a compreensão de que a vítima é *sempre inocente*.

Por sua vez, na estrutura profunda de *A tempestade*, Ariel representaria a metáfora da exposição mais sutil do mesmo mecanismo, incluindo a explicitação do caráter arbitrário do bode expiatório. Podemos mostrar a diferença retornando a *O mercador de Veneza*. Ora, amadurecido, Shakespeare aprendeu a dar uma no cravo e outra na ferradura. No cena do julgamento, Shylock é condenado, sem dúvida. Porém, ao mesmo tempo, é a seu modo perdoado. Além disso, uma de

[17] *Idem*, p. 579.

suas punições rezava: "que se converta sem demora ao cristianismo". Tal punição estimula a leitura inovadora de Girard: "Assim, Shylock parece mais escandaloso aos venezianos e aos espectadores quando deixa de se parecer consigo mesmo e começa a se parecer cada vez mais com os venezianos".[18] Em palavras direitas, Shylock, a vítima, é inocente, ou, no mínimo, ele é tão culpado quanto qualquer outro veneziano – ou quanto qualquer espectador que condenou o judeu como se ele fosse radicalmente diferente e, por isso, constituísse um bode expiatório "natural". Sem dúvida, obrigar Shylock a converter-se parece ao clima politicamente correto que domina a cena contemporânea a própria negação da "diversidade", portanto, a punição a mais rigorosa de todas. Tal leitura, contudo, além de previsível, tediosa mesmo, deixa escapar o que mais importa: obrigar Shylock a converter-se também significa afirmar que, na emergência do capitalismo moderno, a centralidade do capital na determinação das relações humanas criou um padrão muito similar de comportamento e de moralidade. Se a usura do judeu equivale ao apego do cristão ao ouro, então, todos são igualmente inocentes – ou todos são igualmente culpados. Não surpreende assim que, na resolução cômica da peça, Shylock de fato escape ao linchamento moral – mais uma instância da *conversão criativa* do autor. Ademais, Shakespeare realiza a proeza de agradar a todos. Provavelmente a maior parte da audiência elizabetana, e mesmo nos palcos do século XXI, saiu (e sai) feliz da vida com a "condenação" do judeu usurário, contente com a própria inteligência crítica. Porém, pelo menos alguns espectadores voltarão para casa com as palavras perturbadoras de Pórcia nos ouvidos. Na leitura forte de Girard: "Temos uma alusão ao processo de indiferenciação, creio, numa fala bem conhecida da peça. Quando Pórcia entra no tribunal, ela pergunta: 'Onde está o mercador? Qual o judeu?' (IV, i, 174)".[19]

A pergunta cala fundo porque o teatro shakespeariano surgiu num momento histórico particularmente favorável para a hipótese girardiana. O reinado de Elizabeth

[18] *Idem*, p. 424.
[19] *Idem*, p. 424.

I presenciou e simultaneamente estimulou, entre tantas transformações epocais, "(...) a invenção do próprio idioma – uma das numerosas inovações revolucionárias da época, como o próprio teatro, e também, destacadamente, a economia de mercado".[20] É fascinante perceber que se empregava o mesmo termo tanto para a criação de novas palavras quanto para a cunhagem de moedas: *coinage*.[21] De um lado, se "Elisabeth I procurou reorganizar o sistema monetário",[22] de outro, "alguns dos marcos evolutivos do teatro e do mercado revelam um instigante paralelismo".[23] Shakespeare produziu sua obra num período em que os planos linguístico, monetário e macroeconômico conheceram transformações relevantes com consequências igualmente decisivas nas relações interpessoais. Tais transformações teriam acirrado as tensões miméticas no universo cotidiano, e talvez esse acirramento tenha tornado o jovem Shakespeare particularmente sensível à dinâmica própria do desejo mimético. Isso para não mencionar o fato de que o ambiente artístico, com suas vaidades e rivalidades costumeiras, é uma autêntica sementeira de mimetismo – como hoje em dia o ambiente acadêmico...

Por fim, se Próspero pode mesmo ser visto como a autoimagem do dramaturgo, o conflito dos dois personagens antagônicos, Calibã e Ariel, encena a ambiguidade constitutiva do teatro de Shakespeare. Por isso, *A tempestade* é um testamento artístico mas também filosófico: o desejo mimético é o centro de gravidade do propriamente humano; logo, a violência não é um acidente indesejável na trajetória da cultura, mas a condição de sua emergência. Devemos aprender a caminhar no fio da navalha, portanto. No fundo, também se trata do dilema experimentado por René Girard: como expor a descoberta do desejo mimético da forma a mais clara possível? Pois, como vimos, uma vez que se reconhece o caráter arbitrário da vítima, ou seja, sua inocência, então, o mecanismo do bode expiatório perde sua razão de ser.

[20] Gustavo H. B. Franco. "A economia de Shakespeare. O retrato do capitalismo quando jovem". Gustavo H. B. Franco & Henry W. Farnam. *Shakespeare e a economia*. Rio de Janeiro: Jorge Zahar Editor, 2009, p. 17.
[21] *Idem*, especialmente p. 35-36.
[22] *Idem*, p. 30.
[23] *Idem*, p. 52.

Ora, como traduzir a riqueza da evidência – disponível nos mitos, na tragédia grega, no teatro de Shakespeare, no romance moderno, no cinema e, hoje em dia, mesmo no gênero televisivo do *reality show*, autêntico laboratório de criação semanal de pequenos bodes expiatórios – numa autoconsciência do mecanismo vitimatório?

Uma resposta intrigante encontra-se na leitura radical proposta por Girard de *Hamlet*.

Por um novo Hamlet

Se a escolha de Shakespeare como precursor da teoria mimética deveria permitir às ideias de Girard uma recepção ampliada, a escolha de *Hamlet* na obra do dramaturgo é igualmente estratégica. Afinal, na expressão enfática de Harold Bloom, "Depois de Jesus, Hamlet é a figura mais citada na consciência ocidental; ninguém reza para ele, mas de igual modo ninguém pode evitá-lo por muito tempo".[24] A leitura girardiana de *Hamlet* ocupa um lugar muito especial neste livro. A força de sua proposta pode ser mais bem apreciada nas seguintes passagens, nas quais Girard combina a originalidade usual de seu pensamento com a ironia característica de sua verve polêmica:

> Após quatro séculos de controvérsias, a relutância temporária de Hamlet em cometer assassinato ainda nos parece tão esquisita que cada vez mais livros são escritos no vão esforço de solucionar esse mistério. A única maneira de explicar esse curioso *corpus* crítico é supor que no século XX bastava um fantasma fazer um pedido, e o professor médio de literatura massacraria toda sua família sem levantar as sobrancelhas.
>
> (...)

[24] Harold Bloom. *Op. cit.*, p. XXI.

> Imaginemos um Hamlet contemporâneo com seu dedo num botão nuclear. Após quarenta anos de procrastinação ele ainda não encontrou a coragem de apertar o botão. Os críticos à sua volta começam a ficar impacientes. Os psiquiatras ofereceram seus serviços e chegaram à resposta habitual: Hamlet é um homem doente.[25]

A reviravolta girardiana consiste em evitar a armadilha habilmente montada por Shakespeare. O dramaturgo teria escrito uma tragédia no contexto de um gênero muito em voga: o "gênero da tragédia de vingança, tão batido e inescapável na época de Shakespeare quanto o *thriller* para um autor de TV da nossa época".[26] Contudo, ele estaria farto do gênero em si mesmo, pois a vingança inaugura um círculo vicioso, alimentado pela retribuição mimética, cujo resultado final é sempre o acirramento da crise e a consequente sucessão de sacrifícios. Ora, mestre na ambiguidade estrutural, Shakespeare teria ideado uma "tragédia de vingança" na qual o herói não somente hesita todo o tempo, como também parece não sentir o menor desejo de vingar-se! No entanto, como o público somente compareceria ao teatro se recebesse sua cota habitual de cadáveres no centro do palco, Shakespeare difere a vingança literalmente até os 45 minutos do segundo tempo. A associação feita por Bloom entre Jesus e Hamlet revela-se mais girardiana do que admitiria o autor de *Angústia da influência*, pois esse novo Hamlet intui que a vingança não é a solução, e, embora não saiba ou não possa desenvolver as consequências da intuição, a simples falta de apetite em executar sua tarefa tem o efeito paródico que nenhuma encenação parece ter a coragem de enfrentar, por mais moderna que se pretenda. Leia-se, por exemplo, o texto de apresentação do programa da recente encenação protagonizada por Jude Law: "Um personagem em um drama de vingança popular e movimentado (...), de formas diversas e em tempos

[25] René Girard. *Shakespeare: Teatro da inveja*, p. 488-89.
[26] *Idem*, p. 466.

e lugares diferentes, esse personagem tem sido um símbolo de 'alta' cultura, angústia pessoal, decadência nacional e ativismo político".[27] A proposta girardiana é mais simples e ao mesmo tempo mais ousada: a hesitação de Hamlet não exige explicações de corte psicanalítico, político ou existencialista *avant la lettre*. Sua hesitação antes se relaciona à percepção da inutilidade da vingança, já que ela inaugura um círculo vicioso cujo resultado é sempre o mesmo: um novo assassinato amanhã, a fim de justificar os mortos de ontem. No fundo, se lhe fosse facultado o direito de escolha, provavelmente o príncipe abriria mão da vendeta:

> Para executar uma vingança com convicção, você tem de acreditar na justiça de sua própria causa. (...) Se a vítima da vítima já é um assassino, e se aquele que busca vingança reflete um pouco demais sobre a circularidade da vingança, sua fé na vingança há de desabar.
>
> É exatamente isso que temos em *Hamlet*. Não pode ser despropositadamente que Shakespeare sugere que o velho Hamlet, o rei assassinado, era ele mesmo um assassino. Por pior que Cláudio pareça, ele não parece tão ruim assim dentro do contexto de uma vingança anterior; ele não consegue gerar, enquanto vilão, a paixão e a dedicação absolutas que se exige de Hamlet. O problema de Hamlet é que ele não consegue esquecer o contexto. O resultado é que o crime de Cláudio parece a ele mais um elo numa corrente já bem longa, e sua própria vingança vai parecer só um outro elo, perfeitamente idêntico a todos os demais elos.[28]

[27] Russel Jackson. " 'This is I, Hamlet the Dane' ". *Hamlet*. Programa da peça. 2009.
[28] René Girard. *Shakespeare: Teatro da inveja*, p. 466.

Nesse caso, a célebre pergunta, sempre repetida – "Ser ou não ser" –, desdobra-se num questionamento mais radical: "Por que vingar-se?". Eis a questão-chave numa leitura mimética. Trata-se de uma autêntica proeza analítica, cujas consequências seriam consideráveis para uma encenação inovadora do drama do príncipe dinamarquês. Aliás, aqui, cabe uma breve digressão: o estudo atento deste livro poderia estimular uma nova forma de encenar as peças de Shakespeare, já que a ênfase nas relações interpessoais mimeticamente compreendidas permitiria jogos de cena radicalmente diferentes do modelo habitual.

América Latina: mimética?

A fim de concluir esta introdução e, ao mesmo tempo, propor a centralidade potencial da teoria mimética para uma compreensão renovada de determinados aspectos da cultura latino-americana, gostaria de mencionar a obra de alguns dos nossos mais importantes autores, destacando a proximidade de algumas de suas observações com os princípios defendidos por René Girard. Não se trata, evidentemente, de encontrar similaridades artificiais ou de buscar respostas semelhantes, mas de identificar um conjunto aparentado de perguntas e de inquietações.

Poucos autores se aproximaram tanto da intuição fundamental de René Girard quanto Jorge Luis Borges em sua impressionante caracterização de Shakespeare – o homem e o dramaturgo:

> (...) Al principio creyó que todas las personas eran como él pero la extrañeza de un compañero con el que había empezado a comentar esa vacuidad, le reveló su error y le dejó sentir, para siempre, que un individuo no debe diferir de la especie. Alguna vez pensó que en los libros hallaría remedio para su mal y así aprendió el poco latín y menos griego de que hablaría un contemporáneo; después consideró que en el ejercicio de un rito elemental de la humanidad,

> bien podía estar lo que buscaba y se dejó iniciar por Anne Hathaway, durante una larga siesta de junio. A los veintitantos años fue a Londres. Instintivamente, ya se había adiestrado en el hábito de simular que era alguien, para que no se descubriera su condición de nadie; en Londres encontró la profesión a que estaba predestinado, la del actor, que en un escenario, juega a ser otro, ante un concurso de personas que juegan a tomarlo por aquel otro.[29]

Em termos girardianos, Shakespeare descobre sua "condição de ninguém" ao reconhecer a natureza mimética de seu desejo. Daí a "vacuidade" que o jovem futuro ator e dramaturgo sentia não deve ser pensada como um "sintoma" exclusivamente psicológico, mas pode ser entendida como a intuição inicial da presença necessária de um mediador na determinação do desejo.[30] De igual modo, a referência ao casamento com Anne Hathaway como um esforço frustrado de superação da tensão mimética relaciona-se intrinsecamente com a inovadora análise girardiana do *Ulisses*, de James Joyce.[31] Harold Bloom menciona esse texto de Borges, embora naturalmente não esteja preocupado com o desdobramento que proponho.[32]

[29] Jorge Luis Borges. "*Everything and nothing*". *El Hacedor.* Obras completas – 1952-1972, vol. II. Buenos Aires: Emecé, 1989, p. 181.

[30] Devo reconhecer que Girard, embora destaque a argúcia borgiana, discorda da ênfase na "vacuidade": "Esse pacto faustiano com um diabo chamado mímesis é sem dúvida uma ideia brilhante, mas não há o menor indício de que tenha acontecido, exceto, é claro, pelo prodigioso gênio de Shakespeare, por sua capacidade quase infinita de representação mimética, o que não prova rigorosamente nada a respeito da personalidade dele. Na tese de Borges, enxergo uma versão sutil do mesmo temor que já encontramos duas vezes nas últimas páginas, o temor ocidental e moderno por excelência, o de ser enganado pela representação. O Shakespeare sem rosto é um último mito mimético, inventado por um autor que, como Joyce, compreendia bastante o verdadeiro papel da mímesis na literatura mas desistiu antes do questionamento definitivo". René Girard. *Shakespeare: Teatro da inveja.* Tradução de Pedro Sette-Câmara. São Paulo: É Realizações, 2010, p. 621-22. Agradeço a James Alison essa observação.

[31] "Depois que mais de três quartos do livro se passaram, inseri um capítulo sobre o *Ulisses* de Joyce, mais precisamente sobre a palestra de Stephen Dedalus sobre Shakespeare. Esse texto é geralmente considerado irrelevante para a compreensão de Shakespeare, mas representa a primeira interpretação *mimética* das obras de Shakespeare, uma condensação brilhante de muitas das mesmas ideias que desenvolvo aqui." René Girard. *Shakespeare: Teatro da inveja.* p. 39, op.cit

[32] Harold Bloom. *Op. cit.*, p. XXI.

Recorde-se também um poema de Machado de Assis dedicado precisamente à relação conflituosa entre os polos representados pelos personagens Ariel e Calibã.[33] Trata-se do soneto "No alto", reunido em *Ocidentais*:

> O poeta chegara ao alto da montanha,
> E quando ia a descer a vertente do oeste,
> Viu uma cousa estranha,
> Uma figura má.
> Então, volvendo o olhar ao sutil, ao celeste,
> Ao gracioso Ariel, que de baixo o acompanha,
> Num tom medroso e agreste
> Pergunta o que será.
> Como se perde no ar um som festivo e doce,
> Ou bem como se fosse
> Um pensamento vão,
> Ariel se desfez sem lhe dar mais resposta.
> Para descer a encosta
> O outro lhe deu[34] a mão.[35]

[33] Não disporei de espaço nesta introdução para desenvolver o tópico, mas vale a pena mencionar a possibilidade de uma futura pesquisa acerca da teoria mimética na América Latina através do estudo das inúmeras apropriações de *A tempestade* por criadores latino-americanos desde o século XIX até os dias atuais. Tal pesquisa deveria evitar o caminho usual, que consiste em opor irremediavelmente os dois polos, a fim de adotar a alternativa proposta por René Girard e esboçada no poema de Machado de Assis, qual seja, investir na relação conflituosa mas indissociável entre Calibã e Ariel, à sombra de Próspero.

[34] Na *Obra completa*, vol. III, organizada por Afrânio Coutinho, esse último verso aparece como "O outro estendeu-lhe a mão". Rio de Janeiro: Aguilar, 1986, p. 179. A mesma lição se encontra em *Machado de Assis. Poesia*. Péricles Eugênio da Silva Ramos (org.). Rio de Janeiro: Agir, 1964, p. 79. De igual modo, em *Machado de Assis. Melhores poemas*. Alexei Bueno (org.). São Paulo: Global, 2000, p. 116.

[35] Machado de Assis. "No alto". *Ocidentais. Toda poesia de Machado de Assis*. Claudio Murilo Leal (org.). Rio de Janeiro: Record, 2008, p. 347. Naturalmente, no desenvolvimento dessa perspectiva, a obra de Machado terá uma importância singular devido a seu relacionamento obsessivo com os textos de Shakespeare. Não disponho de espaço para tratar do tema nesta introdução, mas fica ao menos a observação.

Como não poderia deixar de ser, o poeta é Próspero; neste caso, é certo, um Próspero nos tristes trópicos. Mas não nos deixemos vencer pelo autoexotismo, pois, exatamente como o bardo, Próspero-Machado descobre-se dividido entre Ariel e Calibã. E, se no alto da montanha contava com o nume, na descida da encosta encontra apenas o apoio do monstro. Será que Machado, assim como o Shakespeare de *A tempestade*, cifrou nesse soneto uma reflexão reveladora sobre sua condição de "mestre na periferia do capitalismo", recordando a expressão de Roberto Schwarz?

Próspero-Shakespeare, como vimos, precisou equilibrar a revelação categórica da dimensão conflituosa da mímesis com a apresentação matizada dos efeitos do mecanismo do bode expiatório, compondo assim uma "ambiguidade estrutural" que lhe permitia agradar dois públicos simultaneamente: talvez o maior segredo do êxito popular de suas peças no universo elisabetano. Na leitura de Girard, o pleno desenvolvimento do gênio shakespeariano exigiu o negaceio constante entre a catarse proporcionada pelas burlas de Calibã e a autoconsciência sugerida pelos avatares de Ariel.

Próspero-Machado, por seu turno, necessitou encontrar um delicado meio-termo entre o dia a dia que lhe coube no Brasil oitocentista e as lições da tradição literária e, num sentido mais amplo, as promessas da "civilização", tal como se entendia o conceito. De um lado, Ariel, o espírito tutelar, universal; de outro, Calibã, os muitos escravos e os inúmeros agregados que sequer chegariam a abrir seus livros. Aqui, pelo menos, Próspero-Shakespeare contava com uma vantagem adicional, pois os Calibãs da Inglaterra elizabetana, e não eram poucos, estavam dispensados de ler: bastava comparecer ao teatro e prestar alguma atenção na intriga desenvolvida no palco – como se sabe, no teatro da época, com frequência o melhor espetáculo tinha lugar no chão batido em que se acotovelava a audiência mais popular. No estudo de Roberto Schwarz, a "volubilidade estrutural" do narrador das *Memórias póstumas de Brás Cubas* transformou obstáculo objetivo em salto qualitativo. Nos termos da leitura de Girard, a volubilidade estrutural permite que o narrador, por assim dizer, fique em cima do muro com razoável elegância: às vezes flerta com Ariel, outras vezes coqueteia com Cailbã, mas, sobretudo, não se compromete com ninguém, pelo menos não exclusivamente, porque em terra de cego quem enxerga muito é tolo. Desse modo, "o escândalo das *Memórias* está em sujeitar a civilização moderna à volubilidade. (...) Rimos aqui nada menos que das aquisições do Ocidente moderno".[36] Em outras palavras, é como se Calibã escrevesse no idioma de Ariel, ou pelo menos lançasse mão de seus temas e adotasse inclusive suas formas convencionais, sem jamais abrir mão da malícia que traz à tona o lado nada etéreo de Ariel, ao fim e ao cabo, um servo de Próspero, exatamente como Calibã.[37]

Essa circunstância, proponho, estruturou a experiência latino-americana com força ímpar desde os movimentos de independência no século XIX e pode estimular uma apropriação fecunda da teoria mimética, já que supõe o caráter potencialmente desagregador da adoção de um modelo na definição da identidade. Nessas condições, a tarefa crítica somente se realiza se as teorias importadas são submetidas a uma bem dosada torção conceitual; portanto, a oscilação tensa entre o alheio e o próprio constitui o eixo de gravidade das culturas latino-americanas.

Penso em Pedro Henríquez Ureña e sua importante compilação de ensaios breves, *La utopía de América*. O tema que organiza a coletânea é exatamente o relacionamento do intelectual latino-americano com a cultura europeia, em geral, e americana em particular; ou seja, o relacionamento com a presença constitutiva do outro, tomado como modelo mediador. Após propor a distinção "entre imitación y herencia"[38] como a metodologia correta para refletir sobre o problema, Henríquez Ureña afirmou:

[36] Roberto Schwarz, *Um mestre na periferia do capitalismo*: Machado de Assis. São Paulo: Duas Cidades / 34 Letras, 2000, p. 54.

[37] "Voltando a Machado de Assis, vimos que a sua fórmula narrativa atende meticulosamente às questões ideológicas e artísticas do oitocentos brasileiro, ligadas à posição periférica do país. (...) A notável independência e amplitude de Machado no trato literário com a tradição do Ocidente depende da solução justa que ele elaborou para imitar a sua experiência histórica". *Idem*, p. 225-26.

[38] Pedro Henríquez Ureña. "Herencia e imitación". *La utopía de América*. Caracas: Biblioteca Ayacucho, 1989, p. 52.

> Tenemos el derecho – herencia no es hurto – a movernos con libertad dentro de la tradición española, y, cuando podamos, a superarla. Todavía más: tenemos derecho a todos los beneficios de la cultura occidental.
>
> ¿Dónde, pues, comienza el mal de la imitación?
>
> Cualquier literatura se nutre de influjos extranjeros, de imitaciones y hasta de robos: no por eso será menos original. (...) Pero el caso es grave cuando la transformación no se cumple, cuando la imitación se queda en imitación.
>
> Nuestro pecado, en América, no es la imitación sistemática – que no daña a Catulo ni a Virgilio, a Corneille ni a Molière – sino la *imitación difusa* (...).[39]

Nessa passagem, notável de muitos pontos de vista, insinua-se a possibilidade de articular uma "poética da emulação" como forma propriamente latino-americana de lidar com a presença insofismável do mediador, do outro, na autodefinição da própria identidade. Daí a distância da "imitação sistemática" à "imitação difusa": enquanto esta apenas exige o simples gesto de reproduzir a norma adotada como modelo sem maiores questionamentos, aquela supõe o desejo de emular o padrão adotado e, desse modo, superá-lo, sem no entanto abdicar desse diálogo constitutivo. O mesmo princípio estrutural foi exposto quase didaticamente por Alejo Carpentier. A similaridade das análises não deve surpreender, pois ela demonstra o caráter propriamente mimético de boa parte das mais importantes realizações das artes e do pensamento latino-americanos.

[39] *Idem*, p. 53.

> Toda arte necesita de una tradición de *oficio*. En arte la *realización* tiene tanta importancia como la materia prima de una obra... (...)
>
> Por ello es menester que los jóvenes en América conozcan a fondo los valores representativos del arte y la literatura moderna en Europa (...) para tratar de llegar al fondo de las técnicas, por el análisis, y hallar métodos constructivos aptos a traducir con mayor fuerza nuestros pensamientos y nuestras sensibilidades de latinoamericanos... Cuando Diego Rivera, hombre en quien palpita el alma de un continente, nos dice: 'Mi maestro, Picasso', esta frase nos demuestra que el pensamiento no anda lejos de las ideas que acabo de exponer.[40]

A referência a Rivera é decisiva, pois a transmissão do ofício nas escolas de pintura preservou o modelo descartado pelo Romantismo em outras artes, qual seja, o modelo da *imitatio* e *emulatio*;[41] modelo este que supunha exatamente os passos descritos por Henríquez Ureña e Carpentier: assimilação, apropriação, transformação do mediador. Portanto, a "poética da emulação" latino-americana pode reunir Machado de Assis, Pedro Henríquez Ureña, Alejo Carpentier e Jorge Luis Borges, dentre tantos outros pensadores e criadores. Na literatura contemporânea, também é possível encontrar reflexões importantes que resgatam o sentido mais fecundo do conceito de emulação "classicismo: na verdade Picasso estava restaurando o gesto

[40] Alejo Carpentier. "América ante la joven literatura europea". *Los pasos recobrados. Ensayos de teoría y crítica literaria*, p. 165. O ensaio de Carpentier foi originalmente publicado em 1931.

[41] Não disporei de espaço nesta introdução para desenvolver o tema, mas desejo assinalar que, nos últimos anos, um conjunto de importantes exposições começa a revisitar o modelo da *imitatio* e *emulatio*, a fim de renovar o entendimento muitas vezes unilateral característico de certa compreensão da vanguarda. Penso, por exemplo, nas exposições "Matisse – Picasso" (2003, MOMA, Nova York); "Picasso et les maîtres" (2008-2009, Grand Palais, Paris); "Titian, Tintoretto, Veronese: Rivals in Renaissance Venice" (2009, Museum of Fine Arts, Boston, 2009); "Turner and the Masters" (2009, Tate Britain, Londres).

clássico de imitação dos antigos, traindo seu legado com fidelidade. Em novo contexto a emulação era a mesma e outra, ferida diferida, golpe de gênio. (...)".[42] Como a citação esclarece, não se trata de uma circunstância exclusivamente latino-americana! Dizê-lo seria ingenuidade com inegável sabor provinciano. Estou propondo que determinadas características da história latino-americana trouxeram o problema da emulação para a ordem do nosso dia a dia – e isso desde sempre, ou seja, desde o momento em que culturas diferentes entraram em rota de colisão. Talvez, então, seja possível propor que, ao fim e ao cabo, os países latino-americanos constituam "culturas shakespearianas". Se este for o caso, *Shakespeare: Teatro da inveja* deve conhecer uma recepção renovadora no Brasil. E, se este for mesmo o caso, trata-se apenas do primeiro passo para o futuro desenvolvimento de uma contribuição latino-americana radicalmente mimética à teoria de René Girard.

[42] Evando Nascimento. *Retrato desnatural* (*diários – 2004-2007*). Rio de Janeiro: Record, 2007, p. 146. A sequência da passagem é igualmente instigante: "(...) contam também que certa vez visitou Matisse, passou toda uma manhã admirando as novíssimas telas, foi embora prometendo voltar, com acenos de amizade. O resultado foram pinturas com dupla assinatura, uma visível, a outra semiapagada. Fez isso descaradamente com inúmeros outros: Poussin, Velásquez, Van Gogh, Ingres. Incumbe a nós reler essa *escrita* em palimpsesto".

introdução à edição americana

Diante dos milhares de livros sobre Shakespeare nas estantes das bibliotecas, qualquer um que tente escrever um novo deveria começar com um longo pedido de desculpas. As minhas desculpas serão a desculpa habitual: um amor irresistível pelo assunto. Eu não seria sincero, porém, se afirmasse que esse amor é tão gratuito e desencarnado quanto recomenda Immanuel Kant em seus textos sobre estética.

Meu trabalho a respeito de Shakespeare está inexoravelmente relacionado a tudo que já escrevi, a começar por um ensaio sobre cinco romancistas europeus.[1] Amo-os tão igual e imparcialmente, que em minha feliz ignorância das modas literárias, as quais imperiosamente exigem que os críticos procurem por aquilo que torna os autores que escolhem "singulares", "únicos", "ímpares" e "incomparáveis" – totalmente isolados, em outras palavras, de todos os outros autores –, apostei na possibilidade de que meus cinco romancistas talvez tivessem algo em comum. Uma ideia chocante, é verdade, mas pelo menos aos meus olhos a aposta valeu a pena; descobri algo, que chamei de "desejo mimético".

[1] O livro *Mentira romântica e verdade romanesca*. São Paulo: É Realizações, 2009. [N. T.]

Quando pensamos nos fenômenos em que o mimetismo provavelmente desempenha um papel, vêm-nos à cabeça coisas como roupas, maneirismos, expressões faciais, linguagem, atuações teatrais, criações artísticas e daí por diante, mas nunca pensamos no desejo. Consequentemente, vemos a imitação na vida social como uma força de gregaridade e mera conformidade, advindas da reprodução em massa de alguns modelos sociais.

Se a imitação também desempenha um papel no desejo, se ela contamina nossa urgência de adquirir e possuir, essa visão convencional, ainda que não inteiramente falsa, passa ao largo da questão principal. A imitação não apenas reúne as pessoas, mas as afasta. Paradoxalmente, ela pode fazer essas duas coisas ao mesmo tempo. Os indivíduos que desejam a mesma coisa estão unidos por algo tão forte que, enquanto puderem dividir o que quer que desejem, permanecem os amigos mais unidos; assim que isso deixa de ser possível, tornam-se os inimigos mais mortais.

A perfeita continuidade entre concórdia e discórdia é tão crucial para Shakespeare quanto o era para os poetas trágicos da Grécia, servindo também como rica fonte de paradoxo poético. Se suas obras hão de sobreviver à volatilidade da moda, dramaturgos e romancistas precisam descobrir essa fonte fundamental do conflito humano – a saber, o desejo mimético – e precisam descobri-la sozinhos, sem a ajuda de filósofos, moralistas, historiadores ou psicólogos, que sempre se calam a respeito.

Shakespeare descobriu a verdade tão cedo que, de início, sua abordagem dela parece juvenil e até mesmo caricatural. Em *O estupro de Lucrécia*, escrito de juventude, seu estuprador potencial, ao contrário do Tarquínio original do historiador romano Lívio, decide estuprar uma mulher que ele nunca encontrou em pessoa; ele é atraído por ela somente por causa dos excessivos louvores que seu marido faz de sua beleza. Suspeito que Shakespeare tenha escrito essa cena logo após ter descoberto o desejo mimético. Ele ficou tão impressionado, tão ansioso para ressaltar seu paradoxo constitutivo, que criou essa monstruosidade, que nem é inteiramente inacreditável, mas é um pouco desconcertante: um estupro às escuras, no mesmo sentido em que falamos de "encontro às escuras".

Os críticos modernos rejeitam fortemente esse poema. Quanto a Shakespeare, ele logo percebeu que balançar o desejo mimético como uma bandeira vermelha na frente do público não era o caminho certo para o sucesso (lição que aparentemente eu mesmo nunca aprendi). Rapidamente Shakespeare tornou-se sofisticado, insidioso e complexo em seu manejo do desejo, mas permaneceu insistentemente e até obsessivamente mimético.

Shakespeare pode ser tão explícito quanto alguns de nós em relação ao desejo mimético, possuindo um vocabulário próprio para ele, próximo o suficiente do nosso para ser reconhecido de imediato. Ele fala em "desejo sugerido", "sugestão", "desejo ciumento", "desejo emulador" etc. Mas o termo essencial é "inveja", sozinho ou combinado, como em "desejo invejoso" ou "emulação invejosa".

Assim como o desejo mimético, a inveja subordina um algo desejado a um alguém que goza de uma relação privilegiada com esse objeto. A inveja cobiça o ser superior que nem o alguém, nem o algo parecem possuir individualmente, mas apenas em conjunto. A inveja involuntariamente testemunha uma falta de ser que envergonha o invejoso, sobretudo depois da entronização do orgulho metafísico no Renascimento. É por isso que a inveja é o pecado mais difícil de admitir.

Costumamos nos gabar de que nenhuma palavra mais nos escandaliza, mas que tal "inveja"? Nosso apetite supostamente insaciável pelo proibido não chega a tocá-la. As culturas primitivas temem e reprimem tanto a inveja que não têm uma palavra para nomeá-la; nós quase não usamos a que temos, e esse fato há de ser significativo. Deixamos de proibir muitas ações que geram inveja, mas silenciosamente banimos qualquer coisa que possa nos lembrar de sua presença entre nós. A importância dos fenômenos psíquicos, dizem, é proporcional à resistência que geram em relação à revelação. Se aplicarmos essa medida à inveja e àquilo que a psicanálise considera reprimido, qual dos dois será o candidato mais plausível para o papel de segredo mais bem guardado?

Talvez o pequeno grau de aceitação que o desejo mimético obteve em círculos acadêmicos se deve, em parte, à sua capacidade de funcionar como máscara e substituto para o que Shakespeare chama de inveja, e não uma revelação explícita dela. A fim de evitar qualquer mal-entendido, escolhi a palavra tradicional para o título deste estudo, a palavra provocativa, a palavra áspera e impopular, a palavra que o próprio Shakespeare usou – inveja.

Será que isso quer dizer que não sobra nenhum uso legítimo para desejo mimético? Nem tanto. Toda inveja é mimética, mas nem todo desejo mimético é invejoso. A inveja sugere um único fenômeno estático, não a prodigiosa matriz de formas que a imitação conflituosa vira nas mãos de Shakespeare.

Aqueles que objetam contra o desejo mimético afirmando que seu "reducionismo" empobrece a literatura confundem-no com um conjunto limitador de conceitos que geraria um conteúdo finito. É o próprio Shakespeare quem responde a essa objeção ao escolher o nome de Proteu, deus grego da transformação, para um personagem que literalmente personifica o desejo mimético em *Os dois cavalheiros de Verona*. Essa peça, das primeiras, não consegue desenvolver todas as implicações desse nome, mas a qualidade "proteana" do desejo mimético fica evidente nas obras-primas cômicas, a começar pela fantasticamente ágil *Sonho de uma noite de verão*.

Meu objetivo neste estudo é mostrar que, quanto mais quintessencialmente "mimético" for um crítico, mais fiel a Shakespeare será. Sem dúvida, para a maior parte das pessoas, essa reconciliação entre a crítica prática e a teórica parece impossível. Este livro pretende demonstrar que elas estão erradas. Nem todas as teorias são iguais em relação a Shakespeare: sua criação obedece aos mesmos princípios miméticos com que trato sua obra, e obedece-os explicitamente.

Shakespeare frequentemente define o desejo mimético em suas comédias; ele o chama de "amor que dependeu da escolha de amigos",[2] "amor escolhido por olhos

[2] "*Love that stood upon the choice of friends*", no original, em referência a *A Midsummer Night's Dream*, I, i, 139. Na tradução de Carlos Alberto Nunes, seria um amor que "os pais, sozinhos, decidiam" [*Sonho de uma noite de verão*, I, i; *Comédias*, p. 178]. O leitor verá que Girard tem excelentes motivos para interpretar

estranhos",[3] "amor de outiva".[4] Ele tem seu próprio estilo inimitável de teorizar a respeito da mímesis: discreto, às vezes até disfarçado – ele nunca esquece que a verdade mimética é impopular – mas hilariamente óbvio e cômico assim que possuímos a chave que abre todos os cadeados nesse domínio. Essa chave não é a papinha requentada do "realismo mimético", uma mímesis supostamente distinta e artística, cujo ferrão conflituoso foi removido. Até mesmo a arte em Shakespeare pertence à variante venenosa da imitação.

Interpretação, no sentido corrente, não é a palavra adequada para o que faço. Meu trabalho é mais básico. Leio pela primeira vez a letra de um texto jamais lido sobre muitos assuntos essenciais para a literatura dramática: desejo, conflito, violência, sacrifício.

A alegria de escrever este estudo veio das repetidas descobertas textuais que a abordagem neomimética permite. Shakespeare é mais cômico do que percebemos, de modo amargamente satírico e até mesmo cínico, muito mais próximo das atitudes contemporâneas do que jamais suspeitamos. É um erro supor que suas intenções sejam inalcançáveis. Desde os velhos *new critics*, os intérpretes têm considerado inacessíveis, e até irrelevantes, as intenções dos poetas. No que diz respeito ao teatro, isso é desastroso. O autor cômico tem efeitos cômicos em mente, e a menos que os entendamos não podemos montar a obra eficazmente.

A abordagem mimética resolve os "problemas" de muitas das chamadas "peças-problemas". Ela gera novas interpretações para *Sonho de uma noite de verão*, *Muito barulho por nada*, *O mercador de Veneza*, *Noite de Reis*, *Tróilo e Cressida*, *Hamlet*, *Rei Lear*, *Conto do inverno* e *A tempestade*. Revela ainda a unidade dramática do teatro de Shakespeare e sua continuidade temática; manifesta grandes

friends como "amigos", mas a edição Arden Third Series da peça (ed. Harold F. Brooks. Methuen & Co.: Bungay, Suffolk, 1979) traz um apêndice de duas páginas (154-55) discutindo apenas o uso dessa palavra nesse verso específico, e apoiando sua interpretação como "familiares ou responsáveis" ("*kin or guardians*"). [N. T.]

[3] Referência ao verso subsequente da mesma peça e cena. [N. T.]

[4] Referência a *Much Ado About Nothing*, III, i, 24 [*Muito barulho para nada*, *Comédias*, p. 145]. [N. T.]

variações em sua perspectiva pessoal, uma história de sua obra que aponta para sua própria história pessoal. Acima de tudo, a abordagem mimética revela um pensador original séculos à frente do seu tempo, mais moderno do que qualquer um dos nossos supostos pensadores mestres.

Shakespeare identifica a força que periodicamente destrói o sistema diferencial da cultura e o traz de volta à vida, isto é, a crise mimética, a que ele chama crise do Degree. Ele enxerga sua resolução na violência coletiva contra o bode expiatório (Júlio César, por exemplo). O ponto ômega de um ciclo cultural é o ponto alfa de outro. É a vitimação unânime que transforma a força perturbadora da rivalidade mimética na força construtiva de uma mímesis sacrificial que periodicamente reencena a violência original a fim de impedir um retorno da crise.

Como estrategista dramático, Shakespeare usa deliberadamente o poder do bode expiatório. Durante boa parte de sua carreira, ele combinou duas peças em uma, deliberadamente chamando a atenção de segmentos distintos de sua plateia para duas interpretações diferentes da única e mesma peça: uma explicação sacrificial para a plateia inferior, perpetuada na maior parte das interpretações modernas, e outra não sacrificial e mimética, para a plateia superior.[5]

*

Apesar de meus esforços para chegar a uma unidade de composição, nem sempre foi possível reconciliar o estudo cronológico das peças com o desdobramento lógico do processo mimético, que também é um processo temporal. A combinação dos dois funcionou razoavelmente bem para as comédias, mas depois de *Tróilo e Cressida* a necessidade de uma apresentação lógica ocasionalmente me obrigou a ir e voltar entre peças de diversos períodos. Gostaria que esse procedimento não tivesse sido necessário.

[5] No teatro elisabetano, a plateia inferior, imediatamente em frente ao palco, era formada pelo povo; os nobres, supostamente mais educados, sentavam-se em posições mais elevadas. [N. T.]

Minha interferência na ordem cronológica não foi o pior de meus pecados. Depois que mais de três quartos do livro se passaram, inseri um capítulo sobre o *Ulisses* de Joyce, mais precisamente sobre a palestra de Stephen Dedalus sobre Shakespeare. Esse texto é geralmente considerado irrelevante para a compreensão de Shakespeare, mas representa a primeira interpretação mimética das obras de Shakespeare, uma condensação brilhante de muitas das mesmas ideias que desenvolvo aqui.

O texto de Joyce tem uma qualidade deveras incomum: convida espertamente à má leitura filistina de si mesmo que ainda reina suprema nos círculos literários. Joyce arquitetou diabolicamente essa charada por meio de uma ambivalência dramática que parece ter seguido o molde daquela do próprio Shakespeare. Todos os leitores futuros a quem Joyce considera indignos de seus escritos são espertamente ludibriados a seguir os ouvintes hostis de Stephen; eles acabam "sacrificando" o palestrante e sua palestra.

Joyce é um aliado tão poderoso no apoio às minhas próprias teses não convencionais que não pude resistir à tentação de devotar-lhe um capítulo. Mas onde eu o situaria? As rajadas mal-entendidas de Stephen tinham grave necessidade da virtude clarificadora de minhas minuciosas análises. Por causa de sua própria superioridade, Joyce tinha de vir depois de minhas discussões. Mas eu não queria colocá-lo no finalzinho, como uma espécie de conclusão. Não queria criar a impressão de que concordo com tudo o que ele diz sobre Shakespeare. Sua insolência supersônica é exatamente o que é necessário para resgatar Shakespeare da montanha de piedades humanísticas e maçarocas estéticas que cobre o "nobre bardo" há séculos. Mas, em minha opinião, Joyce deixou de perceber algo extremamente importante nas peças finais. Elas introduzem algo radicalmente novo, uma nota mais humana e até mesmo religiosa para a qual Joyce, tão perspicaz em outros pontos, é completamente cego.

Por fim, decidi colocar Joyce entre as discussões das muitas peças sobre as quais concordamos e as poucas sobre as quais discordamos. Mas uma solução que interrompe minha análise das peças não chega a ser realmente satisfatória.

Outro problema foi a escolha de peças e cenas específicas que melhor ilustrassem minha discussão. Isso foi um *embarrass de richesses*. Selecionei não os textos mais ricos, mas aqueles que mais francamente atendiam ao meu objetivo. Via de regra, consistem na primeira dramatização das configurações miméticas que ilustram. Esse modo de seleção explica por que as peças sobre as quais digo pouco ou nada frequentemente estão no fim do período em que o autor cultivou o gênero particular a que pertencem – por exemplo, dentre as comédias, *Medida por medida* e *Bem está o que bem acaba*; dentre as tragédias, *Macbeth* e *Antônio e Cleópatra*. O inverso é verdadeiro para os romances[6] – não há quase nada sobre *Péricles*, pouquíssimo sobre *Cimbelino*, muito sobre *Conto do inverno* e um pouco sobre *A tempestade*.

Os dramas históricos estão quase completamente ausentes. Estou ciente de que há muito material mimético neles, especialmente em *Henrique IV*, Parte II, mas para aquilo que me interessa mais essas obras são um tanto ralas; elas perdem diante da maior parte das comédias e tragédias.

Admito que este estudo não tem equilíbrio. São discutidas tantas peças que, ao fim, faltam apenas umas poucas; sua ausência parece injustificável. Não as excluí deliberadamente por razões teóricas ou estéticas. *Romeu e Julieta*, peça "romântica", está repleta de sátiras miméticas, mas meu ensaio sobre essa peça ficou comprido demais para um livro já pesado, por isso decidi omiti-la integralmente.

As falhas do livro são todas minhas. Espero que meus leitores sejam capazes de separar o joio do trigo e ter ao menos uma vaga ideia de onde uma realização mais perfeita desse projeto poderia ter chegado.

[6] O leitor provavelmente só encontrará no Brasil edições de Shakespeare que dividem sua obra em tragédias, comédias e dramas históricos, mas no mundo anglo não é incomum referir as últimas peças como "romances". [N. T.]

capítulo 1
o amor quer elogios

Valentino e Proteu em *Os dois cavalheiros de Verona*

Valentino e Proteu são amigos desde a mais tenra infância em Verona, e os pais de ambos querem mandá-los a Milão para estudar. Por causa de seu amor por uma moça chamada Júlia, Proteu se recusa a deixar Verona; Valentino vai sozinho para Milão.

Apesar de Júlia, porém, Proteu sente muito a falta de Valentino, e depois de um tempo, também vai para Milão. Os dois amigos se encontram no palácio do duque; está presente a filha do duque, Sílvia, e Valentino apresenta Proteu rapidamente. Assim que ela sai, Valentino declara amá-la, e sua paixão exagerada irrita Proteu. Uma vez sozinho, porém, Proteu tem algo a declarar: ele deixou de amar Júlia; ele também se apaixonou por Sílvia:

> Como um calor outro calor desmancha
> e um prego outro retira, de igual modo
> a lembrança de meu amor primeiro

se acha quase apagada pela influência
de um mais recente objeto.[1]
(II, iv, 192-5) (*Comédias*, p. 106-07)

Se existe "amor à primeira vista", julgamos estar diante dele, mas Proteu não tem tanta certeza: em versos cruciais sugere uma explicação diferente:

É minha vista,
porventura, ou o louvor de Valentino,
ou a perfeição de Sílvia, ou, simplesmente,
minha inconstância que a pensar me leva
com tão grande desvio?
(196-8) (*Comédias*, p. 107)

A comédia inteira maciçamente confirma o papel crucial de Valentino na geração da súbita paixão de Proteu por Sílvia. Segundo nossa ideologia romântica e individualista, um sentimento emprestado, como esse, não é suficientemente genuíno para ser verdadeiramente intenso. Isso não vale em Shakespeare; o desejo de Proteu é tão furioso que ele teria realmente chegado a estuprar Sílvia se Valentino não a resgatasse na última hora.

Esse é o desejo *mimético* ou *mediado*. Valentino é o *modelo* ou *mediador*; Proteu é seu sujeito mediado, e Sílvia é seu objeto comum. O desejo mimético pode atacar com a velocidade da luz; ele não depende, na verdade, do impacto causado pelo objeto, embora pareça que sim. Proteu deseja Sílvia não porque o breve encontro dos dois tenha provocado nele uma impressão decisiva, mas porque ele está predisposto a qualquer coisa que Valentino deseje.

[1] Todas as citações das obras de Shakespeare se referem a *The Riverside Shakespeare*, ed. G. Blakemore Evans, Boston: Houghton Mifflin, 1974. Como já explicado em nota do tradutor, as referências ao original como fixado nesta edição usada por Girard serão preservadas, junto com a indicação à edição da Agir que usamos aqui. [N. T.]

O desejo mimético é uma ideia do próprio Shakespeare. Podemos observar isso novamente no solilóquio de Proteu, que fica minimizando o papel da percepção na geração de seu desejo por Sílvia:

> Ela é formosa,
> tal como Júlia, a quem amor dedico,
> ou melhor: dediquei...
> (199) (*Comédias*, p. 107)

Se Sílvia não é objetivamente mais desejável do que Júlia, sua única vantagem é que Valentino já a deseja. Shakespeare enfraquece a preponderância de *vista* na expressão *amor à primeira vista*. Em *Sonho de uma noite de verão*, também diz-se que as duas moças são igualmente belas, reforçando assim os argumentos em favor do desejo mimético.

*

O contexto dramático desse primeiro desejo mimético e de muitos outros em Shakespeare é a amizade próxima e antiga dos dois protagonistas. Quando Proteu está para chegar a Milão, Valentino descreve essa amizade a Sílvia e ao pai dela:

> *Duque*: Conhecei-lo de perto?
> *Valentino*: Tanto quanto a mim mesmo. Desde a infância,
> como amigos, vivemos sempre juntos.
> (II, iv, 62-3) (*Comédias*, p. 105)

Quando dois jovens crescem juntos, eles aprendem as mesmas lições, leem os mesmos livros, jogam os mesmos jogos, e concordam praticamente a respeito de tudo. Eles também tendem a desejar os mesmos objetos. Essa perpétua convergência não é incidental, mas essencial à amizade; ela ocorre de modo tão regular e inevitável que parece preordenada por algum destino sobrenatural; ela realmente depende de uma *imitação* mútua tão espontânea e constante que permanece inconsciente.

Eros não pode ser compartilhado do mesmo modo que um livro, uma garrafa de vinho, uma música, uma bela paisagem. Proteu continua a fazer o que sempre fez – imitar seu amigo. Mas dessa vez as consequências são radicalmente diferentes. Subitamente, sem qualquer aviso, a atitude que sempre alimentou a amizade destrói-a. Assim, a imitação é uma faca de dois gumes. Às vezes ela produz tanta harmonia que pode passar pelo mais insípido e desinteressante de todos os impulsos humanos; às vezes, produz tanta discórdia que nos recusamos a reconhecê-la como imitação.

Shakespeare é fascinado por essa ambivalência da imitação e mostra amplamente a perturbadora continuidade entre a atitude que sustenta a amizade e aquela que a destrói. Quando Valentino ainda estava em Verona, Proteu tentou envolvê-lo em seu relacionamento com Júlia. Ele queria impedir seu amigo de viajar, e sua primeira ideia foi Júlia. Por achá-la atraente, naturalmente achou que Valentino também sentiria essa atração; ele elogiou sua beleza do mesmo jeito que Valentino, em Milão, agora elogia Sílvia.

Todas as vezes que não estão um diante do outro, nossos dois amigos sentem que algo está errado; cada um tenta persuadir o outro de que deveria reorientar seu desejo a fim de que ele novamente coincida com o seu próprio. A amizade é essa perpétua coincidência de dois desejos. Mas a inveja e o ciúme são exatamente a mesma coisa. A mímesis do desejo é tanto o melhor da amizade quanto o pior do ódio. Esse paradoxo transparente tem um papel enorme em todo o teatro de Shakespeare.

Quando Proteu por fim deixou Verona, ele o fez, disse, em obediência a seu pai, mas ele havia desobedecido ao pai antes. O exemplo de um amigo é mais persuasivo que os desejos de um pai. O orgulho de Proteu está ferido, e precisa da desculpa que o pai fornece. Essa é uma primeira ilustração de algo que veremos repetidamente neste estudo. Ao contrário do que se costuma crer, os pais, como pais, contam muito pouco em Shakespeare. Em vez de ser importantes em si mesmos, como em Freud, servem como máscaras do desejo mimético.

Quando chega a Milão, Proteu não consegue deixar de lembrar a diferença de Valentino em relação a Júlia:

> Minhas histórias sempre vos cansaram.
> Sei que a assuntos de amor sois muito infenso.
> (II, iv, 126-7) (*Comédias*, p. 106)

Proteu está um pouco ressentido, mas cheio de rancorosa admiração pelo espírito independente de seu amigo. Essa é a verdadeira razão pela qual ele enfim deixou Verona. A indiferença de Valentino já diminuíra seu desejo por Júlia.

*

A viagem de Proteu a Milão é uma imitação retardada de Valentino; sua súbita paixão por Sílvia é exatamente a mesma coisa. Entregar sua escolha erótica a um amigo é mais espetacular do que mudar sua residência. Se examinarmos a conversa que gera o desejo de Proteu, logo após seu breve encontro com Sílvia, veremos que os dois fenômenos têm a mesma estrutura; depois de se esforçar um pouco para decidir por si mesmo, Proteu não aguenta e repentinamente sucumbe à influência de Valentino:

> *Proteu*: É essa a deusa[2] do vosso alto culto?
> *Valentino*: Justamente. Não é santa celeste?
> *Proteu*: Não direi tanto; é perfeição terrena.
> *Valentino*: Chama-lhe divinal.
> *Proteu*: Fora adulá-la.
> *Valentino*: Oh! Adulai-me! O amor quer elogios.
> (II, iv, 144-8) (*Comédias*, p. 106)

[2] No original, *Was this the idol that you worship so?*, isto é, Proteu usa *idol*, ídolo, onde CAN prefere "deusa". [N. T.]

Em contexto cristão, chamar alguém de "ídolo" pode ser insulto. A palavra traz a conotação de falsa adoração; uma santa celeste é digna de justa honra, não de injusta adoração.

Duas vezes Proteu já trouxe Sílvia de volta à terra, mas Valentino ainda a quer no céu:

> *Valentino*: Então, sede sincero a seu respeito:
> se não um ser divino, uma criatura
> sem confronto, senhora e soberana
> de todas as mulheres deste mundo.
> *Proteu*: Exceto a minha amada.
> (152-4) (*Comédias*, p. 106)

As últimas palavras escancaram a verdadeira razão do desagrado de Proteu; elogios demais a Silvia supõem rejeição implícita a Júlia. Proteu quer uma trégua, mas Valentino exige rendição incondicional:

> *Valentino*: Não excluas
> nenhuma; a menos que excluir intentes
> a minha própria dama.
> *Proteu*: Não me assiste
> razão de preferir a minha amada?
> *Valentino*: Vou ajudar-te a dar-lhe a preferência.
> Vai-lhe tocar a distinção suprema
> de levantar a cauda do vestido
> de minha dama, porque a baixa terra
> a lhe roubar um beijo não se atreva
> e, assim, de orgulho inflada, não descure
> de alimentar a flórea primavera,
> deixando permanente o rude inverno.
> (154-63) (*Comédias*, p. 106)

Ouvindo isso, Proteu imagina o futuro sombrio que o aguarda na companhia de sua patética Júlia, para sempre à sombra do radiante casal a que se deve humildemente prestar homenagens. Sílvia é filha do duque. Esse fato não deve ser demasiadamente ressaltado, mas vale a pena mencioná-lo.

Em seu louvor a Sílvia, Valentino lança mão sobretudo de metáforas religiosas. Os críticos tradicionais condenam essa linguagem, considerando-a artificial. Ela se aplica indiferentemente a todas as mulheres, dizem, e não descreve nenhuma em particular. Curiosamente, hoje a retórica está novamente em voga pela mesma razão pela qual nossos antecessores a rejeitavam: seu aparente desprezo pela verdade agrada à nossa atual complacência; queremos um divórcio total entre a realidade e a linguagem e temos tanta certeza de achá-lo na retórica que nosso niilismo fica mais seguro.

Esse divórcio é menos completo do que parece. Concordo imediatamente que chamar "divinal" uma mulher não a descreve "como ela é de verdade". As metáforas religiosas não retratam fielmente a beleza de uma mulher, mas esse não é seu verdadeiro propósito. Já vimos que o contexto mimético torna a aparência física irrelevante.

O debate é competitivo e as metáforas são perfeitamente adequadas a seu propósito. Estão ordenadas numa escala crescente, sugerindo graus mais altos e mais baixos de atratividade. Júlia não é realmente "uma estrela cintilante";[3] Sílvia não é "um sol celeste";[4] a inflação retórica é extrema, mas isso não deixa as imagens menos referenciais do que seria um termômetro se seus números fossem multiplicados por cem ou cem mil. Assim, mesmo que não seja "senhora e soberana de todas as mulheres deste mundo",[5] Sílvia ainda pode ser um par mais desejável do que Júlia. Mesmo que Valentino não se torne de fato um deus do Olimpo após casar-se com ela, pode pairar muito acima do infeliz Proteu e de sua amante medíocre.

[3] Ato II, Cena VI; *Comédias*, p. 108. [N. T.]
[4] *Ibidem*. [N. T.]
[5] Ato II, Cena IV; *Comédias*, p. 106. [N. T.]

Valentino usa essa linguagem de modo tão eficaz que Proteu soa mais e mais deprimido. Enquanto o primeiro usa sentenças cada vez mais longas, o segundo vai falando em erupções súbitas e ressentidas. Antes, em Verona, Proteu se sentia tão glorioso quanto Valentino agora; seu amor por Júlia deixava-o rico e os outros, pobres. Agora só Valentino é rico; tão rico que sua enorme riqueza faz de seu amigo um pobretão em comparação.

Antes de ceder à atração magnética do desejo de Valentino, Proteu faz um último esforço para salvar seu próprio desejo independente. Valentino é implacável:

> *Valentino*: Perdão, Proteu; tudo o que eu digo é nada
> frente ao valor de quem reduz a nada
> quantos valores conceber possamos.
> Ela está só.
> *Proteu*: Então, deixai-a só.
> *Valentino*: Não, pelo mundo inteiro! É minha, amigo.
> Como dono de joia de tal preço,
> mais rico sou do que proprietário
> fosse de vinte mares, cujas praias,
> em vez de areia, pérolas tivessem,
> em lugar de água, néctar e rochedos
> alcantilados de ouro.
> (II, iv, 165-71) (*Comédias*, p. 106)

Quando nos dói demais o sentimento de ostracismo, o mundo inacessível de nossos perseguidores adquire uma qualidade *transcendental*, reminiscente de uma experiência religiosa específica, simultaneamente arcaica e moderna, do tipo em que os deuses são mais malévolos do que benévolos.

Agora em linguagem direta, Proteu escuta como perdeu toda a importância diante de seu amigo:

Não repares
se pensamento algum eu te dedico,
que fascinado pelo amor me encontras.[6]
(172-3) (*Comédias*, p. 106)

O amor tem precedência sobre a amizade. Proteu, arrasado, agora se sente desapossado não só de Júlia, sua amante, e de Valentino, seu melhor amigo, mas, em última instância, até de si mesmo. A crueldade inconsciente de Valentino transformou Proteu numa espécie de leproso medieval, um pária absoluto.

Um abismo sem fundo se abre sob seus pés e, muito acima, impõe-se a bela Sílvia, acompanhada de um extático Valentino. Se ela quisesse estender uma mão amiga a Valentino, poderia trazê-lo de volta ao país dos viventes. Valentino destruiu seu amigo, mas também sugeriu o caminho da ressurreição. Proteu é irresistivelmente levado a reorientar seu próprio desejo a uma divindade mais alta.

A linguagem religiosa é a única pertinente ao que está acontecendo com Proteu. De início Valentino usou-a um pouco mecanicamente, mas durante a conversa ela adquire um significado formidável. A discussão acaba quando Proteu é plenamente convencido pela linguagem idólatra de Valentino. Ele foi convertido ao culto de Sílvia.

*

Ao contrário de Proteu, Valentino parece imune ao desejo mimético. Em Verona ele resiste ao desejo do amigo; em Milão, até onde podemos saber, apaixona-se sem qualquer ajuda externa. Seu desejo por Sílvia não tem modelo visível ou intermediário de qualquer espécie. Mas esse desejo autônomo é, paradoxalmente, uma aparência enganosa, mais uma ilusão mimética. Valentino é mais complexo do que parece; acabamos de vê-lo elogiar Sílvia mais compulsivamente para o "benefício" de Proteu,

[6] No original, *my love*, isto é, Valentino se refere à sua amada, não ao amor como sentimento. [N. T.]

enquanto um pouco antes ele elogiou Proteu não menos compulsivamente para o benefício de Sílvia e seu pai. Se ele tivesse sido tão convincente com ela quanto o é com seu amigo, os dois teriam terminado um nos braços do outro. O resultado final, então, teria sido um desastre ainda pior do que aquele produzido por Valentino – o tipo de desastre que realmente chega a acontecer em algumas peças posteriores, como *Tróilo e Cressida*. Valentino é um atravessador involuntário que prefigura o atravessador consciente das comédias posteriores.[7] Ele trabalha tão fervorosamente contra seus próprios interesses que ficamos imaginando qual será seu verdadeiro desejo.

Será que Valentino secretamente saboreava a perspectiva de uma conjunção amorosa entre sua amante e seu melhor amigo? Essa especulação é legítima, até indispensável, mas não deve nos levar a trocar o texto de Shakespeare por uma teoria psicanalítica. A ferramenta à nossa disposição pode nos libertar da falsa dicotomia entre desejo normal e desejo anormal.

Nunca podemos esquecer que Valentino e Proteu têm uma razão perfeitamente normal para tentar influenciar um ao outro em favor de suas respectivas amantes: sua amizade de infância. A escolha de uma esposa é algo tão importante que uma resposta negativa ou simplesmente morna por parte de um amigo íntimo nos faz duvidar da sabedoria de nossa escolha. Não nos satisfazemos com uma aprovação superficial; exigimos o apoio entusiasmado.

A indiferença de Valentino por Júlia primeiro enfraqueceu e depois destruiu o desejo de Proteu por ela. É compreensível que Valentino queira evitar uma experiência similar, e é por isso que ele tenta persuadir Proteu de que Sílvia é superior a Júlia. O empenho de Valentino em Sílvia seria tão diminuído quanto o empenho de Proteu em Júlia se a reação de Proteu em Milão tivesse sido idêntica à sua própria reação antes em Verona. Os elogios excessivos de Valentino a Sílvia são um esforço para exorcizar esse perigo.

[7] O leitor deve ter em mente que a maneira como Girard classifica as peças de Shakespeare não corresponde necessariamente à classificação proposta pelos três volumes da Agir. [N. T.]

A fim de arrancar de Proteu a melhor avaliação possível de Sílvia, Valentino demonstra mais confiança do que efetivamente possui. Isso não significa que ele seja indiferente a essa moça bonita, mas dessa atração até o culto fanático que ele publicamente professa há uma distância que não poderia ser vencida sem a ajuda paradoxal de Proteu. Ainda que a escolha de Sílvia por Valentino não seja mimeticamente determinada no mesmo sentido em que a de Proteu, seu desejo tem dimensão mimética, revelada por seus elogios excessivos. Valentino torna seu desejo mais real do que é para contaminar Proteu com ele e transformar seu amigo num modelo mimético *a posteriori*.

Pode-se ver claramente o papel de Valentino em convencer Proteu de que Sílvia é divina; o papel de Proteu em convencer Valentino da mesma ideia é um pouco menos visível, mas igualmente questionável. Quanto mais aumenta o desejo de Proteu por Sílvia, mais aumenta o desejo de Valentino, e suas palavras ficam mais vívidas.

A estratégia de Valentino está longe de ser excepcional; todos podemos observar outras pessoas à nossa volta usando-a e, se não formos demasiado alérgicos ao autoexame, podemos até mesmo observar-nos fazendo a mesma coisa. Nossos desejos não são realmente convincentes até que sejam espelhados pelos desejos de outros. Logo abaixo de nossa consciência totalmente explícita, contamos com as reações de nossos amigos e tentamos dirigi-las para a direção de nosso próprio escolher incerto, a direção que nosso desejo deveria manter constantemente para que não pareça nem um pouco mimético. Essa constância não é tão preordenada quanto se supõe. Com a ajuda de seu modelo mimeticamente condicionado, Valentino reforça seu desejo ainda cambaleante, transformando numa “verdade completa” a meia verdade de seu amor por Sílvia.

O apetite de Valentino pelo desejo mimético de Proteu é por si mimético. A postura assimétrica dos dois amigos não destrói, mas cria a simetria fundamental de sua parceria mimética.

*

O observador interessado em psicopatologia diagnosticará toda espécie de "sintomas" em Valentino e Proteu que ainda estão muito pouco perceptíveis. Esses sintomas estão longe de ser imaginários, uma vez que reaparecem muito mais definidos em diversas peças posteriores de Shakespeare, como *Muito barulho para nada*, *Noite de Reis*, *Tróilo e Cressida*, *Otelo*, *Cimbelino* e *Conto do inverno*.

Podemos enxergar um elemento "sádico" em Valentino quando ele provoca a inveja de Proteu, e um elemento "masoquista" quando ele sofre com as repercussões dessa inveja. Podemos chamá-lo de "exibicionista" quando exibe Sílvia diante de Proteu; também podemos diagnosticar nele a "homossexualidade latente" discutida por Freud. Nada disso é irrelevante, mas nossa compreensão da peça será antes prejudicada que ajudada se permitirmos que esse vocabulário psiquiátrico nos desvie da fonte de compreensão shakespeariana, o desejo mimético.

O homem não tem como dar à mulher maior prova de que ela é desejável que desejá-la. Seria excessivo dizer que tanto Proteu em Verona quanto Valentino em Milão de fato querem que seu amigo se apaixone pela mulher por quem já estão apaixonados. No entanto, é tênue a linha que separa buscar o incentivo de um amigo e empurrar a amada e ele para os braços um do outro.

Quando essa linha é evidentemente cruzada, sentimos que ultrapassamos certo limite "perverso" ou patológico, mas a situação fundamental não mudou, e a definição precisa está nos olhos do observador. Tudo que quero mostrar, neste momento, é que é sempre possível remontar a estrutura mais ou menos "perversa" ao normalíssimo impulso de dois amigos de infância que imitam os desejos um do outro porque sempre agiram assim, e porque essa imitação sempre reforçou tanto seus respectivos desejos quanto sua amizade comum.

O mesmo indivíduo que faz tudo que pode para comunicar seu próprio desejo a seu amigo vai enlouquecer de ciúmes diante do menor sinal de sucesso. Nas peças posteriores isso valerá até para o mais deliberado e perverso dos intermediários, Pândaro. Já podemos entender o porquê: uma vez que o desejo do sujeito tenha sido vigorado pelo desejo transplantado para o amigo, esse desejo vigoroso verdadeiramente teme a competição por que ansiava na medida em que ela ainda carecia do vigor trazido pela rivalidade.

Ao contrário da crença geral, a presença de sintomas perceptíveis não é garantia de que uma interpretação patológica seja sua própria fonte de luz. Em todos os estágios do desenvolvimento diacrônico, a perspectiva mimética faz mais sentido. Sempre é possível remontar os sintomas à experiência traumática do *double bind*[8] mimético, a descoberta simultânea por Valentino e Proteu de que, além do imperativo habitual da amizade – *imite-me* –, outro imperativo apareceu misteriosamente: *não me imite*. Todos os "sintomas patológicos" são reações à incapacidade dos amigos de libertar-se desse *double bind* e até de percebê-lo claramente.

A única maneira de escapar do *double bind* mimético, a única solução radical, seria os dois amigos renunciarem de uma vez por todas a todo desejo de posse. A verdadeira escolha é entre o conflito trágico e a renúncia total, o Reino de Deus, a Regra de Ouro dos Evangelhos.[9] Essa escolha é tão assustadora que os heróis e heroínas shakespearianos tentam fugir-lhe, sendo portanto condenados às distorções e perversões das sempre renovadas duplicações miméticas. A busca por um meio-termo produz uma combinação nociva de coisas que não deveriam ser combinadas; a renúncia se torna uma paródia de si mesma, tingida com o caráter evasivo da perversão sexual. Os valores e os sentidos que deveriam permanecer separados contaminam uns aos outros, a amizade e Eros, a possessividade e a generosidade, a paz e a guerra, o amor e o ódio.

[8] René Girard retira a expressão inglesa *double bind* ("duplo vínculo", ou "dupla ligação") da obra de Gregory Bateson. Tanto em obras em francês como *Des choses cachées depuis la fondation du monde* (Grasset & Frasquelle, 1978) ou em português como *Um longo argumento do princípio ao fim* (Topbooks, 2000), a expressão é mantida no original. A fim de não criar dissonância, seguimos esse uso. [N. T.]
[9] Como no Sermão da Montanha, em Mateus 7,12: "tudo o que vós quereis que os homens vos façam, fazei-o também vós a eles". [N. T.]

Perto do fim da peça, uma fala notável de Valentino ilustra essa ambiguidade fundamental. Ela ocorre logo após Proteu tentar possuir Sílvia. Após seu resgate, segue-se uma reconciliação geral em que Valentino, vitorioso, recém-reunido à sua amada, literalmente a oferece a seu quase estuprador:

> cedo-te tudo quanto em Sílvia é meu.
> (V, iv, 83) (*Comédias*, p. 126)

Essa magnanimidade de Valentino não apenas despreza os sentimentos de Sílvia como ainda recompensa uma conduta criminosa. Sempre inclinados a crer que os vilões devem ser severamente punidos, os críticos tradicionais ficam escandalizados com a *generosidade excessiva* de Valentino. Essa severidade não entende que Valentino deve partilhar a culpa pela traição de seu amigo. De início, o próprio Valentino não entendia o que sua provocação mimética causava em Proteu, mas agora que entende não está mais disposto a adotar uma postura indignada. A única solução pacífica é deixar que o rival fique com Sílvia, o objeto disputado. Valentino se declara disposto, como Abraão, a sacrificar seu amor no altar da amizade.

Valentino, arrependido, tenta expiar seu pecado. No contexto da amizade desprendida não deveria restar ambiguidade. Mas nosso mal-estar permanece: queremos interpretar a "excessiva generosidade" de Valentino nos termos da pura amizade, mas é inevitável que isso recorde sua propaganda excessivamente persuasiva da beleza de Sílvia.

As duas interpretações contradizem uma à outra, mas não é possível escolher entre elas, nem se deveria escolher. Esse nó górdio é sua própria explicação, no sentido de que qualquer esforço para evitar o *double bind* mimético, excetuando a total renúncia, há de produzir alguma espécie de "monstro", uma falsa reconciliação de entidades que deveriam permanecer inconciliáveis. Essa ambivalência é quintessencialmente shakespeariana e fica mais pronunciada com o tempo. O *double bind* amor/ódio mimético é o trauma por excelência em Shakespeare, pervertendo as relações humanas que não destrói por meio da violência.

A ambivalência shakespeariana poderia ser definida como uma contaminação da tragédia pela Regra de Ouro e da Regra de Ouro pela tragédia, uma mistura maldita das duas. Se confiarmos na pseudociência dos impulsos e instintos sexuais, não apenas perdemos de vista a dimensão trágica de todas as peças shakespearianas, como também seu próprio aspecto sexual fica opaco e ininteligível.

*

O *double bind* do desejo mimético é essencial não só em *Os dois cavalheiros de Verona* como também em toda a obra de Shakespeare. Em minha opinião, a cegueira dos críticos para ele prejudica fundamentalmente toda sua interpretação. É o equivalente intelectual do desejo perverso em Shakespeare que nunca é discutido abertamente. Mesmo aqueles intérpretes que levantam questões decisivas sobre a natureza de Valentino e Proteu acabam por dissolver o paradoxo em vez de confrontá-lo explicitamente.

Creio que isso é o que sucede com Anne Barton,[10] que considero invulgarmente perspicaz, mas que define o conflito entre os dois amigos nos termos de "amizade" *versus* "amor", exatamente o que ele não é. O problema não pode ser reduzido a uma oposição de conceitos.

Suponhamos que tanto Valentino quanto Proteu desistam do amor em nome da amizade. Isso significa que, na verdade, os dois estão livres para imitar um ao outro e, mais cedo ou mais tarde, desejarão a mesma mulher ou algum outro objeto que não poderão compartilhar. Mais uma vez a amizade será destruída. Valentino e Proteu só podem ser amigos tendo desejos similares, e, se os tiverem, tornam-se inimigos. Nenhum dos dois pode sacrificar a amizade em nome do amor ou o amor em nome da amizade sem sacrificar aquilo com que deseja ficar e ficando com o que quer sacrificar.

[10] Introdução a *The Two Gentlemen of Verona*, em *The Riverside Shakespeare*, p. 143-46.

O conflito entre a amizade e o amor é uma fraude verbal que falsamente desfaz o inextricável emaranhado mimético dos dois. Ele me recorda os críticos clássicos franceses, grandes especialistas em esconder a nudez da rivalidade mimética atrás das nobres vestes dos falsos debates éticos: honra *versus* amor, paixão *versus* dever, e daí por diante. Mas os franceses não são os únicos culpados; todos fazem a mesma coisa, e, enquanto o papel fundamental da rivalidade mimética não for reconhecido, toda interpretação da tragédia acabará caindo em alguma versão da ilusão conceitual. Todos os críticos acabam camuflando a tragédia com "valores" irrelevantes.

A tragédia não pode ser reduzida à diferenciação conceitual, e ninguém demonstra isso com mais força do que Shakespeare. Ele exibe tão claramente o *double bind* mimético que fica difícil para seus leitores ignorá-lo, despertando a fúria dos críticos que chegam perto de entender o que ele faz. Quando Thomas Rymer reclamou que *Otelo* era sobre nada ou quase nada, disse a verdade.[11] A obra de Shakespeare se presta menos facilmente do que a maior parte das outras ao obscurecimento da condição humana pelas convenções do discurso humanístico.

Antagonistas trágicos não lutam por causa de "valores"; eles desejam os mesmos objetos e têm os mesmos pensamentos. Eles não selecionam esses objetos fortuitamente; não se trata de uma questão de volubilidade, nem de capricho, nem de qualquer motivo inconsequente; não se trata da culpa de um sistema econômico em que muitas pessoas precisam competir por poucos objetos. Esses heróis pensam e desejam similarmente porque são amigos e irmãos queridos em todos os sentidos da palavra "irmão".

Quando Aristóteles define a tragédia como o conflito entre aqueles proximamente relacionados entre si, não devemos interpretar essa afirmação do ponto de vista

[11] Thomas Rymer, "Against Othello", em *A Short View of Tragedy*, citado em J. Frank Kermode, ed., *Four Centuries of Shakespearean Criticism*, New York: Avon Books, 1965, p. 461-69.

estritamente familiar. Nas profundezas da psique, a rivalidade mimética alcança a essência idêntica da concórdia e da discórdia nas questões humanas.

A inspiração trágica, que não está limitada à escrita da tragédia, começa com o reconhecimento de uma crua realidade. É isso que temos em *Os dois cavalheiros de Verona*. No precioso solilóquio de Proteu, que já citei bastante, ainda encontramos os seguintes versos:

> Noto que frio se acha o grande zelo
> que a Valentino eu tinha e que a amizade
> de antigamente já não é a mesma.
> Mas sua amada, quanto amor lhe tenho!
> Eis a razão de amá-lo desse modo.
> (II, iv, 203-6) (*Comédias*, p. 107)

A passagem não é particularmente bela ou impressionante; nosso apetite por sutileza e opacidade acha essa mensagem demasiado simples e óbvia. No entanto, ela esboça a gênese do conflito humano que com certeza está presente "na vida real" e que também constitui a substância não só do teatro de Shakespeare como de todo grande teatro.

A rivalidade mimética de Valentino e Proteu contribui com o enredo da comédia; essa rivalidade é a matéria-prima da literatura dramática e romanesca. As únicas pessoas que lhe dão o devido tratamento são os grandes autores, os poetas trágicos da Grécia, Shakespeare e Cervantes, Molière e Racine, Dostoiévski e Proust, e apenas alguns outros. Apenas as grandes obras-primas do teatro e da ficção ocidentais reconhecem o primado da rivalidade mimética.

O mais curioso é que os críticos literários jamais dão a isso a menor atenção; eles nem olham. Suas dissertações teóricas são influenciadas menos por textos literários do que por filósofos e cientistas sociais sistematicamente cegos para aquilo que verdadeiramente interessa a Shakespeare, algo que parece vulgar a seus olhos.

A rivalidade mimética nunca apareceu nos esquemas conceituais de filósofos, psicólogos, sociólogos, psicanalistas nem de polemólogos, os especialistas em conflito. E todos os teóricos da imitação, de Platão e Aristóteles a Gabriel Tarde, todos os estudiosos experimentais modernos de comportamento imitativo deixaram passar o paradoxo essencial mas transparente da *mímesis conflituosa.*

Os estudiosos do conflito elaboram muitas teorias a respeito da natureza e da origem da discórdia humana sem jamais levar em conta a rivalidade mimética. Se nenhum ser humano é o culpado, deve haver uma ideia ou talvez uma substância química – algo fundamentalmente alienígena àquilo em que consistem intrinsecamente os amigos e a amizade. Eles procuram algum princípio da agressividade humana enterrado no profundo de nossos genes; eles consultam nossos hormônios; eles invocam Marte, Édipo, e o inconsciente; eles maldizem a repressividade da família e de outras instituições sociais; mas eles nunca mencionam a rivalidade mimética. Eis o escândalo das relações humanas que escapa a tantos de nós, por ofender nossa visão otimista dessas relações. Aceitamos sem pestanejar que esse conflito seja a exceção e a harmonia a regra entre os homens, especialmente entre grandes amigos como Proteu e Valentino.

Os autores trágicos veem as coisas de modo diferente. Em vez de rejeitar aquilo que a maioria de nós cuidadosamente evita, eles se concentram obsessivamente nisso; mesmo essa comédia inicial já contém alguns versos que definem indiretamente o paradoxo trágico. Ao surpreender Proteu estuprando Sílvia, Valentino exclama:

> Oh tempo ingrato! Que entre tanta gente
> seja traidor o amigo e confidente!
> (V, iv, 71-2) (*Comédias*, p. 126)

Isso não é uma hipérbole retórica, mas uma mal disfarçada formulação daquilo de que a peça realmente trata, a perturbadora proximidade, e mesmo a identidade, da amizade e do ódio miméticos. Por toda a sua carreira, Shakespeare representará amigos e irmãos que viram inimigos por motivos invisíveis a um observador não mimético. O inverso também é verdade: inimigos mortais viram amigos íntimos também por razões invisíveis.

Se é verdade que de todos os inimigos o amigo há de ser o pior, segue-se que entre todos os amigos um inimigo há de ser o melhor. Se esse último paradoxo soa exagerado, então veja o que acontece em *Coriolano*, a última das grandes tragédias de Shakespeare. Em vez de dois amigos que viram inimigos e depois amigos de novo, Coriolano e Aufídio são dois bravos guerreiros e mortais inimigos que viram amigos íntimos por algum tempo. Quando os exasperados cidadãos finalmente expulsam o invencível mas arrogante Coriolano, esse herói pede ajuda a Aufídio, general dos volscos, com quem lutara duramente por anos. Num solilóquio, ele justifica seu ousado apelo a seu arqui-inimigo dizendo que o amor e o ódio extremos são sentimentos instáveis, sempre prestes a transformar-se um no outro:

> Oh mundo, mundo,
> de voltas inconstantes! Dois amigos
> jurados, que nesta hora pareciam
> ter um só coração no duplo peito;
> cujos leitos, lazeres, exercícios
> e refeições de acordo sempre andavam
> gêmeos ao parecer, inseparáveis
> pela força do amor; dentro de uma hora,
> por uma divergência de uma coisinha,
> na mais amarga divergência explodem.
> Assim também ferrenhos inimigos,
> cujas paixões e planos destrutivos
> impediam de ao sono se entregarem,
> por um simples acaso, algum pretexto
> que não vale um ceitil, tornam-se amigos
> do peito e dão-se em casamento os filhos.
> (IV, iv, 12-22) (*Tragédias*, p. 420)

O evento confirma a especulação de Coriolano; vendo que são muito parecidos e que amam exatamente as mesmas coisas, os dois inimigos caem um nos braços do outro. Aufídio confia a Coriolano o comando de uma expedição militar contra Roma. E muito rapidamente, é claro, as ambições rivais reacendem e Aufídio termina por assassinar seu rival mimético, a quem ele ama e odeia com a mesma intensidade.

A estrutura do conflito é a mesma nas comédias e nas tragédias. A única diferença está na maneira da resolução, que pode ser violenta ou não violenta por razões de conveniência dramática.

Todas as nossas teorias de conflito e até nossa linguagem refletem a visão do senso comum de que, quanto mais intenso o conflito, maior a separação entre os antagonistas. O espírito trágico opera pelo princípio contrário: quanto mais intenso o conflito, menor a possibilidade de diferença. Shakespeare formula a verdade mimética central de muitas e diversas maneiras; tão logo a leiamos sob a luz mimética, sua lógica se torna evidente. Aquilo que é verdade para Valentino e Proteu, ou para Coriolano e Aufídio, é verdade também para César e Marco Antônio em *Antônio e Cleópatra*:

> ...o que constitui hoje o forte da amizade destes
> dois, se afirmará como o fator imediato da discórdia
> entre ambos.
>
> (II, vi, 155-7) (*Tragédias*, p. 143)

*

Para ser completamente satisfatória, nossa interpretação de *Os dois cavalheiros de Verona* requer uma pequena retificação. Para os fins de minha demonstração, exagerei um pouco a simetria mimética dos dois protagonistas, que nem sempre é perfeita – longe disso; uma perspectiva mais equilibrada deve prevalecer.

A simetria não é imaginária, mas ainda não teve nessa peça inicial um triunfo tão completo quanto terá em peças posteriores. Ela se manifesta com força, mas numa combinação desconfortável com seu próprio contrário, que é uma concepção assimétrica dos dois heróis. O autor parece vacilar entre duas ideias diametralmente opostas de sua própria comédia.

Em certos momentos sentimos que os dois protagonistas são igualmente afetados pelo desejo mimético, e sua reciprocidade ou simetria é perfeita. Em outros momentos, o desejo mimético "ruim" parece ser exclusivo de Proteu, e sua ruindade cria o sombrio pano de fundo no qual a bondade insubstancial de Valentino parece adquirir *ser*. Quando isso acontece, Proteu se transforma num vilão convencional, e Valentino, num herói convencional.

Shakespeare, mais maduro, diminuiria mais resolutamente essa dissimetria convencional entre Valentino e Proteu; ele desconstruiria a dicotomia entre herói e vilão mais detalhadamente do que em *Os dois cavalheiros de Verona*. Essa obra inicial ainda hesita entre, de um lado, uma comédia tradicional em que a inveja, o ciúme e outros maus sentimentos (miméticos) pertencem exclusivamente a Proteu e, de outro lado, uma peça mais radicalmente shakespeariana em que a provocação mimética de Valentino é o equivalente exato da traição de Proteu.

A peça tal como existe partilha do antigo padrão cômico que esconde a reciprocidade mimética atrás de bodes expiatórios, e a concepção radicalmente mimética que triunfará em *Sonho de uma noite de verão*. Enfatizei o que pertence ao futuro shakespeariano nessa peça e não aquilo que ela retém de uma tradição teatral que Shakespeare, mais experiente, virá a descartar resoluta e completamente.

capítulo 2
inveja de uma coisa tão preciosa

Colatino e Tarquínio em *O estupro de Lucrécia*

O desejo mimético não é uma febre passageira para o jovem Shakespeare; é a estrutura mesma das relações humanas não apenas em suas peças, mas também em *O estupro de Lucrécia*,[1] poema publicado em 1594, o ano a que mais comumente se atribui *Os dois cavalheiros de Verona*.

Ao fim da comédia, como o leitor há de recordar-se, Proteu tenta estuprar Sílvia mas não consegue, sendo impedido por Valentino, que aparece bem na hora. No poema, um estupro violento é levado a cabo; trata-se na verdade do mesmo estupro, do mesmo estupro *mimético*. Assim como Valentino havia elogiado Sílvia na frente de Proteu, também Colatino, marido de Lucrécia, imprudentemente elogia sua bela e virtuosa esposa na frente de Tarquínio, levando a resultados semelhantes.

[1] *The Rape of Lucrece*, no original. Como não foi possível encontrar uma tradução em língua portuguesa do poema inteiro, preferi traduzir apenas o conteúdo dos versos citados por René Girard, a fim de garantir a clareza de suas explicações. Por isso, também, as traduções referirão apenas a numeração dos versos originais. [N. T.]

O estupro de Lucrécia é uma versão trágica da comédia; a comédia é uma versão cômica do poema. Não sabemos com certeza qual veio antes. Muitos creem que foi a comédia, e uma comparação das duas obras sugere que foi ela. Presumirei que essa sequência cronológica esteja correta, mas minha interpretação não chega a depender efetivamente de qualquer sequência; se a sequência aceita viesse a ser derrubada, seria preciso apenas ajustar alguns detalhes.

Assim como a comédia, o poema define o desejo mimético, mas de modo tão cuidadoso e preciso que desta vez não há margem para dúvidas:

> Talvez o elogio [de Colatino] da supremacia de Lucrécia
> a tenha sugerido a este orgulhoso príncipe [Tarquínio];
> pois muitas vezes nossos corações são manchados por
>   nossos ouvidos;
> talvez a inveja de uma coisa tão preciosa,
> incomparável, desdenhosamente tenha picado
> seus estridentes pensamentos de que homens de menor
>   posição
> [se gabassem]
> da grande fortuna que falta a seus superiores.
> (36-42)

O que parece decisivo para mim é a conjunção de duas palavras essenciais; uma, é claro, é "inveja", a palavra favorita de Shakespeare para o desejo mimético, e a outra é "sugerido". Se por alguma razão você não gostar da expressão *desejo mimético*, se você achá-la pouco shakespeariana, pode usar em seu lugar a expressão do próprio Shakespeare, *desejo sugerido*. No presente contexto, as duas são equivalentes.

Não são, no entanto, sinônimas. *Desejo sugerido* é inequívoca, mas, sendo eu mesmo um estudioso do desejo, devo expressar algumas reservas. Ela implica demasiada passividade; ninguém pode receber um desejo pronto e acabado de outra pessoa; mesmo o sujeito mais receptivo precisa colaborar ativamente com seu mediador. Não há indivíduo capaz de produzir sozinho desejo mimético em outro; o desejo constantemente se torna mimético, mesmo em Shakespeare, sem incentivo ou mesmo conhecimento por parte dos modelos. Existem boas razões, creio, para dizer desejo *mimético* ou *imitativo* em vez de *sugerido*.

Consigo, porém, entender por que Shakespeare usou a última forma; ela é particularmente adequada à modalidade específica de mímesis que predomina em sua obra; como Valentino, Colatino faz tudo que pode para contaminar seu rival com seu desejo; ele também é um *agent provocateur* de sucesso:

> Pois ele, na noite anterior, na tenda de Tarquínio,
> destrancou o tesouro de sua situação feliz:
> as riquezas intermináveis que os céus lhe emprestaram
> sob a forma de sua bela companheira;
> cria que sua fortuna valia tanto
> que os reis poderiam ter mais glória,
> mas nenhum rei seria par de dama tão ímpar.
> (15-21)

Por discretas que sejam, as palavras evocam uma representação vívida da beleza feminina, uma figuração vívida que prenuncia o estupro. "Ele... destrancou o tesouro de sua situação feliz" soa como se Colatino estivesse despindo Lucrécia em meio aos outros soldados. As imagens produzidas não podem ser afastadas da mente de Tarquínio.

O impulso de Colatino parece irracional, mas uma estranha racionalidade invade-o, uma lógica louca mas rigorosa, análoga ao frio arrebatamento de um especulador convencido de que é preciso arriscar tudo para obter o máximo ganho.
Os homens mais orgulhosos querem possuir os objetos mais desejáveis; eles não têm como ter certeza de que conseguiram enquanto suas escolhas forem glorificadas meramente pela bajulação vazia; eles precisam de provas mais tangíveis: o

desejo de outros homens, quanto mais numerosos e prestigiosos for possível. Eles precisam expor imprudentemente seu mais rico tesouro a esses desejos.

Caso sua posse seja demasiado segura, as maiores e mais raras posses – esposa, amante, fortuna, reino, conhecimento superior, tudo – perdem seu apelo. Como um apostador, o desejo ansioso tenta desesperadamente rejuvenescer a si mesmo. A qualificação de Colatino posteriormente como "pródigo avaro" (p. 79) refere-se não apenas a suas palavras, mas a todo seu projeto, à extravagância simultaneamente imprudente e avara que o elogio de sua esposa representa:

> A beleza por si persuade a respeito de si;
> os olhos dos homens, sem orador.
> Será preciso então fazer apologia
> para marcar aquilo que é tão singular?
> Ou por que Colatino divulga
> aquela rica joia, que deveria manter distante
> de ouvidos ladrões, por que lhe pertence?
> (29-35)

O feliz proprietário de uma esposa perfeita deveria ser tão discreto quanto o sacerdote de um mistério sagrado; aliás, deveria ser mais reservado. Colatino, o divulgador, colhe aquilo que planta. Shakespeare não transfere simplesmente a culpa pelo estupro de um homem para outro; ele faz os dois autores corresponsáveis por um crime pelo qual um rapidamente pune o outro.

Colatino só pode apreciar verdadeiramente a beleza de sua esposa possuído pela inveja. Para ele, a inveja é o afrodisíaco por excelência, o verdadeiro elixir do amor. O desejo de Tarquínio é invejoso, mas o de Colatino também. Sua inveja de Tarquínio o torna tão mimético quanto seu rival, idêntico a ele, diminuindo a diferença entre o herói e o vilão.

Podemos observar novamente esse interesse de Shakespeare quando Lucrécia tenta persuadir Tarquínio a não estuprá-la. Um de seus argumentos é que, considerando a evidência de sua posição, sua paixão mimética vai acabar produzindo uma quantidade enorme de imitadores:

> Os príncipes são o espelho, a escola, o livro
> em que os súditos leem, estudam, observam.
> "E serás tu a escola em que estudará a Luxúria?
> Deve ela aprender contigo lições tão vergonhosas?
> Serás tu o espelho em que se enxergará
> o pecado na autoridade, a justificativa para a culpa,
> privilegiando a desonra com teu nome?"
> (615-21)

*

O início do poema é um vasto comentário do autor a respeito do padrão mimético mais frequente em toda sua obra, sugerindo uma motivação possível para a decisão de Shakespeare de escrever um poema narrativo em vez de uma peça. Se a poesia narrativa parece o meio errado para observações teóricas a respeito do desejo mimético, o teatro é pior ainda. O dramaturgo só pode comentar sua peça por meio de algum personagem ao qual ele conceda uma capacidade excessiva de autoexame. Quem jamais ouviu um jovem rapaz admitir, como Proteu quase chega a fazer, a natureza não espontânea de seu "amor à primeira vista"? No poema, os principais comentários ocupam o mesmo lugar, *mutatis mutandis*, que o solilóquio de Proteu, logo após o nascimento de seu desejo mimético; eles são uma versão mais extensa e mais rica do solilóquio anterior. Numa peça, esses comentários teriam de ser postos na boca de Tarquínio, o que ficaria muito estranho, para dizer o mínimo. Essa pode ser a razão, ou uma razão, por que Shakespeare decidiu escrever um poema narrativo nesse momento, e não uma peça.

Mais do que nunca vemos que o desejo mimético não é uma entidade alheia à obra de Shakespeare; não é uma "ferramenta crítica" que eu, o crítico, *aplico* à obra de fora dela. Os comentários do autor são uma continuação e um desenvolvimento daquilo que ele começou em *Os dois cavalheiros de Verona*, uma reflexão sobre aquilo que ele considera mais digno de nota em sua própria obra.

O poema começa com a corrida louca de Tarquínio de volta a Roma, com o único propósito de estuprar Lucrécia:

> Apressado, levado de Ardeia sitiada
> pelas asas inconfidentes do falso desejo,
> Tarquínio, respirando luxúria, deixa as hostes romanas,
> e a Colátio leva o fogo sem luz
> que, espreitando em pálidas brasas, quer inflamar-se,
> e cingir com envolventes chamas a cintura
> da casta Lucrécia, a bela amada de Colatino.
> (1-7)

Esse desejo é "falso" porque Tarquínio o tomou emprestado de Colatino, seu mediador. Isso não significa que em algum lugar desse poema exista um desejo *verdadeiro* que possa ser vitoriosamente contraposto ao falso desejo do estuprador.

As ideologias modernas e românticas sempre promoveram um "amor verdadeiro" ou, como hoje em dia, "um desejo real" que nos condecore com a espontaneidade. A intensidade e a autenticidade supostamente caminhariam lado a lado. Considera-se que o desejo mimético é fraco por ser meramente uma cópia, e cópias nunca chegam ao mesmo nível do original. Tão entranhadas em nós estão essas ideias que, inconscientemente, poderíamos facilmente aplicá-las a Shakespeare, operação que o distorceria terrivelmente. Os desejos de Proteu e de Tarquínio são tão irresistíveis quanto falsos. O desejo mimético é o desejo mais intenso, a substância da tragédia e também da comédia.

Tanto em *Os dois cavalheiros de Verona* quanto em *O estupro de Lucrécia*, a provocação mimética do rival pelo marido ou amante é expressa em linguagem razoavelmente convencional. Shakespeare logo criará uma linguagem mais pessoal, mas continuará a tratar do mesmo fenômeno, ou melhor, do mesmo grupo de fenômenos. Todo o tema do marido leviano que põe o chifre em si mesmo ao propagandear os encantos da esposa soa um pouco arcaico, reminiscente da sabedoria do folclore, mas é também quintessencialmente shakespeariano.

Os elementos estereotipados dessas obras iniciais não nos devem levar a minimizar sua importância; nossa perspectiva mimética mostrará como é óbvia a continuidade nas obras-primas posteriores. Shakespeare escolhe as tramas com o maior potencial mimético. Nas peças posteriores as palavras serão diferentes, mas o fenômeno por trás das palavras é o mesmo.

*

Em *Os dois cavalheiros de Verona*, Proteu tinha encontrado Sílvia apenas alguns segundos antes de se apaixonar por ela, mas ele ao menos a tinha visto. O mesmo não vale para Tarquínio, que, ao partir para Roma com propósitos criminosos em seu coração, nunca tinha posto os olhos em sua futura vítima. Uma estrofe posterior confirma explicitamente a espantosa ignorância do estuprador; quando Tarquínio finalmente vê Lucrécia, deve estar vendo-a pela primeira vez, já que a acha ainda mais bela do que as palavras de seu marido o fizeram supor:

> Agora ele acha que a língua oca de seu marido,
> o pródigo avaro que a tinha elogiado,
> ao fazê-lo acabou por prestar um desserviço à beleza dela,
> que em muito ultrapassa sua capacidade estéril.
> Assim, o elogio que Colatino ficou devendo
> é pago por um Colatino encantado
> com o maravilhamento silencioso de seu olhar fixo.
> (78-84)

Os críticos normalmente dizem que o poema é artificial, é falso. Seu misterioso início tem muito a ver com essa rejeição. Meu objetivo não é "reabilitar" o poema como “obra de arte”. Não há dúvida de que Shakespeare, mais maduro, teria feito as coisas de um jeito diferente, mas a questão da qualidade estética não deveria obscurecer o enigma desse começo. Por que Shakespeare decidiu contradizer tão escancaradamente nosso senso do possível e do impossível em relação ao desejo?

Quando escreveu *O estupro de Lucrécia*, Shakespeare estava rapidamente se tornando o dramaturgo cujo conhecimento do coração humano consideramos inigualável. Se a gênese da paixão de Tarquínio é tão extravagante quanto nos parece, como poderia o autor, no limiar da genialidade suprema, cometer um erro desse nível? O que esse poema nos tem a dizer a respeito de sua concepção do desejo, e sobre a nossa?

O enigma ainda fica mais intrigante diante de uma notável discrepância entre o poema e sua fonte, a *História de Roma* de Lívio (I, 57-59), que o “argumento” de Shakespeare não tenta esconder:

> Lúcio Tarquínio (chamado *superbus*, por seu excessivo orgulho)... partiu, acompanhado de seus filhos e de outros nobres romanos, para sitiar Ardeia; durante o sítio, os principais homens do exército, encontrando-se uma noite na tenda de Sexto Tarquínio, filho do rei, fizeram cada um o elogio de sua própria esposa, e, entre eles, Colatino louvou a castidade incomparável de sua esposa Lucrécia. Naquele espírito de brincadeira, foram todos rapidamente para Roma, pretendendo, com sua chegada súbita e inesperada, testar todas aquelas de quem tinham previamente dado garantias, e somente Colatino encontrou sua esposa (ainda que fosse tarde da noite) costurando em meio às suas aias; as outras damas estavam todas dançando e bebendo, ou em passatempos diversos; assim, os nobres concederam a vitória a Colatino, e à sua esposa, a glória. À época, estando Sexto Tarquínio inflamado pela beleza de Lucrécia, mas sufocando suas paixões momentaneamente,

> partiu de volta para o acampamento, de onde secretamente logo retirou-se, e foi recebido e entretido com regalias (como cabia por sua posição) por Lucrécia em Colátio. Na mesma noite, adentrou seu quarto, violentamente a possuiu, partindo desabalado cedo de manhã...[2]

O Tarquínio de Lívio somente se apaixona por Lucrécia *depois* de vê-la, *depois* de assegurar-se de que ela é mesmo a mais bela e virtuosa das esposas romanas. Tanto em Lívio quanto em Shakespeare o elogio de Colatino vem primeiro, mas não é apresentado como a causa do projeto criminoso de Tarquínio. Lívio está mais próximo do que Shakespeare da visão que nosso senso comum tem do desejo. Por que Shakespeare se daria ao trabalho de distorcer Lívio de um modo que consideramos ultrajante e incrível?

A estranha gênese do desejo de Tarquínio confirma o que as similaridades entre o poema trágico e *Os dois cavalheiros de Verona* já sugerem: o jovem Shakespeare quer tornar manifesto o desejo mimético, quer chamar nossa atenção para ele; não lhe basta silenciosamente explorar seus recursos. Ao jogar fora todo contato visual entre sujeito e objeto *antes* do desejo de Tarquínio, Shakespeare o torna mais inescapavelmente mimético do que jamais seria se tivesse seguido Lívio fielmente.

Até o mais breve contato com o objeto *antes* do nascimento de um desejo pode ser usado contra a interpretação mimética desse desejo. Toda a ideia de amor à primeira vista é isso, que continua a ser uma possibilidade na comédia, mas não no poema. Shakespeare escreveu o poema do modo como escreveu para extinguir essa possibilidade. Não pode haver outra razão para alterar Lívio desse jeito.

Se presumirmos que *Os dois cavalheiros de Verona* veio antes, podemos presumir também que Shakespeare ficou desapontado com a indiferença do público à

[2] *The Riverside Shakespeare*, p. 1722.

natureza mimética do desejo de Proteu. A fim de chamar a atenção, ele decidiu escrever uma obra em que o desejo mimético fosse gerado "às cegas", por assim dizer, baseado apenas na influência do mediador, transformando o amor à primeira vista da obra anterior em amor sem vista nenhuma.

*

Shakespeare distorce sua fonte latina para *O estupro de Lucrécia*, mas, paradoxalmente, essa distorção revela algo a respeito do texto original. O intérprete mimético é capaz de apontar os sinais que denunciam a rivalidade mimética em Lívio; a disputa entre os maridos guerreiros não pretende mostrar qual é a mais bela, mas qual é a mais virtuosa; para aqueles homens, não se trata de um debate cortês, mas de uma questão de honra pessoal, e portanto de uma disputa mortalmente séria. O estilo de vida desordenado das esposas (excetuando Lucrécia) também sugere alguma perturbação social em que as mulheres estejam envolvidas, como nas *Bacantes* de Eurípides.

Esses sinais são característicos de um texto mítico ou quase mítico. Todos esses temas levam, em última instância, ao banimento do último rei de Roma, ato que também funda a República. A teoria mimética interpreta os mitos como relatos necessariamente distorcidos de algum processo de vitimação que recongrega uma comunidade dispersada pela rivalidade mimética. O efeito do bode expiatório só é visível indiretamente nesses textos; ele está sempre camuflado, ao menos em parte, por causa do papel gerador que ele desempenha em relação a esses mesmos textos.

O intérprete deve observar a contradição possível entre a mensagem oficial, segundo a qual apenas Tarquínio age violentamente, e as pistas indiretas que apontam para a violência entre todos os guerreiros antes da destruição da monarquia. A ideia da disputa minimiza essa violência dos outros guerreiros, assim como a ideia de um único estupro, cometido por Tarquínio, maximiza a violência desse bode expiatório. Nenhuma interpretação isolada de um único texto mítico pode ser suficientemente demonstrativa; é preciso usar um método comparativo. Claro que aqui não é o lugar para uma exploração extensiva do assunto; devo referir o leitor a minhas obras sobre mitologia.[3]

Shakespeare reduz a crise coletiva sugerida por Lívio às proporções de um conflito particular entre Colatino e Tarquínio, mas mostra seu faro para a violência recíproca por trás do mito. Mesmo a ênfase no marido de Lucrécia não é desprovida de fundamento textual. Por que Colatino aparece de modo tão proeminente em Lívio? Por que, dentre todos os guerreiros, ele é o único a ter o nome mencionado? O poema dá a essas questões uma resposta vigorosa – uma resposta mimética. Shakespeare explicita completamente algo que o mito sugere nas entrelinhas, a indiferenciação violenta que vem antes e está por trás da estrutura diferencial do sacrifício do bode expiatório.

Lívio escreve seu relato da perspectiva dos vitimadores do bode expiatório,[4] que é a perspectiva padrão do mito. Toda a violência supostamente caberia a Tarquínio, mas as pistas indiretas apontam para outro caminho – o caminho de toda poesia verdadeiramente trágica; Shakespeare desconstrói parcialmente o sacrifício republicano de Tarquínio, uma vez que distribui a violência igualmente entre o estuprador e o marido, e escolhe a não diferença da violência recíproca em vez da diferença mítica do sacrifício do bode expiatório. Shakespeare interpreta todas as fontes míticas como depositárias ocultas da rivalidade mimética – uma intuição superior, a meu ver, atualizada até mesmo pelos elementos puramente ficcionais do poema.

[3] Ver René Girard, *Violence and the Sacred*, Baltimore: The Johns Hopkins University Press, 1977 [ed. bras.: *A violência e o sagrado*, São Paulo: Paz e Terra; Unesp, 1990]; *"To Double Business Bound": Essays on Literature, Mimesis and Anthropology*, Baltimore: The Johns Hopkins University Press, 1978; *The Scapegoat*, Baltimore: The Johns Hopkins University Press, 1986 [ed. bras.: *O bode expiatório*, São Paulo: Paulus, 2008]; *Things Hidden since the Foundation of the World*, Stanford, Calif.: Stanford University Press, 1988.
[4] No original, *scapegoaters*. Apesar de a expressão "bode expiatório" existir perfeitamente em português, traduzindo *scapegoat*, a dificuldade com as derivações *scapegoaters* e *scapegoating* foi transposta em todo o livro com o auxílio das palavras "vitimação/vitimador", "sacrifício/sacrificador". [N. T.]

Em *O estupro de Lucrécia*, Shakespeare já está fazendo aquilo que fará em todas as suas peças: ele indiferencia os protagonistas, traz-nos mais para perto da matriz violenta dos temas míticos, a violência coletiva da vitimação espontânea que ficará completamente exposta em *Júlio César*.[5] Já existe uma força em sua interpretação trágica de Lívio que o mero empirismo dos historiadores, filólogos e mesmo dos antropólogos estruturalistas não consegue emular nem mesmo enxergar.

*

Nunca mais, depois de *O estupro de Lucrécia*, Shakespeare voltou a tentar forçar sua consciência do desejo mimético a uma plateia relutante. Ele entendeu da segunda vez aquilo que não tinha entendido da primeira: a inutilidade do empreendimento inteiro. O poema teve sucesso razoável, mas menos do que *Vênus e Adônis*, que não contém nenhum desejo mimético e pode ter sido escrito antes de Shakespeare ter descoberto o fenômeno.

Shakespeare, porém, jamais desistiu do desejo mimético. Tivesse desistido, as peças que admiramos pareceriam muito menos admiráveis e não saberíamos o porquê. Para um gênio dramático, a mímesis conflituosa não é um truque opcional, algo que poderia ser descartado sem afetar a qualidade essencial das obras. Os emaranhados dos mal-entendidos cômicos não podem não ser miméticos, e o mesmo vale para os conflitos irredutíveis da tragédia. Sem esse ingrediente, nenhuma representação das perturbações humanas seria satisfatória; só que nenhum escritor pode apontar essa verdade de maneira muito óbvia; não pode obrigar seus leitores a enxergar o que eles preferem não ver. Se eles ficam desconfortáveis, encontram toda espécie de pretexto para desqualificar aquela ofensiva obra literária, sem jamais mencionar a verdadeira razão de sua hostilidade – sem sequer detectá-la.

[5] Ver capítulos 21 a 25.

A partir de *Sonho de uma noite de verão*, Shakespeare adotou uma estratégia perfeitamente adequada ao tipo de resistência que a excessiva revelação mimética acaba provocando. A alergia ao conhecimento mimético é, via de regra, tamanha que, se houver alguma explicação alternativa disponível, a mímesis não precisa ser cuidadosamente disfarçada. Sejam as fadas frívolas e sem sentido de *Sonho de uma noite de verão*, seja o inevitável amor à primeira vista, a explicação falsa será universalmente abraçada.

Nos capítulos seguintes examinaremos a crescente complexidade de padrões miméticos em Shakespeare, primeiro nas comédias que vêm depois de *O estupro de Lucrécia*, e depois em algumas tragédias; todas essas peças são exemplos do que pode ser considerado a técnica dual de Shakespeare para revelar e dissimular a mímesis. Veremos que elas podem ser hilariamente explícitas, mas sempre de tal modo que aqueles que detestam enxergar o fenômeno nunca verão o menor traço dele nas peças. A partir de *Sonho de uma noite de verão*, Shakespeare usa sua preciosa e perigosa ciência do desejo de modo tão habilidoso que seu enorme e ubíquo papel em seu teatro continua desconhecido até hoje.

capítulo 3
o curso do verdadeiro amor

Os quatro namorados em *Sonho de uma noite de verão*[1]

Sonho de uma noite de verão faz sucesso com as plateias teatrais no mundo inteiro, mas, via de regra, é uma peça que desagrada os críticos. Eles gostam da poesia da Inglaterra campestre, mas lhes desagrada a *retórica* amorosa, que chamam de artificial. Procuram em vão por alimento intelectual e espiritual. George Orwell observou que "esta peça ótima para o palco" é uma das menos admiradas no teatro de Shakespeare, e é claro que ele não via nela nada de admirável.[2] A tradição desse desprezo remonta a um passado distante. Após assistir a uma apresentação

[1] Não custa observar que o título original da peça é *A Midsummer Night's Dream*, e que a *midsummer night* não é qualquer noite do verão, nem, como se poderia imaginar, "do meio do verão". *Midsummer* é o dia do solstício de verão, ou, segundo o antigo calendário juliano (a Inglaterra só adotou o calendário gregoriano mais de um século após a morte de Shakespeare), 24 de junho, a festa de São João. Nos países do Norte essa noite é sempre associada ao excesso, às loucuras das festas; não por acaso a ação de *Senhorita Júlia*, de Strindberg, se passa durante a *midsummer night*, a noite do solstício de verão. [N. T.]

[2] George Orwell, Lear, Tolstoy and the Fool, in J. Frank Kermode, ed., *Four Centuries of Shakesperean Criticism*, New York: Avon Books, 1965, p. 519.

da peça, Samuel Pepys comentou em seu diário que "esta é a peça mais insípida e ridícula que já vi na vida".

As três tramas parecem igualmente sem sentido. Os namorados sem juízo sequer são responsáveis por seus próprios atos; Puck, o duende, o agente de Oberon, sempre derrama o suco do amor "nos olhos errados". Quem se interessa pelos ciúmes e infidelidades que não têm nada a ver com o "verdadeiro amor"? Quem se interessa pelas trapalhadas de uns toscos metidos a ensaiar uma bisonha caricatura de um drama para a festa de casamento de Teseu, duque de Atenas? O único elo entre as duas histórias é o ralo conto de fadas, mas a conexão parece puramente formal, vazia de conteúdos significativos.

Minha própria visão da peça é diferente: considero *Sonho de uma noite de verão* a primeira obra-prima da maturidade de Shakespeare, uma verdadeira explosão de genialidade. A ação não tem nenhuma "relevância" ética direta, mas uma peça pode ser interessante por outras razões. Ela pode mexer com a incoerência e ainda assim ser coerente como obra de arte e construção intelectual. À primeira vista, Shakespeare parece ter inventado aleatoriamente os caprichos de seus namorados, sem considerar nenhum propósito, mas sua disposição para desejos entrecruzados é infalível demais para resultar do acaso. Eles sempre escolhem o caminho com o maior potencial de frustração e conflito.

Deve haver alguma explicação para esse milagre invertido. O nome da flor mágica supostamente responsável por toda a confusão, "amor-no-ócio",[3] sugere que os jovens aristocratas da trama principal são adolescentes mimados; nessa peça, não faltam implicações sociais e até políticas. Não acho, porém, que seu papel seja tão importante. Os namorados, por si, explicam que os acontecimentos da noite se devem às ações das fadas, e devemos ouvir sua explicação com alguma reserva mesmo no contexto da comédia. A própria peça sugere algo mais plausível.

[3] No original, "*love-in-idleness*"; Carlos Alberto Nunes (CAN) optou por "amor ardente" (*Comédias*, p. 184). [N. T.]

Meus leitores imediatamente adivinharão o que tenho em mente. A noite de verão é mimética, mas de modo mais complexo que os enredos das obras anteriores. Em vez de uma única relação, temos uma teia emaranhada de interações miméticas, uma ampla propagação da rivalidade, tão feroz que, no clímax, transforma-se em violento caos. Porém, assim que a estrutura inteira chega ao fundo, ela quica de volta em direção à luz, e um final feliz se anuncia.

Quando lemos a peça à luz mimética que lhe é própria, podemos dispensar a poção do amor e explicar todos os acontecimentos muito satisfatoriamente. A peça, então, deixa de ser o mosaico de temas heterogêneos que os críticos sempre mostraram. Ela se torna um único processo dinâmico que engloba todas as três tramas, uma perda constante de forma que vai se agravando até que subitamente as formas ordenadas são recuperadas. Além de ser um *tour de force* de organização dramática, é também uma demonstração estonteante de virtuosismo linguístico. Nela, o desejo mimético, em vez de ser definido explicitamente, como nas obras já discutidas, fala por meio da retórica aparentemente insignificante dos namorados, brotando aqui e ali em trocadilhos tremendamente esclarecedores.

Essa é a obra em que o desejo mimético que, na obra de Shakespeare, governa as relações humanas foi completamente dominado e dramatizado na forma de um sistema global, a fonte de toda integração e desintegração social. Por trás de sua aparência frívola, a peça constitui uma estupenda teoria não só do lado conflituoso da mímesis, mas também de seu poder coesivo, que se manifesta como ritual e teatro.

Oberon, Titânia, as demais fadas e toda a trama fantástica são o *sonho* mítico engendrado pela interação mimética nas duas outras tramas. Shakespeare faz de sua peça uma interpretação imensamente fértil de seus próprios truques dramáticos como morfogênese mítica. À medida que a histeria da noite vai aumentando, ela produz alucinações monstruosas que em última instância causam a aparição das fadas, tanto entre os artesãos que ensaiam sua peça mimética quanto entre os namorados que ensaiam seus ressentimentos miméticos um contra o outro.

Este capítulo e os próximos quatro são dedicados primariamente, mas não de modo exclusivo, à dimensão de desordem em *Sonho de uma noite de verão*. Depois retornarei a essa peça uma vez, após minha análise de *Tróilo e Cressida*, e mais uma vez após ter estudado o sacrifício em *Júlio César*. Só então poderei tratar da dimensão ritual da peça: o renascimento, nela, da ordem sacrificial. Só então poderei defender minha tese geral a respeito dessa prodigiosa comédia, que é a obra em que o foco shakespeariano sobre o desejo mimético amplia-se para uma visão antropológica completa. A religião mágica é a mais difundida e perfeita máscara da interação mimética, a máscara original, a cultura humana mesma. Em *Sonho de uma noite de verão* a máscara é retirada. Essa peça deveria ser leitura obrigatória para todos os antropólogos modernos.

*

A fim de demonstrar essa tese, devo primeiro apontar as similaridades com *Os dois cavalheiros de Verona*. *Sonho de uma noite de verão* é sob alguns aspectos uma ilustração mais complexa e sistemática do princípio que já governava sua antecessora.

Na primeira comédia havia um pai, também duque, que tentava impedir o casamento de sua filha com o herói, Valentino. Em *Sonho de uma noite de verão*, o pai e o duque são personagens distintos, mas juntam forças contra Hérmia, que, exatamente como Sílvia, decidiu se casar com Lisandro contra a vontade de seu pai. Caso se recuse a se casar com Demétrio, Hérmia deve enfrentar a morte ou o resto da vida no equivalente pagão de um convento tradicional. Após esse formidável decreto, as figuras paternas majestosamente saem de cena e não têm mais nenhum papel nos assuntos da nova geração. Assim como Valentino e Sílvia na primeira peça, Hérmia e Lisandro decidem fugir.

Como não têm a menor pressa, refestelam-se com um pouquinho de poesia lírica até serem interrompidos por Helena, que ouve avidamente sua grande amiga Hérmia falar com orgulho e excitação da fuga que planeja. Hérmia confia em sua amiga pela mesma razão que Valentino confia em Proteu. Todos esses namorados miméticos estão atrás de gratificação mimética, e, ao obtê-la, fornecem a seus imitadores e rivais armas que invariavelmente acabam apontadas contra os fornecedores.

Em *Os dois cavalheiros de Verona*, Valentino revela a Proteu sua intenção de fugir, e esse amigo traiçoeiro vai correndo contar isso ao duque. Em *Sonho de uma noite de verão*, a traidora é Helena, que vai direto a Demétrio. Demétrio está apaixonado por Hérmia e vai atrás dela aonde ela for. Helena, por sua vez, está apaixonada por Demétrio e vai atrás dele aonde ele for. Assim, dois enamorados insatisfeitos seguem Lisandro e Hérmia a noite inteira, ansiosos por semear a discórdia. Assim como Valentino era responsável, ao menos em parte, pelas intervenções hostis que estragaram sua história de amor, do mesmo modo Hérmia é responsável, em parte, pelas perturbações em seu relacionamento com Lisandro e por toda a confusão da noite do solstício de verão.

*

No início da noite tanto Lisandro quanto Demétrio estão furiosamente apaixonados por Hérmia; a possibilidade de que qualquer um deles a largasse parece absurda. O "verdadeiro amor" é a perspectiva oficial do autor nessa peça; não é preciso dizer que se espera que todos os namorados permaneçam eternamente fiéis um ao outro. Porém, quase que imediatamente acontece o impensável. Lisandro desiste de Hérmia e se apaixona por Helena. Hérmia tinha acabado de confiar sua reputação, e até mesmo sua vida, a esse rapaz, e agora, sem nenhum aviso, tirando desavergonhado proveito de seu sono, ele a abandona ao relento, alvo potencial dos animais da floresta. Esse comportamento vil deveria tirar de Lisandro a qualificação de "amante verdadeiro", exceto, é claro, se for possível provar que ele não estava bom da cabeça quando cometeu falta tão grave contra o "verdadeiro amor". A mágica poção do amor de Puck resolve esse problema. Com fadas à disposição, pouco há que um dramaturgo esperto não consiga fazer.

Os acontecimentos se sucedem rapidamente na noite do solstício de verão: antes que consigamos nos recuperar do choque da infidelidade de Lisandro, Demétrio também esquece Hérmia e se apaixona por Helena. Um momentinho antes, ele tratava a coitada do modo mais abominável, insultando-a ferozmente, mas agora, com a mesma ferocidade, os dois rapazes celebram sua beleza celestial. Quando algo que parecia difícil de acreditar da primeira vez que aconteceu acontece quase imediatamente uma segunda vez, nosso espanto aumenta muito – exceto, é claro, se percebermos que a repetição se deve à imitação, fazendo que nosso espanto evapore. Aqueles que creem no "verdadeiro amor" têm uma grande capacidade de ter fé e nunca suspeitam da possibilidade de imitação no terreno dos sentimentos passionais. Se houver a menor brecha para isso, preferirão que a explicação venha de poções do amor e não do desejo mimético. Shakespeare não quer perturbar sua fé, por isso traz mais uma roda de "amor-no-ócio".

Se nos dermos ao trabalho de ler o texto, acharemos em toda parte as pistas de uma interpretação mais cínica. A primeira coisa a observar é que, mesmo que os dois rapazes nunca estejam apaixonados pela mesma menina por muito tempo, ambos estão sempre apaixonados *pela mesma menina*. Podemos observar também grandes similaridades em seus dois discursos, que permanecem os mesmos quando ambos mudam de menina, tirando, é claro, os pequenos ajustes necessários porque Helena é uma loura alta, e Hérmia é mais baixa e morena. Vejamos um trecho:

> *Helena*: Ela vos tem amor; ficai contente.
> *Lisandro*: Com o amor de Hérmia? Não, não sou demente.
> Como lastimo as horas que ao seu lado
> passei, cheias de tédio, a meu mau grado!
> Amo a Helena; a tal Hérmia me era estorvo.
> Quem não troca uma rola por um corvo?
> O homem pela razão é conduzido;
> e esta me deixa ao teu valor rendido.
> (II, ii, 111-16) (*Comédias*, p. 187)

Lisandro e Demétrio estão firmemente convencidos de que seu novo amor à primeira vista é o impulso mais racional e espontâneo que jamais tiveram. Essa "racionalidade" é ainda menos convincente do que o suco do amor de Puck. Em seu esforço desesperado de alcançar Lisandro, Demétrio soa ainda mais bombástico e estereotipado, mas não vale a pena mencionar a diferença:

> *Demétrio*: Oh, Helena, deusa, ninfa sublimada,
> que há de mais fascinante que a alvorada
> desses olhos tão lindos? Tosco e baço
> é o cristal junto deles; um pedaço
> de cereja desses lábios tentadores
> que a toda hora me falam só de amores.
> A neve virginal do Tauro altivo,
> sempre apagada pelo vento estivo,
> em corvo se transforma, horrente e feio,
> quando agitas a mão, num galanteio.
> Oh! Vou beijar a sede da ventura,
> essa princesa feita de luz pura!
> (III, iii, 137-44) (*Comédias*, p. 193)

Os críticos não chegam a presumir que o próprio Shakespeare acreditava em fadas, mas sentem que ele efetivamente estruturou a peça em torno delas, uma hipótese não muito melhor. Eles acham que *Sonho de uma noite de verão* é uma peça fantástica. Mas, apesar das fadas, a obra é supremamente realista; tudo nela faz sentido nos termos de uma lógica mimética que pode ser facilmente deduzida de vários incidentes. Comecemos com Demétrio, cujo exemplo é bastante óbvio: ele imita Lisandro porque Lisandro tirou Hérmia dele e, como todos os rivais derrotados, ele é terrivelmente mediado por seu vitorioso oponente. Seu desejo por Hérmia permanece intenso enquanto Lisandro lhe serve de modelo; assim que Lisandro passa para Helena, Demétrio também passa. Esse perfeito papagaio é uma versão mais cômica de Proteu. A imitação é tão compulsiva nele que, se houvesse uma terceira menina no grupo, ele certamente se apaixonaria por ela, mas não antes de Lisandro.

E quanto ao próprio Lisandro? Quando ele passa para Helena, não tem nenhum modelo possível, já que ninguém está apaixonado pela coitada. Será que isso significa que seu desejo é verdadeiramente espontâneo? Para nos convencermos de que não, devemos olhar o que acontece *antes de a peça começar*. A primeira cena resume o que pode ser chamado de *pré-história* da noite do solstício de verão. Trata-se de uma história de substituições eróticas e traições similares aos acontecimentos da própria peça. A informação é dada de modo sucinto e não tem impacto dramático; a única razão possível para que ela apareça é a luz que joga sobre a natureza sistemática de todas as confusões eróticas entre os quatro namorados.

No início Helena estava apaixonada por Demétrio e Demétrio por ela. Esse feliz estado de coisas não durou. A doce Helena explica num solilóquio que seu relacionamento foi destruído por Hérmia:

> Assim Demétrio, quando Helena não via,
> me granizava juras noite e dia;
> mas ao calor do seu formoso riso
> dissolveu-se de súbito o granizo.
> (I, i, 242-5) (*Comédias*, p. 180)

Por que tentaria Hérmia tirar Demétrio de sua melhor amiga? Como Hérmia agora quer se casar com o outro rapaz, Lisandro, ela não poderia ser motivada pelo "verdadeiro amor" genuíno. Que mais poderia ser? Ainda temos de perguntar? A natureza mimética do projeto é, novamente, sugerida pela grande similaridade com *Os dois cavalheiros de Verona*. Hérmia e Helena têm o mesmo tipo de amizade que Valentino e Proteu: elas viveram juntas desde a infância; elas foram educadas juntas; elas sempre agem, pensam, sentem e desejam do mesmo jeito.

Em nossa pré-história houve um primeiro triângulo mimético, como o de *Os dois cavalheiros de Verona*, com os sexos trocados. Helena é o Valentino da nova comédia, Hérmia o Proteu, e Demétrio uma Sílvia mais traiçoeira. O começo é o mesmo, mas o final é diferente: Hérmia tem sucesso naquilo em que Proteu fracassa.

Demétrio ainda está muito apaixonado por Hérmia porque foi ela que o largou, exatamente como o próprio Demétrio largara Helena um pouco antes. A empreendedora Helena primeiro roubou o namorado de sua melhor amiga e depois perdeu o interesse por ele, deixando assim duas pessoas histericamente infelizes, em vez de uma só. Se Hérmia vivesse em nossa época, provavelmente diria que uma mulher inteligente, moderna e independente como ela precisa de *companhias mais estimulantes* que Demétrio e Helena. Demétrio e Helena parecem não ser um desafio grande o suficiente para Hérmia porque ela achou fácil demais dominá-los. Primeiro ela derrotou completamente Helena na batalha por Demétrio, o que destruiu o prestígio de sua amiga como mediadora. Não sendo mais transfigurado pela força da rivalidade mimética, Demétrio também perdeu seu prestígio e deixou de ser desejável. Quando um imitador consegue apropriar-se do objeto escolhido por seu modelo, a máquina transfiguradora para de funcionar. Sem a presença de uma rival que a ameaçasse, Hérmia achou Demétrio entediante e voltou-se para Lisandro, mais exótico.

Essa explicação vale também para Demétrio, nosso primeiro exemplo de infidelidade. Ele cedera às seduções de Hérmia porque Helena era doce e amável demais; ela não dificultava as coisas o suficiente para seu namorado. Quando o desejo mimético é reprimido, ele se intensifica, e quando se realiza, murcha. *Sonho de uma noite de verão* é uma peça em que esses dois aspectos são explorados de modo discreto mas sistemático. Os dois, juntos, perfazem a dinâmica da noite do solstício de verão.

Em *Os dois cavalheiros de Verona*, Shakespeare enfatizou a força e a *estabilidade* do desejo *irrealizado*. Em *Sonho de uma noite de verão* a ênfase permanece, mas é suplementada por uma ênfase idêntica na *instabilidade* do desejo *realizado*. Agora podemos entender por que Lisandro abandona Hérmia, já que todos os abandonos têm sua raiz no desencantamento da posse tranquila. Lisandro triunfou sobre Demétrio, seu rival mimético. Hérmia verdadeiramente lhe pertence, e assim ele não tem o estímulo indispensável da rivalidade mimética. Helena parece atraente nesse momento porque ela não deu nenhum sinal de estar interessada em Lisandro; além disso, não resta mais ninguém.

A história da noite continua sua pré-história com personagens diferentes nos diversos papéis miméticos. Em outras palavras, a noite do solstício de verão já havia começado antes de começar. Primeiro Demétrio tinha sido infiel a Helena, depois Hérmia foi infiel a Demétrio, depois Lisandro a Hérmia, e, por fim, Demétrio a Hérmia. As quatro infidelidades estão dispostas em tal ordem que o mínimo número de incidentes ilustra o máximo de teoria mimética.

É importante observar que não se pode dizer que o suco do amor é uma desculpa para as infidelidades que ocorrem *antes da noite do solstício de verão*. Tudo pode e deve ser explicado mimeticamente, isto é, de modo racional. Se tivéssemos apenas as infidelidades que ocorrem diante dos nossos olhos, os exemplos seriam muito poucos e não nos levariam inquestionavelmente à lei mimética, mas o acréscimo da pré-história e da história é suficiente para esse propósito. Assim, em vez de um único conflito triangular que permanece inalterado até a conclusão, *Sonho de uma noite de verão* sugere um caleidoscópio, uma variedade de combinações que geram uma à outra num ritmo cada vez mais acelerado. Shakespeare dá diversos objetos sucessivamente aos mesmos rivais miméticos para uma demonstração cômica da preponderância do mediador no triângulo do desejo mimético. *Sonho de uma noite de verão* está para *Os dois cavalheiros de Verona* como a teoria da relatividade está para a mecânica de Newton.

A inquietação permanente intrínseca ao princípio mimético necessariamente obriga que nenhuma combinação pode satisfazer nenhum amante por nenhum espaço de tempo. Portanto, havendo tempo suficiente, todas as combinações possíveis devem ser tentadas, e de fato são. Mesmo que a peça não tenha como exaurir todas as possibilidades, porque isso seria tedioso, a exaustão é sugerida. Só consigo pensar em outra peça na literatura dramática que busca mais ou menos o mesmo objetivo e o atinge com a mesma elegância de *Sonho de uma noite de verão*: *As bodas de Figaro*, de Beaumarchais.

Como há os mesmos quatro protagonistas em *Os dois cavalheiros de Verona* e em *Sonho de uma noite de verão*, pareceria à primeira vista que a mesma lei não poderia gerar a maior complexidade da segunda peça, mas a diferença está no tratamento dos personagens femininos. Em *Os dois cavalheiros de Verona* as mulheres são eroticamente passivas, meros objetos de uma disputa entre os rivais homens. Como observei anteriormente, chegamos às vezes a ter a impressão de que o desejo mimético está limitado apenas a Proteu. Em *Sonho de uma noite de verão*, as meninas são tão miméticas quanto os rapazes, e há quatro atores ativos em vez de dois ou um.

A infidelidade tem sido tradicionalmente considerada mais chocante nas mulheres do que nos homens; Shakespeare não mostra nenhuma mulher que seja infiel *em cena*. Mostra os dois rapazes brigando pela mesma menina, mas não as meninas brigando pelo mesmo rapaz. Ele guarda os acontecimentos mais escandalosos para a pré-história da noite do solstício de verão. Porém, não devemos nos deixar enganar por esse tratamento discreto das mulheres; a peça necessita de uma contrapartida feminina para a interação masculina, e ali está ela. Na economia total da comédia, a rivalidade mimética de Helena e Hérmia mais a infidelidade de Hérmia desempenham exatamente o mesmo papel que os acontecimentos da noite que envolvem primariamente os rapazes. Hérmia não é mais fiel a Demétrio do que Demétrio e Lisandro são fiéis a ela. Assim como os rapazes, as meninas primeiro rivalizam e depois amam, e, exatamente como os rapazes, as duas acabam uma no pescoço da outra. No fundo, não há diferença: cada namorado é uma imagem espelhada dos outros três, independentemente do sexo.

Se tivéssemos de apontar quem criou mais confusão antes de a noite do solstício de verão começar, seria Hérmia; mas não devemos considerar a pré-história separada da história. Enfatizar a singularidade de algum personagem seria contrário ao espírito da peça, que se concentra na paradoxal uniformidade produzida pela lei mimética. Shakespeare nem satiriza nem glorifica as mulheres nessa peça. Seu interesse é retratar o processo mimético; sua comédia não está mais relacionada à diferença entre os sexos do que a alguma outra diferença. Foi essa consequência oculta, e não a aparência de diversidade, o que o dramaturgo escolheu dramatizar.

Com nossos namorados miméticos, nenhum relacionamento amoroso conseguirá ter sucesso, a menos que fracasse, e nenhum conseguirá fracassar, a menos que tenha sucesso. Secretamente, eles abominam o deleite tranquilo do "verdadeiro amor" que sua retórica celebra. A todo momento da noite do solstício de verão entendida em sentido amplo, cada membro do quarteto deseja outro membro que não o deseja, e é desejado por um terceiro membro sem desejá-lo. Entre esses namorados, em todos os momentos a comunicação é mínima e a frustração é máxima.

Todos são tão miméticos que, em qualquer momento, todos os desejos miméticos tendem a aglutinar-se e formar um único grande desejo pelo mesmo objeto. No início todos estão apaixonados por Hérmia, incluindo Helena e até mesmo Hérmia, que obviamente se acredita grande merecedora de todo o desejo que a ela se dirige. No clímax da noite, não é mais Hérmia que ocupa o centro do grupo, mas Helena: todos estão obcecados com ela, incluindo Hérmia, tão possuída de ciúmes que ataca fisicamente sua amiga.

Todos os quatro namorados cultuam o mesmo absoluto erótico, a mesma imagem ideal de sedução que cada menina e rapaz, a seu turno, parece representar aos olhos dos outros. Esse absoluto não tem nada a ver com qualidades reais; ele é propriamente metafísico. Os quatro namorados são como pássaros sobre o mesmo fio de telefone, sempre brigando, mas inseparáveis. De tempos em tempos, sem nenhuma razão aparente, todos voam para outro fio e começam a brigar de novo. Seu desejo é obcecado pela carne, mas totalmente divorciado dela. Ele nunca é instintivo nem espontâneo, e também não se baseia em coisas como o prazer dos olhos e dos outros sentidos. Ele corre perpetuamente para o desejo, assim como o dinheiro corre para o dinheiro na economia especulativa. Devemos dizer, claro, que os quatro namorados estão "apaixonados pelo amor". Isso não seria inexato, mas não existe o amor *em geral*, e formular as coisas desse modo obscurece a questão crucial: a presença de um modelo que inevitavelmente se transforma em rival, a natureza necessariamente ciumenta e conflituosa da convergência mimética para os mesmos objetos.

Sem dúvida essa instabilidade erótica é frívola, mas sua representação está longe de ser trivial. O conteúdo é nada; a genialidade do dramaturgo está em tratá-lo de modo sutilmente sistemático. Shakespeare satiriza uma sociedade de pretensos individualistas completamente escravizados uns pelos outros. Ele zomba de um desejo que sempre tenta diferenciar-se e distinguir-se pela imitação de outra pessoa, mas sempre obtém o resultado oposto: *Sonho de uma noite de verão* é um triunfo primevo do unissex e do uni-tudo-o-mais, envolvendo uma simetria cada vez maior entre todos os personagens, ainda que não tão obviamente perfeita que sua demonstração pareça forçada.

Ao contrário do cético Puck, que zomba dos namorados por saber tudo o que está acontecendo, Oberon tem muita reverência pelo "verdadeiro amor", mas seu linguajar lhe prega peças aqui e ali e sugere exatamente o contrário do que ele pretende dizer. Depois de Puck ter pego o homem errado para suas doses do suco do amor, Oberon parece indignado, como se a diferença entre o "verdadeiro" e o "falso" amor fosse tão grande que Puck confundir os dois fosse imperdoável. O que ele efetivamente diz sugere exatamente o contrário:

> Que fizeste? Houve engano manifesto;
> foi posto o suco em um amante honesto;
> deixaste falso um fido namorado,
> sem que o remisso fosse castigado.
> (III, ii, 88-91) (*Comédias*, p. 192)

Quem saberá a diferença entre "deixar falso um fido namorado" e "castigar um remisso"? Tudo parece a mesma coisa, e a distinção em que insiste o piedoso Oberon fica comicamente borrada. A suposta discrepância entre o "verdadeiro amor" e sua falsificação mimética ecoa a inferioridade da *cópia* em relação ao *original* na estética tradicional. O problema é que não há original; tudo é cópia.

A circularidade cacofônica de "deixar falso um fido namorado" e "castigar um remisso" ironicamente sugere a contribuição paradoxal das ideologias diferencialistas e individualistas para o aumento da uniformidade mimética; o *diferencialismo* é a ideologia da urgência mimética em sua versão mais comicamente autodestrutiva. Tudo isso se assemelha de modo impressionante a nosso próprio mundo contemporâneo.

*

A tradição dos obstáculos externos e tiranos não miméticos é a tradição por excelência da comédia. Hoje ela é mais forte do que nunca; é a ideologia da psicanálise, de nossa "contracultura", de toda espécie de "libertações", de todo o culto da juventude. Ela se leva mais a sério do que nunca. Todos precisamos fingir que a "juventude" é de algum modo perseguida. Cada geração proclama essa mensagem como se fosse alguma coisa inteiramente nova, jamais antes formulada. Desde os gregos o teatro tem sido um importante veículo dessa ideologia, mas Shakespeare é uma exceção que se destaca. Sua atitude é tão incomum, que acaba mais ignorada do que reconhecida. Não percebemos quão revolucionário *Sonho de uma noite de verão* realmente é.

O mito dos obstáculos externos é tão forte na cultura geral e no teatro que nem Shakespeare conseguiu libertar-se dele em sua primeira tentativa. *Os dois cavalheiros de Verona* é uma peça de transição, meio convencional e meio shakespeariana, uma comédia híbrida em que o conflito não mimético e as diferenças não miméticas, como a dicotomia entre herói e vilão, já são abrandadas, mas ainda não abolidas.

Em *Os dois cavalheiros de Verona*, quando Proteu descobre que Valentino e Sílvia planejam fugir, ele procura o duque, que intervém; Valentino precisa fugir de Milão sem Sílvia. Como o rival mimético constitui um obstáculo ainda maior do que o pai, podemos ver que o pai está em decadência, mas ainda está vivo e passa bem. Mas em *Sonho de uma noite de verão* Helena sequer pensa em Egeu e Teseu quando descobre que Lisandro e Hérmia estão prestes a fugir de Atenas; ela vai diretamente a Demétrio, o rival mimético. Os pais e os duques viraram monstros de mentirinha.

A única e mesma fonte de conflito em todas as comédias maduras é o entrecruzamento dos desejos miméticos que ficam convergindo para o mesmo objeto porque imitam um ao outro. Apesar das pistas falsas da primeira cena, isso já vale para *Sonho de uma noite de verão*. Os únicos obstáculos no caminho dos namorados são os próprios namorados, os rivais miméticos. Eles são mais fortes, mais jovens e mais ferozes do que qualquer pai. Eles têm uma forte ânsia por criar encrencas, coisa que, via de regra, não sucede com os pais.

Sonho de uma noite de verão representa o primeiro exemplo de um tipo unicamente shakespeariano de comédia, que faz graça do próprio desejo, denunciando a mentira que ele repete indefinidamente, alegando-se a vítima de algum tipo de repressão – deuses repressores, pais repressores, professores repressores etc. Em todas as peças puramente shakespearianas, a felicidade dos namorados é ameaçada desde *dentro* de um grupo de amigos, jamais desde *fora*. Porém, tão entranhados estão os preconceitos do público, que basta colocar os velhos espantalhos na entrada da comédia para dar crédito ao mito de que *Sonho de uma noite de verão* é um texto convencional. Quatro séculos depois, eles ainda dominam a interpretação de uma peça que nada tem a ver com eles.

A primeira cena nos provoca balançando à nossa frente todos os clichês que tanto amamos: filhos contra pais; juventude contra velhice; amantes sinceros e bonitos privados de sua liberdade de escolha; adultos hipócritas que detêm as rédeas do poder. Isso é puro faz de conta. A autoridade dos pais está mortinha da silva; nunca mais ela terá um papel significativo em qualquer peça de Shakespeare.

Os aspectos convencionais da primeira cena – ela tem outros aspectos, que discutiremos adiante – podem perfeitamente ter sido concebidos e escritos, ao menos em parte, num estágio menos maduro do que o resto da peça. Pode ser um resto de uma ideia antiga, próxima de *Os dois cavalheiros de Verona*, um fragmento de uma herança teatral que Shakespeare não tinha ainda abandonado completamente. Creio que Shakespeare deliberadamente mantém essa arcaica primeira cena porque ela é adequada a sua estratégia de semiesconder a rivalidade mimética. Como já se observou, ele sempre sugere duas interpretações distintas para o que está fazendo. As pistas falsas da primeira cena têm uma função nesse plano; graças a elas, *Sonho de uma noite de verão* pode passar por comédia reconfortante em que o triunfo do "verdadeiro amor" é apenas temporariamente adiada pela coalizão de figuras paternas e seres sobrenaturais.

Ao que parece, Shakespeare tinha uma boa razão para não deixar óbvios demais os aspectos mais irreverentes da peça. É provável que *Sonho de uma noite de verão* tenha sido escrita para um casamento aristocrático na corte elizabetana.[4] A inconstância não fica bem no clima de uma festa matrimonial: Shakespeare tinha de ser cuidadoso. Sua comédia tinha de parecer inofensiva e convencional aos olhos dos cortesãos conservadores. Ao mesmo tempo, ele sabia que haveria pessoas muito espertas na plateia, e não queria desapontá-las. Elas esperavam que ele fosse deliciosamente ousado, escandaloso e espirituoso. Ele tentou escrever para os dois grupos ao mesmo tempo, de tal modo que cada grupo encontrasse na peça o que fosse adequado ao seu próprio gosto e temperamento; ele provavelmente teve sucesso com alguns de seus contemporâneos, mas fracassou tristemente com a posteridade. A dimensão cômica da peça é inseparável de sua substância mimética, e jamais foi recapturada.

[4] Shakespeare, *A Midsummer Night's Dream*, in *A New Variorum Edition*, Horace Howard Furness, ed., Philadelphia, London: J. B. Lippincott, 1953, p. 259-67.

capítulo 4
tua beleza obter

Helena e Hérmia em *Sonho de uma noite de verão*

Somente um personagem, Helena, não altera o objeto de seu desejo em nenhum momento da noite do solstício de verão. Ela é a única exceção em um mundo de infidelidades miméticas, mas sua constância não significa que seu desejo é verdadeiramente seu – longe disso. Durante boa parte da peça, Helena parece bem diferente da autoconfiante Hérmia. No clímax da noite, porém, até mesmo essa doce menina responde raivosamente aos insultos de sua amiga: sua meiguice sucumbe por um momento ao furacão da rivalidade mimética.

A relação é a mesma que há entre Valentino e Proteu. As meninas foram criadas juntas, e sua imitação mútua, bem como as consequências dela são retratadas de maneira muito mais extensiva do que na peça anterior. Pode-se ver que Shakespeare pensou bastante a respeito e escreveu sobre esse assunto um belo poema que é também uma profunda meditação sobre a geração de *duplos* miméticos:

> *Helena*: As confidências que fazer soíamos,
> nossos votos de irmã, tantos momentos
> de conversa amigável, quando o tempo

de passadas velozes nós culpávamos
por nos vir separar: tudo esquecestes?
A amizade dos bancos escolares?
A inocência da infância? Hérmia, nós duas
como deusas prendadas, muitas vezes
a mesma flor tecemos com agulhas,
de um modelo valendo-nos, sentadas
numa almofada só, cantarolando
sempre no mesmo tom iguais cantigas,
como se corpos, mãos, almas e vozes
em comum nós tivéssemos. Desta arte
crescemos juntas aparentemente
separadas, mas, ainda assim, unidas;
dois frutos amorosos num só talo,
um só coração apenas em dois corpos
ao parecer, tal como dois escudos
encimados por uma crista apenas.
Quereis romper uma amizade dessas,
para ao lado vos pordes desses moços
que escarnecem da vossa pobre amiga?
Não é procedimento de amizade,
nem é conduta feminil, tampouco.
Por mim, todo o meu sexo te condena,
muita embora eu, somente, a injúria sinta.
Hérmia: De espanto me enche esse discurso insólito,
de vós não zombo; o que suponho certo
é que alvo sou de vossa zombaria.
(III, ii, 198-221) (*Comédias*, p. 193-4)

O "modelo", no caso, é um modelo de ensino, um exemplo. As meninas sempre imitaram os mesmos modelos e sempre foram o modelo uma da outra. O resultado é a perfeita unidade, adequadamente expressa pela metáfora dos frutos no mesmo talo: elas têm a mesma voz, a mesma alma, as mesmas mãos, o mesmo corpo. A imagem de simetria estrutural é a favorita de Claude Lévi-Strauss: o brasão.

Também o amor e o ódio presentes são o mesmo e único; o desejo mimético é a essência de ambos. As duas antagonistas equivocam-se sobre o que acontece exatamente do mesmo jeito. Nenhuma das duas consegue acreditar que pecou de qualquer maneira contra a amizade ou contra a amiga, e de fato nenhuma delas pecou; cada uma se sente traída pela outra.

Duplos é o termo da teoria mimética para essa relação, que não é, como afirma Lacan, imaginária, mas bastante real, uma vez que fornece a base dos mal-entendidos cômicos e dos conflitos trágicos. Tudo que dissemos em nosso primeiro capítulo a respeito de Valentino e Proteu pode ser repetido a respeito de Helena e Hérmia. Há uma grande ênfase, dessa vez, em algo que foi vagamente sugerido na peça anterior: a contínua identidade e reciprocidade entre os dois personagens em meio a seu conflito. Essa ênfase sugere uma compreensão melhor do paradoxo central; o autor vai gradualmente descobrindo as implicações de seu próprio pensamento.

As falas de Helena costumam ser as mais interessantes do ponto de vista da teoria mimética; elas representam um progresso significativo em relação às obras já estudadas. No início, Hérmia é a encarnação do sucesso erótico; os dois rapazes estão apaixonados por ela, e Helena é contagiada por seu entusiasmo. Não é exagero dizer que ela trata sua amiga de toda a vida como se ela fosse uma espécie de divindade.

Sendo puramente mimética, a convergência do desejo dos rapazes sobre Hérmia não tem justificação objetiva. Hérmia não é mais bonita do que sua amiga, e deve-se acreditar no que Helena diz um pouco depois:

> Em toda Atenas sou considerada
> tão formosa quanto Hérmia...
> (I, i, 227) (*Comédias*, p. 180)

Isso é semelhante ao que diz Proteu num trecho citado em meu capítulo sobre *Os dois cavalheiros de Verona*:

> Ela é formosa,
> tal como Júlia, a quem amor dedico,
> (199) (*Comédias*, p. 107)

Aqui, Shakespeare novamente diz que o desejo mimético é indiferente à realidade. Há alguns anos, o diretor de uma versão de *Sonho de uma noite de verão* da BBC decidiu que Hérmia deveria ser mais bonita do que Helena. Errou. O desinteresse dos rapazes por Helena no início da peça não diz nada sobre sua beleza física. Quando, numa parte posterior da noite, o esquema mimético inteiro reverte-se a favor dela, devemos presumir que sua aparência melhorou miraculosamente?

Helena é tão bonita quanto Hérmia e sabe disso, mas isso não lhe traz conforto nenhum. Uma coisa são fatos objetivos, e outra, febres miméticas. Elas não necessariamente se contradizem, mas também não necessariamente coincidem. Nas relações humanas, a mímesis é o fator dominante. A derrota mimética pode destruir a autoestima da menina, não importando quão bonita ela "realmente seja". Nossas psicologias e psicanálises invariavelmente enfatizam o papel do sujeito individual e mascaram o papel formidável dos fenômenos miméticos não apenas em nossas relações amorosas, como também em nossa vida profissional e política, nas modas literárias e artísticas etc. No início da noite, Helena parece mais "neurótica" do que Hérmia, mas não há uma boa razão para acreditar que ela seja mesmo.

Como nossos mediadores nos impedem de possuir o objeto que selecionam para nós, valorizamos cada vez mais os objetos selecionados, mas isso só é verdadeiro numa fase inicial; quando a rivalidade se intensifica mais, o objeto vai diminuindo de importância e o mediador vai aumentando. Essa evolução é expressa de modo notável na primeira fala de Helena, quando ela aparece pela primeira vez e define o papel do mediador em sua própria vida, dirigindo-se a Hérmia, sua melhor amiga, a divindade em pessoa:

Hérmia: Formosa Helena, para que tanta pressa?
Helena: Eu, formosa? Desmente-te depressa.
Ama Demétrio a tua formosura;
nesses olhos encontra a luz mais pura;
acha ele tua voz mais melodia
do que o pastor na doce cotovia,
quando o trigo nos campos enverdece
e o pilriteiro dos botões se tece.
Se, como as doenças, fosse contagiosa
também a formosura, eu, jubilosa,
me fizera infectar, oh, Hérmia bela!,
de teus encantos, sem maior cautela;
com tua voz ficara nos ouvidos;
teu olhar, nestes olhos combalidos;
tua fala de música esquisita
consolidar viria a minha dita.
Se o mundo fosse meu, ficando fora
Demétrio, de todo ele, sem demora,
me desfizera, caso conseguisse
tua beleza obter, tua meiguice...
(I, i, 180-91) (*Comédias*, p. 179)

É óbvia a razão dessas palavras. Se pudesse se transformar em Hérmia, Helena poderia não apenas seduzir Demétrio como todos os outros rapazes que estão ou poderiam estar apaixonados por Hérmia. Entendemos bem por que Helena quer *ser* Hérmia. Demétrio é o que Helena quer *ter* e Hérmia é o que ela quer *ser*. Ser é obviamente mais importante do que ter.

Em *Mentira romântica e verdade romanesca*, um estudo de cinco grandes romancistas me levou a definir da seguinte maneira o objetivo último do desejo:

> O objeto é apenas um meio de alcançar o mediador. O desejo se dirige ao *ser* do mediador. Proust compara esse desejo terrível de ser o Outro com a sede: "Sede – como aquilo por que arde um solo árido – de uma vida que seria uma bebida mais perfeita, que minha alma absorveria em longos goles, cada vez mais avidamente porque jamais provara uma única gota.
>
> [...] Como o herói de Proust, o herói de Dostoiévski sonha em absorver e assimilar o ser do mediador...[1]

Palavras como "ser" e "ontológico" soam pomposamente filosóficas no contexto de adolescentes em fuga, mas não há como evitá-las. *Ser* o que o desejo mimético realmente almeja, como Helena diz explicitamente.

Helena quer "traduzir-se"[2] em Hérmia, que é palavra-chave em *Sonho de uma noite de verão*, pois liga o desejo ontológico dos quatro namorados às metamorfoses míticas da noite do solstício de verão. Assim como em *Os dois cavalheiros de Verona*, o desejo de *ser* anda lado a lado a um processo de quase divinização; mas, na primeira peça, o processo ainda é direcionado ao objeto, e nesta é direcionado ao mediador. Podemos considerar essa evolução "irracional", "obsessiva" e até "patológica", mas ela é sempre lógica no sentido de realizar a natureza essencial do desejo.

Helena está desesperadamente apaixonada por Demétrio, mas ele quase nem é mencionado; um gigante na ausência de Hérmia, sua estatura cai a quase nada na presença dela. Assim se revelam as verdadeiras prioridades do desejo mimético:

[1] René Girard, *Deceit, Desire and the Novel*, Baltimore: The Johns Hopkins University Press, 1966, p. 53 [ed. bras.: *Mentira romântica e verdade romanesca*, São Paulo: É Realizações, 2009].

[2] No trecho referido por Girard (I, i, 190-1), Helena diz: "*Were the world mine, Demetrius being bated, / The rest I'd give to be to you translated*", ou, em tradução que privilegie o conteúdo, "Se o mundo me pertencesse, tudo eu daria, à exceção de Demétrio, para traduzir-me em você". [N. T.]

por mais desejável que seja um objeto, ele empalidece na comparação com o modelo que lhe atribui valor.

Um aspecto notável do texto é sua sensorialidade. Helena quer infectar-se com a "formosura" de Hérmia como se esta fosse uma doença: contagiosamente, pelo contato físico. Ela quer que cada parte do seu corpo combine com a parte correspondente do corpo de Hérmia. Ela quer o corpo inteiro de Hérmia. As conotações homossexuais do texto não são "inconscientes", mas deliberadas, e é difícil saber que espécie de ajuda a psicanálise poderia oferecer. Shakespeare representa a tendência do desejo fracassado para concentrar-se cada vez mais nas causas de seu fracasso e tornar o mediador um segundo objeto erótico – *necessariamente* homossexual, se o desejo original é heterossexual; o rival erótico é um indivíduo do mesmo sexo que o sujeito. As conotações homossexuais são inseparáveis da ênfase cada vez maior no mediador.

Helena mostrará um pouco mais adiante que não esqueceu Demétrio; seu comportamento em relação a ele é mais "masoquisticamente" erótico durante a noite do que o de qualquer outro personagem. Porém, nesse momento seu namorado está eclipsado por sua mediadora, só que não por causa de uma "homossexualidade latente" *à la* Freud, alguma coisa inconsciente que estaria presente no texto apesar das intenções conscientes do autor. Shakespeare tem a intenção de nos comunicar precisamente isso.

Para Helena, Hérmia é o modelo / obstáculo / rival do desejo mimético; o sujeito mediado está histérico por causa de sua extrema frustração, estando nas mãos de sua vitoriosa mediadora. Shakespeare deliberadamente ilustra essa lógica; considerá-lo uma marionete iludida movida por fios que poderiam ser revelados por nossa capacidade superior de desmistificação é uma absurdidade pedante. Ele escreve menos a respeito de Helena e seus amigos do que a respeito do próprio desejo. Escreveu essa cena num momento crucial de sua compreensão do processo mimético. Tendo assimilado totalmente pela primeira vez o papel do mediador, faz o que pode para expressar sua intuição num formato dramático, o seu próprio formato;

ele faz o que qualquer autor deve fazer quando descobre algo realmente importante: transforma isso em literatura.

O desejo torna sua própria verdade mimética mais e mais visível à medida que sua própria história interna se desenrola. Essa evolução "já sempre" começou; ela é o *destino* do desejo mimético, que se realiza sempre que tem a oportunidade de chegar ao fim de seu curso. Como dissemos antes e diremos de novo, a história interna do teatro de Shakespeare é a história do desejo mesmo.

*

A cena de *Os dois cavalheiros de Verona* em que Valentino literalmente oferece sua amada a seu rival é uma antecipação daquilo que Shakespeare expressa de modo mais completo na fala de Helena: a preponderância do modelo sobre o objeto. Em *Mentira romântica e verdade romanesca*, defino da seguinte maneira as implicações homossexuais dessa tendência:

> Devem-se tentar *entender* ao menos algumas formas de homossexualidade do ponto de vista do desejo triangular. A homossexualidade proustiana, por exemplo, pode ser definida como uma transferência gradual do mediador de um valor erótico que no donjuanismo "normal" continua ligado ao próprio objeto. Essa transferência gradual não é impossível *a priori*: ela é até provável nos estágios agudos da mediação interna, caracterizada pela preponderância visivelmente maior do mediador e pelo apagamento gradual do objeto. Certas passagens de *O eterno marido* mostram claramente o início de um desvio erótico para o rival fascinante. (p. 47)

A relação de Helena e Hérmia claramente dramatiza o que esse texto tenta expressar conceitualmente. É por isso que Shakespeare enfatiza tanto o fascínio de

Helena por seu modelo mimético; ele não tenta sugerir que este é necessariamente um elemento fixo da composição de sua alma. A concepção freudiana parece rígida e essencialista quando comparada com a shakespeariana.

Aquilo que acontece com Helena é parte de sua "noite do solstício de verão". Muitos adolescentes sentem um fascínio intenso por seus amigos de escola que têm mais sucesso, e isso pode ou não afetá-los permanentemente. Shakespeare é um exemplo maravilhoso de algo que parece impossível em nossa época de barbárie: uma visão equilibrada e cheia de humor de questões que estão hoje tão carregadas de bagagem ideológica que praticamente qualquer menção delas nos dá a impressão de que uma tonelada de tijolos nos foi despejada sobre a cabeça.

Nossa leitura mimética das conotações homossexuais da fala de Helena ilumina um texto muito similar numa peça muito diferente – *Coriolano*. Aos olhos de Aufídio, que sempre foi derrotado por seu rival no campo de batalha, Coriolano parece o próprio deus da guerra, um modelo de tudo que ele, Aufídio, o homem inferior, quer *ser*. Também Helena foi derrotada, num tipo de guerra muito diferente, mas tão importante para ela quanto as guerras entre Aufídio e Coriolano em seu contexto. As consequências são rigorosamente as mesmas: Aufídio é vítima do desejo ontológico. Todos os personagens shakespearianos querem *ser* seus rivais vitoriosos.

Quando Coriolano é expulso de Roma e propõe uma aliança com seu velho inimigo, Aufídio responde da seguinte maneira:

> Oh, Márcio, Márcio! Uma por uma as tuas
> palavras arrancaram-me do peito
> as raízes do meu rancor antigo.
> Se Júpiter, com sua voz divina,
> do alto daquela nuvem me dissesse:
> "É certo!" não lhe dera menor crédito
> do que te dou, meu Márcio, em tudo nobre.

Deixa que eu passe os braços nesse corpo
em que cem vezes eu quebrei a lança
e de estilhaços arranhei a lua.
Cinjo a bigorna, assim, de minha espada,
e com tanta veemência e com nobreza
luto com teu afeto, como sempre
lutei com fúria cobiçosa contra
tua bravura. A ti, somente, o digo:
amava a jovem que ora é minha esposa.
Jamais noivo nenhum soltou suspiros
tão sinceros que os meus. Porém, ao ver-te
neste momento – oh, ser em tudo nobre! –
mais elevado o coração no peito
sinto saltar, do que quando a soleira
transpôs de casa pela vez primeira
minha esposa recente. Ora te conto,
Marte, que já aprestamos outro exército,
e que eu tinha a intenção de novamente
tentar das carnes arrancar-te o escudo,
ou perder nisso o braço. Derrotaste-me
doze vezes a fio, e desde essa época
sonhei todas as noites com encontros
entre nós dois. Travados, no meu sono,
rolávamos no chão, o capacete
um do outro a desatar, e nos pescoços,
encrispados os dedos, do que sempre
meio morto sem causa eu despertava.
(IV, v, 102-26) (*Tragédias*, p. 422)

Quando Aufídio menciona a esposa, não temos como duvidar de que as conotações homossexuais são deliberadas: seu significado é obviamente o mesmo de *Sonho de uma noite de verão*. Nas duas peças Shakespeare descreve uma erotização do mediador, que ocorre do mesmo jeito nas obras de outros autores miméticos, como Dostoiévski e Proust.

Como eu disse antes, Aufídio e Coriolano tornam-se amigos próximos por algum tempo, até que o aspecto negativo da ambivalência se reafirma violentamente e Aufídio assassina Coriolano. Ainda que se expresse de modo menos trágico, essa ambivalência é a mesma que há no caso de Helena e Hérmia.

Será que Shakespeare sentia atração pelos rapazes que faziam o papel não só de Aufídio e Coriolano, mas também de Helena e Hérmia? Será a tendência sexual para o mediador algo que ele conseguia detectar por tê-la experimentado em sua própria vida? É possível que sim e é possível que não; não pode haver uma resposta definitiva a essa pergunta. Nossa compreensão do processo mimético depende da força de nossa própria inteligência mimética, a qual não tem nada a ver com preferência sexual. Os fatores miméticos podem afetar a preferência sexual, mas também podem não afetar. Existem, contudo, fortes razões para crer que a dimensão mimética dos nossos desejos não é modificada pela preferência sexual; ela é a mesma nos desejos heterossexual e homossexual, em homens e mulheres.

Claro que é difícil não ler os *Sonetos* sob uma luz existencial, e se os lemos assim eles sugerem uma bissexualidade que concorda bem com aquilo que o teatro também parece sugerir. É obviamente inevitável especular sobre a vida privada de Shakespeare, mas isso não nos leva a nenhuma certeza; mesmo se levasse, o interesse ainda seria limitado. Acho a coincidência entre a concepção de Shakespeare do desejo e a teoria mimética atual muito mais interessante do que considerações biográficas. Essa coincidência pode ser documentada de modo decisivo em leituras comparativas atentas do máximo possível de textos shakespearianos. Acho que essa tarefa traz mais recompensas do que a eterna questão a respeito de que tipo de homem Shakespeare *realmente* era.

*

A teoria mimética shakespeariana é exposta quase didaticamente em *Sonho de uma noite de verão*: a fala de Helena trata da natureza ontológica do desejo pelo modelo, e logo é seguida por uma conversa que trata dos meios de realizar esse desejo. Como pode uma menina transformar-se em sua mediadora? Sua vida precisa ser uma *imitatio* mística de Hérmia e, já que a divindade está por perto, Helena aconselha-se diretamente com ela:

> [...caso conseguisse
> tua beleza obter, tua meiguice,]
> porque sendo, como és, o meu contraste,
> seu coração bondoso conquistaste.
> (I, i, 192-3) (*Comédias*, p. 179)

Ela parece uma aluna pedindo à professora ajuda com o dever de casa. Hérmia considera a si mesma incompetente, mas dá uma resposta muito pertinente:

> Faço-lhe cara feia, ele me adora.
> (194) (*Comédias*, p. 179)

Por que um homem tão maltratado quanto Demétrio deveria agarrar-se tão desesperadamente à sua perseguidora? Num contexto mimético, isso é perfeitamente claro: o sucesso na rivalidade extingue o desejo, ao passo que o fracasso o exaspera. A relação de Hérmia com Demétrio ilustra a primeira proposição, e a de Helena, a segunda: Demétrio ama Hérmia por causa de sua indiferença e desprezo por ele; Helena ama Demétrio por causa de seu desprezo e indiferença por ela. Como professora de estratégia erótica, Hérmia é mais competente do que pensa. Só que, como demonstrado pelo tolo comentário, a mensagem está além da capacidade de Helena:

> Tivesse eu risos feios desde agora!
> (195) (*Comédias*, p. 179)

Quanto mais miméticos somos, menos percebemos da lei mimética que governa nosso comportamento e nossa fala. Todos os namorados ficam ensinando uns aos outros lições que nenhum deles jamais entende. Todas as peças do quebra-cabeça estão no lugar e se encaixam perfeitamente; à medida que as duas meninas vão trocando comentários, a imagem vai ficando mais e mais evidente, mas aqueles que a pintam continuam cegos para seu significado. E os espectadores? Para esclarecê-los, Shakespeare faz Hérmia e Helena repetirem os mesmos passos:

> *Hérmia*: Digo-lhe doestos, e ele amor me vota.
> *Helena*: Quem me dera na voz tão doce nota!
> (196-7) (*Comédias*, p. 179)

Novamente Hérmia sugere a única estratégia eficaz, e novamente Helena entende tudo ao contrário. Todos os quatro namorados buscam o mesmo sonho ontológico usando o mesmo método absurdamente impossível. Quanto mais eles insistirem, mais se perderão no emaranhado da noite do solstício de verão; logo o ridículo mal-entendido se transformará num pesadelo de violência. Todos têm parte da responsabilidade pelo que acontece, mas nunca percebem. Mas Shakespeare nos dá mais uma chance de ver o que eles nunca veem:

> *Hérmia*: Vai de par seu ardor com meu desdém.
> *Helena*: Com o seu desprezo meu amor também.
> (198-9) (*Comédias*, p. 179)

Depois de sofrer passivamente os efeitos desagradáveis de sua própria absurdidade, o desejo mimético pega, por assim dizer, o touro pelo chifre, e tenta usar esses mesmos efeitos ativamente; ele transforma as piores consequências das antigas rivalidades miméticas em pré-requisitos do desejo presente e futuro. Com a força da mais dolorosa e tristemente incompreendida experiência, ele se concentra diretamente no obstáculo que parecer mais desanimador. Todos os objetos agradáveis e voluntariamente disponíveis são desprezados, e todo desejo que despreza nosso próprio desejo é apaixonadamente agarrado; só o desdém, a hostilidade e a rejeição parecem desejáveis. O desejo mimético programa com eficiência suas vítimas para o máximo de frustração.

Os psiquiatras e psicanalistas rasgam a túnica inconsútil do desejo mimético, tentando cortá-lo em "sintomas" distintos que, somados, não correspondem a distúrbios psíquicos bem definidos; é importante distanciarmo-nos de seu linguajar e dos hábitos mentais que o acompanham. Eles não percebem o estranho tipo de guerra *invertida* que todos esses namorados travam um contra o outro. Os desejos dos namorados demandam *adversários vitoriosos*; se usarmos uma noção reificada de "masoquismo" para explicar o apego de Helena por Demétrio, ou uma noção reificada de "sadismo" para explicar o desapego de Hérmia por ele, ou o desapego dele por Helena, perderemos de vista o mesmo princípio mimético que governa todas as atitudes antagônicas.

Para o observador não mimético, o que parece um desejo pelo fracasso *em si*, ou pelo sofrimento *em si*, é na verdade parte do desejo ontológico definido anteriormente – parte do desejo de Helena de ser Hérmia, ou do desejo de qualquer pessoa de ser um mediador transfigurado pela vitória, isto é, pela derrota do sujeito que deseja. A derrota e o fracasso não são cultuados *em si*, ao menos nesse estágio; eles são *sinais* da validade do modelo como modelo. Nunca deveríamos acreditar que esses personagens realmente *sejam* aquilo que seu comportamento parece sugerir; eles sempre respondem a algum sinal mimético, e todas as situações podem se inverter a qualquer momento.

*

Os rótulos psiquiátricos criam uma impressão de definição permanente onde não há definição nenhuma. Derrotada desde o início, Helena parece mais intrinsecamente "masoquista" que seus três companheiros, mas não é. Os outros três vão alcançá-la durante a noite.

Ainda que menos essencialista do que a antiga "caracterização", a psicanálise ainda é estática demais para o caleidoscópio cada vez mais veloz de *Sonho de uma noite de verão*. Suas falsas diferenciações só podem obscurecer a perfeita transparência do que acontece. A única maneira de entender o mecanismo de frustração universal é enfrentar as implicações de uma multiplicidade de desejos, todos radicalmente imitativos um do outro, sem qualquer modelo fixo e permanente em parte alguma.

As regras do jogo explicam por que todos os participantes passam pela mesma sequência completa de experiências antes que a noite acabe. É indiferente a ordem em que ocorrem essas experiências; não nos devemos deixar enganar pela miragem de uma diferença original que seja a "verdadeira" diferença. Os quatro namorados continuam desejando porque, a cada vez, eles ampliam diferenças puramente posicionais, transformando-as num falso absoluto. Uma ilusão giratória de transcendência move o sistema inteiro.

A noite do solstício de verão não é um retrato da "neurose" ou do "complexo" mais ou menos estável deste ou daquele personagem, mas uma *noche oscura* que afeta todos os personagens do mesmo jeito e no mesmo grau – uma provação e, em última instância, uma espécie de rito de iniciação que todos completam com sucesso.

Esses personagens nunca escutam ou ao outro, nem a si mesmos. Todos falam a mesma verdade, mas não a apreendem. Eles não acreditam suficientemente naquilo que de fato dizem. A densidade do conteúdo dessa peça supostamente insignificante é extraordinária, mas tanto os personagens dentro da peça quanto os críticos fora dela reagem às palavras e aos acontecimentos da peça da mesma e errônea maneira; todos proclamam com sinceridade a incoerência de uma obra maravilhosamente coerente.

Os namorados usam linguajar perfeitamente estereotipado, repleto de figuras de linguagem extravagantes; eles constantemente tomam empréstimos de duas áreas igualmente sinistras da atividade humana: de um lado, a magia negra, de outro, a vingança e a violência, a guerra e a destruição militar. Além de ser "retórica" no sentido habitual, esse linguajar é usado "retoricamente" no sentido de ser repetido inconsciente e mecanicamente por amadores desatentos de clichês consagrados pelo tempo. Os quatro namorados não escutam o que dizem porque o dizem demais:

> ...onde Lisandro se acha e Hérmia formosa?
> Quero matá-lo e ser por ela morto.
> (II, i, 189-90) (*Comédias*, p. 184)

Nossa leitura mimética pode exorcizar de uma vez por todas o fantasma do "mau gosto" que sempre assombrou o crítico dessas passagens. A predileção por oxímoros não é questão de estilo; ela reflete a ambivalência do desejo por um mediador simultaneamente idolatrado como modelo e execrado como obstáculo intransponível. Eis mais um exemplo de linguajar "retórico". Exclama Helena:

> Ímã de coração endurecido,
> sou por vós atraída, mas de ferro
> não tenho o coração; como o aço é puro.
> Cessai de me aliciar e, incontinente,
> deixarei de seguir-vos.
> (II, i, 195-98) (*Comédias*, p. 184)

O tratamento duro que Demétrio dispensa a Helena é verdadeiramente o caminho mais curto e certo para seu coração. Todas as afirmações retóricas tornam-se verdadeiras em algum momento; cada pessoa, o "ímã de coração endurecido" de outra pessoa. Não enxergamos essa verdade porque ela não é nem objetiva, nem subjetiva, mas *interdividual*. Cada afirmação é verdadeira em relação à posição do enunciador dentro de sua configuração de desejo. Como o número dessas posições é limitado, todos os membros do grupo, cada um por sua vez, ocupam-nas todas, a retórica é sempre um retrato preciso do que está se passando.

A violência e a guerra da retórica tradicional expressa a natureza essencialmente conflituosa e destrutiva do desejo mimético. A violência parece puramente "metafórica", e as palavras de sangue e destruição parecem um, exagero ridículo, puro "efeito retórico", mero preciosismo, mas ela *se torna* a verdade literal no apogeu da noite do solstício de verão, quando Lisandro e Demétrio desembainham as espadas e realmente tentam *matar* um ao outro, não mais figurativamente, mas de modo concreto.

Nos escritores de segunda categoria, o esforço criativo passa da realidade à metáfora; já nos verdadeiros gênios o sentido é invertido: eles vão da metáfora para a realidade. Mas a realidade deles não é a daqueles que tentam alcançá-la "livrando-se da retórica". Shakespeare transcende a combinação de niilismo linguístico e idolatria que caracteriza todas as épocas retóricas, tanto a nossa quanto a dele. Ele insere o discurso retórico dos quatro amantes de volta na fornalha "interdividual" que justifica suas temíveis conotações, e o discurso sai transfigurado. Se o deixarmos guiar-nos, veremos os clichês mais esgotados transformar-se na lava mais incandescente; tudo o que precisamos fazer é *ouvir* a violência neles, e compará-la ao modo como esses jovens realmente tratam uns aos outros. Eles proclamam o destino trágico que praticamente os envolve no clímax da noite. Os quatro namorados escapam por pouco, simplesmente por ter a sorte de ser personagens de uma comédia, e não da tragédia que tanto merecem, a tragédia que tanto se esforçam para fazer acontecer.

capítulo 5
as mudanças por que todos passaram

A gênese dos mitos em *Sonho de uma noite de verão*

Até agora examinamos sobretudo as relações duais e triangulares entre os quatro namorados; chegou a hora de dar uma olhada em sua "dinâmica de grupo". À medida que o clímax se aproxima, todos perdem a pouca razão que lhes restava; eles vagam como bestas pela floresta, trocando os mesmos insultos e, finalmente, golpes físicos, todos drogados com a mesma droga, todos mordidos pela mesma serpente. Pouco a pouco, a futilidade vai dando lugar à tragédia.

A respeito disso, devemos examinar uma característica notável da linguagem amorosa de *Sonho de uma noite de verão*: a proliferação de imagens animais. A fim de expressar sua autovilificação, Helena se compara a diversos bichos. Em contraste com essas metáforas de vileza, imagens da sublimidade e da divindade expressam a transcendência de Demétrio, o objeto inacessível, e Hérmia, a mediadora triunfante.

Essa polaridade metafórica aparece assim que os quatro namorados se encontram na floresta. Helena é terrivelmente instável. Primeiro, ela celebra na presença de Hérmia a beleza sem par de sua mediadora. Mas assim que Hérmia sai, Helena, na passagem já citada, observa que em Atenas as pessoas acham que ela é tão bonita quanto a amiga. No entanto, um pouco depois ela muda de ideia e amargamente culpa a si mesma por sua blasfema demonstração de independência em relação a Hérmia:

> Sim, é certo: sou feia como um urso.
> Para feiura tal não há recurso.
> As próprias feras que me veem, de medo
> afundam mais e mais pelo arvoredo.
> Que muito, pois, que, em frente de tal monstro,
> fuja Demétrio, quando amor demonstro?
> Qual infernal e enganador espelho
> me disse que ao de Hérmia era semelho
> meu deformado rosto?
> (II, ii, 94-9) (*Comédias*, p. 187)

Em todas as relações intensamente miméticas, o sujeito tenta combater o autodesprezo que necessariamente acompanha a supervalorização do mediador. Helena reverencia sua mediadora mas também a odeia como rival, e em vão tenta recuperar a posição mais forte numa relação que ficou totalmente desequilibrada. Quanto mais divinos Hérmia e Demétrio parecem a Helena, mais animalesca ela se sente. As imagens bestiais são um meio privilegiado de expressar a auto-humilhação gerada pelo desejo mimético. Em vez de elevar-se à quase-divindade que percebem em seus modelos, os sujeitos do desejo descem ao nível da animalidade.

É tentador comparar essa relação à dialética do senhor e do escravo, mas o esquema hegeliano tem aura de permanência, estabilidade, além da racionalidade que o torna inadequado. O sistema metafórico de *Sonho de uma noite de verão* significa algo diferente. O único pensador que conheço que conseguiu capturar seu sabor foi Pascal, com seu famoso aforismo: "*Qui veut faire l'ange fait la bête*" ["Quem quer agir como anjo age como bicho"]. Helena "*fait la bête*" com Demétrio de modo ainda mais espetacular do que com Hérmia:

> Vosso cãozinho sou. Demétrio altivo,
> quanto mais me baterdes, mais afável
> hei de me revelar. Como cãozinho
> me tratai: repeli-me, dai-me golpes,
> não vos lembreis de mim, deixai-me à toa;
> mas por mais que de tudo eu seja indigna,
> permiti que vos siga. Mais modesto
> lugar em vosso amor não me é possível.
> Mas para mim será título honroso
> como vosso cãozinho ser tratada.
>
> (II, i, 203-10) (*Comédias*, p. 185)

Isso é verdadeiramente similar ao modo como Proteu se sentia em relação a Valentino e Sílvia, quando ficou com inveja do amigo; mas, em *Os dois cavalheiros de Verona*, uma vez que se estabelece essa superioridade entre os dois amigos, ela não muda até o fim da peça. Em *Sonho de uma noite de verão*, ela fica mudando o tempo inteiro, e as inversões ficam mais e mais rápidas à medida que a noite caminha para seu clímax.

À medida que o fim se aproxima, o absoluto metafísico passa de personagem a personagem e a relação mimética perde toda a estabilidade. Quando os dois rapazes abandonam Hérmia e se voltam para Helena, toda a configuração se reorganiza segundo as mesmas polaridades, mas com nova distribuição de papéis. Um membro antes desprezado do grupo torna-se o ídolo, e outro que foi ídolo perde todo seu prestígio; nos termos de nossa polaridade metafórica, isso significa que um bicho virou um deus e, reciprocamente, um deus virou um bicho. Subir é descer e descer é subir. Quando Lisandro e Demétrio se apaixonam por Helena, é a vez de Hérmia sentir-se um cão.

Com a intensificação da crise da noite do solstício de verão, as metáforas animais não apenas se multiplicam como passam por inversões e reviravoltas espetaculares, que o próprio autor destaca:

Fugi, embora,
que a história mudareis: Apolo corre
e Dafne lhe dá caça; a meiga pomba
persegue o abutre; a tímida gazela
corre apressada empós do imano tigre...
(II, i, 230-3) (*Comédias*, p. 185)

Aqui é Helena que persegue Demétrio. Os críticos não sabem o que fazer dessas palavras; eles tendem a condená-la ou aplaudi-la de acordo com sua opinião a respeito da "retórica" em geral. Algumas escolas críticas aprovam e outras desaprovam aquilo que consideram mera volúpia estilística. Mas esse julgamento estético não basta. É preciso que nos perguntemos se essas inversões têm um propósito no processo geral da noite do solstício de verão, que é uma inversão geral de todas as hierarquias culturais. Não temos como entender o que acontece aos quatro namorados sem entender esse processo.

A verdade é que a noite do solstício de verão progressivamente desintegra os quatro amantes mesmos ao desintegrar suas relações; isso acontece pela aceleração da rivalidade mimética, que é a mesma coisa que esse processo de *desestruturação* ou *dessimbolização*. A repetida troca de posições relativas lembra uma gangorra, com uma pessoa no alto quando a outra está embaixo, e vice-versa. Cada namorado se sente imensamente inferior a algum outro namorado, e logo imensamente superior; todos passam pelas mesmas experiências, mas em momentos diferentes, e cada um sente que sua experiência é única. Com a aproximação do clímax da noite do solstício de verão, todas as diferenças reais tendem a zero e as diferenças imaginárias parecem gigantescas, mas elas perderam toda a estabilidade.

As dimensões limitadas de uma única peça forçam Shakespeare a nos dar um retrato abreviado e esquemático do que ele tem em mente, mas o princípio a operar é claro, e suas consequências vão surgindo gradualmente. Se a visão assimétrica que os namorados têm de suas próprias relações fica se invertendo continuamente em ritmo constantemente acelerado, vai chegar o momento em que as diferenças oscilam tão rapidamente que uma apreensão distinta e separada das polaridades que eles definem se torna impossível; todos os extremos contaminam um ao outro. Além de certo limite de instabilidade, prevalece a tontura, e a visão normal fica prejudicada; ocorrem alucinações, mas não de tipo completamente caprichoso e imaginário.

Quando o cão e o deus, o bicho e o anjo, e todos esses contrários oscilam em determinada velocidade, tornam-se um só, mas não no sentido de uma "síntese" harmoniosa *à la* Hegel. As entidades que começam a fundir-se jamais combinarão verdadeiramente; o resultado é uma maçaroca de pedaços emprestados dos seres que compõem. Se surge uma ilusão de unidade, ela incluirá fragmentos dos contrários mencionados arranjados num caótico mosaico. Em vez de um deus e um cão encarando um ao outro como duas especificidades irredutíveis, haverá misturas e combinações mutantes, um deus com características de bicho, ou um bicho que parece um deus. O processo é propriamente *cinemático*. Quando muitas imagens são vistas em rápida sucessão, elas produzem a ilusão de uma única imagem em movimento, a aparência de um ser vivo que parece mais ou menos individual, mas neste caso ele terá a forma, ou nesse caso a disformidade, de uma forma monstruosa.

O monstro mítico é uma conjunção de elementos que normalmente são específicos de criaturas distintas; ele resultará automaticamente do processo sugerido por Shakespeare se as substituições forem numerosas e rápidas o bastante a ponto de tornar-se imperceptíveis. No centauro estão unidos elementos específicos de um cavalo e de um ser humano, assim como na monstruosa metamorfose de Bottom estão unidos elementos específicos de um burro e de um ser humano. Como não há limite para as diferenças que podem ser misturadas, a diversidade de monstros parecerá infinita e eles parecerão "casar-se" um com outro. O "cérebro tão quente"[1]

[1] "*Seething brain*" (V, i, 4) (*Comédias*, p. 201). [N. T.]

de alguém como Bottom está prestes a transformar esse casamento metafórico num casamento de verdade: seu próprio casamento com ninguém menos que a bela Titânia, a rainha das fadas.

O dramaturgo não apenas nos convida a testemunhar os movimentos graciosos mas insignificantes de fadas puramente decorativas; ele nos oferece uma visão coerente da gênese dos mitos. As fadas são "monstros", e Bottom se torna também um monstro quando se transforma em burro. Os monstros são uma conjunção de homem, deus e animal, e nascem como resultado do processo suscitado pelo uso e abuso de imagens animais e transcendentes.

Algumas dessas imagens vêm das *Metamorfoses de Ovídio*. Estão diretamente implicadas numa gênese mítica anterior que obviamente foi muitíssimo sugestiva para o gênio de Shakespeare. Shakespeare é mais ambicioso que Ovídio, cujas metamorfoses são puramente descritivas; ele quer mostrar que, além de certo limiar de intensidade coletiva, a rivalidade mimética se torna o mecanismo gerador daquilo a que chamamos mito: é isso que está verdadeiramente por trás da noite do solstício de verão e suas fadas.

A cabeça de burro de papelão que Puck põe na cabeça de Bottom é uma "verdadeira metamorfose" se considerarmos suas consequências e sua gênese. Ela produz terror nos artesãos que, por acaso, estão na mesma floresta que os namorados e, enquanto eles fogem cada um em uma direção, exclamam: *Bottom... Thou art translated!*[2] [Bottom... Estás traduzido!] (III, i, 119).

Translated[3] ["traduzido"] é a palavra que Helena tinha usado para expressar o objetivo ontológico de seu desejo mimético:

[2] "Bottom... Estás transformado!" (*Comédias*, p. 189). Vale observar que a edição Arden Third Series traz a última exclamação a respeito de Bottom no verso 113 (e não 119). [N. T.]

[3] Ver a nota anterior. Nem mesmo a tradução de Barbara Heliodora resolveu esse problema. [N. T.]

Were the world mine, Demetrius being bated,
The rest I'd give to be to you translated.
["Se o mundo me pertencesse, tudo eu daria,
à exceção de Demétrio, para traduzir-me em você."]
(I, i, 190-91)

A repetição de *translated* não é fortuita; ela sugere que, para o próprio Shakespeare, a monstruosa metamorfose de Bottom tem sua raiz na interação mimética, por via das imagens animais. Os incidentes "sobrenaturais" da peça não são a invencionice de um autor indiferente à unidade intelectual de sua obra. O mito das fadas é produto de gente possuída pela febre mimética.

Em outras palavras, o desejo mimético *funciona de verdade*; ele realmente atinge o objetivo de metamorfose pessoal que estabeleceu para si, mas não sem sabotar-se. Os namorados realmente se transformam um no outro, mas não da maneira que queriam; eles se sentem rodeados de monstros morais e até físicos, e transformam--se eles mesmos em monstros. Assim como acontece com as irmãs más do conto de fadas, seu desejo é realizado, mas de tal modo que, se conhecessem o resultado final, teriam desejado outra coisa.

*

Vamos ter certeza de que realmente entendemos a gênese de monstros. No momento em que as diferenças entre os quatro protagonistas parecem mais formidáveis, elas verdadeiramente desaparecem. Não há nada que não existe de um lado de uma rivalidade que, mais cedo ou mais tarde, não vá aparecer no outro. Quanto mais esses personagens negam sua reciprocidade mútua, mais a evidenciam, e cada negação é imediatamente correspondida. Os personagens se dissolvem, e as personalidades se desintegram. Multiplicam-se as contradições, que ofuscam, e não há julgamento firme que possa se manter. Cada protagonista se volta contra os outros três, acusando-os de mascarar seu verdadeiro ser por trás de aparências enganadoras e mutantes. Todos consideram seus rivais responsáveis pelo fato de que o chão some debaixo de seus pés. Quando Helena acusa Hérmia de ser uma boneca – que é o que todos eles são, bonecos do desejo mimético –, Hérmia responde assim:

> É assim: boneca!
> Esclarece-se agora a brincadeira.
> Começo a perceber que ela o confronto
> fez de nossas alturas, insistindo
> no seu porte mais alto, na aparência
> mais elevada, em sua alta compostura,
> e desse modo pôde seduzi-lo.
> Subiste tanto em sua estima, apenas
> por eu ser anãzinha e diminuta?
> Qual é minha estatura? Vamos, fala,
> varapau rebocado. Sou pequena,
> não é verdade? Mas não tanto, ainda,
> que com as unhas os olhos não te alcance.
> (III, ii, 289-98) (*Comédias*, p. 195)

Em *Shakespeare's Festive Comedies* [*Comédias festivas de Shakespeare*], C. L. Barber observa corretamente que os quatro jovens em vão tentam interpretar seus conflitos por meio de algo "viavelmente relacionado às suas identidades individuais":

> só é possível exibir diferenças acidentais. Helena é alta, Hérmia é baixa. Ainda que os homens julguem ser "conduzidos pela razão",[4] uma hora Hérmia, outra hora Helena é a donzela de maior "valor", suas personalidades não influenciam em nada... Não se captará a vida dos papéis dos namorados pelas falas individuais, mas considerando o movimento inteiro da farsa, que balança e gira cada um

[4] (*Comédias*, p. 187). Na edição Arden Third Series, II, ii, 115. [N. T.]

> segundo um padrão comum, uma evolução que parece ter um poder impessoal e próprio.[5]

O verdadeiro processo diz respeito à crescente reciprocidade e uniformidade; ele deve ser cuidadosamente distinguido do processo imaginário, da experiência subjetiva dos namorados, cuja diferença é extrema, ainda que instável. Uma e outra são igualmente indispensáveis à "produção" de monstros; a verdadeira uniformidade facilita as substituições exigidas pelo efeito cinemático.

Em sua maior cena com Oberon, Titânia descreve detalhadamente uma desordem natural que consiste numa indiferenciação igual à que ocorre entre os seres humanos. Nas aldeias inglesas, as violentas tempestades apagam as marcas e padrões feitos na terra pela própria cultura inglesa:

> ...os currais se acham
> vazios nas campinas alagadas;
> cervam-se os corvos no pestoso gado;
> as quadras de pelota estão desertas
> e cobertas de lama: quase desfeitos
> na verde relva os belos labirintos,
> porque ora já ninguém neles transita.
> (II, i, 96-100) (*Comédias*, p. 183)

"Esfeitos"[6] é a palavra mais importante. As quatro estações estão passando pelo mesmo processo de indiferenciação que os quatro namorados; elas se transformaram numa mistura monstruosa daquilo que são e deveriam ser em seu conjunto, não separadamente. O monstro é a última fase antes de uma confusão tão completa que faz que tudo se pareça:

[5] C. L. Barber, *Shakespeare's Festive Comedies*, Cleveland, New York: Meridian Books, 1963, p. 128.
[6] *Undistinguishable*, ou indistinguíveis, como efeito de estar "esfeitos" (particípio de esfazer). [N. T.]

> ...vemos as zazões trocadas:
> do seio brando da virente rosa
> sacode a geada a cândida cabeça,
> enquanto sobre o queixo e nos cabelos
> brancos do velho inverno, por escárnio,
> brotam grinaldas de botões odoros
> do agradável estio. A primavera,
> o estio, o outono procriador, o inverno
> furioso as vestes habituais trocaram,
> de forma tal que o mundo, de assombrado,
> para identificá-los não tem meios.
> (II, i, 106-14) (*Comédias*, p. 183)

Seria errado pensar que a natureza, nesse esquema shakespeariano, realmente tenha precedência e seja responsável por aquilo que acontece às relações humanas no mundo humano. Isso é o que a mitologia quer que acreditemos, e também seus estudiosos, que acreditam que ela é primariamente uma interpretação da natureza. Shakespeare não comete esse erro. Nos últimos três versos de sua fala, ele faz Titânia dizer muito claramente a Oberon que toda a crise tem sua raiz no conflito entre eles:

> Pois bem; toda essa prole de infortúnios
> de nossas dissensões, tão só, provêm;
> geradores e pais somos de todos.
> (II, i, 115-17) (*Comédias*, p. 183)

Shakespeare não se detém longamente nessa briga de Oberon e Titânia, mas detém-se o bastante para, é claro, mostrar nela mais um exemplo gritante de rivalidade mimética, dessa vez a respeito de um pajenzinho que tanto o rei quanto a rainha queriam acrescentar a seu séquito, pela única razão de que o outro também o quer. A criança disputada nunca diz uma palavra, mas fica quicando de um lado para o outro, como uma bola de tênis, entre Oberon e

Titânia. Novamente, a ênfase não está no objeto desejado, mas no espírito de rivalidade.

Também há mais do que uma sugestão de ciúme mimético quando Titânia alude a um caso que Oberon teria tido com Hipólita, e quando Oberon responde que Titânia teria tido um caso com Teseu. Nessa peça, onde quer que olhemos, o desejo mimético é dominante. Os três versos de Titânia a respeito de sua responsabilidade fundamental pelas desordens no tempo correspondem, em minha opinião, à própria interpretação de Shakespeare do conflito humano e de seu papel em festivais como *May Day* e a noite do solstício de verão,[7] que fornecem o *background* para os acontecimentos da peça. Ainda não estamos em posição de discutir esse aspecto, mas retornaremos a ele depois.

Depois de acordar de seu sonho, Titânia deixa claro que seu "casamento" com Bottom foi um infeliz resultado do colapso das diferenças. Até a maior das diferenças, a diferença entre o natural e o sobrenatural, desapareceu temporariamente durante a noite de verão:

> ... me relata com carinho
> de que modo me encontraste
> a dormir neste contraste.
> (IV, i, 100-2) (*Comédias*, p. 199)

A perda da diferença, a *duplicação* hostil dos antagonistas miméticos, é tão importante que Shakespeare a retoma ao fim da noite do solstício de verão: tendo saído de seu transe, os quatro namorados olham para trás tendo uma perspectiva mais equilibrada de uma aventura que, retrospectivamente, parece bem distinta do que parecia durante a noite:

[7] *May Day*, comemorada no dia 1º de maio, e a noite do solstício de verão são festas de origem pagã. Vale recordar que, em tempos cristãos, a festa da noite do solstício de verão virou a festa de São João, a festa "joanina" ou "junina" (por acontecer em junho). No Brasil, talvez a correspondência mais próxima, considerando a anulação de diferenças propostas por Girard, seja com o Carnaval.

> *Demétrio*: Tudo quanto passou se me afigura
> pequenino e indistinto, como ao longe
> montanhas que com as nuvens se confundem.
> *Hérmia*: Pareço ter a vista perturbada,
> todas as coisas enxergando em dobro.
> *Helena*: É o que eu digo também.
> (IV, i, 187-90) (*Comédias*, p. 200)

Agora eles recuperaram a sanidade. Helena e Hérmia conseguem enxergar a perfeita reciprocidade e identidade de todas as relações durante a noite. A neblina das diferenças ilusórias foi dissipada, e eles percebem um ao outro como os duplos que foram, não no sentido de coincidência de opostos, mas de oposição de "coincidentes". Essa visão retrospectiva não é outro monstro, mas a verdade mesma, a realidade de uma experiência que os namorados agora percebem corretamente, ainda que sejam irrefletidos demais para meditar a seu respeito; eles a tratam como uma espécie de ilusão de óptica.

capítulo 6
algo mais do que simples fantasia

Os artesãos em *Sonho de uma noite de verão*

As fadas não aparecem somente para os namorados, mas também para Bottom e seus amigos, que até certo ponto dividem, todos, a mesma experiência. Por que deveriam as duas tramas ser envolvidas pela mesma experiência "sobrenatural"? É claro que essa pergunta não faz sentido, a menos que postulemos uma coerência interna que pode estar totalmente ausente nessa peça. Isso é o que todos vêm presumindo implícita ou explicitamente desde sempre. Os artesãos recebem menos atenção do que os namorados, e até as mais óbvias semelhanças entre as duas tramas passam despercebidas. No entanto, o besteirol do grupo equivale a uma *crise mimética* muito semelhante àquela que acabamos de observar entre os namorados, levando à mesma transfiguração da realidade. Essas semelhanças explicam por que as mesmas fadas interfeririam nas atividades de ambos os grupos.

Os namorados, assim como os artesãos, ainda estão em Atenas quando os vemos pela primeira vez. Esses fiéis súditos de Teseu decidiram celebrar seu casamento montando uma peça, e querem distribuir os papéis entre si antes de fazer um ensaio na mesma floresta em que se refugiam os namorados. Por pior que seja, sua versão teatral da célebre história *Píramo e Tisbe* continua além das capacidades desses amadores semiletrados.

Quince, o carpinteiro líder do grupo, está encarregado da distribuição. Bottom, tecelão, recebe o convite para o papel principal, Píramo. Ele teria preferido um "tirano", mas o papel é de amante e terá de servir. Falando compulsivamente, Bottom anuncia que "provocará tempestades". Ansioso para agilizar as coisas, Quince escolhe Flauta, remenda-fole, para o papel de Tisbe. Flauta é tão tímido quanto Bottom é atirado; diz que a "barba já está a me apontar" e pede para ser dispensado, pois acha que o papel de mulher não combina consigo. Bottom imediatamente se oferece para o papel da mocinha, não por querer deixar o papel de Píramo, mas por querer fazer os dois:

> Se eu puder ocultar o rosto, dai-me também o papel de Tisbe; falarei com uma vozinha monstruosa: Tisne! Tisne! Ah, Píramo, meu grande amor! A tua querida Tisbe, a tua esposa idolatrada!
>
> (I, ii, 51-4) (*Comédias*, p. 181)

Quince não quer nem saber; o herói e a heroína devem ser representados por dois atores diferentes:

> Não! Não! Representareis Píramo, e vós, Flauta, Tisbe.
>
> (I, ii, 55-6) (*Comédias*, p. 181)

Temendo ainda mais interferências, Quince logo trata de atribuir mais dois papéis. Tudo vai bem, até que chega a vez do leão; a relutância de Snug, o ator escolhido, é uma tentação a que Bottom não consegue resistir. Novamente ele implora o papel a Quince:

> Dai-me, também, o papel de leão. Hei de rugir de maneira que ficarão comovidos os corações; hei de rugir de modo

> tal, que o duque exclamará: Que ruja outra vez! Que ruja outra vez!
>
> (I, ii, 70-3) (*Comédias*, p. 181)

A fim de esfriar os ânimos de Bottom, Quince fala dos perigos de representar o animal selvagem de maneira demasiado realista:

> *Quince*: Se o fizerdes por maneira muito terrível, incutireis pavor na duquesa e nas demais senhoras, a ponto de soltarem gritos, o que seria mais que suficiente para nos enforcarem a todos.
> *Todos*: Para nos enforcarem. As nossas mães perderiam os filhos.
>
> (I, ii, 74-7) (*Comédias*, p. 181)

Os artesãos ouvem atentamente cada palavra de seu líder e, mimeticamente, religiosamente, falando como se fossem um só, repetem cada uma de suas palavras de sabedoria. Diante da unânime reprovação, Bottom demagogicamente agarra-se a seu leão, mas altera sua concepção do papel:

> Concordo, amigos, que, se de susto fizerdes as senhoras perder o juízo, só lhes restará a discrição de nos enforcar. Mas no meu caso agravarei de tal modo a voz, até rugir tão docemente como uma pombinha mamante (*as any sucking dove*); rugirei como um rouxinol.
>
> (I, ii, 79-84) (*Comédias*, p. 181)

Primeiro Píramo, depois Tisbe, depois um leão feroz, e agora um doce passarinho. Ao contrário de Alberich em *O anel*, um ator nato como Bottom dispensa truques mágicos para se transformar nas mais diversas criaturas. Ao menor sinal de seu público, ele se transmutará ora em feroz dragão, ora em suave rouxinol.

O pássaro deve permanecer identificável na forma de leão e, portanto, manter algumas características de sua forma anterior; deve ser tanto leão quanto pássaro. Logo, Bottom está, assim como os namorados, fabricando combinações conflitantes de contrários, verdadeiros monstros de acordo com a definição de nosso capítulo anterior. Antes, Bottom afirmara que falaria numa "vozinha *monstruosa*", usando uma palavra que, em Shakespeare, é sempre significativa. As loucas representações de Bottom são instrumentos tão eficientes para a produção de monstros quanto as identificações eróticas em constante mutação dos quatro namorados.

Depois surge a questão de como representar a Lua, também o terrível muro, o infame muro que cruelmente separa Píramo de Tisbe. A solução é óbvia: basta que outro ator faça o papel de muro. Bottom adoraria ser essa lua, esse muro. Por mais que tente, Quince não encontrará um papel que não seja adequado aos talentos de Bottom; além do amante e da amada, ele tem de ser todos os obstáculos que se colocam entre os dois. Ele e seus amigos podem se transformar em objetos além dos mais loucos sonhos da representação; os papéis multiplicam-se vertiginosamente. Bottom quer todos eles, e a perspectiva de renunciar ao menor papel lhe dá a sensação de uma vasta perda pessoal.

Desde Platão e Aristóteles, a mímesis é o principal conceito da crítica dramática. Durante o Renascimento, a interpretação mimética do teatro não era apenas a mais popular; era a única. De acordo com Aristóteles, as pessoas amam o teatro porque amam a imitação. Em sua trama teatral, Shakespeare obviamente ilustra esse amor. Os artesãos não são atores profissionais. A fim de satisfazer sua obrigação para com o duque, eles não precisam montar uma peça; eles poderiam inventar algo mais adequado a seus talentos medíocres. Por que escolhem o teatro? Porque amam a imitação.

Atuar numa peça parece mais desejável do que assistir a uma peça; atuar demanda um envolvimento mais ativo na mímesis. Esse fascínio com o teatro não está limitado a um "ator nato" como Bottom. Seus companheiros têm o mesmo fascínio e todos vêm quando Quince os convoca, incluindo os tímidos que alegam não saber atuar. Em última instância, a relutância do ator relutante significa a mesma coisa que a ânsia louca de Bottom.

Por que a representação é agradável? Aristóteles nunca responde a essa pergunta, mas Shakespeare responde: trata-se na verdade de um desejo pelo ser do modelo. O atuar deve seu misterioso e ambivalente prestígio às *traduções* miméticas que imita. Assim que o papel realmente se torna nosso, assim que estamos oficial e culturalmente capacitados para desempenhá-lo, ele perde seu prestígio. Os papéis dos outros parecem mais fascinantes do que os nossos. Como Helena e seus amigos, Bottom e seus amigos querem ser *traduzidos* para certos modelos de prestígio. Seu desejo de *mímesis* tem o mesmo objetivo ontológico que o desejo mimético dos namorados.

Nas representações teatrais, há um elemento erótico que fica mais intenso dependendo do tamanho e do entusiasmo das plateias para quem o ator atua. Ao mesmo tempo, no desejo erótico da maior parte dos personagens shakespearianos, há algo intensamente teatral. Os aspectos teatrais do desejo erótico nas obras que examinamos são tão óbvios quanto a dimensão erótica do teatro no caso de Bottom. Começando por Valentino e Colatino, Eros adora mostrar-se a tantos espectadores admirados quanto possível; ele ama ser visto; ele sempre gera *uma peça dentro da peça.*

*

O ensaio de *Píramo e Tisbe* acontece na mesma floresta que a louca perseguição dos namorados. No intervalo entre as duas cenas, a empolgação dos artesãos aumentou. Bottom encontrou um novo jeito de chamar a atenção de Quince:

> Nesta comédia de Píramo e Tisbe há coisas que jamais poderão agradar. Primeiro: Píramo terá de sacar da espada para se matar, espetáculo insuportável para as senhoras. Que respondeis a isso?
>
> (III, i, 9-12) (*Comédias*, p. 188)

Quince foi o único que, antes, tinha levantado a possibilidade de senhoras assustadas, mas seu verdadeiro objetivo era conter os ataques de Bottom. O tecelão agora toma para si essa preocupação implausível e a estende ao suicídio de Píramo. Ao imitar Quince, ele manipula o grupo e veste o manto do inspirado *metteur en scène*. Como a ideia toda partiu dele, Quince não pode calar a boca de Bottom sem contradizer a si próprio, e sua autoridade fica enfraquecida. O caos se aproxima.

Todos os recursos concebidos como precauções contra o suposto pânico das senhoras são na verdade sintomas do pânico real que começa a surgir entre os próprios artesãos. Todos exibem seus sintomas histéricos um para o outro, imitando-os compulsivamente. Eles estão projetando seus próprios medos sobre o sexo frágil, exatamente como os machos primitivos que inventaram não apenas as Bacantes como as Fúrias, as Valquírias, as Amazonas e outros grupos de mulheres aterrorizadas e aterrorizantes, metáforas deslocadas da decomposição masculina:

> *Snout*: Por Nossa Senhora! É perigoso!
>
> *Starveling*: A meu ver, será conveniente suprimirmos a mortandade.
>
> *Bottom*: De forma alguma. Tenho uma ideia que reporá as coisas em seus eixos. Escrevei-me um prólogo, de forma que o prólogo pareça dizer que não ocasionamos nenhum mal com as espadas e que Píramo não morre realmente. E para maior tranquilidade, dizei-lhes que eu, Píramo, não sou Píramo, mas Bottom, o tecelão. Isso as deixará sem medo de todo.
>
> (III, i, 13-22) (*Comédias*, p. 188)

O prólogo deveria dizer: "Meu nome é Bottom e estou só fingindo ser um tal de Píramo, cujo suicídio é de mentirinha". Em vez disso, Bottom primeiro menciona Píramo, falando na primeira pessoa, como se essa fosse sua verdadeira identidade, e sem dúvida querendo que fosse. Seu verdadeiro nome vem depois; ele o menciona como se pertencesse a outra pessoa, ou como aparece na folha de rosto de *Sonho de uma noite de verão*. Ele sugere que sua identidade real é falsa e sua identidade falsa é verdadeira. Os espectadores são sub-repticiamente convidados a tomar parte na confusão mimética que nosso ator universal espalha.

Bottom está perdendo seu senso de identidade. No momento equivalente na trama dos namorados, Hérmia exclama:

> Hérmia não sou e vós não sois Lisandro?
> (III, ii, 273) (*Comédias*, p. 194)

Temos a mesma "crise de identidade" nas duas tramas e, na falta de expressão melhor, devemos usar essa mesma, ainda que não seja muito satisfatória. O jargão cinzento da psiquiatria moderna não transmite a atmosfera da noite do solstício de verão; ele foi inventado para o neurótico moderno, que fica congelado no mesmo ponto por anos, preso num diálogo interminável com aquilo que chama de "seus problemas", os dois vivendo juntos até que a morte os separe. Mas aqui não temos nada desse tipo; a crise de Bottom é sem dúvida aguda, mas temporária, e não vai deixar rastros. O mesmo vale para os quatro namorados.

Alguns versos depois temos outra pista da rápida desintegração da capacidade de nossos artesãos de lidar com a realidade. Nosso velho amigo leão está de volta, e até os mais plácidos artesãos, como Snout e Starveling, agora parecem assustados por ele:

> *Snout*: O leão não causará medo às senhoras?
> *Starveling*: Eu também já pensei nisso.
> *Bottom*: Mestres, será conveniente refletir sobre o caso. Trazer um leão – Deus nos acuda! – para o meio de senhoras é uma coisa pavorosa, pois não há fera volátil mais terrível do que um leão com vida. É isso que precisamos considerar.

> *Snout*: Nesse caso será conveniente que outro prólogo declare ao público que não se trata de um leão de verdade.
> (III, i, 27-35) (*Comédias*, p. 188)

Agora é Snout que exige mais um prólogo à moda de Bottom. Mas, como todos os imitadores compulsivos, Bottom odeia ser copiado; ele preza a originalidade acima de qualquer coisa, e assim que vê suas ideias expostas por outro homem, ele as repudia. A necessidade de contradizer é tão mimética quanto a necessidade de copiar:

> Nada disso; bastará dizerdes o nome de quem o representar e arranjar modo para que se lhe veja o rosto através do pescoço do leão, por onde ele próprio falará, mais ou menos com este defeito: "Senhoras", ou "lindas senhoras", "desejara" ou "suplicara" ou "vos concito a não terdes medo e a não tremer. Minha vida pela vossa. Se pensais que eu venho aqui como um leão, não daria nada pela minha vida. Não, longe de mim tal coisa; sou um homem como os demais". Nessa altura ele declinará seu verdadeiro nome, dizendo francamente que é Snug, o marceneiro.
> (III, i, 36-46) (*Comédias*, p. 188-9)

Essa segunda metamorfose do leão acrescenta-se à primeira, que já era mais espetacular do que previa o *script* original. Para ser realmente perturbador, um monstro tem de combinar características humanas e animais. Ao pensar nesse monstro ainda mais assustador, arrepios de prazer correm na espinha de seus maravilhados inventores.

Esse fragmento de rosto humano cercado de traços leoninos lembra o tipo de arte primitiva que passou a ser chique só no século XX. É provável que Shakespeare jamais tenha visto uma máscara religiosa, mas seu gênio mimético não precisava de nenhuma "pesquisa de campo" para reconstituir as características mais distintivas de uma máscara: sua "monstruosidade", a conjunção de entidades normalmente separadas, ou de fragmentos dessas entidades.

Chegamos ao ponto de nossa crise mimética em que, no equivalente ritual dessa cena, os participantes colocariam máscaras muito semelhantes àquela imaginada por Bottom: bizarras combinações de características humanas e animais. A inspiração é a mesma porque a experiência é fundamentalmente a mesma. O *timing* do dramaturgo é perfeito.

*

As representações compulsivas de Bottom lembram o transe de possessão tanto quanto as imagens caóticas trazidas por sua experiência se assemelham a máscaras primitivas. Vivemos numa cultura que não incentiva fenômenos desse tipo, mas houve um tempo em que as coisas eram diferentes. O *May Day* e o festival do solstício de verão parecem ter suas raízes em rituais similares aos ritos orgiásticos das culturas antigas e primitivas. O transe de possessão desses rituais se assemelha à atuação teatral, mas não deve ser equiparado a ela; o transe "genuíno" é um envolvimento tão completo que a representação se torna involuntária e não pode ser voluntariamente interrompida. É esse elevado grau de auto*despossessão*, maior do que qualquer coisa que o teatro ocidental pode ou pretende obter, que Shakespeare pretende representar nessa trama, uma experiência teatral tão intensa que retorna ao transe do qual o teatro deve ter emergido originalmente.

A atuação normal é uma forma de transe tão suave que mesmo os melhores atores podem sair dele quando quiserem; eles estão sempre conscientes de estar fazendo um papel. Tudo o que sabemos a respeito das origens do teatro sugere que essa arte deve ter sido precedida de formas atenuadas de rituais em que o transe foi gradualmente substituído pela atuação, e a imolação sacrificial foi suprimida. Pode-se conceber que, em circunstâncias particularmente "favoráveis", o teatro consiga voltar por essa mesma estrada, especialmente no caso de indivíduos altamente suscetíveis como Bottom. É isso que Shakespeare está sugerindo.

*

Primeiro Bottom, e logo seus rústicos amigos embebedam-se num caleidoscópio de papéis que vai girando cada vez mais rápido. A avalancha de representações nos faz pensar em sujeitos altamente sugestionáveis nas mãos de um hipnotizador enlouquecido. Mas não há nenhum hipnotizador aqui, só os próprios atores e sua ideia louca de teatro.

Bottom parece aqueles palhaços cujo número inclui trocas de roupa tão rápidas que parecem estar usando um único "traje multicolorido". Novamente estamos diante de um efeito cinemático, quase igual ao dos namorados. O *crescendo* de monstruosidades vai atingindo o ponto de ebulição. Até esse momento, os artesãos ainda não exatamente *acreditavam* em suas invencionices; dali a um segundo vão vê-las ao vivo. Num único instante, Bottom se transforma em burro e se casa com Titânia:

> (*Torna a entrar Puck, seguido de Bottom, com cabeça de burro.)*
> *Bottom*: Tudo isso, oh, bela Tisbe, em teu regaço eu ponho...
> *Quince*: Oh! Terrível! Monstruoso! Estamos enfeitiçados! Fugi, mestres! Socorro!
> (*Saem os comediantes*)
> [...]
> *Quince*: Deus te abençoe, Bottom! Deus te abençoe! Estás transformado.
> (III, i, 105-19) (*Comédias*, p. 189)

Quince parecia o mais razoável dentre os artesãos, mas as interrupções asininas de Bottom já afetaram seu bom senso. Por simpatia mimética, de uma vez, a trupe inteira está à beira do abismo. Depois de muitas indicações de confusão cada vez maior, a loucura dos artesãos cruza o mesmo limiar decisivo que a loucura dos namorados, e todos dividem o palco com suas próprias alucinações miméticas.

À medida que novas representações vão surgindo, o sistema inteiro começa a girar, finalmente explodindo em mil pedacinhos, que se reorganizam em estranhos fragmentos, aleatoriamente, como um mosaico de vidro quebrado. Bottom é *traduzido* para uma exuberante maçaroca de pedaços de seus diversos papéis, com a preponderância unificadora do burro original. Pode-se ver metade do rosto desse burro, até o pescoço de Bottom. O corpo continua basicamente humano – o corpo de um grande amante, sem dúvida, digno da rainha das fadas; a criatura fala com a graça de um prólogo, mas exibe uma distinta preferência por capim, além da teimosa imobilidade de um muro de tijolos, duas características amplamente conhecidas de todo burro.

A intervenção de Puck não é intrusão gratuita; ela é o clímax de uma série de deslocamentos estruturais que oferecem uma transição gradual entre a percepção normal e a receptividade típica do transe para as monstruosas alucinações a que as duas tramas se dirigem, de modo independente mas simultâneo.

Em nível puramente dramático há descontinuidade entre os mundos natural e sobrenatural que não se deve aceitar sem reservas. É preciso observar de perto o bastante para perceber o processo mimético que conecta as três tramas; então veremos que a trama das fadas é literalmente gerada pela rivalidade mimética dos amantes e pelas representações miméticas dos artesãos. A cabeça de burro de papelão que Puck coloca na cabeça de Bottom pode significar tanto a reconfortante separação dos dois mundos quanto sua completa interseção, e ela serve igualmente bem às duas interpretações. A ridícula farsa dos ignorantões tem as mesmas implicações que as infidelidades compulsivas dos quatro namorados; juntas, as duas não são um prelúdio decorativo a uma *débacle* puramente farsesca. Shakespeare está propondo uma teoria mimética da gênese dos mitos.

Recapitulemos as similaridades entre as duas tramas. Em ambas, a primeira cena é distribuição de papéis. Em princípio, cada personagem deveria fazer apenas um, mas tanto os namorados quanto os artesãos ficam inventando novos papéis, trocando-os e roubando-os um do outro. A invasão das falas dos namorados por imagens animais e as oscilações deus/cão correspondem à preocupação excessiva de Bottom e seus companheiros com o temível leão e as diversas metamorfoses do bicho. Nas duas tramas, a proliferação de monstros verbais prepara o terreno para a mesma e definitiva alucinação. Nas duas tramas, as aparições fantásticas resultam da ampliação e do *desmembramento* de criaturas normalmente diferenciadas, seguidas de um *remembramento* desordenado que contradiz a diferenciação culturalmente ordenada da vida cotidiana.

*

A simetria das duas tramas humanas sugere que a imitação estética e o Eros mimético são duas modalidades do mesmo princípio. O desejo de mímesis de Bottom se espalha tão contagiosamente entre os artesãos quanto o desejo erótico se espalha entre os namorados, e tem os mesmos efeitos perturbadores sobre os dois grupos, produzindo a mesma mitologia.

Na trama teatral, Shakespeare reinsere o ingrediente que os estetas sempre deixam de fora – o desejo competitivo. Na trama dos namorados, ele reinsere o ingrediente que os estudiosos do desejo nunca consideram – a imitação. Essa dupla restituição faz das duas tramas espelhos fiéis uma da outra, as duas metades complementares do mesmo desafio lançado à tradição filosófica e antropológica ocidental.

Bottom e seus amigos acabam "sonhando" o mesmo "sonho" que os quatro namorados. O fato de os críticos tradicionais não discutirem o papel da imitação, da representação e do mimetismo é ainda mais impressionante no caso dos artesãos do que no caso dos namorados, pois nele o aspecto estético da mímesis – o único aspecto que se tem reconhecido tradicionalmente – é escancarado.

A enorme força de Shakespeare vem de sua capacidade de livrar-se de duas abstrações ruins ao mesmo tempo: o desejo solipsista e a imitação desencarnada e sem graça dos estetas. O amor pela mímesis que sustenta o empreendimento estético e o desejo mimético são uma coisa só. Essa é a verdadeira mensagem de *Sonho de uma noite de verão.*

A tradição filosófica e antropológica ocidental se baseia no princípio oposto. Considera-se que Mímesis e Eros são distintos. O mito de sua independência mútua remonta a Platão, que jamais associa os dois conceitos, ainda que seu pavor do contágio mimético e sua desconfiança da arte, particularmente do teatro, apontem para a unidade repudiada por seu sistema formal. As disciplinas Estética e Crítica Literária, assim como a Psicologia e as outras Ciências Sociais, ainda refletem um divórcio entre a mímesis e o desejo tão entranhado em nosso pensamento formal que nem mesmo Freud conseguiu superá-lo. Em minha opinião, essa é a grande falha da psicanálise.

O divórcio entre a imitação e o desejo é caro aos estetas tradicionais e críticos literários porque garante a autonomia de suas disciplinas e isola a arte das impurezas dos desejos mundanos, proclamando o desinteresse das preocupações estéticas. A mutilação filosófica da mímesis é na verdade um narcisismo espiritual pelo qual se paga alto preço.

O casamento espetacular de mímesis e desejo feito por Shakespeare é a unidade das três tramas e a unidade de *Sonho de uma noite de verão*. O divórcio entre mímesis e desejo é uma tradição tão forte que a enigmática notícia de sua tempestuosa união no teatro shakespeariano ainda não chegou a nós; essa mensagem permanece inaudível.

Finalmente, em nosso mundo moderno, a fadiga geral em relação à estética tradicional levou a uma justificada rebelião contra a noção de imitação que se concebe desde os gregos, mas não se trata de um verdadeiro rompimento com o passado, mas da circularidade da falsa rebelião que tenta negar a realidade daquilo que não consegue repensar. Em vez de reunir a imitação e o desejo, os rebeldes tentam expulsar a mímesis da cena cultural; sua rebelião é falsa, é uma continuação da antiga servidão. Até mesmo uma mímesis empobrecida é melhor que nenhuma mímesis. Compreender melhor o *Sonho de uma noite de verão* poderia nos ajudar a sair desse impasse.

capítulo 7
algo de certa consistência

Teseu e Hipólita em *Sonho de uma noite de verão*

No começo do quinto ato, Teseu e Hipólita acabam de ouvir os quatro namorados relatar os acontecimentos da noite, e Hipólita quer saber a opinião de Teseu:

> *Hipólita*: Estranha história, meu Teseu, nos contam
> todos esses amantes.
> *Teseu*: Mais estranha
> do que veraz, decerto. É-me impossível
> acreditar em fábulas antigas
> e em histórias de fadas. Os amantes
> e os loucos são de cérebro tão quente,
> neles a fantasia é tão criadora,
> que enxergam o que o frio entendimento
> jamais pode entender. O namorado,
> o lunático e o poeta são compostos
> só de imaginação. Um vê demônios
> em muito maior número de quantos
> comportar pode a vastidão do inferno:

tal é o caso do louco. O namorado,
não menos transtornado do que aquele,
enxerga a linda Helena em rosto egípcio.
O olho do poeta, num delírio excelso,
passa da terra ao céu, do céu à terra,
e como a fantasia dá relevo
a coisas até então desconhecidas,
a pena do poeta lhes dá formas
e a essa coisa nenhuma aérea e vácua,
empresta nome e fixa lugar certo.
É a imaginação tão caprichosa,
que para qualquer mostra de alegria
logo uma causa inventa de alegria;
e se medo lhe vem da noite em curso,
transforma um galho à toa em feroz urso.
(V, i, 1-22) (*Comédias*, p. 201-2)

Teseu enuncia uma teoria do mito puramente *individualística*. Caso ele fale em nome de seu criador, sua preleção bonita, ainda que banal, põe em dúvida a interpretação que acabo de concluir da noite do solstício de verão, que nem é individualística, nem social no sentido comum, mas *intersubjetiva*, ou melhor, *interindividual* no sentido da teoria mimética.[1] A resposta de Hipólita mostra que Teseu não entendeu bem o motivo de sua pergunta. Ela ficou fascinada com o relato dos quatro namorados e queria discuti-lo, ao passo que Teseu confundiu sua curiosidade intelectual com uma expressão de ansiedade "feminina" e por isso ofereceu as palavras de conforto que julgou adequadas. Com a típica arrogância do macho, ele presume que só ele é racional o bastante para descartar todas as superstições; sua fala eloquente não contém nada efetivamente falso, mas responde a uma questão mais simplista do que aquela feita por Hipólita. O racionalismo

[1] René Girard, *Things Hidden since the Foundation of the World*: Stanford University Press, 1988, p. 299-305.

estreito tem capacidade tremenda de reduzir as questões mais interessantes a poucas e sonoras platitudes.

Para estimar o justo valor do que diz Teseu, não podemos isolar sua fala do diálogo de que faz parte, como se fosse uma espécie de oráculo. Hipólita fala muito brevemente, mas depois de Teseu; é dela a última palavra.

> Contudo, as ocorrências desta noite,
> tal como eles as contam, e as mudanças
> por que todos passaram, testificam
> algo mais do que a simples fantasia,
> que certa consistência acaba tendo,
> conquanto seja tudo estranho e raro.
> (V, i, 23-7) (*Comédias*, p. 202)

Se permitirmos que os melodiosos clichês de Teseu dominem nosso pensamento, esses seis versos parecerão não ter importância, e mal chegaremos a ouvi-los. Eles confirmarão nossa impressão geral de que a rainha das amazonas é uma mulher deveras tímida e crédula que tenta justificar a existência das fadas. É claro que não é nada disso que ela está fazendo. A atitude do duque lembra um pouco a dos artesãos, quando eles dizem um ao outro que devem abrandar a peça para não assustar as senhoras da plateia.

Na verdade, Hipólita faz pose e responde brevemente a questão da gênese mítica; se ela concordasse com Teseu, suas cinco linhas não teriam começado com a palavra "contudo". A lição que Teseu tirou da noite do solstício de verão não consegue satisfazê-la, e por isso ela tira sua própria conclusão, menos espetacular do que a sabedoria ligeira do duque, mas muito mais profunda, discordando dele discreta mas resolutamente em três pontos básicos. O primeiro é que o mito é um fenômeno coletivo e não individual; é isso que sem dúvida "as mudanças por que todos passaram" significa. Para poder entender completamente o valor de "todos", devemos lembrar que o termo se aplica não só aos namorados, mas aos namorados e artesãos juntos. *So together*[2] ["juntamente"] sugere o papel da imitação mútua.

O segundo é que, por mais objetivamente falso e enganador que certamente seja, o mito não deve ser confundido com a pura ficção, com o produto da imaginação individual ou com uma inspiração poética que funciona completamente isolada. Mito não é construção subjetiva. Apesar de seus ilogismos, inconsistências e mentiras descaradas, "as ocorrências desta noite... testificam algo mais do que a simples fantasia". Essa é uma afirmação capital, inconciliável com o ceticismo bobo de Teseu.

O terceiro ponto é que, apesar de sua gênese efervescente e de seu conteúdo fantástico, o mito é "algo... que certa consistência acaba tendo". Em outras palavras, ele tem estrutura estável, com diversos tipos de consequência que a teoria puramente subjetiva de Teseu não tem como explicar.

Fico muito feliz, é claro, que Hipólita venha questionar Teseu exatamente a respeito dos pontos que tornam sua sonorosa preleção incompatível com minha análise da noite do solstício de verão. Ela não vê nada no relato dos quatro namorados que apoie a concepção estreitamente subjetiva que o duque tem das origens dos mitos; ela secretamente repudia que ele transforme em bodes expiatórios o poeta, o lunático e o namorado, o que é o reverso da idolatria oficial da "pura ficção" eternamente triunfante na crítica literária moderna, e em última instância a mesma coisa que esta.

A afirmação de Hipólita confirma a validade da leitura mimética e nos leva a concluir que é Hipólita quem fala pelo autor, e não Teseu. Os seis versos de Hipólita são um pequenino ensaio crítico do próprio Shakespeare a respeito da natureza do

[2] No original, o verso 24 é "*And all their minds transfigured so together*", ou "e suas mentes, todas transfiguradas juntamente". [N. T.]

mito; a noite do solstício de verão é uma dramatização das mesmas ideias. Aqui, o dramaturgo parece estar procurando um modo de expressão mais conceitual do que o teatro. O gênero que ele está usando e a situação da reflexão antropológica em sua época impossibilitavam que ele desenvolvesse suas ideias de modo mais completo, o que é realmente uma pena; porém, considerando o gênero da peça, devemos ser gratos pelos seis inestimáveis versos de Hipólita!

Hipólita é mulher, e seus seis versos não impressionam de imediato, não tendo impacto dramático; eles não são feitos da mesma matéria que os discursos de formatura. O *establishment* acadêmico permaneceu firmemente comprometido com o credo de Teseu. A maioria dos comentadores escreve sobre *Sonho de uma noite de verão* como se os seis versos de Hipólita não existissem. Contudo, Shakespeare deve ter achado esses seis versos importantes, ou não os teria inserido em sua peça, e muito menos nesse ponto estratégico. É inquestionável que sua função é refutar de maneira discreta mas decisiva os retumbantes clichês de Teseu. Em muitas ocasiões as observações do Duque são muito perspicazes, mas nesse caso particular sua noiva faz que ele pareça um formidável falastrão.

Sua eloquência e prestígio criam uma ilusão de autoridade que sua fala na verdade não possui; ela não faz mais do que reformular aquilo que a maioria das pessoas achava normal na virada do século XVI para o XVII e ainda hoje acha normal. Teseu é o sumo sacerdote de um otimismo humanista que elegantemente expulsa a noite do solstício de verão invocando triplamente a poesia, a loucura e o amor. Essa esperta operação liberta todas as pessoas responsáveis de toda responsabilidade por quaisquer peças que sua própria imaginação mimética lhes venha pregar; ela permite que eles esqueçam as suas próprias noites do solstício de verão.

É ironicamente adequado que uma grande figura mitológica seja encarregada do desprezo racionalista do mito. O gesto com que o humanismo moderno expulsa – e entroniza – o pensamento mágico e mítico rotulando-o de “superstição” ou “imaginação” é nosso substituto moderno do mito propriamente dito, uma vez que ele tenha exaurido seu poder de persuasão. O racionalismo estreito desempenha a mesma função que as explicações mágicas dos tempos de outrora, tornando a rivalidade mimética completamente invisível, até mesmo para os espectadores de *Sonho de uma noite de verão.* A filosofia de Teseu é a paradoxal herdeira da mitologia.

Hipólita está gentilmente puxando Teseu pela manga, mas Teseu não está percebendo nada. Há quatrocentos anos que ela está puxando essa manga, sem que nada aconteça; suas palavras estão soterradas pelo admirável cadafalso do humanismo triunfante. Ele é sempre silenciado por aquela necessidade de garantias que é primeiro atendida por nossa crença em mitos, depois pelo tipo de descrença demonstrada por Teseu.

Por que a refutação de Teseu é tão discreta? Por que deveria qualquer autor tornar a interpretação incorreta da peça mais eloquente, mais prestigiosa e de maior efeito dramático do que a interpretação correta? Por que um melancólico desprezo por tudo que é audacioso e original no texto de Shakespeare é apresentado com mais fanfarra do que a verdadeira definição daquilo que o autor está fazendo, a qual até ocupa algum espaço, ainda que pequenino?

Via de regra, o bom autor se esforça para ressaltar, e não minimizar, suas próprias realizações. Shakespeare está perfeitamente ciente de sua grande originalidade, mas repetidamente se esforça para fazer que sua peça pareça superficial e frívola. Esse estranho comportamento é outro exemplo daquilo que vimos no começo de nossa análise. De uma ponta a outra da peça, Shakespeare usa a mesma estratégia. Ele assume a forma que cada espectador quiser. Para quem só quer um *Sonho de uma noite de verão* artificial, ele tem algo a oferecer; se outros preferirem algo mais, também não ficarão desapontados.

O primeiro debate crítico a respeito de *Sonho de uma noite de verão* aconteceu durante a primeira apresentação, e se repete toda vez que a peça é apresentada – a menos, é claro, que os versos de Hipólita sejam simplesmente omitidos, o que acontece com frequência. Mesmo que sejam incluídos na montagem, o mais provável é que eles passem despercebidos ou sejam mal interpretados. Não entendemos que a aparente preferência de Shakespeare por Teseu seja uma fachada que se deve ignorar.

O diálogo ardilosamente capcioso de Teseu e Hipólita é prova também de algo que eu já tinha dito a respeito de essa comédia ser duas peças em uma. No início do quinto ato, as duas peças literalmente ganham vida como duas entidades distintas. Teseu encarna a comédia superficial, e Hipólita a mais profunda, a peça da interação mimética. Essa segunda peça não é mais "profunda" no sentido de estar enterrada muito abaixo das palavras, no fundo daquilo que alguns chamariam de "infraestrutura". Ela não é menos visível do que a peça superficial. Ela não está verdadeiramente escondida; só parece que está. E a razão da nossa cegueira é sempre a mesma: nossa teimosa resistência à dimensão mimética presente em todo o teatro de Shakespeare.

*

A gênese do mito em *Sonho de uma noite de verão* ilumina o papel do monstruoso e da metamorfose mítica no teatro de Shakespeare como um todo. Retrospectivamente pode-se ver que em *Os dois cavalheiros de Verona* há uma primeira insinuação daquilo que se manifestou completamente em *Sonho de uma noite de verão*. Se nos perguntarmos por que Shakespeare deu o nome de "Proteu" ao primeiro personagem dentre aqueles que criou que era seriamente afligido pelo desejo mimético, a resposta é óbvia: Proteu é o deus grego das metamorfoses.

Desde o início de sua carreira, Shakespeare plantou as raízes da metamorfose mítica no desejo mimético – não na mímesis inócua da estética tradicional, nem na óbvia e serena imitação de modelos inequivocamente consagrados, mas na mímesis conflituosa da rivalidade mimética, a imitação que tenta passar por seu contrário: a autonomia, a autossuficiência. O mito é inseparável da simetria violenta dos duplos miméticos, e não é coincidência fortuita que esses duplos miméticos sejam os protagonistas mais frequentes dos mitos no mundo inteiro.

O desejo mimético transforma os seres humanos em monstros físicos e morais. Quando Shakespeare escreveu *Os dois cavalheiros de Verona*, a gênese mítica que encontramos em *Sonho de uma noite de verão* já tentava encontrar uma expressão, mas sem conseguir. Shakespeare tentou de novo, e da segunda vez teve sucesso absoluto.

É somente *a posteriori*, do ponto de vista da peça posterior, que podemos entender por que Shakespeare dá a seu primeiro personagem mimético o nome de Proteu. Proteu se transforma num segundo Valentino; seu desejo mimético o deixa proteano. Só conseguiremos entender isso se enxergarmos as duas comédias do ponto de vista de seu tema mimético comum, do desenvolvimento desigual desse tema; o nome Proteu teria sido ainda mais adequado na peça posterior do que na anterior, mas Shakespeare obviamente não quis repeti-lo. O uso do nome na primeira comédia revela como o primeiro Shakespeare detectou o poder transformador do desejo mimético e tentou dramatizá-lo. A associação entre desejo e metamorfose monstruosa nunca desaparecerá da obra de Shakespeare; ela está presente em todo o seu teatro. Ela reaparece em *Tróilo e Cressida* relacionada ao amor mimético dos dois protagonistas, e com conotações morais ainda mais explicitamente negativas do que nas comédias anteriores.

As aparições sobrenaturais nas tragédias têm formas monstruosas; pode-se mostrar com facilidade que, de modo mais ou menos discreto, todas têm suas raízes no contexto da crise mimética e das alucinações que a acompanham. Isso vale para o fantasma de César em *Júlio César*, para o fantasma do velho rei Hamlet em *Hamlet*, e também para as três bruxas e outras aparições em *Macbeth*.

Isso também vale para Calibã, de *A tempestade*. Posso acreditar que os canibais do famoso ensaio de Montaigne expliquem o nome desse monstro, até por haver outros ecos desse autor francês nessa peça, mas a mim parece que o principal significado de Calibã não tem nada a ver com essa influência literária. Calibã tem pouco ou nada a ver com uma visão negativa de povos primitivos. Vejo-o como uma recapitulação de todos os monstros miméticos do teatro de Shakespeare (ver cap. 38).

capítulo 8
estranhos olhos para escolher o amor

Trocadilhos miméticos em *Sonho de uma noite de verão*

Para Hérmia e Lisandro, os modelos literários são tão importantes quanto o são para Dom Quixote ou Madame Bovary, quase tão importantes quanto os mediadores humanos. Na primeira cena da peça, após Teseu e Egeu terem saído de cena, os dois jovens lamentam seu triste destino com muitos patéticos suspiros; mas, secretamente, os dois estão enlevados, pois dão grande valor às proibições paternas, as quais os deixam mais próximos dos heróis românticos que emulam, todos apresentados como vítimas da autoridade. Se nossos dois namorados se sentissem seriamente ameaçados, fugiriam de quem os persegue; não ficariam confortavelmente celebrando sua semelhança com todos os casais famosos da história:

> *Lisandro*: ...em tempo algum teve um tranquilo curso
> o verdadeiro amor. Ou era grande
> do sangue a diferença...
> *Hérmia*: Oh, sofrimento!
> Nascer no alto e aceitar o cativeiro!
> *Lisandro*: ...ou mui disparatadas as idades...

Hérmia: Oh, dor! Unir-se a mocidade às cãs!
Lisandro: ...ou tudo os pais,[1] sozinhos, decidiam...
Hérmia: Não há maior inferno: estranhos olhos
para escolher o amor!
(I, i, 134-40) (*Comédias*, p. 178)

Esse dueto poético pertence a um gênero bastante conhecido, dedicado aos diversos *impedimentos* ao amor: diferenças de idade, de posição social e, *last but not least*, a coerção alheia. A lista desses impedimentos não muda nunca.

Se "em tempo algum teve um tranquilo curso o verdadeiro amor", os namorados deveriam culpar a si mesmos – a si e à sua obediência de escravo à lei mimética –, mas não sabem disso. Sem conseguir enxergar o verdadeiro obstáculo em que sempre tropeçam, o cruzamento de seus desejos miméticos, precisam de falsos obstáculos que tomem o lugar do verdadeiro. Felizmente para sua sobrecarregada imaginação, eles não precisam inventar nada; eles simplesmente repetem o que leem na literatura chique que consomem avidamente.

Os primeiros sete versos marcam uma gradação para os três versos finais, sobre os quais recai a ênfase: quem são esses *friends* de cuja escolha o amor não deveria depender, quem são esses "estranhos" cuja escolha pode influenciar indevidamente nossa própria escolha amorosa? Nesse ponto, todos os editores da peça avisam seus leitores numa nota de rodapé que a palavra *friends* se refere a "pais" e "mães" e não a "amigos", no sentido em que a usamos. De fato, na época elisabetana, *friends* poderia realmente se referir a parentes próximos, incluindo os pais. Mas como podem os editores ter tanta certeza? Se o termo *friend* ocasionalmente se refere aos pais, não é incomum que tenha o sentido moderno. Seu significado pode ser estendido para incluir os pais, mas não pode ser restringido de modo a *excluir os que são apenas amigos*.

[1] "*Or else it stood upon the choice of friends.*" Girard logo vai discutir o uso da palavra *friends*, que Carlos Alberto Nunes traduziu como "pais". [N. T.]

Em *Sonho de uma noite de verão*, *friends* e *friendly* [nos sentidos relacionados a "amigos"] são usados repetidamente no sentido moderno. No clímax da noite do solstício de verão, Helena briga com Hérmia:

> Quereis romper uma amizade dessas,
> para ao lado vos pordes desses moços
> que escarnecem de vossa pobre amiga?
> Não é procedimento de amizade,
> nem é conduta feminil, tampouco.
> (III, ii, 215-17) (*Comédias*, p. 194)

Por que todos os editores excluem o sentido mais óbvio e natural de *friends*? A resposta é inescapável: se não o fizessem, se lessem os cinco versos simplesmente como devem ser lidos, teriam de reconhecer neles duas formidáveis definições daquilo de que a peça verdadeiramente trata: o desejo mimético.

Quando Demétrio troca Hérmia por Helena por causa de Lisandro, ele certamente usa estranhos olhos para escolher o amor. Hérmia também, quando escolhe Demétrio por causa de sua amiga Helena. O mesmo vale para as obras que examinamos antes. O amor de Proteu por Sílvia depende da escolha de seu amigo Valentino; como Tarquínio nunca viu Lucrécia com *seus próprios olhos*, necessariamente se valerá de "estranhos olhos para escolher o amor".

Eis o que ninguém quer enfrentar. A exclusão do desejo mimético é sem dúvida um imperativo silencioso, mas muito rígido. A votação é sempre unânime. Considerando o contexto em que os cinco versos aparecem, a discreta eliminação da interpretação literal é uma obra impressionante de censura. A presença acachapante do desejo mimético nas redondezas a torna ainda mais notável. A interpretação literal, que é a mais apropriada ao contexto, é rejeitada imediatamente, sem a menor explicação. Não é preciso dizer que o processo todo é completamente inconsciente e automático.

Para "maior tranquilidade",[2] como diria Bottom, olhemos mais de perto esses cinco versos. Se Shakespeare realmente quisesse falar dos pais que forçam os filhos a casar-se contra a vontade, *friends* não teria sido uma boa escolha, e "amor" teria sido pior ainda. Neste caso, seria o casamento, e não o amor, que dependeria da escolha de *friends*. As palavras "decidiam" no primeiro verso e "escolher" no terceiro também atestam a falência da leitura não mimética. Num caso de coação pura e simples, a parte coagida não tem opção; ela não escolhe nada. Aqueles que escolhem mimeticamente sem dúvida abdicam de sua liberdade de escolha, mas eles *escolhem o modelo* cujo desejo imitam; só eles podem realmente dizer que se valem de "estranhos olhos para escolher o amor".

Os cinco versos são perfeitamente inteligíveis como estão; eles dispensam notinhas explicativas de rodapé, e essa é a razão, claro, por que os editores põem uma ali. De que outro modo poderiam proteger seus alunos da perigosa contaminação da leitura mimética? Os editores intervêm com o único propósito de rejeitar a leitura correta. Todos agem de muito boa-fé, claro; eles só não enxergam nada relacionada à mímesis conflituosa nessa peça. A ideia de que um "desejo mimético" possa desempenhar algum papel importante na obra de Shakespeare parece ridícula demais para ser considerada.

Graças a essas notas de rodapé, podemos verificar de modo espetacular a fortíssima necessidade que muitos temos de suprimir a ideia de rivalidade mimética sempre que ela aparece, seja em Shakespeare, seja em qualquer parte. Claro que a supressão deve ser condenada, mas é preciso reconhecer que, nesse caso aqui, ela tem lá suas desculpas. Existem alguns bons argumentos em favor da leitura não mimética, e é importante dizer quais são.

O primeiro é que Lisandro e Hérmia estão iludidos demais a respeito de si próprios para conceber algo tão inteligente quanto a interpretação mimética de suas

[2] *Comédias*, p. 188. [N. T.]

próprias falas. Unidos espiritualmente a dez mil poetas medíocres, continuarão a lenga-lenga de seus sempiternos impedimentos até o Juízo Final. Essa ladainha de clichês representa o produto acabado de suas almas. Tudo o que podemos esperar depois dos primeiros sete versos é mais do mesmo. A interpretação mimética não pode ser o que eles de fato querem dizer. Eles só podem querer dizer aquilo que os editores modernos consideram o único sentido possível dos cinco versos.

Na ladainha de impedimentos, o pai tirânico vai acabar aparecendo alguma hora; dos antigos gregos até nossa grande revolução da contracultura, via Sigmund Freud, o pai é sempre o impedimento por excelência, o animal sacrificial número 1, o prato principal de nosso banquete intelectual, o álibi indispensável do fracasso romântico. É natural pensar que os cinco últimos versos sejam a respeito dele. Eles até o *são*, no sentido de que Lisandro e Hérmia podem estar pensando somente nesse pobre personagem. Ainda que suas palavras não caibam muito bem na interpretação paterna, eles chegam perto o bastante para satisfazer o eterno freudiano que há em nós. Além disso, esses versos aparecem logo no começo da peça, logo depois da cena com Egeu e Teseu, num ponto em que ainda é legítimo esperar que o esbravejar paterno e ducal não seja tão radicalmente ineficaz quanto acaba sendo.

Será que esses argumentos contextuais são fortes o bastante para ameaçar a interpretação mimética? Nem por um segundo. Comparada a tudo isso, o significado mimético tem a luz de dez mil sóis.

A interpretação errada se baseia em indícios que estão longe de ser decisivos, mas não pode ser desprezada porque vem do próprio autor e o autor sabe o que está fazendo. Por que Shakespeare inseriu seus cinco versos maravilhosos no contexto enganoso dos impedimentos de araque? Já sabemos que, a partir de *Sonho de uma noite de verão*, ele pretende fazer que a maior parte de sua plateia se distancie do desejo mimético e se aproxime da leitura romântica que ele, elegantemente, põe à nossa disposição. Já vimos alguns exemplos impressionantes da estratégia dual que leva parte do público para uma direção e outra parte para uma direção totalmente diferente. Esse é um exemplo especialmente brilhante dessa técnica dual.

Um grande dramaturgo sabe que o contexto é mais importante do que o texto. Não importa o que esses cinco versos realmente estejam dizendo; a maior parte dos espectadores não consegue ouvir nada neles além da realização de suas expectativas estereotipadas. Em vez de tentar evitar a provável má interpretação desses versos, Shakespeare a incentiva. Mas o contraste com o resto do poema faz que os cinco últimos versos soem cômicos para quem realmente os entende; quem não os entende, quem vê neles a mera continuação das platitudes anteriores, não fica minimamente abalado; os editores, dados a notas de rodapé, também nem se abalam. Tudo isso corresponde exatamente ao que toda essa gente espera de uma comédia.

Nossos cinco versos não se encaixam bem na interpretação não mimética, mas chegam perto o bastante para não ativar na maioria das mentes o sistema de alarme que é ativado quando se atinge certo limite de inadequação. Abaixo desse limite, nosso senso crítico continua inerte. Esses versos são um teste; eles nos compelem a escolher entre a comédia de obstáculos externos à qual os sete primeiros versos pertencem, e a comédia verdadeiramente shakespeariana, baseada na rivalidade mimética. Se não notarmos que temos de escolher, se escolhermos sem perceber que escolhemos, certamente faremos a escolha errada.

O poema funciona como um trocadilho superior. Se vemos nele pais, duques e fadas, então ansiamos por uma interpretação não mimética, e isso é o que obtemos; se interpretamos o trocadilho mimeticamente não apenas chegamos à versão mimética, como percebemos também a não mimética, e a força cômica da peça é revelada. No meio dos impedimentos tradicionais, a verdadeira causa do fracasso romântico aparece: o obstáculo autogerado, a interferência mútua dos desejos imitados que se chocam uns contra os outros.

Para que um trocadilho seja bom, o sentido mais interessante tem de ser o menos imediatamente aparente, o sentido raro, e essa qualidade tem de vir não de um truque verbal barato, vazio de significado, mas de alguma razão essencial, de alguma resistência profunda que tenhamos a algo objetivamente evidente. Nossos cinco versos preenchem esses requisitos formidavelmente; eles não são objetivamente ambivalentes, mas assim parecem por causa de nosso teimoso preconceito antimimético. Eles operam exatamente como o fenômeno que mais explicitamente revelam, e que permanece escondido na transparência mesma de sua revelação.

Para que um trocadilho seja bom, ele não pode violar a lei da verossimilhança. O desejo mimético não está mais consciente de si do que a respiração normal. Hérmia acaba de trocar um namorado por outro; em poucas horas, o apaixonado Lisandro, por sua vez, irá abandoná-la na floresta. Os dois ainda assim continuam a crer firmemente em seus próprios mitos, tão firmemente que não percebem o que dizem e eventualmente dizem verdades que seu pensamento consciente não registra. Assim como em Freud, há atos falhos em Shakespeare, mas seu conteúdo é mimético, não psicanalítico.

Os quatro namorados representam tipicamente a humanidade média, lembrando a maioria de nós por sua tendência a fugir de qualquer coisa que possa diminuir nossa confortável certeza de agir e pensar como indivíduos autônomos. Muitos espectadores e leitores lembram Lisandro e Hérmia por apreender não o que os versos realmente dizem, mas o que os personagens realmente querem dizer, o que também é o que eles querem ouvir. A recepção da peça é uma *mise-en-abîme* da própria peça.

Shakespeare desafia a resistência do público de modo absolutamente direto e bem-humorado, sem correr o risco de reações hostis por parte daqueles que se ressentiriam do desafio, caso o compreendessem. Ele sabe que não tem com o que se preocupar; eles não vão entender nada. Como um toureiro maior, ele assume grandes riscos; ele chega bem perto do touro, mas com tanta graça e elegância que quase ninguém percebe que essa peça constitui um *tour de force* perpétuo.

Para quem Shakespeare escrevia suas melhores falas? Só podemos repetir a hipótese de um círculo de iniciados, meia dúzia de aficionados esclarecidos que, conhecendo as ideias do autor, podem ter entendido tudo só com meia palavra. A essas pessoas não teriam escapado fórmulas tão transparentes quanto "estranhos olhos para escolher o amor".

Há pelo menos mais um exemplo de um trocadilho altamente significativo no início de *Sonho de uma noite de verão*, um trocadilho que alcança o coração intelectual e espiritual da peça:

> Para mim era Atenas o paraíso,
> quando não mais me encantara o seu[3] sorriso.
> Como é terrível este fogo interno
> para, assim, transformar o céu no inferno![4]
> (I, i, 204-07) (*Comédias*, p. 179)

Aqui, mais uma vez, Hérmia distraidamente diz uma verdade em que ela mesma não crê, e o faz com tal confiança juvenil que, ao fim, não temos certeza de que ela realmente disse o que efetivamente ouvimos.

Hérmia equipara as "graças" que há em seu amor com o próprio inferno, e confirma que o aspecto mais singular e característico de sua paixão é o sofrimento que lhe causa; esse sofrimento é testemunha da natureza esplendidamente romântica de seu atual caso de amor. O inferno nesses versos é o mesmo, creio, nos versos que acabamos de analisar: "Não há maior inferno: estranhos olhos / para escolher o amor". Depender de estranhos olhos para escolher o amor é o inferno. A palavra "inferno" fica retornando à boca dos quatro namorados e desempenha um papel-chave, creio. O inferno, uma hipérbole religiosa, é muito relevante para a noite do solstício de verão, e Hérmia nos informa que ela já se afundou numa espécie de inferno. Ainda estamos na fase *pré-histórica* da noite, e Hérmia confirma que ela e a noite são a mesma coisa. O inferno começa quando o paraíso da infância dá lugar à rivalidade mimética.

[3] De Lisandro. [N. T.]
[4] "*Before the time I did Lysander see, / Seemed Athens as a paradise to me. / O then, what graces in my love do dwell, / That he hath turned a Heaven into a Hell!*" Uma tradução mais literal dos dois últimos versos seria: "Oh, então que graças são essas que há no meu amor / que fazem de um paraíso um inferno?". [N. T.]

Shakespeare não compartilha a infinita reverência que temos hoje pelo desejo, a reverência que sempre passa por algo extremamente *moderno*, ainda que já fosse *de rigueur* em nossa cultura ocidental muito antes dos últimos abalos. Por acreditar nesse mito há muitos séculos, estamos sempre correndo para defender o desejo, tão pobre e oprimido.

A moda elisabetana já exigia o que a nossa própria moda exige; ela adotava uma versão em estilo aristocrático da mesma coisa. O dogma segundo o qual o desejo não erra jamais já estava na moda na comédia grega, e nós achamos normal que Shakespeare o respeite. Só que esse é o pior pressuposto possível para uma verdadeira apreciação de sua genialidade. Inconscientemente projetamos nosso piedoso rousseaunismo sobre um pensador radicalmente estrangeiro à grande celebração literária do desejo. Muitos dos que admiram a uma distância segura aquilo que chamam de "psicologia" shakespeariana ficariam chocados se percebessem suas verdadeiras implicações.

Na atual escala de valores, a santidade do desejo – desejo "autêntico", claro, o "verdadeiro amor" de Hérmia e Helena – assumiu o lugar de todas as antigas virtudes. Falar mal do desejo é uma blasfêmia inadmissível. Pelos padrões de hoje, Shakespeare é um subversivo genuíno demais para ser imediatamente inteligível. Presumimos que todos os grandes autores, os "mocinhos" no nosso romance, estão lutando pela boa causa; estão do lado do desejo, pobre e oprimido por seus incontáveis perseguidores. Mas Shakespeare é sempre moderno porque revela os tabus permanentes da nossa cultura que supostamente não tem tabus. Quando vagamente pressentimos a distância entre sua concepção de desejo e a nossa, fazemos severas reservas uns diante dos outros a respeito do possível "conservadorismo" de Shakespeare. No âmbito do desejo, sempre achamos que as ideias que amamos são "subversivas" e "novas"; elas nunca passam dos batidos clichês que Shakespeare já gozava em suas comédias.

*

Por fim, a peça dentro da peça é apresentada a Teseu, Hipólita e sua corte, que agora inclui os quatro namorados, devidamente configurados segundo a lei do "verdadeiro amor". O garboso Píramo e a formosa Tisbe são vizinhos e apenas um muro os separa – o muro que, naturalmente, seus pais construíram, muro que é um impedimento nem tão fatal assim a seu ardor apaixonado:

> E tu, muro querido, oh, doce muro,
> que entre o terreno meu e o do pai dela
> te levantas cruel, não sejas duro,
> uma fresta me mostra ou uma janela.
> *(O muro afasta os dedos)*
> Graças, bom muro; Jove há de amparar-te.
> Mas, que vejo? Em vão Tisbe ora procuro.
> Possas, muro, rachar-te em toda parte,
> por me deixares espiar no escuro.
> (V, i, 174-81) (*Comédias*, p. 204)

O bendizer e o maldizer do muro parecem não ter fim:

> ...quantas vezes te beijei, muro querido,
> tuas faces de cal, irregulares.[5]
> (V, i, 190-1) (*Comédias*, p. 204)

O pobre muro é usado de "maneira obscena e corajosa",[6] como gosta de dizer Bottom; todos os seus parônimos inapropriados acabam sendo apropriados.

[5] "*My cherry lips have often kiss'd thy stones, / Thy stones with lime and hair knit up in thee*", ou "meus lábios de cereja frequentemente beijaram tuas pedras, / tuas pedras costuradas com cal e cabelos". [N. T.]

[6] *Comédias*, p. 181. No original, "*obscenely and courageously*". Girard segue os editores da peça, que acusam nessas palavras (I, ii, 100; é a penúltima fala de Bottom na cena) um *malapropism*, que preferi traduzir como "parônimo inapropriado", isto é, uma palavra de som (ou grafia) semelhante a outra usada no contexto desta (como falar em "porta pornográfica" no lugar de "porta pantográfica"). Em inglês, o *malapropism* estaria em *obscenely*, que, segundo os editores da Arden Third Series (p. 25) remeteria a *seemly* e *unseemly* ("adequado"

Na Inglaterra elisabetana, usava-se cabelo para facilitar a construção de muros, ajudando a dar liga à cal úmida (o costume ainda existe na Normandia; não sei se ainda existe na Inglaterra).

O que Teseu diz do confuso prólogo de Quince vale também para Bottom, e logo valerá para o conjunto da peça dentro da peça, e também para *Sonho de uma noite de verão* como um todo: "O discurso dele parece uma cadeia enleada: os elos estão inteiros, mas numa grande desordem" (V, i, 125-6) (*Comédias*, p. 203).

Finalmente os amantes se cansam de sua "tragédia divertida"[7] e decidem encontrar-se num local menos impeditivo. "Ao sepulcro de Nina vais agora?", pergunta Píramo, e Tisbe delicadamente responde: "Ou viva ou morta, estarei lá numa hora" (V, i, 203-4) (*Comédias*, p.204).

Quando uma porta corta um muro, e as pessoas em ambos os lados têm bom senso o bastante para usá-la, não há muito que o pobre muro possa fazer. Lá se vão suas possibilidades dramáticas, e o imponente monumento parte com grande dignidade, exatamente como Egeu e Teseu no início da peça, logo após sua enganosa demonstração de autoridade:

> Desta arte, eu muro, minha parte fiz;
> ora o muro retira-se feliz.
> *(Sai.)*
>
> (V, i, 204-5) (*Comédias*, p. 204)

Assim como a filosofia, a arte romântica sistematicamente transforma rivais miméticos em objetos, falsos obstáculos, assim como essa imobilíssima divisória, que com maravilhosa agilidade sai do caminho quando não é mais necessária. O espantoso

e "inadequado"), num jogo entre aquilo que é adequado fazer em privado (ensaiar a peça) e em público (apresentar a peça). [N. T.]

[7] *Comédias*, p. 202. [N. T.]

muro deveria ser acrescentado aos impedimentos listados no dueto de Lisandro e Hérmia. Todos os obstáculos externos são na verdade pessoas que fingem ser muros. Com um golpe de gênio, Shakespeare usa o feroz apetite de representar dos artesãos numa fonte adicional de sátira. Se você olhar bem, verá que todas as obras românticas como *Píramo e Tisbe* ingenuamente exibem aquilo que pretendem suprimir, o homem dentro do muro, o rival mimético atrás do *ressentimento* romântico, que é o mito de um mundo intrinsecamente hostil aos enamorados.

Se o muro na verdade é um homem, diz Teseu, deveria reagir como um homem; deveria retribuir os xingamentos e os golpes:

> A meu ver, o muro deveria também amaldiçoar,
> por ser dotado de sensibilidade.
> (V, i, 182-3) (*Comédias*, p. 204)

Muros e animais ferozes são mais obsequiosos do que rivais miméticos. Quando Hérmia a insulta, até mesmo a doce Helena responde; Lisandro, igualmente, quando Demétrio o ataca de espada em punho, desembainha a própria espada para defender-se. Os seres humanos não ficam simplesmente parados feito muros.

O leão é tão caluniado quanto o muro; quando Píramo vê o manto de Tisbe na boca do animal, apunhala-se precipitadamente; de acordo com o roteiro, ele deveria morrer antes que ela retornasse, o que demora, no máximo, 45 segundos. Vendo-o já morto, ela se mata tão precipitadamente quanto ele, numa devota imitação de seu perfeito amante.

Assim como *Sonho de uma noite de verão* como um todo, a peça dentro da peça são duas peças em uma: uma farsa grosseira com atores incapazes e uma continuação da *peça mais profunda*, outra estonteante desconstrução dos clichês românticos.

capítulo 9
amor de outiva

Estratégias miméticas em *Muito barulho para nada*

Os personagens mais simpáticos em *Muito barulho para nada* são Beatriz e Benedito. Sentem atração um pelo outro, mas fazem uma guerra interminável de palavras. Muitos filmes e séries de comédia modernos se baseiam na premissa de Beatriz-e-Benedito. Ao final, os beligerantes enamorados cairão um nos braços do outro; nosso coração se aquece na expectativa.

Essa situação é conhecida. Ainda assim, quando tentamos definir o que impede Beatriz e Benedito de dizer "eu te amo", nossas respostas são vagas e insatisfatórias. Sempre dizemos que esses jovens "estão com medo de se envolver emocionalmente", como se o envolvimento emocional fosse alguma espécie de poder transcendente e externo a eles. Não é nada disso, claro: Beatriz e Benedito estão na verdade com medo um do outro. Ambos são inteligentes e sensíveis; o que eles teriam a temer? Ficamos sabendo que no passado houve um momento em que Beatriz e Benedito quase declararam seu amor mútuo, mas desistiram quando estavam quase lá. Ambos pressentiram que havia algum perigo misterioso em ser o primeiro a dizer "eu te amo".

Será que um não tinha certeza dos sentimentos do outro? Não acredito. Nós, espectadores, temos certeza; como é que os protagonistas poderiam conhecer menos um ao outro do que nós os conhecemos? Beatriz sabe perfeitamente que Benedito sente atração por ela, e vice-versa; saber disso, porém, não traz nenhum conforto. É impossível que duas pessoas declarem seu amor uma para a outra simultaneamente, e quem falar primeiro pode modificar o relacionamento de maneira prejudicial aos seus interesses.

O desejo que fala primeiro se mostra primeiro e, como resultado, pode se tornar um modelo mimético para o desejo que ainda não falou. O desejo mostrado corre o risco de ser copiado e não retribuído. Para desejar alguém que nos deseja, não devemos imitar o desejo oferecido: devemos retribuí-lo, o que é muito diferente. A reciprocidade positiva exige uma força interior que o desejo mimético não possui. Para amar verdadeiramente, não se pode capitalizar egoisticamente o amor do outro.

Se Benedito falasse primeiro e Beatriz tomasse o desejo dele como modelo, ela poderia reorientar seu desejo para si própria, imitando o desejo de Benedito; ela preferiria ela própria a ele. A isso os elisabetanos chamavam amor-próprio. A mesma possibilidade valeria para Benedito, se Beatriz falasse primeiro. Tanto Beatriz quanto Benedito têm medo de ficar na posição desfavorável da relação senhor-escravo que poderia ser gerada pela imitação do desejo que deixasse o esconderijo primeiro. Ambos têm medo da lei a que os namorados de *Sonho de uma noite de verão* estão submetidos, mas, ao contrário de seus antecessores, eles sabem de sua existência e fazem manobras muito prudentes para evitar os efeitos que preveem.

Beatriz e Benedito me lembram aquele tipo de corrida de bicicleta em que é vantajoso não assumir a liderança; aquele que consegue ficar para trás no começo provavelmente terminará primeiro porque tem *alguém para seguir*, um modelo visível que gerará nele, no momento crucial, uma explosão de energia competitiva que faltará ao líder. Por que deveria um relacionamento amoroso ser visto como uma corrida, uma forma de competição? Sem dúvida, essa é uma boa pergunta. Nem Beatriz nem Benedito realmente querem que isso aconteça, mas nenhum dos dois consegue ter certeza de que isso pode ser evitado.

Aqueles que olham desde fora dão de ombros e dizem que todo esse jogo é frívolo. Certamente o é, mas nossa própria condescendência pode perfeitamente ser parte de um colocar-se indefinidamente numa posição estratégica, para a eventualidade de ser preciso entrar no jogo. Essa "eventualidade" faz que seja mais provável que, no fim das contas, o jogo seja jogado. O jogo, porém, já começou. Sempre tentamos convencer os outros de que nós mesmos jamais jogamos jogos assim, mas essas ressalvas são necessariamente ambíguas; elas se parecem demais com os lances que faríamos se já estivéssemos jogando o jogo.

Quando dois jovens como Beatriz e Benedito têm um forte "parentesco de brincadeira" (é assim que os antropólogos chamam esse fenômeno nas culturas primitivas), a segurança necessária para uma resolução feliz não pode vir dos próprios protagonistas, mas da comunidade, não importa o que digam as versões modernas da história. As versões modernas tendem a ser distorcidas por nosso individualismo otimista.

A solução é concebida pelo príncipe Dom Pedro, o personagem de maior prestígio em *Muito barulho para nada*, o Mediador universal. Ele faz que Benedito escute uma conversa em que se diz que Beatriz já confessou seu amor por Benedito *diante de muitas testemunhas*. O príncipe também faz que Beatriz escute a mesma notícia falsa a respeito de Benedito. Em ambos os casos, as muitas testemunhas são essenciais; elas transformam o desejo de um apaixonado pelo outro num fato público e notório, um fato social que não pode ser desmentido por nenhum indivíduo particular, nem mesmo o indivíduo cujo desejo está em jogo.

Hero se oferece para o papel de manipuladora-chefe de Beatriz, sua prima, e dá instruções a Úrsula, sua criada de quarto:

> Agora, Úrsula, quando percebermos
> que Beatriz se escondeu, continuando
> nossas voltas, façamos que a conversa
> gire em torno, tão só, de Benedito.

> Sempre que eu pronunciar o nome dele,
> trata de cumulá-lo de louvores
> como nenhum mortal os merecera.
> Toda minha conversa há de cingir-se
> a um só tema: a paixão de Benedito
> por Beatriz. Desse jeito é que o pequeno
> deus Cupido prepara as suas setas,
> que ferem só de outiva.
> (III, i, 15-23) (*Comédias*, p. 451)

Amor de *outiva* significa amor escolhido pela voz alheia, e a fórmula lembra "estranhos olhos para escolher o amor", que tem, como sabemos, um papel dominante em *Sonho de uma noite de verão* (ver Cap. 8). As duas fórmulas ecoam uma à outra; quando Shakespeare escreveu amor "de outiva", as falas que analisamos no capítulo anterior ainda deveriam estar em sua mente. A oposição entre olhos e ouvidos sugere um desejo por parte do autor de não se repetir e ressaltar o contraste entre as duas comédias.

Não há dúvida de que a diferença é significativa, mas ela não existiria sem uma identidade subjacente, um substrato comum, o qual, é claro, é o desejo mimético. *Amor de outiva* e *estranhos olhos para escolher o amor* são duas modalidades do mesmo desejo mimético. A natureza acidental da diferença entre ouvir e ver pode ser enxergada na propensão de muitos apaixonados shakespearianos a referir-se aos dois sentidos em conexão com seus desejos. Eles orgulhosamente insistem que, uma vez que os ouvidos e olhos em que confiam são os seus próprios, seus desejos também hão de ser autênticos. Claro que nós temos discernimento o suficiente para não acreditar na espontaneidade desses desejos; essas alusões a ver e ouvir são sempre referências irônicas ao desejo mimético.

Um bom exemplo é o herói de *Tróilo e Cressida*, que, nos versos a seguir, celebra sua independência e sabedoria na escolha de Cressida, totalmente desapercebido de que seu amor fora habilmente programado por Pândaro:

Tomo hoje uma mulher; minha vontade
é que dirige nisso minha escolha;
animada se achou minha vontade
pelos olhos e ouvidos, dois pilotos
muito hábeis entre as costas perigosas
da vontade e do juízo.
(II, ii, 61-5) (*Tragédias*, p. 247-8)

O soneto 141 é dedicado à insignificância dos cinco sentidos em questões amorosas; ele deve ser entendido literalmente:

À fé que não te amo com meus olhos
que em ti notam mil erros no cotejo;
mas ama o coração esses escolhos,
a adorar-te apesar do que ora vejo.
Nem de ouvi-lo teu tom de voz me prende,
nem terno instinto pede baixo abrigo,
nem gosto ou cheiro o meu desejo acende
de festa sensual a sós contigo.
Mas cinco humores, cinco sentidos tomem,
que ao coração não hão de desviá-lo
de te servir, descontrolando um homem,
escravo de teu peito e teu vassalo.
Só o meu mal posso contar por ganho;
de quem me faz pecar, o mal apanho.[1]

Cláudio está genuinamente atraído por Hero. Mas ele quer ter certeza de que o interesse que há muito tempo sente por ela terá a aprovação daqueles a cuja opinião ele dá valor. Ele quer que lhe digam que está fazendo a escolha certa. Ele gostaria

[1] Tradução de Vasco Graça Moura, *Os sonetos de Shakespeare*, Lisboa: Bertrand Editora, 2002. [N. T.]

que Benedito achasse Hero tão bonita quanto ele mesmo acha, mas Benedito prefere Beatriz. Depois desse desapontamento, Cláudio procura o homem em que mais confia e que mais admira, seu chefe militar, o príncipe Dom Pedro, que confirma que Hero, a única herdeira de Leonato, seria um bom par para ele. Cláudio sabia disso o tempo todo, e não devemos pensar que ele enxerga seu casamento antes de tudo como um negócio. As considerações financeiras são o aspecto menos embaraçoso desse matrimônio e, a esse rapaz tão tímido, parecem uma boa maneira de abordar o assunto.

Cláudio pede a Dom Pedro que convença Hero e seu pai a aceitá-lo como marido. Antes mesmo que ele conclua seu pequenino discurso, Dom Pedro capta sua mensagem e sequiosamente se oferece para o papel de intermediário:

> Se amas a Hero formosa, não desistas.
> Junto dela e do pai, hei de empenhar-me
> para que tua, alfim, ela se torne.
> Não para esse fim que te puseste
> a me desenrolar tão linda história?
>
> (I, i, 310-13) (*Comédias*, p. 440)

O príncipe decide falar com Hero durante um baile de máscaras naquela mesma noite. Ele quer ir adiante, ainda que Cláudio esteja um pouco temeroso e prefira menos pressa – talvez um método mais oblíquo.

A conversa entre Cláudio e Dom Pedro é ouvida por diversas pessoas, e todas acham que o príncipe quer Hero para si. O rumor finalmente retorna a seu ponto inicial quando, no fim do baile de máscaras, Benedito diz a Cláudio: "o príncipe já conquistou a vossa Hero".[2] Cláudio interpreta mal a frase ambígua e acha que seu amigo poderoso o traiu. Tendo ouvido a promessa do príncipe com seus próprios

[2] *Comédias*, p. 444. [N. T.]

ouvidos, ele deveria confiar em Dom Pedro, mas aquilo que é objeto de sua própria experiência parece menos digno de credibilidade do que um rumor sem confirmação espalhado por gente que não dispõe de informações de primeira mão:

> Sim, é certo:
> por conta própria fez a corte o príncipe.
> A amizade é constante em tudo, menos
> nos assuntos de amor. Os namorados
> usar devem, por isso, a língua própria,
> dos olhos se valendo nos negócios,
> sem recorrer a agentes, que a beleza
> é bruxa astuta que dispõe de filtros
> para mudar a lealdade em sangue.
> É fato comezinho que eu devia
> ter previsto. Por isso, Hero, até a vista.
> (II, i, 174-82) (*Comédias*, p. 444)

O tom de resignação não significa que Claudio seja indiferente a Hero; ele está desmotivado demais para reagir agressivamente. Ao que parece, mesmo em circunstâncias comuns esse jovem tem pouca confiança em si mesmo, e nesse momento tem menos ainda. Tudo conspira contra ele: o prestígio do príncipe; sua suspeita ânsia de assumir a tarefa antes que ela fosse oferecida; o rumor universal de seu interesse por Hero; e, acima de tudo, o próprio Cláudio, com sua tendência de sempre acreditar no pior, sua atitude sistematicamente autossabotadora. Cláudio na verdade não precisava de intermediário; ele procurou o príncipe porque queria receber sua noiva das mãos de seu mediador. Ele necessita que Dom Pedro confira validade à sua escolha, e teme que o sucesso tenha excedido as expectativas. Ele acha que as coisas foram tão longe que agora Dom Pedro deseja Hero para si e não para Cláudio.

Cláudio é responsável por seu próprio infortúnio. Quando ele diz “É fato comezinho que eu devia ter previsto”, é um pouco falso consigo mesmo. O zelo excessivo do príncipe o deixara hesitante desde o princípio, provocando nele certa apreensão que agora julga justificada. No exato momento em que incitou seu mediador, ele vagamente temeu aquilo que agora acredita ter acontecido. Assim, o inseguro Cláudio voltou-se para o príncipe por razões muito similares àquelas de Valentino, Colatino e outros, quando esses elogiaram excessivamente suas amantes e esposas na presença de rivais potenciais.

De novo o desejo mimético! Eu adoraria poder falar do complexo de Édipo ou de outra coisa mais reconfortante, mas não há como evitar. O desejo mimético não é uma interpretação minha aqui mais do que o fora nas obras examinadas anteriormente; é um personagem que claramente se refere a ele. Ao culpar seu amigo por confiar o destino de seu desejo ao príncipe, Benedito compara o comportamento de Cláudio à

> falta desenxabida de um colegial que, transbordante de
> alegria por haver achado um ninho, o mostra ao seu
> camarada, que acaba ficando com ele.
> (II, i, 222-4) (*Comédias*, p. 444)

Cláudio não contradiz essa versão dos fatos. Esse rapaz sabia muito bem que assumia um risco ao convidar seu prestigioso amigo a *simpatizar* com seu desejo; ele queria que o príncipe se interessasse por Hero apenas na medida compatível com uma leal amizade. Mas, como já observamos em diversas ocasiões, essa linha é muito tênue; é muito fácil ter desejo demais, ou desejo insuficiente.

Cláudio não se sentiu no direito de desejar Hero, nem capacitado, até que o príncipe sancionasse sua escolha. Não há dúvida de que devemos acrescentar esse personagem à nossa lista cada vez maior de heróis shakespearianos que precisam de mais do que a aprovação automática de algum modelo prestigioso para validar sua própria escolha erótica. Há uma diferença, contudo. Valentino e Colatino, Lisandro e Demétrio não sabiam em que estavam se metendo; ficaram genuinamente surpresos com as consequências de seus atos. Cláudio finge estar igualmente desapercebido, mas não está; ele é uma versão mais reflexiva e complicada do tipo que já conhecemos. Quando convida Dom Pedro a se intrometer nas suas coisas, ele sabe muito bem que está tentando o diabo em pessoa, e que o príncipe poderia se tornar um rival invencível.

É precisamente essa percepção que Cláudio revela diante do pouco tempo e das esparsas provas necessárias para convencê-lo de que Dom Pedro cortejou Hero para si. Ele aceita o rumor de seu casamento com o príncipe com a mesma facilidade com que as pessoas de fora de seu círculo que ignoram totalmente o acordo que ele mesmo fez com seu comandante. Esse jovem pessimista é paralisado pela introspecção autossabotadora que os críticos confundem com frieza e mero oportunismo. Ele está convencido de que o que quer que ele faça e diga terá consequências desastrosas para si – e não é sem razão.

As últimas peças de Shakespeare sempre tendem a dramatizar um desejo mais "maduro" e "avançado" do que as primeiras peças. Os heróis tardios claramente percebem e tematizam aspectos do desejo de que os primeiros personagens não se davam conta. Esses heróis têm mais experiência, e podem antecipar efeitos da lei mimética que pegavam seus predecessores de surpresa, mas essa consciência ampliada nem resolve seus problemas, nem os liberta de seus desejos; sua percepção mais aguçada até agrava seu estado, pois está a serviço do desejo.

Sentindo que não tem como competir com o príncipe, Cláudio fica paralisado. Em vez de ajudá-lo, sua visão da estrutura mimética diminui ainda mais sua capacidade de agir racionalmente. Ele não parece lembrar que o príncipe decidira executar sua tarefa de intermediário exatamente como fez: como se fosse o próprio Cláudio. Pode não ter sido boa ideia, mas isso é algo que examinaremos em breve.

Cláudio nunca concede o benefício da dúvida a seu mediador. Dom Pedro está longe de ser perfeito, mas não traiu seu amigo; ele agiu de boa-fé. Conseguiu Hero, é verdade, mas apenas para Cláudio, exatamente como prometera. Cláudio se casará com Hero.

*

Cláudio deveria estar verdadeiramente "transbordante de alegria" dessa vez, mas não está. Os críticos o consideram ainda mais enigmático na segunda metade da peça do que na primeira. Por que ele está tão disposto a acreditar nas acusações falsas contra Hero? Por que ele a trata com tanta crueldade?

Sentindo-se naturalmente atraído por Hero, Cláudio sentia-se inclinado a acreditar que o príncipe também estava atraído por ela. Quando ele ficou convencido de que o príncipe a queria para si, ela pareceu mais desejável do que nunca. Era-lhe inconcebível que, podendo escolher, Hero fosse hesitar por um segundo entre o tenente e o comandante; se é ela quem escolhe, ela só poderia escolher o príncipe. Como todas as pessoas hipermiméticas, quando Cláudio hesita entre diversas interpretações possíveis para algum evento, no fim ele acaba escolhendo aquela que tem as piores implicações pessoais para si próprio. Uma vez que o príncipe tenha saído de cena, Cláudio está tão disposto a acreditar no falso rumor da promiscuidade de Hero quanto antes estava disposto a acreditar nas falsas notícias de seu noivado com o grande homem.

Se ele, Cláudio, realmente tem permissão para casar-se com Hero, isso significa que o príncipe não tem interesse pessoal por ela; imediatamente, ela parece menos interessante do que quando parecia que o contrário era verdade. Separada do modelo cujo desejo a transfigurava, ela parece menos atraente; Cláudio tem sérias dúvidas a respeito de seu valor objetivo. Ele fica imaginando se não é alguma desgraça secreta que explica a disposição dela de juntar seu destino a uma figura tão vil quanto a dele.

Cláudio enxerga tudo que lhe acontece à luz de um autodesprezo mimético que o impede de agir por conta própria, e de desejar o que quer que seja sem a aprovação de seu mediador. Antes de Hero ter aceitado sua proposta de casamento, ele não conseguia acreditar que ela pudesse dizer sim; ela parecia estar muito acima do nível dele: uma iguaria mais adequada para a boca do príncipe. Assim que Dom Pedro fica fora do jogo, Cláudio passa para o outro extremo. É por isso que ele acredita com aquela facilidade toda na calúnia inventada por Dom João e por Borracho. Mais um pouco, e ele mesmo a teria inventado.

A mudança da idolatria paralisada para o desprezo escancarado é claramente visível na acusação pública que Cláudio faz a Hero:

> Vós me dáveis
> a impressão de uma Diana em sua esfera,
> casta como o botão, antes de abrir-se;
> mas o certo é que tendes mais ardência
> no sangue do que Vênus ou do que essas
> feras muito nutridas que se espojam
> numa sensualidade irreprimida.
> (IV, i, 56-60) (*Comédias*, p. 459-60)

A lei segundo a qual nenhum objeto desejado resiste ao rompimento do elo com o modelo desse desejo é universal em Shakespeare; ela certamente se aplica a Cláudio, mas com uma diferença. Quando Hero fica separada do príncipe, o desencantamento metafísico que normalmente ocorre nesses casos dessa vez não leva à indiferença pura e simples, mas a uma concupiscência baixa e carnal.

Cláudio nunca possuiu Hero fisicamente, e isso é importante, sobretudo no contexto de sua suposta promiscuidade. Ele crê que Hero cedeu a uma vasta quantidade de desejos anônimos. Ele agora está obcecado com muitas imagens eróticas que são na verdade modelos miméticos que tomam o lugar do príncipe. Essas imagens geram um desejo muito diferente do desejo "metafísico" anterior, um desejo vil e carnal que transforma esse enamorado num homem diferente, uma espécie de monstro moral.

Pode-se ver a natureza desse desejo no ímpeto de Cláudio em vilipendiar a mulher que pouco antes parecia celestial. Esse tipo de homem não conhece um meio-termo entre uma idealização e uma degradação que igualmente desumanizam seu objeto. O desejo de denegrir Hero se manifesta na brutalidade de Cláudio durante a cerimônia abortada de casamento, na violência sádica e na obscenidade das acusações publicamente proferidas contra ela. O antigo ídolo foi profanado, e ele quer profaná-la ainda mais; ele se sente mimeticamente unido àqueles que supostamente a usaram como instrumento de prazer.

*

A supervalorização de Hero por Cláudio na fase inicial da peça e a subvalorização dela na fase final coincidem perfeitamente com os dois rumores a respeito dessa infeliz menina que, um após o outro, se espalham entre o grupo inteiro. O primeiro rumor é favorável a Hero, pois parece que ela vai se casar com o príncipe; o segundo, a maldosa calúnia de Dom João e Borracho, é obviamente desfavorável. Creio que a armação de Dom João é muito menos importante do que parece. O que realmente importa é a atitude do príncipe; primeiro, ele faz de Hero uma opção chique e desejável ao aparentemente distingui-la, mas depois ela perde seu apelo, quando se descobre que o primeiro rumor não era verdadeiro.

O valor de Hero aumenta enormemente quando o príncipe parece interessado nela, e diminui na mesma proporção quando todos descobrem que seu futuro marido é apenas Cláudio. À medida que os rumores passam de indivíduo para indivíduo, levam a extremos na fabricação de ídolos e bodes expiatórios muito similares àqueles que a louca imaginação de um único indivíduo inseguro como Cláudio produz.

Quando todos acham que Hero vai se casar com o príncipe, esse primeiro rumor coincide com o grande desejo que Cláudio sente pela menina, e com a convicção de que ela nunca será sua. Nessa coincidência há mais do que o acaso. O príncipe não é apenas o mediador pessoal de Cláudio. Ele é o convidado mais importante e prestigioso de Leonato, e todos os olhos se voltam para ele. Ele é de certo modo um modelo para todos. Quando ele explica a Cláudio seu plano em relação a Hero, a conversa é ouvida por duas pessoas, Antônio e Borracho. Dom Pedro lhes causa tamanha impressão que inconscientemente diminuem o papel de Cláudio. É exatamente disso que Cláudio precisa para reforçar sua baixa opinião de si mesmo.

Antônio acha que, em sua conversa, o príncipe meramente informou Cláudio de seu próprio amor por Hero, e de sua intenção de pedi-la em casamento durante o baile de máscaras. Ainda que menos inexata, a versão de Borracho também aumenta o papel do príncipe. De acordo com ele, "combinavam que o príncipe faria por conta própria a corte a Hero e, uma vez obtido o seu consentimento, a cederia ao Conde Cláudio" (I, iii, 59-61).[3] Não é possível ao príncipe tomar parte em nada sem fazer sombra a seus próximos. Quando um homem está nos olhos do público, mesmo que seu envolvimento em algum caso seja pequeno, ele monopolizará os holofotes: todos os rumores automaticamente centram-se nele; ele é o único assunto das fofocas. A definição que Ofélia dá a Hamlet, "o observado por todos os observadores",[4] aplica-se muito bem a Dom Pedro.

Essa polarização em torno do mesmo mediador explica a harmonia entre as reações superficiais da multidão e as reações apaixonadas de um indivíduo intensamente privado como Cláudio. Pensar de modo independente dos outros é mais difícil do que nossos mitos românticos e individualistas nos levam a crer.

Os aspectos individuais e coletivos do desejo mimético se reforçam e confirmam mutuamente. *Muito barulho para nada* é uma soberba demonstração de como o contágio mimético opera dentro de uma pequena comunidade, até mesmo entre aqueles que parecem indiferentes e até hostis às tendências coletivas. O aspecto coletivo do desejo é menos ruidoso, mas igualmente essencial, tanto em *Muito barulho para nada* quanto em *Sonho de uma noite de verão*, e opera inteiramente por *outiva* e por *escuta*.

[3] *Comédias*, p. 441. [N. T.]

[4] "*The observ'd of all observers*" (*Hamlet*, III, i). Ofélia diz isso logo que Hamlet se retira. Carlos Alberto Nunes, à p. 453 das *Tragédias*, diz "o alvo dos descontentes". [N. T.]

O verdadeiro tema dessa comédia são as mudanças no humor coletivo, e não a cruel vilania de Dom João, cujo papel é equivalente ao dos pais e das fadas em *Sonho de uma noite de verão*. Sem Dom João, muitas pessoas achariam a peça perturbadora e escandalosa; Shakespeare permite que elas projetem num bode expiatório a violência que, na verdade, está igualmente distribuída por todos os personagens.

Quando muitas pessoas aparentemente normais se reúnem, elas podem gerar as mesmas fantasias de um único indivíduo hipermimético como Cláudio. Na segunda metade da peça, a reação coletiva ao falso rumor da promiscuidade de Hero quase chega a destruir não apenas a reputação da pobrezinha, mas sua própria vida. Muita gente dá crédito à fofoca que se espalha e segue a tendência mimética dominante, mesmo que ela grosseiramente contradiga o que eles sempre souberam a respeito de suas vítimas.

A mímesis é responsável pelas bizarras oscilações de Cláudio *vis-à-vis* Hero e por sua coincidência com o consenso popular. Esse consenso não demonstra absolutamente nada, exceto a natureza irresistível do contágio mimético. Não só o amor, mas também a fama e a fortuna, e até mesmo a vida e morte procedem da outiva nessa comédia.

*

Há mais uma razão para a instabilidade geral de opinião em *Muito barulho para nada*. É o próprio príncipe, em torno de quem todos giram, mas que não tem como encarnar um centro estável pela simples razão de que ele é tão descentrado e mimético quanto todo mundo. Como ele polariza todos os desejos, o homem ora chamado príncipe, ora chamado Dom Pedro, não deveria ser outro Proteu. Ele deveria ser o homem mais estável do grupo, o ponto fixo de referência em torno do qual tudo e todos poderiam formar uma configuração estável. No entanto, ele é exatamente o oposto, e esse, é claro, é o toque supremamente shakespeariano, e também a principal razão por que essa comédia parece tão misteriosa à maioria dos intérpretes.

Ao contrário de Cláudio, o príncipe não parece naturalmente atraído por Hero, mas ele imita Cláudio tanto quanto ele o imita, e ele não consegue ficar indiferente quando descobre que seu tenente tem interesse na menina. Dom Pedro está excessivamente ansioso para ser o mediador de Cláudio e Hero, e até para assumir o lugar de Cláudio, já que decide fingir ser o tenente. Ele não agiria assim se Cláudio não tivesse comunicado algo de seu próprio desejo a ele. Isso era de esperar; de acordo com o que vimos, o desejo semiconsciente de Cláudio de fazer exatamente isso – comunicar seu próprio desejo ao príncipe, a fim de fortalecer seu próprio objetivo – motivou seu pedido inicial a Dom Pedro para que fosse seu intermediário.

Logo, as dúvidas de Cláudio a respeito da empreitada são compreensíveis, ainda que acabem sendo despropositadas. O príncipe está um pouco ansioso demais para cumprir sua delicada missão, e sua abordagem está repleta de ambivalência. O afoitamento com que ele se torna tenente de seu próprio tenente fica manifesto em suas palavras:

> ...com tal ou qual disfarce,
> farei o teu papel, apresentando-me
> como Cláudio à linda Hero, para ao colo
> lhe despejar quanto no peito eu tenha
> e o ouvido cativar-lhe ao só embate
> de uma história de amor, irresistível.
> (I, i, 321-5) (*Comédias*, p. 440)

O príncipe nos lembra aqueles deuses gregos, como o Zeus do mito de Anfitrião, que, para ter acesso a uma mulher que desejam, assumem as características do marido ou amante cuja felicidade invejam. Essa felicidade é a verdadeira divindade, que o deus tem de roubar do marido usurpando seu lugar ao lado de sua esposa. O deus é na verdade o *duplo* de seu rival!

A submissão mimética de Dom Pedro é às vezes difícil de detectar por causa de seu papel de líder, mas ela fica mais clara na segunda metade da peça, quando Hero é caluniada por Dom João. Assim que Cláudio se volta contra Hero, o príncipe faz o mesmo, de modo tão violento quanto seu tenente, a quem ele obviamente imita, sem perceber, ao que parece, que ele mesmo é parcialmente responsável pela súbita desonra de Hero aos olhos de Cláudio.

Quando Leonato lhe pede que fale, ele diz:

> Que direi?
> Sinto-me desonrado por ter tido
> desejo de ligar meu grande amigo
> a uma mulher sem honra.
> (IV, i, 63-5) (*Comédias*, p. 460)

Ele tinha resistido à tentação de cortejar Hero para si e assim afastou o perigo da rivalidade mimética com Cláudio. Ele deveria ser aplaudido por isso, mas agora, em vez de exercer a influência moderadora que se esperaria de um homem mais velho e sábio, ele inflama a situação ainda mais ao emular o comportamento vulgar e acintoso de Cláudio.

Cláudio e o príncipe são mediados um pelo outro, e sua mútua imitação torna as oscilações de Cláudio ainda mais extremas. Nenhum deles percebe o efeito de espelho, mas tudo fica claro ao final, quando o príncipe parece triste e Benedito o aconselha a arrumar uma esposa. O casamento de Cláudio e Hero significa o fim da amizade mimética do príncipe com ele, e o príncipe se sente só e abandonado. Essa tristeza é semelhante à melancolia de Antônio ao final de *O mercador de Veneza*. Sua amizade com Bassânio termina quando este se casa com Pórcia, o que não teria sido possível sem sua ajuda.

Dom Pedro é tão sujeito aos ventos cambiantes da mímesis quanto qualquer outro personagem; seu comportamento é puramente reativo, mas, como ele é o príncipe, passa por princípio de ordem e isso aumenta sua contribuição para a desordem geral.

*

Há toda sorte de intermediários em Shakespeare, não só eróticos e matrimoniais, como também políticos, diplomáticos e sociais. Todos os domínios da atividade humana têm seus intermediários. Muitos homens necessitam de intermediários e atravessadores por razões legítimas. Os reis, por exemplo, são importantes demais para iniciar diretamente contatos com seus parceiros prospectivos em assuntos os mais diversos. Um rei recorrerá a embaixadores quando quiser se casar com uma princesa que vive numa terra distante, e até uma que viva perto mas ele não quer visitar pessoalmente. Ele não pode correr o risco de ser publicamente rejeitado como pretendente.

Temos um intermediário desse tipo em *Henrique VI, 1ª parte*; Suffolk toma a iniciativa de sugerir a Margarida de Valois que ela poderia se casar com Henrique, e discursa eloquentemente a respeito do rei porque a considera muitíssimo atraente e espera torná-la sua amante se ela se tornar rainha da Inglaterra. Seu próprio desejo de se apropriar do objeto negociado precede e motiva sua decisão de aconselhar o rei a realizar esse casamento. Quando Suffolk fala novamente com o rei, descreve Margarida tão apaixonadamente que inflama a imaginação de Henrique; ele provoca em seu ouvinte um tal desejo por ela que Henrique entrega diversas províncias francesas ricas por causa de uma menina empobrecida que ele poderia ter obtido por quase nada. Isso mostra que, desde cedo em sua carreira, Shakespeare enxerga mimeticamente o intermediário. Suffolk é mais do que mero instrumento; ele se envolve pessoalmente numa situação de que deveria cuidar apenas para seu monarca.

O que Cláudio teme em relação ao príncipe é muito similar ao que sucede em *Noite de reis*, quando Orsino pede que Viola o represente em sua corte de Olívia, e Olívia, em vez de se apaixonar pelo duque, apaixona-se pelo embaixador. Há uma instabilidade básica nos intermediários, porque eles cedem às tentações miméticas que seu papel inevitavelmente sugere. O intermediário pode se tornar sujeito do desejo e, numa estranha inversão de papéis, transformar o indivíduo a que estaria servindo em seu próprio agente, seu próprio intermediário.

Se pedimos a alguém que ajude a satisfazer nosso próprio desejo, se queremos que essa pessoa *obtenha* o objeto que desejamos, não apenas exibimos nosso próprio desejo como pedimos a nosso intermediário que realize ações que normalmente levariam à apropriação e consumo de seu objeto. O cliente coloca seu intermediário numa situação que não só convida ao contágio mimético como facilita a satisfação do desejo recém-adquirido.

O tema do intermediário é muitíssimo presente em Shakespeare porque, em última instância, está unido à instabilidade mimética das relações humanas, com seu contágio e outros "paradoxos" miméticos. A proliferação de *agentes* – embaixadores, atravessadores e intermediários de toda espécie – nesse teatro é parte de uma vasta meditação sobre a natureza indireta do desejo.

Esse tema quintessencialmente shakespeariano aparece em quase todas as peças, incluindo *As alegres comadres de Windsor*, quando Falstaff aceita ser intermediário. A apoteose do tema ocorre em *Tróilo e Cressida*, peça dominada espiritualmente por Pândaro, o maior símbolo do desejo mimético e da manipulação mimética em Shakespeare. Sob alguns aspectos, o príncipe é uma prefiguração dessa figura enigmática, cujo significado não é esgotado pela aura de escândalo que o circunda. O intermediário está sempre incitando outros a desempenhar diversos papéis, ou os está desempenhando ele mesmo. Sua presença ubíqua em Shakespeare é a razão por que a peça dentro da peça é intrínseca a seu teatro. Ele é um símbolo do ator que é também *metteur en scène* e dramaturgo. É impossível não enxergar nele algo do próprio Shakespeare.

capítulo 10
amai-o porque assim o faço

O gênero pastoral em *Como gostais*

Haverá obras de Shakespeare às quais a lei do desejo mimético não se aplica? *Como gostais*, a comédia que se segue a *Muito barulho para nada*, parece uma candidata muito promissora. Nessa comédia pastoral, as relações entre os protagonistas parecem convencionalmente idílicas, como pede o gênero.

Célia é a filha única do duque Frederico, um vilão que usurpou o lugar de seu irmão mais velho, o duque Sênior, que agora vive com alguns de seus seguidores na floresta de Arden, a terra da pastoral. Rosalinda, filha única do exilado, permaneceu na corte por causa de sua prima Célia. As duas meninas foram criadas e são amigas intimíssimas:

> Juntas dormindo,
> vendo-nos juntas sempre, ao despertarmos,
> nas diversões e nos estudos juntas,
> ainda juntas nas horas de repasto,
> onde quer que estivéssemos, quais cisnes
> de Juno, um par formávamos constante.
> (I, iii, 73-6) (*Comédias*, p. 357)

Sabemos que essa perfeita intimidade de amigos de escola ou parentes próximos é por excelência o terreno mais fértil para a rivalidade mimética. Célia e Rosalinda deveriam ser especialmente suscetíveis a ela, já que as duas são as únicas herdeiras de pais rivais, mas mesmo assim elas nunca se tornam rivais.

Shakespeare faz que o pai de Célia, um vilão, tente infectar sua filha com sua vilania. O duque Frederico ralha com sua filha por não ser suficientemente invejosa de sua prima, como exigido pelos fatos miméticos da vida:

> Ela é muito sutil para que a entendas.
> Sua doçura, a calma, esse silêncio
> ao povo falam, e ao povo causam pena.
> És tolinha; ela rouba-te o prestígio;
> ficarás com mais brilho e mais virtuosa
> se ela partir. [...]
> Sois tonta.
>
> (I, iii, 75-85) (*Comédias*, p. 357)

Nossos rivais miméticos sempre parecem superiores a nós, por isso o duque tenta injetar em sua filha o "complexo de inferioridade" que, em seu ponto de vista, a situação exige. Célia deveria concordar com a expulsão de Rosalinda, cuja popularidade representa um perigo para seu futuro político: "Sois tonta".

No início da peça, há uma ocasião ainda mais espetacular de rivalidade mimética entre as duas primas. O encantador Orlando desafiara Carlos, campeão invicto de luta greco-romana do duque Frederico, um oponente formidável, que parece uma emanação da vilania de seu senhor. As duas primas temem muito pela vida do frágil rapaz, mas não perderiam a luta por nada. Orlando vence com grande facilidade, e as duas meninas, depois de quase desmaiar de medo, têm êxtases de alegria, especialmente Rosalinda, que anuncia a Célia que está apaixonada por Orlando.

Em *Os dois cavalheiros de Verona* e *O estupro de Lucrécia*, Shakespeare faz o personagem já apaixonado instar o personagem ainda não apaixonado, seu futuro rival, a seguir seu exemplo. O sucesso dessa incitação mimética é a principal causa da desastrosa rivalidade que se segue. Como a rivalidade mimética está excluída *a priori* de *Como gostais*, não há razão para que Rosalinda fique tentando inculcar seu desejo por Orlando em sua prima Célia. Uma cena de incitação mimética não faz sentido nessa peça, e no entanto Shakespeare incrivelmente a insere:

> *Célia*: ...é possível que tão súbito houvésseis ficado apaixonada a tal ponto pelo filho mais moço de Sir Rolando?
> *Rosalinda*: O duque meu pai amava o pai dele de todo o coração.
> *Célia*: Mas daí se infere que, de todo o coração, deveis amar ao filho? Por essa lógica, eu deveria odiá-lo, porque meu pai odiava o seu, também, de todo o coração. Nem por isso, entretanto, eu odeio Orlando.
> *Rosalinda*: Não, decerto; não o odieis, por amor de mim.
> *Célia*: Por que ter-lhe ódio? Não é merecedor de estima?
> *Rosalinda*: Deixai-me, então, amá-lo por esse motivo, e amai-o porque assim o faço.
> (I, iii, 26-39) (*Comédias*, p. 356)

A última fala é uma soberba definição do *double bind* característico da rivalidade mimética. Todos os desejos que se mostram como os de Rosalinda enviam ao ouvinte duas mensagens contraditórias: primeiro, *amai-o porque assim o faço*; segundo, *não o ameis, porque assim o faço.*

A inocente Rosalinda é uma tentadora diabólica. Para Célia, para si mesma, e para a amizade das duas, ela é um perigo maior do que o mais malvado pai e duque. O paralelo com as obras já examinadas chama a atenção; mais uma vez, a heroína mimética tenta camuflar seu desejo atrás do respeito devido aos *pais*, e essa má-fé é ironicamente criticada pela perspicaz Célia.

Os pais são sempre menos importantes do que dizem os filhos e os psicanalistas. Tentei mostrar que essa já era a verdadeira mensagem de *Sonho de uma noite de verão*, e dessa vez ela é tão explícita que não temos como duvidar de sua pertinência shakespeariana. Quando Rosalinda, afetando recato, tenta explicar que seu amor por Orlando se deve à obediência a seu pai, e ao pai de Orlando, Célia questiona com bom humor sua desculpa hipócrita.

Um dos dois pais está morto, e o outro está ausente; a paixão de Rosalinda não tem nada a ver com nenhum deles. Dessa vez, Shakespeare zomba escancaradamente do mito favorito do desejo juvenil: a onipotência dos pais. Na época em que ele escrevia, esse mito não era tão ridiculamente enganador como o é hoje, mas era suficientemente ridículo, ao que parece, para justificar a sátira shakespeariana. O sistema patriarcal, se é que realmente existiu no Ocidente cristão, já tinha se desintegrado.

Para os fins do presente livro, essa pequenina cena é maravilhosa: o próprio Shakespeare recapitula admiravelmente as duas ideias que lhe atribuí em minha análise das primeiras comédias, a ideia a respeito dos pais e a ideia a respeito do conflito mimético entre amigos próximos. As obras anteriores, porém, não são um guia confiável daquilo que efetivamente acontece em *Como gostais*. Célia jamais se apaixonará por Orlando; a amizade entre as duas meninas não sofrerá qualquer abalo. Eis, finalmente, uma peça à qual a lei mimética não se aplica.

Será que Shakespeare quer pintar Célia como uma verdadeira heroína, uma genuína santa da renúncia mimética? Será que o dramaturgo finalmente decidiu criar um ser humano realmente imune à peste mimética? Acho que não. Seria errado especular a respeito de Célia. Seu papel é secundário; sua existência é mínima. Não é ela que é impermeável à tentação mimética; o gênero da pastoral é que a impermeabiliza.

Como Rosalinda se apaixona primeiro, Célia gentilmente se abstém de fazer o mesmo. Se Célia tivesse sido a primeira, Rosalinda teria retribuído a cortesia; ela não teria lançado um só olhar a Orlando. Por mais tempestuoso e indomável que se creia o amor, os heróis e heroínas pastorais nunca têm o mau gosto de se apaixonar quando não é sua vez. A fim de evitar a rivalidade mimética, as mais sofisticadas regras de parentesco são menos eficientes do que a literatura pastoral.

A peça reflete a cegueira da literatura *superficial*. As convenções do gênero pastoral proíbem o conflito entre duas bondosas heroínas como Rosalinda e Célia, e Shakespeare lhes obedece com a maior docilidade. Ele simplesmente quer mostrar a que leva essa obediência. A fim de rir da pastoral, ele garante que tudo aponte para sérias confusões, as maiores que se pode imaginar, entre as duas meninas, mas elas nunca acontecem.

Na relação entre Célia e Rosalinda, Shakespeare mantém sua promessa de ser um autor pastoral – mas não em outras partes da peça. Nada mais fácil. Tudo o que é necessário é suspender a lei de cuja existência a maior parte das pessoas nunca suspeita. Para apreciar essa dimensão paródica de *Como gostais*, precisamos primeiro perceber o potencial de problemas entre Célia e Rosalinda.

"Amai-o porque assim o faço" está na mesma categoria que *amor de outiva* e *estranhos olhos para escolher o amor*; é impossível acreditar que essa falas maravilhosamente irônicas jamais foram compreendidas por ninguém, que elas foram escritas em vão! Mais do que nunca, é preciso presumir que o público original incluía um pequeno círculo de iniciados a quem, aqui e ali, o autor está enviando sinais que só eles têm como entender.

Após estabelecer as possibilidades dramáticas intrínsecas à estrutura do enredo, Shakespeare deixa de explorá-las; ele descarta o conflito para o qual a peça se dirigia, mas não sem dizer algo. Via de regra, o gênero pastoral fará esse tipo de coisa inconscientemente, de modo automático, por não saber nada do entrecruzamento mimético dos desejos. Shakespeare quer mostrar que ele, ao menos, sabe o que está fazendo. Sua sátira é discreta, perceptível apenas por aqueles espectadores que provavelmente não se ofenderão com ela.

Quando *Como gostais* foi escrita, os poucos iniciados já deviam considerar a interação mimética uma forte característica da arte shakespeariana. Se não compreendermos a lei mimética, não decifraremos as alusões que o autor lhe faz. Elas operam como uma mensagem codificada, mas o código não é arbitrário: "Amai-o porque assim o faço" é a assinatura pessoal de Shakespeare escrita numa relação muitíssimo não shakespeariana. Shakespeare sinaliza não ter esquecido qual a natureza dos verdadeiros conflitos.

Se tivéssemos deparado com "Amai-o [ou, sendo o caso, ela e não ele] porque assim o faço" em *O estupro de Lucrécia, Sonho de uma noite de verão* ou *Muito barulho para nada*, essa fórmula teria ajudado nossa análise dessas obras. Paradoxalmente, ela não ajuda em *Como gostais*. Ela faz pouco sentido onde mais deveria fazer sentido, no contexto da peça em que está. Seu verdadeiro contexto é uma intertextualidade shakespeariana que compreende a obra inteira.

O que sabemos sobre as obras anteriores torna impossível crer que "Amai-o porque assim o faço" seja uma frase inconsequente, retórica no sentido mais banal, uma combinação insignificante de palavras; ela é pertinente demais à amizade e à rivalidade mimética para não refletir a contínua preocupação do autor com esse assunto, mas não é pertinente em *Como gostais*. Para enxergar sua pertinência em relação à obra inteira, é preciso fazer um desvio pelas peças mais explicitamente miméticas. Os críticos que insistem em tratar cada peça como uma obra de arte autônoma não conseguirão entender o que estamos dizendo. Há toda uma dimensão do espírito shakespeariano que lhes escapa.

Se interpretarmos cada peça isoladamente em relação às suas vizinhas, em deferência a algum princípio do formalismo estético, jamais perceberemos a rede de alusões crucial para uma verdadeira compreensão não só daquilo que une as peças, como de cada peça considerada separadamente. A fruição da literatura satírica depende de um sentimento de cumplicidade entre o leitor e o autor que é incompatível com a ideia de uma "falácia intencional" – uma das mais fatais dentre as nossas falácias críticas, em minha opinião.

A natureza satírica da peça é sugerida pelo título: *Como gostais*. O autor se dirige aos espectadores e anuncia que, para variar, não vai escrever uma peça em seu próprio estilo, mas no deles. Como todos os grandes autores satíricos, Shakespeare provavelmente recebia inúmeros pedidos de uma visão mais positiva da humanidade. Sempre se pede aos grandes autores miméticos que renunciem à essência mesma de sua arte, o conflito mimético, em favor de uma visão insipidamente otimista das relações humanas, sempre apresentadas como se fossem mais bondosas e compassivas, quando na verdade refletem a crueldade da autojustificação.

Em *Como gostais*, Shakespeare finge atender aos pedidos e, em certa medida, até que atende. "Eis uma peça", diz, "que pinta o mundo não como eu o vejo, não como ele é de verdade, mas como *vós, meu público, gostais de vê-lo*, sem sentimentos ambivalentes, sem conflitos ambíguos, uma peça cheia de personagens claramente designados como 'heróis' ou 'vilões'."

*

Uma peça que dispense os emaranhados miméticos precisa de alguma fonte substituta de conflito, ou não terá o mínimo drama. Ela só pode se voltar para aquilo que às vezes se chama de perspectiva "maniqueísta". Se ela não atribui o conflito aos desejos idênticos dos antagonistas, ela precisa postular alguma diferença intrínseca entre eles, a diferença entre o bem e o mal. Em vez de encarar a inveja e o ciúme como são, isto é, como fenômenos ambíguos, escorregadios, o gênero pastoral sistematicamente retrata alguns personagens como se fossem intrinsecamente maus, e outros personagens como se fossem intrinsecamente bons.

Os conflitos que não queremos atribuir ao processo da rivalidade mimética precisam receber alguma causa externa à bondade do herói ou da heroína, e essa causa só pode ser a disposição maligna de algum vilão claramente designado. O encrenqueiro oficial não terá outro propósito na vida além de atrapalhar a vida dos magnânimos heróis e heroínas. Será ele o indispensável bode expiatório, e graças a ele as pessoas magnânimas do enredo podem lavar das mãos qualquer coisa desagradável que o enredo exija.

A literatura idealista reflete o que pode ser chamado de estrutura paranoica normal das relações humanas. Ela sistematicamente transforma os duplos miméticos em agressores e agredidos altamente diferenciados. Essa estrutura pertence à própria rivalidade mimética; ela expressa a relutância dessa rivalidade em admitir sua natureza. Temos um bom exemplo disso na cena em que Helena e Hérmia projetam uma na outra a exclusiva responsabilidade pela discórdia que paradoxalmente se deve ao excesso de concórdia. Creio que Shakespeare alude a esse paradoxo em *Sonho de uma noite de verão* quando, após ler o anúncio de *Píramo e Tisbe*, uma peça não menos iludida em seus princípios do que, supostamente, seria *Como gostais*, Teseu pergunta, incrédulo:

> Como acordo
> poremos em tão grande discordância?
> (V, i, 60) (*Comédias*, p. 203)

Em *Como gostais*, Shakespeare deixa todas as oposições estereotipadas que refletem indiretamente a rivalidade mimética o mais visivelmente falsas possível. Ele faz que o ódio de Olivério por Orlando seja completamente gratuito. Em *Rosalynde*, de Lodge, fonte da peça, há os mesmos dois irmãos, mas o irmão descontente tem razões objetivas de descontentamento; trata-se do irmão despossuído, ao passo que, em *Como gostais*, a situação é inversa. Shakespeare vai sistematicamente acabando com o realismo da peça. Dentre todas as possibilidades disponíveis, ele sempre escolhe a mais exótica, a mais contaminada pela ilusão romântica.

A peça sonoramente alardeia sua oposição ao bom senso, mas nunca se leva a sério; na conclusão, os vilões de mentirinha passam todos por uma conversão instantânea ao bem pastoral. Isso também é parte da tradição pastoral. Por isso, tão logo Olivério, o irmão malvado de Orlando, e o duque Frederico tenham desistido de seus propósitos malvados, que aliás nem eram tão horripilantes assim, eles decidem estabelecer-se em Arden, sendo imediatamente purificados de todas as inclinações malignas.

Frederico, o duque malvado,

> ...tendo ouvido
> que para esta floresta diariamente
> afluíam muitos nobres...
> (V, iv, 154-5) (*Comédias*, p. 386)

chega a Arden liderando um grande exército, cheio de intenções sanguinárias, mas em sua chegada,

> ...depois de uma prática pequena
> com um velho religioso que aí estava,
> se converteu e renunciou a um tempo
> a essa entrepresa e às práticas do mundo.
> A coroa ele deixa ao irmão banido
> e restitui os bens de quantos vivem
> com esse irmão no exílio. Eis a verdade;
> juro por minha vida.
> (V, iv, 160-6) (*Comédias*, p. 386)

O único desejo do vilão convertido é "morrer aqui na qualidade de pastor".[1] Todos os ex-exilados, porém, devem voltar ao velho mundo mau para se casar com as boas mulheres, as quais as há em inevitável excesso, já que todos os vilões são do sexo masculino.

[1] *Comédias*, p. 381. Na edição Arden Third Series, V, ii, 12. [N. T.]

Um exemplo é Olivério. Ele dormia na floresta e foi salvo por Orlando de uma leoa e de uma serpente que ameaçavam sua vida. Profundamente comovido com a bondade do irmão que sempre perseguiu, Olivério também se torna bom num único instante, e assim pode ser o tipo de marido que a considerável paciência de Célia certamente merece. Em última instância, as únicas pessoas deixadas no mundo pastoral são alguns ex-vilões incansáveis que passam o resto de suas vidas expiando seus pecados em ambientes ecologicamente saudáveis, enquanto os heróis e heroínas, não tendo pecados a expiar, retornam ao velho mundo mau para rapidamente apropriar-se das propriedades e títulos convenientemente abandonados pelos vilões reformados.

*

O gênero pastoral solta as rédeas do nosso desejo de negar a possibilidade de um conflito agudo entre parentes próximos e amigos, o que, segundo Aristóteles, é a substância da tragédia. O mundo pastoral pode ser considerado o mundo antitrágico por excelência, e Shakespeare diverte-se em discretamente sublinhar as características mais aberrantes de seu autoengano. Todos os que sofrem de desejo mimético adorariam que ele fosse abolido por decreto. O que se sente em relação a ele é semelhante ao que se sente por um rival, associando o rival ao desejo e considerando a própria repulsa por ambos uma prova irrefutável de que não se tem nada a ver com nenhum dos dois. O problema sempre parece estar com "eles", os *outros*, nunca em nós mesmos.

Só o desejo mimético poderia sonhar em escapar de si próprio por meios físicos, mudando-se para uma terra distante e ainda intocada pela peste da rivalidade contagiosa, um mundo mais virgem e "natural", talvez – uma região antiga, menos urbanizada, uma natureza imaculada com habitantes mais puros e inocentes do que nossos próximos, tão perturbadoramente competitivos. Se fôssemos para lá, poderíamos desfrutar da companhia desses *outros* maravilhosos sem medo de jamais ficar presos nos emaranhados miméticos do antigo mundo mau.

À época de Shakespeare, a principal versão literária desse sonho eterno era o gênero pastoral. *Como gostais* lhe dá um toque shakespeariano, que ironicamente mostra que o ímpeto mimético é a fonte oculta do próprio sonho. Veja só a principal trama do enredo: Orlando e Rosalinda abrigam-se ambos no mundo pastoral, longe dos parentes ferozmente miméticos que os forçaram a exilar-se. Eles se amam; entre eles, não há obstáculo – eles poderiam se casar imediatamente. Que final maravilhoso seria esse! Infelizmente ainda faltam três atos para o fim da peça, e os namorados chegaram a esse momento feliz cedo demais. Tudo o que lhes resta é aproveitar a companhia um do outro até que a morte os separe – uma perspectiva deveras incerta.

A realização definitiva tem de ser adiada; ninguém quer enfrentar o desencantamento que ela pode trazer. Shakespeare afasta essa ameaça usando um truque muito típico da literatura pastoral, um recurso cuja absurdidade é tão óbvia que desnuda a verdadeira razão de ser de todos os truques ficcionais desse tipo. Rosalinda tem a brilhante ideia de se tornar irreconhecível por seu amor. Ela decide que, na companhia de Orlando, usará o mesmo disfarce de homem que usou para viajar em segurança. Com o nome de Ganimedes, ela convence seu namorado, que, é claro, nunca suspeita de sua identidade, de que ele precisa de algum treinamento na arte de cortejar sua amada ausente, certa Rosalinda, que ela se oferece para representar. O que poderia ser mais natural?

Essa espécie de *nonsense* é típica da literatura pastoral. O desejo mimético está sempre ansiando pela *presença* do ser amado e, no entanto, essa presença é anatematizada, por causa do desencantamento que a acompanha. Quando quer que os namorados tenham acesso desimpedido um ao outro, correm perigo iminente de desapaixonar-se; sua paixão depende da transcendência metafísica de cada um aos olhos do outro, e isso, por sua vez, exige separação mais ou menos permanente.

Quando os manuais de "amor verdadeiro" e os *précieux* franceses dizem que os diversos impedimentos consistem numa fase indispensável e preferivelmente interminável da mística, manipulam o desejo mimético de modo mais inteligente que nossos defensores atuais da "gratificação sexual", que aplicam seu princípio de consumismo até mesmo às relações humanas, obtendo os mais desalentadores resultados. Se Rosalinda consentisse em ser cortejada abertamente, com seu próprio nome, pelo homem que a ama, sua disponibilidade constante rapidamente dissiparia o capital metafísico que ela acumulou durante a fase de separação. Usando o disfarce masculino, Rosalinda pode aproveitar a presença de seu namorado sem perder o benefício da ausência. Ela fica acessível, mas colhe os frutos da inacessibilidade, obtendo benefícios miméticos outrossim mutuamente excludentes.

Esse esquema artificial é típico daquilo que a literatura pastoral realmente quer. A presença tem de ser adiada, ao menos até as cortinas se fecharem. Claro que a literatura pastoral nunca admite abertamente essa verdade desagradável, mas inventa os truques mais artificiais para postergar a gratificação o máximo possível.

capítulo 11
não é o espelho que a adula, mas vós mesmo

O amor-próprio em *Como gostais*

Ainda que esteja espetacularmente ausente do centro, o desejo mimético prolifera nas margens de *Como gostais*, especialmente na história de Febe e Sílvio. Esses dois jovens não são cortesãos exilados; ao que parece, eles viveram a vida inteira em Arden, e nada sabem de suas propriedades antimiméticas. A mágica pastoral não surte efeito neles; o lar pode ser em qualquer lugar, não é lá que fica a terra da pastoral.

Sílvio parece mais um escravo do que um apaixonado; sua devoção a Febe é tão mansa e servil que ela abusa dele sem nenhum pudor. Quanto mais ela fica tirânica, mais cresce sua docilidade. Então, Rosalinda sem querer escuta Febe maltratando o infeliz Sílvio. Ela, um pouco quixotescamente, intervém em favor dele, avisando-o de que sua atitude devocional vai contra seus próprios interesses. Graças a seu admirador, Febe se acha mais bonita do que realmente é, e conclui que merece marido melhor do que o pobre Sílvio. Rosalinda assegura ao rapaz que ele é muito mais atraente do que sua amada:

> Em confronto
> com ela sois mil vezes mais bonito.
> (III, v, 51) (*Comédias*, p. 374)

Febe usa Sílvio como espelho enganoso porque ela *imita* o desejo dele por ela, vendo-se a si mesma na mesma luz lisonjeira em que ele a vê:

> Não é o espelho
> que a adula, mas vós mesmo; refletida
> em vós se vê mais bela do que o mostram
> seus traços naturais.
> (III, v, 54-6) (*Comédias*, p. 374)

A força que molda a relação não é uma apreciação objetiva dos respectivos méritos dos dois envolvidos, mas a unilateralidade do desejo de Sílvio, que se mostra muito escancaradamente, e acaba contaminando Febe. Ela sorve avidamente os elogios idolátricos de Sílvio e, assim, só consegue amar a si mesma.

O patético Sílvio não apenas fornece a Febe o desejo que permite que ela o rejeite, como, por sua vez, imita esse desejo refletido, o desejo que, originalmente, vem dele mesmo, e assim fica mais escravizado do que nunca. Essa espiral viciosa vai aumentando o orgulho de Febe e o autodesprezo de Sílvio. A coprodução de autodesprezo e amor-próprio é uma reprodução mimética do desejo inicial de Sílvio por Febe, um processo potencialmente infinito de imitação recíproca. Os dois envolvidos são simultaneamente modelos e imitadores do mesmo desejo e, dentro desse sistema circular de imitação, não há espaço para um segundo desejo, como um desejo independente de Febe por Sílvio. Num mundo em que não há limites para o contágio mimético, a boa reciprocidade é impossível.

Todo desejo mimético anseia pelo objeto de seu modelo. Se eu mesmo sou o objeto do meu modelo, é a mim mesmo que vou desejar, e vou tentar impedir meu modelo (que também é meu imitador) de possuir o objeto que nós dois desejamos: eu mesmo. Esse recuo do desejo sobre si mesmo é uma rivalidade mimética na qual o vencedor não pode vencer sem fortalecer o impulso inicial que causou sua vitória quando tudo começou. O sistema fica cada vez mais desequilibrado, criando uma falsa impressão de imutabilidade, de necessidade natural.

O extremo amor-próprio de um apaixonado e o extremo autodesprezo de outro são fenômenos interdependentes que ficam se regenerando e se reforçando mutuamente sem nenhuma necessidade de intervenção externa. Sem dúvida pode haver fatores exteriores – "diferenças objetivas" que inicialmente contribuíram para dirigir o sistema a uma direção ou a outra –, mas eles são mais ou menos fortuitos; a mais mínima diferença no ponto de partida poderia ter produzido o resultado oposto. Essa é a razão por que, em *Muito barulho para nada*, tanto Beatriz quanto Benedito recusam-se a ser os primeiros a dizer "eu te amo". Os dois têm medo de acabar do lado errado da relação, na posição nada invejável de Sílvio.

Se a configuração do desejo tivesse acontecido do jeito contrário, tudo ficaria igual, mas todas as posições relativas dentro do sistema seriam invertidas: Febe, cheia de fantasias, seria escravizada por Sílvio, insuportavelmente pretensioso. Essa inversão só parece impensável porque a situação existente, uma vez consolidada, molda a realidade de maneira tão persuasiva que parece possuir as qualidades de um fenômeno natural.

Aquilo que é construído por um efeito mimético pode ser destruído por outro efeito mimético. Sem papas na língua, Rosalinda avisa Febe de que ela não deveria confundir sua sorte atual com o efeito permanente de uma causa determinística. Nem sempre ela terá um Sílvio, mansinho e obediente, a seus pés:

> Reconhecei-vos,
> senhora; ponde-vos de joelho e graças
> ao céu enviai, contrita, por haverdes
> alcançado este amor. É como amiga
> que vos falo no ouvido: sem demora
> vendei-vos, que não sois para os mercados...
> (III, v, 57-60) (*Comédias*, p. 374)

A metáfora financeira no último verso corresponde bem àquilo que alguns economistas teorizaram nos últimos anos a respeito da natureza mimética da especulação financeira. Jean-Pierre Dupuy, André Orléan e outros interpretaram mimeticamente algumas observações de Keynes. Num mercado livre, os valores flutuam não de acordo com a lei de oferta e procura, mas de acordo com a avaliação de cada especulador de qual será a avaliação geral de acordo com essa mesma lei. Isso está muito distante da lei em si, que nunca pode determinar a situação diretamente, uma vez que está sempre sujeita a interpretação, e todas as interpretações são miméticas e autorreferentes. Esses intérpretes não estão interessados nos fatos objetivos, mas nas forças que efetivamente moldam o mercado, as forças da opinião pública, o que, na verdade, significa a interpretação dominante.[1] Os economistas estão lidando com um jogo mimético que muitos ignoram, em sua crença fetichista nos chamados "dados objetivos". Os cálculos matemáticos conseguem apreender dados objetivos, mas não têm como levar interpretações em consideração; é por isso que nenhuma quantidade de informações objetivas pode tornar uma previsão à prova de falhas.

Só um efeito mimético pode dar à medíocre Febe o primeiro lugar de uma espécie de concurso de beleza ideal; essa ilusão pode continuar para sempre se houver apenas Sílvios na área, mas pode ter a vida curta de uma bolha especulativa no mercado de ações. Após subir e subir, a espiral de imitação mútua pode inverter-se ou até desaparecer. Se os proprietários das ações – nesse caso, Febe apenas – não venderem enquanto o preço está alto, podem perder todo seu investimento.

No exato instante em que Rosalinda avisa Febe dessa possibilidade, sua profecia se torna verdade. Rosalinda está disfarçada de rapaz, e Febe se apaixona por ela na hora:

> Continuai a insultar-me, gentil moço,
> por um ano, que agrado mais acho nisso
> do que no galanteio desse moço.
> (III, v, p. 64-65) (*Comédias*, p. 374)

[1] Jean-Pierre Dupuy, "Le Signe et l'envie", in Paul Dumouchel, J.-P. Dupuy, *L'enfer des choses*, Paris: Seuil, 1979, p. 85-93. André Orléan, Monnaie et spéculation mimétique, in *Violence et verité*, Paris: Grasset et Fasquelle, 1985, p. 147-58.

Que aconteceu? A fim de perpetuar-se, o amor-próprio, ou o desejo-próprio, precisa subjugar todos os desejos expostos a seu charme supostamente irresistível. Todo desejo que permaneça inalterado e não tome parte no culto unânime ameaça a existência desse culto. O desejo dissidente é percebido pelo ídolo do momento, Febe, como um modelo mais atraente do que ela mesma, um amor-próprio mais forte, uma autonomia invulnerável, e isso é o que é na verdade o amor à primeira vista de Febe por Rosalinda.

Ao falar como fala, Rosalinda designa a si mesma tanto como modelo quanto como objeto de desejo. O desejo de Febe move-se para longe de si mesma; ele gravita irresistivelmente para a divindade mais excelsa. Em Shakespeare, o amor-próprio nunca é um autocentramento genuíno; é, na verdade, um heterocentramento, mas sua falsa superioridade pode durar para sempre e, assim, ficar para sempre despercebida, a menos que chegue alguém capaz de resistir à atração mimética do modelo dominante. O amor-próprio de Febe é disfarçadamente centrado em Sílvio; ele desaparece quando Rosalinda revela o disfarce.

Para a grande maioria dos elisabetanos que falam de amor-próprio, essa expressão significa algo diferente daquilo que significa para Shakespeare; ela significa um amor-próprio substancial, um traço permanente da personalidade do indivíduo, verdadeiramente dotado da necessária estabilidade do ser. Essa ilusão do amor-próprio substancial é compartilhada por críticos tradicionais que simplesmente presumem que autores literários, ao escrever uma peça ou um romance, sempre têm como objetivo retratar *individualidades* permanentes.

Se interpretarmos Febe como individualidade, vamos descrevê-la como "fria", "arrogante", "autoritária", "egoísta", e daí por diante. Vamos adicionar esses traços e chamar a soma final de "a individualidade" de Febe. Mas sua súbita paixão por Rosalinda contradiz essa suposta individualidade. A fim de preservar nossa "psicologia", nossa crença em individualidades, temos de presumir que Febe está *fora de si* quando se apaixona por Rosalinda. O problema com essa teoria implícita é que aqueles que a adotam sem se dar conta de que estão adotando uma teoria – eles costumam considerar-se imunes a qualquer teoria – na verdade acabam descartando, como se fosse inconsequente, o principal aspecto do episódio com Febe, o aspecto verdadeiramente shakespeariano: o papel dos *outros* em provocar essa revolução na atitude de Febe, a impermanência e, em última instância, a irrealidade daquilo a que chamamos "individualidade".

*

O termo *narcisismo* é hoje comumente usado como sinônimo do amor-próprio elisabetano. Ele parece mais "científico" do que o amor-próprio, mas significa exatamente a mesma coisa. O termo não designa um atributo natural, como "individualidade", mas é igualmente enganoso, já que supõe um traço mais ou menos permanente em nossa composição psicológica. Essa ideia só faz dificultar nossa compreensão de Shakespeare.

A fé na genuína e intrínseca durabilidade do narcisismo é uma característica dos desejos subjugados; Sílvio, por exemplo, está tão convencido de que Febe é tão autônoma quanto Júpiter. Se lermos a *Introdução ao narcisismo*, de Freud, o ensaio que lançou o termo "narcisismo" na modernidade, veremos que o erro do bom Sílvio é o mesmo erro do velho e bom Sigmund Freud.

Ao contrário de Freud e outros teóricos do *self*, os mestres literários do desejo mimético enxergam além da ilusão do amor-próprio e revelam a natureza mimética de sua composição e decomposição. Num ensaio anterior, tentei mostrar que Proust é mais lúcido do que Freud em relação à fragilidade mimética do narcisismo.[2]

[2] René Girard, Narcissism: "The Freudian Myth Demythified by Proust", in *Psychoanalysis, Creativity and Literature*, ed. Alan Roland, New York: Columbia University Press, 1978, p. 293-311, também em *Literature and Psychoanalysis*, eds. Edith Kurzweil e William Philips, New York: Columbia University Press, 1983, p. 363-77. Ver também: *Things Hidden Since the Foundation of the World*, Stanford, Calif: Stanford University Press, 1988, p. 367-92; Sarah Kofman, "The Narcissistic Woman: Freud and Girard", *Diacritics*, v.10, n.3, p. 419-24, outono de 1980; Toril Moi, "The Missing Mother: the Oedipal Rivalried of René Girard", *Diacritics*, p. 21-31, verão de 1982.

Já fui criticado por negligenciar os desenvolvimentos posteriores do narcisismo em Freud, que levam em conta a aguda falta de verdadeira autossuficiência que pode subitamente caracterizar o chamado narcisista. Freud era um observador bom demais, de fato, para não descobrir no fim das contas que o chamado narcisismo mais extremo está frequentemente associado aos sintomas opostos, como a extrema dependência dos outros. Até aí, concedo. No entanto, se você ler os textos relevantes, logo perceberá que Freud nunca descobre o elo mimético entre os dois opostos; como resultado, ele nunca explica satisfatoriamente o "paradoxo" de sua justaposição no mesmo indivíduo. Ele continua pensando em termos de um desejo estritamente individual inteiramente enraizado na história familiar, que não sofre influência de outros desejos nas redondezas. Ele nunca desvendou o mistério crucial de dois desejos que discordam violentamente porque concordam demais, porque imitam um ao outro.

*

Ao crítico de Shakespeare, o principal problema não é se realmente existem fenômenos como o autocentramento intrínseco ou uma individualidade permanente; até certo ponto, é certo que sim, mas sua existência é irrelevante para o dramaturgo interessado em efeitos dramáticos. Ele não está escrevendo tratados filosóficos ou psicológicos, mas comédias e tragédias do desejo.

Quando um dramaturgo se senta para escrever uma peça, ele não tem "individualidades" ou verdades humanísticas eternas em mente, mas possibilidades cômicas e trágicas que invariavelmente se resumem a uma interação mimética mal entendida. Os padrões miméticos parecem fugidios e até mesmo irreais àqueles que não estão acostumados a pensar nesses termos. É por isso que esses padrões são sistematicamente mal entendidos; o mal-entendido pode ser cômico ou trágico de acordo com suas consequências, ou com o ponto de vista do observador. Os padrões miméticos são muitos, mas estão todos inter-relacionados porque geram um ao outro. Eles evoluem a cada peça. Primeiro, nos anos iniciais da carreira de Shakespeare, eles vão ficando cada vez mais complexos, e depois, nas comédias posteriores, ficam mais cruéis, como que anunciando o grande período trágico.

A relação triangular de Sílvio, Febe e Rosalinda não é tão diferente das relações entre os quatro amantes de *Sonho de uma noite de verão* – sobretudo a escravidão de Helena por Demétrio –, mas os papéis estão invertidos. Nesse caso, é Sílvio que faz o papel de cãozinho. Em *Sonho de uma noite de verão*, porém, os jogos miméticos incluem inversões e substituições tão rápidas que não há um momento que se torne foco de atenção contínua, como o episódio de Febe e Sílvio em *Como gostais*. Retrospectivamente, todas as configurações parecem meros instantes de um processo que permanece dinâmico e fluido em todos os momentos. Em *Como gostais*, a relação de escravidão também é instável, pois Febe, ao final, se apaixona por Rosalinda. Portanto, o amor-próprio ou pseudonarcisismo de Febe não é absolutamente novo, mas alguma coisa mudou.

Nas comédias posteriores, começando com *Como gostais*, parece que o processo do desejo que está presente como um todo em *Sonho de uma noite de verão* foi deslocado e fragmentado. Apenas um dos fragmentos, um dos elos de uma corrente completa, está sendo observado, mas ele é suficientemente distinto para constituir uma configuração relativamente independente, com *status* próprio, incluindo características que estavam implícitas nas peças anteriores, mas não foram observadas detalhadamente.

A frágil autossuficiência do narcisismo falso não pode ser entendida nem como realidade objetiva, em termos de causa e efeito, nem como mera ilusão "subjetiva", porque existe para Febe e para Sílvio. Isso vale para todas as relações do desejo, mas o amor-próprio tem grande importância nas comédias posteriores de Shakespeare, não apenas no campo do erotismo, como também da política, especialmente em *Tróilo e Cressida*, como veremos depois.

A ênfase no amor-próprio e na escravidão correspondente de um ou mais desejos é parte de uma evolução geral que deixa cada vez menos espaço para um meio-termo entre um amor-próprio grotescamente inchado e a extrema depressão do autodesprezo. A luta entre as identidades fica mais acirrada com o tempo; ela tende a transformar-se numa proposição do tipo "é tudo ou nada". Os desejos escravizados que "propelem" o amor-próprio não são apenas os arcobotantes que sustentam uma construção que existe independentemente; eles são a própria construção e, se forem retirados, nada irá sobrar.

capítulo 12
como assenta bem tanto desprezo

O amor-próprio em *Noite de Reis*

Em Shakespeare, às vezes uma peça anterior contém uma versão em pequena escala de uma configuração mimética que domina uma peça posterior. No caso de *Noite de Reis*, a versão em pequena escala é o episódio de Febe e Sílvio em *Como gostais*. Acabamos de ver, Febe fica cozinhando Sílvio e o humilhando, até que é humilhada por Rosalinda e, como resultado, é impelida a apaixonar-se por ela. Em *Noite de Reis*, Olívia fica cozinhando Orsino e humilhando-o, até ser humilhada por Viola e ser impelida a apaixonar-se por quem a insulta. Nas duas peças, o narcisismo triunfante de uma mulher é destruído pela indiferença de outra mulher, disfarçada de homem; nas duas peças, a mulher disfarçada age como porta-voz do enamorado que se despreza.

Noite de Reis, porém, não tem um correspondente do papel de intérprete da configuração mimética desempenhado por Rosalinda. Não há desmistificação explícita do mecanismo que governa a vida e a morte do amor-próprio, o mecanismo responsável pelos acontecimentos da comédia. Imagino que esse silêncio seja uma boa estratégia dramática. Todo dramaturgo precisa de um pouco de mistério no centro de sua peça. Ademais, todos conseguimos entender que Shakespeare não quisesse que seu público percebesse que a trama principal de sua nova comédia simplesmente duplicava uma trama secundária de uma comédia anterior. Em vez de ser gente do campo, seus protagonistas serão aristocratas refinados e complexos; tudo que não é essencial será diferente em *Noite de Reis*, e muito mais elaborado. Assim, as íntimas similaridades com a situação mimética de Sílvio e Febe não serão muito visíveis.

*

A magnífica Olívia primeiro perdeu seu pai, depois seu único irmão. A bela herdeira não tem parente do sexo masculino em sua própria posição, mas não precisa de protetor. Com a ajuda de Malvólio, seu mordomo puritano, e muitos servos, ela administra sua vasta propriedade sem problemas. Ela domina completamente uma casa que, além de Malvólio, inclui Maria, sua pequena criada; o exuberante Sir Tobias Belch; o ridículo Sir André Aguecheek; e Feste, o bobo. Todas essas pessoas dependem de Olívia emocional e economicamente.

Sua conquista mais significativa do ponto de vista do prestígio é Orsino, o duque de Ilíria. Além de ser bonito e inteligente, o duque é solteiro, e soberano do país. Olívia presta menos atenção a ele do que aos baixos admiradores e vassalos de sua própria propriedade. A arraia-miúda pode contemplar seu ídolo em carne e osso, enquanto Orsino não recebe esse privilégio. A intensidade de sua paixão o torna insuportável. Sua principal atividade é enviar novos embaixadores a Olívia; eles sempre levam a ela a mesma mensagem, e ela se recusa a ouvi-los. Olívia é o objeto de Orsino, mas ela é também seu modelo, e seu rival implacável, uma vez que ela o impede de possuir o objeto de seu desejo. A rivalidade gira em torno da própria Olívia. Ela nem sequer permite que ele veja com seus próprios olhos aquilo que ele, como todo mundo, deseja: ela mesma.

No início da peça, Orsino tenta chegar a Olívia por meio da recém-chegada Viola, que chama a si mesma Cesário e está disfarçada de rapaz:

Vai de novo, Cesário, à casa dessa
soberana Crueldade e participa-lhe
que o meu amor, mais nobre do que o mundo,
não empresta valor à terra suja.
Dize-lhe que não dou mais importância
aos dotes da Fortuna do que à própria
Fortuna; o que minha alma traz cativa
é esse milagre, a joia soberana
com que soube adorná-la a natureza.
(II, iv, 79-86) (*Comédias*, p. 407)

Como de hábito, aquilo que é considerado "retórica" é mais esclarecedor do que se costuma acreditar. É literalmente verdade que a paixão de Orsino não tem sua raiz nem na riqueza de Olívia, nem em seu espírito, nem mesmo em sua beleza – em nada objetivo, portanto, mas em sua "soberana Crueldade". É a completa indiferença dela que deixa o duque apegado a Olívia.

Febe tem apenas um adorador, ao passo que Olívia tem vários. Mas, de modo geral, o sistema é o mesmo. À volta de Olívia, todos imitam o mesmo desejo, o desejo de Olívia por si mesma. Para Olívia, o mundo é um desejo imenso e monolítico dirigido a ela e somente a ela. Seus admiradores desejam "em Olívia" tanto quanto desejam a própria Olívia. Todo esse desejo parece emanar dela e, após circular entre os fiéis, retorna a ela, sem que nada se perca. Ela é a sacerdotisa indiferente e também o ídolo de seu próprio culto, seu alfa e seu ômega.

Na realidade, Olívia só pode desejar a si própria porque todos a desejam. Esse estado de coisas parece ter sido criado pelo próprio distanciamento original de Olívia, que pode ou não pode ser uma estratégia inteligente de sua parte. Excetuando seu irmão, cuja morte ela lamenta muito intensamente, ela não dá sinal de ser realmente apegada a ninguém. É significativo que seu irmão esteja morto; o único sentimento intenso que Olívia admite permanece estritamente sob seu controle, já que seu objeto nem sequer existe. Essa devoção teatral a um fantasma pode ser um jeito discreto de divulgar *sua falta de interesse por todos os homens que estão vivos*. Como frequentemente acontece em Shakespeare, as relações familiares do passado servem de máscara para um padrão presente de desejo que não tem nada a ver com elas.

*

Não é permitida a entrada do novo embaixador de Orsino pelo portão de Olívia, mas ele não aceita um "não" como resposta. Quando se pede a Malvólio que o descreva, ele diz que o rapaz é tão orgulhoso e insolente quanto é jovem e bonito. Olívia subitamente muda de ideia e transgride sua própria lei; no fim das contas, ela vai receber o rapaz. Aquilo que a mansidão e a humildade não podem obter dela, ela entrega à insolência e ao orgulho. Estabelece-se um padrão que só pode destruir o domínio absoluto de Olívia sobre si mesma e sobre seus seguidores. Ela inicia uma reação em cadeia de desordem entre aqueles que a tomam como modelo; o caos se aproxima, mais ou menos como na noite do solstício de verão. Esse deslindamento temporário da forma cultural lembra *Sonho de uma noite de verão*. "Noite de Reis" sugere um mundo carnavalesco, um equivalente de inverno dos festivais folclóricos que dão título à comédia anterior. A peça é uma "comédia festiva" no sentido de C. L. Barber.[1] Viola está apaixonada por Orsino e não quer que sua missão seja cumprida. Se Olívia soubesse disso, ela não se importaria com a insolência de Viola, e a consideraria um elogio oblíquo; mas ela não vê isso, e sente-se humilhada. Ela confunde Viola com um homem, e assim fica arrasada com seu desdém, sobretudo depois de ela levantar o véu e permitir que Cesário veja seu belo rosto. O traje masculino de Viola tem mais sucesso como disfarce do que o véu de Olívia.

Viola fala a linguagem do amor com Olívia com descaso e insolência. Ela calcula que essa é a melhor maneira de sabotar o propósito de sua embaixada, mas ela

[1] C. L. Barber, *Shakespeare's Festive Comedies*, Cleveland, New York: Meridian Books, 1963.

não prevê o efeito mágico que seu desdém terá em Olívia. Essa mulher arrogante está tão cativada pelo desrespeito de Viola quanto Febe pela dura bronca de Rosalinda. Ao falar em nome de Orsino, Viola deixa claro que seu coração não está naquilo que diz. Ela não percebe que é essa indiferença que é a chave para o coração de Olívia.

A grande dama tem de ouvir um discurso apaixonado que, na verdade, não se dirige a ninguém; ela é uma *voyeuse*, e a retórica amorosa age sobre ela como um afrodisíaco. O anonimato mesmo da situação fere seu orgulho; Olívia está enfeitiçada. A natureza mimética e teatral do feitiço é confirmada pela única pergunta que ela faz a Viola: "Sois comediante?". Ao negar a Olívia a dádiva de sua admiração, Viola impele o desejo da dama a mover-se de si própria para o desejo que vitoriosamente resiste à sua própria sedução. Quem poderia ser esse Cesário, para resistir a tamanho magnetismo?

Uma única voz dissonante no concerto harmonioso dos desejos dóceis em torno de Olívia é suficiente para balançar o glorioso edifício de seu amor-próprio. Viola parece preferir a si própria e assim designa o seu amor-próprio como modelo superior, o qual Olívia é forçada a imitar:

> Não sei o que fazer; tenho receio
> que um grande amor me invada o olhar e o seio.
> Ao céu me entrego; eu própria nada posso;
> o que o Fado decreta há de ser nosso.
>
> (I, v, 308-10) (*Comédias*, p. 402)

Shakespeare define o que acontece em termos que claramente expressam a destruição da autonomia de Olívia: "não possuímos a nós mesmos".[2] E assim como Rosa-

[2] "*Ourselves we do not owe*", no verso 310. CAN transmitiu a ideia transferindo a posse de si mesmo para o Fado. [N. T.]

linda concluiu sua diatribe contra Febe com o conselho de que ela deveria aceitar Sílvio como marido enquanto o mercado lhe era favorável, Viola, em suas palavras de despedida a Olívia, prevê que ela logo virá a sofrer os mesmos infortúnios que impinge a Orsino:

> Que o Amor transforme em pedra
> o coração de quem a amar chegardes,
> e que, como meu amo, só desprezo
> possais achar. Adeus, linda crueldade.
>
> (I, v, 286-88) (*Comédias*, p. 401)

Assim como em *Como gostais*, essa profecia é imediatamente realizada, e pela mesma razão. A arrogante Olívia, assim como a excessivamente mimada Febe, só consegue se apaixonar por quem a insulta:

> Oh! Como assenta bem tanto desprezo
> no desdém e na ira de seus lábios!
> Um assassino não se denuncia
> tão prestes como o amor que tem vergonha.
> É dia claro a noite para o amor.
> Cesário, pelas rosas da estação,
> pela honra, a virgindade e o coração,
> amo-te tanto, embora altivo sejas,
> que a teus pés é forçoso que me vejas.
>
> (III, i, 145-52) (*Comédias*, p. 412)

Em algum momento de *Em busca do tempo perdido*, Proust observa que em questões de desejo todo *embora* é um *porque* disfarçado, e isso vale para o *embora* de Olívia. Ela diz explicitamente que o que acha bonito em Cesário é seu "desprezo"; o que ela ama é "o desdém e a ira de seus lábios". Olívia está se apaixonando por Viola porque ela é violenta, e não apesar disso. Esse Cesário parece um sol, tão brilhante que extingue o dela própria.

Aqui, novamente, não se deve permitir que rótulos como "masoquismo" e todo o bricabraque dos termos psiquiátricos obscureçam uma relação que a teoria mimética torna perfeitamente transparente. Nenhuma das perspectivas psiquiátricas e psicanalíticas consegue enxergar o ponto principal, que é a mudança de Olívia de um modelo mimético, ela mesma, para outro, Viola – uma mudança que ocorre tão logo fica claro que o rapaz não vai virar mais um Orsino e juntar-se à multidão previsível dos admiradores de Olívia.

No fundo, todos os pseudonarcisistas suspeitam que admiradores adoram um falso ídolo, e desde sempre já estão preparados para sua própria queda. Eles parecem aqueles ditadores que nunca se deitam sem achar que haverá uma revolução durante a madrugada.

*

Sílvio era uma alma intrinsecamente simples; ainda que o jogo mimético tivesse pendido a seu favor, ele provavelmente não conseguiria tratar Febe tão mal quanto Febe o tratava. Talvez alguma sobra de diferença de personagens, ou talvez alguma diferença convencional de gêneros permaneça em *Como gostais*, ainda que desapareça completamente no triângulo de Olívia, Viola e Orsino.

Noite de Reis sugere a reversibilidade de todas as configurações narcisísticas c om mais força que a comédia anterior. *Como gostais*, por sua vez, sugeria essa mesma reversibilidade com mais força do que as peças anteriores, a começar por *A megera domada*, que deve ser considerada, na minha opinião, a ancestral de toda a linhagem pseudonarcisista em Shakespeare. Essa peça, bem do início, sob alguns aspectos parece mais próxima de uma farsa medieval tardia do que de uma comédia shakespeariana. Petrucchio ainda é essencialmente o marido tradicional que amansa a esposa rebelde, mas é também o primeiro esboço do amante ardiloso que, fingindo indiferença, provoca interesse num parceiro desdenhoso ao vencê-lo em seu próprio jogo narcisista, destruindo assim a falsa autossuficiência desse parceiro. O que é mais cruel, o castigo tradicional infligido por um marido todo-poderoso ou a moderna estratégia unissex de indiferença desdenhosa?

Qualquer comparação entre *A megera domada*, *Como gostais* e *Noite de Reis* revela uma evolução no sentido de haver cada vez menos diferenciação entre todos os personagens à medida que o processo mimético evolui. À medida que o tempo passa e Shakespeare escreve mais peças, o desejo representado neles corresponde a estágios cada vez mais avançados do processo. Ainda que sob alguns aspectos menos caricatural do que o episódio de Febe e Sílvio em *Como gostais*, a estrutura pseudonarcisista de *Noite de Reis* é uma versão mais radical e mais indiferenciada do mesmo padrão.

Os fundamentos da rivalidade mimética são sempre os mesmos. O "senhor" e o "escravo" narcisistas veem um abismo entre si, e quanto mais profundo parece o abismo, mais intercambiáveis são seus papéis. É por isso que a Olívia de Shakespeare está cercada de uma corte tão numerosa quanto a do duque. Como duas nações independentes, esses dois poderes soberanos dirigem-se um ao outro indiretamente, por meio de encontros com embaixadores. O contexto social inteiro simboliza a falsa autossuficiência característica não apenas de Olívia, como também de Orsino.

A similaridade dos nomes nessa peça sugere também a intercambialidade dos personagens. Viola, a Olívia de Olívia, e todos os personagens são simbolizados, ou melhor, dessimbolizados – esse processo não é produção, mas destruição de significados e diferenças – pelos dois gêmeos indistinguíveis, Viola e Sebastião.

Noite de Reis é tão indiferenciada que Shakespeare usa novamente o velho truque dos gêmeos idênticos, um recurso já explorado em *A comédia dos erros*, imitando *Os menecmos* e *Anfitrião*, de Plauto. A peça mais antiga prefigura o talento que seu autor viria a demonstrar para as comédias. O recurso dos gêmeos oferece um equivalente mecânico do tipo de mal-entendido que a interação mimética gera entre os seres humanos. Quanto mais Shakespeare amadurece, mais habilidade ganha em manejar o tema exclusivamente nos termos de rivalidades miméticas, que são o verdadeiro assunto de todos os mitos de duplos e gêmeos. O gênio literário compreende espontaneamente o substrato mimético da mitologia e oferece a verdadeira solução dos enigmas antropológicos que a dita ciência da antropologia jamais conseguiu resolver.

Estamos num mundo em que já não há nada além de duplos miméticos, incluindo Malvólio, o bode expiatório em pessoa, cujo nome sugere que também ele é um duplo, selecionado mais ou menos arbitrariamente por seus perseguidores. Quando Olívia lhe diz: "Oh! Tendes muito amor-próprio, Malvólio, e provais as coisas com paladar estragado" (I, v, 90-1) (*Comédias*, p. 399), ela aponta uma verdade inquestionável, mas uma verdade que ela considera dizer respeito a Malvólio apenas; ela não consegue perceber que, nessa peça, essa é uma verdade universal, a verdade dela, do duque e também de Malvólio. Como veremos no próximo capítulo, o tema do "paladar estragado" desempenha um papel importante na psique e nos pensamentos de Orsino.

capítulo 13
já não está tão melodioso

Orsino e Olívia em *Noite de Reis*

Orsino e Olívia são mais complexos e refinados do que Sílvio e Febe. O duque tem suas pretensões intelectuais e artísticas; antes de a cortina abrir pela primeira vez, seus músicos estão tocando uma melodia que muito agrada a Orsino. Quando ela acaba, ele quer ouvi-la de novo. "Mais", pede, para

> que o apetite,
> saciado, adoecer possa e a morrer venha.
> (I, i, 2-3) (*Comédias*, p. 394)

Ouve-se novamente a música e Orsino, de fato, acha-a menos bela do que da primeira vez. Num único instante, como ele mesmo previu, seu apetite adoeceu e morreu:

> Basta! Já não está tão melodioso.
> (I, i, 7-8) (*Comédias*, p. 394)

"Saciado" sugere nossa náusea moderna, uma repugnância compulsiva, uma repulsa tão extrema e definitiva que a palavra soa um pouco chocante no contexto da arte. Se continuarmos a leitura, porém, logo veremos que Orsino não está interessado apenas em estética. Na experiência que ele descreve, as artes se apequenam diante da vida erótica. O "espírito do amor" morre ao abraçar seus objetos, qualquer que seja sua natureza:

> Oh, espírito do amor, quão lesto e fresco
> te apresentas! Por mais que tudo acolha
> tua capacidade, como o oceano,
> também quanto ali cai, por mais valioso,
> num minuto se abate e perde o preço.
> Tão cheia de criações é a fantasia,
> que nada há mais fantástica do que ela.
> (I, i, 9-15) (*Comédias*, p. 394)

É tradição comparar o curso do desejo com o apetite físico e sua saciedade. Mas o indivíduo sadio, mesmo quando já não tem fome, não sente repugnância pela boa comida, a menos, é claro, que abuse dela. A experiência de Orsino se parece com a indigestão, e Anne Barton observa com propriedade que "esse amor é o tipo de glutão que devora iguarias e acaba por vomitá-las".[1] As variações da fome *normal* são menos extremas do que aquilo que Orsino descreve. Suas palavras evocam uma versão doentia do processo natural. O viés das metáforas do duque sugere a natureza humana marcada pelo pecado original.

Esse homem, que diz que o desejo nunca sobrevive à posse, ainda assim está apaixonado. Até o fim da peça, ele não dirá mais que duas frases seguidas sem mencionar Olívia, mas Olívia está inexplicavelmente ausente de sua fala a respeito do *espírito do amor*. Olívia é o único objetivo permanente, o único ponto fixo numa existência que, sem ela, seria vazia e incoerente. A ideia que Orsino tem de sua própria identidade depende claramente da persistente intensidade de seu desejo por

[1] *The Riverside Shakespeare*, ed. G. Blakemore Evans, Boston: Houghton Mifflin, 1974, p. 408.

Olívia. Mas ele afirma que não há desejo que persista após a posse de seu objeto. Se Olívia pertencesse ao duque, será que perderia seu charme tão rapidamente quanto uma melodia? A questão nunca é colocada abertamente.

Cúrio, um dos gentis-homens da corte do duque, interrompe sua meditação sobre o desejo:

> *Cúrio*: Quereis caçar, senhor?
> *Duque*: Que caça, Cúrio?
> *Cúrio*: Cervo.
> *Duque*: Já o fiz com o que possuo de mais nobre.
> Quando Olívia meus olhos enxergaram,
> quis parecer-me que ela o ar alimpava
> de toda pestilência. Nesse instante
> em cervo me mudei, a que os desejos
> perseguem desde aí, como rafeiros
> impiedosos e cruéis.
> (I, i, 16-22) (*Comédias*, p. 394)

Tão logo a conversa se desvie do tema do desejo, o duque se lembra de Olívia. É preciso um trocadilho gasto[2] para lembrá-lo de sua amada. A paixão de Orsino parece mais à vontade entre clichês literários do que no contexto de um debate sério sobre a vida e morte do desejo.

A primeira invectiva de Orsino sobre o assunto é parte de um prelúdio musical a toda a peça, mas é mais do que um *hors d'oeuvre* decorativo; é essencial para nossa compreensão da comédia, devendo ser interpretada à luz daquilo que se segue. O que fica por ser dito é tão importante quanto aquilo que efetivamente é dito.

[2] O trocadilho estaria no "cervo", que no original de Shakespeare aparece como *hart*, que tem pronúncia igual a *heart*, coração. [N. T.]

Como muitos românticos desiludidos, Orsino fala cinicamente do desejo em geral, mas vai continuar a desejar romanticamente até o fim da vida. Seu cinismo em relação ao passado na verdade não é independente de sua paixão atual, mas a conexão entre os dois é paradoxal, e Orsino mesmo nunca a explicita completamente. Devemos nos valer das pistas indiretas que Shakespeare deixa exatamente para esse fim; podemos e devemos desvelar a verdade que esse personagem nunca admite totalmente.

Antes que possamos esquecer o primeiro discurso de Orsino, ele faz o segundo, sob alguns aspectos tão distinto do primeiro que parece ter vindo de outro autor, mas sob outros aspectos tão parecido que o autor não tem como não ser o mesmo:

> Mulher alguma
> suportaria os golpes de tão forte
> paixão como os que o amor me descarrega
> no peito. Não existe o coração
> de mulher desse porte e assim constante.
> Ah! seu amor não passa de apetite –
> é simples paladar, não sentimento –
> que se farta, repugna e se revolta;
> mas o meu, como o mar, é insaciável,
> e como ele, também, tudo digere.
> Não compares o amor que por mim possa
> sentir uma mulher, com o sentimento
> que a Olívia ora eu dedico.
> (II, iv, 93-103) (*Comédias*, p. 407)

De acordo com esse segundo discurso, os únicos desejos afligidos pelas enfermidades que Orsino antes identificou com *a sua própria enfermidade* são os desejos femininos em geral, e, em particular, os de Olívia. Somente a mulher "se farta, repugna e se revolta". Para deixar essas contradições ainda mais gritantes, Orsino sugere que essas mesmas enfermidades não são típicas dos homens, e muito menos dele mesmo. À fraqueza e volubilidade do desejo feminino, ele opõe a força imortal de seu desejo viril por Olívia.

Mais uma vez, o desejo está faminto como o mar e só consegue "digerir" aquilo que devora. A metáfora parece tão infausta quanto da primeira vez. Na primeira invectiva, porém, a digestão marítima expressava um contraste patético entre o *antes* e o *depois* de todos os desejos: sua aparente inesgotabilidade antes da posse, sua morte instantânea no momento da realização. Dessa vez não há um *depois*, uma saciedade para o próprio Orsino, e é fácil entender por quê: sua paixão por Olívia é um eterno *antes*.

Olívia deve ser a primeira mulher que domina Orsino. Orsino percebe que ela tem para ele os olhos que ele mesmo sempre teve para as outras mulheres em sua vida, as mulheres que, sem dúvida, ele, após possuí-las, friamente descartou. Sempre que Orsino ocupou em relação às mulheres a posição que Olívia agora ocupa em relação a ele, sentiu a mesma "saciedade" que agora detecta nela. Ele reage da mesma maneira que denuncia como especificamente feminina, quando essa reação é a reação dela a *ele especificamente*. O fenômeno é o mesmo, mas a conotação ética, no caso de Orsino, é neutra, enquanto, no caso de Olívia e das mulheres em geral, é negativa.

Para Olívia, a história do amor de Orsino soa como uma melodia já batida; dessa vez, Orsino é que "se abate e perde o preço". Olívia está sinceramente entediada com sua sempiterna paixão. Quem quer fazer amor com um homem já digerido? Porém, seria equivocado supor que Orsino e Olívia tenham sido íntimos fisicamente e que ele a tenha desapontado como amante. Orsino é o parceiro derrotado numa batalha de pseudonarcisismo. Simplesmente aconteceu que Olívia não respondeu à sua corte, e foi assim que ela obteve sua vitória. Essa é a única maneira de uma mulher continuar fascinando um homem como Orsino.

Se Orsino estivesse no lugar de Olívia, seus sentimentos e atos em relação a ela seriam exatamente como os dela em relação a ele. Se ela desistisse do tipo de superioridade por que ambos anseiam em suas relações com o sexo oposto, ele imediatamente teria deixado de desejá-la. Em nível mais profundo, Orsino percebe que ele e Olívia são muito parecidos. A formidável desarmonia entre eles não nasce de um conflito de personalidades, nem de alguma outra diferença intrínseca, mas exatamente do contrário, de uma identidade quase perfeita. Quando Olívia entrou em sua vida, Orsino pela primeira vez perdeu uma batalha mimética e metafísica, batalha que ele sempre ganhara contra todas.

Shakespeare quer que comparemos os dois discursos de Orsino; prova disso está na conclusão do segundo: "não compares..." Quando ouvimos esse tipo de aviso na boca desse tipo de homem, devemos entender que essa comparação é obrigatória. Até pessoas inteligentíssimas podem ficar tão obcecadas por seus rivais miméticos que falam como Orsino em ocasiões em que seria melhor ficarem caladas. Sempre nos maravilhamos com a ingênua compulsão que força essas pessoas a divulgar a verdade mesma que tentam esconder, mas nós mesmos cometemos o mesmo erro na primeira oportunidade.

Todos os indivíduos possuídos pelo desejo mimético são facilmente convencidos de que o mundo inteiro compartilha sua obsessão com seu rival do momento. Como todas as pessoas presas a uma espiral mimética, Orsino quer convencer a si próprio de que ele é imensamente diferente de sua "amada inimiga", enquanto na verdade não há diferença nenhuma, e algo nele secretamente sabe disso. A "propaganda" anti-Olívia do segundo discurso é na verdade uma extrapolação do autoconhecimento demonstrado no primeiro discurso.

Orsino acha que entende o desejo de Olívia, e certamente o entende, mas não por causa daquilo que ele diz, nem porque Olívia é mais um exemplar daquela mulher arquetípica que todos os homens frustrados execram. O clichê sexista é na verdade uma máscara para um conhecimento do desejo que não deseja admitir sua verdadeira origem. Orsino reconhece em Olívia o pseudonarcisista vitorioso que ele um dia foi, mas, graças a Olívia, já não é.

Orsino interpreta corretamente sua relação com essa mulher em particular como uma inversão de sua experiência habitual com o sexo oposto. Seu antifeminismo banal é um esforço de esconder a verdadeira natureza dessa inversão e a origem de sua intuição a respeito de Olívia. A ideia de que o desejo das mulheres pelos homens pode ser enfraquecido pelo autocentramento especificamente feminino sempre foi popular entre os homens. Os homens ainda adoram dizer que as mulheres que rejeitam suas investidas sexuais são narcisistas em sentido absolutamente não mimético.

Dois capítulos atrás, recordei que Freud deu nova vida a esse mito ao definir o "narcisismo" como um autocentramento que seria primariamente feminino. Freud afirmava ter diagnosticado uma incapacidade especificamente "feminina" de responder ao verdadeiro "amor do objeto" dos homens genuinamente masculinos. Mas é bem significativo que os homens genuinamente masculinos tenham lamentável inclinação para esbanjar seu precioso amor do objeto com as mulheres que menos o merecem – as mulheres narcisistas, claro.

Essa é exatamente a ilusão de Orsino; seu segundo discurso parece seguir a *Introdução ao narcisismo*, de Freud, e basta compararmos os dois discursos que fica evidente a crítica radical pretendida por Shakespeare. Quando postos lado a lado, os dois discursos sugerem desconstrução do amor-próprio elisabetano que acaba sendo desconstrução do conceito freudiano *avant la lettre*. As palavras mudam, mas o mito do autocentramento especificamente feminino permanece.

Essa desconstrução é essencialmente a mesma que realizei no capítulo anterior, mas dessa vez ela é feita pelo próprio Shakespeare, por intermédio da comédia que cronologicamente vem logo depois de *Como gostais* e que contém ainda mais pseudonarcisismo do que ela. Esse é outro exemplo fascinante da tendência de Shakespeare de transformar sua própria experiência dramática em termos cada vez mais teóricos.

A continuidade metafórica dos dois discursos indica que Orsino *projeta* em Olívia sua própria experiência da posição erótica dominante, a posição que Olívia agora ocupa em relação a ele. O fato de sua intuição ser projetiva não significa que ela não tem valor. Nossa perspicácia nesses assuntos tem sempre raiz na autocrítica; o desejo mimético é o mesmo em todos os seres humanos, independentemente de circunstâncias como idade, gênero, raça e cultura.

Projetado em sua própria réplica mimética, a intuição de Orsino a respeito de si próprio (primeiro discurso) gera algum conhecimento real a respeito dos atos de Olívia (segundo discurso), mas o duque não pode admitir qual é sua fonte sem reconhecer sua afinidade com seu duplo mimético, enfraquecendo, portanto, seu ressentimento contra uma atitude que ele mesmo teria adotado com Olívia se a oportunidade tivesse aparecido.

Os duplos miméticos são muito perspicazes um em relação ao outro, mas sua visão é distorcida pela necessidade que todos sentem de abolir a reciprocidade sobre a qual sua perspicácia se fundamenta. Eles precisam negar indignadamente que têm qualquer coisa em comum com seus rivais, mas a única base possível para seu notável "acúmen psicológico" é esse desejo mimético, que os divide *porque eles o compartilham*:

> Por isso, quem quer que sejas, ó homem que julgas, tu és inescusável, porque, naquilo mesmo em que julgas a outro, a ti mesmo te condenas, visto que fazes as mesmas coisas que julgas.
> (Romanos, 2:1)

Orsino fala mal das mulheres não por realmente acreditar na superioridade da masculinidade de que se vangloria, mas porque se sente inferior no papel de duplo mimético cujo desejo é escravizado pelo narcisismo triunfante de sua parceira. A indiferença que ele maldiz como se fosse uma insubstancialidade feminina é na verdade a fonte do prestígio *metafísico* que Olívia não teria caso cedesse a seus desejos.

Como todos os pensadores românticos, Orsino enxerga o desejo como uma relação exclusivamente entre sujeito e objeto; ele sistematicamente põe em curto-circuito a terceira dimensão, a do modelo mimético / obstáculo / rival que torna tudo inteligível. Essa é uma ilusão especialmente tentadora nos casos de pseudonarcisismo, quando todos os papéis são desempenhados pelo mesmo indivíduo. Para Orsino, Olívia é simultaneamente objeto, modelo, obstáculo e rival.

*

A visão do desejo como relação entre sujeito e objeto é falsa até mesmo no caso da arte, que os estetas adoram lembrar porque ele aparentemente provaria a existência do desejo solipsista em que eles querem acreditar. Na verdade, o componente mais forte da emoção estética é uma *alteridade* divinal da obra admirada, uma qualidade que o excesso de familiaridade pode enfraquecer ou até mesmo destruir, como demonstra o experimento de Orsino, que pediu uma vez atrás da outra a mesma melodia.

Como todas as divindades, a beleza furta-se à impureza do contato humano, e a ilusão de um desejo não mediado fica arrasada. Se esse desejo fosse verdadeiramente não mediado, ele não seria diminuído pela fruição contínua de seu objeto; ele sobreviveria às tribulações da posse, e a realização não se transformaria em cinzas. Ao contrário dos românticos, Shakespeare rejeita a encenação do fetichismo estético; isso é parte de sua grandeza.

O Orsino do segundo discurso é um amante frustrado dominado pela voz de seu desejo frustrado. A contradição entre os dois discursos demonstra a lei que o próprio Orsino havia formulado no primeiro: o desejo *parece* eterno e inesgotável enquanto permanecer insatisfeito, e nem mais um minuto. O segundo discurso é coerentemente incoerente com o primeiro por ser a voz do desejo faminto, o desejo por Olívia, ao passo que o primeiro é a voz da saciedade.

*

As palavras e os atos de Orsino sugerem que ele está mais ou menos ciente de seu próprio pseudonarcisismo e de tudo que acabamos de dizer a seu respeito. Apesar de seu próprio envolvimento, ele é tão lúcido a esse respeito quanto a Rosalinda de *Como gostais*; ele realmente entende aquilo que só os observadores de fora entendiam nas comédias anteriores. Assim, ele encarna uma versão mais "avançada" da configuração pseudonarcisista. Ele sabe muito bem que ser humilhado diariamente por Olívia não vai ajudar a conquistá-la. Se ele realmente quisesse seduzir essa mulher, ele usaria a estratégia exposta por Rosalinda: uma indiferença fingida. Mas ele nunca faz isso. Qual a razão para o comportamento teatralmente "romântico" de Orsino?

O duque sabe que nenhum objeto que ele deseje pode cair em suas mãos e manter seu apelo por muito tempo. Somente um rival triunfante pode revigorar o desejo; o desejo irrevogavelmente destrói a si próprio. A única solução radical para essa tirania sem fim é a renúncia total. Essa é a política recomendada por todas as grandes religiões, por todos os grandes sistemas éticos, por toda a sabedoria tradicional. É isso que Hamlet recomenda a Ofélia: *Para o convento: vai!*[3] Se ela lhe tivesse dado ouvidos, não teria tido a morte horrenda que teve.

Felizmente para o desejo, há uma lacuna racional que permite ao ardiloso *espírito do amor* não aprender a lição correta de seus eternos fracassos. A experiência nos aponta a natureza insatisfatória de todos os objetos que se pode possuir; ela nada tem a dizer, estritamente falando, dos objetos que *não se pode possuir*. Se formos minuciosamente experimentais nessa questão, poderemos sempre afirmar que, enquanto não possuímos esses objetos, não temos informações suficientes a respeito deles para poder descartá-los.

A partir de uma experiência interpretada de modo míope, o caráter absurdo do desejo nunca pode ser satisfatoriamente demonstrado. O abuso sofístico da dúvida metódica permite que o desejo raciocine da seguinte maneira: "como todos os objetos que se pode possuir se mostram desprovidos de valor, renunciarei a todos eles para sempre em favor *daqueles objetos que não se pode possuir*".

[3] *Tragédias*, p. 573. [N. T.]

Em *Noite de Reis* essa solução tem nome – Olívia. Ela parece tão impenetrável que o duque consegue lamentar sinceramente a fragilidade de todo desejo, e ao mesmo tempo continuar inteiramente confiante na duração eterna de seu desejo por ela. Orsino acha que esse oceano de indiferença que engole todos os outros desejos nunca devorará esse desejo em particular, exatamente porque *ele nunca será satisfeito*. Olívia ficará para sempre inacessível, não apenas para Orsino, mas para todos os homens. Esse credo permanece obscuro, e Orsino evita encará-lo e formulá-lo explicitamente, mas ele governa sua vida. Para o homem que proclama a falência de todos os desejos, ainda faz sentido desejar Olívia. Orsino parece "irracional" enquanto sua verdadeira prioridade continua invisível. A verdadeira prioridade não é o prazer, mas o desejo a qualquer preço.

Trata-se de um erro presumir, em todas as fases de sua história, que o desejo esteja buscando recompensas positivas. Isso talvez seja verdade para as fases iniciais, retratadas nas primeiras comédias. Orsino chegou a um estágio em que, pressionado pelo desencantamento perpétuo, o próprio desejo vai *além do princípio do prazer*. O desejo renuncia ao prazer para poder preservar-se como desejo. Orsino é o primeiro exemplo, mas não o último, dessa estratégia desesperada.

O desejo do duque por Olívia vem das profundezas de seu desencantamento, e não *apesar* dele. Existe uma conexão "racional", mas cuja natureza Orsino jamais explicitará, nem mesmo para si próprio; é preciso deduzi-la de uma comparação entre os dois discursos. Apesar de seu cinismo, Orsino é um homem com vasta capacidade de autoilusão.

Dizer que o desejo não consegue sobreviver à derrota do modelo é a mesma coisa que dizer que o desejo não consegue sobreviver à sua própria vitória. Esse princípio já foi definido. Quanto mais o desejo entende seu próprio modo de operar, mais difícil fica o dilema. Como o desejo morre de sua própria realização, o caminho para o desejo eterno só pode estar na escolha de um objeto eternamente inacessível.

Orsino é a encarnação desse desejo. O processo mimético leva tempo para desenvolver-se, e, nessa trajetória "histórica", Orsino está numa fase posterior à dos heróis shakespearianos anteriores. A ordem cronológica das comédias corresponde a um desenvolvimento diacrônico do desejo, de ruim para pior. Orsino não é o fim desse processo, mas não está longe dele.

Sua paixão "irremediável", como sugeri, é um lance desesperado numa estratégia do próprio desejo, uma estratégia de autopreservação. Isso é certamente verdadeiro, ainda que seja simultaneamente um pouco enganoso, porque essa estratégia não exige nenhum cálculo, nenhum planejamento de nenhuma espécie, e, em certo sentido, nem sequer merece o nome de estratégia; ela resulta de um movimento natural do desejo. Tudo que é preciso para chegar a esse estágio é um pouco demais de sucesso com as mulheres e, de repente, um pequeno fracasso - um encontro inesperado com uma Olívia. A busca da paixão perfeita praticamente não pode ser distinguida daquilo que acontece a um consumista *blasé* quando e se ele encontra a iguaria eternamente indigerível, o objeto inconquistável, o único prêmio ao qual ele consegue ficar duradouramente apegado.

Ao recusar-se a amá-lo, Olívia presta ao Duque um grande serviço: ela dá estabilidade à sua vida. Lá no fundo, o duque acha que tem muita sorte; ele anseia por perpetuar seu impasse emocional com Olívia. Quando ele e ela finalmente ficam face a face no Ato V, as únicas palavras que esses estranhos cúmplices trocam soam como uma discreta admissão de sua parceria negativa:

> *Duque*: Ainda cruel?
> *Olívia*: Ainda e sempre constante, meu bom lorde.
> (V, i, 110-11) (*Comédias*, p. 425)

Orsino confia que pode manter Olívia cruel para sempre. Como seu desejo é o modelo para o amor-próprio dela, ele acha que tudo que precisa fazer para congelar essa situação permanentemente a seu favor é continuar a desejá-la: ela vai continuar a rejeitar não só a ele como todos os outros amantes possíveis; ela será a eterna prisioneira de seu monumental amor-próprio, que é o presente pessoal que Orsino lhe dá. Ainda que ele tenha "se abatido e perdido o preço", Orsino sente que seu prestígio como belo rapaz e duque o torna superior a todos os demais pretendentes, de modo que Olívia fica obrigada a manter sua parte no trato. Aquilo que ela lhe recusa, jamais concederá a nenhum outro homem.

Orsino comete o erro mais comum dos narcisistas escravizados; sua fé na força objetiva de seu ídolo é demais. Esse erro é fatal. Quando ele descobre que Olívia já o traiu, ele tem um ataque de ódio. Olívia está apaixonada, e por quem? Por seu próprio embaixador! A ironia disso é que, se alguma coisa além do narcisismo de Olívia é responsável por ela apaixonar-se, são as ações de Orsino. Foi ele que enviou Cesário à sua amada por causa do charme do rapaz, esperando que isso tivesse sobre Olívia o efeito que teve sobre ele, o que certamente aconteceu: as expectativas do duque são realizadas muito além do que ele jamais conseguiria imaginar.

É claro que essa trama é mais uma variação do grande tema shakespeariano do amante mimético que trabalha contra si – o homem ou mulher que alardeia os encantos de seu amor para seu rival, e os encantos do rival para seu amor. O sutil e refinado Orsino pertence à mesma família mimética que Valentino e Colatino. Por um breve período, depois de descobrir o que aconteceu, ele vira um louco furioso. Foi sua própria mediação que fez Olívia apaixonar-se.

capítulo 14
triste Cressida entre os alegres gregos

O caso de amor em *Tróilo e Cressida*

A principal ideia deste estudo é que Shakespeare não é apenas um ilustrador dramático do desejo mimético, mas seu teórico. Se essa tese tivesse de ser defendida com base em uma única peça, eu escolheria *Tróilo e Cressida*. Nenhuma outra peça mostra tão claramente uma gama tão completa de fenômenos miméticos, e dessa vez isso acontece não apenas na interação de alguns protagonistas, mas no contexto maior de duas sociedades em guerra.

Por maior que *Sonho de uma noite de verão* seja do ponto de vista da teoria, a mecânica do desejo e da rivalidade funciona com tamanha perfeição na comédia que sua presença permanece relativamente discreta, sempre subordinada a um empreendimento teatral coerente. Isso já não acontece em *Tróilo e Cressida*; em vez de transformar-se em ritual pacificador e mito gracioso, a peça termina de maneira assaz negativa e destrutiva.

Quando a desordem mimética deixa de servir ao propósito de um reordenamento final, ela passa a ser um fim em si mesma, ao menos do ponto de vista dramático; os diversos temas e tramas paralelas não têm outra razão de ser em *Tróilo e*

Cressida além de revelar novas facetas da desintegração. A peça pode ser definida como um tratado de decomposição mimética. A manipulação mimética sempre desempenhara um papel em Shakespeare, mas primariamente nas relações privadas. Em *Tróilo e Cressida* ela se torna uma verdadeira técnica de política e governo, e é bem possível que esse seja o feito mais impressionante dessa peça impressionante.

Há nessa peça uma política do desejo erótico, mas há também um problema político em sentido estrito, o problema da falta de autoridade de Agamémnone, do qual Ulisses trata usando truques miméticos similares aos de Pândaro no campo do erotismo. A unidade da peça está na demonstração do papel paralelo desempenhado pela estratégia mimética em todas as áreas da atividade humana. O símbolo dessa unidade é Pândaro, o intermediário erótico cuja importância, não apenas para essa peça, mas para todo o teatro de Shakespeare, não se poderia exagerar.

É impossível olhar para Pândaro nem que seja só por um segundo e não reconhecer toda a problemática do desejo feito homem. A única maneira de falar de *Tróilo e Cressida* sem mencionar o desejo mimético é evitar Pândaro absolutamente, que é o que a tradição crítica sempre fez. Aquilo que esse personagem representa nunca é discutido; seu valor simbólico para a peça inteira ainda não foi reconhecido.

No Ato III, Pândaro junta Tróilo e Cressida na cama; ele desempenha a função de proxeneta ordinário, mas não pode ser definido como tal. Como um cavalheiro, ele não busca o ganho material, mas também não está desinteressado. Suas piadas lascivas não têm graça, e às vezes ele parece bastante confuso, mas demonstra grande habilidade na consecução de seus curiosos interesses.

Como se pode definir esses interesses? As primeiras cenas da peça podem nos ajudar a entender. Pândaro quer que sua sobrinha Cressida e o jovem Tróilo tenham um caso, e ele tenta instilar em cada um, em separado, um ardente desejo pelo outro. Primeiro ele faz isso com Tróilo, elogiando Cressida de maneira exagerada e extravagante, depois com Cressida, elogiando Tróilo de maneira exagerada e extravagante. Em seu previsível discurso, volta e meia Pândaro usa um truque igualmente banal mas muito eficaz. Ele tenta fazer da famosa Helena uma mediadora do desejo que pretende excitar.

A cena com Cressida consiste amplamente em fofocas sobre a corte troiana, sobre Páris, Tróilo e, sobretudo, Helena. Pândaro é um esnobe; ele não parece conhecer a corte tão bem como diz, mas sua sobrinha conhece ainda menos. Ela é também uma esnobe; o esnobismo faz parte da paisagem mimética. É intenso o fascínio de Cressida pelos famosos e poderosos, e Pândaro se utiliza dele para atingir seu fim diabólico.

Em certa ocasião, quando toda a elite troiana estava reunida, Tróilo teria sido, supostamente, o centro das atenções. Helena, em particular, só tinha olhos para ele. Acariciando suas bochechas, ela elogiou suas feições, e chegou a contar os pelos um tanto escassos em seu queixo. Logo seguiu-se uma disputa espirituosa, vencida por Tróilo. Essa história ridícula se parece com muito com o que vemos na mídia contemporânea. Os consumidores dizem que não acreditam em uma só palavra, mas querem sempre mais. O verdadeiro objetivo dela é mostrar o interesse de Helena por Tróilo, explicitamente afirmado na conclusão, e reforçado pela repetição: “Posso jurar-vos que Helena lhe dedica mais amor do que a Páris... Mas, para vos demonstrar que Helena, realmente, lhe dedica amor...” (I, ii, 107-8; 118) (*Tragédias*, p. 236). Esse desejo imaginário de Helena é o verdadeiro incentivo, e nem Pândaro nem Cressida prestam a menor atenção em qualquer qualidade genuína de Tróilo que o torne intrinsecamente amável, independentemente de quem o esteja amando ou não.

O desejo de Tróilo já está febril, mas Pândaro tenta excitá-lo ainda mais, e Helena também desempenha um papel nisso. Pândaro cria um triângulo de desejo que depois irá gerar outros, quando Cressida, transferida para o acampamento grego, decide que deve trair Tróilo com Diomedes. Pândaro é parteiro e engenheiro do desejo, seu Alexandre e seu Napoleão, o mediador de todos os mediadores. Como o Deus de Descartes, seu empurrão inicial coloca o mundo inteiro em movimento.

Pândaro dá a seus dois protegidos o modelo mais irresistível de desejo em Troia ou em qualquer outro lugar: a bela Helena. Nada incita o desejo como o próprio desejo. Enquanto ímã de desejos inumeráveis, Helena não tem par; a própria Guerra de Troia acontece por sua causa; quem poderia surtir um efeito maior do que ela? O que quer que a própria Helena pareça desejar – especialmente em questões eróticas, o campo de sua especialidade – provavelmente será avidamente imitado por todas as mulheres que querem ser desejáveis. Incontáveis Cressidas querem *ser* Helena no sentido do desejo metafísico, no sentido de ser a *tradução* de Helena para Hérmia, a menina de sucesso de *Sonho de uma noite de verão*.

Longe de ser um truque novo nascido com a TV, a sensualidade por procuração é tão antiga quanto a própria humanidade. Ela remonta à religião primitiva, e nunca saiu de moda. Em nosso próprio mundo, é claro, ela é mais importante do que nunca. A tecnologia moderna acelera os efeitos miméticos; ela os repete *ad nauseam* e estende seu escopo ao mundo inteiro, mas não altera sua natureza. Ela também os transforma numa respeitabilíssima indústria, chamada *publicidade*.

Quando uma empresa tenta aumentar as vendas de um produto, ela usa a publicidade. Para inflamar nosso desejo, os publicitários tentam nos convencer de que todas as pessoas maravilhosas ao redor do mundo já estão apaixonadas pelo produto. Se a indústria quer ter um santo padroeiro, deveria escolher Pândaro. Shakespeare é um profeta da publicidade moderna. Seu Pândaro balança na frente de seus consumidores prospectivos o prestigioso desejo que excitará o deles. A droga mais potente, o *pharmakon* número 1, é essa estimulação mimética, a forte afirmação de Helena de moda e sensualidade.

O sexo hoje faz parte até da venda de produtos assexuados como a aspirina e o café instantâneo. Não é a beleza que interessa; as atrizes mais decrépitas servem, desde que tenham muitos troféus heroicos em seu baú de espólios de guerra, talvez meia dúzia de maridos descartados, e centenas de amantes. Helena é campeã mundial em todas as categorias. Milhares de homens já morreram só por causa dela. Nesse ramo dos negócios, quem manda é o espírito da violência.

A duradoura fama internacional de Helena como símbolo sexual resulta de um processo similar àquele iniciado por Pândaro. A única razão por que os gregos a querem de volta é que os troianos querem ficar com ela. A única razão por que os troianos ficam com ela é porque os gregos a querem de volta. Todos os círculos miméticos são círculos viciosos, e esse círculo é explicitamente definido desse modo na Cena 2 do Ato I, durante o debate troiano a respeito da oportunidade de continuar uma guerra terrivelmente destrutiva e completamente insignificante.

A Cressida shakespeariana é uma *mise-en-abîme* da história de Helena, e não faz diferença se essa personagem é invenção medieval e não grega. A Cressida medieval é uma duplicata da história genuinamente homérica, a qual, além de ter a rivalidade entre os gregos e os troianos, está repleta de rivalidades entre os próprios gregos, como a rivalidade de Agamémnone e Aquiles por causa da bela escrava Briseida.

*

A Guerra de Troia de Shakespeare parece uma espécie de torneio permanente que se luta primariamente por vaidade e prestígio pessoal. Ao fim da segunda cena, os guerreiros troianos marcham de volta para a cidade após seu encontro diário com o exército grego. Eles desfilam na frente das senhoras, que assistem ao grande evento do alto de uma torre nas muralhas troianas:

> *Cressida*: Como se chamam essas que passaram
> por nós neste momento?
> *Alexandre*: A Rainha Hécuba e Helena.
> *Cressida*: Aonde vão elas?
> *Alexandre*: Para a torre
> do nascente, cujo alto todo o vale
> domina como a súdito. A batalha
> vão apreciar.
> (I, ii, 1-4) (*Tragédias*, p. 234)

A cena que se segue nos lembra os jogadores de futebol famosos voltando ao vestiário após um jogo muito disputado. Enquanto os heróis marcham, com sua aparência mais feroz, os fãs ficam loucos e Pândaro vai fazendo comentários eruditos com sua sobrinha a respeito de seus respectivos méritos, primeiro sem dar muito pelo que está fazendo; ele está procurando Tróilo, que só aparece ao final da procissão. Pândaro avisa a sobrinha: "prestai principalmente atenção em Tróilo".[1] Aos olhos do intermediário, o desconhecido Tróilo brilha mais do que todos os seus ilustres companheiros. Cressida goza de sua inexperiência e juventude; a fim de enganar seu tio, que não se deixa enganar, ela diligentemente pergunta a respeito dos guerreiros que passam. Pândaro faz pouco deles com um gesto, e, quando Tróilo aparece, nenhum truque é barato demais para ser usado: segundo Pândaro, todos os aplausos cabem a Tróilo. Na verdade, Tróilo tem apenas um torcedor, o próprio Pândaro. Temendo o ridículo, Cressida quer que o tio pare de falar, mas não consegue deixar de implicar um pouco com ele:

> *Cressida*: E quem é aquele tipo mofino que vem ali?
> [...]
> *Pândaro*: Observai-o bem; tomai nota. Oh, bravo Tróilo!
> Olhai bem para ele, sobrinha; vede como a espada
> dele está cheia de sangue e seu capacete com mais
> entalhes do que o de Heitor... E como ele olha, e
> como anda... Oh, jovem admirável! Ainda não tem
> vinte e três anos. Continua nesse caminho, Tróilo!
> Continua nesse caminho! Seu tivesse por irmã uma
> das graças ou por filha uma deusa, ele já teria achado a
> sua eleita. Oh, homem admirável! Páris? Junto
> dele Páris é lodo; e posso assegurar-vos que se
> Helena pudesse trocar um pelo outro, ainda daria
> um olho pelo negócio.
>
> (I, i, 226-39) (*Tragédias*, p. 237-8)

[1] *Tragédias*, p. 237. [N. T.]

A estardalhante insistência de Pândaro é tão tediosa quanto a propaganda contemporânea, mas Shakespeare quer mostrar a importância da repetição. Bater na mesma tecla sem parar é algo que dispara a imitação mais ou menos automaticamente.

Por importante que seja, essa ladainha não é mais do que um acessório e uma distração, uma máscara atrás da qual o intermediário esconde sua principal técnica de venda, que é, novamente, a referência a Helena. Na citação anterior, essa referência vem por último e parece acidental em relação ao assunto central; na verdade, ela é a arma utilizada pelo astucioso Pândaro, escondida numa maçaroca de coisas menos importantes. Mesmo que Cressida não acredite no desejo de Helena por Tróilo, a imagem que Pândaro continuamente lhe oferece serve como a indispensável terceira parte, um modelo para seu desejo. Cressida experimenta tudo isso sob a forma do perpétuo milagre de apaixonar-se espontaneamente por Tróilo.

Tanto Tróilo quanto Cressida acreditam firmemente que Pândaro não tem nada a ver com seu amor mútuo; eles presumem, cheio de confiança, que a intensidade de seu desejo garante sua "autenticidade". Isso já está bem distante do Proteu de *Os dois cavalheiros de Verona*. Esse personagem, como o leitor há de recordar, reconhece explicitamente a natureza mimética de seu próprio desejo. O primeiro Shakespeare ainda tinha de aprender a sofisticada técnica de suas peças posteriores. Cressida é um bom exemplo dessa sutileza.

Enquanto Pândaro está por perto, Cressida não fala nada sobre seu amor por Tróilo, ruidosamente elogiado. Assim que Pândaro vai embora, ela fala de Tróilo num solilóquio que se deve guardar; ele é a chave para o significado de todo o caso amoroso:

> Muito mais no próprio Tróilo vejo
> do que Pândaro diga de sobejo.
> Porém resistirei. Solicitadas,

são anjos as mulheres; mas coitadas
depois de ganhas. Fana-se a conquista,
perdendo o encanto da primeira vista.
Nunca houve amante que, atingida a meta,
considerasse a amada mui discreta.
Esta máxima, assim, o amor me ensina:
o noivo serve; o cônjuge domina.
Por isso, embora sinta amor sincero,
que surja aos olhos consentir não quero.
(I, ii, 289-300) (*Tragédias*, p. 238)

Cressida não diz nada a respeito de seu desejo a seu tio porque ela, sabiamente, decidiu não ceder à tentação. Ela não tem experiência, mas é inteligente e instintivamente percebe os princípios fundamentais da conduta que mulher nenhuma pode dar-se ao luxo de ignorar, caso pretenda sobreviver na selva da estratégia erótica. Por razões estratégicas, nenhuma mulher sábia cede a seu amante; ela sabiamente leva em conta a natureza mimética do desejo dele. Cressida faz deliberadamente aquilo que Olívia, em *Noite de Reis*, faz espontaneamente, só por causa de seu tédio com a paixão de Orsino. Ao recusar-se a desejar Tróilo abertamente, ela aumenta ainda mais o desejo dele; ela designa a si mesma, e não a ele, como o objeto a ser desejado.

Na Cena 3 do Ato II, Tróilo e Cressida finalmente se unem, graças aos bons ofícios de Pândaro, e os dois estão tomados por suas emoções. A "embriaguez" de Cressida a impede de manter sua resolução. Ela ainda piora tudo ao revelar sua própria estratégia abortada a seu amante. Ela joga toda a prudência no lixo. É visível que Shakespeare nesse momento deseja representar uma mulher apaixonada, ansiosa por interromper todo tipo de maquinação.

Curiosamente, essa Cressida se parece com outra heroína shakespeariana cuja reputação é muito melhor que a da amante infiel de Tróilo: Julieta. Numa cena de certo modo comparável àquela que leremos agora, Julieta sugere a Romeu que ela pode "bancar a difícil" para deixar o desejo de seu amado mais forte. O fato de que ela discute abertamente essa opção estratégica com sua vítima pretendida impede qualquer uso eficaz dela; Shakespeare mostra isso como a rendição total por parte de Julieta. O mesmo vale para Cressida:

> *Cressida*: Sinto-me audaz agora e com coragem.
> Príncipe Tróilo, amei-vos noite e dia,
> durante longos meses.
> *Tróilo*: Por que causa,
> minha Cressida, então, demorou tanto
> para ser conquistada?
> *Cressida*: Na aparência,
> tão somente, senhor; porque, em verdade,
> desde o primeiro olhar que... Oh! Perdoai-me;
> se disser tudo, virareis tirano.
> Amo-vos neste instante, mas não tanto
> que dominar o meu amor não possa.
> Não, minto; os pensamentos se me tornam
> como crianças por demais mimadas,
> que para as mães teimosas se revelam.
> Mas, como somos loucas! que vantagem
> nos vem de falar tanto? Quem é que há de
> ser fiel para nós outras, se conosco
> a tal ponto indiscretas nos mostramos?
> Porém embora vos amasse, nunca
> deixei transparecer meus sentimentos.
> Mas ser homem agora desejara
> ou, pelo menos, ter o privilégio
> dos homens, de falar primeiramente.
> Mandai-me, amigo, refrear a língua,
> porque nesta embriaguez é quase certo
> falar o de que venha a arrepender-me.

Vede, vosso silêncio, por astúcia
tornado mudo, da fraqueza tira-me
a alma de meu segredo. Vinde logo
fechar-me a boca.
(III, ii, 112-31) (*Tragédias*, p. 257-8)

A fim de entender a evolução posterior do relacionamento, devemos recordar essa entrega total de si mesma feita por Cressida. Após sua noite juntos, os dois jovens reaparecem na manhã seguinte, na Cena 2 do Ato IV. Mais do que nunca, Cressida exala amor por Tróilo. Mas Tróilo está diferente; ele ainda diz palavras de amor, mas já não age como quem ama. Ele quer partir imediatamente:

Tróilo: Querida, não vos apresseis; é fria
por demais a manhã.
Cressida: Então, meu doce
senhor, terei de convocar o tio,
para que ele abra a porta.
Tróilo: Não, deixai-o.
Para o leito de novo, para o leito!
Que o sono mate esses bonitos olhos
e os sentidos te deixe tão tranquilos
como sono de criança que não pensa.
Cressida: Bom dia, então.
Tróilo: Repito: para o leito.
(IV, ii, 1-7) (*Tragédias*, p. 265)

A preocupação com sua saúde não engana Cressida. Tróilo quer mandá-la de volta para a cama – sozinha. Agora, ele deseja o campo de batalha; ele quer estar com os outros meninos. Sem dúvida, Tróilo sente-se orgulhoso de sua bela amante, mas de que serve o orgulho se os outros homens não estão sabendo de nada? Para ser plenamente desfrutado, o triunfo erótico exige testemunhas. Tróilo está com vontade de ir gabar-se junto aos seus 99 irmãos.

Ao perceber isso, Cressida pergunta: "Estais farto de mim?". Tróilo esconde sua vergonha atrás de uma nuvem da mais desgastada retórica.

> Oh, não, Cressida!
> Se pela cotovia não tivesse
> sido acordado o dia barulhento
> que despertou os corvos luxuriosos,
> e a noite sonhadora não tivesse
> deixado de ocultar nossa ventura,
> de ti não me apartara.
> (IV, ii, 8-11) (*Tragédias*, p. 265)

Há dois tipos de retórica em Shakespeare, o tipo significativo que expressa o desejo mimético, e esse tipo, verdadeiramente artificial e enganoso. Quando um personagem fala como Tróilo então fala à sua amante, está mentindo para ela. Cressida suspira: "Muito curta foi esta noite" (11). Novamente Tróilo tenta fugir: "Ides resfriar-vos e culpar-me por isso" (14).[2] Se a mulher cede com muita facilidade ao seu amante, ele logo perde todo interesse por ela. Diz Cressida:

> Mais um pouco
> parai, vos peço. Os homens nunca esperam.
> Oh, Cressida aloucada! Eu deveria
> ter resistido um pouco. Assim, teríeis
> esperado também.
> (IV, ii, 15-18) (*Tragédias*, p. 265)

Aí está uma recordação do aviso que Cressida deu a si mesma ao fim do Ato I: "Porém resistirei". É claro que a indiferença de Tróilo deve ser lida à luz daquele solilóquio. A estratégia ali delineada estava certa; Cressida errou ao abandoná-la.

[2] As duas citações encontram-se em *Tragédias*, p. 265. [N. T.]

A constância de um amante é inversamente proporcional à disponibilidade de sua amada para satisfazer seus desejos. As mulheres que desprezam essa lei mimética não podem culpar ninguém além de si mesmas.

Quase que imediatamente, Pândaro aparece, fazendo piadas de mau gosto a respeito de sua sobrinha. Em vez de calá-lo, como seria o certo, Tróilo se torna *de facto* seu cúmplice. Então batem na porta. Após pedir que Pândaro atenda, Cressida pede a Tróilo que venha com ela a seu quarto. A essa hora da manhã, ela não quer que o jovem seja visto em seu apartamento:

> Quem estará batendo? Ide, bom tio,
> ver quem está à porta. Novamente
> meu senhor, recolhei-vos ao meu quarto.
> Sorristes zombeteiro, por pensardes
> que falei por malícia.
>
> (IV, ii, 36-8) (*Tragédias*, p. 266)

Cressida teme por sua reputação, mas Tróilo interpreta suas palavras como um convite para mais uma sessão amorosa. Não apenas ele não repreende Pândaro, como ainda o imita: ele é tragado pelo discurso sexista. Sua noite com Cressida o deixou rude e insensível.

Há uma curiosa tradição de cegueira no péssimo comportamento de Tróilo naquela manhã. Os críticos recordam a história medieval e não conseguem imaginar que Shakespeare possa espertamente virar sua mensagem do avesso: é a mulher que deve ser culpada; a falsidade está escrita por todo o seu corpo; seu amante encarna a fidelidade. A possibilidade de que Shakespeare possa ironicamente minar a antiga estrutura não é contemplada.

Os críticos não levam em consideração a insensibilidade temporária de Tróilo. Quando falam dele, desculpam-no de todas as maneiras. Um bom rapaz em paz consigo mesmo não pode ser censurado por estar um pouco avoado àquela hora da manhã. Eles acham que o coração dele está no lugar certo, que sua atitude básica não mudou. O fim da história vai demonstrar seu *profundo e duradouro amor* por Cressida.

Esses críticos não explicam por que Shakespeare reuniu pacientemente uma montanha de provas contra Tróilo. Os bons dramaturgos não fazem esse tipo de coisa sem um propósito. O raciocínio implícito dos críticos é que o furioso ciúme da Cena 6 não poderia vir à tona se o "amor" que o causa não tivesse estado lá o tempo inteiro, sob a superfície, forte como nunca.

Esses críticos estão cegados pelo mito oitocentista da continuidade psíquica. Eles acham que o ciúme posterior de Tróilo deve ter suas raízes em seu desejo original por Cressida, mas estão errados. Naquela fatídica manhã, esse desejo "original" está completamente morto, e sua morte foi profetizada pela inteligente Cressida. Os críticos deveriam prestar mais atenção nela: seus maiores medos se tornaram realidade pela exata razão que ela previra. Ela não vai cair de novo; a partir de agora, ela vai agir de acordo com os princípios que ela sempre soube ser verdadeiros, mas que não pôs em prática por causa de seu amor por Tróilo.

Os professores tratam Tróilo como um daqueles alunos a quem sistematicamente dão boas notas por medo de perdê-los. Nenhum dramaturgo envia os sinais que detectamos sem que queira deixar algo claro. Esses sinais podem até não vir a ter nenhum significado na vida real, mas nunca numa peça. Agora é a hora de lembrarmos que toda trama dramática é inteiramente premeditada. Que efeito Shakespeare está tentando produzir?

*

A indiferença de Tróilo, tão importante, não passa de uma breve fase; vejamos como ela termina. Chega um mensageiro com a notícia de que Cressida deve deixar Troia imediatamente para reunir-se a seu pai, que já está no acampamento grego. Ela será trocada por um guerreiro troiano aprisionado pelos gregos.

A partida da menina pode mostrar-se fatal para seu caso amoroso com Tróilo. Pândaro é o único que parece verdadeiramente perturbado. A crise de ansiedade de Cressida é espetacular demais para ser totalmente convincente. Tróilo recebe a notícia placidamente – filosoficamente até. Ele louva a virtude da resignação para sua amante histérica. O desejo de seu pai tem o apoio de todos os chefes dos dois lados, e ela tem de obedecer. Tróilo promete que cruzará a linha de batalha clandestinamente para visitá-la.

A notícia da transferência de Cressida para o acampamento grego obviamente realiza um desejo secreto de Tróilo. Ela colocará a devida distância entre ele e uma mulher cuja devoção excessiva ele considera lisonjeira, natural, legítima, mas cansativa. A linha de batalha é uma barreira de mão única ideal. Sempre que Tróilo quiser desfrutar de sua amante, antes de tudo decorativa, poderá cruzá-la com relativa facilidade, mas Cressida, uma mulher, terá de ficar do seu lado da cerca. Em outras palavras, o intervalo entre cada visita vai demorar o quanto Tróilo quiser, e não Cressida. Uma resolução esplêndida, sem dúvida, e, como tudo mais em sua vida, incluindo a própria Cressida, ela chega para Tróilo numa bandeja de prata. A Fortuna certamente sorri para esse jovem e valoroso cavalheiro. Mais do que nunca, ele sente que tem a faca e o queijo na mão.

A essa altura, Tróilo implicitamente acredita que sua amante, mesmo que tentasse, não conseguiria ser-lhe infiel; ela está apaixonada demais por ele. A única preocupação que lhe resta é sua preciosa liberdade. Todo prisioneiro, incluindo um prisioneiro do amor, tem um só desejo: escapar. A ingênua autoconfiança de Tróilo o deixa muito vulnerável.

Cressida é inteligente demais para não ver além dos cálculos de seu amante e, mais do que nunca, ela é obrigada a desejar ter resistido. É tarde demais para essa estratégia, mas nenhuma mulher inteligente e por acaso muito bonita fica totalmente sem recursos. Quase que distraidamente, ao que parece, ela diz uma frase que merece mais atenção do que tem recebido:

Triste Cressida entre os alegres gregos!
Quando nos reveremos?
(IV, iv, 55-6) (*Tragédias*, p. 268)

Na Inglaterra elisabetana, "alegres gregos"[3] era uma expressão comum para designar hedonistas. Assim que percebe seu significado, Tróilo imediatamente muda seu discurso:

Ouve-me, amor. Se fores verdadeira...
(IV, iv, 57) (*Tragédias*, p. 268)

Cressida reage com raiva ao tom de suspeita que detecta nessas palavras:

Eu, verdadeira? Que maldosa ideia!
(IV, iv, 58) (*Tragédias*, p. 268)

Ele responde:

Tróilo: Não te disse
"Se fores verdadeira" porque tenha
desconfiança de ti, pois atirara
minha luva até mesmo para a morte,
pela certeza de que mancha alguma
te enfeia o coração. Porém só disse
"Se fores verdadeira", para corpo
dar à promessa que ora vou fazer-te:
Se fores verdadeira, hei de rever-te.
Cressida: Oh, meu senhor! Assim vos exporíeis
a infinitos perigos e iminentes.

[3] "*Merry Greeks*" no original. [N. T.]

> Mas serei verdadeira.
> *Tróilo*: E eu vou tornar-me
> amigo do perigo. Usa este laço.
> *Cressida*: E vós a luva. Quando nos veremos?
> *Tróilo*: Hei de comprar as sentinelas gregas,
> para visitas te fazer noturnas.
> Por isso, sê-me fiel.
> (IV, iv, 72-4) (*Tragédias*, p. 268)

Assim como Tróilo fica repetindo "verdadeira" exatamente como antes dizia "ides resfriar-vos", podemos vê-lo tentando em vão digerir os alegres gregos de Cressida. Sua inteligência não é tão rápida quanto a dela, mas as implicações da expressão vão ficando claras cada vez mais rápido. A cada "verdadeira" ela vai ficando mais impaciente:

> *Cressida*: Oh, céus! De novo,
> "fiel" e "verdadeira".
> *Tróilo*: Ouve, amor, por que falo desse modo.
> Todos os moços gregos são dotados de grandes
> qualidades; muito amáveis sempre se mostram, com
> talentos múltiplos que não lhes regateia a natureza
> e que a arte e os exercícios mais exaltam. A novidade
> pode ter influência... Ah! uma espécie de piedoso
> ciúme – podes chamá-lo de pecado santo – me
> infunde esse receio.
> (IV, iv, 74-82) (*Tragédias*, p. 268)

A mera possibilidade de perder Cressida para os gregos a torna novamente valiosa aos olhos de Tróilo. Se não atribuirmos essa maravilhosa metamorfose ao *desejo mimético*, a que atribuiremos? Esse incidente é o ponto de virada do episódio inteiro, o renascimento do desejo de Tróilo; ele é sumamente relevante para o tema do presente estudo.

Sejamos pedantemente precisos: o segundo desejo de Tróilo não pode ter sua raiz em Tróilo, o sujeito, uma vez que, um minuto antes, esse desejo não existia. Ele também não pode ter sua raiz no objeto: sua amante não mudou sob nenhum aspecto, e, um segundo antes, não parecia nem um pouco atraente. Ela se tornou desejável novamente ao lembrar Tróilo da reputação erótica dos gregos. Será possível que a natureza de segunda mão do desejo de Tróilo fique mais explícita do que aqui?

Cressida não pode readquirir "o encanto da primeira vista" que costumava ter, mas ela pode passar a pertencer a outra pessoa, e esse tipo de perda é a segunda grande receita para tornar algo que não tem valor no objeto que, nas palavras de Cressida, "os homens consideram... melhor do que é".[4] Ela plantou no coração de seu amante um medo que transforma as encantadoras lembranças da noite recém-finda numa tortura insuportável. O futuro de Tróilo será pior do que se Cressida jamais tivesse lhe pertencido.

O novo amor de Tróilo por Cressida está intrinsecamente associado à sua inveja dos gregos. Infelizmente para ele, Cressida entende tudo. Se ela fosse menos inteligente, ela ficaria totalmente reconfortada e pensaria: "Oba! Ele ainda me ama!". Mas ela é mais esperta; o novo desejo de Tróilo não tem nada a ver com amor verdadeiro:

> *Cressida*: Tu não me amas.
> Tróilo: Então, que eu morra como um celerado.
> Assim falando, em dúvida não ponho
> tanto a sinceridade que te é própria,
> como meu próprio mérito. Que coisa
> seja cantar, não sei, dar grandes saltos,

[4] "*Men prize... more than it is*". A referência é ao solilóquio de Cressida após a saída de Pândaro no início da peça. As opções de CAN o levaram a omitir a formulação. [N. T.]

manter conversações adocicadas,
dirigir sutis jogos, qualidades
muito altas todas elas, em que excelem
sobremaneira os gregos. Porém digo-te
que em cada adorno desses um demônio
se acoita, silencioso e insinuante,
hábil para tentar. Por isso mesmo,
foge da tentação.
Cressida:Julgais que o queira?
Tróilo: Não.
Mas muita coisa acontecer costuma
contra nossa vontade, e algumas vezes
viramos em demônios de nós mesmos,
quando tentamos a fragilidade
de nossas forças, por demais confiantes
em sua inabalável resistência.
(IV, iv, 82-97) (*Tragédias*, p. 268)

No coração de Tróilo, o terror-pânico tomou o lugar da complacência. Ele, há poucos minutos um deus do amor, virou um camponês desajeitado; a única coisa divina nele é seu ciúme. Os verdadeiros deuses são os gregos.

Nosso jovem e rústico troiano sente-se inferior a seus rivais em dois aspectos. Não apenas lhe faltam aquelas qualidades dos gregos que ele tão imprudentemente enumera a Cressida, como a partir de agora esses mesmos gregos terão acesso fácil e permanente à mulher que ele vai perder. Um minuto atrás, Cressida era uma namorada superpossessiva e o campo de batalha oferecia uma bem-vinda proteção contra ela; agora, ele se tornou um obstáculo diabólico a serviço de pérfidos demônios que interferem no "amor verdadeiro".

Cada detalhe do elogio que Tróilo faz aos gregos revela sua urgência de imitá-los. Qual jovem apaixonado não deseja "dar grandes saltos"?[5] Infelizmente, Tróilo já passou da idade de receber educação grega. O único traço grego que ele pode reproduzir imediatamente é sua paixão pelas belas mulheres e, mais especificamente, sua iminente paixão por Cressida. Sem dúvida essa paixão é ainda imaginária, mas não por muito tempo; o próprio Tróilo irá disparar o processo mimético de sua gênese quando entregar Cressida a Diomedes.

Pobre Tróilo! Foi breve seu momento de triunfo. Terá Cressida planejado cuidadosamente sua manobra brilhantemente executada, ou terá ela simplesmente seguido aquilo que nossos pais teriam chamado de "instinto feminino"? O que quer que seja, o resultado é eminentemente satisfatório. Com seis palavras ("triste Cressida entre os alegres gregos"), ela provocou uma segunda revolução em seu relacionamento com Tróilo.

A estratégia de "resistir" de Cressida foi um sucesso enquanto durou, mas não durou o bastante; após perder o controle, ela precisou tentar outra coisa. Sua segunda estratégia é mais eficiente e mais divertida do que a primeira, e Cressida se lembra dela quando chega ao acampamento grego. Assim, ela aprende rápido a lição que Helena, em *Sonho de uma noite de verão*, não conseguiu absorver, nem quando a mais bem-sucedida Hérmia a explicou:

> *Helena*: [...caso conseguisse
> tua beleza obter, tua meiguice,]
> porque sendo, como és, o meu contraste,
> seu coração bondoso conquistaste.
> *Hérmia*: Faço-lhe cara feia, ele me adora.
> (I, i, 192-4) (*Comédias*, p. 179)

[5] "*Heel the high lavolt*", no original de Shakespeare. A nota para o trecho correspondente (idêntica numeração) da edição Arden Third Series sugere que o verdadeiro significado da frase é aprender a complicada dança do *lavolt*, que teria origem francesa – um anacronismo permitido pela licença poética. [N. T.]

O segundo desejo de Tróilo não tem mais continuidade em relação ao primeiro do que sua indiferença do período intermediário. Esse segundo desejo tem Cressida por mãe e os alegres gregos por pais. O primeiro desejo tinha Pândaro por mãe e a estratégia de resistência de Cressida por pai. O momento de indiferença que separa os dois é crucial para a compreensão da peça inteira.

*

Após Tróilo entregar Cressida a Diomedes e testemunhar as perturbadoras preliminares de seu novo caso amoroso, ele inicia um discurso louco o bastante para fazer que Ulisses pergunte, com grande surpresa:

> O digno Tróilo sentirá, acaso,
> metade, só, do que a paixão exprime?
> (V, iii, 161-2) (*Tragédias*, p. 278)

Tróilo responde:

> Sim, grego, o que há de ser bem divulgado
> com caracteres tão vermelhos como
> o coração de Marte encandecido
> por Vênus sedutora. Nenhum jovem
> jamais amou com alma tão constante.
> Escuta, grego: tanto amo a Cressida
> como tenho ódio ao Diomedes dela.
> (V, iii, 163-8) (*Tragédias*, p. 278-9)

Tróilo, sempre ingênuo, diz-nos francamente que seu amor por Cressida e seu ódio pelo amante grego dela têm cada um a mesma medida que o outro. Certamente que têm; essa é a verdade fundamental da rivalidade mimética, formulada bem aqui. Mas ele não é inteligente o bastante para perceber a autoacusação em suas próprias palavras. Antes, no mesmo dia, ele tinha sido hipócrita ao jurar amor eterno a Cressida, mas dessa vez ele está dizendo só a verdade. A infidelidade de Cressida garante a permanência de sua paixão por ela.

A essa altura Tróilo esqueceu sua indiferença temporária a Cressida e tem total certeza de sua superioridade moral. Assim como os críticos da peça, ele enxerga seus dois desejos distintos por Cressida como se fossem um só, e apesar daquilo que ele mesmo diz, não duvida nem por um segundo da anterioridade cronológica e da independência espiritual de seu desejo supostamente monolítico. Se pudéssemos explicar-lhe a natureza mimética de todas as suas reações, ele provavelmente nos cortaria o pescoço imediatamente, de tão indignado que ficaria.

Ele não se lembra do alívio que sentiu quando soube que Cressida seria enviada aos gregos; ele não se lembra de seu egoísmo, de sua falta de jeito, sua falta de cuidado, sua solidariedade vulgar com Pândaro, seu respeito digno de um escravo pelos invejados gregos. Ele não se lembra da morte de seu desejo naquela fatídica manhã. Ele jamais descobrirá o verdadeiro responsável por seus infortúnios: ele mesmo.

Quando Tróilo entrega Cressida a seu acompanhante grego, Diomedes, ele não consegue não "louvar" seus vastos méritos de modo muito provocante. Seu pequenino discurso parece perfeitamente calculado para convencer seu único ouvinte de que cortejar Cressida seria uma ideia excelente, e é isso que Diomedes, é claro, começa a fazer imediatamente, inspirado mimeticamente por Tróilo:

> Assim, afirmo-te,
> senhor da Grécia, que ela tanto acima
> paira de teus louvores quanto indigno
> és de poderes ser criado dela.
> Trata bem dela, digo, mas por causa
> da recomendação que ora te faço,
> que, do contrário, pelo grande Pluto,
> mesmo que por baluarte dispusesses

do colossal Aquiles, o pescoço
saberia cortar-te.
(IV, iv, 123-9) (*Tragédias*, p. 269)

Em todas as circunstâncias, a vaidade de Tróilo e seu auto/heterocentramento infalivelmente o torna o glutão de sofrimentos que ele com certeza é, mas jamais enxergará em si mesmo. Ele pertence à conhecida família de Valentino, Colatino, Sílvio e outros, mas de todos esses personagens, é o menos reflexivo. Nesse aspecto ele está no polo oposto ao de Cláudio em *Muito barulho para nada*.

Tróilo é uma daquelas pessoas que precisam de companhia quando desejam; agora ele tem de dar conta de um exército inteiro de "alegres gregos". Ele é mais uma ocorrência de algo quintessencialmente shakespeariano, o personagem que tem necessidade de divulgar e alardear sua boa sorte, imprudentemente convidando o adultério a fim de fortalecer uma paixão incerta. Essa fraqueza do desejo individual – do desejo solitário e sem apoio, do desejo celibatário – reaparece constantemente em Shakespeare, mas o tema está mais desenvolvido e articulado em Tróilo do que nos personagens anteriores graças às muitas cenas em que a inteligência de Cressida dá à peça indicações infalíveis de onde verdadeiramente está o desejo de Tróilo.

*

Os altos e baixos do desejo de Tróilo por Cressida ilustram maravilhosamente uma diferença fundamental entre Shakespeare e Freud, ou, de modo mais geral, entre a teoria mimética e Freud. Se acreditarmos na psicanálise, presumiremos que a verdadeira origem de nossos desejos é uma lei cultural exterior a nós. Ao contrário do homem shakespeariano, o *homo psicanaliticus* não precisa que lhe digam o que deve desejar; ele deseja os objetos proibidos por aquela lei exterior.

Como o objeto mais proibido é a mãe, supostamente todos nós desejaríamos nossas mães, ou ao menos as substitutas de nossas mães. Na atual atmosfera literária, os críticos independentes nunca são independentes o suficiente para ousar sugerir qualquer coisa que possa contrariar esse sacro princípio. Shakespeare mostra que isso não passa de flagrante *nonsense.*

Cressida nunca é realmente "maternal", e a menos maternal de todas as sucessivas Cressidas é aquela por quem Tróilo está mais furiosamente apaixonado, a Cressida de Diomedes. O oposto é igualmente verdadeiro: a Cressida mais desapegadamente devotada a Tróilo, a Cressida integralmente apaixonada por ele, é também a Cressida que o canalha deseja menos; ele quer fugir porque ela parece confiável demais. Se alguma Cressida é maternal, certamente é essa última.

Cressida demonstra a absurdidade de atribuir a nossos desejos uma orientação instintiva para a maternalidade e a maternidade em geral. Mulher incapaz de jogar sujo com Tróilo nunca vai interessá-lo por muito tempo. A maior parte das mães não joga sujo com seus filhos. A maior parte dos filhos não tem interesse pela mãe como objeto sexual. Tróilo é exemplo extremo da maneira como a maioria dos homens é.

Trata-se de um erro acreditar que a proibição externa deixa os objetos *inacessíveis* no sentido exigido pelo desejo; mas os mediadores miméticos os deixam inacessíveis, tornando-se obstáculos na medida em que são modelos para nossos desejos. Quando a lei exterior nos designa um modelo, sempre seleciona alguém numa posição que, por causa de sua relação conosco, normalmente não se tornará nosso rival.

A diferença mais decisiva entre Shakespeare e Freud não é que as "relações entre pares" sejam mais importantes para Shakespeare (nem sempre é o caso, como em *Coriolano*), mas que todas as posições fixas, todos os rivais culturalmente determinados são substituídos pela ideia muito mais forte do obstáculo autogerado, o fruto da imitação que se volta contra o imitador, a rivalidade mimética.

capítulo 15
luxúria e guerra

A subversão da lenda medieval de *Tróilo e Cressida*

Shakespeare rejeita o contraste simplista entre um Tróilo totalmente fiel e uma Cressida totalmente infiel. Contudo, ele não coloca uma heroína perfeita no lugar de um herói perfeito; ele subverte a lenda medieval de modo mais radical. Sua Cressida ainda pertence ao inferno mimético da peça; ela não consegue resistir ao glamour; suas fascinações sucessivas e seus cálculos mesquinhos são dignos de Emma Bovary, mas sua incompetência inicial para a hipocrisia faz dela uma figura mais amável do que Tróilo.

Cressida é corrompida pelos dois homens em sua vida, primeiro Pândaro, depois Tróilo. Ela se entrega incondicionalmente, e o verdadeiro pecado de seu amante é que ele menospreza esse presente. Enxergá-lo como vítima inocente é perder de vista o ponto central dessa versão de *Tróilo e Cressida*.

A maior parte das pessoas tem atitude conservadora em relação a histórias antigas e são hostis a qualquer inovação. Como crianças à hora de dormir, sabem tudo de cor. Mencione apenas um enredo e elas completam o que falta; elas automaticamente presumem ter ouvido a história inteira. Na época de Shakespeare, a história medieval era tão bem conhecida que a menor alusão a ela automaticamente provocava uma atitude anti-Cressida. Shakespeare não teria esperanças de converter os espectadores mais vulgares à sua concepção revisionista do que acontece a esses dois amantes.

A maior parte do público deve ter entendido mal a peça desde a sua primeira montagem, e o dramaturgo não se importou nem um pouco. Tudo aconteceu de acordo com o plano: a comédia foi escrita de modo a permitir duas interpretações radicalmente divergentes do mesmo texto. Na Londres de 1600, os dramaturgos tinham de fazer sucesso do mesmo jeito que os cineastas ou produtores de TV da nossa época. Eles não podiam se dar ao luxo de desagradar a maior parte do público; tratava-se, simplesmente, de uma questão de sobrevivência. Era preciso respeitar os preconceitos muito arraigados, ao menos superficialmente. Quando os bons autores trabalham sob esse constrangimento, frequentemente tentam escrever tanto para as massas quanto para os poucos eleitos. Eles inventam modos de ambivalência que tornam suas obras aceitáveis a ambos os segmentos do público simultaneamente.

Tentei mostrar que *Sonho de uma noite de verão* deve ter sido um resultado dessa técnica ambivalente; *Tróilo e Cressida* é semelhante e diferente. Dessa vez, Shakespeare não tinha de levar em consideração uma turma de suscetíveis aristocratas. A peça é notavelmente desinibida, mas o estereótipo do bom Tróilo e da malvada Cressida apresentava um problema um tanto similar ao dilema anterior, que teve de ser resolvido de maneira similar. Shakespeare não quis adotar o velho clichê sexista, mas foi impossível simplesmente descartá-lo ou mesmo escancaradamente modificá-lo. Ele tinha de lidar com o tema de modo convencional o suficiente para que ele continuasse aceitável ao povo, mas também audacioso, impertinente e espirituoso a ponto de impressionar seu círculo de amigos, pequeno mas muito importante.

Se lermos *Tróilo e Cressida* como uma engenhosa solução para esse plausibilíssimo dilema, conseguiremos dar conta dos aspectos da peça que sempre confundiram os críticos. Certas características farão pouco ou nenhum sentido enquanto presumirmos que *Tróilo e Cressida* é uma peça que se presta a uma só leitura, mas elas fazem muito sentido quando postulamos dois tipos opostos de sinais voltados para duas plateias distintas que assistem simultaneamente à mesma peça.

No início do Ato III, há um breve episódio que obviamente contradiz a análise que fiz do caso amoroso no capítulo anterior. Trata-se de uma ruidosa mas insignificante reafirmação do clichê sexista. Logo antes de os dois jovens irem para a cama, Pândaro pede que eles façam um juramento solene:

> *Pândaro*: Dai-me a mão; a vossa também, prima. Se em qualquer tempo um de vós se mostrar infiel para o outro, já que tive tanto trabalho para aproximar-vos, que até o fim do mundo todos os pobres medianeiros tragam meu nome; chamai-os de Pândaro. Que todos os homens constantes sejam Tróilos; as mulheres falsas, Cressidas [...] Dizei amém.
>
> *Tróilo*: Amém.
>
> *Cressida*: Amém.
>
> (III, ii, 197-205) (*Tragédias*, p. 259)

Esse bizarro juramento é parte de uma estratégia que reforça, com grande fanfarra mas sem nenhum conteúdo significativo, o mesmíssimo estereótipo que está sendo minado pela interação mimética entre os dois amantes. Esse tolo jogo de cena pode ser comparado a uma faixa colorida na qual estão escritos slogans populares e ocos em letras garrafais. Pândaro está sacudindo essa bandeira histericamente para que os espectadores desconcertados por aquilo que lhes parece um monte de complexidades desnecessárias possam reunir-se em torno dela e sentir-se reconfortados. Não se pode dizer que "o constante Tróilo" e "a falsa Cressida" não estão presentes; os espectadores ciosos da tradição agora têm algo inequívoco a que se agarrar e podem dormir em paz, sem se preocupar com os aspectos enigmáticos dessa confusa peça.

É interessante observar que um de seus primeiros editores, Hanmer, mudou a frase "que todos os homens constantes sejam Tróilos" para "que todos os homens inconstantes...", o que é mais coerente com o teor geral da peça de Shakespeare, assim como as palavras que antecedem imediatamente o juramento. Em *Revisal of Shakespeare's Text* [*Revisão do texto de Shakespeare*], de 1865, Benjamin Heath reagiu da seguinte maneira:

> A leitura antiga [...] é certamente a correta. A intenção do poeta é, claramente, que essa imprecação seja aquela verificada pelo que acontece, como é, em parte, até hoje. Mas nem Tróilo jamais foi um nome usado para designar um amante inconstante, nem, se dermos crédito à história dessa peça, ele mereceu esse caráter, do mesmo jeito que os dois outros mereceram a vergonha que ali lhes foi imprecada.[1]

Todos os editores modernos concordam que "constante" é a melhor leitura. William Empson explica por quê:

> A correção a "inconstante" está errada porque isso obviamente foi dito na boca de cena, um discurso diretamente dirigido à plateia, que apelava para aquilo que todos sabiam que a história seria; ao fim da cena, ele aponta para cada personagem e diz: "vocês sabem o que é que nós, marionetes, estamos representando, a situação é simples e forte".[2]

Compartilho essa perspectiva, mas por razões diferentes daquelas habitualmente mencionadas. O texto da peça zomba do "constante Tróilo", mas Shakespeare

[1] Citado em Harold N. Hillebrand, ed., *Troilus and Cressida*, Philadelphia: Lippincott, 1953, p. 164.
[2] William Empson, *Seven Types of Ambiguity*, London: Chatto and Windus, 1930, p. 265-66.

deliberadamente dá uma pista falsa àqueles que nem querem, nem conseguem absorver sua reinterpretação mimética do caso amoroso.

*

O juramento proposto por Pândaro é sem dúvida um recurso grosseiro, e não há nada que se lhe assemelhe no resto da peça. Segundo a estratégia geral de garantir a satisfação das massas convencionais, o principal truque de Shakespeare é muito mais interessante. Consiste no respeito minucioso aos dados literais da antiga história. Meus leitores sem dúvida já observaram que a leitura mimética não altera minimamente esses dados: todos os *fatos* estão lá. Ao fim da história, o Tróilo shakespeariano, assim como o Tróilo tradicional, está ainda mais apaixonado por sua amante do que no início; esse novo Tróilo permanece sempre *fisicamente fiel* à sua amante, enquanto Cressida é *fisicamente infiel*. Isso é o que refiro por "fatos" da história. Trata-se de um *fato* que Tróilo é tão inconstante e Cressida tão inconstante quanto exige a tradição. A razão por que Tróilo se acha tão superior moralmente é que ele tem todos os fatos a seu lado. Se ele pudesse processar Cressida, certamente venceria.

A letra da história está intacta, mas o espírito foi transformado. É isso que os críticos jamais conseguiram entender. Shakespeare faz isso exclusivamente por meio da interação mimética. Não acontece nada que contrarie formalmente os *slogans* da faixa do "Tróilo constante" e da "falsa Cressida", mas a interação mimética altera o significado de tudo. A infidelidade *física* de Cressida tornou-se uma espécie de retaliação contra a infidelidade *espiritual* de Tróilo, que deve ser considerada o maior dos dois pecados porque ocorre primeiro e não foi provocado em absoluto.

A razão do extremo ódio de Tróilo na conclusão não é sua constância, mas sua derrota numa guerra de pseudonarcisismo. O feroz ciúme não redime nosso herói, já que se deve inteiramente aos "alegres gregos"; ele não prova seu "profundo e duradouro amor por Cressida". Cressida apenas faz com Tróilo aquilo que Tróilo mais cedo ou mais tarde teria feito a ela, caso ela tivesse lhe dado a chance, caso ela não tivesse sido a primeira a fazer isso com ele. Após sua noite com ela, ele achou que ela ficaria para sempre à sua disposição, mas ela o colocou numa armadilha da qual, dessa vez, ele não tem como escapar.

O autor urdiu essa interação mimética tão habilidosamente na trama antiga que a maior parte das pessoas nunca entende o significado shakespeariano da peça; elas continuam inteiramente cegas aos sinais que mudam o significado dos dados inalterados. Ao ficar abaixo do nível de perceptividade necessário para entender a reinterpretação do caso amoroso, elas caem de volta na história tradicional e automaticamente preenchem sua casca vazia com o conteúdo tradicional.

Nosso humanismo antimimético nunca gostou muito da versão de Shakespeare para *Tróilo e Cressida*; os críticos olham para a peça com justificada suspeita, como se sentissem que há algo errado em sua leitura dela. Ela é uma "peça-problema", com um grande número de enigmas insolúveis em si. Eles acham que isso, em última instância, é bom; isso demonstra que as obras de arte são tão "inexauríveis" quanto exige o dogma romântico. No fim das contas, os críticos tradicionais são moços de fácil trato, perfeitamente satisfeitos com uma versão mais crua da *adequatio rei et intellectus.*

Se a velha história está intacta exteriormente, é forte a tentação de presumir que esteja intacta interiormente. O jogo mimético é a dinamite que explodiria o clichê sexista, mas Shakespeare a alojou tão perfeitamente nos interstícios da trama padrão que ou vamos encontrá-la e detoná-la com segurança, ou não vamos encontrá-la e não haverá explosão que nos perturbe. *Tróilo e Cressida* será considerada uma peça relativamente amorfa, não exatamente digna de seu autor.

Aqueles que não compreendem o material mimético veem-no como um ornamento inútil, um blá-blá-blá retórico, "psicologia literária", um "suplemento" destacável que pode ser eliminado da peça com pouco ou nenhum custo. Se nossa alergia pessoal for séria o suficiente para nos impedir de chegar às intuições mais sutis do autor, nossa interpretação da peça coincidirá mais ou menos com a de Tróilo;

compartilharemos sua ilusão de um *ciúme* não mimético, sua convicção de ter demonstrado seu "profundo e duradouro amor por Cressida". Essa será nossa única punição, algo bastante indolor; nem saberemos que estamos sendo punidos.

O velho "chauvinismo macho" força sua reentrada em cena na exata medida em que as passagens sobre as quais nos concentramos permanecem ignoradas. Se fizéssemos desse "chauvinismo" objeto de estudo, descobriríamos que sua relutância em absorver a interpretação correta do caso amoroso se deve à sua própria natureza mimética, exatamente como no caso de Tróilo.

Para todos os propósitos práticos, Shakespeare nos oferece uma versão mimética e outra não mimética da mesma história; temos de escolher entre duas interpretações possíveis. Como no caso de *Sonho de uma noite de verão*, se não estivermos cientes de que estamos sim fazendo uma escolha, inevitavelmente escolheremos a peça errada, a peça convencional, a peça não shakespeariana. Se estivermos cientes da escolha, porém, também perceberemos que Shakespeare está propondo duas leituras distintas, desiguais e incomparáveis de sua peça, e todos os chamados "problemas" dessa "peça-problema" serão solucionados para sempre.

Em vez de questionar abertamente e de confrontar diretamente os diversos preconceitos que o assunto mesmo de suas comédias inevitavelmente trarão à tona, Shakespeare prestativamente oferece a nossos preconceitos o alimento por que anseiam, mas não compromete nem mitiga sua revelação de modo algum. Ele não precisa fazer isso, e sabe que não; ele sabe que nossa alergia mimética fará maravilhas pela cegueira em relação àquilo que ele está realmente dizendo.

Não há nada secreto nem sub-reptício a respeito da teoria mimética nessa peça. A técnica de Pândaro é retratada em tamanho detalhe e tão extensivamente que se poderia acusar Shakespeare de insistir demais numa questão um tanto menor, de estar pesando demais a mão. O mesmo vale para aquilo que acontece entre Tróilo e Cressida. Não apenas a morte do desejo de Tróilo é retratada de modo muito detalhado, como ainda somos avisados por Cressida de que ela vai ocorrer, e somos avisados, enquanto ela ocorre, de que ele de fato está ocorrendo, e nada disso adianta. O mesmo ainda vale para os "alegres gregos". As consequências dessa *petite phrase* são desenvolvidas tão meticulosamente quanto seriam se tivessem sido escritas por Marcel Proust. A peça está repleta de observações tão diretas que não é preciso ter nenhuma perspicácia especial. Tudo é magnificamente explícito.

A peça é um teste hilariante de nossa perspicácia mimética, uma faca de dois gumes cuidadosamente fabricada para o esclarecimento daqueles já esclarecidos, e para a confusão dos confundidos, mas não podemos acusar Shakespeare de estar jogando sujo conosco. Ele nunca nos esconde nada; a ambiguidade não é uma propriedade objetiva do texto, e sim um produto integralmente devido à nossa alergia ao desejo mimético. A crítica da peça ao longo dos séculos é um monumento formidável ao poder dessa alergia. Se conseguirmos superar esse obstáculo, nosso sentimento de cumplicidade pessoal com o autor será intenso, aumentando muito nosso gozo dessa ardilosíssima peça.

Os críticos tradicionais, sempre famintos por "heróis positivos", sistematicamente confundiram o senso de superioridade moral de Tróilo com virtude verdadeira; eles sempre apontam esse jovem nobre como o exemplo de personagem "moral" numa peça em tudo o mais perturbadoramente cínica.

Para mostrar quão acrítica tem sido a literatura a respeito de *Tróilo e Cressida* ao longo dos séculos, pode ser interessante citar as poucas linhas de Coleridge reproduzidas ao final de uma edição da peça:

> Não há outra peça de Shakespeare mais difícil de caracterizar. Os nomes e recordações associados a ela nos preparam para a representação de um afeto fervoroso e fiel por parte do jovem, e de uma súbita e desavergonhada inconstância por parte da senhora. E é esse, de fato, o fio dourado com que se costuram as cenas [...].

Shakespeare contrastou isso com o profundo sentimento representado por Tróilo, o único que merece o nome do amor – um sentimento, verdadeiramente apaixonado, inchado pela confluência dos instintos e da imaginação juvenis, e crescendo à luz da esperança recém-nascida, em suma, ampliado pelas simpatias coletivas da natureza – e que ainda possui a raiz de um elemento calmo numa vontade mais forte que o desejo, mais íntegra do que o arbítrio, e que dá permanência a seu próprio ato ao convertê-lo em fé e dever. Por isso, com excelente julgamento, e com uma excelência mais excelsa do que o mero julgamento pode oferecer, ao fim da peça, quando Cressida despencou na infâmia além da recuperação e além da esperança, enquanto os prazeres incansáveis e os anseios apaixonados, como ondas no mar, sacudiram apenas sua superfície, essa mesma energia moral aparece como que retirando dele qualquer associação com sua desonra, ao mesmo tempo que o impele a outros e mais nobres deveres, e aprofunda o canal que a profundidade de seu heroico irmão deixara vazia para a reunião de suas torrentes.[3]

[3] *The Globe Illustrated Shakespeare*, New York: Greenwich House, 1983, p. 1850.

capítulo 16
o olhar desses homens

Jogos de poder em *Tróilo e Cressida*

Uma comparação entre os jogos políticos e eróticos em *Tróilo e Cressida* trará ainda mais evidências a respeito da presença difusa e unificadora de um desejo tão intenso e corrupto, tão consciente dos outros desejos em torno de si, que o tempo todo tenta manipular esses desejos para seus "próprios" fins miméticos.

A Cena 2 do Ato I[1] é uma grande reunião dos generais gregos à qual tornaremos depois. Ulisses diagnostica o problema do exército grego: a perda da autoridade, causada por uma rivalidade entre os chefes. Aquiles é tão popular que não quer mais obedecer a Agamémnone; ele quer *ser* o comandante em chefe. E assim como Aquiles quer *ser* Agamémnone, Ajaz, o herói seguinte no *ranking*, quer desesperadamente *ser* Aquiles. Esse desejo destrutivo está se espalhando contagiosamente hierarquia abaixo. Sob a influência da rivalidade, a disciplina foi destruída em todos os níveis.

[1] Na edição Arden Third Series, bem como na tradução de Carlos Alberto Nunes publicada pela editora Agir, a cena referida é a 3. [N. T.]

A disciplina, então, precisa ser restaurada. A situação é tal que, de acordo com Ulisses, o único remédio forte o suficiente é *a própria doença*. Para produzir um efeito calmante sobre o corpo político, a rivalidade mimética deve ser ainda mais inflamada entre antagonistas cuidadosamente selecionados. Só a mímesis pode combater a mímesis com sucesso. A fim de colocar Aquiles em seu devido lugar, Ulisses sugere uma manobra estratégica a seus colegas, os líderes gregos; segue-se uma discussão muito esclarecedora.

Ulisses propõe que seja dado a Aquiles um rival de maior prestígio. Ele já tem um rival, claro, mas Ajaz não tem credibilidade o suficiente; seu *status* no exército precisa ser elevado. Em resposta a um desafio de Heitor, o exército grego é obrigado a escolher seu campeão – Ajaz. Nestor chega a sugerir Aquiles, mas Ulisses mostra a ele o quanto está enganado. Se Aquiles perdesse, os gregos ficariam em péssima situação, privados de seu melhor guerreiro. Se ele vencesse, ficaria mais insolente do que nunca. Ajaz é a melhor escolha porque é o segundo melhor. Se ele perder, nem tanto será perdido. Mas se vencer, sua vitória terá um grande impacto não só nos troianos, como em Aquiles, cujo prestígio será abalado:

> Digamos-lhe,
> também, que ele é o mais forte de nós todos,
> o que há de contribuir para que o grande
> Mirmídone se cure do delírio
> dos aplausos ruidosos [...]
> [...]
> ...a mão de Ajaz,
> para roubar a Aquiles, é eficaz.
> (I, iii, 376-86) (*Tragédias*, p. 244)

A manobra política de Ulisses se baseia no mesmo mecanismo que a vingança de Cressida contra seu amante. Quando Cressida percebeu que Tróilo havia se tornado indiferente a ela, decidiu oferecer-lhe verdadeira competição, e teve a brilhante ideia de mencionar os "alegres gregos". Aqui, a estratégia política é a mesma, mas o resultado é diferente. Cressida teve sucesso, mas Ulisses fracassa, ainda que por razões que nada têm a ver com a eficácia intrínseca do método. Após uma luta insignificante, Ajaz e Heitor descobrem que são primos distantes e desistem de brigar. Nada significativo aconteceu, e Aquiles não ficou mais humilde. O único resultado dessa primeira tentativa é deixar Ajaz tão "pesteado de orgulho"[2] quanto seu rival. Será preciso outra tentativa para resolver o problema apresentado por Aquiles.

Na Cena 3 do Ato II, Ulisses tem outra ideia. Novamente o grande guerreiro se recusa a tomar parte na batalha, e nem se dá ao trabalho de oferecer desculpas. Dolorosamente surpreso, Agamémnone pergunta:

> Por que não sai, a nosso leal convite,
> da tenda, para respirar o ar livre,
> juntamente conosco?
> (II, iii, 167-8) (*Tragédias*, p. 252)

Ulisses diz que Aquiles está tão cheio de vaidade que não dará ouvidos a ninguém. Agamémnone então propõe o seguinte:

> Que Ajaz vá vê-lo.
> Ide, caro senhor, à tenda dele.
> Dizem que ele vos tem em certa estima,
> podendo ser por vossa interferência
> desviado de si mesmo alguma coisa.
> (II, iii, 178-81) (*Tragédias*, p. 252)

Isso ilustra perfeitamente o que *não* deve ser feito nessas circunstâncias. Na tentativa anterior, o tolo Nestor sugerira que Aquiles fosse o campeão dos gregos, e

[2] "*Plaguy proud*", em II, iii, 177. Segundo CAN, em *Tragédias*, p. 252, o verso é "de tal modo pesteado o orgulho o deixa...". [N. T.]

a ideia foi rapidamente rejeitada por Ulisses; dessa vez, Shakespeare inicia novamente com uma proposta burra para poder justificar a lição de estratégia mimética que se segue. Assim como Nestor da outra vez, Agamémnone não entende a situação, mas Ulisses lhe explica tudo:

> Agamémnone, não! Mudai de ideia.
> Abençoemos os passos que de Aquiles
> afastam Ajaz. Há de o orgulhoso,
> senhor, que a presunção incalculável
> assa na própria banha, e que não deixa
> do mundo externo entrar no pensamento
> senão o que ele próprio ruminara,
> ser adorado por quem nós na conta
> temos de um ídolo maior do que ele?
> [...]
> com visitar Aquiles.
> Fora lardear seu enxundioso orgulho
> e mais carvão acrescentar a Câncer,
> quando, a saudar o grande Hipério, o queima.
> Este senhor ir procurar Aquiles!
> Não o permita Jove e, com voz forte,
> faça-se ouvir: "Aquiles que o procure!"
> (II, iii, 182-99) (*Tragédias*, p. 252-3)

A interpretação que Ulisses faz de Aquiles é uma versão política e militar daquilo que Rosalinda diz a respeito do pseudonarcisismo de Febe em *Como gostais*. O amor-próprio de Aquiles opera segundo o mesmo princípio de inflação mimética, e por isso provavelmente se pode esvaziá-lo por meio de uma demonstração de indiferença.

A imensa autoconfiança de Aquiles existe há tanto tempo que parece uma característica permanente de sua personalidade, um traço essencial que não pode ser tirado do homem. Ulisses não compartilha essa concepção "essencialista" do impressionante sucesso de Aquiles. Ele percebe que mesmo o orgulho mais gigantesco, e sobretudo esse, não tem nenhuma base "objetiva", nenhum *ser* genuíno; ele é o fruto da adulação universal. Aquiles está na posição de admirar a si mesmo enormemente, não porque ele seja objetivamente mais forte, maior etc. – os valores objetivos se tornaram irrelevantes nesse mundo hipermimético –, mas porque o desejo mimético continua a fluir em sua direção em largas quantidades, oferecendo grandiosos modelos ao amor que ele sente por si mesmo. Aquiles reverencia a si mesmo por meio do mesmo processo circular e autoalimentador, como nos exemplos anteriores de pseudonarcisismo. À medida que seu orgulho incha, os bobos do exército o idolatram ainda mais, e vice-versa. Esse "lardear" do orgulho é um antigo processo de *feedback* que já se estendeu tanto pelos anos que parece irreversível. Ulisses quer mostrar que não é o caso.

O culto de Aquiles pode ser comparado àquilo que os astrônomos chamam de buraco negro. Ele absorve instantaneamente tudo que gravite em sua direção, a começar pelo próprio Aquiles. Mas esse buraco negro humano é mais frágil do que parece; sua estabilidade depende da receptividade mimética dos espectadores, da credulidade da multidão. Deve ser possível desestabilizar o sistema ao desviar de Aquiles a grande corrente de desejo que vem fluindo até ele.

A fim de reverter o processo, Ulisses primeiro decidiu trazer Ajaz, mas isso não funcionou. Agora ele recomenda uma cuidadosa demonstração de indiferença ao grande homem, uma proclamação para ele e para o mundo de que sua atratividade está chegando ao fim. Ele tem de perceber que saiu de moda, que não é mais o ímã mimético que um dia foi.

Esse segundo método não é menos conhecido de nós do que o primeiro; ele é o equivalente político da estratégia de Cressida de "resistir":

> À entrada de sua tenda se acha Aquiles.
> Convém que nosso general agora

por ele passe bem indiferente,
como esquecido dele; e vós, meus príncipes,
deveis lançar-lhe olhar omisso e vago.
Por último irei eu. É quase certo
que me pergunte a causa de lhe terem
lançado esses olhares desdenhosos.
Se tal acontecer, dou-lhe um remédio
que por vontade há de beber, decerto,
feito só de ironia, que entre o orgulho
dele hei de pôr a vossa indiferença.
Há de fazer-lhe bem; não dispõe nunca
o orgulho de outro espelho em que se mire,
senão o próprio orgulho. Os joelhos moles
a arrogância alimentam e o honorário
sempre são do indivíduo solitário.
(III, iii, 30-49) (*Tragédias*, p. 260)

Agora, até Agamémnone compreende a sabedoria dessa tática e promete que todos agirão da maneira devida:

Em prática poremos essa ideia
e assumiremos ar indiferente,
ao passarmos por ele. Façam todos
a mesma coisa, não o cumprimentando,
ou, talvez, com desdém, o que, decerto,
mais há de aborrecê-lo do que nada.
Irei na frente.
(III, iii, 50-4) (*Tragédias*, p. 260)

Crente que os chefes vieram novamente implorar sua ajuda, Aquiles desdenhosamente vira as costas. Quando percebe que seu desdém foi pago com desdém, fica desnorteado: não está acostumado à retaliação. Ao perceber que nem Menelau lhe dá atenção, exclama: "Como! Será que esse cabrão está zombando de mim?" (III, iii, 264) (*Tragédias*, p.260). Se até mesmo um homem cuja autoestima foi irremediavelmente abalada pode dar-se ao luxo de desprezá-lo, então a situação de Aquiles deve ser de fato péssima!

Quando Tróilo ouviu falar pela primeira vez a respeito dos "alegres gregos", da boca da própria Cressida, seu bom humor o abandonou imediatamente, e ele começou a lamentar por si próprio. A mesma coisa, exatamente, está sucedendo a Aquiles, por razões muito similares:

> Terei ficado pobre ultimamente?
> Da fortuna a grandeza decaindo,
> é muito certo, caem com ela os homens.
> O decaído mais depressa aprende
> sua própria condição no olhar dos outros
> do que vem a sentir que está por baixo.
> (III, iii, 74-8) (*Tragédias*, p. 260)

À medida que Aquiles fica "depressivo", ele tenta lutar contra esse estado de espírito perigoso, tentando convencer a si mesmo de que tudo continua como dantes, de que não perdeu nada de concreto:

> Mas isso não me atinge; eu e a fortuna
> ainda somos amigos; ainda gozo
> plenamente de tudo quanto tinha,
> salvo o olhar desses homens, que, parece-me,
> algo em mim veem indigno de alta estima
> que em relação a mim mostraram sempre.
> (III, iii, 87-92) (*Tragédias*, p. 260)

Aquiles ainda possui tudo o que possuía, *salvo o olhar desses homens*. Infelizmente, no mundo hipermimético que Shakespeare descreve, ou em nosso mundo hipermidiático, o valor dos seres humanos é mensurado primariamente por algo a que chamamos sua "visibilidade". É exatamente a isso que Shakespeare se refere com "o olhar desses homens". O homem de sucesso observa os outros que o observam; se os desejos desses outros não se dirigem para ele, se "o olhar desses homens" se retira, seu próprio desejo passa a carecer do sustento de que necessita para completar o círculo e voltar para si mesmo. Aquiles não tem mais aquilo que é necessário para impedir seu amor-próprio de morrer de inanição. O amor-próprio depende dos outros tanto quanto o ódio a si próprio ou qualquer outra forma de autoafeto.

No lugar dos desejos que "lardeariam" seu orgulho, Aquiles agora vê no olhar de outros homens uma indiferença que o horroriza. Assim como seu oposto anteriormente, essa indiferença é um sinal mimético, um foco possível de imitação popular. Os criadores da moda estão ficando indiferentes a Aquiles. Uma vez que ele comece a repelir desejos, esse herói vai repeli-los cada vez mais, pelo mesmo círculo vicioso que atraía os desejos antes, mas que agora opera inversamente. Muito rapidamente a multidão deixará de idolatrar seu ídolo, e Aquiles de fato ficará pobre.

Todas as pessoas que vivem sob os holofotes – políticos populares, artistas famosos e, mais particularmente, dramaturgos, todos aqueles em contato diário com o público – podem passar muito facilmente da autoadulação extática ao autodesprezo abissal. Quanto mais inflado estiver o balão do seu orgulho, menor será o alfinete que poderá esvaziá-lo. Shakespeare está falando de um fenômeno que ele, como dramaturgo, deve ter experimentado diretamente.

Ulisses tinha razão: Aquiles nunca *foi* o herói invencível que parecia destinado a ser para sempre, ao menos no sentido de um *ser* sólido. Ele era o beneficiário de uma onda mimética tão grande que todos, incluindo ele mesmo, foram enganados por ela.

A primeira estratégia mimética de Ulisses corresponde à segunda de Cressida, e sua segunda corresponde à sua primeira; trata-se do equivalente político daquilo que Cressida quer dizer, em seu solilóquio, quando diz: "porém resistirei". Cressida obtivera excelentes resultados com esse truque enquanto o usou, mas seus sentimentos sabotaram sua sábia política. Foi por isso que ela teve de apelar para a segunda estratégia, dando a Tróilo uma horda de rivais ameaçadores. As mesmas duas estratégias são usadas no campo político e no campo amoroso, mas em ordem inversa, porque em cada instância a primeira a ser usada fracassa, e a segunda é tentada com sucesso.

Shakespeare faz que cada uma das estratégias fracasse em uma trama e tenha sucesso na outra. Ele quer mostrar que essas duas estratégias são universalmente aplicáveis, mas não necessariamente eficazes em todas as situações; as duas têm chance de ter sucesso ou fracassar dependendo de quão habilidosa e congruentemente aplicadas, e das circunstâncias. Ele dramatiza todas as variações significativas necessárias para nossa compreensão do processo inteiro. O propósito é destroçar a excessiva autoconfiança do "narcisista" ao persuadi-lo de que o desejo que lhe serve de modelo para seu amor-próprio se retirou. Não importa o alvo que o desejo selecione quando mudar de objeto; ele pode concentrar-se em outra pessoa, um rival, ou pode ficar estocado na fonte por um amor-próprio mais forte. O que importa é que o pseudonarcisista seja privado de sua recompensa habitual.

Shakespeare explica tudo que dramatiza e dramatiza tudo que explica. A repetição dos mesmos dois truques, usados da mesma maneira a cada vez, com um cruzamento de resultados, certamente foi premeditada para demonstrar a relevância dos mesmos truques miméticos às mais diversas áreas da atividade humana. As estratégias são sempre as mesmas porque o pseudonarcisismo é sempre o mesmo, não importando o conteúdo. A diferença nos objetos de desejo não importa. Só o que importa são os efeitos miméticos; eles determinam quais objetos serão desejados, e em que área. A política do erotismo e a política do poder são a mesmíssima coisa.

*

Enquanto Aquiles tenta em vão blindar-se contra a indiferença dos líderes gregos, o astucioso Ulisses se aproxima dele, disfarçado de observador desinteressado. Ele soa como um psiquiatra amador que, vendo que um de seus semelhantes está em dificuldades, se oferece para discutir seus "problemas" com ele. Na verdade, ele faz tudo que pode, como prometera, para aumentar a ferida que Aquiles acabara de receber, e para enfraquecer sua autoconfiança ainda mais.

A questão principal é a predominância dos outros na vida das pessoas de maior sucesso, cujo sucesso não se torna real a menos que elas possam vê-lo refletido nos olhos daqueles que as observam. Diz Ulisses a Aquiles:

> ...o homem, por mais dotes
> que possua, maiores atributos
> exteriores e internos, nunca deve
> vangloriar-se por isso, não possuindo
> consciência do que tem, senão apenas
> pelo reflexo, como se a virtude
> que lhe é própria, irradiando-se para outros,
> os aquecesse, e esse calor viesse
> de novo para o ponto de partida.
> (III, iii, 96-102) (*Tragédias*, p. 260-1)

Essa é uma definição absolutamente explícita do mecanismo *interdividual* ilustrado por Shakespeare de maneiras incontavelmente diversas, a começar pelo Valentino de *Os dois cavalheiros de Verona*. Os personagens afetados, especialmente homens, não conseguem desfrutar aquilo que possuem *exceto por reflexo*, seja uma amante, a glória militar, ou o poder político. Sua paixão por "vangloriar-se" é um esforço de transformar seus interlocutores em espelhos melhores, refletores mais exatos de uma felicidade que perde toda realidade assim que passa a lhes pertencer. Somente a inveja pode revivê-la neles. *Ser* é algo fornecido pelos outros; essa é a situação de Tróilo após sua noite com Cressida.

A menos que as virtudes de Aquiles "aqueçam outros" – isto é, deixem-nos invejosos – e "esse calor venha de novo para o ponto de partida", o próprio Aquiles, ele não consegue "possuir consciência do que tem". Sua glória não tem realidade a menos que gere aquele ciúme feroz dos rivais poderosos. Como está experimentando naquele exato momento a verdade do que Ulisses diz, Aquiles concorda imediatamente:

> Mas, Ulisses, não vejo nisso tudo
> nada de extravagante. A formosura
> que aqui no rosto temos é ignorada
> pelo seu próprio dono; recomenda-se
> aos olhares dos outros, tão somente.
> O próprio olho – o mais puro dos sentidos –
> também não se contempla, não podendo
> de si mesmo apartar-se; mas dois olhos
> que se encontrem, um no outro cumprimenta
> a forma respectiva. Não retorna
> para si mesmo a vista sem que tenha
> viajado e a ficar venha refletida
> onde se possa ver. Nada há de estranho.
> (III, iii, 102-11) (*Tragédias*, p. 261)

Esse é o paradoxo do eu humano, a misteriosa unidade de autocentramento e heterocentramento presente em todos os seres humanos. Ainda que os dois impulsos vão em direções opostas e nunca possam se tornar complementares, estão sempre combinados, e sua combinação ata as pessoas inextricavelmente umas às outras, ao mesmo tempo que as dilacera interna e externamente. Ela se torna uma fonte inesgotável de conflitos entre sociedades inteiras, e também dentro de cada indivíduo. Quanto mais divinamente autossuficientes queremos ser, mais nos tornamos nossos próprios ídolos, mais completamente entregamos a outros o modesto grau de autonomia que poderia ser nosso, mais nos colocamos nas mãos de inumeráveis tiranos.

Esse ponto é tão crucial que o dramaturgo faz Ulisses formulá-lo uma segunda vez, escancaradamente, para garantir que Ulisses não venha a subestimar sua dependência da multidão. Isso é dramaticamente desnecessário, mas Shakespeare quer se demorar um pouco mais em sua concepção relacional do eu humano:

> Essa proposição não me surpreende;
> é familiar. Causa estranheza, entanto,
> a conclusão do autor, que expressamente
> demonstra que ninguém pode ufanar-se
> de ser senhor de alguma coisa, embora
> tenha muito valor, tanto por dentro
> como por fora, enquanto aos demais homens
> não estender as suas qualidades,
> não as podendo em conta alguma tê-las
> sem as ver exaltadas nos aplausos
> das que a senti-las vierem, que, no jeito
> de uma abóbada as vozes multiplica,
> ou como porta de aço que, defronte
> colocada do sol, recebe e envia,
> num só tempo, o calor e a imagem dele.
> (III, iii, 112-23) (*Tragédias*, p. 261)

Ulisses então sugere que Ajaz é o novo beneficiário de um culto idólatra grego que perdeu seu objeto com a queda de Aquiles. Ele soa como um "assessor de mídia" que avisa a um político famoso que ele precisa de mais exposição pública. Se Aquiles passar todo seu tempo em sua tenda, é inevitável que sua "imagem" sofra:

> *Ulisses*: Como há tantas pessoas que no orgulho
> se fartam do vizinho, enquanto o orgulho
> se regala na sua presunção!
> Vede esses chefes gregos: no ombro todos
> do grandalhão Ajaz agora batem,
> como se o pé já lhe estivessem vendo
> sobre o peito de Heitor e a grande Troia

> nos gonzos abalada.
> *Aquiles*: Creio nisso.
> Porque passam por mim como os avaros
> pela frente de um pobre: nenhum deles
> me dirige um olhar ou termo afável.
> Como! Esquecidos estarão meus feitos?
> (III, iii, 136-44) (*Tragédias*, p. 261)

Os chefes gregos são "avaros" na medida em que negam a Aquiles a adulação mimética que anteriormente lhe deram em profusão, transformando seu herói num pobre. É impossível aceitar a adulação quando é preciso mendigá-la.

Ulisses responde à última pergunta de Aquiles com curiosas considerações a respeito do papel tirânico da moda num mundo dominado pela rivalidade mimética. Quanto mais a rivalidade mimética prolifera, mais se acelera o ritmo da moda; os ídolos são criados e destruídos cada vez mais rapidamente. Um mundo assim é intensamente histórico, um mundo em que a história é "quente", como diria Lévi-Strauss, e pode ficar quente a ponto de perder todo seu significado. Aqui, mais uma vez, o mundo descrito por Shakespeare é assustadoramente similar ao nosso:

> O tempo, meu senhor, carrega às costas
> um alforje de esmolas para o olvido,
> monstro que a ingratidão torna gigante.
> Essas migalhas são os grandes atos
> do passado, que ficam devorados
> no instante em que são feitos, esquecidos
> tão logo que se afirmam. A constância,
> caro senhor, é a única que o brilho
> sempre conserva da honra. Já ter feito
> é estar fora da moda, como cota
> de armas enferrujadas, monumento
> de zombaria apenas. [...]

...porque o ciúme
tem mil filhos que em briga vivem sempre.
[...]
... Porque o tempo
como os estalajadeiros muito em moda
se assemelha, que aos hóspedes apertam
de leve a mão, no instante da partida,
e de braços abertos ao que chega
tratam de segurar, como se em fuga,
porventura, estivesse.
(III, iii, 145-68) (*Tragédias*, p. 261-2)

Esses últimos versos lembraram-me da maneira como os apresentadores populares tratam seus convidados nos programas de TV. Shakespeare é um observador aguçadíssimo de muitos fenômenos que nossa miopia histórica frequentemente reduz à década anterior, mas que na verdade são modernos no sentido mais amplo dos últimos quatro ou cinco séculos. Shakespeare é um grande satirista do mundo moderno, que teve seu verdadeiro começo no fim do Renascimento.

*

A estratégia de Ulisses tem sucesso na medida em que leva Aquiles de volta ao campo de batalha e Heitor é morto, mas a Guerra de Troia não acabou, e manobras miméticas não são uma solução verdadeira para a crise geral de gregos e troianos. Ulisses é sem dúvida retratado como uma inteligência brilhante, mas tão fascinado pela política do desejo, a doença mesma que combate, que suas manobras acabam saindo pela culatra e deixando-o de mãos vazias como todo mundo. Ulisses compartilha a ambição de seus rivais; ele é tão mimético quanto eles, e será justamente punido com dez anos vagando pelo mar.

Toda estratégia nada mais é do que uma complicada forma de autoilusão. O aprendiz de feiticeiro é sempre engolido pelas forças contagiosas que libera. Tudo o que ele obtém, no fim das contas, de seu jeito próprio e convoluto, é uma aceleração da doença geral. A indiferenciação e o caos prevalecem por toda parte.

Numa época de crise mimética, o método de Pândaro contamina todos os campos do esforço humano. O estágio em que todos se tornam proxenetas[3] parece ser o estágio imediatamente anterior ao final, em que a violência é total. Se métodos "pandáricos" parecem melhorar a situação por algum tempo, em última instância acabam piorando-a; eles produzem incompreensão e conflito como um pântano quente produz mosquitos. Tróilo é um bom exemplo dessa lei. À medida que ele se torna o novo Pândaro de Cressida, fica mais frustrado e seu desejo fica ainda mais intenso; esse desejo mais intenso, por sua vez, torna-se um desejo de destruir os obstáculos a que ele deve essa intensidade – Cressida, Diomedes, o exército grego inteiro.

Tróilo e Cressida mostra a cumplicidade perpétua entre Vênus e Marte. "Faça amor, não faça a guerra" não é um *slogan* para essa peça, já que Shakespeare vê uma aliança permanente entre os dois deuses. A evolução de Tróilo é uma demonstração disso. No início da peça, antes de conseguir vencer a resistência de Cressida a seu desejo, ele soa como uma pacifista, resumindo toda a Guerra de Troia em versos magníficos:

> Tolos de uma parte a outra.
> Helena tem de ser bonita, para
> diariamente com sangue a rebocardes.
> (I, i, 93-4) (*Tragédias*, p. 234)

A guerra faz de gregos e troianos idênticos tolos, porque gera neles a mesma visão loucamente inflada de Helena. Ela deve sua beleza artificial ao sangue que, reunidos, os guerreiros derramam por ela numa estranha colaboração de ódio.

[3] *Pander*, no original. É possível fazer um trocadilho em inglês entre *Pandarus*, o personagem, e *pander*, proxeneta. Vale observar que há também o verbo *to pander*, que significa "gratificar o que há de mais baixo". [N. T.]

Sua esplêndida metamorfose resulta de uma violência que exige a permanência de ambos os lados para atingir a intensidade necessária: é a perfeita simetria, a identidade da total vingança, o mais alto estágio da escalação mimética. A guerra pode ser comparada a uma bizarra irmandade sacrificial dos dois lados. Há cultos primitivos nos quais os ídolos são efetivamente pintados com sangue. Quem sabe se não era assim nos cultos que devem estar por trás dos mitos originais do conflito troiano?

Assim que seu caso amoroso com Cressida muda de rumo, Tróilo vira um belicista: uma luta até a morte por causa de uma bela mulher lhe parece um empreendimento razoável. Mas o Tróilo insanamente ciumento do final é pior ainda; ele está cheio de pensamentos assassinos, não só contra Diomedes, mas contra todos os gregos, indiscriminadamente. Se ele não pode matar o amante de Cressida, então serve matar outros guerreiros gregos, quase qualquer pessoa à vista: o espírito da vingança sem fim foi despertado. O mesmo desejo dual está presente também em Diomedes. A reciprocidade da violência afirma a si própria em toda parte.

Se o caso de amor de Tróilo vira ódio, o inverso é verdadeiro: o ódio dos guerreiros uns pelos outros está repleto de erotismo, como fica explícito no encontro social dos guerreiros gregos e troianos no Ato IV. Tudo começara no Ato III, com o desejo de Aquiles de organizar essa reunião:

> Caro Pátroclo, vai chamar Tersites.
> A Ajaz recado vou mandar por ele,
> para que, após o encontro, os chefes teucros
> convide a, desarmados, virem ver-me.
> Tenho um desejo de mulher, capricho
> doentio, é certo, de poder de perto
> ver esse grande Heitor em trajes simples,
> falar com ele, contemplar-lhe o rosto
> à saciedade...
>
> (III, iii, 234-41) (*Tragédias*, p. 262-3)

O texto deixa clara a união de Vênus e Marte. O encontro ocorre logo depois de Cressida chegar ao acampamento grego e ser beijada por todos os guerreiros, um de cada vez. Novamente, o deus da guerra e a deusa do sexo triunfam juntos:

> *Aquiles*: Heitor, já saciei em ti os olhos;
> examinei-te, Heitor, com bem cuidado,
> membro por membro.
> *Heitor*: Não será Aquiles?
> *Aquiles*: Chamo-me Aquiles.
> *Heitor*: Fica, então, de lado,
> para que eu possa ver-te.
> *Aquiles*: Olha à vontade.
> *Heitor*: Já vi quanto queria.
> *Aquiles*: És muito rápido.
> Noutra ocasião, desejo contemplar-te,
> membro por membro, como se tivesse
> intenção de comprar-te.
> [...]
> Mostrai-me, oh, céus!, em que região do corpo
> terei de aniquilá-lo. Ali ou ali?
> Porque para localizar possa a ferida
> e nome dar à brecha por onde há de
> fugir o grande espírito de Heitor,
> céus, respondei-me!
> (IV, v, 231-46) (*Tragédias*, p. 273)

Ainda que Aquiles tenha mais fascínio por Heitor do que Heitor por Aquiles, e esteja mais possuído do espírito da violência, seria um erro enfatizar demais a diferença e julgar que a peça expressa preferência pelos pacíficos troianos. Não há heróis nem vilões nessa peça, só duplos miméticos.

É claro que é verdade que Heitor, na Cena 2 do Ato II, faz um magnífico discurso a favor da paz, mas ao final acontece algo estranhíssimo. Em vez de fazer a peroração pedida por seus argumentos, o orador trai sua própria causa e, em poucas palavras apresadas, pede a continuação da guerra. Essa mudança de rumo não faz sentido senão como mais um fenômeno mimético; o eloquente defensor da paz é vitimado pela *infecção* que tão veementemente denunciara poucas palavras antes. A mesma coisa, exatamente, acontecera a Tróilo um pouco antes. Um atrás do outro, os críticos da guerra sucumbem a seu poder contagioso. A ironia é amarga, e essa amargura é *Tróilo e Cressida*.

Na peça inteira, a ênfase é em quão *semelhantes* são Tróilo e Diomedes, e também todos os chefes dos dois lados, e os dois exércitos, e todas as pessoas separadas e unidas pelas divisões de um conflito violento. Ulisses e Nestor gozam um bocado da cara de Ajaz, que se julga muito diferente de Aquiles, um homem modesto em seu coração, quando na verdade ele é muito parecido com o falso herói cuja vaidade denuncia (II, iii, 203-57).[4] O refrão de Tersites a respeito de luxúria e guerra é na verdade a grande mensagem da peça, um equivalente menos elegante da referência de Tróilo a Marte inflamado por Vênus. Na crise cada vez mais grave ao final de *Tróilo e Cressida*, tão mutuamente inflamados estão Marte e Vênus que reencenam o casamento permanentemente problemático mas indissolúvel da violência com o sexo. Esse é o tema principal da peça e da *Ilíada*. A paródia de Shakespeare do épico grego é mais próxima em espírito do merecidamente famoso ensaio de Simone Weil[5] sobre a uniformidade da violência em Homero do que de *La Guerre de Troie n'aura pas lieu* [*A Guerra de Troia não acontecerá*], de Giraudoux.

[4] Na primeira cena em frente à tenda de Aquiles; *Tragédias*, p. 252-53. [N. T.]
[5] "L'*Iliade* ou le poème de la force" ["A *Ilíada* ou o poema da força"]. [N. T.]

capítulo 17
oh, Pândaro!

Tróilo e Cressida e o intermediário universal

Não há um só tema em *Tróilo e Cressida*, incluindo a intriga política, que seja mais do que alguma manipulação mimética do tipo exemplificado por Pândaro. Por encarnar o princípio mimético, esse bizarro empreendedor tem significado simbólico para a peça inteira.

Ao final da primeira cena, após ouvir longamente as palavras de Pândaro, Cressida lhe diz: "tio, não passais de um alcoviteiro".[1] Ela está certa, mas sua afirmação pode ser enganosa se for entendida de modo excessivamente literal. Uma vez que Pândaro tenha sido chama chamado de do "alcoviteiro", toda a sua personalidade parece determinada por essa "função", e nossa certeza fica mais ou menos estabelecida; paramos de indagar a seu respeito. Tendemos a dizer: "entendi, ele é uma espécie de proxeneta". Ele é, mas também não é.

À época de Shakespeare, o intermediário sexual já tinha uma longa história literária. Na farsa medieval e na literatura satírica burguesa, o intermediário é um

[1] *Tragédias*, p. 238. [N. T.]

cafetão vulgar, um personagem simplório, com características estereotipadas, e Shakespeare pôs alguns deles em seu teatro. Por uma compensação monetária, eles fornecem aos homens mulheres de virtude fácil; tudo o que eles fazem é satisfazer desejos que já existem.

Pândaro dá um passo gigantesco além desse trabalhador grosseiro. Em vez de esperar que seus clientes apareçam, ele os cria por meio da propaganda, ele inventa seus próprios mercados. Se, por alguma razão, o desejo deles está esmorecendo, Pândaro sabe reavivá-lo, ou sabe lhe dar novo desejo, por meio da judiciosa aplicação de estímulos eróticos. Ele manipula não só seu desejo mimético, mas também, simultaneamente, o desejo de outra pessoa, o parceiro que ele escolheu para você, canalizando o desejo desse parceiro em sua direção. Assim, no momento apropriado, ele fará que vocês dois se encontrem na mesma cama num local também selecionado por ele. Ambos permanecerão sob sua cuidadosa guarda o tempo todo. Ele resolve todos os problemas, toma conta de tudo. Pândaro inventa a maneira moderna de fazer negócios.

Por si só, ele é um conglomerado empresarial; sua agência de publicidade se combina com uma casa de encontros e também com uma agência de notícias que explora os aspectos violentos e eróticos da Guerra de Troia para o divertimento da população. Começa a industrialização do desejo mimético. Pândaro é uma profecia extraordinária do mundo em que vivemos.

Se não é dinheiro que Pândaro quer, que é que o motiva? A resposta é tão simples quanto aparentemente paradoxal: ele está apaixonado por Cressida, e talvez por Tróilo também. Como já observei, ele é o único que fica sinceramente abalado com a notícia de que Cressida terá de abandonar Tróilo e voltar para os gregos.

Pândaro nunca declara abertamente seu amor por sua "sobrinha", mas algumas de suas reações deixam-no absolutamente claro. O melhor exemplo é a Cena 1 do Ato III. Pândaro está no palácio de Príamo, ainda ocupadíssimo com o *affair* amoroso entre Tróilo e Cressida. Ele está tentando liberar Tróilo de suas obrigações na corte para que Cressida possa passar a noite com ele. Páris poderia interceder por seu irmão mais jovem, de modo que Pândaro pergunta a um servo onde estaria esse famoso amante. O servo responde que ele está com "a Vênus mortal, o puro sangue da beleza, a alma invisível do amor" (III, i, 34) (*Tragédias*, p.254). O servo refere Helena, mas não diz seu nome, e assim Pândaro não o entende; o servo fica surpreso com sua "ignorância". Ele tem boas razões para ficar surpreso, já que praticamente qualquer pessoa em Troia ou na Grécia identificaria espontaneamente Helena quando quer que esses clichês que ele usou sejam repetidos; a imagem da Helena real lhes surge automaticamente no cérebro.

Tudo o que é preciso para tornar Helena reconhecível, em outras palavras, é costurar alguns clichês amorosos palacianos; a maior parte dos gregos e troianos responde a esse estímulo como cães pavlovianos muito bem treinados. Não Pândaro. Ele acha que o servo está falando de Cressida:

> *Pândaro*: Quem? Quem? Minha prima Cressida?
> *Criado*: Não, senhor: Helena. Pela enumeração dos atributos não conseguistes adivinhar quem era?
> (III, i, 34-6) (*Tragédias*, p. 254)

Pândaro é tão "mediado" quanto qualquer idiota dos dois exércitos, mas por uma mulher diferente; ele é um tipo ligeiramente diferente de cão pavloviano: "Só parece, amigo, que nunca vistes a senhorita Cressida" (III, i, 37) (*Tragédias*, p. 254). Pândaro já consumiu seus próprios elogios extravagantes a Cressida por tanto tempo que acredita neles com a mesma força com que outros acreditam nos elogios a Helena. Ele fica embriagado não com suas palavras – as palavras por si não têm esse poder –, mas com seu reflexo nos olhos de Tróilo e Cressida quando elas devolvem a ele o desejo que ele gera nos dois.

Pândaro infecta os outros com seu próprio desejo, e depois reinfecta a si mesmo com a infecção transmitida. Quanto mais doente fica, mais entusiasmo tem para espalhar o contágio, primeiro involuntariamente, depois deliberadamente, numa escala cada vez maior, como os viciados em drogas que pouco a pouco se tornam aviões e traficantes para sustentar seu vício.

*

Pândaro é mais uma configuração do desejo na trajetória mimética de Shakespeare, que ultrapassa tudo que vimos até agora, mas intimamente relacionada a todas as demais configurações. Trata-se de uma variação entre muitas de um tema que está presente em todo o teatro de Shakespeare, sendo, no entanto, um tema muito especial – a versão mais extrema da doença mimética que parece se agravar antes do período de *Tróilo e Cressida*, *Hamlet* e *Medida por medida*.

A doença não progride de maneira suave e uniforme a cada peça, mas a tendência é inquestionável. Para entender por que o desejo mimético shakespeariano leva necessariamente a Pândaro, ou, em outras palavras, por que o alcoviteiro involuntário passa a voluntário, devemos retornar mais uma vez aos fundamentos do desejo mimético.

Já sabemos que, ao contrário do desejo freudiano, o desejo mimético aprende pela experiência e que aquilo que ele aprende é verdadeiro. A verdade do desejo é pervertida pelo próprio desejo, e as consequências pioram com o aumento na quantidade de verdade; o preço que se deve pagar por sua incorporação ao sistema também aumenta. Em vez de fechar a empresa por causa de tantas falências, o desejo, instado pela verdade, joga-se ainda mais fundo no abismo; a cada curva da estrada, ele precisa transformar a última confusão terrível que criou em novo modelo e ponto de partida, uma plataforma cada vez mais frágil para iniciar projetos cada vez mais loucos. Orsino começa onde seus antecessores pararam, e Pândaro começa onde Orsino parou. Orsino sabe mais que Valentino, e seu desejo é mais autossabotador. Pândaro sabe mais do que todos, seu desejo é o mais autossabotador. Ele é uma realização grotesca.

O *double bind* mimético nos leva a preferir aqueles desejos que são frustrados por nossos modelos; logo nosso desejo toma um atalho, concentrando-se diretamente naqueles modelos que parecem mais frustrantes. Nossos desejos modelam a si mesmos cada vez mais segundo o próprio *double bind*; suas piores consequências sempre se tornam a definição seguinte daquilo que é desejável.

Orsino cultiva um grande amor por Olívia somente porque sabe que ela nunca vai lhe pertencer. Os heróis anteriores ainda buscavam ativamente possuir a mulher “de sua escolha”; Orsino já deixou disso. Para todos os efeitos práticos, seu desejo não é mais um desejo de possuir. Orsino está mais próximo de Pândaro do que os heróis anteriores.

Orsino resigna-se com o fato de que Olivia nunca lhe pertencerá, mas ela também não pode pertencer a mais ninguém; a ela cabe dedicar-se exclusivamente à sua não consumação romântica por ele. É muito verdadeiro o ódio que sente ao descobrir que o belo Cesário (Viola) mostrou-se ainda mais sedutor do que ele esperava.

Orsino pertence à grande sociedade dos alcoviteiros involuntários; assim como Pândaro, ele asceticamente se abstém dos prazeres que deixariam de parecer desejáveis se fossem efetivamente experimentados, mas continua insistindo que esses prazeres sejam negados a outros homens.

Pândaro leva essa lógica ao fecho. Que o prazer da posse lhe seja negado não basta para satisfazê-lo; ele tem de disponibilizá-lo a outros, de preferência a belos e jovens rivais como Tróilo. Ao desfazer-se do supremo “preconceito” da posse exclusiva, ele torna o desejo ainda mais excitante e desesperado do que antes. Há método em sua loucura: se o desejo já não visa possuir seu objeto, sua exclusividade perde o sentido; Pândaro dispensa essa relíquia do passado.

Para sentir-se verdadeiramente excitado, Pândaro necessita de mais do que os sedutores mensageiros de Orsino, mais do que o rival invejoso de Valentino, mais do que a mera possibilidade de ser traído, mais do que um estuprador ocasional *à la* Tarquínio; ele precisa da realidade dessas coisas, e precisa tanto delas que não pode abandonar sua realização aos caminhos desordenados desse mundo. Ele toma conta de tudo ele mesmo; ele planeja sua própria humilhação metodicamente, nos mínimos detalhes.

Todos os personagens antes dele já eram autossabotadores, mas nunca de propósito. Quando suas esposas e amantes caíam nos braços de outros homens, eles ficavam não apenas desgostosos, mas genuinamente surpresos. Inconscientemente, eles eram aquilo que Pândaro é consciente e deliberadamente.

"*Voyeur*" é um bom termo para Pândaro, desde que não seja interpretado de maneira que obscureça o elemento de angustiado ciúme em seu comportamento. O voyeurismo não é o passatempo feliz que nossa cultura altamente "pandarizada" diz que é. Pândaro não iria "gostar" de assistir ao romance de Tróilo e Cressida se, ao mesmo tempo, não passasse por extremo sofrimento. Enquanto empurra Tróilo e Cressida um para os braços do outro, o tempo inteiro espera contra toda esperança que Cressida vá preferir a ele, Pândaro, a todos os outros. O intermediário "coitado" é a encarnação erótica definitiva do "altruísmo" histérico" que é idêntico ao "egoísmo" do desejo mimético. Os amantes mais perversos são também os mais românticos. Seus atos vis são a outra face de sua idolatria. *Qui fait l'ange fait la bête* ["Quem quer agir como um anjo age como um bicho"].Quanto mais o desejo aprende, mais antecipa e abraça, como se fossem positivos, os sinais negativos transmitidos pela rivalidade frustrada, e mais imita e premedita as consequências que vinham natural e inesperadamente nos estágios anteriores. O desejo se transforma na sua própria caricatura; o resultado é Pândaro.

Pândaro piora os fracassos anteriores ao copiá-los com perfeita exatidão. A doença do desejo mimético é um prolongamento dos estágios que ainda podem ser considerados "normais", e a trajetória inteira está programada desde o momento da primeira rivalidade mimética. Se todos os personagens autossabotadores criados por Shakespeare pudessem ser vistos como um só personagem que evoluísse no tempo, esse personagem incluiria todas as configurações do desejo que geram uma à outra à medida que esse desejo vai se modificando e se imitando como resultado de suas derrotas, as quais ele tenta transformar em vitórias cada vez mais impossíveis.

Para conhecer um personagem shakespeariano, devemos perguntar: até onde ele vai dentro do programa? Até onde vai cada desejo individual na direção predeterminada de seu próprio desenvolvimento patológico? A maior parte dos personagens não cumpre a terrível jornada até o fim; eles param em algum ponto intermediário; se não parassem, chegariam ao estágio de Pândaro, o estágio em que a máxima desejabilidade se torna idêntica à máxima humilhação, fracasso e sofrimento.

*

Se negarmos a continuidade entre Pândaro e outros heróis shakespearianos, acabaremos atribuindo seus atos a alguma espécie de *essência* distinta que seria a essência do *alcoviteiro*. As essências são perfeitamente autônomas, distintas e separadas umas das outras; a essência do alcoviteiro, ao que parece, tem de ser inteiramente separada da essência do amante. Será que amante e alcoviteiro não são polos opostos no que tange à sua atitude em relação às mulheres? A separação entre o amante e o alcoviteiro encontra suporte no próprio Shakespeare, no fato de que Pândaro e Valentino, como observei, não são completamente os mesmos.

Se é possível olhar para um personagem como Valentino e não perceber que esse tagarela é "desde sempre" um alcoviteiro, tem de ser possível seguir o mesmo caminho, mas na direção de Pândaro, o extremo oposto, e não ver nele nada além do alcoviteiro. Se nos disserem que esse tipo de alcoviteiro é "desde sempre" um amante, daremos de ombros com hombridade, pedindo "bom senso".

Muitos dentre nós querem personagens que pertencem a espécies claramente diferenciadas, não relacionadas umas às outras; se eles são misturados, as coisas ficam confusas demais e tudo se torna *monstruoso*. Porém, é o próprio Shakespeare quem mostra que essa metamorfose monstruosa está acontecendo o tempo inteiro. Seu fascínio por monstros está ligado à "desconstrução" de essências separadas que ocorre em sua obra, como resultado da interação mimética. Na própria peça *Tróilo e Cressida*, o amor no sentido erótico é definido por Tróilo como um monstro, e

Pândaro depois fala de sua gênese como de "uma geração de víboras" – sem dúvida, uma referência bíblica (III, i, 132;[2] Mateus, 23:33).

Na ingenuidade com que Valentino oferece Sílvia a Proteu, já podemos enxergar algo de Pândaro e, na torpeza de Pândaro, ainda conseguimos reconhecer algo de Valentino. O sórdido intermediário é feito dos mesmos ingredientes que os personagens anteriores, mas as proporções estão invertidas. Pândaro é a prova "viva" de que nosso *insight* a respeito dos personagens anteriores estava certo. Se alguém ainda quisesse questionar o fato de considerarmos Valentino um alcoviteiro, Pândaro acabaria com qualquer dúvida. Para interpretar corretamente esses indícios, é claro que devemos entender o desejo shakespeariano como o processo dinâmico da mímesis imitando a si mesma.

*

No mapa do desejo erótico, todos os caminhos levam a Pândaro. O relacionamento entre o tipo de antes e o de depois está presente na própria *Tróilo e Cressida*, na relação entre Pândaro e Tróilo. Tróilo é um Pândaro em progresso. Primeiro ele "elogiou" os gregos para Cressida de um jeito que acabou sendo catastrófico para seus próprios interesses de amante. Depois, para piorar ainda mais a situação, ele "elogiou" Cressida ao guerreiro grego que se encarregava dela após ela ter cruzado a linha de batalha. Como eu disse antes, já não havia o que ele pudesse fazer.

Não é possível que Shakespeare não esteja pensando em Pândaro naquele momento. Ele quer mostrar que seu herói mais jovem está fazendo bem seu trabalho de "vender" os gregos à sua amante, e sua amante aos gregos, como Pândaro fez com Cressida. Inconscientemente, Tróilo emula Pândaro; as coisas que fazemos sem perceber são aquelas que fazemos melhor – e pior. O paralelo irônico de Pândaro e Tróilo fica perfeito quando chegamos ao final da peça. O último Tróilo tem de assistir às

[2] *Tragédias*, p. 255. A citação bíblica é mais conhecida em português como "raça de víboras". [N. T.]

preliminares do relacionamento amoroso de Cressida com Diomedes. Não há dúvida de que ele sofre intensamente, mas também não consegue se distanciar; o ingênuo herói do primeiro ato está virando um *voyeur* pervertido. No Ato V vemos o quanto Tróilo já percorreu no caminho que vai do alcoviteiro involuntário ao voluntário.

Se Tróilo é um Pândaro em progresso, Pândaro é um Tróilo desencantado, ou melhor, um Tróilo que tenta reencantar-se revivendo de novo e de novo a cena de seu primeiro desencantamento, com a vaga esperança de um final diferente.

Estamos assistindo à "pandarização" de Tróilo. Não surpreende, afinal, que dois seres humanos que se imitem mutuamente acabem ficando cada vez mais parecidos. Já vimos exemplos desse curioso fenômeno, e veremos outros ainda. A indiferenciação fica cada vez mais próxima à medida que o desejo em Shakespeare "amadurece"; ela é tanto aquilo de que Shakespeare está falando quanto aquilo que está sucedendo dramaticamente em cada peça e em todo o seu teatro, considerado como uma única peça.

Cressida oferece um segundo exemplo de pandarização. Se refletirmos sobre sua estratégia, veremos que ela se tornou uma manipuladora mais habilidosa do desejo de Tróilo do que o Pândaro do início da peça; ela assumiu completamente o lugar de Pândaro. Sua única referência aos "alegres gregos" é mais eficaz e elegante do que todas as tediosas fofocas de seu tio a respeito de Helena no primeiro ato. Se houvesse um Prêmio Nobel para a pandarização científica, ele deveria ser dado a Cressida.

Apesar da grande diferença entre eles, tanto Tróilo quanto Cressida estão se tornando o mesmo Pândaro. Ao fim da peça, todos estão se tornando Pândaros, todos estão tentando controlar as forças contagiosas que regem o universo da guerra, da política e do sexo usando as mesmas estratégias miméticas.

A transformação dos líderes gregos em manipuladores do desejo segue um curso paralelo ao da evolução de Tróilo e Cressida. Toda a dinâmica da peça vai na direção da pandarização universal. Devemos compreender isso a fim de apreciar a importância simbólica de Pândaro; ele representa o estágio mais extremo da corrupção que é o verdadeiro assunto da peça.

*

Pândaro tem grande afinidade com o teatro. Ele fica encenando peças de sua própria criação, nas quais ele faz um papel menor e um tanto ridículo, como certos diretores de filmes que aparecem fugidiamente em suas próprias obras. Nada escapa ao apurado olhar desse *metteur en scéne* superior. Ele próprio é todo um teatro, encenando o imenso drama da mediação universal para seu próprio entretenimento infeliz.

Após certo estágio, é absolutamente impossível reviver e reencenar o desejo sem que ele se torne uma *mise-en-abîme* de sua encarnação anterior. A peça *fora* da peça que Pândaro dirige sem parar não pode ser encenada no palco sem se transformar na perpétua peça *dentro* da peça que é tão característica da própria arte de Shakespeare. Se todo Pândaro é uma espécie de dramaturgo, todos os dramaturgos são cafetões disfarçados. *Tróilo e Cressida* é escrita e dirigida por Pândaro.

Graças a Pândaro, dois temas que sempre acompanham Shakespeare tornam-se um só; de um lado, o desejo autossabotador que fica cada vez mais teatral; de outro, um teatro que fica cada vez mais autoconscientemente mimético.

É adequado que as últimas palavras nessa peça caibam a Pândaro, e falem do contágio mimético do teatro, simbolizado pela doença venérea. Não se disse antes que Pândaro tinha sífilis, mas não ficamos mais surpreendidos com ele do que com o Panúrgio de Rabelais:

> Comerciantes da carne, escrevei em vossos
> estandartes o seguinte:
> Vós que o salão pisais do alcoviteiro,
> por Pândaro chorai o dia inteiro.
> Se lágrimas vos faltam, peço vossos

suspiros; não por mim, por vossos ossos.
Irmãos e irmãs, que à porta estais de guarda,
meu testamento vem aí, não tarda.
Já feito ele estaria, se não fosse
temer um pato de Winchester no alcouce.
Até lá vou suar para aliviar-me,
legando-vos meus males neste carme.
(V, x, 46-56) (*Tragédias*, p. 285)

Pândaro lega sua doença a uma plateia feita integralmente de pessoas com a mesma vocação que a dele – em outras palavras, alcoviteiros, seus próprios duplos e réplicas, pessoas no mesmo estágio da doença mimética, pessoas impelidas a encenar seus próprios desejos ou, se isso não for possível, a observar a encenação deles por outras pessoas.

Se o teatro coloca a doença mimética no palco, isso só pode dar em mais contaminação. O dramaturgo está coligado às forças do caos. Pândaro é um símbolo do teatro e daqueles que vivem do teatro. O público não iria ao teatro, não assistiria a esse tipo de peça, se não estivesse predisposto à mesma doença mimética que o próprio Pândaro. O teatro traz gratificações e frustrações voyeurísticas do mesmo tipo por que Pândaro anseia. O espetáculo que mais gostamos de ver é o do desejo furioso que arrasa a vida dos nossos semelhantes. O cafetão literário transforma os espectadores em viciados na representação mimética. Eles vão sair dali com a doença em estágio mais agudo do que quando entraram.

Tróilo e Cressida zomba da concepção catártica do teatro. Essa ironia não deveria ser descartada facilmente. Seu pessimismo corresponde a algo profundamente shakespeariano, semelhante, sem dúvida, à desconfiança platônica em relação ao comportamento mimético em geral e ao teatro em particular.

Em seus momentos mais radicais e pessimistas, todos os grandes dramaturgos, incluindo Molière e Racine, têm mais afinidade pelos inimigos do teatro do que por seus amigos fiéis. Seu gênio implacável rejeita as platitudes egoístas da idolatria cultural. O teatro grego só floresceu nos períodos em que caiu em ostracismo e visto com desconfiança. *Tróilo e Cressida* tem um antiaristotelismo vingativo. Até certo ponto, a peça poderia ser definida como o *verdadeiro* teatro da crueldade com que Artaud sonhava e jamais conseguiu realizar.

capítulo 18
ciúme exangue e pálido

A crise do *Degree* em *Tróilo e Cressida*

Na Cena 3 do Ato I, os chefes gregos discutem a moral baixa de seu exército. O comandante em chefe considera a emergência uma provação benéfica que automaticamente vai separar o joio do trigo. Ele a enxerga como...

> ...provas que o alto Júpiter
> nos impõe, porque possa ter certeza
> de que os homens, de fato, têm constância?
> A pureza desse ouro não se mede
> pelo favor da sorte. Se assim fosse,
> o valente e o cobarde, o sábio e o néscio,
> o forte e o fraco, o artista e o homem canhestro
> irmãos pareceriam pelo sangue.
> Não: é nos furacões e tempestades
> de seu terrível cenho que, munida
> do abano próprio, vasto e poderoso,
> a discriminação, soprando o todo,
> separa o que é mais leve. O que é dotado

de consistência ou peso, por si mesmo
fica sem mescla, na riqueza própria.
(I, iii, 19-30) (*Tragédias*, p. 239)

A provação vai separar os fortes dos fracos. Ulisses tem a visão oposta: a crise traz uma *indiferenciação* catastrófica, e não a diferenciação. Agamémnone é um líder frouxo que mascara sua incapacidade de agir por trás de retumbantes clichês. Seu tenente lhe recorda com rispidez que a crise inteira deriva de sua falta de autoridade:

... desprezadas têm sido ultimamente
as regras do comando. Vede: quantas
tendas aquivas se inflam na planície,
tantas facções discordes também se inflam.
Quando colmeia não parece o todo,
aonde os forrageadores logo voltem,
que mel pode esperar-se? A jerarquia[1]
embuçada se achando, os seres íntimos
com máscara aparecem mui vistosos...
(I, iii, 78-84) (*Tragédias*, p. 240)

"São iguais o belo e o feio" (*Macbeth*, 1, i, 11) (*Tragédias*, p. 337). O caos e a confusão estão na ordem do dia, mas depois dessa primeira e enigmática referência a *Degree*,[2] o orador inicia um discurso espetacular que tangencia o caos não nessa terra, mas... nos céus estrelados. Após descrever os planetas girando em torno ao centro, "o Sol, planeta excelso", Ulisses imagina perturbações periódicas naquela bela ordem:

[1] O termo original, *Degree*, está em maiúscula no texto de Shakespeare. Girard se valerá dessa maiúscula depois. Como se trata de termo técnico de Shakespeare, de difícil tradução, o original será preservado para evitar confusões. [N. T.]

[2] A "jerarquia" na tradução de CAN. Podemos supor que CAN tenha preferido essa forma da palavra à "hierarquia", forma mais comum, para marcar a diferença shakespeariana. Mas, para preservar os argumentos de Girard, a forma original é mais adequada. [N. T.]

Porém, quando
em nociva mistura os astros andam,
desordenadamente, que de pragas,
portentos, que desordens, terremotos,
que agitações dos ventos e das ondas,
transmutações, catástrofes, horrores,
fendem, abalam, desarreigam, tiram,
quase, dos próprios gonzos a unidade
e a calma consorciada dos Estados!
(I, iii, 93-100) (*Tragédias*, p. 240)

Essa trovejante introdução pode ser comparada a uma abertura de ópera, algo musicalmente relacionado ao que se segue, mas desimportante diante do tema central.

Subitamente, no meio de um verso, Ulisses volta à terra, e começa a parte principal de seu discurso. Trata-se, na verdade, de uma meditação sobre o colapso violento da sociedade humana em geral, a destruição da ordem cultural. O exército grego é apenas um exemplo possível dentre muitos:

Quando abalada fica a jerarquia,
que é a própria escada para os altos planos,
periclita a obra toda. Como podem
ter estabilidade duradoura
os degraus das escolas, os Estados,
os membros das corporações, o tráfico
pacífico entre praias afastadas,
os direitos do berço e nascimento,
de primogenitura, os privilégios
da idade, louros, cetros e coroas,
se a desfazer-se viesse a jerarquia?
Tirai a jerarquia; dissonante
deixai só essa corda, e vede a grande

discórdia que se segue! As coisas todas
cairão logo em conflito; as fortes ondas,
contidas até então em seus limites,
o seio elevarão além das praias,
a papa reduzindo a terra firme;
sobre a fraqueza dominará a força;
o rude filho ao pai tirará a vida;
fora o direito a força; o justo e o injusto –
cuja tensão contínua equilibrada
sempre é pela justiça – acabariam
perdendo o nome, como também esta.
(I, iii, 101-18) (*Tragédias*, p. 240)

Degree, do latim *gradus*, significa um degrau, uma escada ou escadaria, um espaçamento não horizontal entre duas entidades e, de modo mais geral, patente, distinção, discriminação, hierarquia, *diferença*. É também a "tensão contínua" entre o justo e o injusto, o mesmo espaço vazio que, novamente, impede qualquer confusão entre certo e errado. A justiça não é um exercício de imparcialidade extraordinária, nem um equilíbrio perfeito, mas uma modalidade fixa de desequilíbrio, como tudo que é cultural.

A distinção entre degraus no plural – como os degraus nas escolas – e *Degree* no singular implica que, em dada cultura, todos os degraus ou diferenças particulares têm algo em comum, algo familiar, por assim dizer; todos eles são especificações de um mesmo princípio diferencial, *Degree* com D maiúsculo, de cuja integridade depende a estabilidade dos sistemas culturais e até mesmo sua existência.

O princípio subjacente de ordem primeiro se encarna em alguma espécie de autoridade soberana, "o Sol, planeta excelso" nos céus, o rei cá na Terra, Agamémnone no exército grego. Mas assim como o general pode deixar de ser a "colmeia... aonde os forrageadores logo voltem", também há tempos em que "os astros andam, desordenadamente", bem como todas as organizações humanas.

A metáfora da corda musical sugere o uso moderno da *estrutura*. Enquanto as diferenças entre as notas forem preservadas, alguma melodia pode ser reconhecida, não importando a maneira como seja tocada, em qual clave, com qual instrumento, não importando os acréscimos, variações, amplificações etc. Quando uma estrutura perde seu centro, as substituições e permutações se aceleram, mas sua desintegração mal começou; podemos supor que *Tróilo e Cressida* acontece nesse ponto. Ao contrário de nossos estruturalistas e pós-estruturalistas, que insistem numa escolha filosófica entre estruturas centradas e descentradas, a concepção shakespeariana vê uma mudança diacrônica da primeira para a segunda, uma série de passos no caminho de uma desestruturação mais radical. Toda ordem humana é local, particular e eminentemente perecível.

O discurso de Ulisses não é uma variação banal da "Grande Cadeia do Ser" que deve ser fundamentalmente imutável e eterna, sem o que deixa de caber na definição de *Ser* no sentido metafísico e medieval. Como fragmento dessa cadeia, a ordem humana é também basicamente imutável. Por causa da pecaminosidade humana, há de permitir algumas perturbações localizadas, mas nada como o impressionante colapso descrito por Ulisses.

Creio que o uso shakespeariano da palavra *Degree* não tem precedentes. Para encontrar uma concepção similar, precisamos olhar adiante, e não atrás, na direção do último Heidegger, talvez, que equaciona a questão do Ser com a de *Differenz als Differenz*.

Shakespeare, porém, tem sua própria concepção do que acontece quando o *Degree* é "tirada": "dissonante / deixai só essa corda, e vede a grande / discórdia que se segue!". Todas as formas associativas tornam-se combinações conflituosas de opostos. Como não são nada mais do que diferenças, os valores espirituais e materiais perdem toda realidade – assim como os graus acadêmicos, essas especificações do *Degree*.

"As coisas todas / cairão logo em conflito..." Os entes anteriormente diferenciados transformam-se em duplos indiferenciados que ficam colidindo sem qualquer propósito inteligível, como contêineres soltos no convés de um navio sacudido pela tempestade. A violência deles destruiu qualquer objeto que desejem comumente, privando sua luta de significado. Os entes em conflito não têm sentido suficiente para ser chamados de opostos, então Shakespeare recorre a "coisa", a palavra mais vaga da língua. O sentido mesmo depende do princípio diferencial, que deixou de funcionar. O *Degree* é a própria capacidade de simbolizar.

"...o rude filho ao pai tirará a vida..." A crise faz até do parricídio uma possibilidade real, um crime entre diversos possíveis. A razão por que é mais provável que os filhos crescidos matem seus pais do que o oposto é simples: filhos crescidos são mais jovens e mais fortes que seus pais. Ao contrário do parricídio freudiano, esse parricídio não tem nenhum significado especial. Se examinarmos todos os exemplos de discórdia nesse discurso, facilmente reconheceremos o tipo de conflito que observamos por toda parte em Shakespeare, enraizado não nas diferenças intelectuais, espirituais etc. nas quais os antagonistas em vão procuram alguma justificativa racional e ética, mas na imitação recíproca do desejo.

A destruição do *Degree* é um influxo de rivalidade mimética tão gigantesco que se assemelha às pestes que nunca deixam de aparecer nesse tipo de quadro apocalíptico. As pestes sociais e patológicas são elas mesmas indiferenciadas. O princípio diferencial parece suprimir a rivalidade mimética; ele sucumbiu a um ataque virulento da doença que, supostamente, evitaria.

*

O próprio Ulisses confirma essa interpretação nos dez versos de uma conclusão que repete em linguajar puramente mimético – em linguajar especificamente teatral e shakespeariano – aquilo que acaba de ser formulado em termos mais filosóficos e abstratos:

> Grande Agamémnone,
> sufocada que seja a jerarquia,
> segue-se o caos ao seu abafamento.

> Esse desprezo aos graus é que ocasiona
> retrocedermos, até mesmo quando
> tentamos a escalada. Desprezado
> é o general pelo que abaixo dele
> se acha um degrau apenas; este, pelo
> que se lhe segue; este último, pelo outro
> mais de baixo. Os degraus, dessa maneira,
> tomando como exemplo o que primeiro
> para o seu superior mostrou desprezo,
> de uma invejosa febre se revelam
> dominados, do ciúme exangue e pálido.
> (I, iii, 124-34) (*Tragédias*, p. 240)

A última e mais importante palavra do discurso inteiro, *emulation*,[3] significa a rivalidade mimética pura e simples; trata-se do termo shakespeariano para ela. Junto com *emulous*, aparece sete vezes em *Tróilo e Cressida*. Se o interpretarmos como rivalidade mimética, entenderemos por que é descrito como "exangue e pálido": ele devora insidiosamente a substância do que quer que selecione, e deixa apenas uma casca vazia. Primeiro parece aumentar o valor dos objetos disputados. Sua "invejosa febre" enrubesce as bochechas de todas as Helenas e Cressidas do mundo, mas trata-se de uma febre consumptiva, que ao final destrói tudo, objetos e antagonistas; ela parece energizar o espírito humano, mas na verdade o mata. *Emulation* é a quintessência de um discurso quintessencial e vem logo depois de outra palavra mimética, *exampled*,[4] que se aplica ao exército inteiro, confirmando mais uma vez a natureza mimética da crise.

À medida que Aquiles, Ajaz e outros líderes tentam usurpar sua autoridade, o comandante deixa de encarnar o *Degree* e passar a ser apenas ridículo. "[...] retrocedermos,

[3] Traduzida por CAN como "ciúme". [N. T.]
[4] Traduzida por CAN como "tomando como exemplo". [N. T.]

até mesmo quando tentamos a escalada" é de fato uma ambição chaplinesca; imagino um homem perfeitamente imóvel, subindo uma escada rolante que insiste em descer. A hierarquia violada finalmente cairá na cabeça de seus violadores.

O *Degree*, isto é, a ordem cultural, é transcendente, mas de modo finito e frágil, que o torna altamente vulnerável não aos astros, mas ao conflito humano. Ele não tem outra realidade além do respeito que inspira. Se, no topo, esse respeito se transforma em desrespeito, é certo que o contágio virá, o *Degree* rapidamente se dissolverá na indiferenciação da rivalidade mimética. O *Degree* não é um deus verdadeiro, o *Degree* é impotente; ele nem sequer existe em nenhum lugar dentro ou fora do mundo. Mesmo assim, ele funciona como uma divindade, recompensando aqueles que o honram com os benefícios da ordem, e punindo os rebeldes com a violência imparcial da desordem, com a retaliação em espiral de uma rivalidade que se transforma em vingança mortal.

Longe de ser uma digressão curiosa mas insignificante, irrelevante para a peça em que aparece, o discurso de Ulisses é uma destilação de *Tróilo e Cressida*. Já verificamos que todos os episódios dramatizam aquilo que Ulisses descreve, um processo de indiferenciação movido pela rivalidade mimética; isso é verdade não só para a Guerra de Troia como um todo, mas para os troianos entre si mesmos, para os gregos, para os amantes, para os políticos, e para todos mais na peça.

O *Degree* é mais do que a origem de todo significado estável, mais do que o mecanismo de diferenciação no sentido da teoria moderna; ele é um princípio paradoxal de unidade entre os homens. Chamo-o de paradoxal porque ele é desunião, separação, distância, hierarquia. Como poderia um princípio de separação ser um princípio de união? Quando essa separação desaparece, quando as pessoas chegam perto demais umas das outras, "vede a grande discórdia que se segue". Isso não parece fazer sentido; será que Shakespeare tem alguma explicação?

Na ausência do *Degree*, prolifera a rivalidade. Na presença do *Degree*, a rivalidade não está ausente, mas é menos destrutiva. Por que seria assim? Devemos entender que o

Degree mantém o desejo não mimético e espontâneo? O exemplo do exército mostra que não é o caso. Numa guarnição disciplinada e eficiente, cada soldado olha para a patente acima da sua na esperança de uma promoção. Cada soldado considera o oficial que o comanda um guia e modelo. Essa ambição é uma modalidade de desejo mimético. Longe de ser suprimida, ela é incentivada; não existe excelência militar sem ela.

Essa mesma ambição, essa mesma imitação, torna-se *emulous*[5] e destrutiva se tenta tomar o cargo, a patente ou o poder independentemente de regras ou tradições militares. Quando a indocilidade aparece no topo, as patentes mais baixas copiam-na com a mesma docilidade de antes. A ordem consiste numa cadeia de obediente imitação tão difusa que facilita o contágio da desordem quando a desordem aparece. Todos se valem dos mesmos canais e operam da mesma maneira. Quando cada passada toma como exemplo o primeiro passo, pode ser tanto a "boa" quanto a "má" imitação que se propaga escada abaixo pelo *Degree*. A diferença não vem dos dois tipos de imitação, mas do próprio *Degree*: a imitação é "boa" quando está conforme com as regras do *Degree* e respeita a separação e distinção das patentes.

Logo que comecei a estudar o desejo mimético na ficção moderna, como necessitasse de algum esquema conceitual para distinguir o desejo mimético que gera a rivalidade do desejo mimético que não gera, busquei uma metáfora espacial:

> Falaremos de mediação externa quando a distância é suficiente para que as duas esferas de possíveis, cujo centro está ocupado cada qual pelo mediador e pelo sujeito, não estejam em contato. Falaremos de mediação interna quando essa mesma distância está suficientemente reduzida para que as duas esferas penetrem com maior ou menor profundidade uma na outra.[6]

[5] Seguindo CAN, "ciumenta". [N. T.]

[6] Cf. ed. bras.: *Mentira romântica e verdade romanesca*, São Paulo: É Realizações, 2009.

Enquanto modelos e imitadores viverem em mundos separados, não podem se tornar rivais, porque não podem selecionar os mesmos objetos; à medida que esses mundos se sobrepõem cada vez mais, eles podem, e portanto selecionam os mesmos objetos, e é certo que a rivalidade mimética apareça.

As escadas do *Degree* não são para subir; cada uma delas é o equivalente de um pequeno mundo dentro do grande mundo; todos os degraus estão conectados a partir do topo, mas eles não se comunicam livremente para subir. As pessoas nos degraus mais baixos olham para as pessoas acima delas e provavelmente as escolherão como modelos, mas em sentido puramente ideal. Eles têm de escolher seus objetos concretos de desejo dentro de seus próprios mundos, e a rivalidade é impossível. Os imitadores prefeririam escolher os objetos de seus modelos, mas o *Degree* os impede de fazer isso. Enquanto ele tem vigor, a transgressão de suas regras parece impossível, até impensável.

Para baixo, as proibições são menos precisas, até inexistentes, mas as pessoas nos degraus mais altos aprendem a considerar os mais baixos menos desejáveis do que o seu próprio. Os modelos não ficam tentados a se tornar imitadores e rivais de seus próprios imitadores.

Os intervalos do *Degree* oferecem barreiras não ao desejo mimético – elas podem até ser um incentivo –, mas às suas consequências conflituosas. Em todos os momentos, o lugar mais vulnerável à rivalidade mimética é o topo; todos os sistemas do *Degree* tendem a desintegrar-se de cima para baixo, como no caso do exército grego. De todas as sociedades possíveis, o exército é a mais sistematicamente hierárquica, a mais visivelmente mimética em sua obediência, e portanto a mais apropriada para demonstrar a mudança da mediação externa para a interna. Foi por isso que Shakespeare usou um exército como exemplo em *Tróilo e Cressida*, sua peça mais teórica.

Um *Degree* saudável significa muita mediação externa por todo o sistema que ele estrutura, e portanto poucos conflitos internos. Assim que o *Degree* enfraquece, a mediação tende a se internalizar, e a rivalidade mimética gerada acelera a mesma desintegração cultural incipiente que a produziu. O colapso das instituições tradicionais destrói a capacidade de canalizar o desejo em direções não competitivas que evitam rivalidades miméticas; ele abre o caminho, portanto, para a espécie de conflito que Shakespeare e todos os grandes dramaturgos adoram retratar.

A noção shakespeariana de *Degree* inclui em si a metáfora espacial que subjaz à distinção entre mediação externa e interna. Ela ainda tem outras implicações, mais amplas, mas esta é absolutamente crucial, e entendida de modo absolutamente errado. Creio que o *Degree* é o principal assunto do discurso de Ulisses, e que isso é ainda mais visível nos oito versos incomparáveis a respeito de como o exército grego está sendo destruído por *emulation*, assim como em todas as ilustrações que se seguem – Aquiles e Pátroclo, Ajaz e Tersites etc.

Está claro que o *Degree* shakespeariano não tem nada a ver com alguma ideia medieval antiquada que Shakespeare teria tomado de empréstimo com propósitos puramente decorativos. Trata-se de um dos principais componentes de sua teoria mimética. Não importando o que pensemos a respeito desse esquema enquanto teoria sociológica, não podemos considerá-lo digressão inconsequente.

capítulo 19
como a um deus devíeis ver sempre o vosso pai

A crise do *Degree* em *Sonho de uma noite de verão*

A ideia de desordem não faz sentido sem que haja uma ordem semidesintegrada no fundo. Se as ideias expostas por Ulisses podem ajudar-nos com as comédias, isso quer dizer que o processo dramático também pode se desenrolar entre as ruínas de alguma instituição tradicional que não consegue mais oferecer a mediação externa para a qual foi criada originalmente. Essa instituição é a família. Ao fim do século XVI, a família ainda era em princípio patriarcal. A ideia shakespeariana do *Degree* deveria significar duas coisas: 1) cabe ao pai dirigir sua família no papel de modelo da mediação externa e não de mero tirano, como imaginamos retrospectivamente; 2) esse modelo já não é imitado.

Em *Sonho de uma noite de verão*, essas duas proposições são bastante explícitas. Na primeiríssima cena, o duque de Atenas, Teseu, diz a Hérmia que uma filha deve moldar seus desejos nos desejos de seu pai, como se ele fosse uma divindade:

> Como a um deus devíeis
> ver sempre o vosso pai, um deus que vossa
> formosura plasmou, pois sois apenas

a cera a que ele conferiu a forma,
restando-lhe o poder de conservá-la,
ou de esfazer a imagem.
(I, i, 47-51) (*Comédias*, p. 177)

Quando ainda não podia escolher por si, a Hérmia era *imprinted*[1] por seu pai, e agora que pode, ela tem de desejar aquilo que ele deseja para ela. Uma filha não tem apenas de obedecer a seu pai; ela deve se apaixonar também pelo homem que ele escolheu.

A palavra deve ser importante, já que reaparece quase imediatamente. O pai de Hérmia reclama que Lisandro *cativou a impressão de sua fantasia*. Egeu vê Lisandro não como potencial marido para sua filha, mas como usurpador de seu próprio papel, um astucioso manipulador da imaginação dela, um mediador ilícito do desejo dela.

Os etologistas modernos usam o termo "impressão" para designar o elo mimético forte, até inquebrável, que surge entre jovens animais e seus modelos adultos bem no início de sua vida. O linguajar de Shakespeare serve muito bem a esse modelo desde que admitamos que, ao contrário dos animais, os seres humanos não ficam programados pela vida inteira; ao tornar-se adultos, podem rejeitar a impressão original ou livremente adotá-la de novo. Assim, na família, como no exército grego, o *Degree* não significa a ausência do desejo mimético, mas sua canalização determinada por uma autoridade superior.

Nessa peça não existe desejo sem modelo. Se os jovens não escolherem o modelo oferecido pelo *Degree*, seguirão os caprichos da moda de seu círculo social, imitarão amigos e conhecidos – ontem Demétrio, hoje Lisandro, amanhã outra pessoa. Hérmia rejeita a tirania da mediação externa em favor daquilo que ela considera

[1] "*...a form in wax, / By him imprinted*", ou na tradução de CAN, "a cera a que ele conferiu a forma"; provavelmente CAN não usou "ele imprimiu" para não perder uma sílaba métrica. [N. T.]

a total ausência de tirania: sua própria escolha, autônoma e espontânea. Ela não vê nenhum obstáculo no caminho para a felicidade autossuficiente, exceto pais e figuras paternas. Na verdade, ela é dominada por aquilo que muitas pessoas hoje em dia chamam de pressão dos pares: ela trocou uma modalidade de alienação por outra. O deus único e normalmente plácido da mediação externa transformou-se numa multidão de sórdidos demoninhos.

O *Degree* sobe à cabeça de Hérmia; ela não quer imitar Egeu, mas quer que ele imite seu desejo:

> Ah, se meu pai o visse com meus olhos!
> (I, i, 56) (*Comédias*, p. 177)

Isso é tudo que um pai não deve fazer: escolher com os olhos da filha. Esse pai, porém, parece que há algum tempo não tem feito outra coisa. Como foi Hérmia quem roubou Demétrio de Helena primeiro, também foi Hérmia quem convenceu o pai a ratificar sua primeira escolha; agora ela quer que ele ratifique a segunda.

Por que Egeu diz que não? Considerando as famílias, ficamos sabendo que Lisandro é tão bom quanto Demétrio; por que um pai que normalmente aquiesce se rebelaria desse jeito? Será a perversa atração sexual que as filhas infalivelmente despertam nos pais?

Como Shakespeare não é um guru de vanguarda, essa arcana ciência não está em sua mente. Aquilo que ele sorrateiramente sugere, creio, é que, ao transformar seu pai em mentiroso, Hérmia o deixou zangado. O cavalheiro à moda antiga sente que a honra o obriga a manter sua palavra com Demétrio. Hérmia foi longe demais dessa vez, e seu pai, normalmente relaxado, decidiu tomar uma atitude.

Lisandro aconselha Demétrio, já que os dois gostam tanto assim um do outro. Esses jovens são tão insolentes quanto seus equivalentes do século XX. Quanto mais examinamos as evidências, menos Hérmia parece uma vítima da tirania paterna;

se nessa confusão toda há algum tirano, não pode ser Egeu, cuja frágil demonstração de autoridade está fadada ao fracasso desde o início.

Nosso modo de pensar é semelhante demais ao de Hérmia para que percebamos a ironia de *Sonho de uma noite de verão*. Nem nos ocorre que o autor de uma comédia, como um bom soldado, não lute para defender a bandeira tremulante do desejo independente, do amor verdadeiro, do desejo romântico. Shakespeare entenderia essa reação muito bem. Ao contrário do que acreditamos, em sua própria época o linguajar convencional era idêntico ao de hoje. Não era possível que o desejo fizesse o mal; o desejo era invariavelmente inocente, puro e amante da paz; a sátira shakespeariana é tão discreta quanto implacável.

Se Hérmia tivesse vivido nos anos 1960, ela certamente teria falado que estava "fazendo o que ela mesma queria". Na verdade, ela está sempre fazendo o que outra pessoa quer, ela está sempre usando *estranhos olhos para escolher o amor*. Foi muito importante termos nos concentrado nessas palavras, que, de fato, sintetizam tudo, uma vez que se aplicam aos dois tipos de desejo mimético, a mediação externa e a interna. Se não conseguirmos distinguir entre uma e outra na vida real, não conseguiremos distinguir entre uma e outra no texto de Shakespeare e entenderemos errado a peça toda.

Outras passagens na peça só fazem sentido à luz da oposição entre mediação externa e interna. Tome, por exemplo, esses curiosos versos em que Hérmia fala de sua vida em Atenas, que tinha sido sempre o *céu* até que se tornou o *inferno* em razão de seu relacionamento supostamente feliz com Lisandro:

> Como é terrível este fogo interno
> para, assim, transformar o céu no inferno!
> (I, i, 206-7) (*Comédias*, p. 179)

Na verdade, Hérmia está falando da passagem da mediação externa para a interna, e quer dizer que ela é deliciosa e sensacional, mas o sofrimento que ela lhe traz pesa em sua consciência, de modo que a verdade que está tentando negar sai da sua boca contra sua vontade.

Shakespeare consegue transmitir a diferença entre a mediação externa e a interna quase tão explicitamente quanto se estivesse escrevendo um ensaio crítico, e ainda assim essa revelação passa completamente despercebida por todos os críticos imunes a sua mensagem. O ato falho de Hérmia se torna o ato falho deles; eles só ouvem o que ela *quer* dizer, que é irrelevante e enganoso em comparação com o que ela realmente está dizendo.

O curioso é que aqueles críticos que não leem nesse momento aquilo que efetivamente está escrito são os mesmos que afirmam com mais veemência que não estão fazendo nada além disso. A verdadeira tarefa do crítico, como eles sempre dizem, é ler o texto, o texto inteiro, e nada mais que o texto; eles mesmos, porém, inquestionavelmente projetam seus próprios preconceitos na peça, os preconceitos "modernos" e chiques a favor do desejo, que coincidem com os preconceitos dos próprios personagens.

É altamente significativo, no meu ponto de vista, que Shakespeare tenha definido explicitamente a mediação externa e feito uma oposição dela com a mediação interna em *Sonho de uma noite de verão*, a peça que representa a primeira grande denúncia da rivalidade mimética em sua obra. *Os dois cavalheiros de Verona* já é uma comédia de rivalidade mimética, como vimos, mas ainda é, antes de tudo, uma comédia sobre uma filha que é *realmente* impedida pelo pai de se casar com o homem que ama. Assim, essa comédia da fase inicial ainda está dividida contra si; nela, o gênio mimético de Shakespeare já começa a funcionar, mas as influências literárias ainda são suficientemente importantes, não só na forma como no conteúdo, para impedi-lo de descartar o pai como verdadeiro obstáculo à felicidade dos "amantes sinceros".

O modelo italiano é na verdade uma variação do padrão cômico mais banal do Ocidente, dos gregos até hoje. Muitas comédias tratam do conflito entre pais e filhos. A questão é sempre apresentada como uma escolha simples entre a tirania paterna e a liberdade de escolha. Não é preciso censurar a ideia de que a mediação interna possa perverter essa liberdade de escolha; ela jamais ocorre a qualquer pessoa.

A tradição é tão forte que mesmo numa peça como *Os dois cavalheiros de Verona*, em que a rivalidade mimética é muito intensa, Shakespeare não consegue se libertar dela. Seu gênio pessoal está em outro lugar, mas a visão popular está tão entranhada que Shakespeare tem de lutar contra ela em si mesmo antes que sua própria voz consiga se afirmar criativamente, como em *Sonho de uma noite de verão.*

Essa vitória é um feito intelectual e estético. Ela não poderia ter acontecido antes de Shakespeare descobrir não só o desejo mimético, como também a distinção entre mediação externa e interna. A prova dessa descoberta é que a peça começa com uma definição da mediação externa do pai; depois, não apenas a peça mostra o que acontece quando essa mediação externa é trocada pela interna, como fica aludindo maliciosamente à substituição não percebida de uma pela outra, e ao caos que ela cria na vida dos namorados.

Assim, *Sonho de uma noite de verão* tem, ou melhor, *é* o mesmo processo dramático que *Tróilo e Cressida*, e o resultado é a mesma *indiferenciação.* Os quatro amantes procuram a singularidade o tempo inteiro, mas por meios miméticos, e sua recompensa é a uniformidade conflituosa. Qualquer traço único que possuíssem no início rapidamente se dissolve, e a personalidade de cada um se desintegra cada vez mais. No clímax da noite, todos os quatro estão procurando em vão por sua identidade perdida:

> Hérmia não sou e vós não sois Lisandro?
>
> (III, ii, 273) (*Comédias*, p. 194)

Se essa indiferenciação fosse devida a alguma deficiência artística em Shakespeare, a alguma incapacidade de inventar os personagens críveis e pitorescos, como exigido pela tradição do individualismo dos séculos XIX e XX, o dramaturgo teria tentado esconder esse fracasso. Ele não dirigiria nossa atenção para ele; ele não alardearia sua indiferenciação tão alto assim; ele não acharia tão boa a piada que a vaidade mimética faz com os amantes.

Uma prova de que *Sonho de uma noite de verão* realmente corre paralela a *Tróilo e Cressida* – exceto pela conclusão – está na contrapartida do discurso de Ulisses (ver Cap. 5), que ocorre no mesmo momento em *Tróilo e Cressida*, logo antes de a máquina de indiferenciação se acelerar. A grande cena de Titânia e Oberon (Ato II, Cena 1) corresponde exatamente àquilo que as similaridades e diferenças entre as peças nos levam a esperar. Titânia não começa com o Sol e os astros, mas com seu equivalente na peça, "a Lua, que o mar vasto impera", e o clima extremamente frio e chuvoso no período que antecede o festival folclórico que se está celebrando, qualquer que seja – o *May Day* ou a *Midsummer Night* (o primeiro é mencionado uma vez no texto, e a segunda só no título).

Pode ser que o mau tempo de fato tenha ocorrido; documentos contemporâneos dizem que a primavera de 1596 foi especialmente ruim até para a Inglaterra – uma boa razão para acreditar que a peça foi escrita em 1596. Todos queremos saber isso, claro, mas também queremos saber o que é que Shakespeare está fazendo com todo esse mau tempo. Ele o está transformando num espelho para aquilo que acontece entre os quatro namorados, mas também entre todos aqueles que deixam seu espírito mimético de orgulho e rivalidade dominar suas interações.

Há também algo relacionado ao excesso de água que parece corresponder ao orgulho humano no que pode ter de pior, o húbris:

> Por isso os ventos, como em represália
> de em vão nos assobiarem, do mar vasto
> aspiraram vapores contagiantes,
> e estes, pelo país se derramando,
> tanto deixaram túmidos os rios,
> que as margens inundaram, de orgulhosos.
> (II, i, 88-92) (*Comédias*, p. 183)

Os rios se acham tão importantes, ficaram tão inchados de orgulho, que perderam qualquer verdadeira autonomia de que normalmente gozem. Em sua ânsia de superar uns aos outros, saem de seus cursos simultaneamente, em perfeito uníssono mimético, e desaparecem na vasta "nociva mistura" de sua venenosa proximidade; eles se transformam num único lago, destruindo assim as identidades separadas que pretendiam magnificar.

Esse equivalente aquático do "ciúme exangue e pálido"[2] corresponde àquilo que Aquiles e Ajaz ou Tróilo e Cressida estão fazendo tão perfeitamente quanto corresponde aos quatro namorados, que estão agindo exatamente como esses rios tolos no exato momento em que Titânia fala.

Nas aldeias da região, a violenta tempestade apagou traços e moldes com que a própria cultura inglesa marcara a terra:

> os currais se acham
> vazios nas campinas alagadas;
> cervam-se os corvos no pestoso gado;
> as quadras de pelota estão desertas
> e cobertas de lama; quase esfeitos
> na verde relva os belos labirintos,
> porque ora já ninguém neles transita.
> (II, i, 96-100) (*Comédias*, p. 183)

Shakespeare encontrou uma maneira maravilhosa de "simbolizar" a perda da "simbolidade": o apagamento das diferenças culturais. Estamos diante de uma versão mais imagística e poética daquilo que Ulisses diz a respeito de o *Degree* estar "embuçado", negligenciado, apagado. Aqui, o *Degree* é mergulhado num minidilúvio

[2] "*Pale and bloodless emulation*", no original; vale lembrar que Girard destacou o termo *emulation* antes. [N. T.]

bíblico. As enchentes são um tema privilegiado na mitologia, assim como seu contrário, as secas; nelas, muitos objetos muito bem diferenciados se destroem ou perdem as características que os distinguiam; se não, então desaparecem sob a planeza da água imóvel e não se consegue enxergar nenhuma diferença por algum tempo.

No discurso de Ulisses, a água tem papel bem menor, mas ainda assim algum papel, e, como costuma ser o caso nas peças posteriores, o tema reaparece só o suficiente para que o poeta possa resumir aquilo que fez com ele na peça anterior:

> ...as fortes ondas,
> contidas até então em seus limites,
> o seio elevarão além das praias,
> a papa reduzindo a terra firme
> (I, iii, 111-13) (*Tragédias*, p. 240)

Shakespeare possui uma capacidade fenomenal de orquestrar sentimentos humanos e fenômenos naturais. Suas metáforas favoritas são quase sempre temas mitológicos, não só aqueles dos mitos gregos e clássicos, mas do folclore inglês e até da mitologia mundial, que ele provavelmente consegue reinventar quando a desconhece. Essa capacidade estética é inseparável de sua intuição incomparável do significado humano e conflituoso da natureza no mito. Ele se sente tão à vontade com os símbolos mitológicos da crise e do conflito humanos quanto se tivesse escrito ele mesmo as histórias originais.

*

Como podemos ver, a indiferenciação é mais do que uma ideia abstrata tanto em *Sonho de uma noite de verão* quanto em *Tróilo e Cressida*. Ela triunfa em todos os níveis, da estrutura da trama ao menor incidente, às meras imagens que, à primeira vista, parecem meramente decorativas. A indiferenciação é a substância do drama, ou, se o leitor preferir, sua insubstancialidade, e é também aquilo que o próprio autor abstrai da peça e põe diante de nossos olhos como um objeto digno de meditação. Essa convergência de tema e estrutura manifesta novamente que Shakespeare é invulgarmente capaz de explicar o que está fazendo enquanto faz, e de maneiras não menos impressionantes por sua unidade teórica do que por sua diversidade poética.

A noite do solstício de verão é uma versão menos sinistra daquilo que Ulisses descreve, uma crise do *Degree* em escala menor, também mais branda e suave, primariamente por causa do final mais feliz. A atmosfera das duas peças é totalmente diferente, ainda que seu fundamento dramático seja o mesmo: elas são a mesma máquina de indiferenciação. Assim que o *Degree* se enfraquece, a mediação se torna interna, e a rivalidade mimética começa a girar, acelerando a desintegração cultural que lhe deu início.

Será que essa unidade dramática se limita a *Sonho de uma noite de verão* e *Tróilo e Cressida*, ou será que é característica de outras peças também? O capítulo seguinte responderá a essa questão.

capítulo 20
confundi-vos no que vos for contrário

A crise do *Degree* em *Timão de Atenas* e outras peças

Constituindo ou não um tema separado, a "crise do *Degree*" está presente em todas as peças de Shakespeare, e podemos entender por quê. O drama exige conflitos humanos intensos; em Shakespeare, os conflitos humanos assumem a forma da rivalidade mimética; a rivalidade mimética resulta da mediação interna; a mediação interna normalmente não ocorre antes que uma sociedade se torne "indiferenciada". O processo cômico e trágico por excelência não é outra coisa senão esse círculo vicioso de "desestruturação" ou "dessimbolização", que Ulisses chamou de "embuçamento", "sufocamento" e "desprezo" do *Degree*. Nós aqui o chamamos de "crise do *Degree*".

Chegamos a essa conclusão em bases puramente textuais. Podemos supor que as ideias de Shakespeare derivavam, por um lado, de seu "temperamento", e por outro, de sua formação cultural, de seu conhecimento de textos antigos, e também da sociedade à sua volta. A fim de entender sua concepção da crise do *Degree*, não é preciso que conheçamos suas opiniões pessoais a respeito das grandes mudanças por que a sociedade inglesa passou durante sua vida. Não quero dar a entender que essa questão é insignificante e que a arte de Shakespeare não tem nada a ver com ela; certamente tem. Mas há uma lógica interna em sua obra que pode e deve ser destrinçada independentemente de quaisquer considerações sociais, políticas e até psicológicas.

Se Shakespeare de fato está sempre pensando a mesma coisa, podemos esperar muitos discursos análogos aos de Ulisses e Titânia em suas outras peças; não nos desapontaremos. De todas as versões do discurso do *Degree*, aquela que mais lembra o de Ulisses, tanto em conteúdo quanto em extensão, é o solilóquio em que Timão, ao abandonar a cidade para tornar-se eremita e afastar-se de seus detestados compatriotas, violentamente amaldiçoa Atenas:

> Ainda uma vez desejo contemplar-te.
> Oh, muro, que circundas esses lobos,
> afunda-te na terra! Não protejas
> Atenas doravante! Incontinentes
> ficai, matronas! Filhos, rebelai-vos!
> Loucos e escravos, arrancai dos bancos
> os graves e enrugados senadores
> e emiti opinião no lugar deles.
> Vire-se num momento em lixo público
> a virginal pureza, e que isso seja
> feito à vista dos pais. Falidos, sede
> firmes, não devolvendo coisa alguma;
> antes cortai as goelas dos credores.
> Servos, roubai, que vossos graves amos
> não cessam de pilhar com mãos abertas,
> servindo-se da lei. Vai para a cama
> de teu amo, empregada, que a patroa
> se encontra no bordel. Tira a muleta
> de teu pai paralítico, menino
> de dezesseis, e estoura-lhe os miolos.

Temor, piedade, reverência aos deuses,
paz, justiça, verdade, deferência
doméstica, descanso matutino,
vigilância pacífica, costumes,
instrução, profissões e ofícios vários,
jerarquias, usanças, leis vetustas:
confundi-vos no que vos for contrário.
Que impere a destruição. Pestes que os homens
exterminais, acumulai as vossas
febres terríveis e devastadoras
sobre Atenas, madura para a ruína.
Fria ciática, deixa os senadores
aleijados, porque nos membros mostrem
igual claudicação à dos costumes.
Na medula e no espírito dos moços,
luxúria, te insinua, porque possam
nadar contra a corrente da virtude
e na depravação se afoguem todos!
Sarnas e pústulas, poluí o seio
dos atenienses, para que a colheita
seja lepra geral. Que o hálito infecte
o hálito; desse modo a sociedade
será como a amizade: só veneno.
(IV, i, 1-32) (*Tragédias*, p. 314)

Aqui, mais uma vez, as distinções e diferenças que definem todas as distinções humanas declinam até *confundir-se em seus contrários*, e toda a vida ética, religiosa, social, cultural e política chega ao fim. Até a saúde é afetada. Triunfa o caos violento. Há algo grotesco na acusação de Timão, que de certo modo tem mais a ver com o clima geral de *Tróilo e Cressida* do que o discurso mais majestoso e épico de Ulisses. O discurso de Timão caberia bem na peça anterior, se fosse posto na boca de Tersites.

Também há algo no discurso de Timão que vagamente recorda *Sonho de uma noite de verão* – não seu linguajar, é claro, mas a ideia de um indivíduo que abandona a Atenas de seu nascimento em estado de grande confusão. Timão anseia por um espaço vasto e incivilizado no qual sua loucura se possa gastar mais ou menos inocuamente, como a dos quatro namorados.

Por mais espetacular que seja, essa grande invectiva não é o melhor exemplo daquilo que estamos procurando. A maravilhosa correspondência que encontramos entre os dois primeiros discursos e as peças em que eles aparecem não prevalece nesse caso, ou não na mesma medida. *Timão de Atenas* não dramatiza a indiferenciação mimética e dessimbolização conflituosa no mesmo sentido em que o fazem as obras-primas anteriores. Excetuando algumas passagens brilhantes, a complexidade dos paradoxos miméticos dá lugar nessa peça à expressão mais linear e banal da sátira ética.

Esse discurso não é uma parte integral da peça em que está no sentido em que os discursos de Ulisses e Titânia são partes integrais das peças em que estão. De um lado, falta-lhe a profundidade teórica dos outros dois, e, de outro, ele não tem a mesma pertinência dramática. Cada imperfeição depende da outra. Timão está irado, não sem razão, mas seu discurso reflete antes seu estado de espírito individual do que um estado social que deveria ser efetivamente sugerido por cada incidente da peça. Portanto, está ausente a ideia principal do discurso do *Degree*, a ideia tremendamente original de um princípio único e transcendente, mas finito, da ordem cultural, que pode se dissolver em certo tipo de crise social. A palavra *degree* reaparece, mas só no plural, não naquele mesmo papel singular e transcendental que tinha em *Tróilo e Cressida*.

Considerado em seu todo, esse discurso chega perto de encarnar aquela espécie de digressão gratuita com que muitos críticos confundem o importantíssimo discurso de Ulisses em *Tróilo e Cressida*. É por isso que, apesar de sua formidável eloquência, ele parece talvez comprido demais, o que já não ocorre com os de Ulisses e Titânia, que na verdade são até mais longos. *Timão de Atenas*, ao que parece, ficou inacabada; trata-se, provavelmente, da última tragédia de Shakespeare. A peça pode refletir certo cansaço com o gênero. Existem exemplos melhores daquilo que estamos procurando, mas a situação é diferente em cada caso, e consideraremos apenas uns poucos.

*

Em *Júlio César*, Casca faz um discurso que não chega a ser uma nova versão do discurso do *Degree* porque se restringe a sinais e portentos sobrenaturais, não dizendo nada a respeito daquilo que realmente importa: a indiferenciação cultural. A dimensão cultural da crise, de todo modo, continua a ser referida na peça, e de modo muito evidente, já que aparece nos primeiríssimos versos, quando os dois tribunos censuram populares por ter aparecido no Fórum sem os símbolos de seus ofícios, transformando-se numa turba indiferenciada:

> Voltem para casa, ociosas criaturas!
> Pensam que hoje é feriado? Ou esqueceram
> Que é vedado aos obreiros e artesãos
> Andar na rua, em dias de semana,
> Sem a insígnia e o sinal do seu ofício?
> Tu, por exemplo – qual tua profissão?[1]

Esses trabalhadores deveriam estar vestindo suas roupas de trabalho; em vez disso, estão usando roupas chiques. Estão fazendo festa para ver César e aplaudir seu triunfo quando, de acordo com os tribunos, deveriam estar lamentando. Estão no lugar errado, na hora errada, pela razão errada, fazendo o que não deveriam fazer. Esses romanos não são soldados, mas sua organização regular lembra o exército, e seu desvio da tradição recorda as ideias de Ulisses sobre a desordem no exército

[1] William Shakespeare. *Júlio César.* (I, i, 1-5). Tradução e notas de José Francisco Botelho. São Paulo: Companhia das Letras, 2018, p. 43.

grego. O mundo fica de cabeça para baixo quando o *Degree* se retira, e pode-se entender facilmente a razão, já que estamos testemunhando o colapso de instituições republicanas que duraram por séculos.

Em *Tróilo e Cressida*, Shakespeare isola e define os aspectos sociais e institucionais da crise independentemente do exemplo imediato; não em *Júlio César*. Os acontecimentos são históricos, tirados primariamente de Plutarco; as atitudes são supostamente "romanas". Podemos enxergar, porém, que Shakespeare já lê tudo à luz daquela visão que Ulisses expressará de modo mais completo.

Hamlet nos traz mais um tratamento shakespeariano da mesma visão básica. Também nessa peça a ordem cultural é destrinchada, e de maneira muito estranha; a indiferenciação desempenha um papel fundamental, mas dessa vez não há uma longa e elaborada discussão que toque diretamente nos aspectos humanos ou sobre-humanos da crise. Isso não quer dizer que esses aspectos estejam ausentes – longe disso –, mas seu tratamento é tão elaborado e sofisticado que eles desaparecem, por assim dizer, dentro do texto; costurados nele à perfeição, tornam-se a tragédia mesma.

Até os aspectos sobrenaturais ganham vida, por assim dizer, no episódio do fantasma; em vez de meramente enumerar sinais e portentos, Shakespeare os dramatiza de modo muitíssimo eficaz. O mesmo vale para os aspectos institucionais e relacionais; eles também se tornam parte da ação mais ou menos do mesmo jeito que em *Júlio César*, mas com profundidade ainda mais evocativa.

Na primeira cena, Marcelo indaga a respeito das febris preparações da Dinamarca para a guerra:

> ...e quem souber, que me diga
> Por que essa severa e incansável vigília,
> Noite após noite, esgota os súditos da terra;
> Por que a fusão diária desses brônzeos canhões,
> E a compra no exterior de máquinas de guerra;

Por que a conscrição de artífices navais
Num trabalho que funde o domingo à semana;
Que coisa está no ar, que essa pressa suarenta,
Lança *a noite a uma faina em consórcio co'o dia.*
Será que alguém me pode informar?[2]

A pressa é tanta que os dinamarqueses são forçados a trabalhar em turnos consecutivos, sete dias por semana, 24 horas por dia. Em nenhum momento, portanto, a comunidade inteira trabalha junto ou descansa e participa junto de ritos religiosos, nem mesmo em dia santificado. Uma lei fundamental da cultura humana está sendo desprezada.

Uma alternação entre tempos festivos e não festivos, entre períodos de trabalho e períodos de descanso, caracteriza todas as sociedades humanas. A disputa entre a Dinamarca e a Noruega aboliu até mesmo as mais sagradas diferenças temporais. Em *Júlio César*, o tempo separado para o trabalho foi transformado em feriado; aqui acontece o oposto, mas se trata na verdade de uma versão mais moderna e radical do mesmo tema. Nossas próprias revoluções industriais, políticas e militares generalizaram o fenômeno descrito por Marcelo; Shakespeare revela o aspecto inusitado de uma prática que se tornou tão habitual entre nós que nem sequer prestamos atenção nela.

Por que a histeria da guerra na Dinamarca? De acordo com Horácio, o conflito iminente tem sua causa direta num episódio do passado, quando "Açulado de orgulho e pronto à emulação, / Desafiou-o à guerra (...)"[3] ao velho rei Hamlet e ao falecido rei da Noruega. Em outras palavras, os dois tiveram um ataque de rivalidade mimética, e agora essa peste contamina seus dois sucessores, o jovem Fortimbrás na Noruega, e Cláudio na Dinamarca.

[2] William Shakespeare. *Hamlet*. (I, i, 70-8; grifo nosso). Tradução e notas de Lawrence Flores Pereira. São Paulo: Companhia das Letras, 2015, p. 53-54.
[3] *Idem*, p. 54. No original, "*pricked by a most emulate pride*". [N. T.]

À primeira vista, parece surpreendente que Cláudio queira abraçar tão imediata e ardentemente as brigas ruins de seu irmão recém-assassinado. Ele tem problemas mais urgentes. Ao refletir, porém, vemos que tudo está em ordem, ou antes na mais previsível desordem. Após Cláudio ter abraçado a esposa do irmão e seu reino como um todo, só se pode esperar que ele, por razões miméticas, vá abraçar também as rivalidades do rival. Sua vida inteira não passa de nada além disso; como um verdadeiro político, na rivalidade mimética ele se sente como um peixe n'água.

Assim, em *Hamlet*, como nas outras peças, prevalece a indiferenciação, tendo o orgulho como pai e a rivalidade como mãe. A crise na Dinamarca se desenrola de maneiras muito drásticas, e falarei de algumas delas num capítulo específico sobre essa peça; mas ela não é explícita, como em *Sonho de uma noite de verão* e *Tróilo e Cressida*.

Não é possível dar nome à crise, e essa impossibilidade linguística faz que ela pareça insidiosa e sinistra de um jeito que às vezes prenuncia Kafka. Já vimos, a respeito de *Noite de Reis*, que Shakespeare fica quieto quando vale a pena ficar quieto, e esse silêncio, que Ingmar Bergman tentou reproduzir em alguns de seus filmes, acrescenta uma dimensão de *angoisse* ausente em *Sonho de uma noite de verão* e até em *Tróilo e Cressida*.

A crise shakespeariana é sempre a mesma, mas com ênfase distinta em peças distintas; no caso de *Hamlet*, a ênfase é primariamente temporal. O único pronunciamento "teórico" sobre o assunto é "O tempo está disjunto",[4] a famosa fala de Hamlet. Em vez de ser uma vaporosa congregação de palavras escritas com o único propósito de provocar um delicioso arrepio na espinha, a frase é uma definição direta daquilo que acontece na peça, a negligência generalizada do respeito aos períodos próprios das coisas humanas, a falta de um intervalo razoável, por exemplo, entre a morte do velho rei e o casamento de sua esposa com seu sucessor.

[4] *Idem*, p. 82. No original, "*The time is out of joint*". [N. T.]

As articulações do tempo se foram. Esse estado de coisas não pode ser definido como "uma experiência peculiarmente shakespeariana do tempo", no sentido de Georges Poulet e outros.[5] Ele simplesmente significa, insisto, que as diferenças tradicionais estão sendo desprezadas; trata-se de uma crise temporal do *Degree*.

Por mais simples que esse princípio seja, suas consequências são múltiplas. Quando o tempo corre solto, em certas ocasiões pode dar a impressão de estar enormemente acelerado, enquanto em outras ocasiões parece durar para sempre; há momentos em que ele parece contínuo e íntegro como em Bergson, e outros em que ele parece fragmentado em instantes separados, como em Descartes.

Todas essas experiências do tempo parecem excluir umas às outras, parecem únicas, mas devemos olhar para essa unicidade com certo cuidado. Não há nada de que a febre mimética goste mais do que a "unicidade", e nossa experiência pessoal do tempo se tornou uma represa, entre outras, para as singularidades temporárias que os duplos modernos aprisionam, em seu esforço desesperado de preenchimento do vazio de seu conflito interminável. Cada autor individual precisa possuir seu próprio tempo individual para diferenciar a si mesmo dos outros. Shakespeare desmistifica essa unicidade ao mostrar Hamlet experimentando muitos desses tempos distintos sucessiva e rapidamente.

*

A crise do *Degree* está por toda parte em Shakespeare e é sugerida de incontáveis maneiras diferentes. O toque do poeta consegue ser tão leve e rápido que mal notamos quando a corda é tornada dissonante, ou escutamos outra coisa; como na arte moderna, a desarmonia pode se tornar uma harmonia superior, e ela se torna um efeito gratuitamente poético à moda das escolas estéticas modernas. Em Shakespeare, ela sempre se refere à interação dos duplos miméticos

[5] Georges Poulet, *Études sur le temps humain*, Paris: Plon, 1950.

e ao colapso de alguma distinção, provocado pelo mesmo esforço que pretendia realçá-la.

Um dos sinais mais comuns dessa indiferenciação em Shakespeare é a união quase impressionista de mar e céu, a fusão literal de um no outro, como em *Otelo*: "Não consigo divisar entre o porto e o mar / Sequer uma vela";[6] "Até que mar e o azul aéreo se embaracem / Na nossa visão".[7] E, no momento mais crítico do *Conto do inverno*, quando a morte ainda está em seu ponto mais mortífero, logo antes de se transformar em vida, o bobo diz:

> Eu vi duas dessas visões, no mar e em terra; mas não posso dizer se foi no mar, porque agora tudo é céu, entre a terra e o firmamento não se pode enfiar a ponta de um alfinete.
>
> (III, iii, 83-5) (*Comédias*, p. 597)

É impossível fazer justiça a todos os aspectos da indiferenciação shakespeariana no espaço deste estudo. Antes de mudar de assunto, porém, vou mencionar uma última meditação sobre o *Degree* e sua crise, a que aparece em *O rei Lear*. Trata-se de outro discurso sobre a crise em si, e portanto é mais comprido do que qualquer coisa em *Hamlet* e nas outras peças sem discursos, porém mais curto do que os discursos de Ulisses, Titânia e Timão. Sua ênfase ética e seu estilo em prosa o tornam único sob alguns aspectos, mas conseguimos ver imediatamente que ele pertence à categoria que primeiro analisamos, os discursos completos em verso. Há algo quase ritualístico em sua introdução astrológica, e todas as principais características da verdadeira crise estão nele, admiravelmente condensadas. Quem fala é Gloster:

[6] William Shakespeare. *Otelo*. (II, i, 3). Tradução e notas de Lawrence Flores Pereira. São Paulo: Companhia das Letras, 2017, p. 161.
[7] *Idem*, p. 162.

> Esses últimos eclipses do Sol e da Lua não nos anunciam nada bom. Muito embora a ciência da natureza possa explicá-los desta ou daquela maneira, a própria natureza se sente chicoteada pelos efeitos que se lhes seguem. O amor esfria, a amizade desaparece, os irmãos se desavêm; nas cidades, tumultos; nos campos, discórdias; nos palácios, traições, rompendo-se os laços entre filhos e pais. Esse meu filho desnaturado confirma aqueles sinais: é filho contra pai. O Rei se afasta da trilha da natureza: é pai contra filho. Já vimos o melhor de nosso tempo: maquinações, imposturas, traições e toda sorte de desordens ruinosas nos acompanham sem sossego até a sepultura.
> (I, ii, 103-14) (*Tragédias*, p. 673)

Gloster tem dois filhos: Edgar, legítimo, e Edmundo, bastardo; ele acaba de ouvir deste último que Edgar é um traidor, e acreditou, ainda que o único vilão seja o próprio Edmundo. Gloster não percebe que ele mesmo serve tão bem de exemplo daquilo de que está falando quanto o próprio Lear. Como a maioria dos profetas, ele paradoxalmente combina o autoengano com a lucidez, assim como Edmundo, seu interlocutor, que consegue ver que seu pai se engana em muitas coisas, mas não consegue perceber a verdade naquilo que seu pai diz – a verdade da peça como um todo. Sua vilania está no modo, em outras palavras, em seu desejo mimético, que é a origem tanto de lucidez como de cegueira nos dois indivíduos. Diz Edmundo:

> Essa é a maravilhosa tolice do mundo: quando as coisas não nos correm bem – muitas vezes por culpa de nossos próprios excessos –, pomos a culpa de nossos desastres no Sol, na Lua e nas estrelas, como se fôssemos celerados por necessidade, tolos por compulsão celeste, velhacos, ladrões e traidores pelo predomínio das esferas; bêbedos, mentirosos e adúlteros, pela obediência forçosa a influências planetárias, sendo toda nossa ruindade atribuída à

> influência divina... Ótima escapatória para o homem, esse mestre da devassidão, responsabilizar as estrelas por sua natureza de bode.
> (I, ii, 118-28) (*Tragédias*, p. 673)

Essa magnífica crítica da superstição astrológica deve corresponder àquilo que Shakespeare realmente pensa da astrologia. Críticas similares seguem-se a expressões similares de crença na astrologia em *Júlio César* e em *Sonho de uma noite de verão*. *Tróilo e Cressida* é uma exceção importante, mas compreensível: Ulisses denuncia explicitamente e analisa longamente a verdadeira causa da crise, a rivalidade mimética, e portanto sua imaginosa astronomia não pode ser confundida com uma explicação de fato.

Shakespeare quer desacreditar a explicação mágica, mas não a crise mesma; ele obviamente acredita nesta última, e faz dela a substância de suas melhores peças: a destruição das diferenças em todas as relações humanas. Aqueles que acreditam que Shakespeare deve ter sido tão supersticioso quanto seus mais supersticiosos personagens deixam de distinguir os aspectos astrológicos da própria crise. Eles veem, erradamente, a conjunção de astrologia e crise como o único e mesmo mito. A razão desse seu erro é sua cegueira para a rivalidade mimética e para a geração de duplos miméticos.

O rei Lear pode ajudar muito nesse momento; sua trama coloca as principais características da visão central de Shakespeare em foco tão aguçado que às vezes parece simplificação, ainda que simplificação muito útil para nosso presente propósito, que é reunir os principais elementos de nossa análise e obter uma perspectiva geral dessa visão mimética.

Geralmente Lear é considerado um pai zeloso como o Pai Goriot, de Balzac, um homem que ama demais e não percebe quão insensato é entregar o governo de seu reino às suas filhas egoístas e gananciosas. Porém, sua dura atitude com Cordélia contradiz essa leitura psicológica.

Nenhuma interpretação de Lear que se concentre nesse "herói" em si mesmo, concebido como personagem individual - ricamente "diferenciado", claro, um suculento objeto de investigação psicológica ou psicanalítica –, pode fazer justiça ao que está acontecendo nessa peça. Antes de tentarmos capturar as nuanças dos personagens individuais, se é que elas existem, devemos compreender as questões maiores da peça; é preciso que percebamos a passagem catastrófica da mediação externa à interna que produz a crise do *Degree* tão adequada e inadequadamente retratada por Gloster.

O rei convida suas três filhas a exibir seu amor por ele, uma de cada vez; em vez de impedir toda competição mimética entre elas, que é o que seu papel exige, ele, feito um tolo, a incita, propondo a si mesmo como objeto de desejo competitivo. Por que ele faz isso? A resposta habitual é vaidade. Lear certamente é vaidoso, mas com o toque especificamente shakespeariano de desejar o desejo mimético daqueles mais próximos de si, mesmo correndo o risco de trazer à tona as mais destrutivas rivalidades.

Lear lembra Valentino, que ansiava pelo desejo de seu melhor amigo, e todos os outros personagens desse tipo em Shakespeare, mas seu caso é mais grave; ele anseia pelo desejo mimético de seus próprios filhos. Como pai, ele pode exigir aberta e publicamente aquilo que personagens anteriores só poderiam ardilosamente sugerir; ele transforma a satisfação de seu apetite inominável em uma espécie de obrigação para suas filhas, e a cerimônia que organiza para esse propósito não tem como não deixar de coincidir com sua abdicação. Ao agir como age, Lear tacitamente abdica de ser rei e pai. A primeira grande cena com as filhas é altamente simbólica de todo o processo de dessimbolização.

O homem que arrisca tudo por gratificações miméticas vazias merece perder não só seu reino, como também suas filhas, e o entusiasmo de Goneril e Regane em jogar seu jogo mimético as condena ao mesmo destino que Lear. Elas também sacrificam até mesmo seus interesses políticos à histeria mimética desencadeada por seu pai.

Lear é um pai e um rei que, em ambas as capacidades, deixa de ser o modelo de mediação externa que deveria ser para suas filhas e seus súditos. Assim, *O rei Lear* combina os dois domínios da crise mimética que consideramos inseparáveis, ainda que eles sejam dramatizados separadamente em nossos dois principais exemplos – a dimensão familiar em *Sonho de uma noite de verão* e a dimensão política em *Tróilo e Cressida.*

O desejo mimético das irmãs primeiro assume a forma recomendada por Lear, mas ele não consegue mais inspirar respeito, de modo que a rivalidade por seus favores logo se torna redução competitiva dos direitos e privilégios que o velho rei reservara para si. Os dois duplos mimeticamente incentivam um ao outro a acabar com o *Degree*, um acontecimento que deve coincidir com o início da escalada da violência entre eles.

Enquanto Lear está por perto, ainda que só como bode expiatório, Regane e Goneril permanecem unidas, se não com ele e nele, então contra ele. Enquanto o *Degree* sobrevive, a mediação permanece externa, mas depois passa a interna, metamorfoseando as irmãs em duplos monstruosos, dedicados à destruição mútua.

Do começo ao fim, tudo nelas é rivalidade, incluindo sua escolha de Edmundo para amante. Assim como elas brigam pela herança de seu pai, elas brigam até a morte pelo desprezível bastardo, não por causa dele, mas por causa delas mesmas.

Ambas desejam a mesma autoridade real que destroem cada vez mais, à medida que sua própria violência se espalha contagiosamente pelo país inteiro. Seu "desprezo" criminoso do *Degree* "é que ocasiona retrocedermos, até mesmo quando tentamos a escalada". A beleza desse processo está em sua perfeita simetria, em sua graça redentora, em sua perfeita justiça, tornando os dois monstros nos vingadores divinamente imparciais de seus próprios crimes. Por todo o reino, no entanto, ocorre uma inversão geral de valores que sistematicamente exalta patifes como Edmundo em vez de seus irmãos mais dignos. Podemos então observar que "A hierarquia / embuçada se achando, os seres íntimos / com máscara aparecem mui vistosos...".

Esse princípio tinha se mostrado verdadeiro primeiramente, é claro, na própria família de Lear. Cordélia morre injustamente porque recusa a isca mimética, e suas irmãs morrem justamente porque a aceitam; a crise do *Degree* não poupa ninguém.

Cordélia provavelmente não teria se recusado a dizer que amava seu pai caso não se tivesse pedido que ela o fizesse imediatamente após suas irmãs, e assim, do mesmo jeito que elas, em competição mimética. Sendo a mais jovem, ela fala por último, numa posição tão espetacularmente competitiva e mimética que não consegue dizer uma só palavra de amor. Há um aspecto "posicional" na rejeição dela da rivalidade mimética que não esgota seu significado, mas que mesmo assim é importante.

Do ponto de vista *dramático*, é impossível fazer que Cordélia fale antes. Mas aqui e ali, nessa peça, *dramático* significa a mesma coisa que *mimético*. Em todo grande teatro, as duas noções tendem a se tornar sinônimas. Em *O rei Lear*, Shakespeare dramatiza seu próprio processo dramático, o que é outra maneira de dizer que ele dramatiza o próprio desejo mimético. Em vez de fazer mais uma dramatização realista da crise do *Degree*, ele escreve algo como uma alegoria de seu próprio teatro, que é uma grande obra de arte e ainda assim pode ser interpretado como caricatura e primeiro sintoma do cansaço que logo levará a seu abandono da tragédia.

Se olharmos para as primeiras peças à luz de *O rei Lear*, conseguiremos ver em muitas delas características semelhantes a *Lear* que não tínhamos notado ou de que apenas suspeitávamos. A destruição ou enfraquecimento de toda autoridade legítima é uma característica recorrente em Shakespeare e, como é mais comum, acontece com a colaboração passiva ou ativa da própria autoridade. Para que aconteça uma crise do *Degree*, pais e reis têm de ser destruídos ou neutralizados no início de todas as comédias e tragédias; esse evento abre um campo de mediação interna, o campo dramático por excelência.

Se já não estão mortos quando a peça começa, pais e líderes estão de saída: Egeu, Teseu, Ricardo II, Henrique IV, Ricardo III, Duncan, Lear. Se não desaparecem completamente, são reduzidos à impotência, a começar pela *Comédia dos erros*. Condenado à morte na primeira cena, o pai nessa peça escapa da execução *in extremis* graças a acontecimentos dos quais não tem nenhum controle. Se há um governante forte no país, só pode ser um usurpador, como o pai de Célia em *Como gostais*, ou Antônio em *A tempestade*. Se se permite que o bom governante governe sem ser perturbado, como Cimbelino, sua boa influência é neutralizada pela má influência de uma má esposa. Por toda parte, o *Degree* está em frangalhos. Toda peça é um violento interregno.

Temos ainda príncipes e outros líderes que renunciam voluntariamente a sua autoridade, seja temporariamente, como o duque em *Medida por medida*, seja para sempre, como Lear. Em Shakespeare, muitos pais, reis e outras figuras de autoridade são destronados por rivais ilegítimos a quem oferecem pouca ou nenhuma resistência, como o duque Frederico em *Como gostais*. Em *A tempestade*, Próspero na verdade incentiva seu traiçoeiro irmão e facilita seu projeto.

O rei Lear parece, às vezes, recapitulação e condensação peculiares de tudo que Shakespeare disse sobre o triste destino dos reis e dos pais; todas as peças shakespearianas maduras o prenunciam. Essa fraqueza da autoridade legítima está em toda a obra de Shakespeare, sempre enraizada no aspecto mais fascinante de Lear, seu desejo mimético pelo desejo mimético de suas filhas.

Como vimos, desde o início esse tema desempenha papel essencial na modalidade especificamente shakespeariana de desejo mimético. Agora podemos ver que ela é significativa em outro nível, o nível do próprio *Degree*. Se o desejo pelo desejo dos outros é responsável pela queda de Lear, ele também há de desempenhar o papel principal na própria crise do *Degree*, que não se deve a ninguém em particular mas à propensão à autodestruição idêntica a esse desejo. É esse o assunto de *O rei Lear*.

Lear mesmo não percebe nada disso; seu bobo sabe mais do que ele a respeito da causa de sua própria queda. Ele não está verdadeiramente interessado na verdade, e seu diálogo grandiloquente com a tempestade não é muito mais do que o equivalente da terceira idade dos delírios da noite do solstício de verão.

A autodestruição do *Degree* é na verdade outra perspectiva da facilidade incrível com que a mediação interna "ruim" pode assumir o lugar da mediação externa "boa" quase instantaneamente e sem aviso. Em última instância, é claro que a explicação, que não é explicação nenhuma, é que as mediações boa e má são a mesmíssima mímesis, que funciona quase da mesma maneira. A única diferença entre elas é a presença ou ausência da diferença mesma: o *Degree*.

*

Esse aspecto de Lear, tão profundo e misterioso, a autodestruição do *Degree*, está prefigurada em alguns dos primeiros pais e reis – em *Ricardo II*, claro, mas também no Brabâncio de *Otelo*. Como o primeiro exemplo é autoexplicativo, direi algumas palavras sobre o segundo. Desdêmona se apaixona por Otelo por causa de seus excitantes relatos de suas exóticas aventuras. Seu pai condena violentamente seu *bovarysme*, mas é óbvio que ele mesmo não está livre disso.

Brabâncio quer que sua filha escolha seu marido de acordo com o desejo dele, não dela, e, ironicamente, é isso que ela faz. Foi ele, não ela, que primeiro convidou Otelo à sua casa, obviamente pela mesma razão que, por fim, a leva a casar-se com o mouro. Brabâncio já tinha interesse pelas histórias de Otelo antes mesmo de Desdêmona; muito antes de sua filha, o velho veneziano enclausurado já gostava da literatura heroica que parece tão alheia a sua vida. Brabâncio, na verdade, tem duas inclinações: sua razão lhe diz que Desdêmona não devia se casar com Otelo, mas seu verdadeiro desejo, que o levou a trazer o homem para sua casa, sugere outra coisa.

E essa sugestão tem uma óbvia influência em Desdêmona. Brabâncio certamente nunca lhe disse uma só palavra a respeito de sua exótica paixão por aquilo que Otelo representa para ele, mas ainda assim a transmitiu com muita eficiência.

Não era preciso abrir a boca; com o desejo, a linguagem pode ser tudo ou nada. No caso de Desdêmona, a linguagem é as duas coisas simultaneamente – tudo na medida em que o próprio Otelo está envolvido, nada no caso de Brabâncio, cuja influência é ainda mais importante. Sem uma só palavra, o desejo pode circular de pai para filha, ou vice-versa. A razão pode usar milhares de livros e milhões de palavras, e nenhum desejo será gerado, como ilustrado por *Bem está o que bem acaba*. Teria sido melhor para Desdêmona dizer a Otelo aquilo que Lisandro diz a Demétrio:

> Do pai de Hérmia, Demétrio, o afeto tendes;
> casai com ele, então...
>
> (I, i, 93-4) (*Comédias*, p. 178)

Esse desejo mimético bem no topo significa que toda autoridade humana é incerta, precária e temporária. Enquanto a maioria dos autores modernos simplesmente acha que o poder tem recursos infinitos à sua disposição, e uma vontade infinitamente demoníaca e inteligente de perpetuar-se, Shakespeare acha exatamente o contrário. Sempre que o poder chega a existir, ele é constantemente ameaçado, e está sempre à beira do colapso, fascinado por sua própria destruição.

Incapazes até de conceber essa possibilidade, Freud, Marx, Nietzsche e seus herdeiros contemporâneos tiveram um impacto desastroso na interpretação de Shakespeare, o dramaturgo para quem os pais menos importam. Os pensadores mestres da modernidade nos dominam há tanto tempo que, mesmo quando rejeitamos explicitamente suas teses, compartilhamos o subsolo que as possibilitou, e não conseguimos reconhecer o princípio fundamental sobre o qual o teatro inteiro de Shakespeare está fundado, a autodestruição da autoridade em todas as suas formas. O anseio mais profundo do poder é abdicar.

capítulo 21
conspiração

Sedução mimética em *Júlio César*

Júlio César foi escrita antes de *Tróilo e Cressida* e da maior parte das peças examinadas nos dois capítulos anteriores. Porém, do ponto de vista mimético, essa peça é a obra fundamental no que diz respeito não à crise do *Degree* mas àquilo que a encerra: o mecanismo da vitimação ou do bode expiatório. Foi por isso que adiei meu exame dela até que tivesse investigado profundamente a crise em *Tróilo e Cressida* e alhures. Pela primeira vez, é preciso dar meia-volta e abandonar a ordem cronológica das peças.

Júlio César acontece durante o tumultuoso intervalo entre a República Romana e o Império Romano. Como já se observou, Shakespeare interpreta esse período como uma crise do *Degree*. O tema é tão importante que vem bem no início da tragédia, logo nas primeiras linhas citadas em meu último capítulo. Os trabalhadores ociosos no Fórum assinalam a indiferenciação de um povo antes bastante diferenciado. A República Romana começa a se desfazer.

Há muita interação mimética nessa peça, tanto quanto nas comédias; porém, em vez de estar relacionada à escolha de objetos desejáveis, está relacionada à escolha de antagonistas. A razão disso é o estágio avançado da crise à qual a peça pertence; os rivais não estão mais interessados nos objetos uns dos outros. Antes, estão tão obcecados uns com os outros como obstáculos e rivais que o assassinato se tornou sua principal preocupação.

Quando a rivalidade mimética ultrapassa certo ponto, os rivais entram em conflitos intermináveis que os indiferenciam cada vez mais; todos se tornam duplos uns dos outros. Conhecemos esse processo, mas não até suas últimas e violentas consequências. De início, os duplos continuam em pares, conformes à história mimética que têm em comum; eles brigaram pelos mesmos objetos e, nesse sentido, realmente "têm tudo a ver" um com o outro. Os conflitos ainda são "racionais" pelo menos no sentido em que cada duplo pode "chamar de seu" o antagonista a quem designa como responsável por todos os seus problemas.

Esse último elemento de racionalidade está prestes a desaparecer. Como os efeitos miméticos constantemente intensificam mas deixam de conseguir influenciar a escolha dos objetos, eles só podem afetar a escolha das únicas entidades que sobraram no sistema: os próprios duplos. A partir desse ponto, a contaminação mimética afetará mais e mais a escolha de antagonistas.

Esse desenvolvimento significa que as pessoas vão trocar seus próprios duplos, seus próprios rivais miméticos, pelo duplo de outra pessoa. Essa outra pessoa precisa ser definida como mediadora do ódio e não mais como mediadora do desejo. Esse é um novo estágio no processo de indiferenciação violenta. Quanto mais "perfeitos" os duplos forem, mais fácil fica confundi-los e, voluntária ou involuntariamente, trocá-los ou substituí-los um pelo outro, ou por muitos outros.

Chegamos a um ponto em que conflitos duais dão lugar a associações de diversas pessoas contra uma só, normalmente um indivíduo de alta visibilidade, um estadista popular, como Júlio César. Esse momento é decisivo. Quando um pequeno número de pessoas se reúne clandestinamente com o propósito de eliminar um de seus concidadãos, dizemos que essa associação é uma *conspiração*, e Shakespeare também. Tanto a coisa quanto a palavra têm destaque em *Júlio César*.

Conspiração é uma associação parcialmente "fortuita" de assassinos no sentido de que ela é gerada mimeticamente, mas só pode acontecer em determinado estágio do desenvolvimento histórico de uma crise mimética. Shakespeare dedica seus dois primeiros atos à gênese da conspiração contra César, e trata o assunto em plena conformidade com os princípios da teoria mimética.

Diz-se que a conspiração tem aparência monstruosa, o que certamente é verdade no sentido habitualmente shakespeariano de união de características contraditórias, o que só acontece nos estágios mais avançados da crise mimética. Essa aparência monstruosa nos lembra os monstros da noite do solstício de verão, especialmente daquele que combinava metade do rosto de um homem com metade do rosto de um leão:

> *Bruto*: Sabes quem são?
> *Lúcio*: Não sei dizer, senhor. Usam chapéus;
> Tapando sua cabeça até as orelhas,
> E os mantos cobrem quase todo o rosto.
> Não consegui, por mais que me esforçasse,
> Decifrar suas feições.
> *Bruto*: Deixa-os entrar.[1]

Se a mímesis do desejo significa desunião entre aqueles que não podem possuir seu objeto comum *juntos*, essa mímesis do conflito significa solidariedade cada vez maior entre aqueles que podem lutar contra o mesmo inimigo *juntos* e podem prometer uns aos outros fazer isso. Nada une os homens mais que um inimigo

[1] William Shakespeare. *Júlio César*. (II, i, 72-7). Tradução e notas de José Francisco Botelho. São Paulo: Companhia das Letras, 2018, p. 67.

comum, mas nesse estágio apenas umas poucas pessoas estão unidas desse modo, e estão unidas com o propósito de perturbar a paz da comunidade como um todo. É por isso que o estágio conspirativo é ainda mais destrutivo da ordem social do que as configurações miméticas que o precedem.

*

A essência mimética da conspiração fica visível no recrutamento dos conspiradores. O Ato I é quase inteiramente devotado a isso. O primeiro e principal recruta é Bruto; o segundo, Casca; o terceiro, um homem chamado Ligário. O recrutamento é uma resposta positiva e uma forma de incitação mimética muito similar àquela que aparece nas comédias, excetuando o fato de que os recrutas são incitados mimeticamente não a escolher o mesmo objeto erótico como mediador, mas a mesma vítima, um alvo comum de assassinato.

As primeiras cenas de *Júlio César* mostram a unidade do processo mimético em Shakespeare. A mesma rivalidade mimética que produz a noite do solstício de verão nas comédias vira o campo fértil da violência e da vitimação coletiva nas tragédias. Já na noite do solstício de verão Lisandro e Demétrio chegam às raias da violência física no clímax final, quando Puck, astuciosamente, nos põe para dormir. A tragédia começa onde a comédia para, no ponto em que a rivalidade mimética se torna fatal.

O mediador do ódio é Cássio, cujas manobras são extensivamente dramatizadas. Uma vez que a conspiração tenha se tornado realidade, Bruto concorda em liderá-la, mas seu verdadeiro pai é Cássio; é por isso que Cássio, e não Bruto, é a figura dominante no começo. *Mutatis mutandis*, Cássio desempenha o mesmo papel que Pândaro no início de Tróilo e Cressida.

A conspiração tem sua origem na alma invejosa de Cássio. Essa inveja é confirmada pelo próprio César, que caracteriza esse homem como um intelectual atormentado e incapaz de gozar os prazeres sensuais. Ao contrário de sua moderna posteridade, esse protótipo ancestral do *ressentiment* – o termo de Nietzsche para a inveja mimética – ainda não perdeu toda capacidade de gestos ousados, mas só executa bem aqueles do tipo clandestino e terrorista que têm na conspiração um exemplo.

Cássio revela sua inveja em tudo que diz. Incapaz de competir com César no terreno de César, ele afirma sua superioridade em questiúnculas, como uma disputa de natação em que venceu o grande homem. Não fosse por ele, Cássio, o rival de César, que o ajudou a atravessar o Tibre, César teria se afogado. Cássio recusa-se a adorar um deus que lhe deve a vida. Assim, Shakespeare transforma em indício de inveja mimética uma anedota que, em Plutarco, apenas ilustra a coragem física de César. A palavra "rival", aliás, vem da palavra latina *ripuarius*, "ripário", que se refere a dois ou mais indivíduos que vivem nas margens opostas dos rios.

A inveja detesta se mostrar, mas detesta também ficar sozinha, porque quer converter as pessoas e, para contaminá-las, precisa exibir-se. As comparações invejosas de Cássio, suas anedotas torcidas e seus perpétuos elogios a Bruto são dignos de Pândaro e, portanto, também de Ulisses, a contrapartida política do "alcoviteiro" de *Tróilo e Cressida*:

> César e Bruto. O que há no nome César?
> Por que esse nome é superior ao teu?,
> Escreve: o teu é igualmente belo.
> Ou lê: o teu também se afeita à fala.
> Sopesa-os: ambos têm o mesmo peso.
> Recita-os em alguma invocação:
> Bruto erguerá fantasmas, como César.
> Ah, por todos os deuses do universo,
> Que alimento nutriu o nosso César
> Para se agigantar dessa maneira?[2]

[2] *Idem* (I, ii, 142-50), p. 50-51.

Pouco depois, Cássio usa o mesmo linguajar de especularidade que Ulisses usou com Aquiles, desejando, igualmente, agitar o espírito da rivalidade mimética num homem cuja ambição ficou insegura:

> *Cássio*: Diz, podes ver teu rosto, amigo Bruto?
> *Bruto*: Não – pois o olhar jamais vê a si mesmo,
> Exceto por reflexo, em outros seres..
> *Cássio*: De fato:
> parte muita gente se lamenta, Bruto,
> Por não teres espelhos que revelem
> Aos teus olhos o teu valor oculto,
> Para que enxergues tua própria imagem.
> [...].
> Por isso, Bruto, escuta o que eu te falo.
> Como dizes, não podes ver teu rosto
> Exceto por reflexo e eu, teu espelho,
> Agora vou mostrar-te, sem excesso,
> Uma parte de ti que desconheces.[3]

Essa é uma primeira versão da tentativa de Ulisses de aumentar a preocupação de Aquiles com a hipótese de que sua popularidade esteja decaindo (*Tróilo e Cressida*, III, iii, 94-215; [*Tragédias*, p.260-1] ver Cap. 16). Ao escutar Cássio, Bruto parece imerso em seus pensamentos, mas sua atenção está voltada para a multidão ruidosamente entusiasmada que envolve César. Enquanto Cássio rumina miudezas como sua disputa de natação, Bruto tem ciúme da própria Roma.

Sabendo que a opinião pública é importante para seu amigo, Cássio falsifica cartas anônimas, de cidadãos que estariam preocupados, prevenindo Bruto contra a ambição de César, e instando-o a agir. Como armadilha mimética, a palavra escrita

[3] *Idem* (I, ii, 51-70), p. 48.

pode ser ainda mais eficaz do que a falada, e nosso Pândaro conspiratório sabe disso muito bem. Essas cartas têm um papel equivalente ao da literatura romântica para os "amantes sinceros" das comédias.

Bruto detesta o tirano potencial em César, mas tem grande amor pelo homem. Se ele o diz, podemos crer nele, porque Bruto não mente jamais. Contudo, longe de excluir o componente mimético, essa ambivalência o corporifica: a linguagem política de Roma é o veículo perfeito da rivalidade mimética. De todo modo, é esse o grande propósito da República: enquanto as ambições rivais puderem frear-se umas às outras, a liberdade irá sobreviver.

O amor-e-ódio de Bruto por César se parece com o amor-e-ódio de Aufídio por Coriolano, de Antônio por Otávio, de Ajaz por Aquiles, e é um parente um pouco mais distante do que Proteu sente por Valentino, Helena por Hérmia etc. Sabemos que a versão política dessa ambivalência opera exatamente como o Eros mimético. Em *Tróilo e Cressida*, Shakespeare deixa essa equivalência ainda mais explícita do que em *Júlio César* – e comicamente.

Para um romano dotado de ambição política – e é grande a ambição de Bruto, tendo como modelo a de César –, César tornou-se um obstáculo intransponível, o *skandalon* da rivalidade mimética. Ele é tanto o rival odiado quanto o modelo amado, o guia incomparável, o mestre insuperável. Quanto mais Bruto reverencia César, mais o odeia também; seu rancor político e sua rivalidade mimética são a mesma coisa, logicamente. Como líder de seu partido, Bruto se parece cada vez mais com seu modelo; ele fica cada vez mais majestático e autoritário; antes e depois do assassinato, ele rejeita todas as sugestões e decide tudo por si mesmo. A Cássio, o homem que o recrutou para a conspiração, ele diz: "eu te darei ouvidos e atenção".[4]

Sua exaltação psicológica após a morte de César sugere que Bruto se identifica tão completamente com sua vítima que se torna literalmente possuído por ela;

[4] *Idem* (IV, ii, 47), p. 114.

ele é íntimo do fantasma; em seu discurso à multidão, seu estilo econômico pode ser um pastiche involuntário da famosa prosa de César. O grito que vem da multidão, "que César ele seja",[5] é mais pertinente do que parece. O espírito republicano está menos seguro com Bruto do que sua hostilidade a César parecia indicar.

*

Falemos agora de Casca. Ele é extremamente supersticioso; em seu mundo, praticamente qualquer coisa pode se tornar um sinal de alguma outra. Na Cena 3 do Ato II, ele descreve uma tempestade equinocial violenta, mas comum, exclusivamente em termos de sinais e portentos sobrenaturais. A fim de refutar esse *nonsense* de modo discreto mas autorizado, Shakespeare recorre a ninguém menos do que Cícero, que questiona a validade da interpretação de Casca. É a única intervenção do filósofo na peça.

Cássio mais uma vez faz o papel de sedutor mimético. Seu famoso discurso a Bruto mostra que ele não é mais supersticioso do que Cícero:

> Os homens regem seus destinos às vezes;
> A culpa não está em nossos astros,
> Por sermos serviçais, mas em nós mesmos.[6]

Cássio não acredita em astrologia, mas pode falar seu idioma para trazer mais um para dentro da conspiração. Em vez de zombar da irracionalidade de seu interlocutor, ele tenta canalizá-la na direção de César. O que ele condena em Casca é que este não culpa César pela "noite horrível".[7] A fim de induzir esse seu joguete a dizer o nome abominável, Cássio diz o seguinte:

[5] *Tragédias*, p. 209. [N. T.]
[6] *Idem* (I, ii, 140-1), p. 50.
[7] *Idem*, p. 58.

És lento, Casca, e as vívidas fagulhas
Que devem atiçar a alma romana
Não existem em ti, ou não as usas.
Ficas pálido e olhas para os lados,
Sob o domínio de um terror confuso,
Ao ver a estranha irritação dos céus;
Mas se buscasse a veraz razão
Desses fogos e espectros deslizantes,
Por que ave e fera agem contra a espécie,
Velhos, loucos, crianças profetizam,
Por que as coisas se alteram e renegam
Natureza, função e antigos hábitos,
E adquirem qualidades monstruosas,
Saberias que o céu infunde espíritos
Em todas essas coisas e as transforma
Em arautos de alerta e de terror
Denunciando um estado monstruoso.
Eu poderia nomear um homem
Semelhante a esta noite pavorosa,
Um homem que troveja e solta raios,
Que rompe as sepulturas e retumba
Como aquele leão no Capitólio,
Um homem que em valores e em ações
Não é mais poderoso que nós dois,
Mas que se dilatou como um prodígio,
Tornando-se um gigante assustador,
Tal qual essas estranhas erupções.[8]

Cássio nunca diz o nome de seu bode expiatório porque quer que Casca o diga primeiro; esse crédulo senhor julgará ter descoberto a influência má de César por

[8] *Idem* (I, iii, 57-76), p. 59.

conta própria. Como a maior parte das pessoas facilmente influenciadas, Casca sente-se magnificamente espontâneo; ele, por fim, diz o nome certo:

> É de César que falas – certo, Cássio?[9]

Casca nunca recebe a confirmação que pediu, mas não faz mais diferença. O processo de sugestão mimética pode se realizar com bem poucas palavras, às vezes com nenhuma. Pessoas em pânico só precisam olhar umas nos olhos das outras para comunicar entre si uma certeza que não existia em nenhuma delas um segundo antes.

Cássio literalmente intimida Casca a crer que César é responsável pelo mau tempo. Se alguém tem de ser igual a esta "noite horrível", por que não o homem mais poderoso de Roma? Vendo que Cássio parece sentir mais raiva do que medo, Casca sente-se um tanto confirmado e, em sua ânsia por ser mais confirmado, faz da raiva do outro a sua própria; ele sofregamente expõe suas desavenças com César. Ao contrário de Bruto, Casca não perde seu tempo com cortesias políticas e éticas. Ele é simultaneamente tímido e vaidoso. Ele não quer parecer burro, e seus sentimentos em relação a César são iguais aos das pessoas inteligentes e poderosas que o honram com sua amizade. Além de ser um covarde, ele é um esnobe conspiratório.

Sua decisão de juntar-se aos assassinos fica mais perturbadora quando se sabe que, ao contrário de Bruto, ele é obsequioso em relação a César, e não se importa minimamente com possíveis abusos de poder. Ele é mesquinho e invejoso, mas não talentoso o suficiente para sentir ciúme de uma figura imponente como César. Seus verdadeiros rivais miméticos encontram-se num tipo mais baixo. Se Cássio tivesse direcionado seu impulso mimético para outra pessoa, Casca teria escolhido outra pessoa. Sua participação na conspiração não tem nada a ver com o que César é ou pode vir a ser; ela se baseia exclusivamente em sua própria sugestionabilidade mimética, estimulada pelo medo.

[9] *Idem* (I, iii, 79), p. 60.

*

Como observado anteriormente, em *Júlio César* vemos três indivíduos tomarem parte na conspiração um após o outro; com cada um, o nível da capacidade de pensar por si próprio, usar sua razão e agir responsavelmente cai mais um pouquinho. À medida que a conspiração se amplia, fica mais fácil atrair novos membros. A influência mimética combinada daqueles que já foram atraídos deixa o alvo selecionado mimeticamente mais atraente. Quanto mais a crise se agrava, mais aumenta a importância relativa da mímesis diante da racionalidade.

Ligário, o terceiro homem, é tão suscetível à pressão mimética, tão afeito ao submundo conspiratório que, apesar de muito doente, assim que entende que a reunião em torno de Bruto provavelmente tem algum propósito violento, joga fora seus curativos e segue o líder. Pode-se considerá-lo a primeira cura miraculosa produzida por Júlio César, a vítima prestes a ser divinizada.

Ligário não sabe o nome da vítima escolhida, nem pergunta. Ele confia implicitamente em Bruto e não quer saber. Bruto não dá qualquer indicação de que acha chocante essa conduta: sua equanimidade é tão perturbadora quanto a irresponsabilidade de Ligário. Ao que parece, o virtuoso republicano não vê nada de errado em um cidadão romano entregar cegamente sua liberdade de escolha a outro, e a razão, é claro, é que esse outro é ele mesmo:

> *Ligário*: Vai à frente,
> Com peito reinflamado eu seguirei,
> Para fazer o que não sei. Mas basta
> Que Bruto me conduza.
> *Bruto*: Então, me segue.[10]

[10] *Idem* (II, i, 331-4), p. 76.

Cidadãos romanos normalmente cumpridores da lei cada vez mais facilmente defendem o assassinato, e ficam cada vez menos seletivos em relação à escolha de suas vítimas. Sendo parte da crise, a gênese da conspiração é ela mesma um processo dinâmico, um trecho da escalada em que o próximo passo é o assassinato de César, e depois o assassinato de Cina, e por fim a violência cada vez mais intensa que leva a Filipos. Em vez de colocar um fim à crise, o assassinato de César aumenta sua aceleração. Tudo que é retratado na peça pode ser situado com precisão na trajetória dessa crise.

*

Longe de resolver a crise do *Degree*, a mudança da violência individual para a coletiva deixa a situação pior do que nunca; é por isso que Bruto, o grande defensor das instituições republicanas, apesar de achar que deve juntar-se à conspiração, fica horrorizado com o sinal histórico que sua própria existência constitui:

> Os conjurados. Ó, conspiração,Temes mostrar tua face perigosa
> À noite, quando os males correm livres?
> O que farás de dia? Onde acharás
> Caverna tão escura e tão sombria
> Que oculte esse teu rosto monstruoso?
> Conspiração, não busques outras sombras;
> Esconde-te em sorrisos e mesuras;
> Se andares com tua forma original,
> Nem as trevas do Érebo profundo
> Poderão te esconder e te guardar.[11]

A formação de conspiração é um limiar sinistro na estrada da guerra civil, e suficientemente significativa para pedir um aviso solene que o autor, paradoxalmente,

[11] *Idem* (II, i, 77-85), p. 67.

coloca na boca de Bruto, o próprio líder hesitante dessa conspiração. Porém, esse paradoxo tem lógica, uma vez que o propósito de Bruto é defender as instituições republicanas ameaçadas. Bruto mesmo está ciente de que seu remédio pode ser tão ruim quanto a doença e até pior, caso junte forças com seu inimigo, tornando a recuperação do paciente mais impossível do que nunca.

capítulo 22
lutas internas e uma guerra civil das mais terríveis

A polarização violenta em *Júlio César*

A ambição de Bruto é maior do que a de Cássio e a dos outros conspiradores, mas essa diferença fica cada vez menos relevante à medida que os eventos se desenvolvem. O solilóquio de Bruto na Cena 1 do Ato II revela nele mesmo uma perturbação mimética idêntica àquela que ele teme em seus pares. É fácil entender a preocupação de Bruto com o resultado da conspiração; se ele, o mais forte dos romanos, o único republicano sincero, tem dificuldades para controlar suas próprias reações, o que ele pode esperar dos membros mais fracos da conspiração?

> Desde que Cássio afiou-me contra César
> Não consegui dormir.
> Entre a realização de um ato tenebroso
> E o impulso inicial, o intervalo se alonga
> Como um sonho macabro, um espectro ilusório.
> O Gênio e os mortais instrumentos se encontram
> Num profundo conselho, e o estado da alma,
> Como um pequeno reino, sofre em suas fronteiras

Efeito semelhante ao de uma insurreição.[1]

Todo indivíduo no meio de uma crise do *Degree* se torna o "pequeno reino" de Bruto, uma réplica em miniatura da crise maior. O gênio e os órgãos mortais são duplos em conflito. Em Shakespeare, a relação entre o macrocosmo e o microcosmo muitas vezes tem significado mimético.

Bruto diz que não tem estado em paz consigo mesmo "desde que Cássio afiou-me contra César". Ele se refere à empresa de sedução que o trouxe para a conspiração e confirma sua eficácia. *Mutatis mutandis*, Bruto repete a experiência que teve Hérmia ao passar do céu ao inferno por ceder ao desejo mimético em *Sonho de uma noite de verão*. Com Shakespeare, nunca precisamos formular as teses miméticas verdadeiramente importantes; ele sempre faz isso por nós, escrevendo nossa conclusão. Assim, o desejo de matar não nasce no assassino potencial; trata-se de uma paixão induzida mimeticamente.

Bruto quer que o assassinato seja discreto, ordeiro, e o mais "não violento" possível. Infelizmente para a conspiração, ele mesmo se mostra incapaz de seguir sua própria regra. Por sabermos quão agitado ele está, por trás de sua aparência de serenidade, não ficamos tão surpresos com isso. Ao perder seu sangue frio no sangue quente de sua vítima, Bruto se deixa levar da maneira mais perigosa no instante mais crucial, logo após o assassinato. Ele sugere aos conspiradores que mergulhem seus braços no sangue de César *até os braços*[2] e tinjam suas espadas com seu sangue:

Manchemos as espadas de vermelho;
E avancemos à praça do mercado,
Erguendo e sacudindo as armas rubras,
E então gritemos: "Paz e liberdade!"[3]

[1] *Idem* (II, i, 61-9), p. 66-67.
[2] No original, está logo antes dos versos imediatamente citados. [N. T.]
[3] *Idem* (III, i, 108-10), p. 90.

É desnecessário dizer que, sujos de sangue, os conspiradores não causam boa impressão, mas ainda assim oferecem ao povo já instável um forte modelo mimético, um modelo que muitos cidadãos imitarão, ainda que o rejeitem muito violentamente, e especialmente se o rejeitarem muito violentamente. Os acontecimentos subsequentes dizem tudo. Após ouvir Bruto, e depois Marco Antônio, a multidão reage condenando à morte Cina, um inocente espectador, numa grotesca paródia daquilo que os próprios conspiradores fizeram. A multidão se torna um espelho em que os assassinos podem contemplar a verdade de sua ação. Eles queriam se tornar modelos miméticos para o povo e conseguiram, mas não do tipo que pretendiam.

Ao matar Cina, o povo imita o assassinato de César, mas com espírito de vingança, não de piedade sacrificial e virtude republicana. Os assassinos são modelos de mediação *interna* e não *externa*. A mímesis é perspicaz e imediatamente detecta qualquer discrepância entre as palavras e os atos dos mediadores; ela sempre vai seguir aquilo que o modelo faz, e não o que ele diz.

A necessidade mesma de seduzir a multidão após o assassinato é um mau sinal para Bruto. O problema não está em sua eloquência, que pode ser formidável, mas em seu comportamento aberrante por causa do assassinato. Após seu surto de exaltação, ele vai ao outro extremo e soa prosaico e pragmático demais. Como sugeri antes, também podemos pensar que Bruto, em seu discurso à multidão, imita a prosa militar de César, ou que seu republicanismo autoconsciente o proíbe de recorrer ao tipo de demagogia de que Marco Antônio se vale um pouco depois. Nenhuma dessas explicações é incompatível com as demais.

Bruto quer salvar a República, mas a República não quer ser salva. Lembramos que, enquanto a multidão o escuta, vem um grito do meio dela: "Que ele seja César!". De agora em diante, quem vencer César será outro César. "Que ele seja César!"[4] revela simultaneamente a verdade de Bruto, a verdade da multidão e a

[4] Trata-se do III Ato, Cena II. *Idem*, p. 100.

verdade do próprio César. Numa peça radicalmente mimética como *Júlio César*, praticamente cada palavra dita até pelo mais insignificante personagem pode ser simultaneamente verdadeira para todas as partes envolvidas – sujeitos, objetos e mediadores. A liberdade está morta e, em última instância, não faz diferença se as pessoas seguem Bruto ou Marco Antônio. Podendo escolher, elas preferem o melhor demagogo, mas em sua ausência vão seguir qualquer um. Elas se tornaram uma turba mimética em busca de modelos.

O verdadeiro modelo é o assassinato de César. O desejo de vingar esse líder é a mímesis da conspiração. Cina é a primeira vítima totalmente não relacionada absolutamente inocente. Sendo poeta, não tem nada a ver com o conspirador homônimo, o que informa educadamente à multidão. Sua única relação com o assassinato de César é uma fortuita coincidência de nomes. Ele é até amigo de César, e diz isso, mas de nada adianta; um grito anônimo surge da multidão: "Arrebentem com ele!".[5]

Nunca faltam às turbas razões para despedaçar suas vítimas. Quanto mais numerosas parecem, mais insignificantes realmente são. Ao descobrir que Cina é solteiro, os homens casados na turba se sentem insultados. Outros se ressentem do poeta que há nesse indivíduo inofensivo, e ouve-se mais um grito: "Arrebentem-no por seus maus versos, arrebentem-no por seus maus versos!".[6] Obediente e mimeticamente, a turba despedaça o Cina errado.

Quando começou a ser organizada, a conspiração contra César ainda era um empreendimento incomum, que exigiu uma longa gênese. Uma vez que César é assassinado, pipocam conspirações por toda parte, e sua violência é tão súbita e aleatória que a própria palavra "conspiração" já não parece adequada à espontânea enormidade da desordem. A imitação violenta é responsável por isso e por tudo mais que ela opera como um processo único e contínuo – e não como uma

[5] Trata-se do III Ato, Cena III. *Idem*, p. 109.
[6] Trata-se do III Ato, Cena III. *Idem*, p. 109.

série de padrões sincrônicos e descontínuos como os que os estruturalistas querem descobrir por toda parte, numa equivocada negação da história. Estritamente falando, configurações distintas não têm existência independente, mas são um jeito conveniente de identificar e caracterizar os momentos mais salientes na perpétua metamorfose que a mímesis, exclusivamente por si, está produzindo.

A tendência geral é clara: demora cada vez menos tempo para que cada vez mais pessoas se polarizem contra mais e mais vítimas por razões cada vez mais tênues. Um pouco antes, a indiferença de Ligário quanto à identidade de sua vítima ainda era um fenômeno excepcional; após o assassinato de César, essa indiferença se torna comum, e desaparecem os últimos critérios na seleção de vítimas. A mímesis aprende rápido e, após uma única tentativa, fará rotineira e automaticamente aquilo que parecia quase impensável um momento antes.

O contágio é tamanho que a comunidade inteira está finalmente dividida em duas vastas "conspirações" que só podem fazer uma coisa: guerrear uma com a outra. Elas têm a mesma estrutura dos duplos individuais; uma é liderada por Bruto e Cássio, e a outra por Otávio César e Marco Antônio. Shakespeare vê esse conflito civil não como uma guerra comum, mas como o desprendimento total da turba. Diz Antônio:

> Eu profetizo, olhando tuas feridas
> – Que abrem os rubros lábios, bocas mudas,
> Pedindo fala e voz à minha língua –
> Terrível praga há de aleijar os homens;
> Fúria interna e feroz guerra civil
> Vão afrontar toda a extensão da Itália;
> Sangue e destruição serão rotina
> E o terror será coisa tão comum
> Que as mães só poderão sorrir ao verem
> A mão da guerra esquartejar seus filhos,
> Toda a misericórdia sufocada
> Pelo hábito dos fatos hediondos;

E à caça de vingança a alma de César,
Junto a Atê, fumegante ainda do inferno,
Corre a terra e com voz de soberano
Grita "Matança!" e solta os cães da guerra;
Até que o miasma deste crime horrendo
Se misture à carniça pestilenta
Dos mortos suplicando a sepultura![7]

Assim como, no Ato II, Bruto solenemente proclamara o advento da temível conspiração, Marco Antônio também nos informa nesse solilóquio que um estágio ainda pior da crise chegou; o nome que ele lhe dá é "fúria interna" ou "feroz guerra civil". Toda vez que uma nova configuração mimética se torna dominante, Shakespeare faz um personagem fazer um discurso bastante formal e impessoal a respeito dela. Esses discursos, na verdade, não nos dizem nada sobre os personagens que os pronunciam, nem sobre o desenrolar da trama; são discursos sobre a situação mimética geral.

"Fúrias internas e feroz guerra civil" culminam na batalha de Filipos, que Shakespeare não trata como um encontro militar banal, mas como o clímax epifânico da crise mimética, a explosão final da turba que se reuniu após o assassinato de César, quando a conspiração começou a criar metástases. Peter S. Anderson observa corretamente que, nessa batalha, ninguém está onde realmente deveria estar; tudo está deslocado; a morte é o único denominador comum.[8] Em vez de umas poucas vítimas mortas por turbas ainda relativamente pequenas, milhares de pessoas são mortas por milhares de outras, que são na verdade seus irmãos e que não têm a menor ideia de por que eles ou suas vítimas teriam de morrer.

*

[7] *Idem* (III, i, 263-75), p. 95-96.
[8] Peter S. Anderson, Shakespeare's *Caesar: The Language of Sacrifice, Comparative Drama*, v.3, p. 5-6, 1969.

Não devemos achar que, por representar com dureza a conspiração, Shakespeare sente qualquer simpatia política por César. À primeira vista, não há dúvida de que César parece mais generoso e gentil do que seus adversários; enquanto Bruto odeia César tanto quanto o ama, o amor de César não é acompanhado de ódio. Mas César pode dar-se ao luxo de ser generoso; nem Bruto, nem qualquer outro romano, ainda pode ser obstáculo para ele. Isso não é suficiente, porém, para demonstrar que César está acima da lei mimética.

Na manhã do assassinato, César primeiro aceita uma sugestão de sua esposa, que tem sonhado com sua morte violenta, e decide não ir ao Senado; mas logo Décio reinterpreta o sonho para ele, e ele acaba indo ao Senado. Bastam umas poucas palavras ambíguas de lisonja de um dos conspiradores para mudar a disposição de César. Ele se tornou um cata-vento mimético.

Quanto mais o ditador se eleva acima dos demais homens, mais autônomo se julga, subjetivamente, e mais longe fica da realidade. No instante supremo, logo antes de ser derrubado pelos golpes dos conspiradores, num estranho surto de exaltação, de húbris, ele se compara à estrela Polar, o único luminar imóvel do firmamento. Sua autossuficiência não é menos enganosa do que sua contrapartida erótica nas comédias, o pseudonarcisismo.

Quanto mais intenso for nosso orgulho mimético, mais frágil se torna, até mesmo em sentido físico. Assim como a multidão e os conspiradores, César é um exemplo do que acontece aos homens envolvidos pela crise do *Degree*. Seu bom senso o desertou, assim como desertará Bruto dali a pouco. Por causa da crise, a qualidade de todos os desejos vai deteriorando. Em vez de sentir-se neuroticamente inferior, como seus rivais fracassados, César sente-se neuroticamente superior. Seus sintomas parecem completamente diferentes, mas só por causa de sua posição dentro de uma estrutura mimética frágil; por baixo, a doença é a mesma. Se suas situações fossem semelhantes, César e Bruto não seriam apenas duplos espirituais, mas também práticos. Se César estivesse na mesma posição relativa a outro homem que Bruto está em relação a ele, ele também entraria numa conspiração contra aquele homem.

*

O processo dramático que descrevo contradiz todas as interpretações políticas de *Júlio César*. As questões políticas pertencem todas à mesma espécie diferencial: qual partido Shakespeare defendia na guerra civil, os republicanos ou os monarquistas? De qual líder ele gostava mais, César ou Bruto? Qual classe social ele estima e qual ele despreza, os aristocratas ou os comuns? Não há resposta para essas perguntas. Creio que Shakespeare sente uma simpatia humana por seus personagens e uma antipatia pelo processo mimético que os transforma a todos em duplos equivalentes.

As respostas políticas são uma das maneiras como nosso insaciável apetite por diferenças se satisfaz. Todo diferencialismo, seja pré-estruturalista, estruturalista, seja pós-estruturalista, é igualmente incapaz de apreender o aspecto mais fundamental da dramaturgia shakespeariana, a indiferenciação conflituosa. Pode-se ver isso no fato de que a maior parte das ideias políticas opostas pode ser defendida com igual plausibilidade e implausibilidade. O argumento em favor de um Shakespeare simpático à República e hostil a César é tão convincente, ou inconvincente, quanto o argumento em favor da visão política oposta. A impossibilidade de decidir é a regra em Shakespeare e em todos os grandes autores miméticos, mas ela não vem de uma propriedade transcendental da "escritura", nem da "riqueza inesgotável" da grande arte; trata-se, sem dúvida, de grande arte, mas cuidadosamente preparada pelo próprio autor, o qual trata das situações humanas mimeticamente.

Um dos erros gerados pelo caso de amor do século XX com a política é a difundida crença de que as propensões selvagens da multidão em *Júlio César* devem refletir desprezo pelo homem comum, uma predisposição preocupadoramente "conservadora" por parte de Shakespeare. Suas brincadeiras a respeito do hálito fedorento da multidão parecem deploráveis aos nossos pruridos democráticos, mas esse sentimento ainda não tinha sido inventado por volta do ano de 1600. As propensões dos plebeus a formar turbas são ainda menos significativas porque todas as classes sociais são igualmente afetadas, não só em *Júlio César*, mas nas outras peças romanas, e, na verdade, em todas as crises do *Degree*. Ligário e Casca, dois aristocratas, não são menos suscetíveis à violência irracional do que os trabalhadores ociosos dos primeiros versos da peça.

A crise transforma não só as classes mais baixas em turba, como também os aristocratas, seja por meio da conspiração, seja por meio de sua degradante idolatria por César. Nossa preocupação com a luta de classes distorce nossa apreciação não só de Shakespeare, como da literatura trágica em geral. A indiferenciação está presente em toda a tragédia grega, especialmente em Eurípides. Nossos virtuosos defensores do proletariado só enxergam os sintomas que afetam seus protegidos.

O marxismo confunde a indiferenciação trágica com a vã tentativa de neutralidade política. Se Shakespeare não se inclina numa direção, necessariamente tem de inclinar-se em outra, ainda que finja que não – eis o raciocínio. De acordo com essa visão, a política é tão intrinsecamente absorvente, mesmo em se tratando da política de 1.500 anos atrás, que nem mesmo Shakespeare pode ser equânime em seu tratamento dela; sua aparente imparcialidade não passa de uma maneira ardilosa de fazer política.

Shakespeare não tenta ser "imparcial". Não devemos enxergar a equivalência prática de todos os lados do conflito como uma dura vitória do "desapego" sobre o "preconceito", como o heroico triunfo da "objetividade" sobre a "subjetividade", ou como algum outro feito de estetismo epistemológico que os historiadores de todas as linhas deveriam imitar ou denunciar como a uma mistificação. A reciprocidade mimética é a estrutura das relações humanas para Shakespeare, e sua dramatização dela não é penosa obrigação, mas prazer intelectual e estético. Em sua abordagem de uma grande briga histórica, os objetos em disputa, por grandiosos que pareçam a nós, interessam-lhe muito menos do que a rivalidade mimética e seus efeitos indiferenciadores. Assim como o "verdadeiro amor" das comédias, a política em *Júlio César* é sempre reflexo direto ou indireto do que está acontecendo em algum tabuleiro de xadrez mimético. A política de César de reconciliação imperial é uma jogada nesse tabuleiro, assim como a defesa do republicanismo por Bruto.

Não quero sugerir que o questionamento político esteja sempre deslocado em Shakespeare. Antes que a lógica mimética que apaga as diferenças se estabeleça, ele é prematuro; depois que essa lógica está em funcionamento, investigar o significado político dessa lógica é não só legítimo, como imperativo.

As respostas para essa questão serão coloridas por nossa própria atitude em relação à visão trágica, que é austera, para dizer o mínimo; poucas pessoas têm afinidade real com ela. É por isso que existem tão poucos autores genuinamente trágicos. O Shakespeare maduro percebe a impopularidade da visão mimético--trágica e nunca a exibe sem tomar certas precauções.

O perpétuo "a peste caia em vossas casas"[9] em Shakespeare não deve carecer de significado político. Quando leio *Júlio César*, imagino um homem mais enojado pela política aristocrática de sua época do que os críticos costumam supor. Vejo em Shakespeare uma postura antipolítica que sugere uma visão bastante cínica da história. Nos assuntos políticos, ele me lembra dois grandes pensadores franceses que estão mais próximos um do outro do que parece, Montaigne e Pascal. As muitas alusões a *Júlio César* em *Tróilo e Cressida* reforçam minha convicção de que o elemento de sátira nesse teatro é amplamente subestimado e se estende a tragédias supostamente desprovidas de intenção satírica.

[9] *Tragédias*, p. 49. No original, "*a plague o' both your houses*", ou literalmente, "a peste caia sobre ambas as vossas famílias". Trata-se de um dos versos mais famosos de Shakespeare, dito na Cena 1 do Ato III de *Romeu e Julieta* por Mercúcio, logo após ser atingido por Tebaldo. [N. T.]

capítulo 23
há de tirar sangue renovador a grande Roma

O assassinato fundador em *Júlio César*

...pois o assassínio, embora mudo, falará por modo milagroso.
(*Hamlet*, II, ii, 593-4) (*Tragédias*, p. 571)

Em Filipos, a violência total corre solta; parece que se chegou a um ponto sem volta. Não resta nenhuma esperança e ainda assim, nas últimas falas da peça, subitamente, a paz retorna. Não se trata de uma vitória ordinária, de um mero sobrepujamento dos fracos pelos fortes. Essa conclusão é um renascimento do *Degree*; ele conclui a crise mimética mesma.

O retorno à paz parece ter suas raízes numa única morte, o suicídio de Bruto. Como pode ser? Em dois discursos muito breves mas majestosos, os vitoriosos, Marco Antônio e Otávio César, fazem o elogio de Bruto. Marco Antônio é o primeiro a falar:

Este foi o mais nobre dos romanos.
Todos os conjurados, fora ele,
Agiram contra César por inveja;

> Só ele, com honesta consciência
> E, pelo bem comum, juntou-se ao bando.
> Nobremente viveu, e os elementos
> De tal forma em seu ser se equilibravam
> Que a Natureza bem podia erguer-se
> E proclamar ao mundo: "Eis um homem!"[1]

Esse famoso tributo não é muito exato; Bruto só não sentia a espécie mais vil de inveja. A ideia de que os *elementos* em sua personalidade estavam *unidos* pode ser uma forma sub-reptícia de correção de perspectiva, uma indicação sutil de que o Bruto que viveu era mais complexo do que esse herói embalsamado, mas a nuança beira o imperceptível; ela não diminui o impacto dramático das palavras de Marco Antônio. Sopra um novo espírito, um espírito de reconciliação.

Pressentindo uma jogada política genial, Otávio César consagra o novo Bruto concedendo-lhe todas as honras militares:

> Conforme sua virtude ele será tratado,
> Com máximo respeito e cerimônias fúnebres.
> Descansarão seus ossos hoje em minha tenda
> Com toda a honra e o aparato de um guerreiro.
> Repousam as legiões. E nós, com alegria,
> Partilharemos toda a glória deste dia.[2]

Essas são as últimas palavras da peça. Antes de elas serem pronunciadas, todos os conspiradores eram igualmente culpados. Ao absolver Bruto da inveja, Marco Antônio e Otávio César santificam seus motivos políticos. Somente o lado amoroso de sua ambivalência em relação a César permanece visível; recordamos suas palavras

[1] William Shakespeare. *Júlio César.* (V, v, 68-73). Tradução e notas de José Francisco Botelho. São Paulo: Companhia das Letras, 2018, p. 145.
[2] *Idem* (V, v, 76-81), p. 145.

após ter matado César: "golpeei meu melhor amigo".[3] Recordamos também suas palavras antes de matar-se a si mesmo:

– E agora, César, quieta a alma;
Não te matei com tanto gosto ou tanta calma.[4]

Parece que tanto César quanto Bruto deram voluntariamente a vida pela mesma causa, numa misteriosa consumação que possibilita a Pax Romana. A violência da crise não é mais o mal que cada lado sente que deve atribuir ao outro e tentar vingar; ela se tornou um mistério que habita o sagrado, o mistério do puro amor entre César e Bruto. Até esse momento, a unanimidade escapara aos dois partidos; nem os republicanos, nem seus oponentes poderiam obtê-la. A morte de César foi divisionista: uma parte do povo uniu-se contra César e em torno de Bruto, enquanto outra uniu-se contra Bruto e em torno de César. Se, na morte, Bruto e César tornam-se um só, então o povo inteiro pode unir-se *contra* esse deus bifronte, e também *em torno* dele.

Para Bruto, essa apoteose póstuma seria a máxima zombaria, a suprema traição. Isso faz dele um membro coadjuvante no projeto que ele tentou impedir desesperadamente: a criação de uma nova monarquia. Mas o verdadeiro Bruto não importa mais; uma figura mítica tomou seu lugar numa estrutura de significado que está acabando de emergir. De acordo com essa nova visão, o imperador romano é tanto um monarca absoluto quanto o protetor oficial da República, seu único herdeiro legítimo. O assassinato de César se tornou a *violência fundadora* do Império Romano.

*

A conclusão não é minha única razão para recorrer à bizarra expressão que acabo de usar, *violência fundadora* ou *assassinato fundador*. Outro texto é essencial aqui,

[3] *Idem*, p. 99.
[4] *Idem* (V, v, 50-51), p. 144.

um texto que já mencionei – o sonho de Calpúrnia. Se retornarmos a ele e à sua interpretação por Décio, veremos imediatamente que ele é mais do que uma profecia do assassinato de César, ele é uma definição literal de seu *status* fundador, em contradição com a violenta desordem que gera inicialmente.

Primeiro, leiamos o relato original de César:

> Calpúrnia, minha esposa, é quem me prende em casa
> Que, semelhante a uma fonte com cem jatos,
> Vertia sangue puro; e ávidos romanos
> Vinham sorrindo e ali banhavam suas mãos.
> Isso ela encara como signos e prodígios
> E, males iminentes; e depois, de joelhos,
> Ela implorou que eu permaneça em casa hoje.[5]

Décio, porém, imediatamente reinterpreta o sonho:

> Esse sonho está mal interpretado;
> É uma visão ditosa e afortunada:
> Tua estátua a jorrar sangue em muitos jatos,
> Nos quais, sorrindo, banham-se os romanos,
> Quer dizer que, de ti, a grande Roma
> Beberá novo fluido e nova força,
> E multidões de homens grandiosos
> Buscarão as relíquias do teu sangue,
> Panos tintos, insígnias e sudários.
> Do sonho de Calpúrnia, eis o sentido.[6]

[5] *Idem* (II, ii, 76-82), p. 80.
[6] *Idem* (II, ii, 83-90), p. 80.

O autor encontrou o sonho em Plutarco, assim como a reação de Calpúrnia a ele, mas, até onde sei, a reinterpretação de Décio foi criada por Shakespeare e, do ponto de vista teórico, é a parte mais interessante da conversa.

Para a trama, o discurso de Décio não passa de bajulação vazia, de puro engano, cuja intenção é mandar César ao Senado; para a tragédia como um todo, ele obviamente significa algo distinto, e esse significado é importantíssimo. Se as minúcias da trama fossem sua principal preocupação, Shakespeare teria imaginado um modo mais convincente de convencer César: Décio teria questionado o valor profético dos sonhos e dito que César não iria morrer. Não é isso que ele faz.

Juntos, os dois textos constituem uma preciosa definição do assassinato fundador, uma definição que leva em conta sua ambivalência mimética. As duas interpretações parecem contradizer uma à outra, mas na verdade ambas são verdadeiras. A primeira corresponde àquilo que o assassinato de César *é* durante a peça, uma fonte de extrema desordem; e a segunda àquilo que esse mesmo assassinato *se torna* na conclusão, a fonte da nova ordem imperial. A morte de Bruto provoca essa transformação, mas seu papel é secundário; o assassinato de César é o evento mais importante, o eixo em torno do qual a violência da crise lentamente gira, a fim de gerar novo *Degree* romano e universal.

*

O que essa violência fundadora pode significar para Shakespeare? Para descobrir, vamos observar mais uma razão por que essa noção é essencial para uma interpretação satisfatória de *Júlio César*. No início da peça, Cássio e Bruto se referem a uma violência coletiva que mesmo as pessoas com a visão mais convencional da história romana provavelmente consideram de certo modo "fundadora": a expulsão de Tarquínio, o último rei de Roma. Cássio e Bruto citam a expulsão de Tarquínio como precedente *e modelo mimético* para o assassinato que têm em mente. Eis o que Bruto diz num solilóquio:

"Deixarás Roma escrava do terror
À sombra de um só homem?" Roma, escrava?
Quando Tarquínio declarou-se rei,
Foram meus ancestrais que o expulsaram.[7]

De início, a violência contra Tarquínio foi ilegal, uma violência a mais numa escalada de violência, assim como o assassinato de César no momento em que é cometido. Mas a expulsão de Tarquínio teve o apoio unânime do povo e pôs fim à crise do *Degree*; em vez de dividir o povo em facções, ela o uniu, e novas instituições nasceram dela. Essa é a verdadeira fundação da República.

Nunca se discute esse assunto, mas é óbvio que ele é importante. Shakespeare devia ter alguma coisa em mente quando decidiu apresentar esses dois eventos simétricos lado a lado na mesma peça. Mais uma vez, a teoria mimética tem a chave desse problema; mais uma vez, ela coincide com aquilo que Shakespeare está fazendo. A antropologia mimética crê na realidade das crises miméticas retratadas por Shakespeare, e, a partir de sua natureza, assim como a partir de muitas outras pistas, especula que essas crises, em sociedades "primitivas", devem concluir-se com polarizações miméticas unânimes contra vítimas solitárias ou, no máximo, algumas poucas vítimas; o nome dessa resolução hipotética é *assassinato fundador, violência fundadora*.[8] Shakespeare poderia ter mencionado mais um ato desse tipo, o primeiro, cronologicamente, na história de Roma, relacionado às fundações da própria cidade. A história de Rômulo e Remo é também uma história de duplos, gêmeos inimigos idênticos; um deles se torna a vítima cuja morte é explicitamente apresentada como responsável pela fundação de Roma. Num dos relatos de Lívio, essa morte é coletiva. Diz-se de Remo: *in turba cecidit* (caiu na multidão), assim como Tarquínio, assim como César, assim como Cina.

[7] *Idem* (II, i, 52-54), p. 66.
[8] René Girard, *Violence and the Sacred*, Baltimore: The Johns Hopkins University Press, 1977 [ed. bras.: *A violência e o sagrado*, 3.ed. São Paulo: Paz e Terra, 2008], cap. 3 e 4; *Things Hidden since the Foundation of the World*, Stanford, Calif.: Stanford University Press, 1987 [*Coisas ocultas desde a fundação do mundo*, São Paulo: Paz e Terra, 2009], livro I, cap. 1.

Se todos esses assassinatos fundadores tivessem sido mencionados em *Júlio César*, o quadro teórico estaria ainda mais claro, mas já está claro o suficiente na peça que Shakespeare escreveu. Como é que a violência contra Tarquínio e a violência contra César se relacionam uma com a outra? Ainda que as duas figuras fundadoras, Tarquínio e César, desempenhem um papel diferente em seus respectivos mitos (mais negativo no caso de Tarquínio, mais positivo no de César), a violência desempenha o mesmo papel decisivo na gênese tanto da República quanto do Império. Será coincidência? A teoria mimética afirma que as comunidades humanas unem-se *em torno* de suas vítimas transfiguradas porque primeiro uniram-se *contra* elas. No caso de Tarquínio e no de César, há discrepâncias no esquema, mas são menores.

Uma vez que o bode expiatório tenha sido unanimemente eliminado, o povo se vê sem inimigos e, sem combustível, o espírito de vingança se extingue. Após tanta confusão isso parece miraculoso, e a comunidade, impressionada primeiro pelo conflito e depois por sua resolução, presume que os dois eventos têm a mesma causa, a vítima infeliz, que agora passa por pacificador todo-poderoso e também por causador de problemas. Assim, a vítima fundadora se torna um ser transcendente que às vezes recompensa e às vezes pune. Essa é a gênese mimética dos ancestrais divinos, dos legisladores sagrados, das divindades completas.

No caso de César, a conjunção do *contra* e do *em torno* vem depois, por causa da indistinção produzida pela mediação suplementar do suicídio de Bruto. Independentemente de se os cidadãos estavam inicialmente polarizados contra César e em torno a Bruto, ou contra Bruto e em torno a César, agora os dois heróis mortos se tornaram um só, o *contra* e o *em torno* se juntam novamente, e a sacralidade protetora é reconstituída.

Não há nada verdadeiramente transcendente nem metafísico no assassinato fundador. Ele é similar às polarizações miméticas da espécie da *conspiração* exceto por uma diferença, sem dúvida crucial desde um ponto de vista social, mas em si mesma menor: ele é unânime. Essa unanimidade é o produto final da própria escalada mimética; ela pode quase ser prevista a partir do tamanho crescente de polarizações miméticas que a precedem. Isso significa que, quanto mais a crise se aproxima da resolução, mais espalhada e intensa se torna a violência. Shakespeare segue esse esquema com precisão incomum. Sua peça mostra que a mesma violência coletiva pode começar sua carreira como algo divisionista e não unânime, e depois, mais tarde, tornar-se unânime e não divisionista. Essa transformação torna manifesta a natureza do assassinato fundador.

*

Esse processo de violência coletiva, unânime ou não, é sempre uma versão daquilo que chamamos de *mecanismo do bode expiatório.* O ritual do Levítico só é relevante para nosso uso moderno da palavra indiretamente. Refere um processo de vitimação por substituição que a antropologia mimética interpreta mimeticamente e considera fundamental para um verdadeiro entendimento das instituições primitivas. De acordo com os dicionários, a vítima entra no lugar do *verdadeiro culpado*, mas em muitos casos a própria ideia de um culpado é absurda. Quem é responsável pela tempestade de Casca? Quem é responsável pela peste em Tebas? O mito responde: "Édipo, provavelmente". O mito raciocina como Casca. O mito é uma pura representação do bode expiatório que ainda engana nossos classicistas modernos, mas não Shakespeare.

O estabelecimento do bode expiatório é a mesma substituição mimética de antagonistas que discutimos quando falamos da conspiração; é o mesmo processo, enxergado do ponto de vista da vítima. A expressão "bode expiatório" não aparece em Shakespeare, mas o processo certamente sim. Cina é um exemplo caricatural. Será que César também é um bode expiatório? Será que ele não é verdadeiramente responsável pela decadência das instituições republicanas? Será que não é um tirano e, portanto, um culpado verdadeiro?

Não devemos atribuir nossas próprias ideias a Shakespeare. Se quisermos saber como o próprio Shakespeare enxerga o assassinato, basta que olhemos as características de César que fazem dele um típico bode expiatório, selecionado inconscientemente por essa tipicidade do que por aquilo que é verdadeiramente singular nele como estadista e indivíduo.

Consideramos o estabelecimento do bode expiatório um fenômeno coletivo, e o assassinato de César satisfaz esse requisito. Achamos que o estabelecimento do bode expiatório é algo que pode acontecer a qualquer hora, mas que é mais provável que aconteça em momentos de crise; o assassinato de César satisfaz esse segundo requisito.

A expressão "bode expiatório" evoca imagens de defeitos físicos, enfermidades feiosas, e anormalidades espetaculares. Na Idade Média, os doentes e aleijados tinham mais chance do que as pessoas saudáveis de ser acusados de bruxos, feiticeiros, responsáveis pelas pestes. César tem seu quinhão de enfermidades: é surdo de um ouvido, e sofre de uma doença, a epilepsia, que se assemelha a um transe de possessão – sem dúvida, a razão pela qual as sociedades antigas e primitivas sempre enxergaram essa *falling sickness* (I, ii, 254, 256)[9] como sinal de afinidade pessoal com o sagrado em todas as suas formas, as más e as boas.

Tudo que César faz, tudo que sabemos dele como indivíduo público ou privado, incluindo a esterilidade de sua esposa – que a mente popular logo atribui a um mau-olhado do marido –, parece fazer dele um homem marcado para a vitimação. Num dado momento, ele oferece seu pescoço à multidão, num gesto reminiscente de um rei sagrado que se voluntariasse para o papel de vítima sacrificial. Também é significativo que César fosse associado com a Lupercália e com os Idos de Março, dois festivais romanos cujas raízes estão em chamados rituais do bode expiatório, assim como as raízes de todos esses festivais.

Poder-se-ia objetar que muito disso já está em Plutarco; Shakespeare meramente repete sua fonte. Sem dúvida, ele está mais próximo de Plutarco do que muitos

[9] O dicionário Oxford limita-se a registrar que *falling sickness* (literalmente, "a doença que faz cair") é um termo arcaico para *epilepsy*, epilepsia. [N. T.]

críticos gostariam de admitir, por medo, talvez, de minimizar sua originalidade. Esse medo não tem fundamento. O gênio de Shakespeare se manifesta antes e sobretudo por sua leitura mimética de Plutarco.

O César de Plutarco tem todas essas marcas, exceto o ouvido surdo. Mesmo que essa enfermidade não seja invenção do próprio Shakespeare, mesmo que também essa característica venha de fonte antiga, esse sinal adicional do bode expiatório é significativo. Autores menores poderiam descartar todos esses sinais como se fossem aviltantes, indignos de um grande herói, inutilmente supersticiosos. Na França "clássica" o ouvido surdo e a epilepsia seriam condenados em nome do "bom gosto". Por ter mostrado Átila morrendo de sangramento no nariz, Corneille foi infinitamente ridicularizado. Não sofrendo esse tipo de pressão, Shakespeare cuidadosamente reproduziu tudo que achou em Plutarco, e ainda acrescentou coisas próprias.

Quando falam de César, Cássio e Casca constantemente usam palavras como "monstro" e "monstruoso" de modo tão ambíguo que todas as distinções entre o que é físico e o que é moral ficam abolidas. Essa prática encoraja a vitimação de pessoas fisicamente anormais. Quando o mundo parece monstruoso, homens como Casca buscam alguma corporificação humana dessa monstruosidade. Eles desprezam explicações racionais em favor de fórmulas mágicas como uma "noite horrível".[10] Tivesse vivido durante as grandes pestes medievais, Casca teria perseguido judeus, leprosos e aleijados. Ainda havia caçadores de bruxas no mundo de Shakespeare, e Casca e Cássio são modelados neles.

Apesar de seu repúdio à astrologia, Cássio não é realmente imune à influência irracional das típicas características do bode expiatório; sua história sobre atravessar o Tibre a nado revela preocupação obsessiva com as enfermidades físicas de César. Para Casca e até para Cássio, portanto, César é certamente um bode expiatório;

[10] *Idem*, p. 58. [N. T.]

será que para Bruto também? Se apenas um conspirador pode ser considerado racional, deve ser Bruto. Seu fascínio por César não tem nada a ver com a epilepsia ou com o mau tempo. Bruto pode ser excessivamente ambicioso, mas seu amor pela República é sincero. Ele é obsessivamente ciumento, mas o ciúme é dele mesmo – um desejo mimético autêntico, por assim dizer, e não a cópia de uma cópia, como no caso de Casca.

A crítica tradicional sempre discutiu *Júlio César* como se Shakespeare fosse um historiador do século XIX que escrevesse desde o ponto de vista de um racionalismo pós-iluminista. O jogo político assassino da peça é tratado como uma atividade perfeitamente racional. Para questionar essa leitura, é preciso mostrar que César não é o alvo racional de um assassinato, nem mesmo para Bruto. Se a leitura do bode expiatório do assassinato só é aplicável a personagens marginais, como Casca, sua relevância é também marginal, e existe nessa peça um núcleo racional que minha interpretação mimética não consegue tocar.

Essa objeção já foi respondida pelo papel desempenhado pela mímesis na decisão de Bruto de juntar-se à conspiração, mas a questão é tão crucial que é preciso enfatizar isso ainda mais. No tocante a Bruto, é verdade que César não é um rival emprestado, mas é emprestado *como alvo de assassinato*. É isso que as cenas com Cássio deixam claro, e é isso que é confirmado pelo solilóquio de Bruto; ele só perdeu o sono depois que "incitou[-lhe] Cássio contra César". Não foi espontaneamente que ideias assassinas entraram em sua alma honesta e virtuosa.

Mesmo no caso de Bruto, César é um bode expiatório. Para confirmar esse ponto fundamental, Shakespeare deixa a acusação política de César extremamente fraca e inconvincente. Bruto sinceramente admite que César ainda não abusou de seu poder; ele não merece a morte (Ato II, Cena 1).

O que importa aqui não é a exatidão histórica dessa interpretação (a peça não menciona o cruzamento ilegal de César do rio Rubicão), mas suas implicações para o tipo de vítima que Shakespeare quer que César seja. Ele quer que seu assassinato seja injustificável, mesmo do ponto de vista extremamente republicano. Sua razão para negar a racionalidade essencial do assassinato não é sua preferência pessoal por César ou pelo princípio monárquico, mas sua visão mimética geral das relações humanas, que é toda a base de sua concepção da tragédia.

De todo modo, como poderia César deixar de ser um bode expiatório, quando seus assassinos querem que ele seja responsável por toda uma crise do *Degree*? Essa crise só pode ser considerada responsabilidade de todos os cidadãos, ou de nenhum, pois suas raízes remontam ao passado distante – ao princípio, aliás. Não há hipótese de essa crise ser responsabilidade de um único indivíduo, por mais poderoso que seja. O raciocínio de Bruto é uma versão menos fantástica de "um homem... igual a esta terrível noite", uma versão política e não magicocosmológica disso. Em última instância, todos os assassinatos são igualmente irracionais e indiferenciados.

*

Para mim, não há em Shakespeare nenhum sinal da superstição sua contemporânea, ao estilo de Jaime I.[11] A profundidade de sua sátira é incompatível com o envolvimento pessoal. Somente uma leitura imperfeita de sua obra pode levar alguém a pensar o contrário. Shakespeare parece irracional àqueles que a subestimam à medida que os aspectos miméticos e de estabelecimento do bode expiatório entram em decisões e ideias que eles mesmos são incapazes de criticar.

Consideremos, por exemplo, os sinais materiais do bode expiatório. Por que Shakespeare insiste neles? Não será porque acredita neles? Não será porque ele também é supersticioso? Shakespeare frequentemente ilustra a tendência humana de conferir àquilo que é acidental e insignificante um significado negativo completamente desprovido de fundamento com a finalidade de estigmatizar e criar

[11] Jaime VI da Escócia tornou-se também Jaime I da Inglaterra em 1603. [N. T.]

bodes expiatórios. Em diversas instâncias, ele faz isso de tal modo que não pode haver dúvida de sua compreensão do mecanismo ali presente.

Ele não acredita em Cleópatra quando ela culpa o mensageiro pelas más notícias que ele traz. Há outros exemplos eloquentes. Em *Sonho de uma noite de verão*, no clímax da crise noturna, os dois casais quase não escapam de sofrer, pelas próprias mãos, o destino de Cina; sendo duplos miméticos, gêmeos perfeitos, completamente indistintos, a única diferença que podem discutir é a altura. Diz Hérmia:

> Começo a perceber que ela o confronto
> fez de nossas alturas, insistindo
> no seu porte mais alto, na aparência
> mais elevada, em sua alta compostura,
> e desse modo pôde seduzi-lo.
> Subiste tanto em sua estima, apenas
> por eu ser anãzinha e diminuta?
> Qual é minha estatura? Vamos, fala,
> varapau rebocado.
> (III, ii, 290-6) (*Comédias*, p. 195)

Se a urgência de criar um bode expiatório não tem nada melhor à sua disposição, usará diferenças físicas que não são nem extraordinárias nem desagradáveis. Esse texto deixa claro que Shakespeare não é enganado pelo processo. Ele consegue ver que, durante uma crise mimética, o apetite por vítimas aumenta junto com o processo que priva as pessoas das diferenças de que elas dependem. Contra um fundo de crescente uniformidade, somente as diferenças mais grosseiras se destacam, e, em particular, as diferenças físicas. Quando todo o significado se desintegra, somente elas permanecem visíveis; aqueles que pretendem criar bodes expiatórios concentram-se nelas na tentativa desesperada de salvar algum sentido.

Nosso pensamento ainda é determinado por modelos de racionalidade fracos demais para Shakespeare. Apesar de seu respeito professado e alardeado por "todas as diferenças culturais", o racionalismo contemporâneo ainda considera a religião primitiva totalmente sem sentido, "pura" superstição, um blá-blá-blá incompreensível. É por isso que ele não entende *Júlio César*; ele não consegue entender o entendimento de um autor trágico do fenômeno do bode expiatório e de seu papel na religião antiga.

Se lermos Shakespeare do ponto de vista dessa razão insuficiente, não compreenderemos o papel desempenhado pelos sinais do bode expiatório em sua obra. Os críticos não miméticos presumem, erradamente, que a única razão possível por que Shakespeare poderia querer incorporar os elementos miméticos que discutimos à sua tragédia é que ele mesmo se sentia tentado a crer neles. Não devemos permitir que nossa ignorância vitime a tremenda inteligência de Shakespeare.

Se esses críticos estivessem certos, Shakespeare não poderia retratar os fenômenos miméticos com tamanha precisão. Quando lemos Shakespeare desde o ponto de vista de uma racionalidade inferior à dele, só há duas possibilidades. Primeiro, podemos piamente fingir não enxergar tudo aquilo que não cabe em nossa estreita racionalidade e celebrar nossa visão mutilada de seu gênio; podemos reduzir os aspectos relativos ao bode expiatório a uma decoração pitoresca sem nenhum impacto decisivo sobre o significado geral da peça. Ou, por outro lado, podemos encarar esses aspectos irracionais sem entender por que eles deveriam aparecer na peça estritamente "histórica" que queremos que *Júlio César* seja; sentimos a necessidade de acusar o próprio Shakespeare de não ser razoável. Suspeitamos que ele seja uma espécie de super-Casca, sem dúvida um homem com imenso dom poético, mas primitivo como pensador, um crente em sinais irracionais.

Todo o dogma moderno da absoluta separação entre a grande poesia e a inteligência é uma das consequências de nossa cegueira para o papel do desejo mimético e da vitimação na grande literatura. Parece quase perigoso demais ir até as implicações últimas de *Júlio César*. Nossa racionalidade não consegue chegar ao papel fundador da vitimação mimética por permanecer maculado por ela. A racionalidade estreita e a vitimação perdem juntas sua eficácia.

A razão mesma é filha do assassinato fundador. À medida que nossa própria crise mimética piora, afundamos no niilismo e na loucura, e não podemos nos dar ao luxo de desprezar os pensadores que nos precederam nessa estrada; precisamos mais do verdadeiro William Shakespeare do que de qualquer outro filósofo moderno.

Podemos enxergar como, à medida que a crise piora, o significado das coisas humanas se desintegra. Por irracional que seja, Casca ainda conecta César com algo considerado perigoso, a "noite terrível", enquanto Ligário dispensa todas as conexões, incluindo as mágicas; para ele, basta a palavra de Bruto, seu modelo de confiança. No caso de Cina, essa última garantia desapareceu; os membros da multidão mediam-se uns aos outros com grande velocidade. E no entanto ainda hesitaram alguns instantes antes de assassinar o pobre Cina, ao passo que em Filipos toda contenção e todas as diferenças desapareceram. As pessoas destroem umas às outras na velocidade da luz e em larga escala. À medida que a crise se intensifica ainda mais, todo sentido evapora. Assim como o termo "conspiração" deixou de ter sentido depois de algum tempo, o mesmo acontece com a própria expressão "bode expiatório". A operação por ela designada parece elaborada e complexa demais para o último pandemônio paroxísmico. Mas isso é uma ilusão.

Shakespeare tem o olhar mais aguçado possível para a tendência humana a criar bodes expiatórios arbitrários e para a maneira como a dissolução do significado na violência mimética destrói tudo por onde passa. Shakespeare deve ter sido tentado pelo niilismo e ameaçado pela loucura, mas, ao contrário de Nietzsche, sobreviveu à grande crise pessoal a que, em minha opinião, corresponde seu grande período trágico. Sua obra é desconstrução de nossa estreita razão metafísica, indo além dos limites de Nietzsche e Heidegger, que ainda são os nossos limites. Com sua percepção do mecanismo vitimador e de suas consequências religiosas, ele chegou a uma visão antropológica que permaneceu indecifrada até hoje, mas que finalmente vai ficando inteligível, graças à mesma teoria mimética que nos permitiu destrinchar o significado das comédias.

A pertinência continuada da teoria mimética é notável. Essa é a razão por que insisto em resumir as várias fases do processo mimético antes de apresentar as ilustrações de Shakespeare. O esquema mimético deve ficar altamente evidente, numa posição onde esteja o mais vulnerável à crítica e onde, caso se mostre repetidamente adequado, a perfeição de sua pertinência seja mais impressionante. Não enfatizo essa pertinência por razões de polêmica, mas porque, no presente estudo, ela é o aspecto mais digno de nota, o mais fecundo de consequências de todos os tipos, estendendo-se até mesmo além do gênio de Shakespeare, por maior que seja esse gênio.

capítulo 24
sejamos sacrificadores, não carniceiros

Sacrifício em *Júlio César*

Quando Bruto descobre que a coroa foi oferecida três vezes a César, ele pensa em Tarquínio, o último rei de Roma, e em sua expulsão coletiva, em unanimidade, pelos romanos, uma gloriosa empresa na qual um primeiro Bruto, supostamente seu ancestral, teria desempenhado um papel de destaque. Toda vez que a coroa lhe fora oferecida, César a recusou, mas, ao que parece, relutando cada vez menos. Assassinar esse homem seria regicídio, se não agora, ao menos por antecipação; para um republicano, qualquer tipo de regicídio é uma piedosa reconstituição da violência coletiva que fundou a República.

A referência de Bruto a Tarquínio faz sentido num contexto puramente político. Esse conservador estadista quer conter a decadência das instituições republicanas; ele não quer abrir um futuro incerto; ele não quer um novo assassinato fundador, mas exatamente o contrário. Ele quer ancorar o assassinato de César na grande tradição republicana. Ele usa os termos da história romana para lhe conferir significado, e sua máxima referência está na expulsão coletiva de Tarquínio.

Dizer que o assassinato de César deve ser um *sacrifício* é repetir com outras palavras, palavras religiosas, aquilo que acabo de dizer. A definição sacrificial implica que o assassinato de César reconstitua a expulsão de Tarquínio; ele deve seguir o padrão da violência fundadora reinante. No mundo inteiro, quando se perguntar aos sacrificadores por que fazem sacrifícios, sua resposta será igual à de Bruto: eles têm de repetir aquilo que seus ancestrais fizeram quando a comunidade foi fundada; eles têm de repetir alguma violência fundadora com vítimas substitutas. Assim como Bruto, eles invocam alguma narrativa ancestral que explícita ou implicitamente culmina na expulsão ou assassinato coletivo. Chamamo-as *mitos*, e a maior parte dos antropólogos as consideram ficcionais, mas não os sacrificadores. Eles as enxergam como inícios históricos reais que devem ser piedosamente reconstituídos.

Shakespeare não põe a palavra "sacrifício" na boca de Bruto só para que ela soe pitoresca e romana ao estilo de Victor Hugo ou de algum outro romântico. Shakespeare entende o sacrifício à luz do assassinato fundador, e é isso que a referência a Tarquínio realmente significa.

O fato de que Roma não tem uma tradição de sacrifício *humano* não invalida minha interpretação. Em comunidades desprovidas de um sistema judicial eficaz, um indivíduo que seja considerado perigoso será, via de regra, morto ou expulso não por algumas pessoas, mas por toda a comunidade. Há o temor de que sua morte provoque uma reação em cadeia de vingança mortal. Para bloquear essa possibilidade, essas sociedades recorrem a métodos coletivos de infligir a morte, como o apedrejamento coletivo, a precipitação de um precipício, ou a crucifixão, convidando assim à participação unânime. Seja ativa, seja passivamente, por não interferir para salvar a vítima, todos os membros da sociedade tomam parte no assassinato. O resultado é que nenhum indivíduo ou subgrupo pode interpretar a morte da vítima como uma afronta que clama por vingança.

Essas práticas não vieram dos céus, mas também não foram inventadas *ex nihilo*. Elas têm de ser modeladas em algum linchamento fortuito que reconciliou uma comunidade perturbada, e é por isso que suas modalidades particulares são cuidadosamente recordadas e repetidas. A comunidade foi reconciliada porque aquele que jogou a primeira pedra, aquele que começou a empurrar a vítima Rocha Tarpeia abaixo desencadeou um contágio mimético unânime. O assassinato fundador não é outra coisa. O difundido costume de linchamento quase institucional ou de justiça por linchamento é uma pista importante para o potencial de violência unânime na cultura humana.

Os métodos coletivos de execução são frequentemente chamados *sacrificiais* por aqueles que os praticam, o que é compreensível; eles satisfazem a definição universal de sacrifício. Mesmo em sociedades com instituições judiciais altamente desenvolvidas, como a Roma republicana, os cidadãos preocupados podem sentir necessidade de regredir à justiça *sacrificial* sempre que as instituições regulares pareçam não conseguir lidar com a desordem.

Bruto vê a morte de César como um sacrifício excepcional, demandado por circunstâncias tão críticas que todos os recursos políticos e jurídicos se tornaram impossíveis. Claro que ele está ciente de que, ao tentar essa espécie de *sacrifício*, ele e seus parceiros estão assumindo um risco. Se sua concepção sacrificial for certeiramente questionada, se as pessoas deixarem de unir-se contra César como uma vez se uniram contra Tarquínio, os conspiradores provavelmente sofrerão o mesmo destino que o homem que decidiram "expurgar" da comunidade. De fato, é isso que acontece em *Júlio César*.

Por trás da ideologia do sacrifício há uma realidade sólida, o consenso mimético do povo inteiro ou a ausência dele, a razão última porque o sacrifício funciona ou não. Bruto fracassa porque não consegue unir o povo em torno a seu "sacrifício". A cena em que Bruto e Marco Antônio competem pela crucial adesão do povo romano deixa a articulação entre o sacrifício e o assassinato fundamental evidente num grau único, creio, em toda a literatura.

Bruto esteve o tempo todo ciente desse perigo. Quando os conspiradores querem solenizar seu laço sacrificial com um juramento melodramático, Bruto recusa, e seu instinto *sacrificial* está correto. Ele não quer que o assassinato pareça um ato furtivo e ilegal de meia dúzia de políticos descontentes:

> (...) ó conterrâneos,
> Que outro aguilhão, além da nossa causa,
> Precisamos, que instigue o desagravo?
> Que outro vínculo, além destas palavras
> Trocadas em segredo por romanos
> Que não voltam atrás no que disseram?
> Qual jura, além da honra à honra ligada,
> Garantindo que a ação será cumprida
> Ou cairemos tentando perpetrá-la?[1]

Bruto espera que, logo após o assassinato, a conspiração se dissolva na unanimidade restaurada do povo romano, em sua unanimidade *sacrificial.*

*

Na Cena 1 do Ato II de *Júlio César*, os conspiradores se reúnem para fazer preparativos para o assassinato. Um deles, Décio, quer saber se outros homens além de Júlio César deveriam ser mortos; Cássio menciona Marco Antônio, mas Bruto considera a proposta incompatível com sua concepção sacrificial do assassinato. Não se deve permitir que a violência se espalhe indiscriminadamente; apenas César deve morrer.

A resposta de Bruto a Caio Cássio e Décio mostra que Shakespeare interpreta o sacrifício segundo o modelo mimético que acabo de resumir:

> Pareceremos muito sanguinários
> Cortando-lhe a cabeça e, então, os braços,

[1] *Idem* (II, i, 123-8), p. 69.

Como fúria que irrompe em crueldade.
Ele é o braço de César, nada mais:
Não sejamos verdugos, mas sacrífices.
Lutamos contra o espírito de César;
E no espírito humano não há sangue.
Ah, se pudéssemos vencer-lhe o espírito,
Sem desmembrar o corpo! Porém, não:
César tem de sangrar. Nobres amigos,
Com o arrojo o matemos, não com fúria:
Vamos golpeá-lo em oferenda aos deuses,
Não rasgá-lo em carcaça para os cães.
Que os nossos corações, mestres sutis,
À violência instiguem seus criados
Para então repreendê-los. Dessa forma,
Nosso propósito há de parecer
Um fruto do dever, não do rancor:
E sob o olhar do povo, nós seremos
Não bandidos, mas médicos da pátria.[2]

O texto é dominado por uma única oposição: de um lado, há beleza moral e estética do sacrifício, e de outro, há a confusão sangrenta da inveja mimética. As palavras para o primeiro lado são "sacrificadores", "espírito", "cortemo-lo", "para os deuses", "amos astutos", "necessário" e "purificadores". Para o segundo, "sanguinária", "os membros fizéssemos em postas", "cólera", "inveja", "carniceiros", "mutilá-lo", "cães", "servos", "violência", "inveja" e "assassinos".

Tendo suas raízes na prática sacrificial, o corte é uma excelente metáfora, e, na verdade, mais do que uma metáfora. Quando uma refeição comunitária se segue à imolação de um animal comestível, o corte é feito com muito cuidado, de acordo

[2] *Idem* (II, i, 162-80), p. 70-71.

com regras tradicionais. Cortar é desmembrar gentilmente, trinçar delicada e artisticamente. Chegando sem esforço às juntas, a faca do cortador separa os ossos sem qualquer dano visível. O corte de um especialista agrada aos olhos; ele não rasga nem destrói nenhuma parte do corpo; ele não cria descontinuidades artificiais. Sua beleza estética e moral consiste em revelar diferenças que já existem.

A inveja e a cólera não sabem cortar; sua avidez e brutalidade não fazem mais do que desfigurar suas vítimas. Por trás da oposição entre cortar e mutilar, reconhecemos um tema familiar: a violência mimética é o princípio de uma falsa diferenciação que acaba por se transformar em simples indiferenciação quando a comunidade se dissolve violentamente. Na metáfora do corte, todos os aspectos da cultura parecem unir-se harmoniosamente, o diferencial e o espiritual, o espacial, o ético e o estético. A metáfora ilustra aquilo que podemos chamar de "momento clássico" do sacrifício.

A concepção primitiva, com sua diferenciação espacial, é indispensável à metáfora do corte, mas não está sozinha; está misturada com esses valores morais e estéticos que se tornam cada vez mais importantes à medida que a instituição evolui. A diferenciação boa e a má são elas próprias diferenciadas em linhas éticas e estéticas.

A essência da forma clássica é uma fusão de beleza moral, natural e cultural; além de suas aplicações diretas sacrificiais e culinárias – "prato para os deuses" –, a grande metáfora de Shakespeare evoca outras formas nobres de arte humana, como o corte de pedras e a escultura, que também devem originar-se no sacrifício, como todas as formas especificamente humanas de comportamento.

Uma intuição profunda da paternidade universal do sacrifício informa nosso texto, invocando, em meio às palavras listadas anteriormente, uma rica rede de referências cruzadas que a lógica sacrificial pode esmiuçar e explicar. A intensidade poética desse texto tem sua raiz numa intuição tão perspicaz que chega à origem de todas as metáforas, o sacrifício e a violência fundadora.

Nesses versos, o sacrifício silenciosamente retoma sua função de originador e rejuvenescedor da cultura, a função que tem nos brâmanes indianos, a maior meditação sobre o assunto, centrados em Prajapati, que na verdade é o deus tanto da violência fundadora quanto do sacrifício ritual. Não é possível que um poeta seja grande quando o assunto é sacrifício enxergar nele só aquilo que o racionalismo iluminista enxergou, uma superstição maligna e um *suplemento* parasitário que não têm nenhum significado real para a cultura humana.

*

Quando os sistemas religiosos ainda estão na sua infância, os sacrificadores não têm rigorosamente nenhuma ideia de por que, em vez de piorar a desordem, como aconteceu com diversos atos anteriores de violência, um ato em particular a tenha encerrado e assim tornando-se fundador. Ainda que eles percebam a importância da unanimidade (e eles muitas vezes percebem, considerando seus esforços para reproduzi-la ritualmente), ainda que percebam a natureza mimética dessa unanimidade (e às vezes percebem, considerando as inteligentes estratégias que inventam para reativar a contágio do bode expiatório), as comunidades primitivas consideram a sequência completa da crise e de sua resolução o fruto de uma visita transcendental, uma mensagem divinamente inspirada que não deve ser "desmistificada", mas piedosamente reconstituída por meio de ritos e proibições sacrificiais.

A crença nas propriedades curativas do sacrifício não é "racional", mas tem fundamento. Enquanto o sacrifício for jovem e vigoroso, ele realmente polariza a violência mimética contra vítimas substitutas, e novamente torna os símbolos culturais de unidade e identidade vividamente presentes. O sacrifício é a purgação ou purificação original das comunidades humanas.

O ritual é o comportamento mimético do tipo não conflituoso, a mediação *externa*. Seus praticantes pressentem que o sucesso depende de uma escrupulosa imitação do assassinato fundador e, até certo ponto, ele depende mesmo. Aquilo que possibilitou a unanimidade da primeira vez provavelmente terá sucesso nas vezes seguintes.

Na visão ritual primitiva, o sacrifício combate a violência não com a violência comum, que simplesmente levaria a uma escalada da crise, mas com uma violência *boa* que parece e portanto *é* misteriosamente diferente da violência *má* da crise, por causa de seu fundamento numa unanimidade que a *religião* – aquilo que une os homens – tende a perpetuar. Se usada sábia e piedosamente, essa violência boa pode impedir a propagação da violência má sempre que esta reaparece, e ela necessariamente reaparece. O sacrifício é a violência que cura, une e reconcilia, contrariamente à violência ruim, que corrompe, divide, desintegra e indiferencia.

A visão da violência sacrificial como uma substância preciosa mas perigosamente instável e dotada de propriedades paradoxais é crucial para a cultura humana. O *Degree*, originalmente, é a Diferença estabelecida pelas vítimas e pelos deuses, a diferença entre a violência boa e a má. A espacialização e as tendências diferenciais da cultura humana derivam do medo da *nociva mistura* (*Tróilo e Cressida*, I, iii, 95) (*Tragédias*, p. 240).[3] À medida que o sacrifício e as proibições disseminam seus efeitos pela cultura, todas as atividades vitais são rediferenciadas, assim como as próprias pessoas, e tudo que a crise mimética tinha confundido é reconvertido em termos significativos de troca relativamente pacífica.

Os sacrificadores estão sempre cientes de que, em suas frágeis mãos, a diferença entre os dois tipos de violência é perecível. Sempre que ela se perde, o sacrifício reverte-se na violência má da crise de onde surgiu; ela torna a crise pior do que estaria se nenhum sacrifício tivesse sido tentado. É isso que acontece com o "sacrifício" de César.

Num estágio posterior, os sacrificadores percebem que a capacidade do sacrifício de manter a paz depende mais deles mesmos do que de precauções externas e da diferenciação física. O sacrifício "funciona" desde que realizado de coração puro,

[3] A referência é o discurso de Ulisses sobre o *Degree*. [N. T.]

em espírito de solidariedade não só com os ancestrais fundadores, mas com todos os membros vivos da comunidade. O sacrifício fracassará se estiver contaminado pela rivalidade mimética.

Os teóricos "clássicos" do sacrifício, por exemplo na Índia, enfatizam a disposição interna dos sacrificadores tanto quanto as precauções externas contra a contaminação física. Eles ainda creem nos aspectos físicos e materiais do sacrifício, mas a instituição fica permeada por valores morais e estéticos que ainda não estavam presentes em algum estágio anterior.

*

A metáfora do corte é uma ilha de harmonia clássica cercada por todos os lados pelo som e fúria da cólera e da inveja, *que nada significam*. Se os sacrificadores tomarem parte no caos exterior, se eles se renderem às tumultuosas emoções da rivalidade mimética, seu sacrifício certamente fracassará. Só um coração puro pode transformar o horrendo assassinato de César na beleza serena do sacrifício genuíno. Mas não se pode ordenar a serenidade desde cima; tudo que Bruto pode fazer é instar seus companheiros a buscar a perfeição sacrificial, cada um na privacidade de sua própria consciência. É por isso que ele não diz "somos sacrificadores", mas "sejamos sacrificadores".

De modo comovente mas paradoxal, Bruto implora a seus colegas na conspiração que contenham seu instinto sanguinário; esse pedido parece quase cômico num grupo de homens cujo único propósito é o assassinato. Bruto parece ansioso para transformar a violência selvagem num amálgama de arte e ascetismo espiritual. Se os conspiradores levassem suas palavras a sério, se fossem longe demais na direção que ele propõe, perderiam seu apetite assassino.

Será que Bruto está hesitando? Será que há dúvidas em sua alma a respeito da justiça do empreendimento? Será que ele está perturbado pela ideia de assassinar seu admirado protetor e benfeitor?

A resposta a essas questões tem de ser "sim", uma vez que o próprio Bruto o diz: ele gostaria de não ter de desmembrar César; no entanto, a resposta tem de ser "não", uma vez que a resolução de Bruto permanece intacta. Não há nele a menor indecisão, nem o menor desejo de poupar César ou mesmo Marco Antônio. Bruto não está inconscientemente tentando subverter a moral de seus companheiros. Há um toque pessoal em seu curioso discurso, um toque "psicológico", sem dúvida, mas também um significado mais profundo, que sempre escapará àqueles que permanecem cegos para a força dominante nesse texto, seu princípio intelectual e poético de unidade: o sacrifício.

Se é preciso que o sacrifício seja a boa violência que aniquila a má, as duas deveriam ser tão diferentes quanto a noite e o dia; mas, enquanto fala, Bruto pressente cada vez mais que não pode ser assim. Para a maioria dos homens, incluindo o próprio Bruto, o assassinato de um César indefeso parece um crime inominável, não um ato virtuoso e nobre. Quando Bruto pede a seus colegas que renunciem a todos os sentimentos que normalmente levam ao assassinato, ele está correndo um grande risco a fim de evitar um risco ainda maior. Se o assassinato lembra tanto assim a violência à sua volta, ele não vai conter a maré maligna, mas vai deixá-la ainda mais cheia. É certo que a retaliação virá, e o sacrifício fracassado se tornará no rio mais inundado de todos os rios inundados da grande enchente de Titânia.

Os eventos subsequentes demonstram, é claro, que o temor de Bruto é justificado. As aparências são tão desfavoráveis que, para se contrapor a elas, os assassinos têm de fazer tudo que podem para parecer nobres e desinteressados. Eles têm de parecer verdadeiramente sobre-humanos, ou não serão vistos como os homens virtuosos que fizeram o que tinham de fazer apenas por amor à República.

Se o assassinato parece tão feio que repele as pessoas, o pretenso sacrifício criará o caos sangrento. Bruto gostaria que seu "sacrifício" fosse tão belo que nenhuma confusão seria possível; ele será o *outro* absoluto da crise. O problema, porém, é que a violência só tem um *outro* absoluto, que é a não violência, a completa abstenção de toda violência. O sacrifício não pode se tornar o perfeito *outro* da inveja e da cólera sem renunciar a seus meios específicos de ação, sem negar sua própria natureza. Bruto não pode ir até o fim; sua verdadeira prioridade continua a ser o assassinato; ele simplesmente quer que ele seja o mais eficaz possível. Ele vai até onde pode na direção de uma não violência a que ele não tem como aderir.

Bruto está procurando um meio-termo impossível entre uma violência impura demais para não exasperar a crise e uma violência tão pura que não será violência nenhuma. Shakespeare ironicamente sugere que essa violência perfeita não existe.

O dilema de Bruto é agravado pelas circunstâncias específicas da peça: a grandeza da vítima pretendida, sua popularidade com a plebe, e a trama traiçoeira contra ele; mas o problema tem um significado religioso também, e transcende o caso específico de César. O que Bruto diz é relevante para a evolução de muitos grandes sistemas sacrificiais quando atingem a maturidade espiritual.

Quanto mais o sacrifício reflete a respeito de si mesmo, mais tende a negar sua própria essência e a voltar-se contra sua própria violência, contra si mesmo, por assim dizer, não por razões humanitárias, mas por razões de eficácia sacrificial. Conseguimos ver esse *double bind* em funcionamento nos grandes textos dos brâmanes e na tendência à não violência que caracteriza as grandes doutrinas místicas da era seguinte. É significativo que doutrinas de não violência sejam formuladas em linguagem ainda sacrificial, e esse paradoxo sugere a continuidade das duas: até a não violência pode ser filha de Prajapati.

Todas as fases têm continuidade uma em relação às outras. O discurso de Bruto aponta para uma única força por trás de uma evolução que leva primeiro à moralização e estetização do sacrifício, e depois à total renúncia do misticismo Vedanta. Shakespeare não leu os textos mais relevantes para seu tema, mas seu conhecimento limitado da literatura antiga foi suficiente; sua tremenda inteligência fez o resto. Sua compreensão da religião sacrificial é o ponto mais alto de sua visão mimética.

*

Como Bruto não pode estar falando de modo absolutamente sério a respeito da não violência, sua ênfase ética rapidamente perde sua força e, na segunda metade do discurso, fica enganosa. No início, Bruto estava realmente pedindo a seus colegas que se libertassem da inveja e da cólera, mas ao final ele parece ter desistido desse objetivo irrealista, e seu raciocínio toma um rumo diferente. Como observado antes, se os conspiradores conseguirem suprimir todos os impulsos que normalmente levam ao assassinato, seu incentivo para matar César desaparecerá. Não é isso que Bruto quer e, nos últimos versos de sua fala, ele passa da verdadeira fé ao faz de conta; a aparência toma o lugar da realidade.

A parábola levemente caricatural dos "servos" e seus "amos astutos" chama a atenção por lembrar certos artifícios sacrificiais recomendados por alguns sistemas sacrificiais, como, novamente, o sistema bramânico, que Shakespeare certamente ignorava. O propósito desses truques rituais é transferir a culpa da violência sacrificial dos sacrificadores para algum terceiro descartável, como um mendigo, que recebe uma pequena quantia para fazer o papel arriscado, o papel violento que nenhum ritual ainda vagamente ciente de sua origem pode suprimir por completo.

Essas manobras ardilosas dão testemunho da realidade do *double bind* sacrificial. Se a única solução é nenhuma violência, qualquer recurso ao sacrifício envolve os sacrificadores em tratos duplos como aqueles sugeridos pela parábola. Os amos astutos ralham com seus servos por realizar o ato mesmo de violência que tinham sugerido a eles antes. Os servos são uma alegoria das paixões mais baixas que os amos astutos têm de excitar em si mesmos, contra suas inclinações mais nobres, a fim de imolar a vítima.

Inicialmente, na longa história do sacrifício, a fronteira entre a violência boa e a má parecia estar no mundo exterior, mas cada vez mais ela passa para a consciência dos sacrificadores. Bruto realmente recomenda que seus colegas conspiradores se dividam contra si mesmos. Eles podem sentir alguma cólera e inveja, desde que esses sentimentos feiosos permaneçam ocultos e não tentem o povo com o tipo errado de modelos. Ainda que não possamos ser *tudo* que devíamos ser, diz ele, ao menos *pareçamos* imperturbados e virtuosos, e o povo nos apoiará. O sacrifício de Bruto está se transformando num show de hipocrisia, numa reles comédia:

> Dessa forma,
> Nosso propósito há de parecer
> Um fruto do dever, não do rancor:
> E sob o olhar do povo, nós seremos
> Não bandidos, mas médicos da pátria.[4]

A parte importante é "sob o olhar do povo". Se os conspiradores conseguirem fazer um belo espetáculo, os romanos os verão como os verdadeiros defensores de Roma.

Quando as culturas sacrificiais entendem bem demais seus próprios ritos, não conseguem mais praticá-los com a mesma inocência de seus ancestrais, e a instituição tem de evoluir, de um lado, no sentido do misticismo não violento, e, de outro, no da manipulação política.

À medida que o sacrifício perde seu poder sacro, uns poucos homens santos fogem para o deserto, deixando o altar sacrificial para muitos líderes ambiciosos, que o transformam no palco político em que os Césares, Brutos e Marcos Antônios desse mundo jogam a política sacrificial, em que cada um tenta vender sua própria marca de "violência boa" para o mundo.

Enquanto é eficaz, a diferença sacrificial permanece oculta por rigores rituais, pelo formalismo religioso. Mas essa era tem de acabar. Começamos a vislumbrar a verdade por trás das palavras ambíguas de Bruto perto do final de seu discurso; então, pouco depois, a mesma verdade aparece em plena luz do dia quando Bruto e Marco Antônio competem abertamente pela adesão do povo. Não devemos

[4] *Idem* (II, i, 177-80), p. 71.

enxergar apenas uma verdade política banal nessa luta pela opinião pública, mas a verdade do sacrifício e também o assassinato fundador.

A transformação do ritual em teatro político corre paralela à sua transformação no teatro propriamente dito. Também o teatro é filho de Prajapati. Os assassinos mesmos pressentem isso; assim que César morre, a imaginação deles se volta logo para a arte dramática!

Também em *Tróilo e Cressida* vemos os heróis troianos ansiando pela *Ilíada* e tirando subsistência mimética da ideia de sua glória literária futura (II, ii, 202).[5] Essa sedutora visão os incita a levar sua desastrosa guerra ao sinistro fim. De modo similar, Bruto e Cássio consideram seu assassinato um tema excelente para os dramaturgos do futuro; diante da ideia de vastas multidões impressionadas com seu ato, eles ficam contagiosamente impressionados consigo mesmos. Diz Cássio:

> Banhem as mãos. Em quantos séculos vindouros
> Será reencenado nosso grande feito
> Em línguas do futuro e em terras por nascer![6]

Assim como os namorados das comédias precisam dos olhares admirados de seus amigos para sentir-se os namorados perfeitos que desejam ser, os heróis históricos necessitam do reforço mimético da posteridade para sentir-se heróis históricos. O próprio Shakespeare reiterou essa ideia alguns anos depois em *Tróilo e Cressida*, não apenas em sua irônica referência à *Ilíada*, mas na observação de Ulisses de que, quando um homem consegue realizar seu objetivo ontológico, ele não pode gozar o *ser* que legitimamente considera o seu próprio, *senão apenas pelo reflexo*.[7] Em retrospecto, poupar Marco Antônio foi a decisão errada, já que Marco Antônio não poupou os conspiradores. À luz daquilo que acontece após o assassinato,

[5] "*...and fame and time to come canonize us*". Ver o discurso em *Tragédias*, p. 251-52. [N. T.]
[6] *Idem* (III, i, 111-13), p. 90.
[7] *Troilus and Cressida*, III, iii, 100; *Tragédias*, p. 260-61. [N. T.]

a concepção sacrificial inteira parece formalística e irreal, mas essa crítica é rasa, inspirada pelo espírito de vingança. É claro que é verdade que esse espírito triunfou, e, sob essa luz, a estratégia sacrificial fora equivocada. Mas todo o propósito dessa estratégia era impedir o triunfo da vingança total pela imposição de outra lógica que, em contraste, parece quase não violenta.

Quando o sacrifício tem sucesso, ele é a última palavra de violência – como a violência fundadora, mas de maneira não tão forte. Ele cala o espírito de vingança por meio da combinação de amor e temor pelos deuses que recompensam e punem com paz e violência. Uma vez que a lógica sacrificial seja derrotada, não há dúvida quanto ao resultado. Os defensores de César são intrinsecamente mais fortes; Bruto e seus amigos têm de fazer tudo que podem para evitar um confronto decisivo. A tradição republicana está sem dúvida enfraquecida, mas sua influência duradoura sobre o povo é a única vantagem política da conspiração; o único instrumento para explorar essa vantagem é a concepção sacrificial exposta por Bruto.

Numa luta política mortal, a parte mais fraca deveria fazer o possível para evitar a violência; se a violência parece inevitável, que seja tão limitada, seletiva e circunscrita quanto possível, tão legal e legítima quanto pode ser a violência, embasada em tudo aquilo que ainda deveria ser sagrado aos olhos do povo.

Longe de ser absurdamente obsessivas, como queria Freud, as regras sacrificiais são sagazes; elas sistematicamente invertem as atitudes conflituosas que prevaleceram durante a crise da qual surgiram, e assim automaticamente levam em conta a natureza mimética das relações humanas. Seu rígido formalismo faz mais sentido do que sonha perceber o espírito moderno.

A estratégia sacrificial de Bruto é excelente, mas sua implementação é um desastre. Numa empreitada tão arriscada quanto o assassinato de um líder popular, há coisas que os assassinos podem fazer para diminuir seus riscos, e outras coisas que eles devem evitar a qualquer custo. Se essas precauções positivas e negativas forem listadas, elas coincidirão com as regras do sacrifício ritual.

Um exemplo é o conhecido princípio ritual segundo o qual os sacrificadores devem evitar contatos desnecessários com o sangue de sua vítima. O sangue é a própria violência sagrada, e, se jorra incontrolavelmente, passa de bom a mau; o propósito do sacrifício é aniquilado por sua própria consecução. A sangrenta bagunça perpetrada por Bruto viola essa regra tanto quanto outros assassinatos a teriam violado – assassinatos que Bruto corretamente vetou.

O fato de que os sacrificadores não conseguiam fazer seu trabalho de modo calmo e cuidadoso diz algo a respeito do estado de suas almas; ele proclama a própria mensagem que a sábia mística sacrificial de Bruto tentava censurar no assassinato. Shakespeare nos faz compreender por que uma imolação desleixada é um mau presságio: parece um assassinato e dá um mau exemplo; torna-se uma incitação a mais violência. Numa turba mimética, tudo que é necessário para desencadear a violência é sugerir que a violência está sendo desencadeada. A sugestão e o desencadeamento são a mesma coisa.

A profundidade inexplorada de *Júlio César* está na continuidade intacta entre uma instituição que a maior parte de nossos cientistas sociais considera meramente "irracional" e "supersticiosa" – o sacrifício – e a racionalidade supostamente transparente daquilo a que chamamos política. Tudo o que seria preciso para revolucionar nosso conhecimento do homem seria que os antropólogos da religião e os cientistas políticos entendessem como e por que, nessa tragédia, suas duas disciplinas são na verdade a mesma.

capítulo 25
cortemo-lo em pedaços, como prato para os deuses

Ciclos sacrificiais em *Júlio César*

Como Cláudio em *Hamlet*, Bruto poderia dizer:

> Toda doença drástica
> Encontra sua cura com remédios drásticos
> Ou não encontra mais.[1]

É tradicional usar imagens médicas em conexão com a violência e o sacrifício, e sua pertinência tem origem na origem sacrificial da medicina. Assim como tudo mais na cultura humana, a ciência médica é filha de Prajapati. A medicina tradicional é sacrificial no sentido de que é da mesma natureza que a doença; ela é uma administração estritamente controlada e medida da própria doença. O assassinato de César é um "remédio" tão desesperado que vai curar o corpo político instantaneamente ou simplesmente não vai. Neste último caso, vai apressar o fim da República, e de fato é o que acontece.

[1] William Shakespeare. *Hamlet*. (IV, iii, 9-11). Tradução e notas de Lawrence Flores Pereira. São Paulo: Companhia das Letras, 2015, p. 147.

O problema com o sacrifício é que, quando realmente necessário, já não está disponível. A diferença sacrificial que Bruto tenta recuperar – o próprio *Degree* – já desapareceu e não pode ser ressuscitada. O sacrifício fracassado de Bruto revela e acelera a extinção da violência fundadora que está por trás dele e destrói a República Romana com a violência extrema da guerra civil. O centro não aguenta,[2] e é preciso uma nova fundação, que só pode ser estabelecida a um custo tremendo de violência e desordem.

É irônico que o mesmo assassinato possa desempenhar diversos papéis contraditórios; essa ironia é intensa mas não especificamente shakespeariana no sentido de uma inspiração pessoal. Somente os maiores poetas trágicos trazem à tona a ironia inerente ao próprio assassinato, que é tanto a suprema desordem da crise quanto o renascimento da ordem.

Para ser genuinamente fundador, o novo assassinato tem de ser também a origem e o modelo de um culto sacrificial. Assim como o sacrifício, para Bruto, era uma reconstituição da expulsão de Tarquínio, também o sacrifício no novo mundo imperial deve ser uma reconstituição do assassinato de César, ofertada ao próprio César.

Durante o Império Romano, verdadeiramente ofertaram-se sacrifícios a cada imperador, mas, como todos se chamavam César, foram na verdade oferecidos ao mesmo César eterno, renascido em todos os seus sucessores. Cada novo imperador reencarnava a divindade inicialmente sacrificada. Como em todas as monarquias sacras, a vítima fundadora estava sempre simultaneamente viva e morta.

A ironia suprema é que, na nova ordem das coisas, o suicídio de Bruto, precedido por uma invocação de César, é interpretado como o primeiro sacrifício do novo culto. O sentido sacrificial é aquele que Marco Antônio e Otávio abraçam em seus

[2] Girard faz uma referência ao poema "The Second Coming", de William Butler Yeats. [N. T.]

elogios fúnebres. Otávio será o primeiro imperador romano, por isso é adequado que ele faça o papel de sumo sacerdote nessa primeira consagração imperial. Um novo ciclo sacrificial teve início e, graças a uma virada paradoxal do destino, Bruto vai para sempre desempenhar nele o papel que queria que César desempenhasse no ciclo anterior. Alguém tinha de ser cortado em pedaços como um prato para algum deus, e esse alguém é Bruto, sacrificado àquele mesmo deus que ele tinha se recusado a adorar.

*

O mito é a lembrança de alguma crise do *Degree* cuja recordação é sistematicamente distorcida pelo sucesso do efeito do bode expiatório que a conclui. Os ritos sacrificiais são a reconstituição da mesma sequência; vítimas substitutas são imoladas com o propósito de recapturar o efeito pacificador da vitimação original, e isso impede uma recaída na crise mimética.

Os ritos sacrificiais são uma piedosa imitação (mediação externa) do processo que aliviou a rivalidade mimética e criou o culto religioso da comunidade. O sacrifício é um alívio e uma mitigação da vitimação original no sentido de que as vítimas imoladas não são membros da comunidade e, via de regra, nem humanas são.

O teatro é uma atenuação e mitigação do sacrifício no sentido de que as vítimas não são realmente imoladas. Sua morte é uma morte de mentirinha, e nem a representação dessa morte de mentirinha é permitida no palco. Essa última proibição enfatiza o distanciamento da violência real. Praticamente qualquer coisa pode ser representada no palco, exceto a morte do protagonista, que nunca deve ser vista, ainda que possa às vezes ser ouvida, como no caso do assassinato do rei ao fim do *Agamêmnon* de Ésquilo.

Não se deve concluir dessa evolução que o assassinato original tenha perdido sua importância e deixado de ser fundador em instituições pós-rituais como o teatro. O incruento da tragédia não altera radicalmente a natureza e o propósito da reconstituição, que permanece a mesma do ritual; a definição aristotélica da tragédia como *catarse* ou purificação deixa isso abundantemente claro. O uso médico da palavra remonta ao uso religioso, que designa o alívio produzido pelo sacrifício.

Os estudiosos dos séculos XIX e XX fizeram grandes esforços para demonstrar que a catarse do teatro é muito diferente da catarse do sacrifício, o que indiretamente sugere que esses estudiosos tinham percepção maior da verdadeira natureza do sacrifício do que pretendiam ter. A tragédia, a ode dionisíaca do bode, não pode ser tão alheia quanto nos disseram em relação ao aspecto mais desagradável de toda religião humana e cultura humana como um todo, a formação de turbas contra uma vítima solitária que ainda era transparente na Grécia antiga no famoso rito do *pharmakos*, ou bode expiatório. Tudo que é preciso para perceber que as duas catarses são de fato a mesma e única é observar que a mesma palavra se refere à mesma reconstituição do assassinato fundador nos dois casos. A diferença específica do teatro é que o faz de conta total toma o lugar do faz de conta parcial dos ritos sacrificiais.

A catarse restaura a harmonia entre os cidadãos ao purgar ou purificar as rivalidades miméticas que constantemente ameaçam qualquer comunidade humana, em outras palavras, por meio da revivificação dos efeitos do assassinato fundador. A definição aristotélica diz exatamente isso, mas sem mencionar o assassinato fundador. Para entender a catarse, não devemos crer que "o terror e a piedade" sejam purgados no sentido de ser eliminados; eles são os bons sentimentos que garantem o sucesso do processo catártico.

Logo antes da morte do herói, os representantes do povo, o coro, expressam piedade pelo herói e terror diante do destino que está prestes a se abater sobre ele; eles comparam sua própria vida obscura mas relativamente segura aos sofrimentos por que as pessoas famosas e poderosas têm de passar. Enquanto os cidadãos tiverem *piedade* do herói, não terão *inveja* de sua grandeza. Enquanto sentirem *terror* diante da possibilidade de que também eles podem sofrer o que ele está sofrendo, não ficarão tentados a tomá-lo como modelo mimético e abster-se-ão cuidadosamente de ser tomados pelo húbris, o que poderia desencadear nova crise mimética. Essa definição é a correta não só para o teatro e para os ritos sacrificiais, mas, de modo mais extremo e transcendente, para o próprio assassinato fundador.

Sabendo disso ou não, Aristóteles alude ao efeito reconciliador do mecanismo do bode expiatório que todas as instituições rituais e pós-rituais tentam recapturar de algum modo obscuro. Ainda que, nesta questão em particular, esse filósofo seja mais esclarecedor do que qualquer outro, ele não desfaz a obscuridade que é constitutiva da fundação cultural. Ele nunca concentra sua atenção diretamente na fonte de tudo, o assassinato fundador. A catarse parece vir do nada; Aristóteles não faz referência a seu passado religioso.

Essa obscuridade é fundamental para a cultura humana. Ela é idêntica à contínua inserção da filosofia no espaço sacrificial criado pelo assassinato fundador. Ela é idêntica ao contínuo poder catártico de todas as instituições derivadas do ritual.

As instituições pós-sacrificiais não são religiosas no sentido estrito de exigir alguma forma de imolação, mas permanecem ritualísticas no que diz respeito à clausura representacional cujas raízes estão no efeito do bode expiatório original, o princípio de toda discriminação. A relutância em pensar por meio dessa origem no bode expiatório ainda explica não apenas os esforços dos críticos modernos para dissociar a catarse teatral da religião grega, como também sua fuga universal do desejo mimético e de todos os efeitos miméticos no teatro de Shakespeare.

Na cultura europeia, os primeiros filhos rebeldes de Prajapati, o pai do sacrifício, foram, paradoxalmente, os poetas trágicos da Grécia, que ficavam redissolvendo as diferenças congeladas do mito na violência recíproca da rivalidade mimética. Seu senso trágico de indiferenciação exibe os efeitos de bode expiatório aos quais as representações míticas devem sua própria existência. Em *A violência e o sagrado*, tentei mostrar isso em dois grandes exemplos: *Édipo Rei*, de Sófocles, e *As bacantes*, de Eurípides.[3] Os limites dessa rebelião são contudo estreitos, e tornam-se manifestos naquilo que a filosofia e a tragédia gregas têm em comum, sua incapacidade de concentrar-se sobre o assassinato fundador. Mesmo a mais audaciosa das tragédias gregas, *As bacantes*, relega o evento que governa a peça inteira ao finalzinho e, é claro, não o mostra no palco; só ouvimos falar dele por meio de uma testemunha ocular.

Por forte e sinistra que seja, essa tragédia não transgride a proibição fundamental que define o gênero. A expulsão coletiva é *desde sempre* expulsa, e a tragédia grega não pode encará-la, assim como não se consegue encarar o sol. Considerado como instituição, o teatro desempenhou o papel que Aristóteles lhe deu, disfarçando e suprimindo sua infraestrutura mimético-sacrificial.

Se olharmos para *Júlio César* à luz desse fundo histórico, perceberemos imediatamente por que a peça é inquestionavelmente trágica, trágica no sentido mais tradicional, e ainda assim absolutamente única: ela vai direto ao coração da tragédia, o assassinato fundador. Trata-se da primeira e única tragédia que se concentra exclusivamente nesse assassinato e em nada mais.

Esse foco sugere a verdadeira resposta à questão relativa à unidade estética da peça: por que Shakespeare escolhe o meio do terceiro ato para o assassinato, quase no exato centro da peça, em vez de colocá-lo no final, como qualquer dramaturgo "normal" teria feito? Os críticos, é claro, procuram uma resposta puramente estética. Será que uma peça na qual o herói morre no lugar "errado" pode ser uma verdadeira tragédia – em outras palavras, será que pode satisfazer como entretenimento? Será que ela não é a justaposição de duas peças, em vez de uma peça só, uma tragédia que fala do assassinato de César, e outra que fala dos assassinos?

[3] René Girard, *Violence and the Sacred*, Baltimore: The Johns Hopkins University Press, 1977 [ed. bras.: *A violência e o sagrado*. São Paulo: Paz e Terra, 1990].

A resposta é evidente: *Júlio César* não está centrada nem em César, nem nos assassinos; não é uma peça que fala da história de Roma, mas da própria violência coletiva. A fim de apreender sua unidade, temos de perceber que seu verdadeiro assunto é a turba violenta. *Júlio César* é a peça em que se revela a própria essência violenta do teatro e da cultura humana. Shakespeare é o primeiro poeta e pensador trágico que se volta insistentemente para o assassinato fundador. Transferir o assassinato da conclusão para o centro da peça significa mais ou menos a mesma coisa que significa, para o astrônomo, apontar seu telescópio para o objeto enormemente grande mas infinitamente distante que está estudando.

O interesse primário de Shakespeare não é César, nem Bruto. O que obviamente o fascina é a natureza exemplar das duas mortes violentas – exemplar não no sentido heroico, mas no sentido antropológico. Ele está claramente ciente de que a única razão por que a violência coletiva é essencial para a tragédia é que ela foi, e ainda é, essencial para a cultura humana como tal. Ele está perguntando por que o mesmo assassinato que não consegue fazer a mágica acontecer num momento consegue em outro; como o assassinato de César pode ser primeiro uma fonte de desordem, e depois uma fonte de ordem; como o aborto sacrificial de Bruto pode se tornar a base para uma nova ordem sacrificial.

A crítica estética, ainda que modificada e emendada por Freud, Marx, Nietzsche, Saussure, Heidegger e outros, não consegue nem sonhar fazer a pergunta mais relevante que fica evidenciada em *Júlio César*, não porque Shakespeare seja particularmente "criativo" ou "inovador", mas pela razão exatamente oposta. Ele retorna àquilo que sempre foi a matéria oculta de toda tragédia e o enfrenta pela primeira vez.

Se considerarmos a quantidade de violência coletiva nessa peça, mesmo em termos puramente quantitativos, veremos que aquilo que estou dizendo deveria ser óbvio. Sem contar Filipos, três instâncias de violência coletiva são mostradas no palco ou mencionadas com destaque: o assassinato de César, o linchamento do infeliz Cina, e a expulsão de Tarquínio.

Das três, claro que o assassinato de César é a mais importante, e nada menos do que três interpretações diferentes dele desempenham um papel importante na tragédia. Primeiro, temos o sacrifício republicano de Bruto, antes que o assassinato aconteça; depois, temos o mesmo assassinato como desordem total; por fim, ele se torna símbolo de ordem, o sacrifício original do qual há de tirar sangue renovador a grande Roma. Não há uma só coisa nessa peça que não conduza ao assassinato e que não proceda dele. O assassinato é o eixo em torno do qual tudo gira. Quem disse que a peça não tem unidade?

Por trás de todo culto sacrificial, há uma violência fundadora. Após algum tempo, o assassinato fundador perde seu poder coesivo e surge uma crise mimética que os sacrifícios não conseguem aplacar; por fim, essa crise gera novo assassinato fundador. Cada nova violência fundadora inicia novo ciclo sacrificial que dura até que o poder sagrado da fundação tenha evaporado. Os ciclos sacrificiais são o constituinte principal da cultura humana, e dos diversos períodos históricos dentro dessa cultura. A fim de revelar a natureza cíclica da cultura sacrificial, a peça tem de nos mostrar tanto o final de um ciclo (a República Romana) quanto o início de outro (o Império).

O exemplo histórico selecionado por Shakespeare é particularmente favorável a essa revelação por causa do tempo transcorrido antes que se realize a transmutação mimética da violência coletiva. (É preciso ainda mais tempo do que sugere *Júlio César*, pois as guerras civis só terminarão após a derrota de Marco Antônio, mas isso é irrelevante.) A lenta metamorfose do assassinato o deixa eminentemente adequado ao propósito do dramaturgo, que pode deixar cada fase do processo dramaticamente manifesta.

No mundo ocidental, o teatro é puro entretenimento, e toma-se por pressuposto que o ponto da morte do herói deve ser determinado por essa função. Se o herói não fica até o final da peça, os espectadores não são devidamente entretidos. O herói só pode morrer quando chega a hora de todos irem para casa; a morte deveria ser o último truque do herói e, presume-se, seu truque mais interessante. Não há consciência de que o herói morre no final porque o processo que está por trás disso, dessa representação da morte, é a resolução do bode expiatório que conclui com sucesso uma crise mimética.

Toda crítica estética baseia-se, em última instância, numa ideia de "interesse humano" que é tão sacrificial quanto o circo romano, com a (importante) diferença de que o derramamento de sangue é proibido. Como o teatro moderno, o circo romano era um uso puramente recreativo do sacrifício. Nosso teatro é sacrificial em sua cegueira em relação à clausura sacrificial dentro da qual estão as raízes de todos os seus conceitos.

É desagradável descobrir que o interior do santuário da cultura humana é na verdade um núcleo de putrefação. Essa resistência é o sacrifício protegendo a si mesmo de uma consciência que impossibilitaria toda catarse. Shakespeare está simultaneamente mais próximo dos gregos e mais distante deles do que aqueles poetas que meramente repetem o passado. Ele vai ao coração mesmo da tragédia e desvela o significado daquilo que a tragédia sempre fez.

*

Catarse é Marco Antônio absolvendo Bruto da inveja. Não é possível a uma peça ser intensamente catártica se provocar reflexão excessiva sobre a interação mimética nela. A mímesis é tão contagiosa que sua representação mesma é perturbadora para os espectadores. O elogio de Marco Antônio se destina, se não a apagar totalmente o conhecimento de tudo que discutimos nos últimos cinco capítulos, ao menos a diminuir o nível de nossa percepção, a produzir ao menos uma amnésia parcial em relação à mímesis, a promover uma versão idealizada daquilo que aconteceu na peça.

À luz da conclusão, o conteúdo inteiro da peça adquire a qualidade serena e monumental gritantemente ausente em nossas próprias análises, porque elas verdadeiramente se voltavam para o texto em si. A visão padrão da peça é o produto de uma leitura equivocada incentivada pela catarse final.

O efeito calmante gerado pelas palavras da conclusão nos afeta mimeticamente, e repetimos com Marco Antônio: "Todos os mais conspiradores, tirante ele, o feito realizaram por inveja", o que não é exatamente verdadeiro, como bem sabemos. Somos autorizados *pelo próprio autor* a minimizar ou suprimir integralmente o que quer que contradiga o sentimento de alívio, nobreza e serenidade que emana dessa conclusão. A conclusão retrospectivamente transfigura a sequência dos acontecimentos dramatizados na peça.

O que nós mesmos deveríamos concluir? Será essa peça verdadeiramente catártica, ou será sua conclusão uma mera sombra? Será, então, que não se trata de uma verdadeira catarse? Será que *Júlio César* é uma peça catártica, ou será apenas um fantasma, uma paródia da catarse, um mero simulacro?

Cabe aos espectadores de *Júlio César* ler a peça desde um ponto de vista catártico ou não catártico. A catarse é uma realidade dramática, mas se a levamos a sério demais, o sentido mais radical da peça desaparece. A leitura catártica consiste em jogar fora tudo aquilo de que falamos e voltar à crítica tradicional. As interpretações convencionais de Shakespeare não estão totalmente erradas. Elas nunca são desprovidas de fundamento, pois estão fundadas na fundação essencial de toda cultura, o efeito sacrificial-catártico derivado do assassinato fundador.

Isso é que é impressionante em Shakespeare: ele consegue combinar uma revelação total do assassinato fundador com a produção de efeitos catártico-sacrificiais que essa revelação deveria excluir, mas que se mostram, ao contrário, ainda mais eficazes pela engenharia deliberada. Ele expande as possibilidades da tragédia em todas as direções, além dos limites de tudo que qualquer dramaturgo jamais fez antes ou depois dele.

A leitura catártica ou sacrificial corresponde àquilo que chamei de *peça superficial*, enquanto a revelação da rivalidade mimética e do mecanismo estrutural de estabelecimento do bode expiatório corresponde à *peça profunda*. Tentarei detectar essa mesma estrutura dual, e a ambivalência interpretativa projetada por ela, em mais uma peça, *O mercador de Veneza*. Antes disso, porém, tentarei confirmar a percepção de Shakespeare do mecanismo fundador do bode expiatório mostrando sua presença manifesta em duas peças já examinadas: primeiro, *Tróilo e Cressida*; depois, *Sonho de uma noite de verão*.

capítulo 26
lobo de todos; presa, o mundo todo

O assassinato fundador em *Tróilo e Cressida*

O discurso de Ulisses sobre o *Degree* tem mais afinidade com Hobbes do que com a Grande Cadeia do Ser. Ele pode ser definido como uma versão anterior e mais radical da "guerra de todos contra todos" de Hobbes. Hobbes teve de sofrer impopularidade extrema por essa ideia, o que nunca aconteceu com Shakespeare. Infelizmente, ou talvez felizmente para sua reputação, os autores de ficção nunca são levados tão a sério quanto os pensadores.

Pensadores com ideias radicais sobre a sociedade são acusados de ser anarquistas ou reacionários, dependendo de qual das duas atitudes estiver fora de moda. O ressentimento que eles provocam não se deve realmente às suas opiniões sociais e políticas, mas à sua intuição da visão perturbadoramente mimética e trágica que só é aceitável enquanto for interpretada *esteticamente* e esvaziada de importância intelectual.

Sem a percepção mimética, a capacidade dos seres humanos de viver juntos em relativa harmonia é considerada normal. A origem da sociedade se torna um problema real apenas para aqueles que concebem a possibilidade de a diferenciação cultural dissolver-se na rivalidade mimética e de as coisas *confundir-se em seus contrários*, o que não deve ser confundido com uma pacífica *coincidentia oppositorum*. Se as crises miméticas são possíveis, a desordem se torna menos problemática do que a ordem. Toda ordem humana inevitavelmente retornará ao caos do qual há de ter surgido.

Na mitologia, a diferenciação cultural aparece como uma misteriosa vitória sobre o caos indiferenciado. Será que isso quer dizer que pensadores miméticos como Shakespeare são mitológicos? Os pensadores não miméticos presumem quase automaticamente que sim. O que resulta é que Shakespeare é muitas vezes considerado um grande criador de mitos, às vezes pessoalmente supersticioso, e é aí que a crítica shakespeariana erra, aprisionada pela estreiteza de seu próprio racionalismo.

Geralmente se desconfia de pensadores miméticos, de pensadores trágicos, por serem exageradamente pessimistas e depressivos, até desequilibrados psicologicamente. Os artistas supremos frequentemente são pensadores apocalípticos, sempre inclinados a exagerar a urgência da crise em que, julgam, suas sociedades e eles mesmos estão mergulhados. Há mais do que um grão de verdade nessa desconfiança, mas ele se torna justificativa para uma gigantesca inverdade quando leva ao descarte sumário da intuição fundamental que esses artistas oferecem.

Essa intuição é a percepção de que a reciprocidade violenta e a geração de duplos miméticos são a principal fonte dos conflitos humanos. Essa visão é mais poderosa do que qualquer outra, mas esse poder é como um espírito aprisionado numa rocha, uma verdade *puramente artística* ignorada até por aqueles críticos literários que proclamam a superioridade dos textos literários em abstrato, mas sempre partem de alguma moda filosófica ou antifilosófica – as duas coisas se equivalem.

Se é necessário um pouquinho de percepção mimética para entender como se inicia uma crise do *Degree*, é preciso muito mais para entender como ela termina – tanto, na verdade, que até mesmo os mais miméticos (em nosso sentido) dos pensadores sistemáticos jamais conseguiram resolver esse enigma. Se a violenta escalada da crise sacrificial chega longe o bastante, surge a ameaça da aniquilação total e, mais cedo ou mais tarde, os próprios pensadores miméticos ficam tão assustados que se refugiam em alguma espécie de *contrato social.* Até Hobbes arruma o seu, e também o Freud de *Totem e tabu.*

A ideia do contrato social é a grande pá de cal humanística sobre a rivalidade mimética, a escotilha de fuga padrão para aqueles que não conseguem levar a lógica mimética longe o suficiente; a forma específica que esse belo documento finalmente assume não tem a menor importância, ao menos desde nossa perspectiva. A absurdidade da ideia cresce na proporção da força da intuição mimética que move o pensador. O contrato social tem de aparecer no clímax mais violento da crise mimética, em meio aos monstros da noite do solstício de verão e das hierarquias incendiadas, nas próprias circunstâncias que tornam uma solução racional ainda mais impensável do que em qualquer outro momento. A ideia de que, no instante do maior ódio, os duplos histéricos sentam-se juntos para um bate-papo jurídico é tão absurda que seus proponentes sempre a apresentam como mero recurso teórico.

Em *Júlio César,* Shakespeare leva a lógica mimética a seu amargo fecho, e o que ele encontra ali certamente não é um contrato social, mas a violência unânime do assassinato fundador. Se ele for um pensador coerente, essa solução há de aparecer não só em uma peça, mas em algumas, nem sempre de modo tão explícito quanto em *Júlio César,* talvez, mas ao menos implicitamente, em breves indicações e alusões que não devem ser difíceis de decifrar, agora que adquirimos um conhecimento básico do assassinato fundador a partir de *Júlio César,* a peça que mais extensivamente explora e expõe o assunto.

*

Como *Tróilo e Cressida* contém o mais elaborado ensaio teórico de Shakespeare sobre a crise do *Degree*, devemos voltar a questionar essa peça da perspectiva oferecida por *Júlio César.* Há um assassinato coletivo no final? Ulisses alude à origem sacrificial da sociedade humana? Vamos responder primeiro à segunda pergunta.

O orador está tentando não confortar sua plateia, mas deixá-la preocupada. Ele não quer se demorar a respeito da resolução da crise, mas precisa, mesmo assim, levar sua formidável escalada a algum fecho. O gênio tem de finalmente voltar para dentro da garrafa e isso tem de acontecer, inevitavelmente, no final não do discurso como um todo, mas da parte dedicada à crise. Eis os últimos versos dessa parte, os únicos que ainda não citei:

> Todas as coisas no poder se abrigam;
> o poder, na vontade, que se abriga,
> por sua vez, na cobiça. Ora, a cobiça,
> esse lobo de todos, tendo o apoio
> redobrado da força e da vontade,
> transforma logo em presa o mundo todo,
> para a si mesmo devorar por último.[1]
> (I, iii, 119-24) (*Tragédias*, p. 240)

Com a exacerbação da crise, as forças centrífugas voltam a ser centrípetas; diversas mudanças globais que não estão realmente especificadas parecem ocorrer, e então a violência subitamente chega ao fim.

No exato instante do clímax, todos se tornaram predador e presa. "Logo" expressa a necessidade dessa coincidência, a perfeita reciprocidade da violência. Não se pode pedir uma definição mais explícita daquilo que Hobbes chama de "guerra de todos contra todos", e essa formulação implica, naturalmente, aquilo que enfatizamos o tempo todo, a metamorfose em duplos miméticos não de alguns membros da comunidade, mas, "idealmente" ao menos, de todos.

Se reconsiderarmos a crise como um todo levando em conta esses últimos versos, todo o processo dinâmico nos lembrará o que acontece quando os ingredientes de suflê

[1] Certos pontos cruciais da análise de Girard dependerão de aspectos do texto original que não foram preservados na tradução, e será preciso recorrer ao texto de Shakespeare: "*Then everything includes itself in power, / Power into will, will into appetite, / And appetite, an universal wolf, / So doubly seconded with will and power, / Must make perforce an universal prey / And last eat up himself*". [N. T.]

são postos juntos e violentamente batidos pelo cozinheiro, ou pela batedeira elétrica. A mistura resultante fica cada vez mais mole e, assim, passa por diversos estágios até que acontece uma transformação mais radical, que é o objetivo de todo o processo.

A contrapartida mimética da batedeira é a violência recíproca dos duplos, que se torna cada vez mais intensa à medida que se estende para cada vez mais membros da comunidade. Para que se atinja a textura necessária, é preciso bater com muita força, é preciso a rivalidade mais feroz. Somente a destruição completa da antiga ordem, a total indiferenciação, pode tornar o contágio unânime. Para levar o processo a termo, é preciso atingir a perfeita homogeneidade.

Se a violência continuasse desimpedida, a destruição seria total, mas de repente, num instante, com meras sete palavras, a violência acaba: "para a si mesmo devorar por último". Há algo furtivo, obscuro e, no entanto, decisivo a respeito dessa expressão, que sugere um truque demoníaco. Obviamente os lobos universais não se devoram mutuamente até chegar ao último, mas também não se transformam num comitê acadêmico devotado à reescritura de seu contrato social. No entanto, uma única operação é referida; *só pode ser a morte de uma única vítima.*

Ainda que usadas no singular, as palavras *wolf* e *prey*[2] designam todos os membros da comunidade; esse sentido fica claro por *universal*, que qualifica as duas. Associado a um nome no singular, porém, *universal* pode significar algo distinto: um único lobo ou presa que seria universal no sentido de substituir todos os outros, de entrar no lugar da comunidade inteira.

Tendo *appetite*[3] por sujeito, o masculino singular está correto gramaticalmente, mas parece estranho, associando-se não só a *appetite* como a dois nomes coletivos, *universal wolf* e *universal prey*.[4] A substituição do plural pelo singular é a substituição de

[2] Neste parágrafo e nos dois seguintes será usado o texto original. *Wolf* é o "lobo" e *prey* a "presa". [N. T.]
[3] Traduzido por CAN como "cobiça". [N. T.]
[4] "Lobo de todos" e "presa, o mundo todo". [N. T.]

todas as vítimas por uma, o equivalente textual da substituição sacrificial – uma acrobacia verbal, sem dúvida, mas ainda assim uma acrobacia supremamente significativa.

Uma besta enorme com um apetite aparentemente insaciável parece pronta para devorar tudo à sua vista e, de repente, a besta desaparece. A besta não era nada além de seu apetite, que é exatamente o que o texto diz: *And appetite, an universal wolf...* [A cobiça, / esse lobo de todos...]. Basta uma mordida, mas tem de ser a mordida certa, na hora certa. Deve ser de carne fresca, não na escala que a magnitude da crise parece exigir, mas meros *sinais* não servirão. Nosso *universal wolf* não é um animal estruturalista, do tipo que se reduz a um mero esqueleto, o que, aliás, nem espanta: espera-se que viva só de puros símbolos.

É fácil fazer a besta sacrificial confundir uma única vítima com a comunidade inteira, mas, como o diabo das lendas cristãs, a besta tem de ficar com essa vítima. O assunto dessas lendas são substituições sacrificiais que, nos Evangelhos, pertencem aos "poderes deste mundo", também chamados de Satanás ou Diabo, o Príncipe deste mundo – em outras palavras, o princípio mimético. Pede-se a um ogro imenso que se transforme num ratinho que o Gato de Botas engole num segundo. Muitos temas dos contos de fadas e das lendas são metáforas transparentes para o mecanismo da vitimação.

*

Uma das questões mais enigmáticas e menos investigadas da nossa "peça-problema", como é chamada, é a notável discrepância em relação a Homero quanto ao relato da morte de Heitor. Na *Ilíada*, Heitor entra sozinho num combate com Aquiles e morre. Em *Tróilo e Cressida*, esse belo combate é trocado por um feioso assassinato coletivo executado pelos capangas de Aquiles, os Mirmídones.

Nenhuma cena da *Ilíada* é mais famosa do que a luta entre os dois maiores heróis da guerra. É impensável que Shakespeare não tivesse se lembrado disso. De fato, *Tróilo e Cressida* contém indícios indiretos de que se lembrou. Quando ele faz Aquiles pedir aos Mirmídones que espalhem o boato de que ele, seu líder, matou

Heitor sozinho, Shakespeare implicitamente alude à versão homérica, que ele ironicamente apresenta como uma mentira de propaganda plantada por seu principal beneficiário, Aquiles, e, por trás dele, todos os gregos. Shakespeare sugere que o épico de Homero foi artificialmente purgado de sua violência coletiva para que o campeão grego parecesse maior do que realmente foi.

A cena em que Aquiles dá "sentenças sanguinárias"[5] a seus devotados subalternos pode e deve ser lida como uma paródia da conspiração de *Júlio César*, em que Bruto aconselha aos conspiradores como assassinar César:

> Ficai perto de mim, caros Mirmídones,
> e atendei ao que digo: conservai-vos
> bem perto de meu carro, sem um golpe
> desferir, mas mantendo sempre o fôlego.
> Logo que o sanguinário Heitor acharmos,
> uma cerca fazei em torno dele
> com vossas armas, desfechando os golpes
> sobre ele mais terríveis.
> (V, vii, 1-6) (*Tragédias*, p. 283)

Nas duas instâncias, a vítima está indefesa. Dentro do Senado, César anda desarmado; Heitor é surpreendido num canto solitário do campo de batalha, sem sua armadura, que ele removera por pura vaidade, suponho, para trocá-la pelo equipamento mais belo de algum guerreiro vencido. Matar Heitor nesse estado é desonroso, mas isso não impede Aquiles:

> *Heitor*: Desarmado me encontro; não te valhas,
> grego, dessa vantagem.
> *Aquiles*: Camaradas,
> feri de rijo; é o homem que buscávamos.

[5] "*Bloody instructions*" no original, em referência a *Macbeth*, I, vii, 9; *Tragédias*, p. 344. [N. T.]

(Heitor cai.)
Assim caia Ílio! Tróia, vem abaixo!
Teu nervo, teu tendão já ficou laxo.
Mirmídones, cantai com bem vigor:
"Matou Aquiles o possante Heitor!".
(V, viii, 9-14) (*Tragédias*, p. 284)

De todas as similaridades entre *Júlio César* e *Tróilo e Cressida*, essa é a mais significativa. Não se pode explicá-la só pelo desejo de Shakespeare de estigmatizar as conspirações ou de retratar Aquiles como um vilão, o que ele parece gostar de fazer. É preciso um propósito mais importante para justificar essa infidelidade a Homero, e ele só pode ser a concepção da cultura humana que dá extrema importância à violência coletiva, a concepção mostrada em *Júlio César*.

Quando a morte de Heitor é enxergada no contexto maior da Guerra de Troia, quando ela é vista "historicamente", ela aparece como um ponto de virada, o começo do fim de Troia, o grande clímax além do qual a crise do *Degree* continua um pouco mais e até piora, mas então arrefece e, finalmente, resolve-se em favor dos gregos. Também é o momento do assassinato de César na crise final da República Romana. Todas essas analogias são a razão, creio, por que Shakespeare retratou daquele modo o assassinato de Heitor. O estilo é diferente do de *Júlio César*, mas a ideia geral é a mesma. Por trás do forte realismo da tragédia já conseguimos pressentir algo da indignação satírica abertamente ventilada em *Tróilo e Cressida*.

Os textos que Harold Hillebrand sugere que sejam fontes possíveis dessa cena em sua *New Variorum Edition of Shakespeare*[6] não fornecem um precedente verdadeiro para o assassinato coletivo e não diminuem a originalidade e a importância do

[6] *Troilus and Cressida*, em *A New Variorum Edition of Shakespeare*, ed. Harold N. Hillebrand (Philadelphia: J. B. Lippincott, 1953, p. 424-27).

que Shakespeare fez. Sem dúvida que é verdade que o tema de Heitor desarmado não é exclusivamente shakespeariano, mas, nos escritos em que aparece esse tema, o assassino ainda é só Aquiles, e é também Aquiles quem mata Tróilo no texto de Lydgate, que traz esse guerreiro primeiro cercado e atacado pelos Mirmídones. Esses textos podem ter ajudado um pouco Shakespeare em sua concepção total da cena, mas eles não incluem o aspecto mais saliente e original, o aspecto puramente shakespeariano, que é o assassinato coletivo de Heitor.

Não concordo com a sugestão de que Shakespeare não é o autor desses versos. Retirá-los da peça é uma solução fácil demais para o problema interpretativo que o assassinato coletivo de Heitor apresenta. Esse assassinato é incompatível com a concepção da peça como veículo para "valores heroicos", e é por isso que alguns críticos tradicionais quiseram livrar-se dela. Se retirarmos dessa peça todas as passagens que contradizem a concepção heroica de *Tróilo e Cressida*, não vai sobrar uma só palavra.

Shakespeare quer concluir sua peça com um assassinato coletivo e desconsidera o que quer que se coloque no caminho dessa conclusão, incluindo o próprio Homero. A ideia é que o *affair* inteiro seja revoltante, e não digno de reverência, e é tratado em poucos detalhes, mas não pode ser cortado de uma peça que é visivelmente shakespeariana sob todos os aspectos. Para mim, essa invenção do assassinato coletivo ao final de *Tróilo e Cressida* é um forte argumento em favor da tese que defendo. Shakespeare compreendia o papel da violência coletiva na teoria mimética; ele a enxerga como a chave para as misteriosas alternâncias de ordem e desordem que afetam a sociedade humana.

*

Assassinos sacros de ambos os sexos abundam na mitologia grega, e podem formar grupos organizados como os curetes, os coribantes e as bacantes. Também se encontram em outras tradições míticas; um famoso exemplo está, é claro, nas valquírias nórdicas. A própria existência e a proeminência desses assassinos sugerem exatamente o que outras pistas inumeráveis sugerem a respeito da função crucial da violência coletiva na mitologia.

Com seu costumeiro instinto mitológico, Shakespeare considerou os Mirmídones um desses grupos de assassinos sacros. Se olharmos com cuidado para Aquiles e os seus, veremos que cada detalhe confirma a força dessa intuição, sobretudo o fato de que a palavra *Mirmídone* significa "formiga".

Em muitos mitos primitivos, a comunidade de assassinos é representada como um bando de animais que caçam coletivamente, ou que se reúnem em grandes quantidades em torno de carcaças, como lobos, cães, abutres e outros animais de rapina. Muitos mitos também recorrem a animais domesticados que se voltam contra seus donos e os matam, como os cavalos de Hipólito, ou os cães de Acteão – mito que é mencionado em *Sonho de uma noite de verão.*

Os insetos que se reúnem em grandes números sobre e em volta de cadáveres também desempenham o mesmo papel metafórico em muitos mitos no mundo inteiro. Eles aludem à violência coletiva. Num dos mitos sul-americanos estudados por Claude Lévi-Strauss em suas *Mitológicas*, "moscas" claramente fazem o papel de linchadores.[7] Em "Red Dog" ["Cão vermelho"], um dos contos do *Second Jungle Book* de Rudyard Kipling, o mesmo papel é feito por abelhas.

Como outros insetos, as formigas indicam muitos assassinos que atacam suas vítimas – no caso, Heitor – juntos, e deve ser essa a razão original por que os homens de Aquiles eram chamados de Mirmídones. A inovação shakespeariana em relação a Heitor não é licença poética gratuita; é parte de uma visão mimética geral que ilumina inumeráveis temas míticos e apreende o épico grego como um todo único, com sua "crise do *Degree*" e sua resolução coletiva pelo bode expiatório.

[7] Desnecessário dizer que Lévi-Strauss mesmo não vê nenhuma alusão ao mecanismo do bode expiatório nesses mitos. Ver *Mythologiques: Le cru et le cuit,* Paris: Plon, 1964, p. 152-54 [ed. bras.: *O cru e o cozido.* São Paulo: Cosac Naify, 2004. Col. Mitológicas].

Tróilo e Cressida como um todo exemplifica a crise teorizada por Ulisses. A morte coletiva de Heitor no momento final ilustra grotescamente a infame conclusão do *affair*, quando o *universal wolf* misteriosamente *a si mesmo devora*. À nossa luz mimética e sacrificial, as estranhas palavras de Ulisses ao final de seu discurso e a estranha distorção de Homero ao final da peça ecoam uma à outra e se tornam inteligíveis pela primeira vez.

Se toda catarse é na verdade uma versão atenuada da reconciliação que o assassinato produz entre os assassinos, nada pode conduzir menos a isso do que essa revelação brutal e sórdida do que realmente está em seu núcleo. *Tróilo e Cressida* não pertence a nenhum gênero teatral conhecido, ou talvez seja o que os franceses chamariam de *Iliade travestie*, uma paródia do épico, mas tão profunda que enfraquece a própria essência do teatro. Se alguma peça de Shakespeare genuinamente cabe na definição de antiteatro, certamente é *Tróilo e Cressida.*

capítulo 27
meigo Puck!

Resolução sacrificial em *Sonho de uma noite de verão*

A noite do solstício de verão é uma crise do *Degree* e deveria seguir a mesma lógica sacrificial que *Júlio César* e *Tróilo e Cressida*. Essas duas peças nos ensinaram que a única maneira possível de acabar com a violência é o mecanismo da vitimação unânime. Será que essa norma se aplica a *Sonho de uma noite de verão*?

Em comédia ninguém morre; as regras do gênero proíbem a representação da violência. A ausência de uma vítima significa que Shakespeare está obedecendo às regras. Mas será que ele já tem consciência de que essa norma é necessariamente enganosa? Mesmo o final feliz de uma crise mimética exige, particularmente, escondida em algum lugar, uma vítima sacrificial. Será que a peça foi escrita antes de Shakespeare ter consciência desse fato, ou há alguma discreta indicação nela de que ele já o percebia? Eis o que queremos descobrir. Se Shakespeare já tinha dominado o segredo do sacrifício quando criou *Sonho de uma noite de verão*, deve ter inserido nessa peça, assim como em *Tróilo e Cressida*, sinais identificáveis de sua operação.

Da última vez que olhamos para Lisandro e Demétrio, eles estavam procurando um pelo outro com o mesmo desejo no coração – como sempre –, o qual, agora, é o mesmo desejo assassino. Suas espadas foram desembainhadas e, mais cedo ou mais tarde, à luz da aurora, um certamente encontraria o outro. Mas eles não se encontram; eles vão dormir em paz, e acordam amigos na manhã seguinte. O final feliz tradicional da comédia não acontece por si só; ele é produzido por Puck, que segue as instruções de Oberon:

> Viste que os dois rivais foram em busca
> de uma clareira para duelo. Embrusca
> depressa a noite, Robim; defronte
> deles espalha as trevas do Aqueronte;
> aparta um do outro os moços namorados
> e os faze andar por diferentes lados.
> Imita de Lisandro a voz aguda,
> porque mais a Demétrio o ódio sacuda;
> ou de Demétrio finge a voz, de modo
> que não se encontrem nunca e, sobremodo
> cansados, possa o sono, irmão da morte,
> surpreendê-los com seu pesado porte,
> infundindo-lhes plácido sossego
> com suas tenras asas de morcego.
>
> (III, ii, 354-65) (*Comédias*, p. 196)

Dessa vez Puck segue à risca sua missão. Ele imita Lisandro na frente de Demétrio e Demétrio na frente de Lisandro, espertamente incitando cada um a persegui-*lo* e não um ao outro. Esse toureiro sobre-humano escapa aos chifres não de um, mas de dois touros furiosos, e faz os dois rapazes correrem em círculos até que, completamente exaustos, caiam no chão adormecidos.

Na mesma hora, as duas meninas também adormecem, ainda que sem intervenção externa. Ao que parece, o apetite delas pela violência não é suficientemente intenso para colocar-lhes em risco a vida. Pela primeira vez na peça, Shakespeare trata os dois gêneros de maneira significativamente diferente. Shakespeare poderia ter escolhido um final diverso; poderia ter decidido que os dois rapazes estavam tão exaustos quanto as meninas, e eles também teriam adormecido espontaneamente. O autor deve ter tido uma boa razão para criar essa estranha técnica de "resolução de conflitos".

Puck fica desviando para si próprio a violência com que os dois rapazes pretendem alvejar um ao outro. Sem esse alvo substituto, certamente haveria derramamento de sangue. Na ausência de uma vítima, palavras como "vitimação" e "sacrifício" são inadequadas, estritamente falando, mas a manobra de Puck é uma *substituição sacrificial* como nunca vi, tão eficaz quanto o sacrifício que representa.

Lisandro e Demétrio tornaram-se duplos perfeitos, igualmente desejosos de destruir-se mutuamente. Chegamos ao ponto em que "esse lobo de todos... transforma logo em presa o mundo todo". A cena é uma versão leve mas decisivamente distorcida daquilo que acontece nesse instante crítico: podemos ver o mecanismo da vitimação; podemos ver a função que ele realiza, mas ninguém morre – a violência se foi. Certamente o mecanismo sacrificial é representado não como aquilo que realmente é, a consequência automática da crise mimética, mas como uma iniciativa própria do bode expiatório, ou melhor, a iniciativa de outra divindade – no caso, Oberon, que supervisiona as atividades de Puck.

Pode-se objetar que, se os duplos são apenas dois, a substituição sacrificial é irrelevante, mas os duplos são três, na verdade. Ao assumir mimeticamente a semelhança de Demétrio e Lisandro, Puck se torna duplo desses duplos. Shakespeare opera não exatamente com três atores, mas, digamos, com dois e meio – o mínimo absoluto, sem dúvida, mas, fossem trezentos ou três mil, nada de essencial se alteraria.

O verdadeiro bode expiatório é vítima indefesa, não um duende sagaz que faz joguinhos com o único propósito de salvar seus perseguidores de sua própria violência. O elemento de engano está na metamorfose de uma vítima passiva no agente transcendental de um processo sacrificial de mentirinha. Sem dúvida, foi Shakespeare quem inventou isso, mas não *ex nihilo*; reconhecemos imediatamente nessa invenção a característica essencial do mito, a distorção específica que o mito insere nos eventos reais em que se baseia.

Quando os bodes expiatórios parecem dignos de culto, só pode ser pela mesma razão por que parecem dignos de ódio. Ao oferecer um único alvo comum para a violência gerada pela interação humana, eles salvam as comunidades dessa violência. No mundo inteiro, em tempos passados, os bodes expiatórios eram divinizados exatamente por isso: seu poder de pacificar antagonistas era percebido como um dom que davam de graça. O mito é a explicação falsa de algo bastante real, sugerido retrospectivamente aos vitimadores pelas consequências benéficas de sua vitimação.

Puck é um clássico da mitologia: primeiro, é considerado responsável pelos conflitos dos namorados, por causa de seus erros voluntários na distribuição do suco do amor, e depois por sua reconciliação, não apenas porque, ao final, derrama suco nos olhos "certos", mas porque, o que é mais importante, ele impede Lisandro e Demétrio de matar um ao outro, o que obtém oferecendo a si próprio a seus golpes.

Sonho de uma noite de verão é um tratado estupendo sobre a verdadeira natureza da mitologia. Por meio de uma inversão da verdadeira perspectiva já implícita na transferência inicial do processo de criação do bode expiatório, os duplos reconciliados atribuem sua reconciliação não ao efeito mimético a que realmente a devem, e que nem sequer conseguem perceber, mas à própria vítima, a quem transfiguram num ser capaz de salvá-los e também prejudicá-los. Essa é a gênese das fadas da noite do solstício da verão; o relato da noite como feito pelos namorados a Teseu e Hipólita é distorcido em sentido estritamente mitológico. Todo desejo mimético desapareceu e, em seu lugar, temos a ação dual de Puck, primeiro como encrenqueiro, depois como salvador.

Como disse antes, Shakespeare poderia ter encerrado a noite do solstício de verão de algum outro jeito. O final que ele escreveu é a maior aproximação possível do mecanismo de vitimação compatível com a não violência de uma comédia, a mais perto que se pode chegar de um final trágico, ainda que seja um final que não transforma a comédia em tragédia.

Para quais espectadores Shakespeare concebia as maravilhas como as que encontramos nessa peça, ainda completamente incompreendidas e desdenhadas após quatro séculos? Mais uma vez, temos de imaginar uns poucos iniciados com quem o autor tinha contatos particulares. E concluímos sem hesitar que, à época de *Sonho de uma noite de verão*, pelo menos três anos antes de *Júlio César*, Shakespeare tinha descoberto o mecanismo da vitimação e compreendido todo o ciclo mimético.

*

Há uma correspondência próxima entre as intervenções duais de Puck na comédia e a essência dual de outro ser mítico, o Bom Robim,[1] que Shakespeare primeiro apresenta no início do Ato II. Achando que Puck poderia "realmente" ser o duende inglês, uma das fadas o descreve da seguinte maneira:

> És tu que enleias
> de noite as raparigas das aldeias,
> tiras do leite a nata e, de mansinho,
> desajustas as peças do moinho;
> fazes que a batedora de manteiga
> se esbofe sem proveito e que a taleiga
> de cerveja, por vezes, não fermente;
> que ris às gargalhadas, de inclemente,
> do viajante noturno exausto e lasso,
> pós o teres transviado um bom pedaço.
> Mas quem de meigo Puck e de trasguinho

[1] No original, Robin Goodfellow. [N. T.]

te chama, a esse auxilias com carinho,
fazes que refloresça quanto é dele,
lhe dás suma ventura. Dize: és ele?
(II, i, 34-42) (*Comédias*, p. 182)

O duende pertence a uma espécie de divindades menores a que os antropólogos chamam *tricksters*. Todos eles são simultaneamente bons e maus. O bom *trickster* sempre conserta o estrago que fez como mau *trickster*. Assim como na descrição de Shakespeare, o bom *trickster* só aparece *in extremis*. A sequência corresponde, é claro, à lei do "suspense" narrativo, mas o suspense narrativo não é autoexplicativo; como tudo mais na cultura humana, ele é filho do sacrifício. O suspense narrativo é um *trickster* que reflete as distorções representacionais que têm suas raízes na catarse de um processo menor de criação de um bode expiatório.

Por que o reles Bom Robim deveria aparecer no meio daquilo que se supõe ser uma mitologia mais elevada? Será que Shakespeare era ingênuo e ignorante demais para distinguir uma mitologia da outra? É óbvio que não; se ele tivesse se confundido, não teria insistido tanto na ideia de que o tenente de Oberon e Robim podem ser considerados a mesma entidade. Para ele, a fusão dos dois, ainda que legítima, precisa ser explicitada. Puck, o cosmopolita que dá a volta no globo em menos de uma hora, é uma figura mais exótica do que o simplório duende.

Shakespeare aponta para uma analogia por trás das diferenças. O papel de Puck na noite do solstício de verão se assemelha ao poder ambivalente atribuído a Robim não apenas por Shakespeare, mas por uma tradição popular fielmente refletida na descrição que acabamos de ler. O autor dirige nossa atenção para o fato de que o folclore e a mitologia têm o mesmo *modus operandi*, a mesma função dual, baseada na mesma mímesis. Ele está fazendo uma comparação a respeito da equivalência *de facto* entre o processo mítico em tradições culturais distintas.

Tanto Robim quanto Puck personificam o ciclo mimético. É por isso que Shakespeare enfatiza tanto a mímesis. Ao responder à fada que acaba de apresentá-lo, o duende logo admite a identidade que se lhe atribui e começa a descrever alguns de seus truques favoritos, todos puramente miméticos:

> Fada, acertaste. Eu sou, realmente, o ledo
> vagabundo noturno que brinquedo
> faço de tudo, porque a todo instante
> alegre de Oberon deixe o semblante.
> Como ele ri gostoso, ao ver o efeito,
> sobre um cavalo gordo, do meu jeito
> de relinchar qual égua calorosa.
> Às vezes ponho tudo em polvorosa,
> quando me escondo, qual maçã cozida,
> no jarro de uma velha delambida:
> tropeço-lhe nos beiços, sem que o veja,
> e no regaço entorno-lhe a cerveja.
> A sábia tia, às vezes, numa história
> de enredo triste e perenal memória,
> pensa me ter, qual um banquinho, à mão;
> então me afasto e, bum! Vai ela ao chão,
> e enxertando na história um disparate
> reclama em altas vozes o alfaiate,
> sem parar de tossir.
>
> (II, i, 43-54) (*Comédias*, p. 182)

Robim é ainda melhor do que Bottom na imitação de seres animados e inanimados; ele sempre aparece *qual* algo ou alguém – "qual" égua calorosa, ou "qual" maçã cozida, ou um banquinho. Discuti-lo segundo os termos de uma identidade fixa não faz nenhum sentido. Sua única identidade é a crise de identidade que, nessa peça, chamamos noite do solstício de verão, e, nas outras, crise do *Degree*. Assim como podemos vê-lo sob a forma de Puck, ele também aparece sob a forma do Bom Robim, e ele poderia ter uma terceira, quarta ou quinta identidade mítica. Sem dúvida, Proteu seria uma excelente escolha. E sua estratégia para salvar os namorados em perigo também depende exclusivamente da mímesis: quando ele provoca Demétrio, "imita de Lisandro a voz aguda", e, quando provoca Lisandro, "de Demétrio finge a voz".[2] Outra prova de que Puck é o ciclo mimético está nos dois tipos de movimento associados a ele. Ele leva as pessoas para cima e para baixo, e as faz girar em rápidos rodopios que logo deixam suas vítimas tontas. À luz dos capítulos 5 e 6, a relação com a crise mimética é óbvia. O movimento circular reflete a reciprocidade da rivalidade mimética; os movimentos para cima e para baixo refletem as oscilações maníaco-depressivas, a gangorra da falsa diferenciação. O rodopio e a tontura física que o acompanha são uma rude equivalência da desestabilização geral trazida pelo colapso do *Degree*. O mesmo movimento circular reaparece no método que Puck usa ao final para salvar os namorados: após enlouquecê-los, seu carrossel finalmente coloca os rapazes para dormir. Como mostram muitos rituais primitivos, a reordenação sacrificial se segue à desordem mimética que a desencadeia.

A perfeita correspondência entre a mímesis humana e a "sobrenatural" demonstra sua identidade. Enquanto a mímesis se concentra nos objetos de desejo – primeiro Hérmia, depois Helena –, ela permanece moderadamente conflituosa e gera o mito do ardiloso Puck. Quando ela se torna mais intensa e se transfere para os rivais mesmos – quando, de um lado, Helena e Hérmia começam a brigar, e, de outro, Lisandro e Demétrio também –, começa a fase "monstruosa" e Puck se torna uma fonte de terror:

> ...ora morcego,
> ou sapo, ou chama, ou urso sem cabeça;
> como cavalo, ou leão, macaco ou burro,
> relincho forte e rujo, guincho e zurro.
> (III, i, 108-11) (*Comédias*, p. 189)

Depois vem ainda outro Puck, o *trickster* bondoso que salva suas próprias vítimas da violência que instigou entre elas. O duende é a projeção não apenas das

[2] As duas citações estão nas instruções que Oberon dá a Puck em *Comédias*, p. 196. [N. T.]

alucinações privadas que vieram antes – as imagens animais dos quatro namorados, e o leão com forma de pássaro e de homem de Bottom –, mas do processo mimético inteiro, incluindo a resolução sacrificial coletiva que termina a crise.

Nosso primeiro exame da noite aconteceu antes de termos estudado o sacrifício. Usei a palavra "projeção" de modo indistinguível do uso psicológico, fraco e desestruturado. Os personagens certamente "projetam" seu desejo mimético em Puck, mas, sem o mecanismo de vitimação, essa projeção continuaria amorfa e evanescente; ela não se cristalizaria num ser mítico.

Todos os participantes na crise tomam parte mais ou menos igualmente na mímesis do conflito e da criação do bode expiatório, mas, graças à unanimidade do último, essa mímesis parece monopolizada exclusivamente pelo bode expiatório, que a utiliza para seus próprios misteriosos propósitos, dos quais ele é uma memória distorcida mas genuína. É isso que Hipólita quer dizer quando rejeita a teoria banal do mito que Teseu propõe. Vale a pena reler, à luz do mecanismo de vitimação, sua magnífica refutação do famoso discurso dele:

> Contudo, as ocorrências desta noite,
> tal como eles as contam, e as mudanças
> por que todos passaram, testificam
> algo mais do que simples fantasia,
> que certa consistência acaba tendo,
> conquanto seja tudo estranho e raro.
> (V, i, 23-7) (*Comédias*, p. 202)

A verdadeira razão de Puck não morrer é que ele já está morto. Seu ser é uma transfiguração de uma morte violenta. Mesmo que essa morte esteja oficialmente ausente da peça ao final da noite do solstício de verão, as indicações de sua proximidade são abundantes. Primeiro, Oberon alude ao Aqueronte, um símbolo do mundo inferior, e depois o mesmo Oberon define o sono que subjugará os namorados como "irmão da morte"; ele vai se abater sobre eles com "seu pesado porte" e "asas de morcego".[3] Na cena que se segue imediatamente ao fim da crise, ainda ouvimos ecos da resolução violenta que não aconteceu mas deveria ter acontecido: diversos textos e incidentes míticos, literários e históricos são mencionados sem razão aparente, exceto pelo fato de que todos eles culminam em vitimação e morte. Teseu tem de escolher entre as muitas diversões propostas a ele naquela noite. Seu Mestre dos Passatempos lhe entregou uma lista dos espetáculos disponíveis; antes de ele chegar a *Píramo e Tisbe*, o último da lista, ele lê uma breve descrição de três outras ofertas, todas inadequadas, ele acha, para uma ocasião feliz:

> "A luta dos Centauros, ao som de harpa
> cantada por eunuco ateniense."
> Nada disso; não serve, que essa história
> já foi por mim contada a minha noite
> para glorificar meu parente Hércules.
> "A orgia das Bacantes embriagadas,
> como o vate de Trácia estraçalharam."
> É peça antiga; foi representada,
> quando voltei de Tebas, vitorioso.
> "As nove Musas lastimando a morte
> da Ciência, falecida na miséria."
> Decerto é alguma sátira mordente,
> que não ficará bem em nossas núpcias.
> (V, i, 44-55) (*Comédias*, p. 202)

Por que Shakespeare menciona três espetáculos inaceitáveis antes de ficar com um quarto quase inaceitável? Todos os três aludem a algo que em vão tenta forçar sua entrada em *Sonho de uma noite de verão*, algo que é sempre rejeitado e expulso, porque "não ficará bem em nossas núpcias", o assassinato coletivo de uma vítima. A vitimação não pode estar no centro de *Sonho de uma noite de verão*, mas está por toda parte

[3] *Comédias*, p. 196. [N. T.]

na periferia, marginalizada, excluída, vitimada mas inegavelmente presente. Ela estará presente por meio de *Píramo e Tisbe* uma vez mais, mas não na forma horrivelmente explícita de "Bacantes embriagadas, / como o vate da Trácia estraçalharam".

Esse último assassinato coletivo seria uma conclusão muito apropriada para a noite do solstício de verão. Trata-se do evento originário do qual Puck nos dá um fac-símile levemente censurado, tornando-o assim um espetáculo adequado para senhoras. Nesse momento, vislumbramos aquilo em que Shakespeare necessariamente estava pensando quando criou essa peça. No contexto de uma crise mimética, a referência ao assassinato coletivo de Orfeu sugere uma linha de pensamento que leva diretamente à grande revelação de *Júlio César*.

Em todas as três histórias oferecidas, a vítima é um poeta. Na primeira, ele é castrado; na segunda, ele é linchado; na terceira, ele morre sozinho, vítima da indiferença universal – ele não é mais desmembrado, nem seus restos são espalhados pelos campos, mas é abandonado por todos. Esta última é a maneira moderna de fazer negócios, a fase mais recente na perpetuação da mais antiga instituição humana, mãe de todas as outras: a violência unânime. Os estudiosos sugerem uma alusão contemporânea, talvez à morte do poeta Greene.

Essa fixação no poeta recorda outro poeta linchado a respeito de quem lemos em *Júlio César*. O incidente de Cina vem de Plutarco, mas o grito que vem da turba é ideia só de Shakespeare: "Despedaçai por causa de seus maus versos".

Em vez da autopiedade romântica, enxergo nesses poetas vitimados uma alusão irônica à estratégia do autor de autoapagamento, uma estratégia inaugurada por *Sonho de uma noite de verão*. Acabo de citar novamente a resposta de Hipólita a Teseu, os seis modestos versos a que Shakespeare relega sua própria concepção da peça, enquanto glorifica incomensuravelmente as enganosas banalidades de um orador que culpa alguns infames indivíduos, dos quais o primeiro é o poeta, pela noite do solstício de verão.

*

Já conhecemos uma antecessora de *Sonho de uma noite de verão*, *Os dois cavaleiros de Verona* (Cap.1); falemos brevemente de outra, *Trabalhos de amor perdidos*. Em vez de quatro namorados, essa charmosa comédia tem oito, tão retóricos e literários, e tão repletos de impetuosidade e ilusões juvenis, quanto os da noite do solstício de verão. Mas mesmo com o dobro de namorados, essa peça anterior carece do princípio de instabilidade que dá a *Sonho de uma noite de verão* seu movimento extraordinário e sua profundidade irônica.

Não há dúvida de que os desejos nessa comédia são miméticos, mas não o suficiente para entrecruzarem-se sistematicamente e desencadear o redemoinho de substituições eróticas que gera uma crise do *Degree*. Essa obra anterior não transmite a infinita inquietude do desejo da mesma maneira infinitamente ágil, cômica e delicada da peça posterior. Comparada a sua sucessora – nego-me a crer que *Sonho de uma noite de verão* seja a peça anterior –, *Trabalhos de amor perdidos* é um avião que ainda não consegue levantar voo.

O desejo nessa peça, todavia, desencadeia uma espécie de crise, subitamente interrompida pela força da morte. Em vez de estar mascarada e invisível, essa morte intervém na forma de um mensageiro que traz notícias sombrias; o rei da França acaba de morrer; a princesa, sua filha, tem de partir; as outras damas têm de acompanhá-la. A reunião festiva se dissolve; a comédia se aproxima do final.

Essa intervenção da morte em *Trabalhos de amor perdidos* ocorre na mesma virada crucial que a última intervenção de Puck em *Sonho de uma noite de verão*, mas aparece na forma clássica de *lamentar os mortos*, algo nada insignificante, decerto, mas de pouca monta no teatro, a menos que signifique, como aqui, a única força que pode realmente concluir uma peça, o mecanismo sacrificial.

Para um psicanalista, a morte dos reis e dos pais é sempre o evento de maior importância, ao qual todos os outros finais secretamente se referem. A verdade é o exato oposto. A verdadeira força da morte é o *sacrifício*. A própria lamentação deriva dele; como tudo que é cultural, ela é filha do sacrifício. A maior parte dos autores recorre a essa força sacrificial sem jamais descobrir sua origem. Isso valia para o primeiro Shakespeare. Quando escreveu *Trabalhos de amor perdidos*, não tinha ainda descoberto a verdade, ao que parece; quando escreveu *Sonho de uma noite de verão*, certamente tinha.

*

Tudo nas operações mágicas de *Sonho de uma noite de verão* tem suas raízes obviamente plantadas na operação puramente humana da mímesis, que a comédia fica revelando simultaneamente à sua própria transfiguração mítica. Gostaria de ter podido tratar dos dois assuntos simultaneamente também. Para a interação mimética entre os namorados e atores, os leitores devem voltar aos capítulos 3 a 6.

Sonho de uma noite de verão é a obra mais efervescente que Shakespeare jamais escreveu, a mais seminal por muitos aspectos do processo mimético. Por causa de seu gênero, porém, e também, talvez, por causa de sua datação primeva, a peça não traz a apresentação explícita do ciclo mimético e do mecanismo de vitimação que encontramos em *Júlio César*. É por isso que, para minha discussão inicial desses temas fundamentais, precisei concentrar-me inicialmente em *Júlio César* e depois retornar primeiro a *Tróilo e Cressida*, para então passar a *Sonho de uma noite de verão*, a fim de mostrar que a morte sacrificial já está presente nas duas peças, mas de modo menos completo e óbvio.

À luz de *Júlio César*, as substituições sacrificiais e alusões ao mecanismo de vitimação em *Tróilo e Cressida* e *Sonho de uma noite de verão* foram fáceis de decifrar. Para uma primeira abordagem do mesmo mecanismo, Heitor e Puck não teriam sido satisfatórios; seu papel sacrificial permaneceria dúbio, ao passo que no contexto da morte de César sua relevância fica mais visível.

Eu teria preferido apresentar a análise inteira de todas as peças em sequências ininterruptas, mas, em nome da maior inteligibilidade, decidi dividir *Tróilo e Cressida* em duas seções, e *Sonho de uma noite de verão* em três.

capítulo 28
colher até os mais sábios

Ambivalência sacrificial em *O mercador de Veneza* e *Ricardo III*

A crítica de *O mercador de Veneza* tem sido dominada por duas imagens de Shylock que parecem inconciliáveis. Afirmo que as duas imagens fazem parte da peça e que, longe de torná-la inteligível, a conjunção delas é indispensável para compreender a prática dramática de Shakespeare.

A primeira imagem é a do usurário judeu do imaginário antissemita do fim da Idade Média e da época moderna. A mera evocação desse estereótipo judeu sugere um forte sistema de oposições binárias que não precisa ser integralmente desenvolvido para estar presente em toda a peça. Primeiro vem a oposição entre a ganância judaica e a generosidade cristã, entre a vingança e a compaixão, entre a velhice ranzinza e a juventude charmosa, entre as trevas e a luz, entre o belo e o feio, entre o gentil e o rude, entre o mavioso e o malsonante etc.

Há uma segunda imagem que só vem depois de o estereótipo ter sido firmemente implantado em nossa mente: de início, ele não causa uma impressão tão forte quanto a primeira imagem, mas depois ganha força porque as palavras e os atos dos personagens cristãos repetidamente confirmam os pronunciamentos breves mas essenciais de Shylock, nos quais ela se baseia.

> Se nos fizerdes cócegas, não rimos? Se nos derdes veneno, não morremos? E se nos ofenderdes, não devemos vingar-nos? Se em tudo o mais somos iguais a vós, teremos de ser iguais também a esse respeito. Se um judeu ofende a um cristão, qual é a humildade deste? Vingança. Se um cristão ofender a um judeu, qual deve ser a paciência deste, de acordo com o exemplo do cristão? Ora, vingança. Hei de pôr em prática a maldade que me ensinastes, sendo de censurar se eu não fizer melhor do que a encomenda.
>
> (III, i, 67-76) (*Comédias*, p. 231)

O texto insiste sobretudo no compromisso pessoal de Shylock com a vingança. Ele não apoia aquela "reabilitação" ingenuamente exigida por certos revisionistas. Mas inequivocamente define a simetria e a reciprocidade que governa as relações entre os cristãos e Shylock.

É impossível que a simetria entre a venalidade explícita de Shylock e a venalidade implícita dos outros venezianos não tenha sido intenção do dramaturgo. A corte que Bassânio faz a Pórcia é apresentada primariamente como uma operação financeira. Em seu pedido a Antônio por apoio financeiro, Bassânio menciona primeiro a riqueza da jovem herdeira, depois sua beleza, e por fim suas qualidades espirituais. Os críticos que idealizam os venezianos escrevem como se as diversas pistas textuais que contradizem sua perspectiva não tivessem sido plantadas pelo próprio autor, como se sua presença na peça fosse algo puramente fortuito, como a chegada de uma conta no correio matutino quando se aguarda uma carta de amor. Em todas as ocasiões possíveis, Shakespeare mostrou o paralelo entre o empreendimento amoroso de Bassânio e a empresa tipicamente veneziana de Antônio, seu comércio ultramarino. Observe-se, por exemplo, o modo como Graciano, que acaba de voltar de Belmonte e ainda está tomado pelo sucesso da expedição, se dirige a Salânio:

> *Graciano*: A mão, Salânio. Que há de novidades
> em Veneza? Dizei como vai indo
> nosso real mercador, o bom Antônio.
> Sei que nossa vitória o deixa alegre.
> Somos Jasão que o velo conquistamos.
> *Salânio*: Desejara que houvésseis ganho o velo
> que ele perdeu há pouco.
> (III, ii, 238-42) (*Comédias*, p. 236)

A verdade é que Bassânio e seus amigos fizeram exatamente isso. Ainda que as perdas de Antônio tivessem realmente acontecido, a conquista de Pórcia teria mais do que compensado financeiramente pelos navios de Antônio.

Relativamente a essa simetria entre Shylock e os venezianos muitos pontos positivos foram levantados. Mencionarei apenas um, pela única razão de que não o encontrei na literatura crítica a respeito da peça. Se eu não for original, por favor aceite minhas desculpas.

Na Cena 2 do Ato III, Bassânio quer recompensar seu tenente por seus serviços, e diz a Graciano e Nerissa que eles se casarão ao mesmo tempo que Pórcia e ele, numa dupla cerimônia matrimonial – à custa de Pórcia, provavelmente. Diz ele: "Nossos festejos com vossas núpcias ficarão honrados". Graciano, exultante, responde: "Convosco apostaremos mil ducados sobre o primeiro filho" (III, ii, 212-13) (*Comédias*, p. 235).

Esses jovens têm muita razão para estar felizes, agora que seu futuro foi garantido pela esperteza de Bassânio com os cofres, e a aposta soa bastante inocente, mas Shakespeare não é viciado em papo-furado e deve ter algum propósito. O filho de Graciano será dois mil ducados mais barato do que a libra de carne de Antônio.

Carne humana e dinheiro são constantemente trocados um pelo outro em Veneza. As pessoas foram transformadas em objetos de especulação financeira. A humanidade virou uma *commodity*, um valor de troca como qualquer outro. Não creio que Shakespeare não tenha percebido a analogia entre a aposta de Graciano e a libra de carne de Shylock.

A libra de carne de Shylock simboliza o comportamento veneziano. Os venezianos parecem diferentes de Shylock até certo ponto. Considerações financeiras se tornaram tão naturais para eles e tão entranhadas em sua psique que se tornaram quase invisíveis; nunca se pode identificá-las como aspecto distinto do comportamento. O empréstimo de Antônio a Bassânio, por exemplo, é tratado como ato de amor e não como transação financeira.

Shylock odeia Antônio por emprestar dinheiro sem juros. A seus olhos, o mercador destrói os negócios financeiros. Podemos interpretar isso como o ressentimento da vil ganância contra a nobre generosidade no contexto da primeira imagem, mas também podemos preferir outra leitura, que contribui para nossa segunda imagem. A generosidade de Antônio pode perfeitamente ser uma corrupção mais extrema do que a ganância caricatural de Shylock. Via de regra, quando Shylock empresta dinheiro, ele espera receber algum dinheiro de volta, e nada mais. O capital deve produzir capital. Shylock não confunde suas operações financeiras com a caridade cristã. É por isso que, ao contrário dos venezianos, ele pode parecer a encarnação da ganância.

Veneza é um mundo no qual as aparências e a realidade não se encaixam. De todos os pretendentes à mão de Pórcia, somente Bassânio faz a escolha certa entre os três cofres porque esse astuto veneziano sabe quão enganosa pode ser uma fachada esplêndida. Ao contrário de seus competidores estrangeiros, que obviamente vêm de países em que as coisas ainda são mais ou menos o que parecem ser – países menos avançados, poderíamos dizer –, ele pressente por instinto que o tesouro inestimável que procura deve estar por trás da aparência mais improvável.

O significado simbólico de escolher chumbo em vez do ouro e da prata selecionados pelos dois estrangeiros duplica fielmente toda a relação entre os verdadeiros venezianos e o estrangeiro Shylock. Quando os dois fingidores estrangeiros avidamente escolhem os dois metais preciosos, exatamente como Shylock, parecem a ganância personificada; na verdade, eles são muito ingênuos, enquanto Bassânio é tudo menos ingênuo. É característico dos venezianos que eles pareçam a imagem mesma do desinteresse no exato momento em que seus cálculos sub-reptícios fazem que o pote de ouro caia em seu colo.

A generosidade dos venezianos não é fingida. A verdadeira generosidade torna o beneficiário mais dependente de seu amigo generoso do que um empréstimo comum. Em Veneza, prevalece uma nova forma de vassalidade, baseada não mais em estritas fronteiras territoriais, mas em vagos termos financeiros. A ausência de uma contabilidade precisa torna o desinteresse pessoal infinito. Essa é uma arte que Shylock não dominou, já que sua própria filha se sente perfeitamente à vontade para roubá-lo e abandoná-lo sem o menor remorso. A elegância da decoração e a harmonia da música não nos devem levar a pensar que tudo está no lugar no mundo veneziano. Contudo, é impossível dizer exatamente o que está errado. Antônio está triste, mas não sabe por quê, e essa tristeza inexplicada parece caracterizar toda a aristocracia negociante de Veneza tanto quanto o próprio Antônio.

Até na vida de Shylock, porém, o dinheiro e as questões sentimentais finalmente ficam confundidas. Mas há algo de cômico nessa confusão porque, mesmo quando se tornam a mesma coisa, o dinheiro e o sentimento guardam certa separação, permanecendo distinguíveis um do outro. Por isso ouvimos coisas como "Oh, minha filha! / Meus ducados! Fugir com um cristão! / Meus ducados cristãos!" (II, viii, 15-16) (*Comédias*, p. 228), e outras falas ridículas que nunca sairiam de uma boca veneziana.

Ainda há outra ocasião na qual Shylock, incitado por seus inimigos venezianos, confunde questões financeiras com outras paixões: seu empréstimo a Antônio. No interesse de sua vingança, Shylock não cobra juros por seu dinheiro, não pede garantias para o caso de não haver pagamento, nada além da sua infame libra de carne. Por trás da mítica esquisitice do pedido, temos uma instância espetacular daquela interpenetração completa do financeiro e do humano que é menos característica de Shylock do que dos venezianos. Assim, Shylock parece mais escandaloso aos venezianos e aos espectadores quando deixa de se parecer consigo mesmo e começa a se parecer cada vez mais com os venezianos. O espírito de vingança o impulsiona a imitar os venezianos com mais perfeição do que antes e, em seu esforço de ensinar uma lição a Antônio, Shylock se transforma em seu grotesco duplo.

Shakespeare descreve Antônio e Shylock como rivais de longa data. Com frequência dizemos que essas pessoas têm suas diferenças, mas essa expressão seria enganosa. O conflito trágico – e cômico – se resume à dissolução de diferenças que é paradoxal porque procede da intenção oposta. Todas as pessoas envolvidas no processo desejam enfatizar e maximizar suas diferenças. Em Veneza, vimos que ganância e generosidade, orgulho e humildade, compaixão e ferocidade, dinheiro e carne humana tendem a se tornar uma só coisa. Essa indiferenciação faz que seja impossível definir qualquer coisa precisamente, atribuir uma causa particular a um acontecimento particular. Entretanto, por todos os lados há a mesma obsessão por aguçar uma diferença cada vez menos real. Veja-se por exemplo Shylock, na Cena 5 do Ato II: "Bem; o melhor juiz vão ser teus olhos, / que hão de mostrar-te qual a diferença / entre o velho Shylock e esse Bassânio" (II, v, 1-2) (*Comédias*, p. 225). Os cristãos também anseiam por demonstrar que são diferentes dos judeus. Na cena do julgamento, diz o doge a Shylock: "Para que vejas como nosso espírito / é diferente" (IV, i, 368) (*Comédias*, p. 246). Até as palavras são as mesmas. Por toda parte a mesma obsessão sem sentido com as diferenças se exacerba na mesma proporção em que destrói a si mesma.

Temos uma alusão ao processo de indiferenciação, creio, numa fala bem conhecida da peça. Quando Pórcia entra no tribunal, ela pergunta: "Onde está o mercador? Qual o judeu?" (IV, i, 174) (*Comédias*, p. 243). Mesmo que ela nunca tivesse encontrado Antônio ou Shylock, temos o direito de nos surpreender por Pórcia não conseguir identificar o usurário judeu à primeira vista, diante da enorme diferença, visível a todos, que supostamente o distinguiria dos graciosos venezianos. A fala chamaria ainda mais a atenção se viesse depois, e não antes, da seguinte: "Ambos aqui presentes. Este é Antônio; / este, o velho Shylock" (IV, i, 175) (*Comédias*, p. 243). Se Pórcia ainda não conseguisse distinguir Shylock de Antônio uma vez que os dois se apresentassem juntos, a cena explicitamente contradiria a imagem primária de Shylock, o estereótipo do usurário judeu. Essa contradição esticaria os limites da credibilidade dramática além do aceitável, e Shakespeare absteve--se dela, mas foi até onde era possível, creio, aqui e alhures, a fim de questionar a realidade da diferença que ele mesmo, é claro, tinha introduzido em sua peça.

Aquilo que acabamos de dizer com a linguagem da psicologia pode ser traduzido em termos religiosos. Entre o comportamento de Shylock e suas palavras, a relação nunca é ambígua. Sua interpretação da lei pode ser estreita e negativa, mas podemos contar que ele vai agir de acordo com ela e falar de acordo com suas ações. Na passagem sobre a vingança, somente ele fala a verdade que os cristãos hipocritamente negam. A verdade da peça é vingança e retribuição. Os cristãos conseguem esconder essa verdade até de si próprios. Eles não vivem de acordo com a lei da caridade, mas essa lei é uma presença constante o suficiente em suas palavras para levar essa lei da vingança para o subsolo, para tornar essa vingança quase invisível. Como resultado, essa vingança se torna mais sutil, habilidosa e felina do que a vingança de Shylock. Os cristãos destruirão Shylock com facilidade, mas continuarão a viver num mundo que é triste sem que saibam o porquê, um mundo no qual até a diferença entre a vingança e a caridade foi abolida.

Em última instância, não temos de escolher entre uma imagem favorável e outra desfavorável de Shylock. Os antigos críticos concentraram-se em Shylock como se fosse uma entidade separada, uma substância individual que deveria ser apenas justaposta a outras substâncias individuais e permanecer inalterada por elas. A profundidade irônica em *O mercador de Veneza* resulta da tensão não entre duas imagens estáticas de Shylock, mas entre as características textuais que fortalecem e as características que enfraquecem a ideia popular da diferença intransponível entre cristão e judeu.

*

Não é excessivo dizer que a caracterização mesma, seja como verdadeiro problema dramático ou como falácia, está em jogo nessa peça. De um lado, Shylock é retratado como vilão altamente diferenciado. De outro, é ele mesmo quem nos diz que não há vilões nem heróis; todos os homens são iguais, especialmente quando estão se vingando uns dos outros. Quaisquer diferenças que possam ter existido entre eles antes do ciclo de vinganças se dissolvem na reciprocidade de revides e retaliações. Qual a posição de Shakespeare sobre isso? Inúmeras evidências das outras peças e também de *O mercador de Veneza* não deixam dúvidas. O principal objeto da sátira não é o judeu Shylock. Mas Shylock só é redimido na medida em que os cristãos são ainda piores do que ele, e que a "honestidade" de seus vícios faz dele quase que uma figura inspiradora diante da ferocidade moralista dos demais venezianos.

A cena do julgamento revela claramente como os cristãos podem ser implacáveis e habilidosos quando executam sua vingança. Em sua *performance* mais curiosa, Antônio começa como réu, e Shylock como autor. Ao final de uma única audiência, os papéis são invertidos e Shylock é um criminoso condenado. Ele na verdade não fez mal nenhum a ninguém. Sem seu dinheiro, os dois casamentos, os dois únicos acontecimentos felizes da peça, não poderiam ter acontecido. Quando seus inimigos triunfantes retornam a Belmonte carregados de pilhagem financeira e humana, a qual inclui a própria filha de Shylock, ainda conseguem parecer compassivos e bondosos, ao contrário de seu infeliz oponente.

Quando pressentimos a injustiça do destino de Shylock, normalmente dizemos: Shylock é um bode expiatório. Essa expressão é contudo ambígua. Quando digo que um personagem numa peça é um bode expiatório, minha afirmação pode significar duas coisas distintas. Pode significar que esse personagem foi injustamente condenado da perspectiva do autor. A condenação pela multidão é retratada pelo próprio autor como injusta. Nesse primeiro caso, dizemos que na peça há um tema ou motivo do bode expiatório.

Há um segundo significado na ideia de que um personagem é um bode expiatório. Pode ser que, da perspectiva do autor, esse personagem é justamente condenado, mas aos olhos do crítico que o afirma, a condenação é injusta. A multidão que condena a vítima é retratada como racional pelo autor, que pertence a essa multidão; somente aos olhos do crítico é que a multidão e o autor são irracionais e injustos.

Dessa vez, o bode expiatório não é em nenhum sentido um tema ou motivo; ele não é explicitado pelo autor, mas se as alegações do crítico estão certas, tem de haver um efeito de bode expiatório no início da peça, provavelmente um efeito coletivo, do qual o autor participa. O crítico pode achar, por exemplo, que um autor que cria um personagem como Shylock, que segue o estereótipo do usurário judeu, deve fazê-lo porque, pessoalmente, compartilha o antissemitismo da sociedade em que existe e o estereótipo.

Quando dizemos que Shylock é um bode expiatório, nossa afirmação é vaga e criticamente inútil até que especifiquemos se nos referimos ao bode expiatório como tema ou como estrutura, o bode expiatório como objeto de indignação e sátira ou o bode expiatório como ilusão passivamente aceita.

Antes de resolver o impasse crítico a que me referi no início deste capítulo, é preciso reformulá-lo nos termos dessa alternativa até agora despercebida entre o bode expiatório como estrutura e o bode expiatório como tema. Todos concordam que Shylock é um bode expiatório, mas será que ele é o bode expiatório só de sua sociedade, ou de Shakespeare também?

O que os críticos revisionistas afirmam é que a transformação de Shylock em bode expiatório não é uma força estruturante, mas um tema satírico. O que os tradicionalistas afirmam é que a criação do bode expiatório, em *O mercador de Veneza*, é uma força estruturante e não um tema. Gostemos ou não, dizem, a peça compartilha o antissemitismo da sociedade. Não deveríamos permitir que nossa piedade literária nos cegue para esse fato.

O que eu mesmo acho é que o bode expiatório é tanto estrutura quanto tema em *O mercador de Veneza*, e que a peça, pelo menos sob esse aspecto essencial, não é nada que nenhum leitor quer que ela seja, não porque Shakespeare esteja tão confuso quanto estamos ao usar a expressão "bode expiatório" sem especificar seu sentido, mas pela razão oposta: ele está tão consciente e alerta para as diversas exigências criadas pela diversidade cultural da plateia, e é tão perspicaz em relação aos paradoxos das reações miméticas e comportamentos grupais, que consegue encenar uma transformação de Shylock em bode expiatório para aqueles que querem ser convencidos, e ao mesmo tempo subverter o processo com toques irônicos que só atingirão os que podem ser atingidos. Assim, ele pôde satisfazer tanto as plateias mais vulgares quanto as mais sofisticadas. Para aqueles que não querem questionar o mito antissemita, ou a versão shakespeariana desse mito, *O mercador de Veneza* sempre parecerá uma confirmação dele. Para aqueles que questionam essas crenças, o questionamento de Shakespeare será perceptível. A peça é semelhante a um objeto que, girando sem parar, sempre se apresenta a cada espectador segundo os aspectos mais adequados a sua própria perspectiva.

Por que relutamos em considerar essa possibilidade? Tanto intelectual quanto eticamente, presumimos que a criação de um bode expiatório não pode e não deve ser tema de sátira e força estruturante ao mesmo tempo. Ou o autor participa da vitimação coletiva e não consegue enxergar sua injustiça, ou ele consegue enxergar sua injustiça e não toma parte nela, nem ironicamente. A maior parte das obras de arte encaixa-se perfeitamente de um lado ou de outro desse muro específico. Reescrita por Arthur Miller, Jean-Paul Sartre ou Bertolt Brecht, *O mercador de Veneza* seria deveras diferente. Igualmente seria um *Mercador de Veneza* que meramente refletisse o antissemitismo de sua sociedade, como revela imediatamente uma comparação com *O judeu de Malta*, de Christopher Marlowe.

Se olharmos com cuidado para a cena do julgamento, não pode haver dúvida de que Shakespeare subverte os efeitos de bode expiatório com a mesma habilidade com que os produz. Há algo de assustador nessa eficiência. Essa arte demanda manipulação, e portanto uma inteligência dos fenômenos miméticos que transcende não só a imoralidade ignorante daqueles que se submetem passivamente a mecanismos de vitimação, como também o moralismo que se rebela contra eles, mas não percebe a ironia produzida pelo papel dual do autor. O próprio Shakespeare tem de primeiro gerar no nível grosseiramente teatral os efeitos que ele, depois, subverte no nível das alusões.

Vejamos como Shakespeare consegue se mover nas duas direções ao mesmo tempo. Por que é difícil não experimentar um sentimento de alívio e até de júbilo diante da derrota de Shylock? É claro que a principal razão é que a vida de Antônio supostamente está imediatamente ameaçada. Essa ameaça vem da teimosia de Shylock em dizer que tem direito à sua libra de carne.

A libra de carne é um motivo mítico. Vimos anteriormente que ela é uma alegoria altamente significativa de um mundo em que seres humanos e dinheiro são constantemente trocados um pelo outro, mas nada mais. Podemos imaginar um contexto puramente mítico no qual Shylock realmente poderia cortar sua libra de carne e Antônio pudesse escapar, humilhado e diminuído, mas vivo. Em *O mercador de Veneza*, o contexto mítico é substituído pelo contexto realista. A peça nos diz que Antônio não poderia passar por essa cirurgia sem arriscar sua vida. Isso certamente é verdade em contexto realista, mas é também verdade no mesmo contexto, que, sobretudo diante de todo o *establishment* veneziano, o velho Shylock não conseguiria fazer essa cirurgia. O mito é só parcialmente desmitologizado, e supõe-se que Shylock seja capaz de cortar o corpo de Antônio a sangue frio porque, como judeu e usurário, também passa por homem de ferocidade incomum. Essa ferocidade presumida justifica nosso próprio preconceito cultural.

Shakespeare sabe que a vitimação tem de ser unânime para ser eficaz, e nenhuma voz efetivamente se levanta em favor de Shylock. A presença dos silenciosos senadores de Veneza, a elite da comunidade, faz do julgamento um rito de unanimidade social. Os únicos personagens fisicamente ausentes são a filha de Shylock e seu servo, e eles têm a mesma disposição que aqueles que querem fazer de Shylock bode expiatório, uma vez que foram os primeiros a abandoná-lo, após tomar seu dinheiro. Como vítima bíblica genuína, Shylock é traído até "pelos da sua própria casa".[1] Como a criação do bode expiatório afeta cada vez mais e mais pessoas e tende à unanimidade, o contágio se torna avassalador. Apesar de seu *nonsense* jurídico e lógico, a cena do julgamento é imensamente performática e dramática. Os espectadores e leitores da peça não conseguem não se deixar afetar, nem deixar de sentir a derrota de Shylock como se fosse sua própria vitória. A multidão no teatro se une à multidão no palco. O efeito contagioso da criação do bode expiatório se estende à plateia.

Como personificação da justiça veneziana, o doge deveria ser imparcial, mas logo no início dos procedimentos ele se compadece do réu e inicia uma diatribe contra Shylock:

> Causa-me pena a tua situação.
> Vieste a esta barra para defrontar-te
> com um imigo de pedra, um celerado,
> desumano, incapaz de comover-se,
> vazio e carecente de uma dracma
> de comiseração.
>
> (IV, i, 3-6) (*Comédias*, p. 240)

Essas palavras dão o tom da cena inteira. A piedade,[2] a virtude cristã por excelência, é a arma brandida sobre a cabeça de Shylock. Os cristãos usam a palavra

[1] A referência é a Mateus, 10:36. [N. T.]

[2] Girard se refere a *mercy*, piedade, misericórdia, palavra que aparece repetidas vezes no texto original de Shakespeare. CAN, em sua tradução, usou sinônimos segundo, ao que tudo indica, conveniências métricas: "piedade", "comiseração", "graça". [N. T.]

"piedade" com tanta perversidade que conseguem justificar sua própria vingança com ela, deixar sua ganância correr solta, e ainda ficar de consciência limpa. Eles sentem que cumpriram sua obrigação de ser piedosos apenas pela repetição constante da palavra. A piedade, por natureza, não é compelida, para dizer o mínimo.[3] Ela é formidavelmente casual e fácil. Quando o duque pergunta, com severidade, "Se piedade não mostras, como podes / esperar encontrá-la?" (IV, i, 88) (*Comédias*, p. 242), Shylock responde, com lógica impecável: "Que castigo / tenho a temer, se mal algum eu faço?" (IV, i, 89) (*Comédias*, p. 242). Shylock confia demais na lei. Como poderia a lei veneziana basear-se na misericórdia, como poderia ela ser equiparada à Regra de Ouro, uma vez que dá aos venezianos o direito de possuir escravos e não dá aos escravos o direito de possuir venezianos? Como podemos ter certeza de que Shakespeare, que planejou o efeito do bode expiatório com tanta habilidade, não está sendo enganado por ele nem por um segundo? Nossa certeza é perfeita, e pode ser bem mais do que "subjetiva", como diriam alguns críticos. Ela pode ser perfeitamente "objetiva" no sentido de que ela capta corretamente a intenção do autor e no entanto continua a ser um livro fechado para certo tipo de leitor. Se a ironia fosse demonstrável, ela deixaria de ser ironia. A ironia não pode ser explícita a ponto de destruir a eficiência da máquina do bode expiatório na alma daqueles para os quais essa máquina foi criada. A ironia não tem como não ser menos tangível do que o objeto a que se refere.

Alguns objetarão que minha leitura é "paradoxal". Ela pode até ser, mas por que se deveria excluir *a priori* que Shakespeare pode escrever uma peça paradoxal – ainda mais se o paradoxo sobre o qual a peça é construída está formulado da maneira mais explícita possível no centro dessa peça? Shakespeare está dizendo, não sem propósito, que as aparências, sobretudo as aparências da linguagem bonita, são "aparência da verdade, / de que se vale o tempo experto, para / colher até os mais sábios" (III, ii, 100-1) (*Comédias*, p. 234). Shakespeare está dizendo, não sem

[3] Há uma referência ao primeiro verso do discurso de Pórcia, "*The quality of mercy is not strain'd*" (IV, i, 180; *Comédias*, p. 243). CAN traduz o verso como "A natureza / da graça não comporta compulsão". [N. T.]

propósito, que a pior sofística, quando destilada por uma voz encantadora, pode decidir o resultado de um julgamento, ou que o comportamento mais irreligioso pode soar religioso se as palavras certas forem mencionadas. Ouçamos as razões dadas por Bassânio para confiar no chumbo e não na prata ou no ouro, e veremos que elas se aplicam, palavra por palavra, à própria peça:

> Sempre enganado
> tem sido o mundo pelos ornamentos.
> Em direito, que causa tão corruta
> e estragada, não fica apresentável
> pela voz graciosa, que a aparência
> malévola disfarça? Que heresia
> poderá haver em religião, se alguma
> fronte austera a defende, e justifica
> com a citação de um texto, mascarando
> com bonito fraseado a enormidade?
> Não há vício, por crasso, que não possa
> revelar aparência de virtude.
> (III, ii, 74-82) (*Comédias*, p. 233)

Vejo a breve intervenção de Bassânio na cena do julgamento como mais um sinal do irônico distanciamento de Shakespeare. Assim que Shylock começa a ser apaziguado, sob a pressão da habilidade de Pórcia, Bassânio declara sua disposição de devolver o dinheiro que Shylock agora está disposto a aceitar. Em seu anseio por encerrar um assunto inteiramente desagradável, Bassânio mostra certa piedade, mas Pórcia permanece inflexível. Sentindo suas garras na carne de Shylock, ela as afunda cada vez mais, a fim de tirar sua própria libra de carne. A sugestão de Bassânio não dá em nada, mas sua formulação nesse momento crucial não pode ser despropositada. Ela é a única solução razoável para a questão, mas ela não pode prevalecer dramaticamente, porque não é dramática. Shakespeare é um dramaturgo bom demais e sabe que a única solução boa do ponto de vista teatral é a transformação de Shylock em bode expiatório. De outro lado, ele quer mostrar a natureza injusta da resolução "catártica" que é obrigado a adotar por causa da natureza de sua arte. Ele quer que a solução razoável seja pronunciada em algum momento durante a peça.

Não será excessivo dizer que a criação do bode expiatório é um motivo reconhecível em *O mercador de Veneza*? Há uma alusão explícita ao bode expiatório na peça. Ela ocorre no início do julgamento de Shylock:

> Eu sou a ovelha doente do rebanho,
> marcada para a morte. O mais mirrado
> fruto cai da árvore primeiro; o mesmo
> se passa ora comigo. Melhor coisa,
> Bassânio, não farás do que viveres
> para meu epitáfio redigires.
> (IV, i, 114-18) (*Comédias*, p. 242)

Haverá alguma dificuldade para minha tese no fato de que é Antônio e não Shylock quem diz essa fala? De jeito nenhum, já que seu ódio mútuo transformou Antônio e Shylock em duplos um do outro. Seu ódio mútuo impossibilita qualquer reconciliação – nada de concreto separa os antagonistas, nenhuma questão verdadeiramente tangível que possa ser arbitrada e resolvida –, mas a indiferenciação gerada por esse ódio prepara o caminho para o único tipo de resolução que pode concluir esse conflito absoluto: a resolução via bode expiatório.

Antônio diz essa fala em resposta a Bassânio, que acaba de afirmar que jamais permitirá que seu amigo e benfeitor morra em seu lugar. Ele prefere que ele mesmo morra. Claro que nenhum dos dois morrerá, nem sofrerá minimamente. Na cidade de Veneza, nenhum Antônio e nenhum Bassânio sofrerão enquanto houver um Shylock para sofrer no lugar deles.

Não há nenhum risco sério de que Antônio vá morrer, mas, a essa altura, ele realmente consegue ver a si próprio como futuro bode expiatório. Assim,

Shakespeare consegue inserir uma referência explícita à criação do bode expiatório sem apontar diretamente para Shylock. Há uma grande ironia, claro, não só no fato de que a metáfora está deslocada, pois o bode expiatório é a essência do deslocamento metafórico, mas também na complacência quase romântica de Antônio, em sua insinuação de satisfação masoquista. Antônio, a quintessência do veneziano, o homem triste sem por quê, pode ser considerado uma figura da subjetividade moderna caracterizada por forte propensão à autovitimização, ou mais concretamente, pela interiorização cada vez maior de um processo de criação do bode expiatório que é tão perfeitamente compreendido que já não pode ser reencenado como evento real no mundo real. Os emaranhados miméticos não podem ser projetados com sucesso total sobre todos os Shylocks deste mundo, e o processo de criação do bode expiatório tende a voltar-se sobre si mesmo e tornar-se reflexivo. O resultado é uma autopiedade masoquista e teatral que anuncia a subjetividade romântica. Essa é a razão por que Antônio anseia por ser "sacrificado" diante dos olhos de Bassânio.

Reitero que não se pode demonstrar a ironia, e ela nem deveria ser demonstrada, caso contrário isso atrapalharia a catarse daqueles que apreciam a peça só no nível catártico. A ironia é anticatártica. A experiência da ironia se dá num lampejo de cumplicidade com o autor em seus momentos mais sutis, contrariando a maior parte da plateia, que permanece cega para essas sutilezas. A ironia é a vingança que o autor executa contra a vingança que ele tem de executar em nome de outros. Se a ironia fosse óbvia demais, se fosse totalmente inteligível, seria contrária a si mesma, porque não haveria mais o objeto que a ironia pretende corroer.

*

Creio que a leitura que proponho pode ser fortalecida pela comparação com outras peças, sobretudo *Ricardo III*. Quando Shakespeare escreveu essa peça, a identidade de vilão do rei estava amplamente estabelecida. O dramaturgo segue a visão popular, especialmente no começo. Na primeira cena, Ricardo se apresenta como um vilão monstruoso. Seu corpo deformado é um espelho da feiura confessa de sua alma. Aqui também estamos lidando com um estereótipo, o estereótipo do rei malvado que se pode dizer que é gerado ou reavivado pela rejeição unânime do rei bode expiatório, o mesmo processo que é reencenado no último ato, após acumular força durante a peça.

Se esquecermos por um momento a introdução e a conclusão para nos concentrarmos no drama mesmo, a imagem de Ricardo que surge é diferente. Estamos num mundo de lutas políticas sangrentas. Todos os personagens adultos da peça cometeram pelo menos um assassinato político, ou beneficiaram-se de algum. Como observaram críticos como Murray Krieger e Jan Kott, a Guerra das Duas Rosas funciona como sistema de rivalidade e vingança políticas em que todos os participantes são tiranos e vítimas, sempre agindo a falando não de acordo com diferenças individuais permanentes, mas com a posição ocupada em dado momento dentro do sistema dinâmico total. Sendo a última volta dessa espiral infernal, Ricardo consegue matar mais pessoas de modo mais cínico do que seus antecessores, mas ele não é essencialmente diferente. Para tornar a história passada da violência recíproca dramaticamente presente, Shakespeare se vale da técnica da maldição. Todos ficam amaldiçoando todos de modo tão veemente e insistente que o efeito total é trágico, ou quase cômico, de acordo com o estado de espírito do espectador; todas essas maldições cancelam umas às outras até o final, quando todas convergem contra Ricardo e acarretam sua derrota final, que é também a restauração da paz.

Duas imagens do mesmo personagem tendem a alternar-se, uma altamente diferenciada e outra indiferenciada. No caso de *O mercador de Veneza* e *Ricardo III*, podem-se mencionar algumas razões bastante óbvias: nas duas peças, o tema é delicado, dominado por imperativos sociais e políticos a respeito dos quais Shakespeare era obviamente cético, mas que não podia atacar abertamente. O método que ele criou permitia uma sátira indireta, muito eficaz para os poucos que a entendiam, e completamente invisível para a multidão ignorante, ávida apenas pela grosseira catarse que Shakespeare nunca deixava de proporcionar.

*

O grande teatro é necessariamente um jogo de diferenciação e indiferenciação. Os personagens não manterão o interesse da plateia se a plateia não puder simpatizar com eles, ou negar-lhes essa simpatia. Em outras palavras, eles têm de ser altamente diferenciados, mas todo esquema de diferenciação é sincrônico e estático. Para ser boa, a peça tem de ser dinâmica. A dinâmica do teatro é a dinâmica do conflito humano, a reciprocidade da retribuição e da vingança; quanto mais intenso é o processo, mais simetria tende a haver, mais tudo tende a se tornar igual dos dois lados do antagonismo.

Para ser boa, a peça tem de ser o mais recíproca e indiferenciada possível, mas também tem de ser altamente diferenciada, ou os espectadores não se interessarão pelo resultado do conflito. Essas duas exigências são incompatíveis, mas o dramaturgo que não consiga satisfazer ambas simultaneamente não é um grande dramaturgo; ou ele produzirá peças diferenciadas demais, que serão chamadas *peças de tese* porque a plateia não as achará dinâmicas o bastante, ou peças indiferenciadas demais, a fim de ter muita ação, ou suspense, como se diz, mas esse suspense parecerá despropositado, e dir-se-á que ele é sinal de ausência de conteúdo intelectual e ético.

Creio que podemos ter certeza de que esse não é o caso de Shakespeare. Shakespeare está perfeitamente consciente da diferença entre a estrutura estática e a não diferença da ação trágica. Ele enche suas peças de alusões irônicas ao abismo entre as duas e não hesita em ampliar esse abismo, como se soubesse que pode fazer isso impunemente, e que, provavelmente, seria recompensado por fazê-lo; longe de destruir sua credibilidade como criador de "personagens", ele aumentaria o impacto dramático geral de seu teatro, e transformaria suas peças naqueles objetos dinâmicos e inexauríveis sobre os quais os críticos podem fazer comentários intermináveis sem nunca chegar à verdadeira fonte de sua ambiguidade.

Em *Ricardo III*, temos exemplos dessa prática que não chamam menos atenção do que os de *O mercador de Veneza*. Ana e Elisabete, as duas mulheres que mais sofreram nas mãos de Ricardo, não conseguem resistir à tentação do poder, mesmo ao custo de uma aliança com ele, quando o próprio Ricardo diabolicamente balança esse brinquedo na frente delas. Após amaldiçoar Ricardo profusamente, e dispensá-lo desse modo de todas as suas obrigações morais, Ana literalmente passa por cima do cadáver do pai para dar as mãos a Ricardo. Pouco depois, Elisabete passa por cima dos cadáveres de dois de seus filhos, ao menos simbolicamente, para dar um terceiro às mãos sangrentas do assassino.

Essas duas cenas são estruturalmente próximas umas das outras, e as duas geram um *crescendo* de abominação que não pode carecer de propósito. Essas duas mulheres são ainda mais vis do que Ricardo, e o único personagem que pode apontar essa vileza, tornando-se em certo sentido a única voz ética da peça, é o próprio Ricardo, cujo papel, *mutatis mutandis*, é comparável ao de Shylock em *O mercador de Veneza*.

O gênio de Shakespeare é conseguir fazer essas coisas. E ele as faz, não só para gerar ironia, mas em nome da eficiência dramática. Ele sabe que ao fazê-las cria desconforto nos espectadores, que lhes entrega um ônus moral com o qual não conseguem lidar usando os valores de criação do bode expiatório presentes no início. A demanda pela expulsão do bode expiatório é paradoxalmente reforçada pelos mesmos fatores que tornam essa expulsão arbitrária.

Concordo inteiramente que, no caso de peças como *Ricardo III* e *O mercador de Veneza*, pode-se fazer um número infinito de leituras, e essa infinidade é determinada pelo "jogo do significador". Não concordo que esse jogo seja gratuito, e que faz parte da natureza de todos os significadores enquanto significadores produzir um jogo infinito. O significador literário sempre se torna vítima. Ele é vítima do significado, ao menos metaforicamente, no sentido de que seu jogo, sua *différance*, ou o que quiseres, é quase inevitavelmente sacrificada em nome da unilateralidade de uma estrutura de ordem como em Lévi-Strauss. O significador sacrificado desaparece por trás do significado. Será que essa vitimação do significador não é mais do que uma metáfora, ou será que ela está misteriosamente relacionada ao bode expiatório como tal, no sentido de que tem suas raízes naquele espaço ritual em que o maior significador é também uma vítima, não apenas no sentido semiótico, dessa vez, mas no sentido de Shylock ou Ricardo III? O jogo do significador, arbitrariamente interrompido em nome de uma estrutura diferenciada, opera exatamente como o processo teatral e ritual, tendo sua indiferenciação conflituosa subitamente resolvida, e devolvida à diferenciação estática, por meio da eliminação de uma vítima. Tudo que eu disse sugere que, para Shakespeare, pelo menos, todas essas coisas são idênticas. O processo de significação é idêntico ao da resolução via bode expiatório da crise na qual todos os significados se dissolvem e, depois, renascem: a "crise do *Degree*".

capítulo 29
você acredita na sua própria teoria?

"Triângulos franceses" no Shakespeare de James Joyce

Há uma exceção notável ao grande silêncio da posteridade quanto ao papel do desejo mimético em Shakespeare - James Joyce, em *Ulisses*. A palestra de Stephen Dedalus na Biblioteca Nacional de Dublin traveste-se de "A vida de William Shakespeare", mas é na verdade uma interpretação mimética do teatro. Em certo momento, Stephen afirma que a esposa de Shakespeare o traiu não com um de seus irmãos, mas com os dois. Qual o propósito dessa ficção bizarra? De acordo com o palestrante, Ann Hathaway estava perdendo as rédeas de Shakespeare e o traiu para consolidar seu domínio.

Essa Ann Hathaway joyceana usa a mesma estratégia de Cressida quando esta quer recuperar seu poder sobre o instável Tróilo; ela dá a seu marido rivais miméticos. Os irmãos são os mais adequados para o papel, e Joyce insiste em sua importância na mitologia e na literatura. A palestra está cheia do tipo de interação mimética que encontramos por toda parte em Shakespeare. É por isso que nela se encontra a seguinte anedota:

> Vocês conhecem a história que Manningham conta da mulher do burguês que chamou Dick Burbage para a cama depois de tê-lo visto em *Ricardo III* e como Shakespeare, ouvindo sem querer, sem fazer barulho para nada, pegou a vaca pelos chifres e, quando Burbage veio bater à porta, respondeu, nos lençóis do capão: *William, o Conquistador, veio antes de Ricardo III.*[1]

A esposa do burguês sucumbe a seu fascínio mimético por um ator, um imitador da mímesis. Essa Cressida, essa Bovary, essa Desdêmona faria qualquer coisa para ser rainha por uma noite, exatamente como as mulheres de *Ricardo III.*

Shakespeare supostamente não estaria tomando o lugar do burguês na cama do burguês, mas de um substituto anterior, um rival mais interessante, o bem-sucedido Burbage. Como pode William, tantas vezes conquistado, tornar-se William, o Conquistador? Ele tem de possuir a mulher que seu modelo deseja. Como em *Muito barulho para nada*, *ouvir sem querer* gera uma série de peças dentro da peça.

Essa anedota dúbia é maravilhosamente adequada ao propósito de Joyce, que não é interpretar Shakespeare à luz de uma biografia pouco confiável, mas modelar sua biografia ficcional nas obras miméticas. Joyce não leva sua biografia a sério como biografia, mas sugere a sério que a obsessão mimética de Shakespeare deve ter se originado de uma vida cheia de emaranhados miméticos.

Essa biografia ficcional escandaliza os pedantes que estão dentro e fora de *Ulisses*; todos solenemente censuram a sensacional palestra por ser um terrível exemplo de *crítica biográfica.* No romance, quem ergue ritualmente o espantalho da biografia é

[1] James Joyce, *Ulysses*, New York: Modern Library, 1934, p. 199. [As traduções das citações de James Joyce são nossas.]

o pomposo Russell; ele e seus amigos ficam bombardeando Stephen com todas as opiniões literárias corretas:

> – Mas isso é xeretar a vida de um grande homem, interveio Russell, impacientemente.
>
> Estás aí, valente?[2]
>
> – Isso só interessa ao escrivão da paróquia. Quer dizer, diante das peças, quer dizer, quando lemos a poesia de *Rei Lear*, que diferença faz para nós como o poeta viveu? Nossos empregados podem viver para nós, como disse Villiers de l'Isle. Ficar dando bola para as fofoquinhas do dia, se o poeta bebia, se tinha dívidas... Temos *Rei Lear*, que é imortal.
>
> (187)

É ingênuo suspeitar que Joyce seja um crítico ingênuo. O verdadeiro enigma da palestra é mais interessante. Por que Joyce faz de Shakespeare personagem de sua própria ficção? Que significa "ficcional" no caso de *Ulisses*?

Joyce seleciona alguns incidentes e temas representativos nas obras de Shakespeare, em sua vida, em sua lenda, nos seus críticos bons e maus; ele combina tudo com isso com uma boa dose de invenção própria, porém jamais gratuita. Sua *bricolage* aparentemente sem sentido aponta sistematicamente para a unidade dinâmica de um processo que ainda não tinha nome quando *Ulisses* foi escrito: o desejo mimético.

A parte mais frequentemente discutida da palestra é o tratamento de *Hamlet*, mas sua importância é primariamente negativa; ela tem um papel estratégico na

[2] *Hamlet*, I, v,150 [N.E.]; *Tragédias*, p. 561. [N. T.]

rejeição de Joyce da psicanálise freudiana, que ele não quer que seja confundida com suas próprias ideias miméticas. Em certo momento, Stephen alude "a certa escola de Viena" cuja concepção do incesto ele rejeita. A identificação joyceana de Shakespeare com o pai em *Hamlet*, e não com o filho, é um repúdio da impraticável mitologia edipiana:

> Se você acha que ele, um homem grisalho... com cinquenta anos de experiência, é o universitário imberbe de Wittenberg, então deve achar que a sua mãe de setenta anos é a voluptuosa rainha.
>
> (204)

A parte mais importante e mais difícil da palestra descreve uma trajetória de frustração e fracasso na vida de Shakespeare cujo início estaria na primeira relação sexual do dramaturgo com sua primeira esposa. Tudo o que sabemos sobre Ann Hathaway é que ela era mais velha do que Shakespeare. Munido dessa preciosa informação, Stephen afirma, ousadamente, que ela desempenhou o papel de macho agressivo em sua relação com seu futuro marido. Ele nos assegura que o jovem Shakespeare foi "estuprado num campo de centeio". Esse incidente imaginário é um gatilho para a vida mimética de William Shakespeare. Anne, "a deusa de olhos cinzentos", curva-se cobiçosa sobre um Adônis relutante e destrói a autoconfiança de sua vítima. A partir desse momento, Shakespeare tentará em vão recuperar a iniciativa que originalmente perdeu no campo de centeio. Sua vida sexual se transforma em *imitação* fracassada da audácia de Anne.

Joyce está tentando dar conta do incansável foco sobre a frustração mimética presente em todas as obras de Shakespeare. Sua hipótese seria legítima se ele conseguisse apresentá-la como hipótese, mas ele não quer fazer isso num romance, mesmo que o romance nesse momento seja uma palestra crítica. Joyce tem de inventar algo específico demais do ponto de vista crítico, e nós, leitores, temos de levar esse fato em consideração. O estupro "num campo de centeio" é especificamente cômico demais para não servir de aviso bem-humorado a leitores que queiram tomar tudo ao pé da letra.

No esquema de Joyce, *Vênus e Adônis* desempenha o papel que *O estupro de Lucrécia* e *Os dois cavalheiros de Verona* desempenham no meu. Se eu tivesse de escolher meu próprio "trauma original", escolheria um modelo masculino, sem dúvida o melhor amigo de Shakespeare na escola em que ele aprendeu pouco latim e quase nada de grego – seu gêmeo mimético. Eu imaginaria que, um belo dia, por causa de alguma garota, seu fiel companheiro tenha se transformado no feroz rival mimético que Proteu se tornou para Valentino, Tarquínio para Colatino, Hérmia para Helena, Cássio para Otelo, Políxenes para Leontes, e que o jovem William tenha ficado arrasado. Para mim, essa hipótese se encaixa melhor nos textos do que a de Joyce.

Os leitores não devem levar muito a sério nenhuma das duas hipóteses. Creio, e Joyce também, que deve haver alguma contrapartida biográfica para aquilo que Shakespeare escreve, mas não sabemos o suficiente para justificar *qualquer* hipótese; foi por isso que não sugeri nenhuma. Nossa ignorância não prejudica nossa compreensão das obras.

A ideia de um trauma original significa que o primeiro modelo / obstáculo / rival foi mais importante do que todos os modelos subsequentes por ter determinado certas singularidades permanentes da obsessão mimética de Shakespeare. Será que o dramaturgo de início ficou "escandalizado" com sua esposa, um amigo, um de seus irmãos? Jamais saberemos, e isso não importa; não tenho certeza nem de que o trauma original seja indispensável. A escolha de Joyce parece ser influenciada pelo papel das mulheres em sua própria vida.

O que realmente importa não é a identidade específica do primeiro mediador, e sim que ela ou ele possa ser concebido de maneira verdadeiramente mimética, como modelo / obstáculo / rival. O trecho mais importante da palestra sugere que é assim que Joyce enxerga Anne:

> Nele, a fé em si mesmo havia, em última instância, sido destruída. Ele fora subjugado num campo de centeio na primeira vez... e ele jamais será um vencedor a seus próprios olhos depois, e jamais vencerá no jogo de rir e deitar. O donjuanismo assumido não o salvará. Nenhum mal apagará o primeiro mal. O canino do javali o feriu exatamente onde o amor sangra até morrer. Se a megera for vencida, continua tendo a arma invisível da mulher. Pressinto em suas palavras um aguilhão da carne que o leva a procurar uma nova paixão, uma faceta mais sombria daquela primeira, que obscurece até sua própria compreensão de si mesmo. Um destino semelhante o aguarda, e as duas fúrias perfazem um ciclone.
> (194)

Considero esse texto uma condensação e projeção existencial daquilo que tentei fazer com o desejo mimético nas comédias. Shakespeare, como vimos, passa de uma forma relativamente simples de desejo mimético em *Os dois cavalheiros de Verona* a formas cada vez mais complexas nas peças subsequentes. A trajetória existencial de Joyce reflete o caminho que leva de Valentino a Pândaro e além, o caminho que as próprias obras percorrem. Joyce descreve a dinâmica da obra completa nos termos da experiência existencial do autor.

"Donjuanismo assumido" significa que Shakespeare tentou tratar as mulheres exatamente como Ann o tratou no campo de centeio. Para ser vitorioso a seus próprios olhos, ele precisa vencer Ann no jogo dela; ele tem de vencer segundo as regras dela, o que torna a vitória impossível. Num mundo de perfeita imitação, a probabilidade é que o perdedor continue a perder. Ao contrário do que exige a teoria do masoquismo, a humilhação e a derrota são mera consequência indireta do *double bind* mimético, não seu objeto direto, exceto na primeira fase. Na segunda fase, a imitação transforma a consequência em objeto direto. Todas as repetições caricaturais são idênticas ao desejo de acabar com a repetição.

O desejo mimético vai assumindo formas mais complexas e "paradoxais" porque sempre reage a seus próprios fracassos inevitáveis da mesma maneira. No esforço sempre renovado de ultrapassar sua própria absurdidade, esse desejo fica cada vez mais absurdo e autossabotador. Joyce postula primeiro uma fase heterossexual (donjuanismo assumido), depois uma fase homossexual (uma nova paixão) que é interpretada não como desejo inteiramente independente, mas como a configuração mimeticamente mais avançada em uma escalada de fracassos que sempre repetem os fracassos anteriores a que pretendem reagir (a "faceta mais sombria").

Todas as tentativas de romper com o ciclo reativam o ciclo. Todos os esforços de danificar o primeiro dano resultam em danos piores. A última frase sugere o mesmo fracasso nas fases heterossexual e homossexual: "Um destino semelhante o aguarda, e as duas fúrias perfazem um ciclone". Enquanto o modelo / rival é Ann Hathaway, o desejo mais radical se concentra nela e em suas substitutas. No "donjuanismo assumido" da segunda fase, a tendência homossexual vem logicamente do fato de o modelo / rival ser homem.

Modelada intimamente no gradual obscurecimento das comédias, essa descida aos infernos não é trivialmente biográfica, e sua *verdade romanesca* transcende a estética romântica da crítica não mimética, que tem o fetiche da separação entre "vida" e "obra". As dimensões existencial e intelectual encaixam-se perfeitamente.

O esquema geral descrito na última citação é complementado por algumas observações densas, mas luminosas, sobre certas peças:

> Em *Cimbelino*, em *Otelo*, ele [Shakespeare] é alcoviteiro e corno. Ele afeta e é afetado. Amante de um ideal, ou de uma perversão, assim como José, ele mata a Carmen de verdade. Seu intelecto incansável é o ensandecido Iago que não para de querer que o mouro dentro de si sofra. (210)

Em *Cimbelino*, o "alcoviteiro e corno" é o exilado Póstumo, um escocês, que direciona o desejo de um dândi italiano para sua esposa ao elogiá-la e todas as escocesas com o mesmo excesso com que Valentino, Colatino e outros elogiaram as deles. Stephen também menciona especificamente *Os dois cavalheiros de Verona* e *O estupro de Lucrécia*.

Otelo é "alcoviteiro e corno" em relação a Cássio, claro. A interpretação de Joyce coincide com a deste estudo. Quando Otelo percebe que seu fascínio por tudo que é veneziano o levou a promover o belo Cássio a lugar-tenente militar e sexual, ele imediatamente conclui que Desdêmona é traiçoeira. Ele não precisa de um vilão para persuadir a si próprio. Seu intelecto incansável é o "Iago ensandecido" em si próprio – assim como era em Joyce (ver Cap. 31).

Esse jogo não é meramente textual; a "verdadeira Carmen" de fato é morta, e a assimilação de Desdêmona pela personagem de Mérimée mostra que Joyce enxerga a ela e seu desejo de morte sob a mesma luz mimética e autodestrutiva que eu; ela é uma aventureira, não a heroína romântica sem graça que o século XIX nos legou.

Stephen se pergunta se todos esses alcoviteiros e cornos são amantes "de um ideal, ou de uma perversão". Há muito tempo, com *Os dois cavalheiros de Verona*, descobrimos que essa questão era insolúvel. Será que o sujeito envolve seu amigo em sua relação amorosa inocentemente, em nome da amizade mútua, ou será que ele precisa de seu desejo ciumento para alimentar e fortalecer o seu próprio? Em que momento sua vanglória compulsiva se transforma em apetite nocivo pela inveja de seu próximo?

Assim como o desejo heterossexual envolve um mediador do mesmo sexo, o desejo homossexual envolve um mediador do sexo posto, uma "heterossexualidade latente" que interessa a Joyce tanto quanto seu oposto, a "homossexualidade latente" de Freud. A noção de "latência" perde o sentido. *Volens nolens*, o "alcoviteiro e corno" empurra seus rivais masculinos para os braços das mulheres que deseja, e então empurra seus rivais femininos para os braços de seus amigos homens.

As diferenças sexuais são móveis, variáveis e inessenciais, ao passo que a estrutura triangular é permanente e essencial.

Quando Stephen alude ao amigo homem dos *Sonetos*, Eglinton sugere com gravidade que "ele amou um lorde", e Stephen responde: "Parece que sim, quando ele quer fazer para ele, e para todos os demais inauditos ventres[3] individuais, o santo ofício que um cocheiro realiza para o garanhão" (200). Essa metáfora pode ter sido influenciada por um breve diálogo entre Toque e o pastor Corino em *Como gostais* – uma simples piada, mas muito significativa em seu contexto shakespeariano. Ela reafirma toda a teoria do intermediário shakespeariano, o esquema de alcoviteiro e corno de Joyce, e não ficaria deslocada em *Tróilo e Cressida*:

> *Corino*: Senhor, eu sou um trabalhador honrado, ganho o que como e o que visto, não tenho ódio a ninguém, não invejo a felicidade de ninguém, alegro-me com o bem dos outros, resigno-me com o que me acontece de ruim, constituindo o meu maior orgulho ver as minhas ovelhas pastando e os cordeirinhos a mamar.
>
> *Toque*: Eis outro pecado que trai a vossa simplicidade, juntar carneiros e ovelhas e não se correr de ganhar a vida por meio de cópula do gado, servir de alcoviteiro para a madrinha do rebanho e entregar uma ovelha de doze meses a um carneiro cornudo, velho e de pernas curvas, contra todas as regras da união dos sexos. Se não fores para o inferno por causa disso, é que o diabo não faz conta de pastores; a não ser isso, não vejo meio de escapares.
>
> (III, ii, 73-85) (*Comédias*, p. 366-67)

[3] O original traz "*uneared wombs*", referência ao verso 5 do Soneto III de Shakespeare; aqui foi seguida a tradução feita por Vasco Graça Moura. [N. T.]

A plateia de Stephen quer fugir de sua intuição mimética, então reage com uma muralha de *nonsense* crítico. Eles leram tudo e citam tudo, dos "brilhantes artigos de Frank Harris em *The Saturday Review*" a "Alexandre Dumas *fils*" [ou terá sido Dumas *père*?], que disse que "depois de Deus, quem mais criou foi Shakespeare" (210). Não fica faltando nenhuma platitude a respeito do "Bardo". "De todos os grandes homens", observa Eglinton, "ele é o mais enigmático." (191) Sua falta de pompa é pomposamente discutida (196). Os quatro – Russell, Lyster, Mulligan e Eglinton – recordam um Hamlet feito por uma mulher em Dublin, e também um homem que acha que o segredo de tudo deve estar escondido no monumento em Stratford.

As verdadeiras ideias da palestra, como pequeninas joias repisadas na lama de um chiqueiro, só brilham intermitentemente. Não fosse por Stephen, esses Bouvards e Pécuchets irlandeses se divertiriam a valer, mas o palestrante acaba com sua alegria, e pouco a pouco eles se unem contra ele. Mesmo as observações mais inocentes são flechas envenenadas. Veja-se o que diz Lyster:

> Uma discussão muito instrutiva. Mr. Mulligan, devo dizer, também tem uma teoria sobre a peça e sobre Shakespeare. Todos os lados da vida devem ser representados.
> Ele sorriu igualmente para todos os lados.
> (195)

Essa generosidade ecumênica é na verdade uma lembrança a Stephen de que "jovens promissores" não faltam por aí. Extáticas celebrações do pluralismo inócuo alternam-se com a censura mais repressiva de todas as ideias novas: "Os conterrâneos do Bardo estão talvez bastante cansados dos nossos brilhos teorizantes" (196). A alma colonial de Eglinton enxerga o sangue inglês como o supremo árbitro de todas as questões shakespearianas. Numa curiosa profecia de nossas grandes autoestradas acadêmicas, ele elogia aquilo que chama de "a larga estrada da crítica": elas "são terríveis, mas levam à cidade" (193).

Stephen não consegue apresentar argumentos que soem respeitáveis para defender sua tese; ele não possui uma linguagem em comum com seus ouvintes. Eles lhe parecem tão fúteis e repletos de clichês quanto ele lhes parece megalomaníaco. Além disso, ele consegue ver nas estantes milhares de livros, uma vasta tradição cultural não menos impermeável ao que ele diz do que os seres humanos que o rodeiam. Enquanto ele fala, essa maciça indiferença pesa sobre ele, e ele compensa de maneira quase mística. Seu senso de união com Shakespeare fica mais forte; ele vai soando cada vez mais irresponsável e inconstante, até que Eglinton para tudo: "Você é um delírio... Você nos trouxe até aqui só para nos mostrar um triângulo francês" (211).

Um triângulo francês! Stephen rebaixa Shakespeare ao nível de uma farsa picaresca parisiense. Seu propósito nem sinistro é – é ridículo! Stephen está arrasado. Nossa simpatia por ele não deveria nos levar a considerar irrelevante a tirada de Eglinton; o crítico olha no telescópio pelo lado errado, mas enxerga algo essencial: a estrutura trina e una do desejo mimético. Ele resume a palestra inteira.

Até aquele momento, Stephen sentira-se gloriosamente invulnerável, protegido pela burrice de seus inimigos, mas agora ele enfrenta a compreensão verdadeira, fria, desdenhosa, e ainda assim inquestionável, o perfeito contrário daquilo que a compreensão deveria ser. Sua autoconfiança está destruída; percebendo sua vantagem, o sacrificador prepara seu golpe mortal:

> Você acredita na sua própria teoria?
> – Não, respondeu Stephen imediatamente.
> (211)

Até onde sei, todos os críticos desse texto consideram esse *não* como final. Como eles poderiam ser culpados por recusar-se a levar a sério a palestra de Stephen? O próprio Stephen repudia seu filho. O Shakespeare mimético está morto e enterrado; Stephen tentou brincar, e sua brincadeira saiu pela culatra.

Esse é um erro gigante. O *não* é a última palavra que Stephen diz *em voz alta*, mas não é a verdadeira conclusão da história. Se os críticos de Joyce fossem tão curiosos quanto se espera que sejam, leriam as doze linhas que se seguem e encontrariam um breve monólogo interior no qual Stephen abjura sua primeira abjuração. É inquestionável que o trecho deve ser lido à luz do *não, eu não acredito em minha própria teoria* anterior: "Sim, Senhor, eu creio. Auxilia a minha incredulidade. Isto é, auxilia-me a crer ou auxilia-me a descrer? Quem ajuda a crer? *Egomen.* Quem a descrer? Outro cara" (211). Essa segunda conclusão confirma que a fé de Stephen em sua teoria mimética de fato tinha morrido, mas está renascendo; essas poucas palavras correspondem a uma interpretação mimética da incapacidade do palestrante de defender suas ideias.

Em situações intersubjetivas difíceis, "Egomen" pode ser forçado a acreditar no que "outro cara" acredita. Por alguns segundos, Stephen esteve literalmente *possuído* por Eglinton e seu grupo no mesmo sentido em que, nos três Evangelhos sinóticos, o louco geraseno está possuído por um demônio chamado Legião. Stephen cede temporariamente à pressão coletiva. Ele se junta à unanimidade mimética de seus acusados; sua rendição é um momento de alienação radical que é superado na solidão de seu *Self.* A rapidez com que ele obedece à ordem de Eglinton é característica de pessoas sob sugestão hipnótica. Por alguns segundos, o Shakespeare mimético tinha se tornado, aos olhos de seu inventor mimético, aquilo que seus ouvintes unanimemente enxergam nele: mais uma teoria desacreditada entre outras inumeráveis, mais exótica e ridícula que a maioria.

Stephen se tornou um companheiro de viagem na larga estrada da crítica: ela é insuportável e nem mesmo leva a Dublin. Seu temperamento hipermimético é responsável por sua vergonhosa derrubada; o mesmo traço que torna um artista criativo e forte na solidão de seu próprio *Self* pode ser causa de fraqueza quase infinita na presença de *outros.*

No intervalo entre sua morte e ressurreição, Stephen sente-se como Judas. E de fato ele age como traidor – de si mesmo, claro, *Egomen.* Ele humildemente pede a

Eglinton, o sumo sacerdote, as trinta moedas de prata a que achamos que temos direito toda vez que nos juntamos à turba certa na hora certa. Stephen não ganha nada; após sua rendição, ele parece insignificante demais até para uma propina. Depois que Jesus é preso, não apenas Judas, mas também Pedro e todos os apóstolos sucumbem à pressão mimética da turba perseguidora, e abandonam seu mestre.

"Sim, Senhor, eu creio. Auxilia a minha incredulidade." Essas palavras são uma citação de Marcos (9:24). Elas são ditas pelo pai de um menino possuído quando Jesus o cura, logo após os discípulos não terem conseguido ajudá-lo. Nosso *monologue intérieur* retrata uma versão joyceana e puramente egoísta desse milagre.

Assim que acaba a pressão mimética, *Egomen* volta à vida; o *Self* essencial vive além do alcance dos linchadores; ele desempenha o papel do Pai num equivalente egoísta da Trindade cristã. Os triângulos sinistros da rivalidade mimética são a imagem invertida desse *Self* trino e uno, o mal sobre o qual seu poder redentor acaba triunfando.

Após ressuscitar o Filho, o Pai envia a ele seu Espírito, permitindo que ele transforme sua terrível experiência numa obra de arte chamada *Ulisses*. *Egomen* recupera suas perdas mundanas na esfera superior de sua própria criatividade. O episódio da Biblioteca Nacional é um romance dentro de um romance com seu próprio drama de morte e ressurreição localizado quase inteiramente dentro de *Egomen*. Os "outros" intervêm somente no papel da turba perseguidora.

*

Quem é *Egomen*? Para responder a essa questão crucial, devemos investigar o desejo mimético além da palestra sobre Shakespeare, em *Ulisses* como um todo, e também na vida de seu autor, James Joyce. Assim como o próprio Stephen, Leopold Bloom, o herói de *Ulisses*, teve um caso grave de triangulite francesa; ele odeia ser enganado, mas age como se amasse, usando fotos sugestivas de Molly como iscas para Stephen, e convidando seu rival prospectivo a sua casa.

Envergonhado de sua passividade, ele quer agir, mas tudo que consegue é a coautoria na obra-prima de seu próprio chifre.

Há acidentes miméticos impressionantes na vida de Joyce. A semelhança deles com aquilo de que Joyce fala em *Ulisses*, não apenas no caso de Bloom e de Stephen, mas também no de Shakespeare, não pode ser coincidência. Antes de conhecer Joyce, sua futura esposa, Nora, tivera um rápido envolvimento emocional com um rapaz chamado Michael Bodkin, que morreu jovem. Longe de desincentivar o ciúme de seu marido, essa morte o exacerbou ao grau supremo, fazendo que fosse absolutamente impossível para Joyce testar sua influência em Molly contra a do rival presumido.

Outro episódio envolve um jornalista em Trieste cuja companhia Nora parecia apreciar; Joyce, não apesar, mas por causa de seu intenso ciúme, convidou-o a vir a sua casa, e tratou-o como amigo. A história toda se assemelha demais ao triângulo Bloom / Molly / Stephen em *Ulisses*.

Joyce claramente sugere que esses fatos são relevantes para sua interpretação de Shakespeare. O ponto principal da palestra é uma conjunção entre o gênio mimético e uma vida de tristeza neurótica, tão claramente inspirada pela mesma conjunção na vida e obra de James Joyce que convida a uma comparação sistemática. Ao contrário do Joyce anterior, de *Exilados*, que ainda fazia da rivalidade mimética um *ideal* a fim de não enxergar a *perversão* nela, o Joyce maduro tinha visão lúcida de si mesmo; ele sabia que muitas vezes agia de um modo que observadores "normais" só poderiam considerar bobo ou ridículo. Ele obviamente via sua própria síndrome de alcoviteiro-corno como o preço que tinha de pagar por sua perspicácia incomum a respeito das relações miméticas. A palestra sobre Shakespeare sugere que, aos olhos do próprio Joyce, o gênio literário anda lado a lado com os emaranhados miméticos.

Qualquer um que saiba qualquer coisa sobre a vida de Joyce entende que ele está aludindo a ela em *Ulisses*, mas a questão nunca é discutida seriamente. Quem quer parecer um "crítico biográfico"? O próprio Joyce desconsidera esse tabu – e não em alguma obra autobiográfica, mas em sua maior obra literária. Vamos desconsiderá-lo também; vamos seguir nosso autor aonde quer que ele nos leve.

Joyce usa William Shakespeare como substituto para *Egomen*. Por trás de seu retrato de um dramaturgo mimético que escreve peças altamente miméticas, conseguimos enxergar o marido de Nora, o romancista altamente mimético que escreve romances altamente miméticos. Não podemos descartar como se fosse uma fofoca insignificante aquilo que Joyce desafiadoramente sugere em sua obra literária. O desejo mimético de Shakespeare é igual ao desejo de Stephen, que é igual ao desejo do próprio Joyce. *Egomen* é James Joyce. Ao contrário do que sempre ouvimos dizer, Stephen é a voz de seu criador.

Egomen sempre escreve sobre si mesmo. Shakespeare é um de seus suplentes, mas não podemos dizer que ele não é *nada* além de um suplente. Tudo o que aprendemos sobre Shakespeare neste estudo confirma a perspicácia única da palestra de Stephen. De acordo com nossos princípios formalistas, ou formal-desconstrutivistas, que descendem todos diretamente de Russell, a palestra sobre Shakespeare não pode ser relevante a respeito de Shakespeare se for relevante a respeito de Joyce, e não pode ser relevante a respeito de Joyce se for relevante a respeito de Shakespeare. Mas *Egomen* despreza esses princípios.

Agora podemos reconstituir esquematicamente o raciocínio de *Egomen*:

"Como Shakespeare sabe tudo sobre o desejo mimético, e eu também, e como ninguém mais sabe, exceto alguns excelsos mestres, eu também devo ser um excelso mestre. Até onde sabemos, a vida dos mestres excelsos é amaldiçoada com esse tipo de histeria mimética da qual eu sofro. Isso provavelmente era verdade também no caso de Shakespeare, cuja vida não conhecemos. No meu papel de romancista, tenho o direito de inventar uma biografia historicamente falsa mas mimeticamente verdadeira de Shakespeare. Isso é o que fazem os grandes romances. *Honni soit qui mal y pense*".

Se ousarmos reconhecer a assinatura de James Joyce em todos os círculos concêntricos de mímesis em torno do Shakespeare mimético, devemos reconhecer também na palestra o próprio drama mimético do autor em sua juventude, a história de seu exílio da Irlanda. A doutrina de *Egomen* tem implicações vertiginosas.

Durante uma breve discussão sobre Platão e Aristóteles, Stephen pergunta: "Qual dos dois teria me banido de seu território?" (184). Apenas alguns minutos depois de a palestra ter começado, o famoso Russell decide sair e, ao levantar-se, convida seus quatro acólitos a uma reunião literária; somente Stephen não é convidado. Assim como Stephen, o jovem Joyce sentia-se incompreendido em Dublin, desdenhado, ignorado, ostracizado; a palestra é uma "tragédia" de discriminação, expulsão, banimento e vitimação intelectual, e aponta constantemente para o próprio James Joyce.

*

Como os franceses chamam um triângulo francês? *Triangle français* não faz nenhum sentido, obviamente; até alguém como Eglinton poderia perceber. *Triangle de vaudeville* soa acadêmico demais; o tradutor francês Valéry Larbaud chegou a "Monsieur, Madame, et *l'autre*", que seria perfeito se não apagasse a conotação de *francês*, que deveria ser preservada, uma vez que parece desempenhar um papel importante no início e no fim da palestra. Aos olhos de Eglinton, a vida intelectual de Stephen não é inglesa o bastante para um crítico de Shakespeare. Foi Eglinton quem disse um pouco antes: "Os conterrâneos do Bardo estão talvez bastante cansados dos nossos brilhos teorizantes" (196).

Há um prelúdio francês ao episódio shakespeariano, estrategicamente simétrico ao triângulo francês na conclusão. O autor responsável por essas referências à cultura francesa não é Stephen, mas o próprio Joyce, ou, caso o leitor prefira, *Egomen*. No prelúdio, Lyster menciona o texto em que Mallarmé cita uma apresentação de *Hamlet* numa cidade francesa do interior. Havia um cartaz:

> Sua mão livre graciosamente escreveu pequeninos sinais no ar:
>
> HAMLET
> ou
> LE DISTRAIT
> PIÈCE DE SHAKESPEARE
>
> Ele repetiu, diante da nova cara de reprovação de John Eglinton:
>
> – *Pièce de Shakespeare,*[4] não sabia? Tão francês. O ponto de vista francês. *Hamlet ou...*
>
> – O mendigo avoado, concluiu Stephen.
>
> John Eglinton riu.
>
> – Sim, acho que seria, disse. Gente ótima, sem dúvida, mas preocupantemente estreita em certas questões.
>
> (185)

Um propósito desse prelúdio é consagrar Mallarmé como santo patrono do ousado ensaio literário de Stephen. Com uma tropa de choque cultural composta de tipos como Eglinton, porém, o patronato de um poeta francês, por maior que seja, é um convite ao desastre. O que acontece nesse momento resume profeticamente a derrota posterior de Stephen. A citação torna o provincianismo de Eglinton óbvio num contexto literário francês. O crítico está surdo para a ironia de Mallarmé. Joyce está preparando o terreno para seu triângulo francês.

Li *Ulisses* pela primeira vez na tradução de Larbaud há muitos anos e não entendi rigorosamente nada. Mais recentemente li o original inglês, e o triângulo francês foi uma iluminação. Nesse meio-tempo, voltei-me para o desejo mimético e falei sobre ele para plateias de língua inglesa. A experiência foi sempre agradável, mas,

[4] O cartaz diz "*Hamlet* ou *O distraído*. Peça de Shakespeare". [N. T.]

em algumas ocasiões, semelhante o suficiente com a de Stephen para facilitar meu entendimento do texto de Joyce. Durante as perguntas, sempre me avisavam que meus triângulos miméticos, exatamente por serem tão perfeitamente franceses, não poderiam ser efetivamente aplicados a autores ingleses ou americanos – muito menos, é claro, ao maior deles todos, William Shakespeare.

Fora da França, o desejo mimético sempre parecerá especificamente francês pela mesma razão por que não pode ser francês na França. Em nenhum lugar do mundo o desejo mimético está em casa, assim como a peste na Idade Média ou a sífilis no século XVI. Esse *perigoso suplemento*[5] é sempre visto como importação estrangeira.

*

A unanimidade mimética da criação do bode expiatório falsifica seu próprio significado à custa da vítima. Ainda que seja condenada arbitrariamente, essa vítima parece culpada. Stephen é imolado intelectualmente por sacrificadores que nem sequer percebem estar tomando parte num sacrifício.

Será que há uma perseguição nesse texto? Enquanto os leitores fora do livro permanecerem cegos para o conteúdo mimético, não conseguirão ver nenhuma. Não conseguirão ver que a palestra de Stephen precipita uma minicrise mimética em que eles mesmos estão envolvidos. Não conseguem enxergar a vitimação de Stephen porque ela se torna sua própria "violência fundadora". Eles sempre citam o *não* de Stephen para justificar sua decisão de que a palestra é insignificante do ponto de vista de Joyce e de Shakespeare.

A violência fundadora convence todos fora do livro, os leitores de *Ulisses*, e também todos dentro dele, incluindo o próprio Stephen, ainda que só por alguns

[5] Girard usa uma expressão de Rousseau retomada por Derrida. [N. T.]

segundos. Ao juntar-se a essa amigável turba de linchadores, Stephen faz da interpretação errada de sua própria palestra um credo quase inquestionável.

Não há maior inferno: estranhos olhos para escolher suas críticas. Alguns dos primeiros críticos foram os mais desinibidos na prática dessa arte. Lembro-me pelo menos de um que explicitamente culpa Stephen por ignorar os sábios avisos de Russell contra a crítica biográfica.[6] Agora que o autor de *Ulisses* se transformou no grande James Joyce, *tel qu'en lui-même l'éternité le change*,[7] ninguém quer jogar fora cinquenta páginas de Ulisses com essa facilidade toda; os críticos recentes nos instam, ainda que com pouco entusiasmo, a considerar a palestra "interessante" e até "divertida". Porém, quando os especialistas a definem como "uma balbúrdia", ou mesmo "uma balbúrdia de erros", eles quase admitem abertamente que não conseguem entender nada nela.[8] Até onde sei, os principais temas do episódio jamais são identificados. São eles: (1) a intuição mimética de Stephen a respeito de Shakespeare; (2) a platitude flaubertiana dos quatro críticos; (3) a união mimética dos críticos contra Stephen; (4) a maravilhosa pertinência e impertinência do triângulo francês; (5) a "morte" do herói e sua "ressurreição" egoísta.

Ulisses é mal entendido, mas cabe a seu autor dividir a responsabilidade pelo fracasso da crítica. Ele obviamente deu o melhor de si para enganar aqueles que se consideram "críticos sérios". Quando lhe pedem uma explicação, Stephen não diz nada, e as outras coisas que diz não revelam a serena imparcialidade que consideramos um pré-requisito para a "boa crítica": "Eu sei. Cale a boca. Dane-se! Tenho minhas razões" (205). Quem poderia confiar num pesquisador tão obviamente movido pela paixão?

[6] William M. Schutte, *Joyce and Shakespeare: A Study in the Meaning of Ulysses*, New Haven: Yale University Press, 1957.
[7] "Tal como nele mesmo a eternidade o muda." A referência é ao primeiro verso do soneto "Sur le tombeau d'Edgar Allan Poe" ["Diante do túmulo de Edgar Allan Poe"], escrito por Mallarmé. [N. T.]
[8] Hugh Kenner, *Ulisses*, Baltimore: The Johns Hopkins University Press, 1980, p. 114; John O'Hara em *The Nation*, 15 de março de 1982, p. 312.

Quem poderia confiar num pesquisador que nem sequer respeita os fatos? Stephen estende em muitos anos a vida de um "dragão de fogo" visível no céu da Inglaterra quando Shakespeare era pequeno, transformando-o num miraculoso portento do nascimento do grande homem. Então, em dado momento, ele afirma insolentemente que suas conclusões valem "para todas as peças que [ele] *não leu*". Muito antes de o próprio Stephen repudiar suas próprias ideias, nossa fé nele está abalada. Quando finalmente acontece, esse ato de repúdio parece confirmar o que já existe contra ele. Nossa atenção oscila e a maioria de nós simplesmente para de ler. Então perdemos nossa última chance de descobrir a verdade que Joyce perversamente enterrou a alguma distância da palestra, sob uma espessa camada de palavras, como um cachorro faria com seu osso favorito, só para impedir sua descoberta.

James Joyce, sempre impressionante, enfraquece superficial mas sistematicamente a credibilidade do personagem que expressa suas próprias ideias. Ele obviamente antecipou e sistematicamente incentivou a má compreensão do episódio inteiro. Um crítico jamais deveria enganar sua plateia, mas não podemos culpar Stephen por ceder a essa tentação em particular. De todas as questões que ele levanta, a única que excita a imaginação de seus ouvintes é o absurdo dragão de fogo. Eles condenam mecanicamente a "crítica biográfica", mas não veem nada de errado com a pior espécie de hagiografia.

Joyce inseriu diversos sinais ambíguos em seu texto. A menos que percebamos a dimensão mimética de tudo, eles sugerem o oposto daquilo que verdadeiramente significam. Stephen é mais sério do que parece, mas sua seriedade é de um tipo que o outro tipo de seriedade jamais reconhecerá.

Stephen é infantilmente provocante, mas suas afirmações são menos presunçosas do que parecem. Sua intuição não depende de estudo no sentido mais comum. Pode ser que uma pessoa entenda tudo após ler apenas uma peça, e que outros, que memorizaram todas elas, nunca entendam nada. Não é a quantidade de informação que conta, mas o que se faz com ela.

Stephen nunca menciona *Tróilo e Cressida*; deve ser uma das peças que ele nunca se deu ao trabalho de ler. Pândaro merece um lugar no esquema de Joyce, mas não tem nenhum. Nenhum personagem confirma a ideia do alcoviteiro-corno de modo mais espetacular do que ele. Ou Joyce desconhecia essa figura arquetípica, ou achou que Pândaro era óbvio demais para seu jogo de gato e rato e evitou-o de propósito.

Qualquer que seja a causa da omissão, ao fim das contas ela não importa. Há mais para aprender sobre Pândaro num texto que o ignora totalmente do que nas obras de escrupulosos eruditos que sabem tudo sobre ele, mas não conseguem situá-lo no quadro maior do desejo shakespeariano. As obras dos escrupulosos eruditos estão longe de ser inúteis, mas a utilidade delas é de sorte diferente daquela de Joyce.

*

Ninguém além de Joyce plantou as pistas que parecem desacreditar Stephen; ninguém além de Joyce sugeriu a interpretação errada em cada momento, dando-lhe plausibilidade superficial suficiente para convencer os críticos de que ela deve ser verdadeira. Joyce ardilosamente conduz os cegos miméticos à má interpretação à qual desde sempre estiveram inclinados.

Joyce transformou seu texto numa máquina verbal semelhante àquela que descobrimos em Shakespeare. O fiasco do triângulo francês é o equivalente romanesco de uma conclusão trágica. Esse clímax violento pode ser lido de duas maneiras distintas. Se desaprovamos o Shakespeare mimético, sua violência parece justificada e, portanto, sua injustiça evapora. O veredicto de Eglinton confirma todas as nossas impressões negativas de Stephen e se transforma na base do mito interpretativo que ainda domina a crítica de *Ulisses*, a visão da palestra como "balbúrdia".

Essa ambivalência é propriamente sacrificial, e portanto recorda diversas peças shakespearianas. Por exemplo, *O mercador de Veneza*. Vimos que nossa interpretação dessa peça depende de como entendemos o julgamento final. Participamos da vitimação de Shylock na medida em que não percebemos sua arbitrariedade.

De modo similar, participamos na vitimação de Stephen na medida em que não compreendemos a verdade de sua palestra.

Por que essa manipulação sacrificial? No caso de Shakespeare, especulamos que a ambivalência permite ao dramaturgo satisfazer os preconceitos e capacidades de dois públicos totalmente diferentes. A multiplicidade de interpretações não é uma propriedade intrínseca da escrita, mas algo que o autor produziu para um propósito específico. Mas esse propósito não pode estar presente em Joyce, ao menos não no mesmo sentido. Nenhum autor de "vanguarda" escreve para grande número de leitores pouco sofisticados. Qual poderia ser sua motivação?

Uma primeira resposta é que Joyce entendia não apenas o desejo mimético em Shakespeare, mas também a ambivalência que o acompanha, e deliberadamente tentou duplicar essa característica notável em seu próprio texto. Ele decidiu que, em sua homenagem a Shakespeare, deveria ser o mais shakespeariano possível, e não apenas revelou como também imitou a estratégia sacrifical desse autor.

A ambivalência sacrificial deixa a perspectiva de Joyce quase invisível, mas nem tanto. O autor silencia a própria voz, cede a palavra a seus antagonistas, e vira um equivalente literário da figura do alcoviteiro-corno que criou. Imagino que ele deseje ardentemente que alguns dentre nós descubram a verdade, mas ele multiplica os obstáculos no caminho dessa descoberta. Em outras palavras, ele trabalha contra seus próprios interesses, e sua conduta como autor corre paralela à conduta de Bloom como amante.

Vemos algo similar em Shakespeare. Em *Sonho de uma noite de verão*, o poeta dá a máxima importância à perspectiva de Teseu, que na verdade não é a sua própria; ele guarda suas ideias quase que longe da vista de todos, mas nem tanto, já que escreveu aqueles preciosos versos de Hipólita que discuti longamente.

Assim como Joyce fala de sua própria expulsão por trás da máscara de Stephen, creio que se enxerga a ironia de Shakespeare no tema recorrente do poeta que se torna bode expiatório preferencial num mundo hostil à sua arte. Em *Sonho de uma noite de verão*, mais uma vez, todos os entretenimentos oferecidos a Teseu no Ato V são sobre poetas perseguidos por seus contemporâneos (ver Cap. 27). De modo similar, no texto de Joyce a vítima da coletividade é o único poeta de verdade no grupo inteiro.

Shakespeare é enigmaticamente caracterizado por Stephen como "Cristo-raposa em calças de couro, escondido, um fugitivo, em forquilhas doentes, dos gritos da multidão" (191). Ele e Stephen / Joyce perpetuamente espelham um ao outro, e em ambos a vida parece uma vasta caçada coletiva na qual sempre fazem o papel da caça.

Uma discussão completa de por que Joyce voluntariamente deixa obscurecida sua perspectiva nesse episódio nos levaria longe demais, mas é preciso mencionar seu objetivo mais óbvio; ele poderia ser definido como uma sátira da ação retardada. Joyce desgostava intensamente do *establishment* literário de sua época. Ele provavelmente achava que, mais cedo ou mais tarde, ele seria canonizado por pessoas semelhantes às que o ostracizaram durante sua vida, e fez de seu texto um verdadeiro campo minado, adorando a ideia, imagino, de que muito tempo após sua morte de vez em quando algum de seus motores explodiria e causaria algum estrago na cena literária.

Quando Joyce se tornou um escândalo público, e portanto uma celebridade, corria o rumor de que sua obra era uma vasta mistificação. Depois, à medida que a quantidade de obras acadêmicas a respeito dele crescia, um propósito tão frívolo foi tacitamente considerado incompatível com a seriedade de seu esforço literário. Essa ilusão é perigosa. Eu mesmo, que vou triunfantemente revelando as armadilhas joyceanas que consigo enxergar, devo estar caindo nas que não consigo. É impossível, creio, exagerar quão ardiloso é esse autor.

capítulo 30
a aborrecida vingança de Hamlet[1]

Vingança em *Hamlet*

O *status* quase sagrado atingido pela obra de Shakespeare sempre se combinou com as diversas crendices da crítica moderna – a "falácia intencional", por exemplo, letal para a percepção da ironia – para impedir-nos de responder como deveríamos ao mais precioso convite que Shakespeare nos faz: que nos tornemos seus cúmplices e compartilhemos de sua prodigiosa consciência de um processo dramático que sempre consiste em alguma forma de vitimação ou sacrifício, um processo com raízes tão profundas em nós mesmos e com efeitos tão paradoxais e ocultos que pode ser simultaneamente reativado e ridicularizado. O Malvólio de *Noite de Reis* é um bom exemplo dessa ambivalência.

O grande artista é um magneto; ele consegue canalizar nossos impulsos miméticos para a direção que ele quiser. Em algumas de suas peças, Shakespeare obviamente alude a quão pouco basta para gerar indignação em vez de simpatia,

[1] O título do capítulo é "Hamlet's Dull Revenge", fazendo referência a IV, iv, 33, em que Hamlet fala de sua "*dull revenge*". O tradutor, porém, omitiu o adjetivo *dull* em sua tradução, o que levou a optar por traduzi-lo como "aborrecida". [N. T.]

ou para transformar a tragédia em comédia e vice-versa. Em *Sonho de uma noite de verão*, por exemplo, a peça dentro da peça, a ridícula *Píramo e Tisbe*, é uma inversão paródica de *Romeu e Julieta*. E o homem que transforma heróis em vilões e vilões em heróis é na verdade um aprendiz de feiticeiro. A qualquer momento ele pode se tornar vítima de seu próprio jogo. Se os espectadores não aceitarem a vítima que ele está oferecendo, vão se voltar contra ele, vão escolhê-lo para vítima substituta; o poeta se tornará o verdadeiro bode expiatório de seu próprio teatro.

Ao recitar o prólogo de *Píramo e Tisbe*, Quince põe algumas vírgulas no lugar errado, e o elogio que se pretendia fazer soa como uma sequência de insultos. Quase nada é preciso para fazer da *captatio benevolentiae* uma *captatio malevolentiae*. Felizmente para Quince e seus amigos, Teseu é um governante sábio, que percebe a boa intenção por trás da linguagem enganosa. O que se pressente aqui é a extrema sensibilidade do artista dramático à natureza perigosa de seu trabalho. Ele tem de se preocupar não só com a diferença entre suas intenções e suas palavras, como também com a maneira como essas palavras serão ditas pelos atores e, sobretudo, é claro, com sua recepção pela plateia.

O poeta dramático depende demais da multidão para ignorar sua volubilidade essencial. O sucesso ou o fracasso pode resultar menos da qualidade intrínseca da obra do que das reações coletivas, que são imprevisíveis porque são essencialmente miméticas; de uma apresentação à seguinte, essas reações podem passar de um extremo a outro sem nenhuma razão aparente. Elas são análogas, é claro, ao fenômeno do bode expiatório em que todo teatro e, de modo ainda mais original, todo rito tem seu fundamento. Essa dependência do dramaturgo em relação ao impulso mimético da multidão não tem como dar conta, certamente, de sua prodigiosa intuição do papel da vitimação aleatória nas coisas humanas, mas certamente há de aguçar sua sensibilidade nata; ela vai intensificar os efeitos de quaisquer experiências pessoais de fenômenos similares que tenham contribuído inicialmente em sua vida pregressa para seu "dom" posterior para a dramaturgia.

Com certeza o poeta vibra com sua capacidade de levar a multidão aonde quiser. Nas primeiras peças, algumas das alusões que Shakespeare faz a essa capacidade realmente sugerem, com seu brilho e espírito quase inacreditáveis, uma espécie de júbilo. Mas deve haver um lado diferente e mais negativo do exercício desse poder. O poeta entende a *catarse* bem demais para sentir-se tão serenamente tranquilo em relação a ela quanto os críticos literários. A ideia que o próprio Shakespeare faz de seu papel de criador é muito menos exaltada do que a nossa. Ainda que seja possível perceber, em algumas de suas referências a poetas vitimados pela sociedade, um tom de compaixão e seriedade, seu tratamento geral do tema não tem nada a ver com a autopiedade pomposa que herdamos da era romântica. O dramaturgo está brincando com fogo, e se ele se queimar não pode culpar ninguém além de si mesmo.

Por que deveria o poeta orgulhar-se de oferecer vítimas substitutas à plateia? O fato de que ele mesmo não é bobo, de que ele manipula os espectadores ignorantes a distância, e de que ainda assim deseja que alguns poucos iniciados apreciem essa distância, não torna essa manipulação algo digno de louvor. A elite é convocada a compartilhar de um prazer mais sofisticado e sutil do que a catarse do plano inferior, mas que ainda assim é por natureza essencialmente catártico. A única diferença é que a satisfação dos poucos é obtida à custa dos muitos. O verdadeiro bode expiatório agora é a massa da plateia, numa inversão que se tornou a norma na literatura moderna. Contudo, não parece que Shakespeare tenha tirado daí aquela autoconfiança que desde então vem alimentando o ego de incontáveis artistas e intelectuais no mundo moderno.

É óbvio que as observações que acabo de fazer são experimentais, e na verdade nem teriam interesse se não sugerissem nova abordagem de algumas peças que ainda não mencionei, sobretudo uma peça que, até hoje, permaneceu a mais misteriosa, apesar do volume quase inacreditável de atenção crítica que recebeu.

*

Hamlet pertence ao gênero da tragédia de vingança, tão batido e inescapável na época de Shakespeare quanto o *thriller* para um autor de TV da nossa época. Em *Hamlet*, Shakespeare transformou essa necessidade do dramaturgo de continuar escrevendo as mesmas velhas tragédias de vingança em uma oportunidade para debater quase abertamente as questões que tentei definir. O cansaço da vingança e da catarse que se consegue perceber, creio, nas margens das peças anteriores, deve realmente estar lá, porque, em *Hamlet*, ele vem para o centro do palco e se articula por inteiro.

Alguns autores, que não eram necessariamente os piores, acharam difícil, segundo dizem, adiar até o final de uma longa peça elisabetana uma ação de que nunca se duvidou, e que, de todo modo, é sempre a mesma. Shakespeare consegue transformar essa tediosa tarefa numa brilhantíssima realização de duplo sentido teatral porque o tédio da vingança é aquilo de que ele realmente quer falar, e ele quer falar dele do modo shakespeariano habitual; ele vai denunciar o teatro de vingança em todas as suas peças com a máxima ousadia, mas sem negar à massa de sua plateia a catarse que ela exige, sem negar a si mesmo o sucesso dramático necessário para sua própria carreira de dramaturgo.

Se presumirmos que Shakespeare de fato tinha em mente esse objetivo duplo, veremos que alguns detalhes inexplicados da peça se tornam inteligíveis e que a função de muitas cenas obscuras fica evidente.

Para executar uma vingança com convicção, você tem de acreditar na justiça de sua própria causa. Foi isso que observamos antes, e aquele que busca vingança não crerá em sua própria causa se não crer na culpa de sua vítima pretendida. E da culpa dessa vítima pretendida segue-se, por sua vez, a inocência da vítima dessa vítima. Se a vítima da vítima já é um assassino, e se aquele que busca vingança reflete um pouco demais sobre a circularidade da vingança, sua fé na vingança há de desabar.

É exatamente isso que temos em *Hamlet*. Não pode ser despropositadamente que Shakespeare sugere que o velho Hamlet, o rei assassinado, era ele mesmo um assassino. Por pior que Cláudio pareça, ele não parece tão ruim assim dentro do contexto de uma vingança anterior; ele não consegue gerar, como vilão, a paixão e a dedicação absolutas exigidas de Hamlet. O problema de Hamlet é que ele não consegue esquecer o contexto. O resultado é que o crime de Cláudio parece a ele mais um elo numa corrente já bem longa, e sua própria vingança vai parecer só outro elo, perfeitamente idêntico a todos os demais elos.

Num mundo em que todo fantasma, morto ou vivo, só consegue executar a mesma ação, a vingança, ou clamar por mais do mesmo desde o além-túmulo, todas as vozes são intercambiáveis. Você nunca sabe com certeza qual fantasma está se dirigindo a qual outro. Para Hamlet, questionar sua própria identidade e questionar a identidade e a autoridade do fantasma é a mesma coisa.

Procurar singularidade na vingança é um vão propósito, mas abster-se da vingança num mundo que a considera um "dever sagrado" é excluir a si próprio da sociedade, é tornar-se mais uma vez um não ente. Não há escapatória para Hamlet; ele passa indefinidamente de um impasse a outro, sem conseguir se decidir por que nenhuma das opções faz sentido.

Se todos os personagens estão presos num ciclo de vingança que se estende em todas as direções, para além dos limites de sua ação, *Hamlet* não tem início nem fim. A peça desaba. O problema com o herói é que sua fé na peça é menos do que metade da fé dos críticos. Ele entende a vingança e o teatro bem demais para assumir voluntariamente um papel que os outros escolheram para ele. Seus sentimentos são aqueles que supomos ser do próprio Shakespeare. O que o herói sente em relação ao ato de vingança é o que o artista sente em relação à vingança como teatro. Mas o público quer vítimas substitutas, e o dramaturgo tem de atendê-lo. Tragédia é vingança. Shakespeare está cansado da vingança, mas não pode largá-la, senão vai abandonar sua plateia e sua identidade de dramaturgo. Shakespeare transforma *Hamlet*, uma peça de vingança típica, numa meditação sobre sua própria situação como dramaturgo.

Cláudio e o antigo rei Hamlet não são irmãos de sangue em primeiro lugar e só depois inimigos; eles são irmãos no assassinato e na vingança. Nos mitos e lendas dos quais saem a maior parte das tragédias, a irmandade está quase invariavelmente associada com a reciprocidade da vingança. Um exame atento revela que a irmandade, provavelmente o mais comum de todos os temas mitológicos, refere essa reciprocidade, e não a relação familiar específica que designa. Sendo a menos diferenciada na maioria dos sistemas de parentesco, o *status* de irmão pode se tornar marca de indiferenciação, símbolo de dessimbolização violenta, o sinal paradoxal de que não há mais sinais, e de que uma confusão furiosa tende a dominar por toda parte.

Essa interpretação é confirmada pela vasta proporção de antagonistas míticos que não são apenas irmãos, mas gêmeos idênticos, como Esaú e Jacó, Etéocles e Polinice, ou Rômulo e Remo. Os gêmeos possuem no mais alto grau a qualidade essencial da irmandade mítica: eles são indistinguíveis, eles carecem absolutamente da diferenciação que todas as comunidades primitivas e tradicionais consideram indispensáveis para a manutenção da paz e da ordem.

É surpreendente, para dizer o mínimo, que a antropologia moderna não tenha ainda redescoberto a importância dos gêmeos na mitologia e na religião primitiva. Longe de apontar uma nova direção, a ênfase exclusivamente diferencialista do estruturalismo e de suas derivações constitui a realização definitiva da tradição mais antiga e forte não só de nossas ciências sociais e de nossa filosofia, mas da própria religião. Na melhor das hipóteses, essa tendência minimiza, e, na pior, suprime completamente tudo que é essencial para a compreensão de um autor como Shakespeare, a começar pela natureza mimética do conflito humano e a tendência que daí resulta de os antagonistas agirem cada vez mais de modo similar, ao mesmo tempo que percebem falsamente cada vez mais diferenças entre si.

Se Shakespeare tivesse compartilhado a ignorância de nossas ciências sociais e de nossos críticos literários em relação aos gêmeos e irmãos mitológicos, ele jamais teria escrito *A comédia dos erros*. A característica que mais chama a atenção nessa peça é que, graças ao tema dos gêmeos despercebidos, diversos efeitos que na verdade são similares aos efeitos equalizadores do conflito trágico podem ser explorados no veio dos mal-entendidos cômicos.

A importância de gêmeos e irmãos, não só na mitologia, mas na tradição teatral que inclui, evidentemente, *Os Menecmos*, de Plauto, deve ser levada em conta se pretendemos interpretar corretamente a cena em que Hamlet, segurando os retratos de seu pai e de seu tio, ou apontando-os na parede, tenta convencer sua mãe de que há uma enorme diferença entre os dois. O "problema" de Hamlet não existiria se ele realmente acreditasse no que diz. Portanto, é também a ele mesmo que ele quer convencer. A raiva em sua voz, e o exagero em suas palavras, com suas metáforas frias, sugerem que seu esforço é vão:

> Olhe este retrato bem, e este outro aqui,
> A efígie figurada desses dois irmãos.
> Olhe só quanta graça paira nesta testa:
> Um semblante de Zeus, com cachos de Hipérion,
> Uma fronte de Marte que ameaça e comanda
> (...)
> Realmente uma forma e um belo combinado
> Onde, parece, cada deus deixou seu cunho
> Para ofertar ao mundo o estalão de um homem.
> Este era o seu marido. Agora veja o outro,
> Seu atual marido, um grão já com caruncho,
> Infectando o íntegro irmão. Você não vê?[2]

O cavalheiro faz protestos demasiados. A simetria da apresentação e das expressões do próprio Hamlet tende a reafirmar a semelhança que ele nega: "Este era o seu marido... / Seu atual marido...".

[2] *Idem* (III, iv, 53-65), p. 136.

Hamlet implora à sua mãe para que desista de sua relação conjugal com Cláudio. As toneladas de Freud que já foram derramadas sobre esse trecho obscureceram-lhe o sentido. Hamlet não se sente indignado a ponto de ir e matar o vilão. O resultado é que ele fica insatisfeito consigo e culpa sua mãe porque ela obviamente se sente ainda mais indiferente à história toda do que ele. Ele gostaria que sua mãe iniciasse o processo de vingança por ele. Ele tenta provocar nela a indignação que ele mesmo não consegue sentir, para ver se consegue ser contagiado por ela, talvez, por alguma espécie de simpatia mimética. Entre Gertrudes e Cláudio, ele gostaria de ver algum rompimento dramático que o forçasse a ficar resolutamente ao lado da mãe.

Geralmente se aceita que Gertrudes deve ter se sentido muito fortemente ligada a Cláudio. Longe de confirmar essa perspectiva, os versos seguintes sugerem exatamente o contrário:

> Nem os sentidos se dariam assim ao êxtase,
> Mas guardariam sempre uma dose de escolha
> Pra fazer distinções.[3]

Hamlet não diz que sua mãe está loucamente apaixonada por Cláudio; ele diz que, mesmo que ela estivesse, ela ainda conseguiria perceber alguma diferença entre seus dois maridos. Logo, Hamlet supõe que sua mãe, assim como ele, não percebe *nenhuma diferença*. Essa suposição está obviamente correta. Gertrudes fica calada enquanto seu filho fala porque não tem nada a dizer. A razão por que ela conseguiu se casar com os dois irmãos consecutiva e rapidamente é que eles são tão parecidos que ela sente por um a mesma indiferença que sentia pelo outro. É essa avassaladora indiferença que Hamlet percebe, e ele se ressente dela porque está tentando lutar contra ela em si mesmo. Como muitas outras rainhas shakespearianas – por exemplo, as rainhas de *Ricardo III* –, Gertrudes vive em um mundo no qual o prestígio e o poder são mais importantes do que a paixão.

[3] *Idem* (III, iv, 74-6), p. 136.

Hoje em dia, com frequência somos dominados, em nossa crítica literária, por algo que pode ser chamado de "imperativo erótico", não menos dogmático em suas exigências, e não menos ingênuo, em última instância, do que os tabus sexuais que o precederam. Com o tempo, esse filho rebelde do puritanismo vai envelhecer – assim esperemos –, e então será possível reconhecer que seus efeitos sobre a ironia shakespeariana não foram menos detestáveis e destrutivos do que aqueles de seu pai.

*

Aquilo de que Hamlet precisa, para insuflar seu espírito vingativo, é um teatro mais convincente do que o seu próprio, algo menos indeciso do que a peça que Shakespeare está escrevendo. Felizmente para o herói, e para os protagonistas que ansiosamente esperam o banho de sangue do final, Hamlet tem muitas oportunidades de assistir a espetáculos excitantes durante sua peça, e tenta gerar ainda mais, no esforço consciente de colocar a si mesmo no devido estado de espírito para assassinar Cláudio. Hamlet precisa receber de outra pessoa, no modelo mimético, o impulso que não encontra em si mesmo. Foi isso que ele tentou obter de sua mãe, como vimos, mas sem sucesso. Ele não tem sucesso também com o ator que faz para ele o papel de Hécuba. Fica evidente, a essa altura, que a única esperança que Hamlet tem de executar aquilo que sua sociedade – ou sua plateia – espera é tornar-se um *showman* tão "sincero" quanto o ator que derrama lágrimas de verdade quando finge ser a rainha de Troia!

> Não é monstruoso que esse ator aí consiga,
> Numa simples ficção, num sonho de paixão,
> Estampar na sua alma a imagem concebida
> A ponto de fazer seu rosto embranquecer,
> Derramando lágrimas, todo atormentado,
> A voz trêmula, tudo em total conjunção
> De forma e conteúdo? E tudo por nada!
> Por Hécuba!

> Quem é Hécuba para ele e ele para ela,
> Pra ele se derramar assim. E o que faria
> Se tivesse o motivo e as deixas da paixão
> Que eu tenho.[4]

Outro bom exemplo para Hamlet vem do exército de Fortimbrás a caminho da Polônia. O objeto da guerra é um naco de terra sem nenhum valor. Milhares de pessoas arriscarão a vida:

> E só por uma casca de ovo! Sim, ser grande
> Não é se mexer sem ter 'ma grande causa
> Mas entrar em briga grande por uma palha,
> Quando a honra está em jogo.[5]

A cena é tão ridícula quanto sinistra. Ela não impressionaria tanto Hamlet se ele realmente acreditasse na superioridade e na urgência de sua causa. Suas palavras constantemente o traem, tanto aqui como na cena com sua mãe. Enquanto deixa para a paixão, o motivo de sua vingança não é mais persuasivo do que a deixa de um ator no palco. Ele é "grande" também quando "briga grande por uma palha", quando arrisca tudo "por uma casca de ovo".

O efeito da cena do exército obviamente deriva, ao menos em parte, do grande número de pessoas envolvidas, da multiplicação quase infinita do exemplo, que não tem como não deixar de aumentar imensamente sua atração mimética. Shakespeare é um grande mestre dos efeitos das multidões e não esqueceria nesse momento o efeito cumulativo dos modelos miméticos. Para fazer o entusiasmo pela guerra contra Cláudio subir, é necessário o mesmo contágio irracional da guerra contra a Polônia. O tipo de incitação mimética de que Hamlet se "beneficia"

[4] *Idem* (II, ii, 551-62), p. 105-06.
[5] *Idem* (IV, iv, 53-6), p. 152.

lembra muito a essa altura o tipo de espetáculo que os governos nunca deixam de organizar para seus cidadãos quando decidem que chegou a hora de fazer guerra: uma inflamatória parada militar.

Mas creio que não é o ator, nem o exército de Fortimbrás, e sim Laertes, que, em última instância, leva Hamlet a agir. Laertes oferece o espetáculo mais persuasivo não porque oferece o "melhor" exemplo, mas porque sua situação é paralela à de Hamlet. Sendo par de Hamlet, ao menos até certo ponto, sua atitude resoluta constitui o maior desafio imaginável. Nessas circunstâncias, até o senso de emulação do homem mais apático do mundo atingirá um nível tal que o desastre que a execução da vingança exige pode finalmente acontecer.

Laertes, simples e irreflexivo, é capaz de gritar "dai-me o meu bom pai" a Cláudio e então pular dentro do túmulo de sua irmã numa louca demonstração de sofrimento. Como um cavalheiro bem ajustado, ou como um ator consumado, ele é capaz de executar com absoluta sinceridade as ações que seu meio social exige, ainda que elas contradigam umas às outras. Ele é capaz de lamentar a morte inútil de um ser humano num instante, e no instante seguinte é capaz de matar mais uma dúzia se lhe disserem que sua honra está em jogo. A morte de seu pai e a de sua mãe são para ele quase menos chocantes do que a falta de pompa e circunstância em seu funeral. No enterro de Ofélia, Laertes fica pedindo "mais cerimônia" ao padre. Laertes é um formalista e lê a tragédia de que faz parte exatamente como os formalistas de todas as cores. Ele não questiona o gênero literário. Ele não questiona a relação entre a vingança e o luto. Para ele, essas questões não têm validade crítica; elas nunca passam por sua cabeça, assim como nunca ocorre à maioria dos críticos que o próprio Shakespeare pudesse questionar a validade da vingança.

Hamlet observa Laertes pular dentro do túmulo de Ofélia, e o efeito sobre ele é eletrizante. O ar reflexivo da conversa com Horácio dá lugar a uma voraz imitação do luto teatral do rival. A essa altura, ele obviamente decide que tem de agir de acordo com as expectativas da sociedade; em outras palavras, que ele deveria se tornar outro Laerte. Como resultado, também ele tem de pular no túmulo de alguém que já morreu, isso enquanto prepara mais túmulos para os que ainda vivem:

> Santo Sangue, vai, mostra o que queres fazer.
> Vais chorar, jejuar, lutar, te lacerar?
> Comer um crocodilo, vais beber vinagre?
> Eu vou. Vieste aqui para choramingar,
> Pra me afrontar saltando dentro desse túmulo?
> Deita vivo na cova dela, eu faço o mesmo.
> [...]
> Eu também sei gritar.[6]

Para poder abraçar o objetivo da vingança, Hamlet tem de entrar no círculo de desejo mimético e rivalidade; é isso que ele, até aquele momento, não tinha conseguido, mas agora, graças a Laertes, ele finalmente alcança a histeria daquele "ciúme exangue e pálido" que constitui a fase terminal da doença ontológica tantas vezes descrita em outras peças de Shakespeare, como, é claro, *Tróilo e Cressida* e *Sonho de uma noite de verão*.

Essas palavras são uma expressão cristalina da febre mimética que leva à vitimação. Quando as escutamos, já sabemos que o fim está próximo. O trecho é tão explícito que chega a ser cômico, e é crucial para o entendimento da peça inteira, vindo depois de todas as cenas que já lemos, e confirmando sua função de cenas de incitação mimética ainda insuficiente.

Shakespeare consegue colocar essas palavras incríveis na boca de Hamlet sem diminuir a credibilidade dramática do que se segue. Seguindo Gertrudes, os espectadores atribuirão esse rompante à "loucura":

[6] *Idem* (V, i, 274-83), p. 180.

Isso é pura loucura,
E o acesso durará ainda algum tempo.
Em breve, tão paciente quanto a pomba branda,
Que vê seu par dourado eclodir de seus ovos,
Há de retomar de novo o silêncio.[7]

Um pouco depois, o próprio Hamlet, agora calmamente determinado a matar Cláudio, recordará o recente rompante em palavras muito significativas:

Mas, meu bondoso Horácio, fico triste
por me haver esquecido de mim mesmo,
frente a Laertes; vejo em minha causa
representada a sua. Estimo-o muito;
mas, realmente, as bravatas nos lamentos
deixaram-me furioso.
(V, ii, 75-80) (*Tragédias*, p. 598)

Como todas as vítimas de sugestão mimética, Hamlet inverte a verdadeira hierarquia entre o outro e ele. Ele deveria dizer: "vejo na causa *dele* representada a *minha*". Essa é a fórmula correta, obviamente, considerando todos os espetáculos que influenciaram Hamlet. As lágrimas do ator e a exibição militar de Fortimbrás já tinham sido apresentadas como modelos miméticos. Para perceber que Laertes funciona também como modelo, os dois últimos versos são essenciais. A fria determinação de Hamlet, a essa altura, é a transmutação da "fúria" que ele em vão tentara instigar em si, e que Laertes finalmente lhe comunicou com "as bravatas nos lamentos".

As fases mais agudas do processo mimético são mais obviamente compulsivas e autodestrutivas do que as anteriores. Mas elas são apenas o desenvolvimento total

[7] *Idem* (V, i, 284-8), p. 180.

daquilo que estava presente em germe antes. É por isso que esses estágios são, entre outras coisas, caricaturalmente miméticos. Tudo que estava obscuro e implícito até agora fica transparente e explícito. As chamadas pessoas normais precisam recorrer ao rótulo da "loucura" para poder não perceber a continuidade entre essa caricatura e seu desejo mimético. Diante do ataque de Hamlet dentro do túmulo, um bom psiquiatra diagnosticaria o tipo de sintoma que pertence à "esquizofrenia histriônica", ou alguma doença assim. Ele não consegue ver nada ali além da pura doença, completamente divorciada de qualquer comportamento racional, incluindo o seu próprio, que ele não percebe como mimético. Os autores de gênio nunca compartilham essa ilusão. Se a esquizofrenia frequentemente imita "para valer", se ela assume um "histrionismo" espetacular, as razões podem ser não que o paciente esteja particularmente desejoso de imitar, ou que tenha o dom da imitação, mas que ele não é tão dotado para a imitação inconsciente que todas as pessoas à sua volta vão fazendo em silêncio.

A pergunta "que pretende obter o indivíduo esquizofrênico quando age histrionicamente?" é respondida em *Hamlet*. Ele está tentando obter aquilo que todos parecem obter sem dificuldades. Ele está tentando ser ele mesmo uma pessoa normal; ele está macaqueando a personalidade bem ajustada de Laertes, o homem capaz de puxar da espada quando deve, capaz de pular no túmulo da irmã quando deve, sem parecer maluco.

O louco faz que nos sintamos desconfortáveis não porque seu jogo é diferente do nosso, mas porque é o mesmo. Trata-se do mesmo velho jogo mimético que todos nós jogamos, mas um pouco exagerado demais para nosso gosto, como se fosse jogado com força demais por alguém desprovido de senso de adequação. Esse tipo de louco tenta desesperadamente ser como nós, ou talvez apenas finja, a fim de nos deixar envergonhados, a fim de zombar de nosso servilismo avassalador. Preferimos deixar o assunto de lado e não olhar para nós mesmos no espelho que se nos oferece.

*

A própria relação ambígua de Shakespeare com o teatro é semelhante à relação de Hamlet com a vingança. Mas uma definição da peça nos termos do problema do artista como dramaturgo não pode ser mais do que um primeiro passo. *Hamlet* não seria *Hamlet* se Shakespeare, ao escrevê-la, tivesse ficado contemplando seu próprio umbigo autoral, segundo o modo dominante da produção contemporânea. Ele não teria criado uma peça cujo fascínio é tão duradouro e disseminado. Deve haver algo na transposição hamletiana do cansaço do autor em relação à vingança e suas tragédias que transcende os séculos e ainda corresponde à situação de nossa própria cultura.

O teatro, como vimos, ainda depende de processos imperfeitamente percebidos para seus efeitos catárticos, os quais são certamente muito atenuados, ainda que estruturalmente idênticos aos rituais da religião primitiva. Essa relação é admitida por alguns críticos. Em seu ensaio sobre *Coriolano*, Kenneth Burke mostra que tudo naquela tragédia é planejado para a vitimação do protagonista, e que a estratégia de vitimação mais eficiente corresponde às "regras estéticas" definidas por Aristóteles na *Poética*.[8] Em seu *Anatomia da crítica*, Northrop Frye também enxerga a tragédia como uma transposição incruenta e imaginária de ritos sacrificiais.[9] A fim de não exagerar a diferença que essa transposição pode produzir, devemos lembrar que os próprios ritos sacrificiais já são uma transposição de formas mais espontâneas de vitimação.

Por mais sutis e refinados que possam ficar os efeitos teatrais, eles continuam equivalendo a novos deslocamentos dos efeitos originais do bode expiatório, ao fim dos quais deve ainda haver uma vítima real, cuja eficácia como vítima será proporcional à satisfação trazida por sua vitimação; logo, em proporção à nossa incapacidade de perceber sua arbitrariedade. Pode ser que as formas culturais

[8] Kenneth Burke, "Coriolanus and the Delights Faction", in *Language as Symbolic Action*, Berkeley: University of California Press, 1966, p. 81-100.
[9] Northrop Frye, *Anatomy of Criticism*, New York: Atheneum, 1965 [ed. bras.: *Anatomia da crítica*, São Paulo: Cultrix, 1973].

tradicionais, como o teatro, nunca consigam dispensar totalmente a vitimação. Seria errado, porém, concluir que a mente humana está presa num processo circular sem fim. Até onde sabemos, há algo único na capacidade da cultura moderna de perceber que a vitimação é arbitrária, de, em outras palavras, interpretar os efeitos do bode expiatório como fenômenos psicossociais e não como epifanias religiosas ou estéticas.

Parece que não foi antes do fim da Idade Média que a expressão "bode expiatório" adquiriu a conotação de vitimação espontânea, coletiva em particular, que ainda tem para nós. Em todas as línguas modernas, o termo para bode expiatório, *bouc émissaire*, *Sundenbock* etc., refere essa vitimação espontânea e também o ritual descrito no capítulo XVI do Levítico, ou a rituais similares de outras culturas. Essa dupla aceitação da palavra é uma conquista do mundo moderno, e talvez seja a maior delas, o único passo decisivo na disciplina da hermenêutica cultural, o progresso mais grave, ao menos potencialmente, na criação de uma antropologia científica.

Em seu ensaio sobre o judaísmo antigo, Max Weber notou corretamente a tendência da Bíblia de ficar do lado da vítima.[10] Ele interpretou essa perspectiva única como uma distorção gerada pelos infortúnios históricos dos judeus, por não ter conseguido criar um império. Se os infortúnios históricos fossem suficientes para explicar a existência da Bíblia, deveria haver muitos outros textos semelhantes no mundo. As culturas que podemos chamar de exitosas, ao menos pelo tempo suficiente de fazer alguma diferença, são certamente muito poucas, enquanto incontáveis culturas tiveram ainda menos êxito que os judeus. Contudo, nenhuma delas jamais produziu algo semelhante à Bíblia.

O interesse de uma perspectiva como a de Max Weber é que, como todas as perspectivas mais recentes, ela reconhece a verdade sem querer. Aprovar a vitimação é

[10] Max Weber, *Ancient Judaism*, s. l.: The Free Press, 1952.

a norma mítica, e desaprová-la é monopólio exclusivo do texto bíblico. Max Weber só vê esse monopólio pela óptica afetiva e moralista; ele não suspeita de suas consequências tremendas para o conhecimento da cultura humana porque, como quase todos, está completamente cego para o papel estruturante da vitimação em relação não apenas aos temas míticos, mas às instituições e valores culturais que derivam dos mitos, incluindo, é claro, a crença da Alemanha bismarckiana nas virtudes intelectuais de um imperialismo de sucesso.

A interpretação de Weber tem suas raízes na leitura de Nietzsche da tradição judaico-cristã como o ressentimento (*ressentiment*) dos fracos contra os fortes, dos escravos contra os senhores, das vítimas contra seus perseguidores. A loucura literal da atitude de Nietzsche é que ele, por mais próximo que estivesse de perceber a verdade da cultura humana, voluntariamente defendeu sua mentira. Ele enxerga a reabilitação da vítima como uma rebelião fútil e destrutiva contra a lei de ferro da força maior. A própria febre de Nietzsche sugere que a verdade da cultura está prestes a explodir sobre a cena intelectual do mundo moderno. As forças da repressão são realmente as mesmas forças da revelação. Quanto mais histérica fica a repressão, mais evidente fica que ela é *repressão*. Hoje, é claro, a mitologia primitiva é infinitamente celebrada, enquanto o texto bíblico, quando não é completamente ignorado, é vilipendiado e desfigurado. Em nosso mundo de hermeneutas filosóficos e interpretações supostamente "científicas", o texto bíblico ocupa a posição central de bode expiatório despercebido que secretamente estrutura tudo.

Ainda que as razões dos autores bíblicos para ficar do lado das vítimas fossem primariamente psicológicas ou sociais, a questão de como se chegou a essa atitude tem na verdade pouca importância diante da própria atitude. Os críticos podem passar por cima da formidável revolução que a perspectiva bíblica representa, porque eles jamais suspeitaram do que é que realmente está por trás da mitologia, da vitimação do mecanismo do bode expiatório.

Mesmo em suas camadas mais primitivas, o texto bíblico já tende a desmitologizar com mais eficácia do que qualquer desmitologizador moderno. No Pentateuco essa desmitologização ainda ocorre dentro de um arcabouço mítico, e também, em certa medida, na tragédia grega. Com a profecia de antes e depois do exílio, esse arcabouço desaparece e os profetas denunciam abertamente a violência e a idolatria da violência. Essa revelação do Antigo Testamento provavelmente atinge o apogeu no Livro de Jó, em certos salmos, e nos Cantos do servo sofredor, o Ebed Yahveh do Segundo Isaías. Uma realização desses textos é deixar absolutamente explícito o papel do bode expiatório como fundador da comunidade religiosa, fora de qualquer contexto específico. Toda escola de intérpretes, especialmente os judeus e cristãos, tentou inserir seu contexto e excluir os demais, sem nunca perceber que, se o primeiro objeto da revelação é o mecanismo gerador de toda cultura humana, todos os contextos são igualmente válidos.

Igualmente, a paixão de Jesus nos Evangelhos deve ser lida, antes de tudo, como revelação da violência humana. A vítima perfeita não morre a fim de garantir uma imolação que seria perfeita aos olhos de um deus ainda sacrificial. Essa ideia significa que uma vítima perfeitamente não violenta e justa tornará a revelação da violência completa não apenas em suas palavras, mas por meio da polarização hostil da comunidade humana ameaçada. A morte dessa vítima revela não apenas a violência e a injustiça de todos os cultos sacrificiais, mas a não violência e a justiça da divindade cuja vontade é, assim, perfeitamente realizada pela primeira e única vez na história.

O Evangelho põe no lugar de todas as leis religiosas anteriores um único mandamento: "desista de todas as formas de retaliação e de vingança". Não se trata de um plano utópico, de um anarquismo folclórico sonhado por um reformador romântico. Se o mecanismo da vitimação tem de ser incompreendido para permanecer operante, seu desnudamento completo deixará a comunidade humana desprovida da proteção sacrificial.

A leitura tradicional de muitos temas do Evangelho sofre de distorções sacrificiais. Numa leitura não sacrificial, todos os temas encontram seu lugar, ainda que despidos de qualquer referência a um deus vingativo. O tema do apocalipse, por exemplo, ao menos nos próprios evangelhos, consiste em uma ameaça puramente humana. A profecia apocalíptica não é nada mais, nada menos, do que uma previsão racional daquilo que os homens provavelmente farão uns aos outros e a seu ambiente caso continuem a desprezar o alerta sobre a vingança num mundo dessacralizado e desprotegido sacrificialmente.[11] Longe de estar completamente exaurida, como muitos acreditam, a revelação judaico-cristã teve seu impacto retardado talvez pela incapacidade universal de ler corretamente os textos. Sua força subversiva foi filtrada pelos véus sacrificiais com que a encobriram as leituras antirreligiosas e também as religiosas e tradicionais.

A incompreensão sacrificial dos Evangelhos possibilitou as diversas fases da cultura cristã. Na Idade Média, por exemplo, os princípios do Evangelho eram superficialmente reconciliados com a ética aristocrática da honra pessoal e da vingança. Com o Renascimento, esse edifício começou a desabar, e Shakespeare foi uma das principais testemunhas desse acontecimento. Mesmo depois do desaparecimento das rixas entre as famílias, dos duelos, e de costumes semelhantes, a cultura cristã nunca se desenlaçou completamente dos valores baseados na vingança. Ainda que nominalmente cristãs, as atitudes sociais permaneceram em essência alheias à verdadeira inspiração judaico-cristã.

Essa inspiração nunca desapareceu, mas frequentemente se tornou fraca demais para desafiar as concessões dominantes, e até para tomar plena consciência de si própria. Sua influência fez-se sentir como força inominada e ambígua, uma subversão sorrateira de todas as atitudes e valores sociais.

[11] É de suma importância observar que René Girard reformou sua posição a respeito do sacrifício nos Evangelhos. "O sacrifício como assassinato e o sacrifício como disposição para morrer a fim de não tomar parte naquela primeira modalidade de sacrifício [a da religião arcaica] opõem-se um ao outro, sendo contudo inseparáveis. Assim, há dois polos opostos, mas inexiste um espaço não sacrificial intermediário, de onde possamos descrever tudo com um olhar neutro" (René Girard, *Um longo argumento do princípio ao fim*, Rio de Janeiro: Topbooks, 2000, p. 198). Veja-se, aliás, toda a sexta parte desse livro para uma discussão detalhada da posição mais recente de Girard, bem como seu livro *Achever Clausewitz*, Paris: Carnets Nord, 2007. [N. T.]

Hamlet certamente não é um covarde; vimos que sua inação, logo após a ordem do fantasma, vem de sua incapacidade de reunir os sentimentos necessários. Essa incapacidade nunca recebe a explicação direta e inequívoca que está pedindo: uma repulsa pela ética da vingança. Podemos achar que isso é estranho numa época em que a vingança sanguinária de fato estava sendo abandonada, e seu princípio sendo amplamente questionado. Por sua vez, do ponto de vista literário e dramático, o silêncio de Shakespeare não é estranho de jeito nenhum. *Hamlet* pertence a um gênero que exige que a ética da vingança seja tomada como pressuposto. Nenhuma tragédia de vingança é veículo apropriado para invectivas contra a vingança.

Ao menos exteriormente Shakespeare tinha de respeitar as convenções literárias da época. Nas tragédias de vingança, toda eloquência tem de estar do lado da vingança; todo o horror que o herói sente pelo ato da vingança, e que o artista sente por sua exploração estética, permanece um pensamento semiformado, um sentimento quase incoerente que, ao fim e ao cabo, não conseguirá obter o controle total do comportamento do protagonista, a menos que se retire da peça sua classificação oficial de peça de vingança. Os espectadores recebem as vítimas que esperam.

O gênio de Shakespeare fez que esse constrangimento trabalhasse a seu favor. O silêncio no coração de *Hamlet* tornou-se uma das principais razões do fascínio duradouro da peça, sua característica mais enigmaticamente duradoura. Como isso é possível?

Se as observações anteriores estão corretas, a dependência que a cultura humana tem da vingança e da vitimação é fundamental demais para não sobreviver à eliminação das formas mais grosseiramente físicas de violência: o assassinato efetivo da vítima. Se o fermento judaico-cristão não está morto, deve estar numa luta obscura contra camadas mais e mais profundas da cumplicidade essencial entre violência e cultura humana. Quando a luta atinge essas camadas profundas, faltam-nos as palavras para descrever as questões; nenhum conceito consegue compreender o tipo de subversão que os valores e instituições têm de sofrer. Quando falha a linguagem, o silêncio pode ser mais sugestivo do que as palavras.

Em *Hamlet*, a própria ausência de argumento contra a vingança se torna uma forte insinuação do que seja a verdadeira natureza do mundo moderno. Mesmo naqueles estágios posteriores da nossa cultura, em que a vingança física e as rixas sangrentas desaparecem completamente, ou ficam limitadas a ambientes marginais como o subterrâneo, parece que nenhuma peça de vingança, nem mesmo uma peça de vingança relutante, conseguiria tocar profundamente a psique moderna. Na verdade, a questão nunca é plenamente resolvida, e o estranho vazio no centro de *Hamlet* se transforma numa expressão simbólica do mal-estar moderno e ocidental, algo não menos forte do que as mais brilhantes tentativas de definir o problema, como a vingança subterrânea de Dostoiévski. Nossos "sintomas" sempre se assemelham àquela inominável paralisia da vontade, aquela inefável corrupção do espírito, que afeta não apenas Hamlet como os demais personagens. Os atos perversos desses personagens, as tramas bizarras que engendram, sua paixão por observar sem ser observados, sua propensão ao voyeurismo e à espionagem, e a doença geral das relações humanas fazem bastante sentido como descrição de uma terra de ninguém indiferenciada entre a vingança e a não vingança em que nós mesmos ainda vivemos.

Cláudio se assemelha a Hamlet por sua incapacidade de executar uma vingança imediata e saudável contra seus inimigos. O rei deveria reagir de modo mais explícito e decisivo ao assassinato de Polônio, que era, afinal, seu conselheiro particular; o crime foi uma ofensa pessoal a ele. Suas razões para hesitar, e depois agir apenas em segredo, podem ser diferentes das de Hamlet, mas o resultado final é o mesmo. Quando Laertes pergunta a Cláudio por que ele deixou de punir um assassino, a resposta deixa entrever um embaraço.

Até Cláudio apresenta sintomas hamletianos. Não foi só Hamlet que estava disjunto, mas também o tempo.[12] E quando Hamlet descreve sua vingança como

[12] Um trocadilho com "*The time is out of joint*", fala de Hamlet no antepenúltimo verso do Ato I. [N. T.]

"aborrecida" ou "doentia",[13] fala em nome de toda a comunidade. Para poder estimar a natureza e a extensão da doença, devemos levar em conta que todo comportamento que tendemos a interpretar como estratégico ou conspiratório pode ser interpretado também como sintoma da "vingança doentia".

Quando certo tipo de conflito se torna endêmico, sua estrutura recíproca fica evidente. Os oponentes conseguem prever os movimentos um do outro. Para poder agir com eficácia, um precisa surpreender o outro, desequilibrá-lo com alguma coisa que a reciprocidade não sugere, ou, então, ele precisa fazer de novo aquilo que a reciprocidade sugere, precisa fazer agora o movimento que o outro lado achou que seria óbvio demais, o movimento, portanto, que mais uma vez se tornou o menos previsível.

Todos têm de conceber os mesmos truques estratégicos ao mesmo tempo, e a reciprocidade que todos tentam evitar ao mesmo tempo e pelas mesmas vias ainda sairá vitoriosa em longo prazo. O resultado é que o pensamento estratégico exige sutileza cada vez maior; ele envolve cada vez menos ação, e cada vez mais cálculo. Ao fim, fica difícil distinguir a estratégia da procrastinação. A própria ideia de estratégia pode ser estratégica em relação à natureza autodestrutiva da vingança que ninguém quer encarar, ou ao menos não ainda, de modo que a possibilidade da vingança não sai de cena totalmente. Graças à ideia de estratégia, os homens podem adiar a vingança indefinidamente sem jamais desistir dela. Eles estão assustados com as duas soluções radicais e continuam a viver o máximo que podem, se não para sempre, na terra de ninguém da vingança doentia.

Nessa terra de ninguém, fica impossível definir qualquer coisa. Todas as ações e motivações são elas mesmas e seus contrários. Quando Hamlet não aproveita a oportunidade de matar Cláudio durante sua prece, isso pode ser fraqueza de

[13] No original, "*sick*", mas René Girard não se referia a nenhum trecho específico. Sobre o uso de "aborrecida", ver a primeira nota deste capítulo. [N. T.]

vontade ou cálculo perfeito; pode ser instinto de humanidade, ou requinte de crueldade. Nem Hamlet sabe o que é. A crise do *Degree* chegou aos mais íntimos recessos da consciência individual. Os sentimentos humanos ficaram tão misturados quanto as estações do ano em *Sonho de uma noite de verão*. Mesmo aquele que os experimenta não consegue dizer qual é qual, e a busca do crítico por diferenciações nítidas erra no essencial. A maior parte dos intérpretes se agarra à ilusão de que somente as diferenças podem ser verdadeiras, escondidas atrás de semelhanças enganosas, quando o contrário é que é verdade. Somente as semelhanças são reais. Não devemos nos deixar enganar pelo cabelo louro de Ofélia, nem por sua morte lamentável. Antes, devemos nos dar conta de que Shakespeare conscientemente engana seus espectadores menos atentos com esses sinais teatrais grosseiros daquilo que toda heroína pura deveria ser. Assim como Rosencrantz e Guildernstern, Ofélia se deixa instrumentalizar por seu pai e pelo rei. Ela é afetada também pela doença de seu tempo. Outro sinal de sua contaminação está em seu linguajar e em sua conduta, ambos contaminados pela estratégia erótica de uma Cressida e de outras heroínas shakespearianas menos respeitáveis. Aquilo de que Hamlet se ressente em Ofélia é a mesma coisa de que todo ser humano se ressente em qualquer outro ser humano: os sinais visíveis de sua própria doença. É a mesma doença, portanto, que corrompe o amor de Ofélia por Hamlet, e degrada o amor de Hamlet pelo teatro.

*

O propósito de Hamlet, quando ele monta sua peça dentro da peça, é denunciar Gertrudes e Cláudio ou, antes, forçá-los a denunciar a si mesmos. Isso é formidavelmente similar àquilo que muitos dramaturgos fazem hoje, excetuando o fato de que Hamlet ainda não atingiu o estágio supremo de autoengano, em que entram os teóricos e a empresa toda é justificada como se fosse uma forma superior de responsabilidade estética. Com Jean-Paul Sartre e seus sucessores, a encenação do *ressentiment* vem sendo apresentada como a mais estrita obrigação moral, a fim de que o autor denuncie indiscriminadamente seus espectadores "burgueses".

A regra do jogo é fazer que todas as Gertrudes e todos os Cláudios da plateia se levantem no meio da apresentação e deixem o teatro revoltados. Não se pode mais aceitar nada que não tenha sido rejeitado com indignação pelo público. Infelizmente, o público também pode aprender as regras e abraçar sua própria denúncia com um entusiasmo que já se tornou uma segunda natureza e não precisa mais nem mesmo ser fingido. Não existe mais diferença entre o escândalo e a convenção, entre a revolta e a conformidade. Os contrários se fundem, não numa gloriosa síntese hegeliana, mas em monstruosidades inomináveis. O sal da terra nem sequer sabe que perdeu o sabor, e a mais pungente desmistificação, a desconstrução mais sofisticada, transforma-se nas platitudes de Polônio.

O dilema não mudou; ele só assumiu formas mais extremas e espetaculares que deveriam tornar sua percepção e definição mais fáceis para nós do que para Shakespeare; mas, curiosamente, Shakespeare ainda está à nossa frente como "desmistificador". Precisamos dele, creio, para entender melhor a estranha situação histórica na qual fomos jogados pela enormidade mesma de nossas capacidades tecnológicas.

Não estou sendo irreverente. O progresso tecnológico tornou as nossas armas de guerra tão destrutivas que seu uso poria abaixo qualquer propósito racional de agressão. Pela primeira vez na história ocidental, o medo primitivo da vingança se torna novamente inteligível. O planeta inteiro tornou-se equivalente a uma tribo primitiva, mas não há, dessa vez, um culto sacrificial que possa afastar e transfigurar a ameaça.[14] Ninguém quer iniciar um ciclo de vingança que possa literalmente aniquilar a humanidade, mas ninguém quer desistir totalmente da vingança. Como Hamlet, estamos em cima do muro, divididos entre a vingança total e nenhuma vingança, incapazes de nos decidir, incapazes de executar a vingança e ainda assim incapazes de renunciar a ela. À luz dessa ameaça monstruosa, todas

[14] Não custa recordar que este livro foi publicado originalmente em 8 de maio de 1991, quando a União Soviética ainda existia. [N. T.]

as instituições se dissolvem, "os degraus das escolas, os Estados, os membros das corporações", todas as relações humanas, "as coisas todas cairão logo em conflito". A justiça perde seu nome e "os seres íntimos com máscara se acham mui vistosos".[15] A empresa está doente.

Hoje em dia, muitas pessoas reclamam das mesmas descobertas científicas e tecnológicas que idolatravam há alguns anos. Agora que as coisas começam a ficar ruins, o mesmo Deus bíblico que antes era culpado de atrasar esse progresso é acusado de incitar e promover esse perigoso empreendimento do homem moderno. Ainda estamos tentando projetar nossa própria violência nesse Deus, mas agora não adianta, porque já não acreditamos nele.

Na verdade, se a dominação do mundo inteiro pela humanidade pode ser um perigo para a humanidade, ela não pode ser culpa de algum deus, mas o espírito humano de vingança, que não se extinguiu completamente em nós. Se não tivéssemos decidido excluir as escrituras judaico-cristãs de nossa problemática cultural, só esse fato teria nos recordado imediatamente do alerta evangélico ignorado, ou parcialmente ignorado, a respeito da vingança. O texto judaico-cristão pode ser mais relevante para nosso destino, afinal, do que a mitologia edipiana de Sigmund Freud ou a mitologia dionisíaca de Friedrich Nietzsche. A essa altura, devíamos suspeitar que esse alerta contra a vingança é mais do que anarquismo utópico e sentimentalismo moralista.

Também devíamos começar a entender *Hamlet.*

Ler *Hamlet* contra a vingança é anacrônico, dizem alguns, porque isso vai contra as convenções do gênero da vingança. Sem dúvida, mas será que Shakespeare não poderia estar seguindo as regras do jogo num plano e atacando essas

[15] As citações desse parágrafo vêm do discutidíssimo discurso de Ulisses na Cena 3 do Ato I de *Tróilo e Cressida*, reprisando-se a tradução de CAN (*Tragédias*, p. 240) para os trechos referidos (ver Cap. 28). [N. T.]

mesmas regras em outro? Essa prática ambígua já não se tornou lugar-comum na crítica moderna? Será que Shakespeare é ingênuo demais para pensar isso? Não faltam indícios de que em muitas outras peças é exatamente isso que ele está fazendo: dando às multidões o espetáculo que querem e ao mesmo tempo escrevendo nas entrelinhas, para quem conseguir entender, uma crítica devastadora do mesmo princípio.

Se tememos que *Hamlet*, na perspectiva atual, vire um pretexto para fazer comentários sobre a situação contemporânea, consideremos a alternativa. As visões tradicionais de *Hamlet* estão longe de ser neutras; sua primeira consequência é que a ética da vingança é considerada normal. Não se consegue chegar à questão central da peça; ela fica excluída *a priori*. O problema de Hamlet, assim, passa da vingança mesma à hesitação diante da vingança. Por que deveria um jovem culto relutar em matar um parente próximo que é também o rei de seu país e marido de sua própria mãe? Vejam só que grande enigma, e o problema não é que nunca se encontrou uma resposta satisfatória, mas que devamos continuar a procurá-la.

Se a vasta literatura crítica sobre *Hamlet* um dia caísse nas mãos de pessoas que desconhecessem nossos costumes, elas não deixariam de concluir que nossa tribo acadêmica deve ter sido muito selvagem. Após quatro séculos de controvérsias, a relutância temporária de Hamlet em cometer assassinato ainda nos parece tão esquisita que cada vez mais livros são escritos no vão esforço de solucionar esse mistério. A única maneira de explicar esse curioso *corpus* crítico é supor que no século XX bastava um fantasma fazer um pedido, e o professor médio de literatura massacraria toda sua família sem levantar as sobrancelhas.

Ao contrário da doutrina oficial entre nós, a inserção de Hamlet em nossa situação contemporânea, e em particular a referência a algo aparentemente tão estranho à literatura quanto nossa situação nuclear, não pode desviar o crítico do caminho certo; não pode distraí-lo de sua função principal, que é ler o texto. Curiosamente, o efeito é exatamente o contrário. A referência nuclear pode nos dar um choque e nos trazer de volta o senso da realidade.

Imaginemos um Hamlet contemporâneo com seu dedo num botão nuclear. Após quarenta anos de procrastinação ele ainda não encontrou a coragem de apertar o botão. Os críticos à sua volta começam a ficar impacientes. Os psiquiatras ofereceram seus serviços e chegaram à resposta habitual: Hamlet é um homem doente.

De qual doença ele sofre? O Dr. Ernest Jones, amigo e biógrafo de Freud, diagnosticou o caso. Estando na linha direta de sucessão apostólica, ele é muito reverenciado, e sua opinião é muito importante. Ele, um verdadeiro homem de ciência, não faz diagnósticos apressados, e, mesmo depois de um exame atento do paciente, admite voluntariamente que não consegue enfrentar o grave sintoma da hesitação de Hamlet sem hesitar ele mesmo entre duas doenças distintas: *paralisia histérica da vontade* e *abulia específica*. Mas isso não passa de uma incerteza menor. A respeito da causa última, nenhum psicanalista hesita. Assim como Polônio também pensava, Ernest Jones está convencido de que os problemas de Hamlet são estritamente sexuais.

A única diferença entre Jones e a avaliação de Polônio é uma mudança da filha do analista para a mãe do paciente. Essa mudança deixa tudo mais interessante e moderno. Como o nosso tempo saiu mais dos gonzos do que o outro, há de produzir os Polônios mais sofisticados que tanto merece.

Se os psicanalistas conseguissem colocar o Hamlet contemporâneo no divã, se pudessem resolver seu complexo de Édipo, sua abulia específica desapareceria; ele ia parar com essas besteiras e apertar o botão como um homem de verdade.

Quase todos os críticos aderem à ética da vingança. O psiquiatra considera a ideia mesma de abandonar uma doença que lhe cabe curar, e o crítico tradicional considera a vingança uma regra literária que ele deve respeitar. Outros, ainda, tentam ler *Hamlet* por meio das ideologias populares de nossa época, como a rebelião política, o absurdo, o direito do indivíduo a uma personalidade agressiva etc. Não é acidental que a santidade da vingança sirva como veículo perfeito para todas as máscaras do *ressentiment* moderno. O formidável consenso em favor da vingança verifica, creio, a concepção da peça como terra de ninguém entre a vingança total e nenhuma vingança, aquele espaço especificamente moderno em que tudo é perpassado pela vingança doentia.

Hoje em dia está na moda dizer que vivemos num mundo inteiramente novo, no qual mesmo nossas maiores obras de arte se tornaram irrelevantes. Serei o último a negar que há algo único em nosso mundo, mas também há algo único em *Hamlet*, e podemos perfeitamente estar nos enganando a fim de não encarar um tipo de relevância que não é bem-vinda.

Não é *Hamlet* que é irrelevante, mas o muro de convenções e ritualismo com que cercamos a peça, mais em nome da inovação do que da tradição. À medida que mais acontecimentos, objetos e atitudes à nossa volta proclamam a mesma mensagem cada vez mais alto, a fim de não ouvir essa mensagem, precisamos condenar uma parte maior de nossa experiência à insignificância e ao absurdo. Graças aos grandes críticos da moda da atualidade, chegamos ao ponto em que a história não faz sentido, a arte não faz sentido, a linguagem e o próprio sentido não fazem sentido.

Ainda que reconfortante superficialmente, esse *nonsense* de que gostamos de nos cercar constitui uma rendição tácita às forças que levaram Hamlet ao último ato de sua peça, e que podem levar, hoje, a seu equivalente planetário. Não pode ser coincidência fortuita que o mundo, que quatro séculos atrás escreveu *Hamlet* e hoje se vê num estranho impasse histórico sobre o qual preferimos não refletir, seja também o mundo cuja única lei religiosa é renunciar à vingança, o mundo que agora se recusa até a mencioná-la mas não pode mais ignorá-la, o mundo que se vê cada vez mais compelido a obedecer a essa lei – ou perecer.

Nós mesmos criamos essa situação, sem a ajuda de ninguém. Não podemos culpar nenhum deus vingativo por ela. Não temos mais deuses sobre os quais podemos jogar a responsabilidade que assumíamos tão orgulhosamente quando ela não parecia ameaçadora. Ainda que a situação em que agora nos encontramos fosse eminentemente previsível, a maioria dos filósofos e cientistas não conseguiu prevê-la; os poucos que conseguiram nunca foram levados a sério.

À medida que a cultura moderna se voltou para a ciência e para a filosofia, à medida que o lado grego de nossa herança se tornou dominante, a tal ponto que as mitologias em sentido estrito, com disciplinas como a psicanálise, fizeram uma espécie de retorno intelectual, o texto judaico-cristão foi mandado para as margens exteriores de nossa vida intelectual; agora, ele está inteiramente excluído.

O resultado é que não se consegue entender rigorosamente nada de nossa situação histórica atual. Começamos a suspeitar que está faltando algo fundamental em nossa paisagem intelectual, mas não ousamos perguntar seriamente o quê. A perspectiva é assustadora demais. Fingimos não ver a desintegração de nossa vida cultural, a futilidade desesperada dos espetáculos de marionetes que ocupam o palco vazio durante esse estranho intervalo do espírito humano. Desceu um silêncio sobre a terra, como se um anjo estivesse prestes a abrir o sétimo e último selo de um apocalipse.

Hamlet não é mero jogo de palavras. Conseguimos entender *Hamlet* do mesmo modo que conseguimos entender nosso mundo: interpretando os dois contra a vingança. É dessa maneira que Shakespeare queria que *Hamlet* fosse entendido, e é assim que deveria ter sido há muito tempo. Se agora, neste momento de nossa história, não conseguimos ler *Hamlet* contra a vingança, quem jamais conseguirá?

capítulo 31
desejamos demolir o santuário?

Desejo e morte em *Otelo* e outras peças

Otelo não é apenas o drama de um amante crédulo enganado por um vilão sinistro; para entender o que acontece com o Mouro, é útil comparar sua tragédia com a peça a que ela mais se assemelha dentre todas as obras de Shakespeare, *Muito barulho para nada*. Os principais ingredientes da tragédia já estão presentes na comédia. Além de ser um rapaz inexperiente e sem autoconfiança, Cláudio é um forasteiro em Messina. O resultado é que, ao cortejar uma moça, ele se sente obrigado a recorrer a um intermediário e volta-se para seu comandante militar, Dom Pedro. Assim como Cláudio, Otelo tende a descrer de sua própria boa sorte. Como poderia uma bela moça veneziana se apaixonar sinceramente por ele? Diante da ideia de entrar pela primeira vez no mundo excelso da nobreza veneziana, Otelo tem uma crise de pânico e também recorre a um intermediário: Cássio, seu tenente.

Em ambas as peças, o protagonista e seu intermediário são soldados de patente desigual. Em *Muito barulho para nada*, o homem mediado está abaixo de seu mediador, e isso não é insignificante. Em *Otelo* a hierarquia é invertida, mas o mediador, Cássio, parece gozar de uma grande superioridade em relação a Otelo.

Cássio é tudo que Otelo não é: branco, jovem, bonito, elegante e, acima de tudo, um verdadeiro aristocrata veneziano, um verdadeiro homem do mundo, sempre à vontade perto de gente como Desdêmona. Otelo tanto aprecia Cássio que escolhe a ele e não a Iago como seu tenente.

As mesmas qualidades que tornam um homem atraente como intermediário tornam-no formidável como rival. Conhecemos essa ambivalência quintessencialmente shakespeariana. O ciúme do protagonista tem suas raízes não naquilo que Desdêmona faz, nem naquilo que Iago diz, mas na fraqueza interior que forçou Otelo a recorrer a um intermediário. Quando Desdêmona fala em favor de Cássio com seu marido, ela se recorda do rapaz "que fez parte de sua corte".[1] É infeliz sua escolha de palavras, pois sugere que Cássio estava desempenhando em relação a ela o mesmo papel que o próprio Otelo, e é exatamente isso que receia Otelo. Com toda a inocência, Desdêmona lembra Otelo daquilo que ele mais gostaria de esquecer. Contudo, Otelo tem tanta necessidade de intermediário quanto Cássio. Desdêmona já tinha se apaixonado por ele antes que ele notasse sua existência; se ele não a tivesse cortejado, ela própria lhe teria feito a corte.

Outra semelhança entre *Otelo* e *Muito barulho para nada* é o fascínio dos dois heróis com a suposta promiscuidade de suas esposas presentes ou futuras. As calúnias não extinguem seu interesse por elas, mas alteram sua natureza. Em ambas as peças os personagens ficam mimeticamente excitados ao pensar nos diversos homens com quem essas mulheres supostamente se deitaram, e querem tomar parte nessa turba imaginária. Quando o desejo erótico se torna coletivo, ele se transforma em vil luxúria e começa a cobiçar a depravação de seu objeto presumivelmente depravado. Aos olhos de Cláudio e Otelo, Hero e Desdêmona passam a ser aquilo que chamamos de "objetos sexuais", e são desejadas tão intensamente quanto são desprezadas.

[1] William Shakespeare. *A tragédia de* Otelo, *o Mouro de Veneza.* (III, iii, 71). Tradução e notas de Lawrence Flores Pereira. São Paulo: Companhia das Letras, 2017, p. 193.

Uma última semelhança entre *Otelo* e *Muito barulho para nada* é o papel do vilão nas duas peças. Se o autoenvenenamento mimético que determina a conduta dos dois heróis fosse exibida muito escancaradamente, eles não funcionariam como heróis, porque pareceriam horríveis demais. Um grau mínimo de identificação com a plateia é indispensável. É por isso que, tanto na comédia quanto na tragédia, Shakespeare colocou ao lado do herói um vilão que é na verdade um substituto sacrificial para o herói.

Dom João é muito rudimentar, não convence muito, mas Iago é complexo e fascinante. Ao deixá-lo com ciúmes de Cássio, seu rival profissional de sucesso, e de Otelo, que ele suspeita ter tido um envolvimento erótico com sua esposa, Shakespeare confere a esse vilão consistência mimética e assim desvia para ele grande parte da feiura que caberia a Otelo. Surge à plena luz do dia toda uma paisagem de ciúme e inveja infernais que permanecera escondida em *Muito barulho para nada* – ocultação que faz com que a comédia pareça às vezes tão enigmática que beira o ininteligível.

A quase irrelevância da perfídia de Iago pode ser percebida no fato de que ele praticamente nem precisa enunciar seus pensamentos para sugeri-los a Otelo:

> *Iago*: Meu nobre senhor –
> *Otelo*: Que dizes, Iago?
> *Iago*: Cássio sabia de seu amor, quando estava
> Cortejando a minha senhora?
> *Otelo*: Sim, do início ao fim.
> Mas por que perguntas?
> Iago: Só para a satisfação do meu pensamento;
> Nenhum mal.
> *Otelo*: Como assim teu pensamento, Iago?
> *Iago*: Não sabia que eles tinham proximidade.
> *Otelo*: Sim, estava com frequência entre nós dois!

Iago: É verdade?
Otelo: Sim, verdade, sim. Vês algo de estranho nisso?
Ele não é honesto?
Iago: Honesto, senhor?
Otelo: Honesto. Sim, honesto.[2]

Iago é o confidente perfeito porque é o duplo mimético de Otelo e, portanto, está tão próximo dele que um homem se torna a imagem espelhada do outro, como na continuação do diálogo citado agora:

Otelo: Honesto. Sim, honesto.
Iago: Senhor, por tudo o que sei.
Otelo: O que estás pensando?
Iago: Pensando, senhor?
Otelo: Pensando, senhor! Céus, tu me ecoas em tudo.[3]

Não é preciso semear as sementes da desconfiança; o papel de Iago consiste essencialmente em explicitar os pensamentos que Otelo em vão tenta reprimir.

Otelo: Só penso que Desdêmona é honesta.
Iago: Então,
Longa vida a ela e ao senhor por pensar assim.
Otelo: Contudo, a natureza às vezes se extravia...
Iago: Eis o ponto: se não me atrevo, por exemplo
Quando ela rejeita propostas de casamento
Dos que são de sua terra, cor e distinção,
Tendência que seria a mais natural...
Fuff. Dá para cheirar nesse desejo rançoso

[2] *Idem* (III, iii, 93-103), p. 194.
[3] *Idem* (III, iii, 103-6), p. 195

Aberrações sujas, juízos anormais...
Perdoe-me: se digo isso, não estou
Falando dela – embora tema que talvez
Seu desejo, resgatando um melhor juízo,
Venha a compará-lo aos padrões do país
E talvez se arrepender.[4]

Iago sequer precisa sugerir que cedo ou tarde Desdêmona acabará se apaixonando por alguém de seu próprio mundo, porque Otelo acredita nisso por si só. Como todas as pessoas apaixonadas, o Mouro não percebe que sua esposa se assemelha a ele muito mais do que sugerem as aparências. Ela sente atração por ele por razões paralelas às razões por que ele sente atração por ela. Nenhum dos dois percebe que o outro obedece à mesma dinâmica centrífuga do desejo mimético que ele e ela também exemplificam.

*

Já demonstrei que Desdêmona deseja não "o verdadeiro Otelo", mas uma imagem mimética criada segundo os relatos emocionantes de sua vida aventureira. Ele é o Amadis de Gaula dela. A principal diferença entre ela e as mulheres românticas das comédias é que, como cabe a uma heroína trágica, ela prefere os épicos à poesia açucarada de Lisandro e Hérmia.

Brabâncio é o primeiro Otelo de Desdêmona, não no sentido freudiano de o pai estar sexualmente apaixonado pela filha ou ela por ele, mas no sentido mais realista de servir de primeiro modelo para seu desejo. A fome de Brabâncio pelas fantásticas aventuras de Otelo é a verdadeira origem do drama (ver Cap. 20). Em vez de dar ouvidos às palavras de seu pai e de obedecer a seus desejos explícitos, Desdêmona segue seu anseio por coisas exóticas e imita a fraqueza secreta nele que escancara o aprisco aos lobos devoradores.

[4] *Idem* (III, iii, 223-36), p. 198-99,.

O desejo mimético sempre vai direto à verdade de seu mediador, mesmo que a linguagem do último esconda essa verdade. Conseguimos perceber isso tanto no caso de Desdêmona e do próprio Brabâncio, que entende o desejo da filha porque esse desejo é idêntico ao dele. Quando ele diz que, por ter enganado seu pai, ela enganará também a Otelo, ele fala com muita perspicácia; Iago repetirá essas preciosas palavras ao marido enciumado.

Ainda que Otelo se equivoque ao pensar que Desdêmona poderia se apaixonar por Cássio ou por alguém como ele, seu receio está longe de não ter fundamento. Na rotina da vida de casado, é impossível que o valor de exotismo de um marido não se evapore; tivesse continuado a viver, Desdêmona poderia ter-se voltado para Otelos mais jovens. Desdêmona anseia por espetáculos de violência e fica tão fascinada com a batalha iminente em Chipre que tem de estar lá, ainda que tenha de ir num navio separado. Ela mesma define muito bem a natureza de seu desejo:

> Que eu amo o Mouro a ponto de viver com ele,
> Minha extrema violência e meu desdém à sorte
> Já esbravejam para o mundo. Minha essência está
> Atrelada às virtudes desse senhor (...).[5]

Desdêmona é tão fascinada pelo mundo sombrio e violento de Otelo que não faz nada para salvar a própria vida quando percebe seu intento assassino. Pelo contrário, ela se prepara para a morte como se prepararia para uma noite de amor. Não devemos ler sua submissão pela óptica da heroína romântica de Verdi. Ela é a "bela guerreira"[6] de Otelo, e o fim trágico atende às suas mais secretas expectativas. *Otelo* é uma peça de desejo funesto. Quando o modelo e o obstáculo realmente se tornam um só, Eros e a urgência destrutiva também se unem, e é isso que Shakespeare retrata na conclusão.

[5] *Idem* (I, iii, 248-51), p. 155,
[6] *Idem* (II, i, 182), p. 167,

Essa fusão de libido e morte violenta é o resultado final da mímesis conflituosa, a suprema destruição a que as comédias não podem aludir. Mesmo em *Otelo* Shakespeare não deixa seu sinistro apocalipse do desejo óbvio demais. Aqui, mais uma vez, ele tem de pensar em sua plateia, e por isso recorre ao substituto sacrificial. O responsável pelo final violento parece ser apenas Iago, não Otelo, e muito menos Desdêmona.

Longe de ser um mal-entendido, a tragédia do final é o entendimento definitivo entre Otelo e Desdêmona. Como posso ter certeza disso? A verdade que apenas se entrevê em *Otelo* está completamente explicitada numa peça anterior, *Noite de Reis*. Ou melhor, a verdade está tão velada e ambígua numa peça quanto na outra, mas uma rápida comparação de textos paralelos desfará suas respectivas ambiguidades e deixará tudo claro e cristalino.

Ao final de *Noite de Reis*, quando descobre que Olívia está apaixonada por Viola, o Duque Orsino fica louco de ciúmes. Ele quer se vingar da culpada presumida, Viola, que ele confunde com um rapaz. Nesse estado feroz, ele rapidamente alude ao ensandecido ciúme de um egípcio que matou sua amada "a ponto de morrer", e cujo exemplo deseja seguir:

> *Duque*: Que ora me fica
> por fazer?
> *Olívia*: O que achardes, meu bom lorde,
> que melhor vos assenta.
> *Duque*: Por que causa
> não me consente o peito fazer como
> certo ladrão egípcio que, no ponto
> de morrer, tirou a vida à bem-amada?
> Pode ser ciúme bárbaro, mas algo
> de nobreza revela. Ouvi-me, ao menos:
> visto me desprezardes a constância,
> e eu suspeitar a causa de não ser-me
> possível alcançar meu merecido

lugar no vosso apreço, continuai
viva, oh, bela tirana empedernida!
Quanto ao moço a que amor dedicais tanto,
e que eu também – o céu me ouça as palavras! –
amo de coração, hei de arrancar-vo-lo
dos olhos cruéis onde ele o cetro empunha
para despeito do amo. Vamos, jovem!
Minha resolução já está madura
para a vingança. Vou dar morte à ovelha
muito amada, contanto que atormente
quem tem peito de corvo e alma inocente.
(V, i, 115-31) (*Comédias*, p. 425)

Talvez meus leitores venham objetar que Viola não é Olívia e que o ciúme do duque é inteiramente justificado, ao passo que o de Otelo não é. Isso é verdade, mas a situação está muito mais próxima da tragédia do que parece. O ladrão egípcio, modelo de violência de Orsino, é na verdade uma prefiguração de Otelo, assim como o próprio Duque, ao planejar assassinar a mulher que o ama e a quem ele também ama. O que torna essa cena decididamente "otelesca" é a reação de Viola à ameaça de Orsino, sua disposição de morrer nas mãos de um amante assassino, uma contrapartida cômica da aceitação voluntária da morte por Desdêmona:

E eu, de grado e jucundo, aceitaria
mil mortes para dar-vos alegria.
(V, i, 132-3) (*Comédias*, p. 425)

É claro que a morte frequentemente tem significado sexual em Shakespeare, como certamente é o caso aqui. Mas, longe de destruir meu argumento, o trocadilho sexual o reforça. Como tudo mais em Shakespeare, a irmandade entre a morte e o desejo pode ser interpretada de modo cômico ou trágico.

Quer "ocorra de verdade" ou não, quer apareça como trocadilho ou não, a conclusão violenta alude à presença avassaladora da morte no clímax do processo mimético. À medida que o desejo fica cada vez mais obcecado pelos obstáculos que vai gerando, ele corre inexoravelmente para a aniquilação do eu e do outro, assim como o cortejar erótico corre para sua realização sexual.

A fim de entender Desdêmona e Otelo, podemos compará-los com Romeu e Julieta. A morte desses dois jovens é na verdade consequência não da disputa de seus pais mas de sua própria precipitação absurda, que deve ser entendida como a realização de uma aspiração explicitada por Romeu em sua conversa com Frei Lourenço. Graças à substituição sacrificial que determina toda representação ao nível daquilo que anteriormente chamamos de "peça superficial", a responsabilidade por essas mortes é atribuída a algum vilão traiçoeiro, de preferência um pai (aqui, o velho Capuleto), mas a verdadeira verdade da peça está na corrida voluntária para a destruição e para a morte.

Como sempre em Shakespeare, o pai malvado e a rixa familiar são meros espantalhos, basicamente irrelacionados ao fim trágico, exceto no nível superficial e sacrificial da mitologia contracultural. O velho Capuleto é tão irrelevante para o drama inteiro quanto, no Ato V de *Sonho de uma noite de verão*, o muro, o leão e o pai – *toujours lui* – são para a morte de Píramo e Tisbe.

Esses ridículos amantes provavelmente são o principal modelo para a trama de *Romeu e Julieta. Sonho de uma noite de verão* foi escrita imediatamente depois da tragédia, e sua peça dentro da peça satiriza os truques sacrificiais da obra anterior, sua exploração cínica da credulidade romântica. Píramo e Tisbe morrem como resultado da mesma precipitação absurda de Romeu e Julieta. Dessa nova vez, Shakespeare zomba escancaradamente de um rapaz que corre para o suicídio sem nem mesmo verificar se sua amada está realmente morta. Frei Lourenço tentou em vão abortar essa pressa louca para a morte com seu sábio aviso a Romeu: "Essas violentas alegrias têm fim também violento" (II, vi, 9) (*Tragédias*, p. 48). Como *Otelo*, *Romeu e Julieta* é uma peça de desejo funesto, um desejo que não se sente mais tentado por nada além de sua autodestruição apocalíptica. Esse desejo funesto assume muitas formas diversas em Shakespeare; uma de suas expressões mais notáveis aparece em *Medida por medida*, em que a súbita paixão de Ângelo por Isabela é despertada pela pureza angelical de uma jovem mulher que só se interessa pelo ascetismo religioso. A indiferença dela pelos homens é par para a desdenhosa indiferença dele em relação às mulheres. Ele considera a castidade dela uma afronta pessoal, um ato de crueldade, um desafio irresistível, um obstáculo deliberadamente posto em seu caminho, o *skandalon* definitivo.

> Oh, inimigo astucioso, atrais os santos
> com isca de outros santos! A mais grave
> tentação é a que incita para o crime
> por amor à virtude. A prostituta,
> com a dupla força que a arte e a natureza
> lhe conferem, jamais pode abalar-me;
> mas agora me sinto dominado
> por esta jovem pura.
> (II, ii, 179-85) (*Comédias*, p. 540)

A pureza de Isabela se torna o duplo mimético do puritanismo de Ângelo, um rival mortal que precisa ser derrotado. Isso é o contrário de Cláudio e Otelo, que cobiçam a promiscuidade, e no entanto é a mesma coisa. Ângelo admite abertamente a natureza destrutiva de seu desejo. Suas palavras mostram que há algo mais em jogo em sua paixão do que um capricho lamentável mas insignificante. Como num relâmpago, revela-se subitamente toda uma dimensão aterrorizante do desejo:

> Sobrando-nos espaço, desejamos
> demolir o santuário para nossa
> abjeção aí plantar?
> (II, ii, 169-71) (*Comédias*, p. 540)

Em menos de três versos, Shakespeare define a aspiração máxima para o mal que se torna o desejo mimético em seu extremo máximo. Não há fatalidade nesse mal, nem determinismo inconsciente, mas um consentimento deliberado da vontade. O desejo de demolir o santuário não pode ser reduzido a uma força anônima como a entropia ou um "instinto de morte", e ainda menos à hipocrisia insípida da nossa "pulsão de morte". Essa última expressão é a mais enganosa de todas, na medida em que sugere que o impulso para a morte e a destruição é de algum modo distinto do desejo comum, um acréscimo insignificante, algo necessariamente alheio à bela inocência do desejo, que é nosso preconceito mais teimoso porque é também o último mito que nos resta, nosso único substituto para uma montanha de ilusões já descartadas. Aqui, mais uma vez, Agostinho é um guia melhor para o bom entendimento de Shakespeare do que Freud e todo seu cortejo de epígonos pós-modernos.

capítulo 32
amá-la de saber que a amo assim

Figuras retóricas nos *Sonetos*

Os sonetos contêm certos materiais miméticos impressionantes, e certamente merecem um lugar neste livro. Não sabemos exatamente quando Shakespeare os escreveu, mas a maior parte dos estudiosos concorda que deve ter sido bem no início de sua carreira. Tivesse eu seguido estritamente a ordem cronológica presumida das obras, tê-los-ia discutido antes.

Alguns deles são tão formidáveis que, por certo tempo, cogitei iniciar este livro com eles. Essa solução teria ajudado minha estratégia geral de máxima dependência do autor como explicador de suas próprias obras. Por fim, decidi que não a usaria, por receio de pôr mais lenha na eterna fogueira da "falácia biográfica". A ênfase inicial nos sonetos poderia ter sugerido que minha perspectiva do teatro tem sua origem neles e não no próprio teatro. A questão número 1 em relação aos sonetos é sempre a mesma: "São ou não são autobiográficos?". Se eu tivesse iniciado este livro com os sonetos, ele poderia ter sido confundido com uma vasta extrapolação do triângulo mimético que domina esses poemas. Não é nada disso. No que tange à minha descoberta pessoal de Shakespeare, a obra inicial e mais seminal, com muitos leitores sem dúvida já imaginam, foi *Sonho de uma noite de verão*.

*

Os três protagonistas dos sonetos são o próprio poeta, um rapaz que ele ama, e a celebrada *dark lady*, uma amante sensual e inconstante. Em muitos sonetos aparecem só dois personagens, o poeta e o rapaz, ou o poeta e a *dark lady*. Num grupo menor, mas de tamanho considerável, três personagens interagem. Destes, dois são o poeta e seu rapaz. O terceiro é alguém que compete pela atenção do rapaz – um segundo poeta, ou a própria *dark lady*.

O segundo poeta é uma figura um tanto secundária e sem importância; a *dark lady* é a principal rival e também um objeto erótico do autor. Os poemas em que os três protagonistas aparecem abertamente discutem o triângulo mimético, complexo e em permanente mutação, que eles formam. Eis um primeiro exemplo, o soneto 42:

> Que a tenhas tido não lamento, posto
> que a amei, pode dizer-se, caramente.
> Que ela te tenha é que é o meu desgosto,
> perda de amor que sinto intimamente.
> Amados ofensores dou-vos escusa,
> amá-la de saber que a amo assim
> e ela é por meu bem que assim abusa
> e ao amigo cedeu por mor de mim.
> Perco-te e meu amor na perda ganha,
> se a perde, meu amigo achada a tem,
> encontra-se e eu perco-os e tamanha
> a cruz que me dão ambos por meu bem.
> Ó ventura, ele e eu um só se chama.
> Doce lisonja, é só a mim que ela ama.

A questão autobiográfica é irrespondível e, de todo modo, não tem nenhum interesse real. Mas a questão "existencial" é completamente diferente. O desejo retratado nesse soneto e em todos os sonetos é o mesmo do teatro. Presumir que um autor como Shakespeare tenha passado a vida inteira escrevendo sobre um assunto que considerava irrelevante é nada mais do que ridículo.

O poeta suspeita de um caso entre seus dois amigos, e isso o deixa nervoso, mas ele fica confortado pela ideia de que eles têm interesse um pelo outro por causa dele. "Amá-la de saber que a amo assim" etc. significa que o poeta é o mediador dos "amados ofensores". Se sua influência é ainda a dominante, ele pode se dar ao luxo de ser magnânimo; seu orgulho está intacto. Mas será que isso é verdade? "Doce lisonja" sugere o contrário. O raciocínio tortuoso do soneto pode ser uma elaborada tentativa de autoengano.

Sem a teoria mimética, não podemos sequer fazer um resumo competente do soneto. Esse fato, por si, é impressionante. Quase todo crítico dirá que o desejo mimético é irrelevante para a poesia, que é aliás intrinsecamente antipoético. Ele pode ser de alguma utilidade na literatura satírica, *esprit* à moda francesa, mas não tem nada a dizer sobre a poesia, e a poesia, como sabemos, é o Santo dos Santos da literatura.

Esse soneto e outros seus semelhantes nunca deveriam ter sido escritos, ainda mais por um poeta como Shakespeare. Deveríamos duvidar de sua autenticidade? Isso é impossível; eles são quintessencialmente shakespearianos, como *Noite de Reis* e *Tróilo e Cressida*. Eles recordam aquelas doenças em Molière com que os médicos do século XVII não tinham de se preocupar: sua existência não era reconhecida pela *faculté*.

Será que meu preconceito pessoal poderia estar exagerando o embaraço que esses sonetos deveriam causar aos *bien-pensants* literários? Se a vasta maioria dos sonetos é *dual*, alguns sonetos *triangulares* não podem ter tanta importância; até os maiores poetas se equivocam às vezes. Com miríades de sonetos autenticamente poéticos a nosso dispor, imaculados pelo contágio mimético, por que se preocupar com umas poucas exceções lamentáveis?

Examinemos um soneto "dual" dirigido à *dark lady*. À primeira vista, ele parece reconfortar os guardiães da ortodoxia:

De que poder tens força tão temível,
que o coração em falha me desvia,
que me faz dar mentira no visível,
jurar que a luz não favorece o dia?
De onde tens tal fazer, de mal, agrado,
que até o refugo dos teus actos vem
em força e garantia tão dotado
que o teu pior, em mim, é sumo bem?
Quem te ensinou a pôr-me a amar-te mais,
se causa de ódio mais escuto e vejo?
Se eu amo o que detestam outros tais,
não deves detestar-me em tal cotejo.
    Se na baixeza meu amor levantas,
    mais valho de que tu me ames às tantas.
        (Soneto 150)

Em vez de um triângulo erótico, o que temos nesse soneto são muitas *figuras de linguagem* notáveis. É isso que os críticos modernos gostam de ver nos poemas. Eles foram ensinados a enfatizar a linguagem. Na crítica contemporânea, a linguagem é tudo – eis a grande descoberta da nossa era. O que faz da poesia o que ela é não é o que ela diz, mas como ela diz.

Nossas figuras de linguagem nos lembram aquelas das comédias. Elas consistem em justapor expressões que significam o "oposto" uma da outra, *força* e *falha*, *pior* e *sumo bem*, *amar* e *ódio*, *baixeza* e *mais valho*. Se dois opostos estão em próximo contato, seus dois significados tendem a anular um ao outro, como a matéria e a antimatéria. É isso que sempre ouvimos, que aliás parece bastante lógico. Se o poeta insiste nessa espécie de conjunção de *nonsense*, ele deve ter em mente algo distinto da função comunicativa normal da linguagem.

Que propósito é esse? Todas as respostas atuais a essa pergunta ainda se baseiam, ao que me parece, na *littérarité* de Roland Barthes. O que quer que distinga um poema estilisticamente concentra a atenção do leitor no poema como poema, em sua identidade poética. Por meio de suas figuras de linguagem, e também por meio de sua forma poética em si – no caso, a forma do soneto –, o poema diz: "sou literatura". Especialmente na poesia, mas também na prosa, a univocidade da denotação dá lugar a muitas conotações. A principal delas é a distintividade da literatura como literatura, sua "literariedade".

Sem dúvida que parte disso é verdade. O insistente reaparecimento da mesma figura de linguagem em nosso soneto alardeia sua especificidade literária. Mas será essa a única ou mesmo a principal função do oximoro no poema? Óbvio que não. O efeito estilístico é tão significativo aqui quanto nas comédias.

Ainda que o soneto 150 pareça dual, um pouco de atenção mostrará que ele é tão triangular quanto o soneto 42, só que de modo menos explícito. Na ausência de um terceiro personagem, o poeta não consegue decifrar completamente os truques da *dark lady* e apenas alude a eles por meio de figuras de linguagem. Mas a reclamação que o poeta faz da amante não deve ser facilmente descartada. Ele é vítima de sua estratégia mimética. Longe de *tolamente* cancelarem uma à outra, como a segunda parte da palavra "oximoro" sugere – *moron*[1] significa quase a mesma coisa em grego e em inglês –, os dois opostos expressam aspectos opostos da experiência do autor. Sua coexistência está longe de ser pacífica, mas não é tão mutuamente destrutiva que vá terminar em *nonsense*.

Os truques miméticos da *dark lady* consistem em brincar constantemente com os afetos de mais de um homem. Essa é a fonte de seu poder sobre o poeta. A fidelidade não faria que ela exercesse metade da atração que exerce sendo infiel.
É por isso que os sentimentos do poeta em relação a ela são tão "contraditórios". Ele acha que ela é desejável e repulsiva, deliciosa e abominável. Vem-nos à mente Tróilo enfurecido, mas impotente, ao ver Cressida nos braços de Diomedes...

[1] A palavra em inglês é *oxymoron*. *Moron*, em inglês, significa "tolo, bobo". [N. T.]

É, portanto, literalmente verdadeiro que, no que concerne a essa mulher, que "seu pior é sumo bem". É literalmente verdadeiro que o poeta a ama com a mesma fúria com que a detesta. Sua escravidão é paradoxalmente reforçada por aquilo que, desde o ponto de vista da lógica não mimética, deveria acabar com ela. É literalmente verdadeiro que a mulher deva seu poder à sua "falha" – em outras palavras, ao defeito moral que a torna receptiva às propostas de outros homens. É literalmente verdadeiro que "até no refugo dos seus atos" há "força e garantia" suficientes para manter o poeta permanentemente acorrentado.

Como a mulher "na baixeza levanta o amor" do poeta, é literalmente verdadeiro que ele "vale" o amor dela. Essas duas pessoas certamente merecem uma à outra. A indignação moral é um luxo ao qual nenhum dos dois pode se dar. Agora, se é afeição genuína que busca o poeta, o tipo de afinidade que existe entre ele e sua amante não vai produzi-la. O que esses dois amantes têm em comum é a mesma coisa que os separa – seu temperamento "hipermimético". Quanto mais o poeta ficar submisso, por causa das indignidades passadas, maior o incentivo para que sua amante tripudie sobre ele. Mimeticamente, a resposta dela é adequada. Ela se guia pela mesma "sabedoria" que Cressida adquiriu em sua desoladora experiência com Tróilo.

O oximoro é uma expressão elíptica do paradoxo mimético. Ele parece um *nonsense* só do ponto de vista de uma linguagem que deseja preservar uma falsa racionalidade, agarrando-se a uma psicologia de moçoilas. Os opostos produzem um contraste, sem dúvida, que alude ao escândalo intelectual de seu encontro. Mas esse escândalo não é mais do que uma concessão aparente à psicologia das moçoilas. O poeta não o leva a sério de verdade; ele quer que o superemos, que contemplemos a desordem de sua própria alma, a desordem produzida pela tirania de sua amante.

O paradoxo mimético cai como uma luva para o oximoro. Os opostos nem destroem, nem complementam um ao outro, mas seu efeito cumulativo é *monstruoso* no sentido da noite do solstício de verão. As figuras de linguagem tratam a linguagem convencional com violência a fim de expressar a situação do poeta com o máximo possível de economia e impacto. Não há razão para entrar em pânico e afirmar que o soneto é "mera retórica", e muito menos, é claro, para dizer que a linguagem não alcança o objeto, que a própria linguagem entrou em colapso.

*

Os sonetos triangulares e os sonetos duais da *dark lady* têm conteúdo mimético comum. É claro que os críticos tradicionais nunca se referem explicitamente a esse conteúdo, mas eles silenciosamente se valem dele quando presumem que há apenas uma mulher em todos os sonetos. Eles não consideram a possibilidade de que a mulher varie de um soneto a outro. Sem dúvida que estão fazendo a coisa certa, mas com base em quê? Não pode ser a cor de seu cabelo, que nem sempre é mencionada. A única característica que sempre aparece é sua estratégia mimética, a deliberada perfídia que é explicada nos sonetos triangulares.

Na Londres elisabetana, a habilidade mimética certamente não era monopólio de uma única mulher. Em teoria, ao menos, a possibilidade de que a *dark lady* não seja a única mulher nos sonetos não pode ser descartada. Concretamente, porém, essa hipótese é irrelevante. A mulher é sempre a mesma no sentido de que sua relação com o poeta é sempre a mesma, e que seu efeito é sempre o mesmo. Não faz a menor diferença se a mulher é denunciada em termos gerais, por meio das figuras de linguagem, ou se sua principal arma, o caso que parece manter com o melhor amigo do poeta, está sendo discutida.

Ou os sonetos têm três personagens e a interação mimética neles é dramatizada quase no mesmo sentido em que no teatro, ou eles têm dois personagens e a dimensão triangular é tanto significada quanto ocultada pelas figuras de linguagem. O oximoro pode ser considerado uma espécie de substituto sacrificial para o terceiro personagem, a receita específica que transforma a prosa dramática naquele tipo de poesia que os críticos "verdadeiramente poéticos" sabem apreciar – a poesia em que o triângulo erótico ainda está presente, mas está escondido atrás de um véu de exuberância linguística gratuita. Os críticos que ruidosamente celebram a "linguagem" jamais levantam o véu. A psicanálise jamais levanta o véu. A fim de estimar a importância da dimensão mimética, temos de lembrar que o ciúme não é um *topos* dentre vários na poesia clássica, mas o *topos* por excelência.

Shakespeare consegue jogar o jogo literário da *littérarité* com a mesma competência de seus rivais medíocres. A diferença é que ele devolve ao jogo sua vitalidade ao transformá-lo em mais uma expressão do desejo pelo qual está obcecado. A teoria da *littérarité* é cega para a verdadeira superioridade do grande poeta que, paradoxalmente, a teoria mimética revela.

A ênfase demasiada na *littérarité* sinaliza um empobrecimento narcísico da literatura. Somente um esnobe escreve obras de arte com o propósito de vê-las rotuladas "literárias". Os poetas medíocres são medíocres porque eles usam convencionalmente as convenções da poesia, isto é, apenas em nome delas mesmas.

Longe de ser antipoética, só a teoria mimética alcança a essência da retórica amorosa ocidental, que nunca é tão vazia quanto parece. Ela é a coisa mais próxima que temos de um veículo linguístico para a interação mimética. Se essa linguagem fosse tão vazia quanto os críticos sempre dizem, ela não teria durado tanto tempo. Mesmo hoje, quando um autor consegue apreender as convoluções da estratégia mimética, ele é julgado "retórico" por aqueles que não querem ser incomodados pelo verdadeiro sentido daquilo que ele diz. O atual elogio à retórica é tão irrelevante quanto a desaprovação anterior, porque ainda implica a velha indiferença ao conteúdo. Os autores mesmos nunca são indiferentes ao conteúdo de suas próprias obras, e, quando são bons, tentam expressar esse conteúdo da maneira mais simples e econômica possível.

*

A maioria dos sonetos duais é dirigida ao rapaz. É fácil mostrar que eles também são implicitamente triangulares. Mesmo na ausência de uma tentadora diabólica ou de um poeta rival, o relacionamento nunca é sereno. O senso de insegurança que impregna esses textos é essencial para seu sabor poético. Sua razão é menos óbvia em alguns sonetos do que em outros, mas ela nunca é muito difícil de descobrir. Como sempre, trata-se do medo da infidelidade.

> Queres que o teu vulto me mantenha abertas
> pálpebras a cair na noite grossa?
> E as minhas sonolências desacertas
> com sombras a lembrar-te e a fazer troça?
> É teu espírito que envias, sendo
> longe de casa, para me espiar,
> achar vergonha e ócio em mim, e tendo
> fim e teor do teu ciúme a par?
> Ah, não, tens muito amor, mas não tão grande;
> é meu amor que olhos abertos tem,
> puro amor que o repouso me desmande
> e seja sentinela por teu bem.
> Por ti vigio e longe acordar vais,
> longe de mim, de outros perto de mais.
> (Soneto 61)

A insônia do poeta se deve ao rapaz, e, na ausência de um rival específico, sua *angoisse* à primeira vista parece não ter causa. Novamente, o verdadeiro problema é o ciúme, mas isso só se revela *in extremis*, nas últimas cinco palavras. O fato de que todos os outros sejam indiscriminadamente temidos, o fato de que ninguém escapa da suspeita, confirma o caráter obsessivo desse ciúme. Confessá-lo é sinal de fraqueza, sem dúvida; antes de ceder à sua compulsão de falar, o poeta resiste o quanto pode.

Mesmo os temas mais convencionais nos sonetos, como a passagem do tempo, estão imbuídos desse ciúme. Quando o poeta deplora a velhice, por exemplo, ele não faz isso porque a idade por si o preocupe, mas porque ela o coloca em desvantagem em relação aos rivais mais jovens.

Assim como no caso da *dark lady*, a possível indiscrição do rapaz aterroriza o poeta, sendo contudo um ingrediente necessário do relacionamento, e seu ingrediente mais importante, aliás pela mesma razão de sempre. Em vez de diminuir a atração do poeta pelo culpado, como o senso comum sugeriria, a infidelidade a aumenta.

Os sonetos a respeito do rapaz muitas vezes são menos obviamente triangulares do que os sonetos a respeito da *dark lady*, e a razão disso é evidente. O poeta é menos severo com seu amigo homem do que com sua amante. Aquilo que nela parece um plano maquiavélico, nele parece ingenuidade, despreocupação masculina, gentileza excessiva, quiçá. No soneto 41 esse tratamento mais bondoso do rapaz fica muito evidente, mas o ciúme é igual ao reservado para a mulher. O relacionamento obedece à mesma lei mimética nos dois casos:

> Brandas maldades liberdade faz,
> se estou por vezes longe do teu peito,
> diz com beleza e anos, e onde estás
> a tentação te segue nesse efeito.
> És gentil e te assalta quem puder,
> e belo és e ganham-te em disputa;
> se a mulher quer, que filho de mulher
> cruel a deixa, sem vencer a luta?
> Ah, bem podias respeitar-me a casa
> e censurar-te a juventude errante,
> tumulto que te leva onde se arrasa
> dupla fidelidade num instante:
> dela, porque a beleza em ti o atrai,
> tua, porque a beleza em ti me trai.

O princípio mimético nos permite ver mais do que uma coletânea heterogênea de poemas nos sonetos. Aparece um tema unificador, que nem é o rapaz, nem a *dark lady*, nem mesmo os dois juntos, mas o sofrimento do poeta, causado por sua hipersensibilidade mimética.

Os sonetos explicitamente triangulares são os mais notáveis e originais, parece-me, não por causa do interesse voyeurístico que seu tom possivelmente "autobiográfico" possa sugerir, mas porque eles retratam a situação do poeta com o máximo de força e lucidez. O maior de todos talvez seja o soneto 144:

> Desespero e conforto em dois amores
> eu tenho e como espíritos à vez:
> o mau espírito é dona de vis cores,
> o bom anjo homem é de clara tez.
> A arrastar-me ao inferno, o mal-mulher
> tenta o bom anjo ao pé de mim postado
> e corromper o santo em diabo quer:
> puro, é de imundo orgulho cortejado.
> Se o meu anjo se fez ora inimigo
> suspeito, mas pra já não vou dizendo,
> longe de mim, cada um do outro amigo,
> estará um no inferno de outro ardendo.
> Enquanto eu viva, a dúvida não cessa
> até que o anjo mau o bom despeça.

Em meu capítulo sobre Joyce, chamei de "caricatural" a invenção joyceana de que Ann Hathaway teria feito sexo com dois dos irmãos de Shakespeare com o único propósito de perpetuar seu domínio sobre ele. Parece que fui tímido demais. A estratégia de que a *dark lady* é acusada segue exatamente as mesmas linhas da invenção joyceana.

No soneto 42, o primeiro dos triangulares que vimos, o poeta tenta com bravura transfigurar uma situação fundamentalmente repugnante pelo reforço de seu próprio papel de mediador de seus dois amigos. No soneto 144, ele adota a postura inversa, retratando-se a si mesmo como mediado, antes vítima do que inspirador de *sugestão*.[2] Aqueles que sugestionam são o rapaz e a *dark lady*. Todas as posições estão invertidas.

É preciso supor, por trás do conjunto total dos sonetos, um único triângulo que nunca é interpretado duas vezes exatamente da mesma maneira. Não temos um verdadeiro conhecimento do triângulo "real" ou das mudanças por que ele pode ou não pode passar em cada momento. O poeta mesmo não tem certeza de nada. Tudo que temos são suas impressões sucessivas, e nenhuma delas jamais dá a ele ou a nós nenhuma certeza permanente.

Os sonetos que parecem "menos triangulares" devem corresponder àqueles momentos em que o poeta considera seu próprio ciúme tão excessivo e ensandecido que desaparece por completo, ou quase. No outro extremo, a traição parece tão certa que os três protagonistas têm de estar presentes *juntos*. Nos demais sonetos, prevalece a incerteza.

Esta última atitude é, em última análise, a mais significativa, não por ser estatisticamente dominante – ela só fica totalmente explícita no soneto 144 –, mas porque a pluralidade de interpretações acaba por resultar em interpretação nenhuma. Um movimento numa direção é sempre seguido de um movimento para a outra. Nos últimos seis versos do soneto 42, por exemplo, dois movimentos sucessivos são sugeridos. Eles são apenas interrupções temporárias de um movimento circular que nunca acaba. Mais cedo ou mais tarde, todas as interpretações vão se repetir, numa espécie de "eterno retorno".

Implícita ou explicitamente, todos os sonetos tentam resolver o mesmo problema: será o poeta vítima de uma infidelidade dupla? A questão é bastante direta,

[2] O segundo verso do soneto fala em sugestão: "*Which like two spirits do suggest me still*". VGM optou por "eu tenho e como espíritos à vez". Dispensados dos rigores de rima, métrica etc., podemos nos ater à visão girardiana do conteúdo e traduzir o verso como "os quais, como dois espíritos, me sugestionam". [N. T.]

aceitando sempre sim ou não como resposta, e no entanto mostra-se irrespondível. A solução depende inteiramente dos dois seres humanos mais próximos e mais queridos do poeta. Uma só palavrinha resolveria essa questão de uma vez para sempre, mas ela nunca vem. O poeta fica examinando seu mistério noite e dia, mas sempre em vão. Longe de ajudá-lo, sua extrema sutileza e perspicácia deixa tudo e todos mais opacos.

Quem o amante e quem o amado nesses sonetos, quem o sujeito e quem o objeto, quem o mediador e quem o mediado, quem o enganador e quem o enganado? Não sabemos dizer. A totalidade aponta para a ignorância total. O soneto 144 conceitualiza essa dúvida radical. O décimo verso é um primeiro reconhecimento dela: "suspeito, mas pra já não vou dizendo"; depois, vem uma segunda confissão de dúvida no penúltimo: "Enquanto eu viva, a dúvida não cessa". Se entendermos o último verso como uma piada desesperada e não como uma genuína expressão de fé na descoberta da verdade, a dúvida radical é o verdadeiro assunto do poema.

A dúvida radical parece um tema literário "moderno" demais para a época de Shakespeare. Ela nos faz pensar em autores mais próximos de nós cronologicamente, como Kafka, ou o Proust de *A prisioneira*, obcecado com o mesmo tipo de ciúme que o poeta dos sonetos. É o mesmo tipo de ciúme que encontramos em James Joyce.

Temos também essa combinação no teatro, é claro, especialmente em *Muito barulho para nada*, em *Otelo* e, mais importante, como logo veremos, no *Conto do inverno*. Ela pode ser definida como desintegração do triângulo erótico, um colapso interno de sua diferença que afeta não apenas os dois rivais, mas seu objeto comum. No soneto 144, acontece algo explicitamente que, no resto da obra, nunca está mais do que sugerido. Sob a influência da *dark lady*, o anjo bom fica mau; também ele é afetado pelo contágio mimético. É abolida a principal diferença dentro dos sonetos.

Todas as relações tornam-se incognoscíveis, o que se deve não a deficiência interpretativa, mas ao excesso. Quando as diferenças estão de saída, logo antes de desaparecer por completo, proliferam loucamente. A vítima torna-se presa de diversos demônios vaporosos, "essa coisa nenhuma aérea e vácua"[3] de *Sonho de uma noite de verão*. São tênues as diferenças aqui libertadas, tendendo a confundir-se umas com as outras.

Os sonetos são um caleidoscópio de todas as interpretações, atitudes e estratégias possíveis que o indivíduo num triângulo em colapso tentará enquanto busca, em vão, compreender o que se passa. E essa provação, por sua vez, é uma versão introspectiva daquilo que encontramos por todo o teatro, a crise do *Degree* e sua proliferação de duplos monstruosos, todos anjos simultaneamente bons e maus. Por provocar uma atividade mental febril, e por gerar muitas hipóteses contraditórias, essa desintegração pode ser aquilo de que todo autor precisa para inventar modulações incrivelmente diversas do mesmo triângulo mimético: o teatro de Shakespeare.

Se examinarmos os sonetos da perspectiva do teatro, sempre acharemos algum personagem em alguma das peças que poderia dar nome a algum soneto. No soneto 42, como vimos, o poeta faz um esforço desesperado não apenas para resignar-se com sua tensa situação, mas para abraçá-la com alegria. Essa atitude recorda a síndrome do alcoviteiro-e-corno das comédias, todos aqueles personagens que chamam a traição com sua imprudente complacência. Pândaro é uma caricatura dessa tentação intelectual. É fácil imaginar como, a fim de reforçar ainda mais seu próprio papel, o autor do soneto 42 pode ativamente contribuir para a conjunção amorosa que tanto teme, tornando-se assim uma réplica perfeita do tio de Cressida.

O soneto 144 é o outro extremo. Ele não aponta para Pândaro, mas para o ciúme "de verdade". Se pudéssemos ter certeza de que a convicção do poeta de estar sendo enganado é justificada, ou ao menos plausível, diríamos que esse ciúme é "normal". Mas a versão "pessimista" do triângulo é tão duvidosa quanto o

[3] *A Midsummer Night's Dream*, V, i, 16; *Comédias*, p. 202. [N.T.]

contrário. Se o ciúme do poeta não tem fundamento, não é Pândaro que o soneto 144 evoca, mas a louca suspeita de Cláudio em relação a Hero e ao príncipe, ou a louca suspeita de Otelo em relação a Desdêmona e Cássio, ou a louca suspeita de Leontes em relação a Hermíone e Políxenes.

O ciúme agudo pode ser o fermento intelectual de onde saiu a ideia para personagens como Febe, Sílvio, Orsino, Cláudio, Otelo, Leontes e muitos outros. A paisagem intelectual e afetiva que contemplamos nos sonetos pode ser uma imagem da alma de Shakespeare numa época de intensa criatividade. O eterno retorno de todas as interpretações parece o cadinho do qual saiu o teatro.

Joyce não menciona os sonetos em seu ensaio sobre Shakespeare, mas, mais do que qualquer obra dramática individual, eles servem de apoio à sua concepção do processo criativo do dramaturgo. Como descobrimos anteriormente, esse grande observador de si mesmo estava convencido de que seu próprio gênio literário era inseparável de seu ciúme mimético. A mesma coisa, supunha ele, devia ser verdade no caso de Shakespeare.

Abundam indicações de que muitos grandes reveladores do desejo mimético foram compulsivamente "triangulares" no sentido de Joyce, no sentido dos sonetos de Shakespeare. Além de Joyce, Proust e do próprio Shakespeare, os exemplos que logo me vêm à cabeça são aqueles que estudei no passado: Racine, Molière, Dostoiévski e Nietzsche.[4] Uma vez que são mais sensíveis do que nós ao papel do contágio mimético nas coisas humanas, esses grandes autores tinham tendência, ao que parece, a fazer interpretações exageradas até dos mais mínimos sinais de sua presença entre eles. Eles exageravam loucamente os riscos das alterações miméticas e suas relações com as pessoas que lhes eram mais caras. O resultado

[4] Ver René Girard, *Job, the Victim of His People*, London: Athlone and Stanford, 1987; Stanford, California: Stanford University Press, 1987, cap. 7; *Dostoievsky: du double à l'unité*, Paris: Plon, 1963; "Strategies of Madness, Nietzsche and Dostoevsky", in *To Double Business Bound*, Baltimore: The Johns Hopkins University Press, 1978; London; Athlone, 1988.

é que sua vida cotidiana era permanentemente ameaçada pela incerteza e pela instabilidade. Certa falta de equilíbrio psicológico foi o preço que tiveram de pagar por seu gênio literário. Se o objeto não está suficientemente distante do observador, a luz produzida pela intuição mimética pode ser tão estonteante que a menor possessividade a transformará em total cegueira. O ponto cego no centro significa que, por mais válida que seja por si mesma, a habilidade mimética do especialista é inútil, e pior do que inútil, para ele mesmo. Ela se torna a própria fonte de seu próprio delírio trágico.

Essa última ideia, explícita no *Conto do inverno*, será desenvolvida nos próximos cinco capítulos. Minha breve exploração dos sonetos neste capítulo assim como minha discussão de *Otelo* no anterior podem ser consideradas preparação para esse último grande foco. *Conto do inverno* é especial sob diversos aspectos. Ela trata do desejo funesto mais abertamente do que qualquer outra peça. É também a peça em que o protagonista mais se parece com o poeta dos sonetos. Leontes, morbidamente ciumento, combina a incerteza kafkiana desses poemas com o ciúme furiosamente destrutivo de Otelo.

Conto do inverno é excepcional sob outro aspecto. Talvez por explorar o desejo funesto sem nenhuma concessão ou abrandamento, ela encontra a saída do labirinto, um caminho maravilhoso e misterioso que, dessa vez, não é a morte, mas a vida, um verdadeiro renascimento. Passemos agora àquela que é, na minha opinião, a mais profunda e pessoal das propostas dramáticas de Shakespeare, a mais sombria em seu começo, mas a primeira, finalmente, a terminar de maneira redentora e luminosa.

capítulo 33
o ferro que vos tivesse atarraxado nisso

Conto do inverno (Ato I, Cena 2)

O mais monstruoso ciúme em Shakespeare não é o de Otelo, mas o de Leontes, o protagonista de *Conto do inverno*. Sem ninguém por perto para lhe envenenar a mente, o rei da Sicília chega perto de destruir toda a sua família. Sua esposa fiel de muitos anos, Hermíone, é desapegada de si e devotada a ele; seu suposto rival, Políxenes, o rei da Boêmia, é um amigo totalmente leal. Porém, na Cena 2 do Ato I, assistimos à súbita transformação de Leontes em besta feroz. Ao contrário do que dizem muitos críticos, essa grande cena contém tudo que é necessário para o entendimento completo do ciúme desse herói.

Após uma visita de nove meses a Leontes e Hermíone, Políxenes anuncia que precisa voltar para sua família e para a Boêmia. Profundamente abalado por essa decisão, Leontes implora a seu amigo que ao menos fique alguns dias mais. Ele está tão desesperado para manter Políxenes na Sicília que fica incoerente e, de modo abrupto, até indelicado, volta-se para Hermíone, que está em silêncio ao seu lado, e diz: “Emudeceu minha Rainha, acaso? / Dizei alguma coisa” (I, ii, 27) (*Comédias*, p. 576).O único personagem “emudecido” nessa cena é o próprio Leontes. Sabendo o quanto sua esposa consegue ser persuasiva, ele deseja que ela tivesse se manifestado sem que lhe fosse pedido. Ele é tão dependente dela quanto de seu amigo, e sente que as duas pessoas mais importantes de sua vida o traíram. Pressentindo esse mal-estar, Hermíone primeiro tenta reconfortá-lo:

> Tencionava,
> senhor, ficar calada até que houvésseis
> dele arrancado o juramento explícito
> de que não ficará. Tentais vencê-lo
> com frieza excessiva.
>
> (I, ii, 28-30) (*Comédias*, p. 576)

Ela passa então a tentar "vencer" Políxenes com seu jeito caloroso e afável, sem jamais perder sua dignidade. Leontes fica muito contente. Duas vezes repete: "muito bem dito, Hermíone". Quando Políxenes rapidamente cede aos apelos de Hermíone e decide adiar sua partida, Leontes fica cheio de admiração e gratidão:

> Recusou-se a ficar a meu pedido.
> Hermíone querida, nunca a ponto
> falaste como agora.
>
> (I, ii, 87-9) (*Comédias*, p. 577)

Hermíone pergunta se ele quer mesmo dizer a última frase. Despreocupadamente, ele responde que apenas outra vez ela falara tão bem quanto naquele momento: no dia em que disse "sim" à sua proposta de casamento. Tudo que ela faz depois disso é repetir mais ou menos o que seu marido acabara de dizer:

> Falei bem duas vezes, não é certo?
> Uma, para alcançar o real esposo;
> outra, a fim de reter um pouco o amigo.
>
> (I, ii, 106-8) (*Comédias*, p. 577)

Ao dizer essas palavras, Hermíone dá sua mão a Políxenes. Nesse exato instante, Leontes sente-se possuído pelo ciúme:

> Muito quente! Muito quente!
> Unir as afeições de tal maneira,
> é unir, também, o sangue. Estou sentindo
> "tremor cordis"; o coração me dança,
> mas não é de alegria.
> (I, ii, 108-11) (*Comédias*, p. 577)

Como isso ocorre *na frente de Leontes*, a demonstração de afeto por Políxenes não pode significar aquilo que o marido agora quer que signifique. Leontes sabe disso, mas insiste nessa sua nova crença louca. Qual a causa desse ciúme súbito? Durante a conversa de sua esposa com Políxenes, Leontes apartara-se e, não conseguindo ouvir, gritou: "convenceste-o?", referindo-se a Políxenes. Na conversa que se seguiu, quando ela associou as ideias de "alcançar o esposo" e "reter o amigo", Hermíone simplesmente tomou emprestada a metáfora de Leontes.

Quando Leontes vê que sua esposa o *imita*, ele fica aterrorizado. Por nove longos meses ele sonhou com uma perfeita união triangular com Políxenes e Hermíone. Ele pressente que deve haver entre os dois a mesma relação de proximidade que ele, Leontes, já cogitou com os dois em separado. Durante toda a visita de seu amigo, ele pressentira da parte dele certa reserva em relação à sua esposa, e, da parte dela, certa reserva em relação a seu amigo. Ele tinha interpretado sua reserva mútua como reprovação implícita dele mesmo; talvez ele fosse desdenhado por sua esposa por escolher o amigo errado, ou desdenhado por seu amigo por escolher a esposa errada.

No início da cena, Leontes ainda estava tentando uma reaproximação entre Políxenes e Hermíone, ainda convencido de seu fracasso. Daí sua insatisfação com o anúncio da partida de Políxenes, e sua irritação com Hermíone por não expressar sua oposição espontaneamente. Então, subitamente, quando ele ouviu sua esposa ecoar suas próprias palavras, esse homem terrivelmente inseguro mudou completamente de ideia. Ele julgou que seus esforços tinham enfim tido sucesso, sucesso até demais. Sua avaliação de sua própria influência passou de um extremo a outro.

Hermíone fez Políxenes entender quão importante era não para ela, mas para seu marido, que seu amigo ficasse um pouco mais, e Políxenes atendeu a seu pedido. Leontes enxerga muito bem essa docilidade a seu menor desejo, essa tendência tanto de Hermíone quanto de Políxenes de transformar-se em fotocópias dele mesmo.

Leontes estava usando sua esposa como seu intermediário com outro homem. Refletindo sobre esse fato, ele vê a si mesmo como um modelo mimético muito diferente daquele que ele queria ser, um Pândaro involuntário, jogando sua mulher nos braços de seu amigo, e seu amigo nos braços de sua mulher.

Leontes acredita que por nove longos meses foi *le cocu magnifique*, e que só ele não sabia. Todos devem estar rindo dele pelas costas. Quando Camilo se recusa a acreditar na traição de Hermíone, Leontes conclui que ele também deve fazer parte da conspiração: "De alcoviteiro / Camilo lhe serviu, serviu de cúmplice" (II, i, 46) (*Comédias*, p. 584). O rei acusa seu conselheiro de perseverar no papel que ele, o marido complacente, mimeticamente o convidara a desempenhar, ao desempenhá-lo na sua frente.

O sentido de tudo é formulado primeiro pelo leal Camilo, confidente e conselheiro pessoal de Leontes, o homem mais bem informado a respeito das intenções de seu senhor. Ao conversar com Políxenes, perplexo, ele resume o delírio de Leontes em sete palavras:

> Ele presume,
> não, jura com inteira segurança,
> como se o houvesse visto ou sido *o ferro*
> *que vos tivesse atarraxado nisso*,
> que tocastes por modo criminoso
> na Rainha sua esposa.
>
> (I, ii, 414-17; grifos meus) (*Comédias*, p. 582)

Leontes nunca disse simplesmente: "eu mesmo plantei um desejo adúltero no coração de minha esposa e no de meu amigo", e o prudente Camilo apresenta esse diagnóstico de modo provisório, mas ele não é minimamente conjectural ele é inteiramente confirmado tanto por Leontes, ao final dessa cena, quanto por Hermíone, no início do Ato III, quando ela se defende da acusação injusta de seu marido.

*

Consideremos primeiro Hermíone. O que ela diz é integralmente verdadeiro e a exime totalmente de culpa, mas também revela o elemento de perspicácia no ciúme de Leontes, o ponto crucial que os críticos nunca enxergam:

> Quanto ao Rei Políxenes,
> de quem me fazeis cúmplice, confesso
> que amor lhe dedicava tal como ele
> de mim, sem quebra de honra, esperaria,
> uma espécie de amor que condissesse
> com minha posição, amor em nada
> diferente *do que vós próprio havíeis*
> *recomendado* que lhe revelasse.
> Se então eu me tivesse conduzido
> por outro modo, certo eu me mostrara
> desobediente em relação a vós
> e ingrata para o amigo, cujo afeto,
> desde que falar pôde, desde a infância,
> se declarou por vosso, livremente.
>
> (III, ii, 61-71; grifos meus) (*Comédias*, p. 592)

O afeto de Hermíone por Políxenes é genuíno, diz ela, e tem sua origem em seu marido; Leontes recomendou que ela emulasse sua admirável amizade por seu companheiro de infância e ela obedeceu voluntariamente. Ela entendeu esse comando menos naquilo que ele lhe disse diretamente do que no tipo de pressão que seus atos exemplificaram após o anúncio de Políxenes de que partiria, quando Leontes se sentiu pessoalmente traído por aquilo que interpretou como indiferença da parte dela.

Hermíone confirma que seu marido realmente foi seu modelo mimético em sua relação com Políxenes. Leontes descobriu algo real, mas interpretou erradamente essa realidade, que é perfeitamente inocente, e não tem nada a ver com o que ele está imaginando. Leontes, o hipermimético, coloca sua esposa num *double bind* clássico. Não importa o que ela faça, aos olhos dele ela só pode fazer mal; se ela permanece prudentemente distante, parece insensível; se demonstra sua simpatia por Políxenes, é acusada de adultério.

Leontes é o supremo especialista em desejo mimético; ele vê a si mesmo como o tipo errado de modelo mimético não apenas para Hermíone e Políxenes, mas também para Camilo. Sua psicologia está dando errado, mas por razões mais complexas e sutis do que geralmente se admite. Ele não pode ser descartado como a um lunático insensível.

*

O famoso solilóquio de Leontes sobre o *instinto*[1] é frequentemente apresentado como um dos textos mais obscuros, se não *o* mais obscuro, em toda a obra de Shakespeare. À luz do que acabamos de ver, essa obscuridade desaparece:

> Instinto, teus impulsos no alvo acertam;
> possível deixas o que nunca fora
> sequer imaginado; ajuda encontras
> até nos sonhos; vais achar aliado
> no próprio irreal e ao nada te associas.

[1] No original, *affection*. [N. T.]

> Depois te tornas crível, pois te juntas
> a alguma coisa. Agora fazes isso
> sem justificações, e o sinto fundo,
> pois o cérebro tenho envenenado
> e a fronte endurecida.[2]
>
> (I, ii, 138-46) (*Comédias*, p. 578)

É tão natural para Leontes refletir sobre nossa capacidade de apreender os verdadeiros sentimentos de nossos semelhantes quanto para o narrador ciumento de *Em busca do tempo perdido*, de Proust. A fala de Leontes parece um pouco caótica, mas é o produto de um estado de espírito caótico, de modo que uma forma um pouco caótica faz sentido dramaticamente. As ideias miméticas do próprio Shakespeare são fielmente reproduzidas nesse texto, e tudo que Leontes diz é perfeitamente coerente da perspectiva delas.

Alguns comentadores acham que a palavra "instinto" se refere a Leontes e seu ciúme, outros acham que ela se refere ao suposto desejo de Hermíone por Políxenes e vice-versa. Da perspectiva de Leontes, esses três desejos, como são copiados um do outro, são o mesmo. Em vez de escolher entre as duas interpretações, como se elas fossem incompatíveis, temos de combiná-las. "Instinto" é inseparável de "envenenamento";[3] isso significa o desejo mimético em todas as suas modalidades.

Para Shakespeare, é desnecessário dizer que entendemos os outros bem e mal pela projeção de nossos próprios sentimentos neles. Em *Noite de Reis*, por exemplo, Orsino discute o desejo de Olívia exclusivamente a partir do seu próprio (ver Cap. 13).

[2] Girard fará um exame detalhado desse trecho, e será preciso recorrer ao original. Pode ser especialmente proveitoso para o leitor ter contato com ele, assim como aparece na p. 311 da edição americana de *Theater of Envy*: "*Affection! thy intention stabs the centre. / Thou dost make possible things not so held, / Communicat'st with dreams (how can this be?) / With what's unreal thou coactive art, / And fellow'st nothing. Then 'tis very credent / Thou mayst co-join with something; and thou dost / (And that beyond commission), and I find it / (And that to the infection of my brains / And hardening of my brows)*". [N. T.]

[3] No original, Girard se refere ao par *affection* e *infection*, presente no texto de Shakespeare. [N. T.]

Também no discurso de Leontes está pressuposta a natureza projetiva de todas as tentativas de entender outros desejos. Se o desejo *não se associa a nada*, se ele não se reproduz mimeticamente, a imagem subjetiva que projeta não tem contrapartida objetiva; achamos que compreendemos algo fora de nós mesmos, quando na verdade não apreendemos nada além de fantasmas. Ou o desejo não produz nenhum conhecimento verdadeiro porque não se reproduz mimeticamente, ou produz o conhecimento desejado porque já produziu o objeto daquele conhecimento.

Nem todas as projeções, portanto, são enganosas; se o fossem, não haveria nenhum conhecimento dos desejos de outras pessoas. Shakespeare não reconhece nossa conveniente distinção entre, de um lado, um conhecimento projetivo e "subjetivo" que seria sempre falso e, de outro, um conhecimento "objetivo" que seria "científico" e verdadeiro. A ideia de um inconsciente não subjetivo que pode ser explorado metodicamente permite que Freud sorrateiramente traga de volta o conhecimento objetivo. O mesmo vale para a distinção mítica de Lacan entre o que ele considera o *symbolique* e o *imaginaire*. Para Shakespeare, todo conhecimento do desejo é projetivo.

Temos pelo menos quatro palavras ou metáforas diferentes nesse texto para o conhecimento mimético do desejo mimético. A primeira é a imagem da paternidade;[4] a segunda é a ideia de comunicação;[5] a terceira é o tema de um desejo que pode ou não *se juntar* a outro, uma ideia já presente em "arte co-ativa", um desejo que é separado do primeiro, mas intimamente relacionado a ele, pois é gerado por ele, ou por aquilo que o gerou. Todas essas fórmulas baseiam o verdadeiro conhecimento do desejo na efetiva participação do conhecedor naquilo que é conhecido. Nosso texto é um ensaio extraordinário sobre o assunto mesmo deste estudo: "tu, arte co--ativa!"[6] – o desejo mimético e o conhecimento dele.

[4] Girard se refere ao trecho imediatamente anterior à parte citada do discurso. [N. T.]

[5] No original, "ajuda encontras / até nos sonhos" é *communicat'st with dreams*, ou, literalmente, "comunicas-te com os sonhos". [N. T.]

[6] Trecho omitido por CAN em sua tradução, aqui traduzido literalmente. [N. T.]

Se já ocorreu uma coprodução dos desejos, os parceiros de Leontes já se amam tão intensamente quanto Leontes os ama, o que é "sem justificações":[7] a infidelidade sofrida e sua "fronte endurecida" coincidem com o "envenenamento" de seu cérebro, com sua obsessão cada vez mais intensamente mimética. Leontes presume corretamente que é o pai dos sentimentos de Hermíone por Políxenes. Entre as duas possibilidades que cogita, ele faz a escolha certa. Assim que percebe, porém, que o sucesso coroou seus esforços e que existe entre Hermíone e Políxenes a simpatia que ele passou tanto tempo alimentando, sua autodesconfiança faz que ele se sinta excluído de seu relacionamento; ele o transforma numa espécie de aliança contra si, uma cumplicidade adúltera.

Como muitos intérpretes modernos, Leontes erra por *excès de soupçon*.[8] O afeto de sua esposa por Políxenes é seu filho, mas ele não o entende. Sua insegurança sempre vai direto para a pior interpretação possível desde seu próprio ponto de vista, e seu terrível engano é inseparável de sua perspicaz intuição mimética. Longe de ajudá-lo na hora da necessidade, sua perspicácia precipita sua queda. Eis o destino de muitos teóricos! Saber se a imitação ocorreu já é bastante difícil, mas, ainda que acertemos nisso, ainda podemos errar quanto ao tipo de imitação que descobrimos.

[7] No original, "*beyond commission*", ou "além do que se esperava". [N. T.]
[8] "Suspeita em excesso." [N. T.]

capítulo 34
tu, arte co-ativa!

Ciúme no *Conto do inverno*

As duas possibilidades definidas no texto sobre o "instinto"[1] correspondem aos dois tipos de protagonista mimético que encontramos no teatro de Shakespeare. Em primeiro lugar, temos um grande grupo de personagens homens – e, ocasionalmente, de mulheres – cujo desejo "se associa a alguma coisa": Valentino, Colatino, os quatro namorados da noite do solstício de verão, Orsino, Tróilo, e outros. Por sua vanglória mimética, eles sempre conseguem comunicar seus desejos a outras pessoas, e assim geram os perigosos rivais que, graças à sua tolice, não conseguem enxergar como suas próprias criações.

Em segundo lugar, temos o pequeno grupo daqueles cujo desejo "não se associa a nada", ou quase nada: Cláudio e Otelo. Esses personagens penserosos e introspectivos desconfiam muito de si mesmos e o tempo inteiro confundem colegas e amigos leais com os rivais que eles erradamente julgam ter sido produzidos por seu apetite desordenado por aprovação mimética. Suas reações precipitadas e

[1] No original, "*affection*". Ver capítulo anterior. [N. T.]

violentas produzem desastres muito maiores do que os previstos. Leontes pertence inquestionavelmente a esse segundo grupo, mas alguma coisa nele é característica do primeiro – sua relação com Políxenes. Os dois reis são amigos de infância do mesmo tipo que Valentino e Proteu, Helena e Hérmia, Rosalinda e Célia.

Ainda que nem todos os membros do primeiro grupo sejam amigos de infância, todos os amigos de infância de antes do *Conto do inverno* são membros daquele grupo. A razão disso é óbvia: os amigos de infância constantemente imitam um ao outro e insistem em ser imitados: seus desejos só podem "associar-se a algo". Nenhum amigo de infância que se apaixone consegue tolerar a indiferença de seu amigo à mulher que ele ama. Ele faz o melhor que pode para provocar o desejo no outro, e depois o censura por tentar infringir seu direito superior de possuir o objeto. Reconhecemos esse velho mecanismo quando ouvimos Leontes murmurar sombrias ameaças contra o homem – Políxenes, evidentemente – que "linha / divisória entre o teu e o meu não traça" (I, ii, 133-4) (*Comédias*, p. 578).

Como ele mesmo age do modo como os duplos em Shakespeare sempre agem, Leontes espera que Políxenes faça a mesma coisa que ele, mas Políxenes não faz. Contrariando todos os precedentes, nem Políxenes, nem Hermíone sucumbe à tentação que Leontes lhes põe no caminho. A passagem mimética do amor para o ódio é uma experiência exclusiva de Leontes, e essa exclusividade a torna enganosa.

Os exemplos de ciúme infundado em *Muito barulho para nada* e *Otelo* não diminuem a singularidade do *Conto do inverno*. Nas duas peças anteriores, em vez de o alvo das suspeitas do herói ser um amigo próximo ou alguma espécie de par, ele é um seu superior ou inferior na mais rígida das hierarquias, a militar: Dom Pedro é comandante de Cláudio; Cássio é tenente de Otelo. De acordo com a lei mimética, essa diferença hierárquica deveria gerar a variedade inofensiva do desejo mimético, a mediação *externa*, e de fato isso acontece. Dom Pedro sente-se brevemente tentado a seduzir Hero para si, mas seu senso de dever o impede de competir com Cláudio. Igualmente, Cássio não compete com Otelo.

Nessas peças, a ausência de base factual para o ciúme do herói verifica a lei mimética, mas o *Conto do inverno* é diferente. Seus três protagonistas não estão separados pelas barreiras sociais e culturais que poderiam impedir a *mediação interna*. A probabilidade desta última é aumentada pela entusiasmada interferência de Leontes. Após agir como o "eterno marido" de Dostoiévski por nove meses, sua súbita conversão ao ciúme está longe de ser absurda. Em todas as peças anteriores com amigos de infância, Leontes não teria feito papel de Pândaro por nada: ele teria tido "sucesso" com pelo menos um de seus dois parceiros no triângulo, e talvez com os dois.

Será que devemos concluir que, nessa peça, Shakespeare abjura sua fé na lei mimética, considera-a o delírio paranoico de um louco brilhante, sugerindo implicitamente, talvez, que *Tróilo e Cressida* e outras peças igualmente cínicas foram escritas por um desses loucos? Consigo enxergar autocrítica no *Conto do inverno*, mas do tipo que sugere modificação e não rejeição da lei mimética. Hermíone, afinal, é tão mimética quanto seu marido imagina, mas de modo amplamente diferente daquele que ele imagina.

Leontes erradamente presume que, assim que as barreiras sociais e culturais entre os seres humanos forem derrubadas, a mediação interna vai assumir o controle e arrasar suas interações. A única pessoa a quem esse cenário se aplica é o próprio Leontes.

Hermíone deve seu amor por Políxenes a uma mediação que não é *interna* no sentido habitual, uma vez que permanece pura, inocente, respeitosa de todos os direitos e deveres de todas as partes envolvidas; no entanto, ela também não é *externa*. No instante em que nasce o ciúme de Leontes, Políxenes e Hermíone tratam um ao outro com a familiaridade de irmão e irmã. Essa falta de inibição contribui muitíssimo para o ciúme de Leontes.

A força que aborta as consequências infernais da mímesis desimpedida é, antes de tudo, a própria Hermíone, seu bom senso, sua inata nobreza de espírito, o bom uso que ela faz de sua liberdade. Não há nela uma só gota de *bovarysme*. Ela é mais genuinamente admirável do que as mulheres geralmente admiradas em Shakespeare, as Julietas e as Desdêmonas que, a nossos olhos, se beneficiam de uma aura mimética advinda de suas inclinações miméticas. Shakespeare é tão grande que nossa tendência é ler e tresler suas criações imaginárias do mesmo modo como lemos e treslemos os seres humanos à nossa volta.

Julgando pelo que acontece na segunda metade da peça, Políxenes é um ser humano menos extraordinário do que Hermíone, mas não importa. Nenhum homem precisa ser um gigante moral para abster-se de cobiçar a esposa de seu melhor amigo. Ele pode ter mil outras coisas na sua cabeça, a respeito das quais o autor não precisa nos informar. Não devemos esquecer, além disso, que Hermíone nunca fez nada para tentar Políxenes. Foi isso que, pouco antes, provocou ressentimento em seu marido; ele achou que ela era insuportavelmente reservada com seu caro amigo.

Leontes não é uniformemente sistemático em seu pensar; ele não confunde o princípio mimético com a lei causal que ele não é. Ele admite que pode haver o desejo que "não se associa a nada". Ele vem sonhando com o amor deveras inocente que agora existe entre Políxenes e Hermíone. E, no entanto, quando depara com a prova de sua existência, fica possuído pelo ciúme.

Quanto mais remota a possibilidade de que, em algum lugar do mundo real, exista alguma inocência verdadeira, mais monstruoso é confundi-la com seu contrário e tentar esmagá-la. Leontes não apenas não reconhece a verdadeira natureza daqueles que lhe são mais próximos, mas, sendo o principal beneficiário do bem que ele não entende, não consegue destruí-lo sem destruir a si mesmo. A estupidez dessa enorme inteligência é ainda mais monstruosa que sua culpa.

A conduta de Leontes se assemelha ao modo como o próprio Shakespeare aplicava a lei mimética a seu próprio teatro, criando peças das quais a inocência estava praticamente banida. A inocência era particularmente impossível no caso de triângulos que envolviam amigos de infância. Mesmo numa peça tardia como *Coriolano*,

Shakespeare aludia à ambivalência mimética dos amigos próximos como se fosse uma lei da natureza. Se relermos as palavras de Coriolano sobre o assunto, talvez achemos mais fácil compreender o estado de espírito de Leontes:

> Dois amigos
> jurados, que nesta hora pareciam
> ter um só coração no duplo peito;
> cujos leitos, lazeres, exercícios
> e refeições de acordo sempre andavam,
> gêmeos ao parecer, inseparáveis
> pela força do amor: dentro de uma hora,
> por uma divergência de coisinha,
> na mais amarga divergência explodem.
> (IV, iii, 12-18) (*Tragédias*, p. 420)

Dentre as peças de ciúme infundado, o *Conto do inverno* não é peculiar apenas por seu amigo de infância inocente e por sua esposa inocente. Algo mais torna a peça excepcional em sua categoria – a ausência de um vilão. A fim de avaliar a importância dessa característica, recordemos primeiro a função dramática de Dom João em *Muito barulho para nada* e de Iago em *Otelo*.

Quando se interpreta os dois heróis dessas peças em termos miméticos, fica claro que seu ciúme opera exatamente como o ciúme de Leontes; ele é tão autoinduzido quanto autoexplicativo. Do ponto de vista das "peças profundas", Dom João e Iago são supérfluos. Somente se permanecermos cegos para a gênese mimética dos dois dramas vamos precisar dos vilões para explicar o ciúme dos personagens.

Se por alguma razão a verdadeira explicação nos escapa, os vilões servem como substituto, um pouco artificial, mas perfeitamente utilizável. Eles são instrumentos sacrificiais em sentido estrito, uma vez que sua função depende inteiramente da vitimação do bode expiatório. A vilania desses vilões desvia para ela mesma a indignação que Cláudio e Otelo certamente despertariam se nenhuma "motivação" externa fosse apresentada para seu comportamento cruel e criminoso. Sem os vilões, os espectadores não conseguiriam identificar-se com os heróis. Dom João e Iago são os dois pilares sobre os quais as versões "superficiais" de suas duas peças respectivas foram construídas. Recordo que a diferença entre a *peça superficial* e a *peça profunda* é que a interação mimética visível nesta última é invisível na primeira.

Em *Muito barulho para nada* e *Otelo*, a estrutura sacrificial gerada pela vitimação do vilão é similar àquela gerada pela transformação de Shylock em bode expiatório em *O mercador de Veneza*. Assim que começamos a entender o mecanismo vitimador, a interpretação sacrificial se enfraquece, e a interpretação mimética ganha força. É possível ver isso claramente se compararmos a recepção crítica de *Muito barulho para nada* com a de *Otelo*. Ainda que Cláudio seja o menos criminoso dos dois heróis, já se levantaram muito mais sobrancelhas perplexas em sua direção do que na de Otelo; a única razão possível para isso é que Dom João é um vilão muito mais diáfano do que o sinistro Iago, muito menos satisfatório como oferta sacrificial.

A crítica frequentemente dirigida ao *Conto do inverno* deixa a função dramática do vilão em Shakespeare ainda mais óbvia. Os críticos tradicionais sempre acharam Leontes simultaneamente perturbador e ininteligível. Reclamando que seu ciúme é "insuficientemente motivado", consideram-no insatisfatório como protagonista de "um drama sério". Na verdade, ele é um Otelo sem Iago, um Cláudio sem Dom João, a revelação total de uma verdade ainda parcialmente velada nas peças anteriores.

Leontes deveria ser o maior símbolo do ciúme no teatro de Shakespeare, mas é fácil entender por que Otelo foi escolhido em seu lugar. Ele é mais colorido sob todos os aspectos, claro, mas a principal razão não está aí. O ciúme é um sentimento que todos nós partilhamos em alguma medida, e ele precisa ser mitigado pelo sacrifício. A imagem projetada por Leontes é crua demais para o consumo universal.

A versão padrão do drama – o contrário da tragédia – é a dicotomia entre herói e vilão; o sucesso popular exige que esse esquema seja repetido eternamente.

A diferenciação que ele demanda tem de estar fundada em algum culpado malvado por cuja punição os espectadores esperam com água na boca. O bode expiatório sacrificial tem de polarizar as hostilidades de tal modo que elas sejam desviadas do herói, de quem ele é, na verdade, um duplo idêntico. Para interagir com o herói em igualdade de condições, o vilão precisa ser suficientemente parecido com ele, mas, para poder ser um vilão, tem de ser francamente distinto. Essas exigências contraditórias são características de todas as vítimas sacrificiais por toda parte, a começar pela imolação ritual.

No *Conto do inverno* Shakespeare joga fora todas as precauções e remove os apoios da peça superficial. A verdade é exibida em todo o seu horror, e o autor a torna ainda mais horrenda ao fazer Leontes destruir sua amizade de infância e toda a sua família, assim como a mulher que ele ama. Em comparação com seus dois antecessores, ele parece a versão mais sombria de algo já bastante sombrio. Ele é o mais inteligente, o mais depressivo, o mais destrutivo de todos os personagens hipermiméticos de Shakespeare.

Não deve ser mera coincidência que a supressão do vilão aconteça na mesmíssima peça que radicaliza o mal do autoenvenenamento mimético e que pela primeira vez inocenta um dos dois amigos de infância. Essa conjunção sugere que Shakespeare está se resolvendo em relação a alguma coisa em seu passado que queria vir à luz mas não conseguia. Como já sugeri em meu capítulo sobre Joyce, ele pode até ter vivido o drama dos dois amigos de infância, mas não precisamos de um correlato biográfico preciso para perceber a dinâmica de verossimilhança que existe em suas peças posteriores, começando por *Hamlet*, continuando com os dois primeiros romances,[2] e culminando no *Conto do inverno*.

Creio que essa hipótese pode ser fortalecida se, em vez de compararmos apenas três peças, como fizemos até agora, acrescentarmos mais uma, *Cimbelino*, mais um

[2] *Péricles* e *Cimbelino*. [N. T.]

drama de ciúme infundado. Recordemos a trama: Póstumo foi forçado a deixar a Escócia após casar-se com Imogênia, a filha de Cimbelino, contra a vontade de seu pai, o rei. Seu exílio o leva a Roma e, ali, na frente de alguns *playboys* locais, tolamente vangloriando-se da superioridade das mulheres escocesas em geral, e de Imogênia em particular, ele planta um desejo "ciumento" por sua bela esposa em um rapaz chamado Iachimo.

Póstumo, de modo absolutamente típico e quixotesco, contribui para o propósito de seu rival dando-lhe uma carta de apresentação a Imogênia. Iachimo vai à Escócia e retorna com provas obtidas ilicitamente de que Imogênia fora seduzida; seu íntimo conhecimento de seu corpo certifica que ele a viu nua, e ele viu mesmo, já que estava escondido em um baú no quarto dela. Póstumo imediatamente conclui que sua esposa o traiu, e perde todas as esperanças.

Em sua fase depressiva, Póstumo é tão inconsequente, imprudente e autossabotador quanto o machão fanfarrão da fase anterior. Como todos os personagens hipermiméticos, ele é extremamente maníaco-depressivo e oscila perpetuamente entre o enlevo megalomaníaco e a depressão completa, sem ter um segundo de bom senso na passagem de um estado a outro.

Póstumo, no entanto, é muito superior a seus antecessores: ele tem uma capacidade de compreender a si mesmo e de se arrepender que prefigura Leontes. Num encontro com seu sogro, ele denuncia sua própria síndrome de alcoviteiro-e-corno com menos cinismo do que Stephen Dedalus, mas com a mesma audácia:

> Sim, sou Póstumo,
> o assassino de tua cara filha.
> Não; por ser biltre, minto: *a um menor biltre*
> *do que assim fui, a um violador sacrílego*
> *dei semelhante encargo.* Ela era o templo
> da virtude, a virtude objetivada.
>
> (V, i, 217-21; grifos meus) (*Tragédias*, p. 495)

Ao chamar Iachimo e a si de vilões, Póstumo reconhece a perfeita duplicação da rivalidade mimética. O vilão não é só o rival tentado, mas também o tentador mimético, e o tentador é o vilão maior. Póstumo enuncia uma verdade comum não apenas aos Valentinos, Colatinos e Tróilos, mas também a Cláudio e a Otelo. Ele é o primeiro herói shakespeariano humilde e sincero o bastante para admitir publicamente a verdade.

Na verdade, Póstumo está implorando aos espectadores que não usem a maldade de Iachimo para desculpá-lo; ele é como um Cláudio que dissesse: "Não olhem para Dom João; o culpado sou eu." Esse novo Otelo proclama: "Tenho mais culpa do que Iago". Em vez de ser "vilões menores", Dom João e Iago foram pintados com cores tão feias que aqueles a quem supostamente enganaram, Cláudio e Otelo, foram praticamente liberados da culpa que lhes deveria caber. Em *Cimbelino*, vemos essa culpa voltar para seu legítimo dono – um processo finalmente completado no *Conto do inverno*. Em *Cimbelino*, sua terceira peça de ciúme infundado, Shakespeare condena indiretamente o uso que fizera dos vilões. Em vez de incentivar a transferência para o bode expiatório, como fizera nas duas primeiras peças, ele a desincentiva. Na quarta peça, ele a impossibilitará.

Cimbelino é uma peça medíocre, e parte dela pode ter sido escrita por Fletcher ou outra pessoa. Estou convencido, porém, de que Shakespeare pôs seu dedo nela, especialmente na criação de um personagem, Póstumo, que é profético demais do futuro imediato de Shakespeare para não ter sido influenciado por nosso autor. Esse personagem é muito interessante por ser um luminoso "elo perdido" entre Cláudio e Otelo, de um lado, e Leontes, de outro. O relativo fracasso de *Cimbelino* pode ser devido em parte a tratar-se de uma peça de transição, no meio do caminho entre duas grandes fórmulas dramáticas. Participando assim de dois sistemas dramáticos, essa peça é literalmente "monstruosa" no sentido shakespeariano; ela ainda tem um vilão, mas tão atenuado e "desconstruído" que não serve mais como recurso dramático válido.

Cimbelino é indispensável para o entendimento da evolução final de Shakespeare, mas não funciona dramaticamente. O bom drama exige um princípio estrutural claro; antes que conseguisse abraçar o padrão de queda e redenção do *Conto do inverno*, Shakespeare tinha de descartar totalmente a estrutura do bode expiatório. *Cimbelino* não é nem uma coisa, nem outra, e tenta compensar sua hesitação estrutural multiplicando os incidentes extravagantes.

Nos primeiros romances, Shakespeare parece estar lutando contra algo que ele não consegue vencer inteiramente. Se eu estiver certo, minha primeira concepção da peça superficial como recurso meramente estratégico, fruto de um plano friamente deliberado, não é inteiramente falsa, mas é incompleta. Mesmo no teatro, as atitudes cinicamente manipuladoras nunca são tão transparentes e autocontroladas quanto parecem. Se o manipulador não estivesse tentando enganar a si mesmo sob algum aspecto, não tentaria enganar os outros.

capítulo 35
nem malícia, nem pretexto

O pecado original no *Conto do inverno*

Em *Conto do inverno*, os amigos de infância não "funcionam" exatamente como costumavam funcionar, mas quase. Como Políxenes é quase tão mau na segunda metade da peça quanto Leontes na primeira, a má reciprocidade é simplesmente atrasada, e os amigos desempenham seu papel habitual de ilustração privilegiada e símbolo das divisões humanas no que elas têm de pior. Nas falas de abertura, frequentemente essenciais em Shakespeare, Camilo oferece um retrato dessa amizade:

> Com relação à Boêmia, Sicília nunca poderá mostrar excesso de amabilidade. O Rei da Sicília e o da Boêmia passaram juntos a mocidade, tendo entre eles a amizade criado tão profundas raízes, que não poderá deixar de produzir galhos. Desde que a compostura da idade viril e as obrigações reais os separaram, suas relações, ainda que não diretas, têm sido mantidas regiamente por meio de mimos, cartas e embaixadas amistosas, de forma que pareciam continuar juntos, embora estivessem separados e que se apertavam as mãos por sobre um grande abismo

> e se abraçavam dos confins dos ventos contrários. Que o céu conserve essa amizade.
> (I, i, 21-32) (*Comédias*, p. 575)

O sábio Camilo reza pela continuação dessa bela amizade, mas seu interlocutor, um personagem secundário chamado Arquídamo, não vê necessidade de ajuda divina; a amizade há de ser indestrutível:

> Penso que não há no mundo malícia nem pretexto que possam modificá-la.
> (I, i, 33-34) (*Comédias*, p. 575)

"Malícia" significa aquilo que um vilão pode fazer para perturbar as relações harmoniosas. "Malícia" é Dom João em *Muito barulho para nada* e Iago em *Otelo*. "Pretexto" significa todos os motivos aparentemente racionais de que amigos, irmãos e colegas dependem para justificar suas disputas: conflitos de paixão, de interesse, de prestígio, de poder, do que quer que seja considerado suficiente para justificar a inimizade.

É literalmente verdadeiro que nem malícia nem pretexto desempenhará nenhum papel nesse drama. Todos os fatos que um Dom João ou um Iago consegue esconder de Cláudio e de Otelo estão distinta e continuadamente dispostos diante dos olhos de Leontes. Paulina, esposa de Camilo, é mais tenaz e eloquente na defesa da verdade e da justiça do que qualquer vilão jamais fora na defesa do engano e da maldade. Ninguém à volta de Leontes fica incentivando perversamente sua paixão ciumenta; ninguém finge compartilhar sua falsa crença, nem mesmo os tímidos cortesãos que, ainda que certamente não tenham a coragem de Paulina, ao menos ficam calados.

Nem uma palavra equívoca sequer passa pelos lábios de Hermíone ou de Políxenes; nem um olhar ambíguo sequer é trocado. Os dois reis estão em paz um com o outro. Seus reinos não têm nem fronteiras comuns. Nenhum homem cobiça as posses do outro. Nem a malícia, nem o pretexto pode ser culpado, mas a amizade é destruída. Pela primeira vez, o autor se recusa a oferecer as vítimas sacrificiais de que nosso faminto otimismo precisa para manter sua fé na bondade intrínseca do homem.

Arquídamo não volta a aparecer; a súbita destruição da amizade deveria sacudir os alicerces de seu otimismo, mas provavelmente não sacode. Nada jamais sacode os alicerces de pessoas como ele. Os Arquídamos deste mundo são os personagens antitrágicos por excelência. Constantemente eles enfrentam a refutação de suas profecias otimistas. À sua volta, amizades terminam, aliados de longa data entram em guerra, associações estáveis se dissolvem, amantes se separam, esposos se divorciam – mas eles permanecem imperturbáveis. Eles saúdam cada nova catástrofe como a uma exceção inaudita, um milagre invertido que nunca se repetirá e não afeta o quadro geral. Eis um acontecimento, dizem eles uns aos outros, que contradiz a ordem natural do universo.

O que quer que aconteça, a verdade mimética do conflito humano nunca é admitida. Se as coisas pioram demais, os seres humanos jamais hesitam em inventar a malícia e o pretexto necessários para escondê-las. O teatro reflete essa prática, e Shakespeare também, ao menos superficialmente, até o *Conto do inverno*. A fala de Arquídamo nos avisa indiretamente que desta vez vai ser diferente; a verdade não admitirá concessões.

*

Algumas falas depois da primeira evocação da amizade de infância, aparece outra na conversa particular de Hermíone e Políxenes:

> Éramos como dois cordeiros gêmeos
> que um para o outro balavam, saltitantes
> ao sol, de tão contentes. Permutávamos
> nossa inocência apenas, inocência.

A doutrina do mal desconhecendo,
nem sequer conceber então podíamos
que alguém a conhecesse.
(I, ii, 67-71) (*Comédias*, p. 576)

No início havia esses dois amigos de infância, ou melhor, dois irmãos, ou melhor ainda, irmãos gêmeos. Quanto menos diferenciados eles forem, melhor. Shakespeare compara Políxenes e Leontes não a quaisquer cordeiros, mas a cordeiros gêmeos. E, no entanto, eles não são gêmeos, nem mesmo irmãos; sua semelhança é exclusivamente mimética: quando um bale, o outro bale de volta. Assim como o "modelo" comum de Helena e Hérmia em *Sonho de uma noite de verão*, os cordeiros são uma metáfora para a mímesis não conflituosa.

Os amigos de infância estão tão distantes do pecado real quanto um ser humano pode estar; tudo o que eles fazem é trocar *a inocência pela inocência*. E, ainda assim, ao crescer, transformam-se em lobos ensandecidos – quer simultânea, quer sucessivamente, não importa. Mesmo nesses cordeiros – na verdade, especialmente neles – o potencial de maldade é imenso e perfeitamente contínuo em relação à inocência em que se baseia.

Eis o mistério transparente que sempre assombrou Shakespeare. Ao final de sua carreira dramática, ele retoma a meditação que detectáramos pela primeira vez por trás da aparente frivolidade de *Os dois cavalheiros de Verona*. Diz Políxenes:

Se tivéssemos
continuado a viver dessa maneira
sem que nossos espíritos ingênuos,
pelo sangue levados, se exaltassem,
com ousadia ao céu nos fora lícito
responder: "Não culpados", excetuando-se
nossa herança mortal.
(I, ii, 71-5) (*Comédias*, p. 576-77)

Muitas vezes se menciona a mansidão dos cordeiros como argumento contra a ideia do pecado original. Desferindo golpes contra a suposta ferocidade dessa doutrina, indignados filantropos citam a inocência da infância como prova formidável da perversidade dos teólogos. Shakespeare não poderia estar mais em desacordo.

Se cordeiros gêmeos são o melhor que os seres humanos conseguem ser no quesito inocência, se o conflito sem sentido está desde sempre espreitando atrás do relacionamento que mais se aproxima de nossa ideia de perfeição, como pode a tese do homem intrinsecamente bom ser defendida? Aos olhos do autor, os cordeiros não são uma refutação do pecado original, mas uma formidável confirmação.

Elevando-se acima da malícia e do pretexto das peças anteriores, *Conto do inverno* nos convida a enfrentar o espírito da discórdia em todo o seu horror. Dessa vez, a meditação sobre os amigos de infância não se dissolve na ambivalência do desejo perverso; ele leva diretamente à doutrina da queda. Hermíone, boa ouvinte, compreende a referência:

> De onde concluímos
> que tropeças, então, por vezes.
> (I, ii, 75-6) (*Comédias*, p. 577)

Políxenes responde:

> Oh, mui prezada dama! Desde essa época
> temos sido tentados, pois naqueles
> dias implumes, minha atual esposa
> ainda era bem menina, e não havia
> também vossa preciosa formosura
> caído sob as vistas do meu jovem
> camarada de jogo.
> (I, ii, 76-80) (*Comédias*, p. 577)

Até esses últimos versos, Políxenes ia bastante bem, mas agora está se perdendo; não pode ser justo atribuir a culpa pela disputa de gêmeos miméticos a uma mulher só porque ela está no meio deles. Sempre que os duplos miméticos procuram alguma reconciliação temporária, eles a obtêm à custa dela. Ela é seu bode expiatório comum, mas não a verdadeira explicação.

Seríamos maus leitores, a esta altura, se acreditássemos que Políxenes ainda está falando em nome de Shakespeare. O fato de que uma opinião aparece na obra de um autor, e de que ela era popular quando ele estava vivo, não significa, necessariamente, que ele concordava com ela. Se quisermos mesmo saber o que Shakespeare pensava, temos de esperar pela resposta de Hermíone a Políxenes:

> Deus nos guarde!
> Não tireis conclusões, que poderíeis
> chamar-me e a vossa esposa de demônios.
> (I, ii, 80-2) (*Comédias*, p. 577)

A palavra "demônio", *diabolos*, significa não um obstáculo inerte, mas a pedra de tropeço da Lei e dos Profetas, o *skandalon* dos Evangelhos. O obstáculo nos fascina cada vez mais, enquanto vamos dolorosamente nos batendo contra ele, o emaranhado de nossos desejos rivais. O personagem que ilustra esse fenômeno em nossa peça é obviamente Leontes e, depois, Políxenes; Hermíone não há de ser.

Ao fim da noite do solstício de verão, Hipólita diz algumas palavras só para responder a Teseu. Em sua resposta a Políxenes, Hermíone diz ainda menos, mas elas são tão decisivas em seu contexto quanto as de Hipólita em *Sonho de uma noite de verão* (ver Cap. 7). Novamente, a mulher está certa, e o homem, errado. A mulher é o veículo preferencial da verdade em Shakespeare.

Hermíone não está falando contra a ideia bíblica da queda, mas contra uma interpretação que distorce muito o texto do Gênese, que impede seu significado mimético de aparecer. Eva é a primeira a pecar, sem dúvida, mas sua anterioridade cronológica não faz dela a origem verdadeira. Assim como ela deu ouvidos à serpente, também Adão deu ouvidos a Eva. Ela é para ele aquilo que a serpente é para ela: um mediador mimético. Os dois seres humanos tornam-se uma continuação da serpente, e seu lugar respectivo na sequência não torna um mais culpado do que o outro, nem menos. O desejo de Eva não é diferente do de Adão sob nenhum aspecto, nem mais nem menos mimético.

Em sua resposta à pergunta de Deus, Adão põe a culpa em Eva; desde então ele vem repetindo essa acusação, contrariando diretamente o texto bíblico, que, longe de apoiar sua covarde fuga da responsabilidade, obviamente a considera uma continuação e um agravamento do pecado original. Não há razão bíblica para destacar Eva como principal culpada. Somente desde a mais estreita perspectiva - a perspectiva eternamente não mimética de Adão - pode a anterioridade cronológica de Eva ser transformada em mitigação sacrificial do pecado de Adão. Desde o começo, Adão tentou transformar um detalhe na mensagem total da história. Ele faz isso para poder escapar da verdade de seu desejo. Aquilo que herdamos dele é tanto o desejo quanto o apetite pela criação de bodes expiatórios que o acompanha.

Isso é típico da situação intelectual contemporânea. Em vez de retornar à fonte bíblica e lê-la com um olhar livre de preconceitos, muitas feministas contemporâneas continuam aceitando docilmente a interpretação de Adão da queda, e culpam o livro do Gênese pela discriminação de gênero que ele na verdade estigmatiza. A predisposição antifeminina está tão entranhada que triunfa junto com as feministas. Felizmente, alguns leitores extremamente perceptivos, cuja brilhante intuição agora sigo, descobriram no texto do Gênese um inestimável modelo de interpretação mimética.[1] Insisto que o debate entre Políxenes e Hermíone não é um ataque ao pecado original, mas uma refutação implícita da leitura que tira dele

[1] Raymund Schwager, *Must There Be Scapegoats?* New York: Winston, 1987, p. 79; Jean-Michel Oughourlian, *Un mime nommé désir*, Paris: Grasset et Fasquelle, 1982, p. 38-44; Aidan Carl Matthews, "Knowledge of Good and Evil", in *To Honor René Girard*, Saratoga, Calif.: Anma Libri, 1986, p. 17-28.

seu verdadeiro conteúdo e o transforma em mais uma receita de bode expiatório, à custa da mulher. Essa distorção exemplifica, de modo vergonhoso e paradoxal, o modo como as ideias bíblicas são transformadas em seus contrários. A verdadeira ideia do pecado original é que todos os seres humanos são igualmente culpados do desejo mimético e de criar bodes expiatórios. Ainda que Shakespeare não diga isso explicitamente, os "cordeiros gêmeos" e sua transformação sinistra inevitavelmente sugerem a si próprios um arquétipo melhor para o pecado original do que a vitimação de Eva.

Após rejeitar a perspectiva de Políxenes, Hermíone não propõe sua própria visão do pecado original, mas ela nem precisa. A ênfase dada por Políxenes mesmo aos "cordeiros gêmeos" faz isso por ela, assim como a peça como um todo. Sempre que Shakespeare pensa no pecado original, sinto que ele tem em mente seus irmãos e seus amigos de infância. Em *Hamlet*, sua referência bíblica é a história de Caim e Abel: Cláudio sente, com toda razão, que o pecado que cometeu é o pecado por excelência: "a maldição primeira pôs-lhe o estigma: fratricida" (III, iii, 37-8) (*Tragédias*, p.580). *Conto do inverno* sugere a mesma definição. Não é fortuito que, no Gênese, Caim e Abel venham imediatamente após Adão e Eva. As duas histórias definem o processo mimético inteiro da maneira mais sucinta possível.

O foco no pecado original e a recusa da malícia e do pretexto são dois aspectos da mesma visão. Mas antes de o pecado poder ser reconhecido como aquele pecado original retratado no Gênese, ele precisa ser purificado da distorção contra a qual Hermíone protesta, com razão, no exato momento em que se torna sua vítima. Hermíone não é um demônio, mas é sempre tratada como se fosse, primeiro nas palavras de Políxenes, e depois pelos atos de Leontes. O debate entre Políxenes e Hermíone é uma condensação filosófica e religiosa do *Conto do inverno* como um todo, sua *mise-en-abîme* espiritual.

A injusta seleção da mulher por Políxenes é profética não apenas em relação à injustiça de Leontes para com Hermíone, mas também de sua própria injustiça para com Perdita na segunda metade da peça. Leontes e Políxenes são muito parecidos; eles merecem um ao outro mais do que imaginam.

*

Por muitos anos o princípio mimético fascinou Shakespeare como fonte de padrões estruturais complexos e inversões paradoxais. Ele os retratou com inteligência e força tremendas nas comédias. Então, gradualmente, nas tragédias tardias, ele perdeu interesse no mecanismo da rivalidade mimética e concentrou-se cada vez mais em suas consequências éticas e humanas, no sofrimento desnecessário produzido por essa loucura.

As peças tardias, especialmente os romances, tendem a girar em torno de mulheres injustamente perseguidas, frequentemente uma mais jovem e outra mais velha, uma filha e uma mãe. Ao observar isso, alguns críticos lançaram bons argumentos para a profundidade existencial do tema, até por certo sentimento de culpa. Ao contrário da vasta maioria das heroínas shakespearianas anteriores, essas vítimas estão livres da perversão mimética, mas são injustamente acusadas disso por personagens hipermiméticos como Póstumo e Leontes. O primeiro grande exemplo da categoria é Cordélia, em *O rei Lear*.

Ler *Conto do inverno* como uma espécie de confissão pessoal parece-me uma hipótese plausível. Shakespeare parece lamentar seu comportamento pregresso em relação a algumas mulheres muito próximas a ele, em conjunção com algum amigo intensamente amado e intensamente odiado. Isso é interessante não da perspectiva biográfica, mas porque se encaixa na diferença de perspectivas entre as primeiras peças e os romances, sobretudo *Conto do inverno*.

É particularmente interessante comparar *Os dois cavalheiros de Verona* e o *Conto do inverno*. À luz de nossa hipótese, trata-se da mesma história. Na primeira peça, já há uma sugestão, como vimos, de que Valentino é ao menos parcialmente responsável pelo comportamento abominável de Proteu. Mas esse comportamento é verdadeiramente abominável, ao passo que no *Conto do inverno* ele só o é na imaginação de Leontes. O Proteu dessa peça, Políxenes, não traiu seu amigo sob nenhum aspecto; ele não se apaixonou por Sílvia.

Faz sentido acreditar que Shakespeare acuse a si próprio de *excès de soupçon* refletido na própria aplicação implacável da lei mimética que ele fez antes, em sua incapacidade de retratar personagens inocentes, especialmente amigos de infância ou irmãos. Essa hipótese não afirma que Shakespeare, no *Conto do inverno*, necessariamente acuse a si próprio dos mesmos crimes que Leontes; é suficiente pensar em termos de delitos simbolicamente equivalentes.

Será que devemos concluir por esse autocrítico, e pela ênfase na queda no *Conto do inverno*, que Shakespeare sentia culpa avassaladora quando escreveu essa peça? Na minha opinião, deve ser verdade o exato oposto. Para um homem na posição de Leontes, a ideia do pecado original significa a libertação.

O pecado original não faz do crente o mais culpado dos homens; só o orgulho pode fazer isso, com o fardo impossível que coloca sobre nós. Muito mais do que o bom senso de Descartes, o pecado original é *la chose la mieux partagé au monde*.[2] Acreditar nisso pode ser o melhor remédio contra a tentação mais perigosa: o orgulho que aspira à singularidade, concebendo essa singularidade primeiro como um prêmio que se deve vencer, e depois como um fardo insuportável que tentamos freneticamente descarregar sobre os outros. A vitimação dos outros é uma defesa contra a autovitimação a que o fracasso do orgulho leva inevitavelmente.

[2] "A coisa mais bem compartilhada do mundo." [N. T.]

capítulo 36 à sombra vossa vou revelar amor sincero e puro

Conto do inverno (Ato V, cenas 1 e 2)

A Cena 1 do Ato V do *Conto do inverno* poderia ser intitulada "a última tentação de Leontes". Dezesseis anos após a tragédia dos três primeiros atos, Florizel, filho de Políxenes, chega a Sicília na companhia de Perdita, a filha há muito desaparecida de Leontes cuja identidade é desconhecida. O casal foge da fúria de um pai monarca que não quer que seu filho se case com a humilde pastora que Perdita parece ser. Em seu primeiro encontro com o rei, esses jovens dizem que o próprio Políxenes os enviou como embaixadores a seu velho amigo, mas a verdade logo vem à tona, e Florizel implora a Leontes para que seja seu intermediário junto a seu pai:

> ... sede advogado em minha causa.
> Meu pai, se lhe falardes, não vos há de
> negar nenhum pedido, dando como
> ninharias as coisas mais valiosas.
> (V, i, 221-3) (*Comédias*, p. 617)

A resposta de Leontes demonstra que ele está muito atraído por Perdita:

> Se isso fosse verdade, eu lhe pedira
> vossa amada preciosa, que ele julga
> não valer coisa alguma.
> (V, i, 223-4) (*Comédias*, p. 617)

Paulina, sempre vigilante, veementemente recorda o velho rei de sua esposa falecida:

> *Paulina*: Meu senhor,
> nos olhos tendes muita mocidade;
> um mês antes da morte da Rainha,
> muito mais digna desse olhar era ela
> do que a pessoa que ora estais olhando.
> *Leontes*: Olhando esta, era nela que eu pensava.
> (V, i, 224-8) (*Comédias*, p. 617)

Leontes não está mentindo; longe de esquecer Hermíone, sua lembrança dela é deveras vívida. Perdita parece tanto com sua mãe, e Florizel tanto com seu pai, que o passado inteiro parece ter ressuscitado.

A felicidade insolente que irradia de Florizel e de Perdita é a mesma que irradiava de Políxenes e Hermíone há dezesseis anos, quando eles deram as mãos na frente de Leontes, e este de novo sente as pontadas do ciúme, de novo sente que está sendo excluído do paraíso. Esses namorados pedem um protetor, mas, aos olhos de Leontes, não precisam de ninguém; eles parecem divinamente invulneráveis e autossuficientes.

O brilho que Paulina vê nos olhos de Leontes reflete o desejo de Florizel por Perdita, e o desejo de Perdita por Florizel. Mais uma vez Leontes é ameaçado pelo contágio mimético. A cena ressuscita um passado que nunca houve, o passado distorcido do ciúme de Leontes. Dessa vez, os amantes presumidos verdadeiramente desejam um ao outro; eles verdadeiramente pediram a Leontes que fosse seu intermediário. Essa repetição verdadeira de um falso original dá um ar enganoso de autenticidade à velha obsessão. Conseguimos entender por que, novamente, Leontes se sente tentado a apropriar-se dessa felicidade ou, caso não consiga, destruí-la.

A menos que percebamos essa perturbadora repetição da experiência mais terrível de Leontes, não conseguiremos compreender por que ele chega tão perto de tropeçar uma segunda vez; não sentiremos a simpatia que, pela primeira vez, ele merece. O principal aspecto do episódio não é sua tentação, mas sua vitória final, que contrasta com sua derrota anterior. O objetivo da cena não é enfraquecer, e sim fortalecer, a credibilidade do arrependimento de Leontes.

*

Ao fim desse breve episódio, Leontes volta a dirigir-se a Florizel:

> Não respondi a vossa petição.
> Vou ao encontro, desde já, do vosso pai.
> Desde que não tisnou mancha nenhuma
> dos desejos vossa honra, *considero-me*
> *amigo vosso e deles.*
> (V, i, 228-31; grifos meus) (*Comédias*, p. 617)

A crise pessoal de Leontes acabou, e um final feliz se aproxima para o casal. Tudo isso é óbvio demais, ao que parece, para exigir maiores comentários.

E, no entanto, esses últimos versos são curiosos. Em vez de dizer "sou seu amigo", Leontes diz "sou amigo... deles", referindo-se a "desejos". Será que devemos presumir que as duas expressões se equivalem e que o "vosso" é supérfluo? Tudo o que aprendemos neste estudo sugere que o arranjo das palavras "amigo", "desejo" e "vosso" é uma alusão calculada à ambivalência mimética da situação. Se dois desejos são amigos um do outro, cobiçarão o mesmo objeto, a mesma Perdita, e os homens que têm esses desejos não acabarão por ser amigos, mas inimigos. A amizade entre os homens significa paz e harmonia, a amizade entre seus desejos significa ciúme e guerra. Não fosse o "vosso", as palavras de Leontes sugeririam a funesta possibilidade de nova tragédia.

Novamente Shakespeare está jogando com o desejo que, em *Sonho de uma noite de verão*, "dependia da escolha de amigos".[1] Mais uma vez, as palavras "amigo" e "amizade" sugerem a natureza insidiosa da rivalidade mimética, sua tendência de insinuar-se quando nossas tendências são as mais puras. Podemos acreditar, sinceramente, que o interesse de um amigo ainda governa nossas ações quando, de fato, por causa do desejo desse amigo, a amizade já foi traída.

As últimas palavras sintetizam a temporalidade da experiência de Leontes. Após "considero-me amigo deles",[2] referindo-se aos desejos, o ator que faz Leontes deve pausar brevemente para um suspiro quase imperceptível, e então o "e vosso" deve ter o som das palavras de um homem subitamente libertado de um fardo invisível. Certo que essa vitória sobre a tentação deve ser discreta, mas não tão discreta a ponto de ficar invisível.

*

Na cena seguinte vemos que Paulina chamou Leontes e seus convidados, Políxenes, Camilo, Florizel e Perdita, para inaugurar com ela uma estátua formidavelmente realista de sua esposa, mãe e amiga falecida. A estátua é a própria Hermíone, que vive há dezesseis anos na casa de Paulina. Assim, uma obra de arte é exibida como se fosse o próprio modelo original e não sua reprodução mimética. Aquilo que parecia uma ilusão do Ser é o próprio Ser. Essa cena inverte o processo mimético da arte. Com que propósito? Para responder a essa pergunta, precisamos

[1] "*Love that stood upon the choice of friends*", no original. Ver, a respeito, a segunda nota da introdução deste livro. [N. T.]

[2] No original, "*I am friend to them and you*", ou seja, "considero-me amigo deles e vosso". CAN optou por inverter a ordem de "deles" e "vosso" provavelmente por razões de eufonia. [N. T.]

primeiro levantar outra em que já tocamos: a questão da atitude de Shakespeare em relação à arte.

Se Shakespeare consegue tratar o teatro com a dureza que lhe dispensa em *Sonho de uma noite de verão* e *Tróilo e Cressida*, podemos esperar também certa severidade com as artes que ele mesmo não praticou. A unidade consubstancial de mímesis estética e desejo mimético caracteriza a pintura tanto quanto o teatro, e algumas de suas consequências já tinham sido enunciadas no primeiro e mais direto retrato do desejo mimético em Shakespeare, o Proteu de *Os dois cavalheiros de Verona*.

O anseio excessivo do personagem por um *retrato* de Sílvia sugere capacidade reduzida de distinguir a mulher real de sua cópia; trata-se de um sintoma da doença mimética espalhada por seu ser inteiro:

> *Proteu*: Se o coração, senhora, tendes duro,
> recompensai ao menos meus anelos
> com o retrato que o quarto vos enfeita.
> Com ele falarei; ardentes lágrimas
> hei de lhe oferecer, fundos suspiros.
> Já que a essência de vossa perfeição
> a outrem se acha votada, sou apenas
> uma sombra fugaz que à sombra vossa
> vai revelar amor sincero e puro.
> *Júlia(à parte)*: Se fosse a própria essência, estou bem certa,
> por fim a enganarias, reduzindo-a
> à minha condição de simples sombra.
> *Sílvia*: Não me alegra saber que sou vosso ídolo.
> Mas já que apraz à vossa falsidade
> adorar sombras e aparências falsas,
> mandai um portador amanhã cedo
> buscar o meu retrato. Bom repouso.
> (IV, ii, 119-31) (*Comédias*, p. 119)

Sílvia é um ídolo no sentido literal do culto de imagens. Ao transformar-se em mera sombra de Valentino, Proteu busca a sombra de uma satisfação numa sombra de Sílvia. A reação de desprezo das duas mulheres – Júlia, o primeiro amor de Proteu, está presente, disfarçada – sugere impotência onanista, e essa sugestão não contradiz a tentativa posterior de Proteu de estuprar Sílvia. Os dois comportamentos têm sua raiz na oscilação maníaco-depressiva típica dos personagens hipermiméticos.

Sendo, para começar, amplamente insubstanciais, imagens e símbolos não podem desapontar na mesma medida que objetos reais quando parecem responsáveis pelos emaranhados miméticos em que se enredam os seres humanos. As imagens e os símbolos assim adquirem superioridade paradoxal sobre os objetos que representam. O objeto mais agradável em si mesmo, a beleza feminina, é afetado de maneira tão adversa pelo entrecruzamento mimético dos desejos que, em casos agudos de desejo mimético, chega a parecer intrinsecamente frustrante e diabólico. Graças às imagens, os objetos interditados podem ser desfrutados indiretamente, substitutivamente, sacrificialmente.

Em *Noite de Reis*, quando Olívia quer provocar o desejo de Viola, ela descobre o rosto com a cerimônia com que descobriria uma pintura. Essa heroína pseudo-narcisista conhece "por instinto" o poder superior das imagens em seu mundo, e transforma-se numa falsa obra de arte, um espelho para Viola, mera semelhança da mulher que ela é.

Essa atitude negativa não significa que Shakespeare "não gostava de arte", claro. Ele gostava tanto dela que a considerava do mesmo jeito que as outras paixões: uma forma de escravidão. Para a maioria de nós, a arte é pouco mais do que uma das "causas importantes", abraçada com veemência mas sem entusiasmo, um pouco como a ecologia e a justiça social. A arte e os valores artísticos têm muitos inimigos em nosso mundo, e nós bravamente pegamos em armas contra eles, presumindo automaticamente que o mesmo deve valer, *a fortiori*, para os grandes artistas que admiramos. Shakespeare ficaria grato, achamos, se pudesse ver a tremenda batalha que lutamos em defesa daquilo que ele sem dúvida defendia, os "valores superiores" – em outras palavras, nossos próprios valores.

Esse uso moderno de "valores", termo financeiro, é estrangeiro a Shakespeare, assim como a filosofia por trás dele. Há quatro séculos, os artistas precisavam de defensores, mas não de arte. A arte ainda estava intimamente associada ao espírito de descoberta característico do Renascimento e do início do período moderno. A divisão entre o espírito estético e o espírito de desenvolvimento científico e tecnológico ainda não havia ocorrido.

O avanço do realismo na pintura parecia apenas um exemplo dentre muitos daquilo que as forças da criatividade humana poderiam realizar, uma vez libertadas. Não se tratava exatamente da nossa ideia de "progresso", mas já começava a parecer com ela. Um detalhe notavelmente realista numa pintura poderia provocar o mesmo tipo de empolgação que a invenção de algum dispositivo mecânico inteligente. Entre os patronos aristocráticos, o amor pela arte sempre tinha aquela qualidade maravilhada – "mas no que será que eles vão pensar da próxima vez?" – que hoje em dia se reserva para computadores de última geração ou para a supercondutividade.

As obras de arte e as maravilhas tecnológicas do dia frequentemente eram exibidas juntas. Temos uma alusão a isso, ao que parece, na última cena de *Conto do inverno*. A caminho da suposta estátua de Hermíone, Leontes passa pela galeria particular de Paulina e demonstra grande interesse por suas "raridades":

> Atravessamos vossas galerias
> não sem grande prazer, proporcionado
> pela vista de tantas raridades
> que nela se contêm; mas ainda falta
> ver o que minha filha tanto almeja:
> a estátua da mãe dela.
>
> (V, iii, 10-14) (*Comédias*, p. 620)

Leontes é o típico *connoisseur* renascentista, um homem curioso a respeito de tudo que é novo e impressionante. Isso certamente incluiria uma estátua tão realista mimeticamente que não pudesse ser distinguida de seu modelo humano. A palavra *raridade* pode ser indiferentemente aplicada a obras de arte e a artefatos tecnológicos engenhosos. A suposta estátua de Hermíone pertence simultaneamente às duas categorias, e é fácil entender por que Leontes espera encontrá-la na galeria de Paulina.

Para nós, o culto do realismo é pior do que ultrapassado; é prova de analfabetismo estético. Após os grandes excessos do realismo, pulamos para o outro extremo e nossa bandeira ainda está ali plantada. Não chega a ser exagero dizer que, há um século ou mais, a arte tem sido exaltada em proporção direta à sua divergência daquilo que chamamos, com desdém, de "realismo fotográfico". A antiga obsessão com a verossimilhança tornou-se uma vergonha que tentamos descartar como se fosse um tique inócuo, um defeito menor na mentalidade estética de nossos antecessores. Na verdade, esse era o grande princípio da arte; ele expressava a unidade dinâmica que perdemos, a conjunção harmoniosa das aspirações estéticas, científicas e técnicas.

A definição mimética da arte reinou inconteste dos gregos ao fim do século XIX, e então foi derrubada em poucos anos. A revolução foi tão grande que encontramos dificuldades para ver qualquer continuidade entre os períodos do início e do fim da modernidade. Shakespeare vai nos sugerir continuidade. De nossa perspectiva, o culto do realismo parece subserviente demais às aparências, respeitoso demais das coisas como são. Shakespeare tem também visão negativa dele, mas por razões diametralmente opostas às nossas. Ele o enxerga como entronização do artifício, um primeiro distanciamento do Ser que poderia vir a autorizar muitos outros.

Em *O mercador de Veneza*, quando Bassânio abre o cofre de chumbo e vê o retrato de Pórcia, ele não consegue tirar seus olhos dele:

> O retrato de Pórcia, a inigualável?
> Que semideus já se encontrou tão perto

da criação? Esses olhos se deslocam?
Ou parece que o fazem, tão somente
porque na órbita os meus também se movem?
Doce hálito perpassa entre esses lábios.
Jamais barreira tão suave amigos
tão gratos separou. Nestes cabelos
fez-se aranha o pintor e uma áurea teia
preparou, para nela se enredarem
os corações dos homens mais depressa
do que nas verdadeiras os mosquitos.
(III, ii, 115-23) (*Comédias*, p. 234)

Claro que Bassânio quer se casar com Pórcia por causa de sua riqueza e de sua beleza; ser objeto de uma disputa a faz parecer ainda mais atraente, sem dúvida. Assim que encontra o retrato, porém, seu pretendente veneziano sabe que a competição acabou. Pórcia lhe pertence, e desde já. Temo que parte dos encantos dela se evaporem.

Ainda que faça as observações de praxe de que o original é imensamente superior à cópia, Bassânio está tão absorvido por esta última que passa quinze intermináveis versos sem conseguir retornar ao primeiro. Ele parece incapaz de contemplar Pórcia inteira de uma vez, ou mesmo seu retrato inteiro, seu rosto inteiro, seu cabelo inteiro, a verdadeira áurea teia naquele cabelo; ele se concentra no duplo pintado naquele mero enfeite. Enquanto isso, a mulher real fica só atrás dele, desocupada, intocada. Uma réplica perfeita dela mesma tornou-a inútil.

Esse texto é uma versão suavizada e elegante de Proteu olhando o retrato de Sílvia. Para podermos entender a absorção estética de Bassânio, precisamos de um antídoto para nossa própria piedade estética; voltemo-nos para uma afirmação zombeteira de Pascal a respeito de amantes da arte que admiram enormemente a fiel reprodução de objetos cujos originais eles desprezam. Isso nos parece pura filistinismo; damos pouca atenção à ideia que subjaz a esse *pensée*, a versão de

Pascal do desejo mimético, *divertissement*. Por trás do fetichismo do realismo, Pascal, assim como Shakespeare, vê um distanciamento do Ser, o que reflete o progresso de uma vasta crise mimética.

Antes do Renascimento, a pintura tentava ater-se à realidade por causa do verdadeiro respeito por ela. A superioridade absoluta da criação divina em relação à humana era nada mais do que um dado. Com o Renascimento, as coisas começaram a mudar: a ênfase passou da realidade reproduzida para a reprodução em si mesma. Os artistas imitavam a natureza, mas com um espírito de competição que os deixava cada vez mais ousados. Logo eles começaram a querer que a criação humana ultrapassasse e até superasse seu modelo.

Se extrapolarmos a visão shakespeariana de *mímesis* para os períodos posteriores, ela explicará os levantes estéticos dos últimos dois séculos com menos reverência do que os historiadores da arte, mas com maior coerência e eficácia. Após competir por algo que chamavam de verdade da natureza, os artistas decretaram que esse objeto era irrelevante e passaram a competir diretamente entre si mesmos. No mesmo momento, decretaram que, longe de ser indispensável, a imitação era, afinal, uma aberração; o receio de repetir o que outros já tinham feito, ou estavam prestes a fazer, tomou o lugar do antigo medo de não imitar com suficiente fidelidade. E ainda assim, longe de pôr fim às manias e modas estéticas, a busca universal por originalidade acelerou-as e multiplicou-as gerando modos de submissão estética mais tirânicos do que aqueles produzidos pela imitação explícita.

A rejeição da mímesis como princípio teórico não significa, na verdade, que ela termine na prática; ela desloca a imitação, transferindo-a para o subterrâneo. O movimento moderno como um todo – com poucas, parciais e gloriosas exceções – reflete a passagem geral da sociedade moderna da mediação *externa* para a *interna*.

Quando a mímesis passa de positiva a negativa, quando ela tenta escapar da duplicação, ela produz ainda mais duplicação por causa da reciprocidade impremeditada. A lógica da competição destrói os rituais do passado, forçando a arte primeiro à distorção histérica, depois à deformidade e ao caos, e por fim ao nada absoluto, à autodestruição pura e simples. A perfeição técnica da áurea teia de Pórcia é a primeira rajada de uma escalada mimética que, de modo paradoxal mas lógico, leva à exclusão moderna do Ser, e até a nosso descarte caricatural do "referente". Não precisamos abraçar o realismo mimético de Shakespeare em todos os seus aspectos para apreciar sua intuição profética.

*

No *Conto do inverno*, exatamente como em *O mercador de Veneza*, um discreto mas inconfundível odor satírico associa-se ao realismo mimético daquilo que era a arte contemporânea de então. Assim como Leontes é um espelho para seus cortesãos, também os cortesãos são um espelho para seu rei, sendo tão interessados por arte quanto ele. Quando eles ficam sabendo de uma nova e sensacional estátua de Hermíone, querem saber quem a esculpiu, e quando. Dizem-lhes que se trata de um

> trabalho que requereu anos e que foi recentemente concluído por Júlio Romano, o grande mestre italiano que, se fosse imortal, insuflaria alento em sua criação e usurparia a própria função da natureza, tal é a perfeição com que a imita. Fez uma Hermíone tão semelhante a Hermíone, que, segundo dizem, a gente fala com ela e fica à espera de resposta.
> (V, ii, 94-102) (*Comédias*, p. 618-19)

A palavra mais importante desse texto, "imita", destaca-se ao fim da sentença principal, minando sutilmente a perfeita coleção de clichês que a circunda. A vida na corte é a coroação da imitação em todas as suas formas e, na corte de Leontes, o culto daquilo que nossos contemporâneos chamam de realismo mimético é uma de suas manifestações.

Como a estátua simplesmente não existe, a referência a Júlio Romano é inteiramente gratuita e galhofeira, provocada, sem dúvida, pelo fato de que o artista da moda era celebrado como o campeão supremo do realismo. O cavalheiro que espalha esse rumor falso é criado de Paulina, e não o teria espalhado sem o consentimento dela. Ela é que ri com a piada; essa senhora magnífica está se divertindo um pouco à custa dos mesmos esnobes tímidos que, dezesseis anos antes, deixaram que ela enfrentasse Leontes, louco de ciúmes, absolutamente sozinha.

capítulo 37
a pedra não irá lançar-me em rosto que mais pedra do que ela ora eu pareço?

Conto do inverno (Ato V, Cena 3)

Quando Leontes finalmente vê a estátua, fica boquiaberto por causa de sua fantástica semelhança com sua esposa. O marido apaixonado que há nele fica muito comovido, mas o *connoisseur* ainda quer fazer-se ouvir. Inspecionando meticulosamente o objeto que se oferece à sua curiosidade, ele chega a uma notável descoberta:

> Mas, Paulina,
> Hermíone não tinha tantas rugas,
> não tinha a idade que aparenta agora.
> (V, iii, 27-9) (Comédias, p. 620)

Segundo Paulina, o escultor pretendia retratar Hermíone "como se hoje ela vivesse". Sua devoção ao realismo era tão forte que ele era fiel até mesmo a uma vida que já não tinha realidade. Se Leontes fosse menos complicado, poderia imaginar, a essa altura, que a boa senhora está brincando com ele; nosso personagem não suspeita de nada. Como ele está convencido de que, há dezesseis anos, sua fúria cega matou sua esposa, é compreensível que resista à mensagem dos sentidos. Sua teimosia é grande demais, porém, para não exigir uma explicação a mais. Discretamente, Shakespeare aponta para o esnobismo estético.

No mundo chique da Sicília, nenhum cavalheiro inteligente deve confundir a mais perfeita cópia com o original copiado. De acordo com um autor grego, alguns pássaros gregos foram tão perfeitamente enganados pelas uvas de um quadro grego – o pintor era um supercampeão do realismo – que tentaram comê-las. Quem quer ser igual a esses pássaros? "Os artistas modernos ficaram tão bons", diz Leontes a si próprio, "que conseguem nos enganar a todos; eu não me deixarei enganar; eu não vou acreditar que essa estátua é minha esposa; eu vou ficar com a pedra que meus olhos insistem ser impossível." Já no mundo de Leontes a maior vergonha é *ser enganado pela representação.* A cada geração essa vergonha assume uma forma um pouco diferente, mas ainda está conosco.

Os intelectuais contemporâneos ficam ralhando com os homens seus irmãos por causa de sua tendência certamente deplorável mas também um tanto comovente de confundir os sinais com os objetos sinalizados. E a ilusão contrária? Temos ido tão bem que ela se tornou impensável. Um mero sinal tornar-se Ser verdadeiro? Ainda que víssemos esse milagre com nossos próprios olhos, acharíamos que ele é tão escandaloso que não acreditaríamos nele. Leontes é muito semelhante a nós, tão defensivo contra esse tipo de ilusão que se mostra indefeso contra o tipo contrário. Para os inocentes estratagemas de Paulina e Hermíone, ele é o otário ideal.

Shakespeare está gentilmente gozando da ingenuidade ocidental por excelência: a obsessão com a ingenuidade. Sempre que há dúvida, os especialistas escolhem o ceticismo: é por isso que eles são especialistas. Assim como todos, o pobre Leontes quer ser um especialista, e assim, em questões estéticas e eróticas, busca a segurança numa negação de sua própria percepção. Eis uma nova variação de nossa velha história: *amor de outiva, estranhos olhos para escolher o amor.* A estátua como estátua é o equivalente do "ímã de coração endurecido" em torno do qual todos os namorados da noite do solstício de verão gravitam instintivamente. Entre a pura alegria e uma pedra, preferimos a segurança e ficamos com a pedra.

Não devemos pensar mal de Leontes por causa disso. A profundidade de seu arrependimento não está em questão. Hermíone é a primeira coisa que lhe vem à cabeça:

> Oh! Desse mesmo
> modo ela estava, com igual aprumo,
> de nobre majestade – vida quente,
> que ora o calor perdeu – quando a primeira
> declaração lhe fiz. Oh! envergonho-me!
> A pedra não irá lançar-me em rosto
> que mais pedra do que ela ora eu pareço?
> (V, iii, 34-8) (*Comédias*, p. 620)

Leontes mudou, e mudou tão rápido que os aspectos secundários de sua personalidade continuaram os mesmos; ele precisa de mais tempo para ajustar-se. Seu desejo de estar por dentro da moda estética se agarra a ele como as roupas molhadas de um homem que acaba de salvar alguém de afogar-se – alguém que, por acaso, é ele mesmo; ele está agitado demais para pensar em trocar de camisa.

Se esse *jeu de scène* não diz respeito a nada essencial, por que incluí-lo? Simbolicamente, sua importância é enorme. A hesitação de Leontes recapitula sua situação mimética anterior com Hermíone. A conclusão repete sinteticamente o drama inteiro; ela reatualiza a "falha trágica" num tom menor, para que possamos ver seu estado anterior de pecador sumir de uma vez por todas diante de nossos olhos.

De início, nós, a plateia, ignoramos tanto quanto o herói; achamos que Hermíone está morta. Ao ser descoberta, a "estátua" deve parecer genuinamente escultural e sem vida. Devemos descobrir a verdade devagar, mas não tão devagar quanto Leontes. Quando as rugas são mencionadas, a luz deve ficar mais forte. Ao reconhecer a atriz que faz Hermíone, nós entendemos tudo, mas não Leontes. Tendo compartilhado seu erro por um momento, podemos compreendê-lo. Pela primeira vez, sentimos total simpatia pelo herói.

Quando feitos de modo competente, esses últimos momentos da peça afetam até aqueles sem nenhum interesse particular pela religião de um jeito que só pode ser definido como religioso, ou próximo do religioso. A palavra *ressurreição* vem irresistivelmente aos nossos lábios. Alguns se incomodam com isso; observando que não ocorre ressurreição nenhuma, e que não se usa nenhuma linguagem religiosa, negam que haja uma dimensão religiosa ao final de *Conto do inverno*.

Será que o efeito da ressurreição é uma invencionice dos prosélitos religiosos, que estão sempre querendo meter religião na literatura? Nem os espectadores mais receptivos a essa cena acham que ela é uma espécie de versão cristianizada da história de Pigmalião. A menos que nos oponhamos dogmaticamente a efeitos religiosos por razões que não podem ser literárias, admitiremos sua presença, como admitiríamos a de qualquer outro tipo. Negar esse efeito porque não há nenhum discurso religioso explícito para causá-lo é a mesma coisa que negar a presença de qualquer efeito erótico na literatura a menos que venha acompanhado de reproduções gráficas de livros-texto de sexologia.

O triunfo de Leontes sobre a tentação harmoniza-se com o *jeu de scène* planejado por Paulina. Se o desejo mimético é o demônio que desacredita e, em última instância, destrói o real, uma renúncia genuína produzirá o resultado oposto. Leontes, libertado, finalmente experimentará a *presença real*, o que de fato acontece – com certo atraso.

A derrota do desejo mimético é um milagre maior do que a violação de alguma lei natural idiota. A única coisa que realmente aprendemos neste estudo é que, uma vez que esse desejo realmente capture alguém, ele nunca larga sua presa. O personagem que morre no Ato II e ressuscita no Ato V não é Hermíone, e sim Leontes, e a última cena precisa ser dirigida desse ponto de vista. Invertendo as palavras de T. S. Eliot, temos de dizer que a aparente ressurreição de Hermíone é o correlato subjetivo de algo sumamente objetivo e real: a renúncia, por Leontes, do mau desejo. O efeito de ressurreição ocorre quando sentimos que esses dois aspectos se uniram na experiência do herói. A palavra *ressurreição* certamente é apropriada, até mesmo inevitável, desde a única perspectiva que importa nessa cena, a perspectiva de Leontes. Não vejo vergonha nenhuma em usá-la.

*

As cenas 1 e 3 do Ato V contrastam fortemente uma com a outra. O autor evidentemente quis que houvesse uma "falsa" ressurreição de Hermíone seguida por outra, "verdadeira". Nenhum dos incidentes, é claro, é uma verdadeira ressurreição; os dois são o reaparecimento inesperado, mas natural, de uma mulher há muito perdida na vida de Leontes: primeiro sua filha, depois sua esposa. Na primeira cena, quando Leontes vê Perdita, ele tem uma lembrança tão forte de sua esposa que ela parece *ressuscitada*; essa ilusão é convincente à primeira vista, mas desaparece com a mesma rapidez com que surgiu, tão logo a tentação provocada é vencida. Nessa miragem de desejo mimético, a Hermíone ressuscitada aparece com a mesma juventude que tinha quando Leontes a viu pela última vez, como se uma eternidade mágica tivesse anulado os dezesseis anos transcorridos.

A segunda cena reverte as falsas impressões da primeira, e o corpo de Hermíone carrega o estigma do tempo histórico. Essa é a razão de suas rugas. A segunda ressurreição é tão verdadeira quanto foi falsa a primeira. Ela é a recompensa de Leontes por ter purgado seu desejo mau. Essa verdade espiritual é também a verdade literal. Inicialmente muito perturbada por causa da última tentação de seu senhor, mas depois completamente segura, a sábia Paulina julga que Hermíone pode se reunir com seu marido em segurança.

As rugas de Hermíone não devem ser uma fonte de mal-entendidos. É compreensível que Leontes as ache estranhas *numa estátua*. Não devemos achar que, assim que o pano caia, ele vai querer que sua esposa faça plástica, ou talvez que um divórcio rápido caia bem. Hoje em dia, é claro, talvez ele fosse obrigado a isso. Afinal, ele é um homem de sucesso, e não pode estar cercado de nada que não seja impecável. Ele tem de ter certeza, acima de tudo, que seus objetos sexuais provocam a inveja de outros homens.

O imperativo do alcoviteiro-e-corno atingiu proporções tão miméticas em nosso "complicado" mundo moderno – é assim que a mídia sempre se refere a ele – que o confundimos com um princípio ético, nosso único princípio indestrutível. Creio que o mundo renascentista de Leontes era, só para começar, menos "complicado", e sua conversão o "simplificou" ainda mais.

*

A cena da estátua é uma inversão singular de uma relação entre a verdade e a ilusão, entre o ser e o não ser, que sempre prevalecera em Shakespeare, até *Conto do inverno*. Em todas as comédias e tragédias, sempre vimos que o principal movimento afastava-se da realidade imediata, e ia na direção de mais mímesis, mais ilusão metafísica. As coisas que primeiro passavam por genuínas mostravam-se ficcionais; as representações supostamente verdadeiras mostravam-se falsas; aquelas que eram falsas desde o início desapareciam por completo. As distinções claras ficavam borradas; a claridade dava lugar à confusão. Figuras harmoniosas contaminavam-se umas às outras e ficavam monstruosas. Grandes homens desapareciam, e depois reapareciam como fantasmas. A forma se desintegrava; as diferenças sumiam; os objetos sólidos liquefaziam-se, "a terra firme reduzia-se a papa". Os símbolos não simbolizavam; o nada triunfava.

Poder-se-ia objetar que, em muitas peças anteriores, o fim já sugeria um retorno à realidade. Isso é verdade, mas, em todas as conclusões que examinamos, a suposta reviravolta mostrava-se uma ficção da *peça superficial*, baseada em algum truque sacrificial, discreta mas eficazmente contestado pela *peça profunda*. O *Degree* mesmo é denunciado como fruto da violência coletiva, e desacreditado.

O fim do *Conto do inverno* é algo totalmente diferente. Dessa vez, o triunfo do ser é genuíno, e não mais fundamentado na morte sacrificial. Qual poderia ser a causa dessa revolução? Anteriormente vimos que muitos temas obsessivos de Shakespeare reaparecem nessa peça, mas sempre de modo distinto. A capacidade de Leontes de fazer análises miméticas é tão sutil e profunda quanto a do próprio

Shakespeare e, no entanto, quando testada, falha estupidamente. Será que a intuição paranoica que é estigmatizada nessa peça é a condenação do autor de suas próprias análises implacáveis? Será que as mulheres que foram perseguidas nos romances eram meras criações ou eram mulheres de verdade? Pela primeira vez, a meditação sobre os duplos miméticos leva o autor à ideia do pecado original. Será que tudo isso reflete uma desmistificação da postura desmistificadora, um estado autocrítico, até penitencial?

A conversão e ressurreição de Leontes dá muita força a essa hipótese. À luz dos capítulos anteriores, é difícil que ela seja invencionice gratuita; seus fundamentos hão de estar nos diversos aspectos dessa peça e das anteriores que parecem pedi-la.

Como foi que Shakespeare passou do cinismo brilhante mas desesperado de *Tróilo e Cressida* para a atitude sugerida pela segunda metade de *Conto do inverno*? Sua conversão não me parece um capricho estético. Ela surge gradualmente, e sua primeira expressão, Póstumo, parece curiosamente bizarra para um autor tão bom e tão experiente quanto Shakespeare. Mesmo assim, Póstumo claramente prefigura o tratamento magistral do arrependimento de Leontes.

Se presumirmos que o criador pôs muito de si nesses heróis, a diferença específica de todos os temas no *Conto do inverno* faz total sentido, incluindo os Atos III e IV, que nem sequer examinamos. À medida que Shakespeare ficou mais severo consigo próprio, sua tolerância dos outros aumentou, e seu retrato da inocência adquiriu a força de que carece nos dois primeiros romances. Considero *Conto do inverno* e sua conclusão o relato indireto de uma experiência criativa baseada na consciência cada vez mais profunda, por parte do autor, de que sua ferocidade pregressa com aqueles que sofriam de desejo mimético ainda era alimentada pela virulência do desejo nele mesmo.

Vejo em *Conto do inverno* a realização plena de um propósito que por muito tempo ficou sem se realizar e que pode ser remontado não só aos dois primeiros romances, mas também a Cordélia de *O rei Lear*, mais obscuramente ao horror de *Otelo*, à náusea sacrificial de *Hamlet*, e até às peças mais coloridas de niilismo, por exemplo, a feroz *Tróilo e Cressida*, em que o propósito só pode ser lido na febre de sua negação, na erradicação sistemática de qualquer coisa que se possa remotamente considerar *redentora*.

*

O envolvimento do autor com sua própria obra é muitas vezes considerado além do alcance do crítico; hoje, essa ideia é mais malvista do que nunca, indo de encontro à concepção da moda da literatura como "jogo verbal". Até a mímesis foi alistada nessa guerra – pelas mesmas pessoas que, em princípio, lhe negam qualquer relevância. Os autores são tão *mímicos*, dizem, que conseguem fingir mil estados de espírito sem jamais experimentar nenhum deles. Isso é verdade, sem dúvida, mas não é toda a verdade, e as verdades parciais são enganosas. Aquilo que um escritor de verdade realmente deseja é representar seu próprio estado de espírito.

Os argumentos contra o envolvimento do autor com sua própria obra nunca me impressionaram muito; no caso de *Conto do inverno*, impressionam-me menos ainda. Eles me fazem pensar em Leontes diante da estátua. Não queremos ser *enganados pela representação*. Temendo parecer ingênuos, os críticos contemporâneos ficam com a ilusão de uma ilusão; sua falsa ideia de arte os impede de enxergar a Hermíone real por trás da falsa estátua.

A experiência espiritual que vejo por trás de *Conto do inverno* é deduzida dos textos. Não se trata de uma hipótese "autobiográfica", de uma "opinião" ou "crença" que gratuitamente atribuo a um homem chamado William Shakespeare.

A grandeza de um autor como revelador mimético obriga, em algum momento de sua carreira, a enfrentar concretamente a verdade dos duplos, e essa experiência só pode ocorrer às suas próprias custas, por um alto preço para seu ego mimético. Para chegar à consciência mimética que estrutura suas obras, ele tem de perceber que é idêntico aos objetos de sua sátira; ele tem de aceitar o colapso de qualquer *diferença* mítica, por mais importante que ela tenha sido em seu sistema pessoal de autojustificação. Não teoricamente, mas em sua própria carne, ele tem de verificar a verdade literal das palavras de Paulo aos Romanos (2:1): "Por isso, quem quer que sejas, ó, homem que julgas, tu és inescusável, porque, naquilo mesmo em que julgas a outro, a ti mesmo te condenas, visto que fazes as mesmas coisas que julgas".

Todo escrever que reencena a verdade mimética das relações humanas necessariamente se origina em uma experiência espiritual que pode escrever a si própria diretamente como um arrependimento, como em *Conto do inverno*, ou metaforicamente como doença, morte ou alguma outra espécie de catástrofe pessoal na qual se insere um simbolismo de ressurreição.

A circularidade mimética não é questão de "sentimento", de ideologia, de crença religiosa; é a persistente estrutura do conflito humano, que só explicitamente é reconhecida nas escrituras cristãs e judaicas. Todos os grandes autores implicitamente admitem essa verdade, mas nem todos a admitem explicitamente. A ignorância, preconceitos remanescentes e outros fatores ficam no caminho.

Não importa, na verdade. A experiência em si sempre assume a mesma forma característica, que é a forma do sacrifício, o padrão de "morte e ressurreição", mas numa inversão paradoxal, porque a substância é não sacrificial. Em vez de uma espécie de transferência para o bode expiatório, temos o exato oposto, um voltar-se do sujeito para si mesmo, uma autocrítica genuína.

Em minha obra sobre o romance europeu, percebi que em todos os grandes romancistas há uma obra-chave, talvez duas, talvez até mais, cujas conclusões, ainda que longe de ser uniformes, pertencem todas ao mesmo grupo identificável porque todas reproduzem o padrão de morte e ressurreição. Esse padrão é banal e pode significar muito pouco, mas também pode referir-se à experiência que acabo de definir, tão fundamental para a grandeza das grandes obras e tão forte que os artistas são irresistivelmente levados a aludir a ela, geralmente no lugar da obra mais adequado a esse propósito: a conclusão. Em *Mentira romântica e verdade romanesca*, chamei essas conclusões significativas de *conversões romanescas* – um rótulo enganoso, receio, uma vez que esse fenômeno transcende todas as distinções literárias, incluindo as distinções de gênero.[1]

Vejo a conclusão de *Conto do inverno* como o primeiro exemplo dessa *conversão criativa* em Shakespeare, conversão extraordinária, não só por sua beleza e por sua posteridade na cronologia de seu criador, mas pela formidável tipicidade da estrutura geral, garantida por meios que parecem inteiramente originais de Shakespeare.

Enquanto em muitos romances o aspecto da *ressurreição* fica reduzido a poucas palavras, Shakespeare expande esse magro simbolismo às majestosas dimensões da cena da estátua. O contrário é verdadeiro para a *morte*, o outro polo dessa estrutura dual. Enquanto a morte reina suprema no final da maioria dos romances, em nossa conclusão ela fica reduzida a um mínimo absoluto, à ilusão um pouco prolongada, mas ainda curta, de que Hermíone só existe como pedra.

Se essas conclusões realmente significam o que acho que significam, a morte, nelas, sendo derrotada pela ressurreição, deveria aparecer só como uma ideia dominante apenas brevemente, para ser logo desacreditada, como um fundo que desaparece rapidamente. Isso pareceria impossível de fazer sem truques fantásticos que arruinariam o projeto inteiro desde o início, mas Shakespeare o realizou com a maior facilidade no *Conto do inverno*. Se ele tivesse deliberadamente tentado ilustrar o processo de morte não sacrificial e ressurreição, ele não o teria feito com maior eficácia.

*

Ainda que essa conclusão não tenha conteúdo abertamente religioso, sua similaridade com certas cenas de ressurreição nos Evangelhos cristãos é gritante

[1] Ver René Girard, *Mentira romântica e verdade romanesca*. São Paulo: É Realizações, 2009, cap. 12.

demais para ser fortuita. Onde quer que Jesus apareça após sua Ressurreição, seus discípulos não conseguem reconhecê-lo. Maria Madalena o confunde com um jardineiro; os discípulos de Emaús acham que ele é um viajante comum. As dúvidas de Tomé são uma variação do mesmo tema. Qual é o sentido desse reconhecimento retardado?

A causa não está em Jesus, mas nos discípulos, que nunca estão "suficientemente convertidos". Sua imperfeição é estruturalmente específica, no sentido de sempre revolver em torno de alguma espécie de obstáculo percebido como uma realidade externa, ainda que se origine nos próprios indivíduos. Esse obstáculo acompanha durante algum tempo aquele que pretende se converter, como um impedimento menor, mas teimoso, para uma fé mais elevada; quando essa fé é obtida, ele desaparece sem deixar rastros. A conversão e a ressurreição estão, assim, intimamente inter-relacionadas; isso é particularmente verdadeiro em Marcos, cujo final original é muito curto.

Dois dias após a crucifixão, as mulheres querem dar a Jesus um funeral adequado. Enquanto andam até o túmulo na manhã de Páscoa, preocupam-se com a grande pedra que impede a entrada, que é pesada demais para que elas a empurrem. Quando chegam, a pedra foi removida, e a tumba está vazia (Marcos, 16:1-4). No *Conto do inverno*, a estátua tem um papel similar ao da pedra. Ela é o obstáculo para o reconhecimento de Hermíone. Mesmo quando Leontes sente o calor de suas mãos, ele não consegue acreditar que ela está viva.

A pedra e a estátua são concreções simbólicas da pedra de tropeço mimética. Apesar de sua irrealidade, esse *skandalon* é enormemente constrangedor. Ele vem da colaboração intersubjetiva – interdividual – da rivalidade mimética, estruturando não apenas nossa psique individual como também o mundo humano inteiro, aprisionando todos nós em seu padrão circular. A violência que ele gera é a verdadeira origem das falsas formas de transcendência que limitam severamente nossa visão. Como já sabemos, o princípio da idolatria torna os sacrifícios indispensáveis, porque nos separa não apenas de Deus, mas uns dos outros.

As mulheres a caminho da tumba estão tão preparadas para ver seu Senhor quanto um ser humano poderia estar; mas o melhor da nossa humanidade ainda não é suficiente nessas ocasiões; sempre há algum *skandalon* que ficou em nossos olhos e perpetua nossa cegueira. É isso que significa o reconhecimento retardado, tanto nos Evangelhos como no *Conto do inverno*.

Para que a cena da estátua tenha força total, a pedra a que Hermíone parece ter sido reduzida tem de significar não só sua morte física aos olhos de Leontes, mas, o que é mais importante, a própria morte espiritual dele. Shakespeare deixa isso inteiramente claro ao fazer que o próprio Leontes, ao final de uma passagem já citada, aponte para o duplo significado desse simbolismo:

> A pedra não irá lançar-me em rosto
> que mais pedra do que ela ora eu pareço?
> (V, iii, 37-8) (*Comédias*, p. 620)

Já em *Otelo*, num contexto muito similar, a pedra é uma imagem da morte espiritual. Quando o Mouro está prestes a matar Desdêmona, e suas declarações de inocência o levam a questionar sua culpa pela primeira vez, ele sente seu coração transformar-se em pedra:

> Tu perjuras, petrificas meu coração,
> Me forças a chamar de assassinato o que pretendo
> Fazer, quando imaginava um sacrifício.[2]

É assim que Leontes vem se sentindo desde que descobriu a inocência de sua esposa, achando que a matou. Com pouquíssimas palavras, Shakespeare transforma a confissão de culpa de Otelo numa revelação de sacrifício. O homem é o estranho

[2] William Shakespeare. *A tragédia de* Otelo, *o Mouro de Veneza.* (V, ii, 63-5). Tradução e notas de Lawrence Flores Pereira. São Paulo: Companhia das Letras, 2017, p. 249.

animal que insiste em chamar seus assassinatos de "sacrifício", como se estivesse obedecendo ao comando de algum deus.

A revelação de que o sacrifício é um assassinato não é a verdade só de *Otelo*, mas também a verdade de *Júlio César*, a verdade de toda tragédia, a verdade última da cultura sacrificial, a verdade que informa o *Conto do inverno* de modo ainda mais completo do que qualquer peça anterior. Essa grande verdade, descoberta por Shakespeare, está presente também nos Evangelhos.

O fato de que Otelo não só entende essa verdade como a aplica a si próprio faz dele outro antecessor de Leontes. O que faz nosso coração virar pedra é a descoberta de que, de um jeito ou de outro, somos todos carniceiros posando de sacrificadores. Quando entendemos isso, o *skandalon* que sempre conseguíamos transferir para um bode expiatório se torna nossa responsabilidade, uma pedra tão insuportavelmente pesada em nosso coração quanto o próprio Jesus sobre os ombros de Cristóvão na lenda do santo.

Só uma coisa pode pôr fim a essa provação infernal: a certeza de ser perdoado. É isso que é concedido a Leontes quando ele finalmente percebe que Hermíone está sendo devolvida a ele viva. Esse é o primeiro milagre do gênero em Shakespeare; ele ainda era espetacularmente impossível ao final de *O rei Lear*, mas agora acontece pela primeira vez. Assim que a estátua passa de pedra a carne, o mesmo acontece com o coração de Leontes.

O modelo para essa conclusão só pode ser o próprio Evangelho, interpretado como dissolução do *skandalon* agora mencionado. Shakespeare deve ter reconhecido nos Evangelhos a verdadeira revelação não apenas de Deus, mas do homem, daquilo que a prisão mimética faz do homem. Seu gênio e mais do que seu gênio capacitaram Shakespeare a recapturar em sua conclusão algo que pertence exclusivamente aos Evangelhos, a qualidade não mágica, porém não naturalista, de sua ressurreição. Quanto mais examinamos a cena da estátua, mais somos lembrados daquilo que a ressurreição deve ser, uma ressurreição *da carne*, em contradistinção ao vaporoso mundo de espíritos convocados pela idolatria mimética. O reconhecimento retardado de Jesus não tinha nada a ver com uma menor visibilidade de seu corpo ressuscitado em razão da realidade menor do além fantasmagórico a que ele agora pertenceria. A verdade é o contrário. Essa ressurreição é real demais para uma percepção diminuída pelas falsas transfigurações da idolatria mimética.

*

Entre as muitas obras-primas de Shakespeare, *Conto do inverno* merece um lugar especial, sendo a mais comovente. Antes dessa peça, os sinais da humildade e da compaixão não estavam ausentes desse teatro, mas eram poucos, aparentemente justificando a apresentação do próprio autor como homem sem rosto, uma insignificância, uma não pessoa, ninguém, *nadie*. É assim que Jorge Luis Borges representa Shakespeare na interpretação meio de brincadeira, meio séria proposta em sua coletânea de ensaios intitulada *El hacedor*. Usando a palavra *nadie* como *leitmotiv*, Borges realmente sugere que o autor comprou seu gênio ao preço de sua própria alma individual.

Esse pacto faustiano com um diabo chamado *mímesis* é sem dúvida uma ideia brilhante, mas não há o menor indício de que tenha acontecido, exceto, é claro, pelo prodigioso gênio de Shakespeare, por sua capacidade quase infinita de representação mimética, o que não prova rigorosamente nada a respeito da personalidade dele. Na tese de Borges, enxergo uma versão sutil do mesmo temor que já encontramos duas vezes nas últimas páginas, o temor ocidental e moderno por excelência, o de *ser enganado pela representação*. O Shakespeare sem rosto é um último mito mimético, inventado por um autor que, como Joyce, compreendia bastante o verdadeiro papel da mímesis na literatura mas desistiu antes do questionamento definitivo.

A mais eloquente refutação a Borges é o próprio *Conto do inverno*, a peça em que a humanidade do autor brilha como em nenhuma outra, e certamente com mais intensidade naquele ponto crucial em que, pela primeira vez nesse teatro, uma perspectiva transcendental se abre silenciosamente.

capítulo 38 aceitam sugestões tão facilmente como os gatinhos, leite

A sátira a si próprio em *A tempestade*

A tempestade é uma teia de aranha em cujo centro Próspero/Shakespeare observa o processo de sua própria criação. A peça inteira acontece *dentro da peça*. Reconhecemos no mágico onipotente que parte seu condão ao final o próprio dramaturgo que anuncia sua decisão de deixar o teatro.

De acordo com o modo de pensar atual, a interpretação que se acaba de apresentar ultrapassa aquilo que um crítico razoável pode afirmar sobre uma obra literária. Ela vai "longe demais", dizem. Mas para mim, ela não vai longe o suficiente. Não apenas Próspero, mas tudo e todos em *A tempestade* aludem ao processo criativo de Shakespeare, a começar por Calibã, a principal pedra de tropeço para um verdadeiro entendimento da peça. Nossa devoção a Shakespeare rebela-se contra a verdade demonstrável de que, ao criar esse último monstro, Shakespeare estava pensando em si mesmo e em seu próprio teatro.

A dureza de Próspero com Calibã durante a peça contrasta com sua doçura anterior. Houve um período de colaboração mútua entre os dois personagens. O que poderia o ignorante Calibã ter feito por um homem erudito como Próspero? Ele *iniciou* seu senhor nas belezas da ilha:

> ...mostrei-te as fontes frescas e as salgadas,
> onde era a terra fértil, onde estéril...
> (I, ii, 337-88) (*Comédias*, p. 31)

Naquele tempo, Calibã era o único companheiro de Próspero, e seu servo dedicado. O relacionamento é paralelo ao que surge depois com Ariel, mas parece mais afetuoso:

> ...adulavas-me, quando aqui chegaste;
> fazias-me carícias e me davas
> água com bagas, como me ensinaste
> o nome da luz grande e da pequena,
> que de dia e de noite sempre queimam.
> (I, ii, 332-6) (*Comédias*, p. 31)

Calibã amava sua ilha, e a conhecia tão bem que, para alguém que não a conhecia, como Próspero, ele poderia ensinar muitas coisas sem dizer sequer uma só palavra inteligível. Retribuindo esse serviço, Próspero concedeu a seu monstro amigo a capacidade de falar.

Essa colaboração próxima de Calibã e Próspero não tem nenhum impacto naquilo que efetivamente acontece durante a peça. Ela só é importante em relação ao passado. Mas o autor obviamente atribui muita importância àquele passado; o tema de Próspero ensinando Calibã a falar é repetido e alongado pelo próprio Próspero:

> Escravo abominável, carecente
> da menor chispa de bondade, e apenas
> capaz de fazer mal! Tive piedade
> de ti; não me poupei canseiras, para

ensinar-te a falar, não se passando
uma hora em que não te dissesse o nome
disto ou daquilo. Então, como selvagem,
não sabias nem mesmo o que querias;
emitias apenas gorgolejos,
tal como os brutos; de palavras várias
dotei-te as intenções, porque pudesses
torná-las conhecidas.
(I, ii, 351-8) (*Comédias*, p. 31)

É óbvio que Shakespeare, ao escrever esses versos, tinha algo em mente que vai além de seu significado literal. Apesar de toda a sua feiúra física e moral, Calibã é um poeta de verdade; os críticos nunca deixam de observar que alguns dos mais belos versos da peça vêm dele:

Não tenhas medo; esta ilha é sempre
cheia de sons, ruídos e agradáveis árias,
que só deleitam, sem causar-nos dano.
Muitas vezes estrondam-me aos ouvidos
mil instrumentos de possante bulha;
outras vezes são vozes, que me fazem
dormir de novo, embora despertado
tenha de um longo sono.
(III, ii, 135-40) (*Comédias*, p. 45)

Calibã simboliza o sentimento poético indomado, a poesia anterior à linguagem, informe, amoral, até imoral, e portanto perigosa e possivelmente digna de censura, mas ainda assim verdadeira poesia. O Próspero que ensina Calibã a falar é o próprio Shakespeare transformando em poemas e peças a inspiração poética ainda não verbal que deve a Calibã. O monstro representa um modo literário que Shakespeare viria a desaprovar, mas sem deixar de reconhecer o papel crucial que desempenhou em sua carreira.

Calibã simboliza a parte das obras do próprio Shakespeare que, por estar cheias de monstros, pode ser ela mesma considerada monstruosa. Shakespeare não nega a qualidade poética de suas obras anteriores, mas detecta nelas um princípio de desordem, amargura, violência e confusão moral que, em retrospecto, ele condena por sua "monstruosidade". A alegoria seria óbvia se não confundíssemos Calibã com um monstro do século XIX ao estilo de Frankenstein ou, na melhor das hipóteses, de Quasímodo, o corcunda de Notre-Dame de Victor Hugo. Nossa ignorância dos monstros míticos faz de Calibã mera aberração.

É significativo que, em sua maior epifania como monstro, Calibã não seja apenas Calibã, mas também outra pessoa; ele está combinado com Estéfano. Os dois estão juntos debaixo de uma espécie de cobertor. Quando Trínculo, bêbado, chega a essa bizarra fusão, acha que se trata de uma criatura monstruosa da qual ele mesmo tende a se tornar parte, na medida em que vai explorá-la empolgadamente.

Falando de *Sonho de uma noite de verão*, definimos um monstro mítico como uma mistura de criaturas ou de partes delas que, no ápice de uma crise sacrificial, parecem perder suas marcas distintivas. É isso que temos aqui. Calibã é tanto o produto, o monstro mítico, quanto o processo que o produz – nosso processo mimético, é claro. Conseguimos perceber isso assim que as relações interpessoais entram em jogo. Calibã está tão impressionado com o vinho oferecido por Trínculo que pede a esse coitado bêbado que seja seu deus:

> Aquele é um deus valente, que me pode dar licor celestial;
> vou ajoelhar-me.
> [...]
> Todas as polegadas vou mostrar-te,
> de terra fértil da ilha. Os pés te beijo.
> Sê meu deus, por favor.
>
> (II, ii, 117-18; 148-9) (*Comédias*, p. 41)

A propensão de Calibã à idolatria é mais importante do que sua feiura física; a primeira pode explicar a segunda, mas a segunda não pode explicar a primeira. Calibã é um monstro porque idolatra Trínculo, não o contrário. Perceberemos isso imediatamente se recordamos a noite do solstício de verão. Calibã fala de Trínculo assim como Helena fala de Hérmia e de Demétrio. Afirmar que Helena idolatra esses amigos porque ela é uma besta horrenda seria ridículo. Helena sente-se uma besta horrenda porque ela idolatra feito uma idiota meros seres humanos.

O desejo idólatra não é um toque gratuitamente cômico que poderia ser retirado da peça sem mudar sua natureza. Se separarmos o monstro de sua crise mimética, ele já não fará sentido como monstro. O vinho de Trínculo é o objeto num triângulo em que o próprio Trínculo e Calibã ocupam os outros ângulos. O vinho é a contrapartida de Eros para os quatro namorados, ou da representação teatral para os artesãos.

Ao selecionar Trínculo para seu mediador, Calibã lhe faz a mesma oferta que fez a Próspero; ele quer mostrar a seu novo deus sua bela ilha. Quando a doença mimética se agrava, suas vítimas tendem a trocar seus mediadores cada vez mais rapidamente. Com a multiplicação dessas substituições, seu efeito desestabilizador piora, gerando a confusão violenta que conduz à proliferação de monstros. Calibã mereceria nosso aplauso por ter abandonado seu culto de Próspero, se não o tivesse trocado por Trínculo, ainda menos divino.

Quando Calibã descobre a baixeza de Trínculo, compreende seu erro; ele tem aquele lampejo intuitivo típico de todos os personagens hipermiméticos, quando o prestígio sagrado de seu ídolo do momento se esvai:

> Mas que asno reforçado eu fui, tomando
> por um deus este bêbado e inclinando-me
> diante deste imbecil!
>
> (V, i, 295-7) (*Comédias*, p. 57)

Não devemos concluir disso que Calibã tenha realmente aprendido a lição e que nunca mais vá recair na idolatria. Calibã encarna a combinação paradoxal de cegueira e perspicácia que caracteriza as regiões inferiores da mímesis conflituosa. Às vezes ele parece tão burro que duvidamos de sua humanidade; outras vezes, parece mais inteligente do que todos os outros personagens da peça.

Assim como Cássio em *Júlio César*, Calibã obtém o apoio de Estéfano e Trínculo como coconspiradores contra Próspero, seu antigo deus e atual demônio. Essa conspiração é o mesmo monstro de três cabeças que vimos rastejar debaixo da coberta um pouco antes. Em *Júlio César*, o leitor há de lembrar, Bruto fala do "rosto monstruoso"[1] da conspiração; Calibã confirma a acepção quase técnica da palavra "monstruoso" nesse trecho. As conspirações brotam quando, no auge de uma crise mimética, as alucinações tornam-se a regra, num momento em que o desejo está tão exacerbado que se torna assassino, e começam a ocorrer substituições de antagonistas. Calibã é a síntese de uma teoria completa da monstruosidade.

Para afastar aqueles que o atacam, Próspero faz Ariel espalhar "vestimentas brilhantes"[2] em seu caminho. Os coconspiradores de Calibã ficam tão atraídos por essa tralha que esquecem seu objetivo original. Somente Calibã permanece voltado para Próspero e zomba com rancor da futilidade de seus colegas. Por causa da onipotência de Próspero e da patética fraqueza de seus adversários, o suspense da cena é zero. Seu propósito é mais didático do que dramático, ilustrando o contraste entre, de um lado, o desejo ainda orientado ao objeto dos dois marinheiros, o consumismo superficial presente nas fases superiores do processo mimético, e, de outro, a sinistra e profunda resolução de Calibã, característica do desejo mais avançado, quando a destruição violenta do obstáculo-modelo é o único objetivo, buscado obsessivamente. Tudo termina com gritos

[1] "*Monstrous visage*", "rosto monstruoso", no original de Shakespeare. Na tradução de CAN, "rosto perigoso". A referência é a uma fala de Bruto discutida no Cap. 21. [N. T.]

[2] *Comédias*, p. 51. [N. T.]

de linchamento, a perseguição coletiva dos conspiradores por cães de caça, numa óbvia alusão à vitimação unânime que conclui a crise do *Degree*. O processo mimético inteiro está representado simbolicamente.

Essa representação é tão eficiente que o efeito total é mais *alegórico* do que genuinamente dramático, ao contrário das grandes peças da jovem maturidade de Shakespeare, como *Sonho de uma noite de verão*, *Júlio César* e *Tróilo e Cressida*. No entanto, todos os principais aspectos do processo estão representados tão claramente que são inconfundíveis.

Calibã ilustra a espiral descendente da intensificação mimética e da desintegração, a mesma que vimos refletida, fase após fase, no crescente extremismo mimético das comédias. Na primeira parte deste livro, descobrimos que o perfil de todas as peças, se visto em sequência cronológica, se parece com a espiral descendente simbolizada por Calibã. Seguindo Joyce, concluímos que essa trajetória deve dizer algo a respeito da experiência estética e existencial do próprio autor. É isso que Shakespeare confirma, creio, ao associar Calibã ao seu próprio processo criativo. Essa associação é mais visível na famosa afirmação de Próspero ao fim da peça: "este bloco / de escuridão é minha propriedade" (V, i, 275-6) (*Comédias*, p. 57). Essa fala sugere que a influência de Calibã no autor, por lamentável que seja, ainda é grande demais para ser transcendida, ao menos em questões estéticas.

*

Shakespeare ainda estava na fase autocrítica do *Conto do inverno* quando inventou Calibã. Mas um segundo olhar na história pregressa da "ilha" nos convencerá que, a fim de mitigar a severidade de sua autocensura, ele alega circunstância atenuantes. Quando Próspero chegou à ilha, Calibã estava lá, mas também Ariel, só que aprisionado num pinheiro, de modo que o recém-chegado não pôde encontrá-lo imediatamente. A antiga senhora da ilha, Sicorax, a bruxa má, a mãe de Calibã, tinha infligido essa punição a Ariel porque ele se recusou a seguir as ordens dela:

Mas por seres
um espírito muito delicado
para suas ordens por demais terrenas
e repugnantes, não te submetias
a quanto ela ordenava, razão clara
de haver ela, ouvindo o imperativo
de seu furor imenso e com o auxílio
de seus ministros de poder mais forte,
fechado numa fenda de pinheiro.
Nessa racha de tronco, atormentado,
uns doze anos ficaste...
(I, ii, 272-9) (*Comédias*, p. 30)

Ariel representa o modo literário mais refinado, ético e nobre que o Shakespeare tardio quer colocar no lugar de Calibã. Como todos os críticos observaram, *A tempestade* é marcadamente distinta das peças anteriores em alguns aspectos literários "técnicos". É a única peça madura de Shakespeare que se conforma estritamente às chamadas unidades aristotélicas de tempo, espaço e ação. Eis talvez um aspecto importante da oposição entre Ariel e Calibã, mas há outros mais importantes.

Sicorax morreu antes da chegada de Próspero, mas enquanto Ariel estava no pinheiro e Calibã era senhor *de facto* do lugar, seu espírito permaneceu dominante. Isso significa, creio, que os elementos calibanescos em sua própria obra, agora renegados pelo autor, se devem ao menos em parte ao estado deplorável do teatro inglês quando ele começou sua carreira. Próspero deveria ser censurado por sua afeição excessiva por Calibã, mas, até certo ponto, ele foi vítima de más circunstâncias.

A tempestade não é um "retrato do artista" intemporal, mas uma "história" dinâmica da obra de Shakespeare, que se divide em dois períodos, um significado por Calibã e outro, por Ariel. Quando Próspero fez de Calibã seu *ministro*, Ariel foi forçosamente reprimido; quando Ariel foi libertado para tomar o lugar de Calibã, foi a vez de Calibã ser forçosamente reprimido. Calibã ainda tem certa liberdade, e seu confinamento atual é menos cruel do que o confinamento pregresso de Ariel. Simbolicamente, porém, sua prisão é mais rigorosa, já que é feita de pedra dura e não da madeira do pinheiro, mais macia. Isso reflete, suponho, a gravidade da ameaça representada por Calibã, tanto moral quanto esteticamente, aos olhos do Shakespeare maduro.

Não se pode dizer exatamente onde se deve traçar a linha que separa Calibã e Ariel, e não deveríamos tentar porque, ainda que os dois espíritos sejam em princípio incompatíveis, sua coexistência *de facto* fica sugerida. Durante o aprisionamento de Ariel, seu choro era ouvido *em toda a ilha*; suponho que isso queira dizer que, ainda que tenha sido reprimido e brutalizado, o espírito melhor já estava presente nas obras inspiradas por Calibã. E vice-versa: Calibã está presente em todo Shakespeare, sem dúvida, uma vez que ele figura com destaque naquela única obra que podemos atribuir com certeza a Ariel: a própria *A tempestade*.

Algumas conotações de Calibã me lembram *Uma estação no inferno*, de Arthur Rimbaud. O poeta volta-se para seu passado e, sem chegar a repudiá-lo inteiramente, vê nele algo literalmente infernal. Outra referência tentadora é o Dioniso de Nietzsche. As semelhanças estão na mistura de elementos míticos e realistas, e nas conotações tanto "primitivas" quanto "decadentes" que vemos em Calibã e em Dioniso.

Em Ariel, por sua vez, há algo sereno, nobre e ordeiro que recorda a ideia nietzschiana de apolíneo. Enxergo o Shakespeare de *A tempestade* como uma espécie de Nietzsche ao contrário, alertando sua plateia para a funesta atração de Calibã/Dioniso – a violência indiferenciada e as metamorfoses míticas que certamente espreitam atrás da vertigem niilista da crise sacrificial moderna.

Tanto Ariel quanto Calibã querem ser livres, mas não pela mesma razão. Escravo nato, Calibã deseja liberdade para desperdiçá-la em mais mediadores. Assim como a Hérmia que protestava ruidosamente contra a tirania de seu pai, ele só consegue escolher a escolha de olhos estranhos.

Próspero libertou Ariel de seu pinheiro para explorar seu talento literário, mas o trabalho forçado é abominável para esse espírito independente. Com isso, Shakespeare sinaliza, creio, que ele acha os constrangimentos de sua carreira literária cada vez mais insuportáveis. Ariel quer a verdadeira liberdade, a libertação de toda servidão mimética. A revolução simbolizada pela mudança para Ariel lembra a conversão de Leontes. Dizer que *A tempestade* retoma a história de seu criador do ponto em que o *Conto do inverno* parou seria simplificação, ainda que útil, na medida em que ajuda a situar as duas peças uma em relação à outra.

*

A mudança de Calibã para Ariel não faz de Próspero um "convertido" no mesmo sentido em que Leontes. Podemos chamá-lo de "reformado", mas temos de acrescentar imediatamente que ele é menos reformado do que pensa. Ele ama sinceramente sua filha, mas é pomposo, autoritário, altamente teatral e acha-se moralmente superior. Todos esses defeitos apontam para algo no passado, um grande mal que lhe foi feito e que ele não consegue esquecer.

Quando escrevia *A tempestade*, Shakespeare não estava questionando a "autenticidade" da conversão de Leontes, mas apenas preparando as condições para uma visão irônica de si próprio. A cena crucial é aquela que Próspero explica a Miranda por que ele, o duque legítimo, "o único dono de Milão", tem de ficar isolado numa ilha distante sem ninguém por perto além de sua filha. Seu arqui-inimigo é Antônio, seu irmão mais novo. Os dois eram grandes amigos, claro, mas sua amizade acabou quando Próspero teve a péssima ideia de convidar Antônio para assumir o trono em seu lugar por algum tempo. O vilão sentiu-se em seu novo papel como um peixe n'água:

> ...chegou ele
> a acreditar que era, de fato, o duque,
> por ser o substituto e estar afeito
> às mostras exteriores da realeza

e aos privilégios inerentes a ela.
Tendo sua ambição tomado vulto...
Estás me ouvindo?
[...]
Porque anteparo algum se interpusesse
entre o papel que então lhe competia
e o ator desse papel, julgou preciso
tornar-se de Milão o único dono.
(I, ii, 102-9) (*Comédias*, p. 27-28)

Se Próspero tivesse deliberadamente planejado transformar um rival potencial em atual, ele não poderia ter agido de modo mais inteligente:

Descurando dos assuntos
temporais [...]
    fiz instintos
perversos despertar no mano pérfido.
Minha confiança, como pai bondoso,
fez nascer nele uma traição tão grande
quanto minha boa-fé, que era, em verdade,
sem limites, imensa.
(I, ii, 89-97) (*Comédias*, p. 27)

Próspero perversamente incitou esse desejo fraternal por seu próprio *ser* ducal. Ainda assim, ele retrata a si mesmo como uma vítima ingênua, um idealista que só se interessa por livros, alguém totalmente alheio à paixão que ele disseca apaixonadamente.

Nossa ampla experiência reconhece imediatamente mais um herói hipermimético, mais um Valentino obsessivo que sacudiu um ducado, e não uma mulher, diante dos olhos do seu par relevante. Assim que o perdeu, porém, desejou-o de volta furiosamente. Tudo nesse retrato é comicamente fiel ao estereótipo. Sua exuberância retórica entrega seus verdadeiros sentimentos: "Concebe-se que possa / ser um irmão pérfido a esse ponto? [...] ...e ora me dize / se era um irmão esse homem" (I, ii, 67-8; 117-18) (*Comédias*, p. 27, 28). Mesmo? E por acaso Shakespeare algum dia retratou algum tipo diferente de irmão? Deve haver mais simetria entre os dois do que Próspero quer admitir.

Que simetria pode haver entre um implacável homem de ação e um intelectual impotente numa ilha deserta? A simetria de todos os duplos vingativos, é claro. O fato de que um tem armas de verdade em seu arsenal e o outro meras palavras não é uma diferença radical. As palavras podem ser mais letais do que as armas, e Próspero é um homem de muitas palavras – palavras a Miranda, palavras ao público, um dilúvio de palavras vingativas. Como Próspero e sua filha estão sós na ilha deserta, a concordância dela é equivalente ao aplauso universal. Esse segundo Lear é o *littérateur* quintessencial.

Que é essa *tempestade* que Próspero liga e desliga quando quer, e da qual não resulta o menor dano? Trata-se de *une tempête sous un crâne*, como diria Victor Hugo[3] – a tempestade do próprio Próspero, uma obra de imaginação (im)pura, a própria peça a que assistimos. Essa tempestade tem um único efeito; ela coloca todos os inimigos de Próspero sob seu poder, no único lugar em que todos os seus desejos são imediatamente realizados, sua ilha, o mundo inexistente da criação literária. É isso que todo escritor pode fazer quando quer – transformar seus inimigos em personagens de sua própria ficção, na qual ele pode tratá-los como quiser. A natureza imaginária da vingança de Próspero fica clara ao final da peça, pela falta de uma conclusão. Antônio nunca se humilha diante de seu irmão; a vingança literária de Próspero desaparece como fumaça.

A maioria dos autores continua a escrever para satisfazer o exato desejo que ficam denunciando a vida inteira. Sua impotência perante o mundo os convence de sua

[3] A expressão de Victor Hugo, que pode ser traduzida literalmente por "uma tempestade na cabeça", mas tem o sentido de "colapso nervoso", aparece no romance *Os miseráveis*, referindo à noite de angústia por que passa Jean Valjean enquanto hesita em denunciar a si mesmo para Javert, impedindo que o inocente Champmathieu seja condenado em seu lugar. [N. T.]

virtude imaculada. Toda peça é o campo de batalha imaginário em que o dramaturgo obtém a *revanche* que a "vida real" não lhe trouxe.

O poder de Próspero sobre seres humanos de verdade não é tão grande quanto seu poder literário. Quando ele vê Ferdinando e Miranda apaixonados, exclama "vai bem",[4] referindo-se a sua "mágica". Próspero acha que é o único artífice desse amor, como de tudo mais em sua peça; e ele é mesmo, mas apenas na medida em que se trata da peça *dele*. Diante dos seres humanos de verdade que Miranda e Ferdinando também são, Próspero não passa de um velho impotente.

Conseguimos enxergar isso na manobra desastrada mas comovente com que ele pretende proteger Miranda de sofrer pelas mãos de um amante inconstante. Percebendo que esse amor é *à primeira vista*, o especialista mimético dentro dele fica preocupado:

> Ambos estão rendidos. É preciso,
> porém, deixar um pouco mais difícil
> essa conquista, para que a vitória
> fácil demais não desmereça o preço.
> (I, ii, 451-3) (*Comédias*, p. 33)

Como Miranda é inocente demais para dar uma boa lição a Ferdinando, seu pai, como sempre, assume as rédeas. Durante boa parte da peça, Ferdinando ficará empilhando feixes de lenha "à imposição"[5] de seu futuro sogro.

Por trás dessa provação bizarra, nós, os especialistas miméticos, percebemos o que é que Próspero está pensando. Ele sabe que, para fortalecer um desejo que acaba de nascer, nada melhor do que obstáculos intransponíveis – obstáculos miméticos,

[4] *Comédias*, p. 34. [N. T.]
[5] *Comédias*, p. 42. [N. T.]

claro. Na ausência deles é preciso encontrar substitutos, e Próspero tem a brilhante ideia dos feixes de lenha. Quando ouvimos os amantes conversando e pedindo, como Calibã a Trínculo, que um seja o deus do outro, surgem dúvidas de que esse método vá curar a infidelidade, mas o que é que um pai pode fazer?

*

A "tempestade" da Cena 1 do Ato I não é um fenômeno natural, mas uma batalha absurda pelo poder num navio supostamente danificado por uma tempestade. Em todos os momentos, e sobretudo numa emergência, a cadeia de comando do navio deveria estar no controle, mas nesse navio em particular toda autoridade legítima é minada por passageiros desordeiros, todos aristocratas, incluindo um duque e um rei. Em vez de cada hierarquia cuidar do que lhe é próprio, os dois grupos competem mimeticamente pelo domínio de seu pequenino reino, o qual, por causa disso, vai afundando cada vez mais rápido. À medida que as duas hierarquias se dissolvem numa disputa de duplos, precipitam o desastre que sua colaboração harmoniosa teria impedido.

Trata-se novamente do "embuçamento da jerarquia",[6] a indiferenciação violenta da crise sacrificial, o contexto de todas as peças shakespearianas sem exceção. Trata-se da tempestade dos seres humanos entre eles mesmos. Para provocá-la, não é preciso uma tempestade meteorológica; a mágica de Próspero é irrelevante.

Será que essa tempestade só acontece na imaginação de Próspero, como sugerimos antes, ou no mundo real, como sugerimos agora? O gênio da peça é que as duas respostas são simultaneamente verdadeiras. Dado o postulado shakespeariano da circularidade mimética, a imaginação de Próspero pode ser tudo e nada ao mesmo tempo, ou quase nada, só um pequeno exagero aqui e ali. A invenção de um grande escritor não tem de coincidir com o mundo real para que tanto uma quanto o

[6] No original, "*wizarding of Degree*", remontando ao discurso de Ulisses em *Tróilo e Cressida*. [N. T.]

outro sejam fundamentalmente idênticos. A “mágica” do escritor é feita da mesma substância que o mundo real, que sempre pode suprir aquilo que é necessário para seguir seu curso mimético não exatamente feliz. Por histérico que seja, o autor hipermimético enxerga algo que realmente está lá, algo que observadores mais experientes nunca percebem.

Um exemplo disso é Antônio, o irmão de Próspero, que é pior do que o retrato pintado por Próspero. Na Cena 1 do Ato II, podemos vê-lo tramar com Sebastião o assassinato de dois homens que dormem à sua frente: Alonso, irmão de Sebastião e Rei de Nápoles, e Gonzalo, um velho conselheiro.

> *Sebastião*: Lembro-me agora que já destronaste
> vosso irmão Próspero.
> *Antônio*: É verdade. Vede
> como estas vezes me vão bem no corpo;
> muito melhor do que antes. Os vassalos
> de meu irmão, meus companheiros eram;
> hoje são meus criados.
> [...]
> Ali se acha
> vosso irmão. Em verdade, não valera
> mais do que a terra sobre que repousa,
> se fosse o que parece ser; defunto,
> sendo que eu poderia facilmente,
> com este aço obediente – usando apenas
> três polegadas dele – para sempre
> deixá-lo preso ao leito. De igual modo
> faríeis vós, lançando num silêncio
> que nunca acabe aquele velho traste,
> o tal senhor Conselho, que, desta arte,
> não nos censuraria. Quanto aos outros,
> aceitam sugestões tão facilmente

como os gatinhos, leite. Estão dispostos
a fazer soar as horas quantas vezes
lhes dissermos que é tempo.
Sebastião: Caro amigo,
teu caso é o meu fanal. Do mesmo modo
que obtiveste Milão, hei de obter Nápoles.
(I, ii, 270-92) (*Comédias*, p. 38)

Como todos os viciados miméticos, Antônio está propagando seu evangelho, tentando instilar em Sebastião uma versão ainda mais criminosa do desejo que Próspero instilou nele. Ele quer que Sebastião se torne único dono de Nápoles, assim como ele mesmo se tornou único dono de Milão. Com seus espelhos e truques miméticos *en abîme*, a cena é tão familiar que deixo aos leitores o prazer de analisá-la.

Em *A tempestade*, todos os temas essencialmente shakespearianos estão presentes: a incitação mimética, a crise sacrificial, o discurso mistificado da rivalidade mimética, os duplos monstruosos etc., mas estão desconectados uns dos outros e não chegam a ser realmente dramáticos. Eles são mais como alusões a peças anteriores, vinhetas sofisticadas de uma sutil autoparódia.

Ao implicar que ele mesmo pertence ao sistema mimético de relações que suas peças tantas vezes ilustram, Shakespeare enfraquece e não enfraquece a base epistemológica de sua visão. Colocar o próprio observador no centro é tornar a figura completa. Em cada um dos romances, como vimos, a questão do envolvimento do próprio autor ia ficando mais insistente; agora, em *A tempestade*, ela é sumamente insistente. Shakespeare sempre percebeu a circularidade do desejo, mas nas comédias e nas tragédias ele a via primariamente no mundo exterior, como algo característico dos outros, das pessoas que ele cria. À medida que o círculo se fecha, ele poderia dizer com Macbeth: "Essa justiça / serena e equilibrada a nossos lábios / apresenta o conteúdo envenenado / da taça que nós mesmos preparamos" (I, vii, 10-12) (*Tragédias*, p. 344).

Nesse caso, porém, o fechamento desse círculo é algo para ardentemente ansiar,[7] a única vitória real de Próspero, seu triunfo sobre si mesmo. Como Leontes antes, Próspero / Shakespeare finalmente supera seu desejo de vingança:

> Muito embora seus crimes me tivessem
> tocado tão de perto, em meu auxílio
> chamo a nobre razão, para sofrearmos
> de todo minha cólera. É mais nobre
> o perdão que a vingança. Estando todos
> arrependidos, não se estende o impulso
> do meu intento nem sequer a um simples
> franzir do meu sobrecenho.
> (V, i, 25-30) (*Comédias*, p. 53)

Voltemos por um minuto à longa cena de Próspero com Miranda (I, ii). Apesar de seus muitos avisos, interjeições, e chamados à vigilância, o grande mago não consegue manter a atenção de sua filha: "Peço-te prestar-me toda atenção", "Estás me ouvindo?", "Mas não prestas atenção ao que eu digo", "Não percas nada, peço-te", "Estás me ouvindo?", "Reflete sobre essas condições e as consequências", "Alguns momentos mais de atenção", "Sentada continua, para ouvires o fim".[8] Miranda tenta absorver a obsessão de Próspero e reproduzi-la para ele, mas só consegue sentir cada vez mais sono. Em seu esforço de parecer interessada, solta qualquer coisa que lhe venha à cabeça. Ela não está tentando causar embaraço a seu pai querido, mas é isso que ela acaba fazendo mesmo assim; as perguntas dela revelam algumas lacunas na história dele:

> *Miranda*: Por que não nos tiraram logo a vida?
> *Próspero*: Bela pergunta, jovem, suscitada

[7] Girard faz uma brincadeira com um trecho famoso do monólogo "*To be or not to be*", da cena 1 do Ato III de *Hamlet*, "*a consummation devoutly to be wished*", dizendo que "*the closing of this circle is something devoutly to be wished*". Segue-se aqui a tradução de Lawrence Flores Pereira, *Hamlet*, p. 111. [N. T.]

[8] *Comédias*, p. 27-28. [N. T.]

pela minha narrativa.

(I, ii, 138-40) (*Comédias*, p. 28)

A desculpa de Próspero é a mais comum: seus súditos o amavam tanto que o usurpador não ousou condená-lo à morte. Já ouvimos tudo isso em *Hamlet*. Se Próspero era tão popular quanto diz, por que ninguém foi defendê-lo?

Apesar de seus grandes esforços, Próspero não consegue cativar nem mesmo sua audiência cativa de uma só espectadora. No momento do clímax, Miranda, calma e naturalmente, cai no sono. Shakespeare está sendo irônico consigo mesmo: "esse negócio de rixa entre irmãos e amigos já ficou tão repetitivo", pensa, que os jovens morrem de tédio. Os tempos mudaram; todos querem novidades, não essa crônica sempiterna de paixão senil. Eis aí uma moça linda, logo na primeira fila, dormindo antes que o fim da primeira cena do primeiro ato me fizesse pensar nisso. Por que é que eu fui escrever mais uma peça?

Se o próprio Shakespeare acha que já deu, o que é que seu crítico acha? Ou minha tese ficou óbvia mil anos atrás ou nunca vai ficar. A hora de encerrar este estudo com estilo já passou há muito tempo, de preferência com uma bela citação de Shakespeare, como "a concisão é a alma do espírito".[9] Já é tarde demais para uma saída elegante, mas Shakespeare não é o tipo de autor que deixa seus amigos na pior; ele está acenando para mim; ele já sugeriu a melhor conclusão para meu empreendimento, o final inescapável para o estudo que escrevi. O desejo mimético faz Miranda adormecer! Com uma deixa dessas, o único sentido do meu propósito não vai tomar nem mais uma linha.

[9] A famosa "*Brevity is the soul of wit*", dita por Polônio em *Hamlet*, II, ii, 90; *Tragédias*, p. 565. [N. T.]

breve explicação

Arnaldo Momigliano inspira nossa tarefa, já que a alquimia dos antiquários jamais se realizou: nenhum catálogo esgota a pluralidade do mundo e muito menos a dificuldade de uma questão complexa como a teoria mimética.

O cartógrafo borgeano conheceu constrangimento semelhante, como Jorge Luis Borges revelou no poema "La Luna". Como se sabe, o cartógrafo não pretendia muito, seu projeto era modesto: "cifrar el universo / En un libro". Ao terminá-lo, levantou os olhos "con ímpetu infinito", provavelmente surpreso com o poder de palavras e compassos. No entanto, logo percebeu que redigir catálogos, como produzir livros, é uma tarefa infinita:

> Gracias iba a rendir a la fortuna
> Cuando al alzar los ojos vio un bruñido
> Disco en el aire y comprendió aturdido
> Que se había olvidado de la luna.

Nem antiquários, tampouco cartógrafos: portanto, estamos livres para apresentar ao público brasileiro uma cronologia que não se pretende exaustiva da vida e da obra de René Girard.

Com o mesmo propósito, compilamos uma bibliografia sintética do pensador francês, privilegiando os livros publicados. Por isso, não mencionamos a grande quantidade de ensaios e capítulos de livros que escreveu, assim como de entrevistas que concedeu. Para o leitor interessado numa relação completa de sua vasta produção, recomendamos o banco de dados organizado pela Universidade de Innsbruck: http://www.uibk.ac.at/rgkw/mimdok/suche/index.html.en.

De igual forma, selecionamos livros e ensaios dedicados, direta ou indiretamente, à obra de René Girard, incluindo os títulos que sairão na *Biblioteca René Girard*. Nosso objetivo é estimular o convívio reflexivo com a teoria mimética. Ao mesmo tempo, desejamos propor uma coleção cujo aparato crítico estimule novas pesquisas.

Em outras palavras, o projeto da *Biblioteca René Girard* é também um convite para que o leitor venha a escrever seus próprios livros acerca da teoria mimética.

cronologia[1]

René Girard nasce em Avignon (França) no dia 25 de dezembro de 1923; o segundo de cinco filhos. Seu pai trabalha como curador do Museu da Cidade e do famoso "Castelo dos Papas". Girard estuda no liceu local e recebe seu *baccalauréat* em 1940.

De 1943 a 1947 estuda na École des Chartes, em Paris, especializando-se em História Medieval e Paleografia. Defende a tese *La Vie Privée à Avignon dans la Seconde Moitié du XVme Siècle*.

Em 1947 René Girard deixa a França e começa um doutorado em História na Universidade de Indiana, Bloomington, ensinando Literatura Francesa na mesma universidade. Conclui o doutorado em 1950 com a tese *American Opinion on France, 1940-1943*.

No dia 18 de junho de 1951, Girard casa-se com Martha McCullough. O casal tem três filhos: Martin, Daniel e Mary.

Em 1954 começa a ensinar na Universidade de Duke e, até 1957, no Bryn Mawr College.

Em 1957 torna-se professor assistente de Francês na Universidade de Johns Hopkins, em Baltimore.

Em 1961 publica seu primeiro livro, *Mentira Romântica e Verdade Romanesca*, expondo os princípios da teoria do desejo mimético.

[1] Agradecemos a colaboração de Pierpaolo Antonello, do St John's College (Universidade de Cambridge).

Em 1962 torna-se professor associado na Universidade de Johns Hopkins.

Organiza em 1962 *Proust: A Collection of Critical Essays*, e, em 1963, publica *Dostoïevski, du Double à l'Unité.*

Em outubro de 1966, em colaboração com Richard Macksey e Eugenio Donato, organiza o colóquio internacional "The Languages of Criticism and the Sciences of Man". Neste colóquio participam Lucien Goldmann, Roland Barthes, Jacques Derrida, Jacques Lacan, entre outros. Este encontro é visto como a introdução do estruturalismo nos Estados Unidos. Nesse período, Girard desenvolve a noção do assassinato fundador.

Em 1968 tranfere-se para a Universidade do Estado de Nova York, em Buffalo, e ocupa a direção do Departamento de Inglês. Principia sua colaboração e amizade com Michel Serres. Começa a interessar-se mais seriamente pela obra de Shakespeare.

Em 1972 publica *A Violência e o Sagrado*, apresentando o mecanismo do bode expiatório. No ano seguinte, a revista *Esprit* dedica um número especial à obra de René Girard.

Em 1975 retorna à Universidade de Johns Hopkins.

Com a colaboração de Michel Oughourlian e Guy Lefort, dois psiquiatras franceses, publica em 1978 seu terceiro livro, *Coisas Ocultas desde a Fundação do Mundo*. Trata-se de um longo e sistemático diálogo sobre a teoria mimética compreendida em sua totalidade.

Em 1980, na Universidade de Stanford, recebe a "Cátedra Andrew B. Hammond" em Língua, Literatura e Civilização Francesa. Com a colaboração de Jean-Pierre Dupuy cria e dirige o "Program for Interdisciplinary Research", responsável pela realização de importantes colóquios internacionais.

Em 1982 publica *Le Bouc Emissaire* e, em 1985, *La Route Antique des Hommes Pervers*. Nestes livros, Girard principia a desenvolver uma abordagem hermenêutica para uma leitura dos textos bíblicos com base na teoria mimética.

Em junho de 1983, no Centre Culturel International de Cerisy-la-Salle, Jean-Pierre Dupuy e Paul Dumouchel organizam o colóquio "Violence et Vérité. Autour de René Girard". Os "Colóquios de Cerisy" representam uma referência fundamental na recente história intelectual francesa.

Em 1985 recebe, da Frije Universiteit de Amsterdã, o primeiro de muitos doutorados *honoris causa*. Nos anos seguintes, recebe a mesma distinção da Universidade de Innsbruck, Áustria (1988); da Universidade de Antuérpia, Bélgica (1995); da Universidade de Pádua, Itália (2001); da Universidade de Montreal, Canadá (2004); da University College London, Inglaterra (2006); da Universidade de St Andrews, Escócia (2008).

Em 1990 é criado o Colloquium on Violence and Religion (COV&R). Trata-se de uma associação internacional de pesquisadores dedicada ao desenvolvimento e à crítica da teoria mimética, especialmente no tocante às relações entre violência e religião nos primórdios da cultura. O Colloquium on Violence and Religion organiza colóquios anuais e publica a revista *Contagion*. Girard é o presidente honorário da instituição. Consulte-se a página: http://www.uibk.ac.at/theol/cover/.

Em 1990 visita o Brasil pela primeira vez: encontro com representantes da Teologia da Libertação, realizado em Piracicaba, São Paulo.

Em 1991 Girard publica, pela Oxford University Press, seu primeiro livro escrito em inglês: *Shakespeare: Teatro da Inveja*. O livro recebe o "Prix Médicis", na França.

Em 1995 aposenta-se na Universidade de Stanford.

Em 1999 publica *Je Vois Satan Tomber comme l'Éclair*. Desenvolve a leitura antropológica dos textos bíblicos com os próximos dois livros: *Celui par qui le Scandale Arrive* (2001) e *Le Sacrifice* (2003).

Em 2000 visita o Brasil pela segunda vez: lançamento de *Um Longo Argumento do Princípio ao Fim. Diálogos com João Cezar de Castro Rocha e Pierpaolo Antonello.*

Em 2004 recebe o "Prix Aujourd'hui" pelo livro *Les Origines de la Culture. Entretiens avec Pierpaolo Antonello et João Cezar de Castro Rocha* (Paris: Desclée de Brouwer, 2004).

Em 17 de março de 2005 René Girard é eleito para a Académie Française. O "Discurso de Recepção" foi feito por Michel Serres em 15 de dezembro. No mesmo ano, cria-se em Paris a Association pour les Recherches Mimétiques (ARM).

Em 2006 René Girard e Gianni Vattimo dialogam sobre cristianismo e modernidade: *Verità o Fede Debole? Dialogo su Cristianesimo e Relativismo* (Ancona-Massa: Transeuropa, 2006).

Em 2007 publica *Achever Clausewitz*, um diálogo com Benoît Chantre. Nesta ocasião, desenvolve uma abordagem apocalíptica da história.

Em outubro de 2007, em Paris, é criada a "Imitatio. Integrating the Human Sciences", (http://www.imitatio.org/), com apoio da Thiel Foundation. Seu objetivo é ampliar e promover as consequências da teoria girardiana sobre o comportamento humano e a cultura. Além disso, pretende apoiar o estudo interdisciplinar da teoria mimética. O primeiro encontro da Imitatio realiza-se em Stanford, em abril de 2008.

Em 2008 René Girard recebe a mais importante distinção da Modern Language Association (MLA): "Lifetime Achievement Award".

bibliografia de René Girard[1]

Mensonge Romantique et Vérité Romanesque. Paris: Grasset, 1961. [*Mentira Romântica e Verdade Romanesca.* Trad. Lilia Ledon da Silva. São Paulo: Editora É, 2009.]

Proust: A Collection of Critical Essays. Englewood Cliffs: Prentice Hall, 1962.

Dostoïevski, du Double à l'Unité. Paris: Plon, 1963. (Este livro será publicado na *Biblioteca René Girard*)

La Violence et le Sacré. Paris: Grasset, 1972.

Critique dans un Souterrain. Lausanne: L'Age d'Homme, 1976.

To Double Business Bound: Essays on Literature, Mimesis, and Anthropology. Baltimore: Johns Hopkins University Press, 1978. (Este livro será publicado na *Biblioteca René Girard*)

Des Choses Cachées depuis la Fondation du Monde. Pesquisas com Jean-Michel Oughourlian e Guy Lefort. Paris: Grasset, 1978.

Le Bouc Émissaire. Paris: Grasset, 1982.

La Route Antique des Hommes Pervers. Paris: Grasset, 1985.

Violent Origins: Walter Burkert, René Girard, and Jonathan Z. Smith on Ritual Killing and

Cultural Formation. Org. Robert Hamerton-Kelly. Stanford: Stanford University Press, 1988. (Este livro será publicado na *Biblioteca René Girard*)

[1] Agradecemos a colaboração de Pierpaolo Antonello, do St John's College (Universidade de Cambridge).

A Theatre of Envy: William Shakespeare. Nova York: Oxford University Press, 1991. [*Shakespeare: Teatro da Inveja*. Trad. Pedro Sette-Câmara. São Paulo: Editora É, 2010.]

Quand ces Choses Commenceront... Entretiens avec Michel Treguer. Paris: Arléa, 1994. (Este livro será publicado na *Biblioteca René Girard*)

The Girard Reader. Org. James G. Williams. Nova York: Crossroad, 1996.

Je Vois Satan Tomber comme l'Éclair. Paris: Grasset, 1999.

Um Longo Argumento do Princípio ao Fim. Diálogos com João Cezar de Castro Rocha e Pierpaolo Antonello. Rio de Janeiro: Topbooks, 2000. Este livro, escrito em inglês, foi publicado, com algumas modificações, em italiano, espanhol, polonês, japonês, coreano, tcheco e francês. Na França, em 2004, recebeu o "Prix Aujourd'hui".

Celui par Qui le Scandale Arrive: Entretiens avec Maria Stella Barberi. Paris: Desclée de Brouwer, 2001. (Este livro será publicado na *Biblioteca René Girard*)

La Voix Méconnue du Réel: Une Théorie des Mythes Archaïques et Modernes. Paris: Grasset, 2002. (Este livro será publicado na *Biblioteca René Girard*)

Il Caso Nietzsche. La Ribellione Fallita dell'Anticristo. Com colaboração e edição de Giuseppe Fornari. Gênova: Marietti, 2002.

Le Sacrifice. Paris: Bibliothèque Nationale de France, 2003. (Este livro será publicado na *Biblioteca René Girard*)

Oedipus Unbound: Selected Writings on Rivalry and Desire. Org. Mark R. Anspach. Stanford: Stanford University Press, 2004.

Miti d'Origine. Massa: Transeuropa Edizioni, 2005. (Este livro será publicado na *Biblioteca René Girard*)

Verità o Fede Debole. Dialogo su Cristianesimo e Relativismo. Com Gianni Vattimo. Org. Pierpaolo Antonello. Massa: Transeuropa Edizioni, 2006.

Achever Clausewitz (Entretiens avec Benoît Chantre). Paris: Carnets Nord, 2007. (Este livro será publicado na *Biblioteca René Girard*)

Le Tragique et la Pitié: Discours de Réception de René Girard à l'Académie Française et Réponse de Michel Serres. Paris: Editions le Pommier, 2007. (Este livro será publicado na *Biblioteca René Girard*)

De la Violence à la Divinité. Paris: Grasset, 2007. Reunião dos principais livros de Girard publicados pela Editora Grasset, acompanhada de uma nova introdução para todos os títulos.

O volume inclui *Mensonge Romantique et Vérité Romanesque*, *La Violence et le Sacré*, *Des Choses Cachées depuis la Fondation du Monde* e *Le Bouc Emissaire*.

Dieu, une Invention?. Com André Gounelle e Alain Houziaux. Paris: Editions de l'Atelier, 2007. (Este livro será publicado na *Biblioteca René Girard*)

René Girard, Pierpaolo Antonello and João Cezar de Castro Rocha. Evolution and Conversion. Dialogues on the Origins of Culture. Londres: The Continuum, 2008. (Este livro será publicado na *Biblioteca René Girard*)

Anorexie et Désir Mimétique. Paris: L'Herne, 2008. (Este livro será publicado na *Biblioteca René Girard*)

Mimesis and Theory: Essays on Literature and Criticism, 1953-2005. Org. Robert Doran. Stanford: Stanford University Press, 2008.

La Conversion de l'Art. Paris: Carnets Nord, 2008. Este livro é acompanhado por um DVD, *Le Sens de l'Histoire*, que reproduz um diálogo com Benoît Chantre. (Este livro será publicado na *Biblioteca René Girard*)

Gewalt und Religion: Gespräche mit Wolfgang Palaver. Berlim: Matthes & Seitz Verlag, 2010.

Géométries du Désir. Prefácio de Mark Anspach. Paris: Ed. de L'Herne, 2011.

bibliografia selecionada sobre René Girard[1]

BANDERA, Cesáreo. *Mimesis Conflictiva: Ficción Literaria y Violencia en Cervantes y Calderón.* (Biblioteca Románica Hispánica – Estudios y Ensayos 221). Prefácio de René Girard. Madri: Editorial Gredos, 1975.

SCHWAGER, Raymund. *Brauchen Wir einen Sündenbock? Gewalt und Erläsung in den Biblischen Schriften.* Munique: Kasel, 1978.

DUPUY, Jean-Pierre e DUMOUCHEL, Paul. *L'Enfer des Choses: René Girard et la Logique de l'Économie.* Posfácio de René Girard. Paris: Le Seuil, 1979.

CHIRPAZ, François. *Enjeux de la Violence: Essais sur René Girard.* Paris: Cerf, 1980.

GANS, Eric. *The Origin of Language: A Formal Theory of Representation.* Berkeley: University of California Press, 1981.

AGLIETTA, M. e ORLÉAN, A. *La Violence de la Monnaie.* Paris: PUF, 1982.

OUGHOURLIAN, Jean-Michel. *Un Mime Nomme Desir: Hysterie, Transe, Possession, Adorcisme.* Paris: Éditions Grasset et Fasquelle, 1982. (Este livro será publicado na *Biblioteca René Girard*)

[1] Agradecemos a colaboração de Pierpaolo Antonello, do St John's College (Universidade de Cambridge). Nesta bibliografia, adotamos a ordem cronológica em lugar da alfabética a fim de evidenciar a recepção crescente da obra girardiana nas últimas décadas.

Dupuy, Jean-Pierre e Deguy, Michel (orgs.). *René Girard et le Problème du Mal.* Paris: Grasset, 1982.
Dupuy, Jean-Pierre. *Ordres et Désordres.* Paris: Le Seuil, 1982.
Fages, Jean-Baptiste. *Comprendre René Girard.* Toulouse: Privat, 1982.
McKenna, Andrew J. (org.). *René Girard and Biblical Studies* (*Semeia* 33). Decatur, GA: Scholars Press, 1985.
Carrara, Alberto. *Violenza, Sacro, Rivelazione Biblica: Il Pensiero di René Girard.* Milão: Vita e Pensiero, 1985.
Dumouchel, Paul (org.). *Violence et Vérité – Actes du Colloque de Cerisy.* Paris: Grasset, 1985.
Tradução para o inglês: *Violence and Truth: On the Work of René Girard.* Stanford: Stanford University Press, 1988.
Orsini, Christine. *La Pensée de René Girard.* Paris: Retz, 1986.
To Honor René Girard. Presented on the occasion of his sixtieth birthday by colleagues, students, friends. Stanford French and Italian Studies 34. Saratoga, CA: Anma Libri, 1986.
Lermen, Hans-Jürgen. *Raymund Schwagers Versuch einer Neuinterpretation der Erläsungstheologie im Anschluss an René Girard.* Mainz: Unveräffentlichte Diplomarbeit, 1987.
Lascaris, André. *Advocaat van de Zondebok: Het Werk van René Girard en het Evangelie van Jezus.* Hilversum: Gooi & Sticht, 1987.
Beek, Wouter van (org.). *Mimese en Geweld: Beschouwingen over het Werk van René Girard.* Kampen: Kok Agora, 1988.
Hamerton-Kelly, Robert G. (org.). *Violent Origins: Walter Burkert, Rene Girard, and Jonathan Z. Smith on Ritual Killing and Cultural Formation.* Stanford: Stanford University Press, 1988. (Este livro será publicado na *Biblioteca René Girard*)
Gans, Eric. *Science and Faith: The Anthropology of Revelation.* Savage, MD: Rowman & Littlefield, 1990.
Assmann, Hugo (org.). *René Girard com Teólogos da Libertação: Um Diálogo sobre Ídolos e Sacrifícios.* Petrópolis: Editora Vozes, 1991.
Tradução para o alemão: *Gätzenbilder und Opfer: René Girard im Gespräch mit der Befreiungstheologie.* (Beiträge zur mimetischen Theorie 2). Thaur, Münster: Druck u. Verlagshaus Thaur, LIT-Verlag, 1996.
Tradução para o espanhol: *Sobre Ídolos y Sacrifícios: René Girard con Teólogos de la Liberación.* (Colección Economía-Teología). San José, Costa Rica: Editorial Departamento Ecuménico de Investigaciones, 1991.

ALISON, James. *A Theology of the Holy Trinity in the Light of the Thought of René Girard*. Oxford: Blackfriars, 1991.

RÉGIS, J. P. (org.) *Table Ronde Autour de René Girard*. (Publications des Groupes de Recherches Anglo-américaines 8). Tours: Université François Rabelais de Tours, 1991.

WILLIAMS, James G. *The Bible, Violence, and the Sacred: Liberation from the Myth of Sanctionated Violence*. Prefácio de René Girard. San Francisco: Harper, 1991.

LUNDAGER JENSEN, Hans Jürgen. *René Girard*. (Profil-Serien 1). Frederiksberg: Forlaget Anis, 1991.

HAMERTON-KELLY, Robert G. *Sacred Violence: Paul's Hermeneutic of the Cross*. Minneapolis: Augsburg Fortress, 1992. (Este livro será publicado na *Biblioteca René Girard*)

MCKENNA, Andrew J. (org.). *Violence and Difference: Girard, Derrida, and Deconstruction*. Chicago: University of Illinois Press, 1992.

LIVINGSTON, Paisley. *Models of Desire: René Girard and the Psychology of Mimesis*. Baltimore: The Johns Hopkins University Press, 1992.

LASCARIS, André e WEIGAND, Hans (orgs.). *Nabootsing: In Discussie over René Girard*. Kampen: Kok Agora, 1992.

GOLSAN, Richard J. *René Girard and Myth: An Introduction*. Nova York e Londres: Garland, 1993 (Nova York: Routledge, 2002). (Este livro será publicado na *Biblioteca René Girard*)

GANS, Eric. *Originary Thinking: Elements of Generative Anthropology*. Stanford: Stanford University Press, 1993.

HAMERTON-KELLY, Robert G. *The Gospel and the Sacred: Poetics of Violence in Mark*. Prefácio de René Girard. Minneapolis: Fortress Press, 1994.

BINABURO, J. A. Bakeaz (org.). *Pensando en la Violencia: Desde Walter Benjamin, Hannah Arendt, René Girard y Paul Ricoeur*. Centro de Documentación y Estudios para la Paz. Madri: Libros de la Catarata, 1994.

MCCRACKEN, David. *The Scandal of the Gospels: Jesus, Story, and Offense*. Oxford: Oxford University Press, 1994.

WALLACE, Mark I. e SMITH, Theophus H. *Curing Violence: Essays on René Girard*. Sonoma, CA: Polebridge Press, 1994.

BANDERA, Cesáreo. *The Sacred Game: The Role of the Sacred in the Genesis of Modern Literary Fiction*. University Park: Pennsylvania State University Press, 1994. (Este livro será publicado na *Biblioteca René Girard*)

ALISON, James. *The Joy of Being Wrong: An Essay in the Theology of Original Sin in the Light of the Mimetic Theory of René Girard*. Santiago de Chile: Instituto Pedro de Córdoba, 1994. (Este livro será publicado na *Biblioteca René Girard*)

LAGARDE, François. *René Girard ou la Christianisation des Sciences Humaines*. Nova York: Peter Lang, 1994.

TEIXEIRA, Alfredo. *A Pedra Rejeitada: O Eterno Retorno da Violência e a Singularidade da Revelação Evangélica na Obra de René Girard*. Porto: Universidade Católica Portuguesa, 1995.

BAILIE, Gil. *Violence Unveiled: Humanity at the Crossroads*. Nova York: Crossroad, 1995.

TOMELLERI, Stefano. *René Girard. La Matrice Sociale della Violenza*. Milão: F. Angeli, 1996.

GOODHART, Sandor. *Sacrificing Commentary: Reading the End of Literature*. Baltimore: Johns Hopkins University Press, 1996.

PELCKMANS, Paul e VANHEESWIJCK, Guido. *René Girard, het Labyrint van het Verlangen: Zes Opstellen*. Kampen/Kapellen: Kok Agora/Pelcckmans, 1996.

GANS, Eric. *Signs of Paradox: Irony, Resentment, and Other Mimetic Structures*. Stanford: Stanford University Press, 1997.

SANTOS, Laura Ferreira dos. *Pensar o Desejo: Freud, Girard, Deleuze*. Braga: Universidade do Minho, 1997.

GROTE, Jim e MCGEENEY, John R. *Clever as Serpents: Business Ethics and Office Politics*. Minnesota: Liturgical Press, 1997. (Este livro será publicado na *Biblioteca René Girard*)

FEDERSCHMIDT, Karl H.; ATKINS, Ulrike; TEMME, Klaus (orgs.). *Violence and Sacrifice: Cultural Anthropological and Theological Aspects Taken from Five Continents*. Intercultural Pastoral Care and Counseling 4. Düsseldorf: SIPCC, 1998.

SWARTLEY, William M. (org.). *Violence Renounced: René Girard, Biblical Studies and Peacemaking*. Telford: Pandora Press, 2000.

FLEMING, Chris. *René Girard: Violence and Mimesis*. Cambridge: Polity, 2000.

ALISON, James. *Faith Beyond Resentment: Fragments Catholic and Gay*. Londres: Darton, Longman & Todd, 2001.

Tradução para o português: *Fé Além do Ressentimento: Fragmentos Católicos em Voz Gay*. São Paulo: Editora É, 2010.

ANSPACH, Mark Rogin. *A Charge de Revanche: Figures Élémentaires de la Réciprocité*. Paris: Editions du Seuil, 2002. (Este livro será publicado na *Biblioteca René Girard*)

GOLSAN, Richard J. *René Girard and Myth*. Nova York: Routledge, 2002. (Este livro será publicado na *Biblioteca René Girard*)

DUPUY, Jean-Pierre. *Pour un Catastrophisme Éclairé. Quand l'iImpossible est Certain*. Paris, Editions du Seuil, 2002. (Este livro será publicado na *Biblioteca René Girard*)

JOHNSEN, William A. *Violence and Modernism: Ibsen, Joyce, and Woolf*. Gainesville, FL: University Press of Florida, 2003. (Este livro será publicado na *Biblioteca René Girard*)

KIRWAN, Michael. *Discovering Girard*. Londres: Darton, Longman & Todd, 2004. (Este livro será publicado na *Biblioteca René Girard*)

BANDERA, Cesáreo. *Monda y Desnuda: La Humilde Historia de Don Quijote. Reflexiones sobre el Origen de la Novela Moderna*. Madri: Iberoamericana, 2005. (Este livro será publicado na *Biblioteca René Girard*)

VINOLO, Stéphane. *René Girard: Du Mimétisme à l'Hominisation, la Violence Différante*. Paris: L'Harmattan, 2005. (Este livro será publicado na *Biblioteca René Girard*)

INCHAUSTI, Robert. *Subversive Orthodoxy: Outlaws, Revolutionaries, and Other Christians in Disguise*. Grand Rapids, MI: Brazos Press, 2005. (Este livro será publicado na *Biblioteca René Girard*)

FORNARI, Giuseppe. *Da Dioniso a Cristo. Conoscenza e Sacrificio nel Mondo Greco e nella Civiltà Occidentale*. Gênova--Milão: Marietti, 2006.

CAMPO-REDONDO, Gabriel Ernesto Andrade. *La Crítica Literaria de René Girard*. Mérida: Universidad del Zulia, 2007.

HAMERTON-KELLY, Robert G. (org.). *Politics & Apocalypse*. East Lansing, MI: Michigan State University Press, 2007. (Este livro será publicado na *Biblioteca René Girard*)

VINOLO, Stéphane. *René Girard: Épistémologie du Sacré*. Paris: L'Harmattan, 2007. (Este livro será publicado na *Biblioteca René Girard*)

OUGHOURLIAN, Jean-Michel. *Genèse du Désir*. Paris: Carnets Nord, 2007. (Este livro será publicado na *Biblioteca René Girard*)

ALBERG, Jeremiah. *A Reinterpretation of Rousseau: A Religious System*. Nova York: Palgrave Macmillan, 2007. (Este livro será publicado na *Biblioteca René Girard*)

DUPUY, Jean-Pierre. *Dans l'Oeil du Cyclone – Colloque de Cerisy*. Paris: Carnets Nord, 2008. (Este livro será publicado na *Biblioteca René Girard*)

DUPUY, Jean-Pierre. *La Marque du Sacré*. Paris: Carnets Nord, 2008. (Este livro será publicado na *Biblioteca René Girard*)

Anspach, Mark Rogin (org.). *René Girard*. Les Cahiers de l'Herne n. 89. Paris: L'Herne, 2008. (Este livro será publicado na *Biblioteca René Girard*)

Depoortere, Frederiek. *Christ in Postmodern Philosophy: Gianni Vattimo, Rene Girard, and Slavoj Zizek*. Londres: Continuum, 2008.

Palaver, Wolfgang. *René Girards Mimetische Theorie. Im Kontext Kulturtheoretischer und Gesellschaftspolitischer Fragen*. 3. Auflage. LIT, Münster, 2008.

Barberi, Maria Stella (org.). *Catastrofi Generative - Mito, Storia, Letteratura*. Massa: Transeuropa Edizioni, 2009. (Este livro será publicado na *Biblioteca René Girard*)

Antonello, Pierpaolo e Bujatti, Eleonora (orgs.). *La Violenza Allo Specchio. Passione e Sacrificio nel Cinema Contemporaneo*. Massa: Transeuropa Edizioni, 2009. (Este livro será publicado na *Biblioteca René Girard*)

Ranieri, John J. *Disturbing Revelation – Leo Strauss, Eric Voegelin, and the Bible*. Columbia, MO: University of Missouri Press, 2009. (Este livro será publicado na *Biblioteca René Girard*)

Goodhart, Sandor; Jorgensen, J.; Ryba, T.; Williams, J. G. (orgs.). *For René Girard. Essays in Friendship and in Truth*. East Lansing, MI: Michigan State University Press, 2009.

Anspach, Mark Rogin. *Oedipe Mimétique*. Paris: Éditions de L'Herne, 2010. (Este livro será publicado na *Biblioteca René Girard*)

Mendoza-Álvarez, Carlos. *El Dios Escondido de la Posmodernidad. Deseo, Memoria e Imaginación Escatológica. Ensayo de Teologia Fundamental Posmoderna*. Guadalajara: ITESO, 2010. (Este livro será publicado na *Biblioteca René Girard*)

Campo-Redondo, Gabriel Ernesto Andrade. *René Girard: Un Retrato Intelectual*. 2010. (Este livro será publicado na *Biblioteca René Girard*)

índice analítico

índice onomástico